팔대집의

불체의 표현 양상과 특징

{ 괘사표현연구 }

팔대집의

掛詞의 표현 양상과 특징

{ 괘사표현연구 }

김 기 서 著

한국학술정보[주]

말.
표현 수단으로서 그것은 그릇과도 같다.
그 속에 희로애락이 담기고, 자연만물이 담긴다.
감정과 온 우주를 담은 그것은
자신을 알아주는 사람을 만나 비로소 호흡을 한다.
그리고 글을 얻어 문화가 된다.

일본의 전통 시, 와카(和歌)의 발자취. 그중 8세기 중반까지의 고대 일본인들이 읊은 정형된 노래를 모은 歌集이 있어 그 이름을 망요슈 라고 한다. 한자 표기로는 万葉集. 이 명칭에는 뭇 말을 모아 놓았다 는 뜻이 담겨있다. 뭇 말, 그 속에 당시대를 살았던 선인들의 희로애 락과 자연이 담겨있다. 망요슈. 이 가집에는 길고 짧은 와카가 무려 4516수나 수록되어 있어 그 내용이 오늘날까지 전해진다. 이 歌集은 책의 제목처럼 고대어의 보고이다. 그런데 759년 이후에 편찬되었을 것으로 어림되는 이 가집의 표기가, 우리의 이두문자처럼 일본고유의 문자가 없었을 시기에, 한자의 음과 훈을 이용한 것이라, 그러한 표 기를 쓰지 않게 된 후대에는 그 내용을 제대로 해독할 수 없게 되어, 10세기 중엽에는 그 독해를 위한 전문 연구팀이 구성되기도 하였다. 이렇게 시대가 바뀌고 사람이 바뀌면 말도 바뀌고 표기법도 바뀌어 같은 내용일지라도 그 이해의 정도가 현저하게 떨어지게 된다.

망요슈 이후, 견당사 제도가 폐지되고 자의식이 고취되면서 詩作 을 통한 문화생활이 漢詩에서 와카 중심으로 바뀌면서 그 결과물이 시대를 달리하며 축적되는데, 그것들을 칙명에 의해 편찬한 것으로서 平安시대와 그 직후에 걸쳐 성립된 8개의 가집을 가리켜 사람들은 팔대집이라고 부른다. 팔대집은 일본의 전통 와카 표현의 정형성이 구축되어 있는 성곽도시와도 같다. 성안에 들어가 보지 않고는 결코 그 곳에 사는 사람들의 모습이며 생각을 느낄 수 없다.

한때 풍수지리가 한국인들의 관심사로 떠올랐을 때, 대형서점에 진열된 몇몇 책을 펼쳐보니 일제강점기 초기에 일본인 학자에 의해 쓰인 것이어서 의아하게 생각하였다. 인도네시아 열대 우림에 자생하는 수많은 식물을 소개한 사전이 있는데, 그 책의 저자 또한 일본인으로서 그 연구가 행해진 것은, 태평양전쟁 당시 일본군이 인도네시아에 주둔하기 훨씬 전이었다고 한다. 그런데 오늘날 인도네시아에 그것을 능가하는 책이 없다는 이야기를 인도네시아 전문가로부터 들은 적이 있다.

풍수지리 연구나 열대 우림의 식물 연구나 결과적으로 식민통치의 기반을 위한 연구 자료가 되어버린 감이 없지 않으나, 발품 팔아 그러한 자료를 수집하고 정리해 놓은 학자들의 열정과 노고는 배울 점이 많다.

잘 정리된 자료는 정보를 제공하고, 판별된 정보는 국력과 직결된다는 것을 새삼 느끼며 필자의 오랜 작업의 의미를 생각해 본다. 詩語를 알아야 시에 담긴 참 뜻을 알 수 있듯이, 와카 속에서 이미지가 구축된 歌語를 알아야 와카의 참 뜻을 이해할 수 있다는 생각에서 시작한 작업이다. 고어로 구성된 와카의 내용은 일본인조차 이해하기 쉽지 않다. 더구나 외국인은 말할 것도 없다. 그렇기 때문에 더욱더 그동안의 성과가 일본인의 의식을 연구하는 기초 자료로써 활용되어, 일반인들이 일본문화를 이해하는 일단의 실마리가 되었으면 하는 마음 간절하다.

2008년 3월

목 차

제1장 서 론 ································· 9
  1. 歌語 연구의 의의 ······················· 10
  2. 선행 연구 ····························· 12
  3. 자료의 추출 방법 ······················ 15
  4. 연구 방법 ····························· 17

제2장 八代集의 掛詞 ······················· 19
  1. 歌集別·部立別 개관 ···················· 20
  2. 頻度別 개관 ·························· 28

제3장 掛詞의 표현 양상과 특징 ··············· 33
  1. 「降る」의 掛詞 표현 ···················· 34
  2. 「待つ」의 掛詞 표현 ···················· 63
  3. 「火」의 掛詞 표현 ······················ 91
  4. 「立つ」의 掛詞 표현 ···················· 127
  5. 「来」의 掛詞 표현 ······················ 160

제4장 결 론 ······························· 187

참고문헌 ·································· 193
일문초록 ·································· 197
八代集의 掛詞 표현 용례 어휘 색인 ··········· 203

제 1 장

서 론

1
歌語 연구의 의의

和歌란 31음절의 短歌형식이 주류를 이루는 일본의 정형시로서 奈良時代에는 倭歌 또는 倭詩라고도 표기되었던바, 漢詩에 대한 일본인의 자의식을 담은 명칭이라 할 수 있다. 고대의 대표적인 歌集으로 4516수나 수록되어 있는 『万葉集』[1]는 물론 그 이후의 『古今和歌集』에서 『新古今和歌集』[2]에 이르는 이른바 八代集의 和歌들은 뭇歌人들이 표현에 기울여 왔던 각고의 산물이라 하겠다. 특히 漢詩의 공적인 위치를 和歌가 대신한 이래 시대를 달리하며 칙명에 의해 지속적으로 편찬된 八代集에는 총 9520수의 和歌가 수록되어 있는데, 이들이 동시대와 후대의 일본문학 전반에 걸쳐 끼친 영향은 지대하다. 왕조문학의 정수로서 일본인의 정서형성에도 일익을 담당했던 八代集의 和歌이니 만큼 일본고전문학에서 和歌가 차지하는 비중은 클 수밖에 없다. 따라서 이들 和歌에 대한 올바른 독해는 古今을 잇는 日本文學研究에 있어서 필수적이라 해도 과언이 아닐 것이다.

和歌란 다듬고 절제한 언어 속에 의미를 함축시킨 것이므로, 말에 나타나 있는 사전적 지식만 가지고는 歌人이 나타내고자 한 의도를

---

1) 作品名이나 지명 등의 고유명사는 일본식 발음을 원칙으로 하였다. 따라서 『万葉集』는 '만요-슈-'로 읽어 뒤에 붙는 우리말을 표기하였다. 그리고 작품 등의 용례로서 인용된 단어나 어구는 고유명사가 아닌 일반명사라 하더라도 일본식 발음을 따랐으나, 그 이외의 일반명사는 漢字語의 경우 한국어에 없어 생소하더라도 우리 발음으로 읽어 표기하였다.

2) 『万葉集』를 비롯한 『古今和歌集』와 『新古今和歌集』 등의 歌集名은 이하 괄호 『』를 생략하고 표기한다. 그리고 『古今和歌集』 등의 경우는 和歌集을 생략한 『古今集』 표기도 병행한다.

잘못 이해 할 수도 있다. 현대인이 和歌를 독해하는 데 있어서의 어려움이 여기에 있는 것이다. 万葉集 이후 平安和歌를 통해서 和歌의 歌語들은 다양한 기법에 의해 구사되고 있어 더욱더 그러하다. 和歌가 과거 지식인들의 기본소양이었고 자신의 생각을 표현하는 수단의 하나이기도 하였던 시절에는 和歌에 歌人 자신의 생각과 감정을 표현하는 방법과 사용되는 말들이 일정한 약속하에 이루어졌고, 노래에 이용되었던 歌語와 다양한 기법들은 당연히 사람들 사이에 형성된 공통된 인식을 바탕으로 성립되었을 것이다. 공통된 인식이란 다른 말로 하면 유형화된 인식이라 할 수 있는데, 이 유형화된 표현에 대해 小町谷照彦는 노래를 감상하는 측에서 보면 공통된 이미지에 의한 대상에의 공감을 가져오는 것이고, 시를 詠作하는 측에서 보면 표현에 제약을 줌으로써 언어와의 格鬪를 強制하는 것이 된다고 말하고 있다.3) 바로 이 유형화된 인식을 체계적으로 밝히는 것은, 당시 사람들이 갖고 있던 和歌에 대한 공통된 인식을 구명하는 것이기 때문에 이를 기반으로 和歌의 보다 적확한 독해도 기대된다. 오늘날까지 활발히 전개되어 온 모든 歌語 연구도 궁극적으로는 和歌의 올바른 독해를 위한 것이라고 말할 수 있다. 松永登代子는 문예작품을 가지고 표현이나 내용, 소재 등으로 나누어 생각하는 것이 일견 무의미하게 보이나 인간성의 유무가 문학성에 관계하고 그것이 문학작품의 표현에 나타나므로 표현研究에 의해서도 문학성의 일단을 살펴볼 수 있다고 말하고 있는데,4) 이는 和歌 문학에 있어서 歌語 연구가 갖는 의의를 대변해 주는 말이라 하겠다.

　본고에서 歌語 연구의 대상으로서 특별히 掛詞5)에 주목한 이유는

---

3) 小町谷照彦(1966)「古今集の歌枕」『日本文学』日本文学協会編, vol.15, p.552.
4) 松永登代子(1954)「新古今集の懸詞と象徴性について」『国文』第二号, p.52.
5) 掛詞에 해당하는 우리말로는 「엇건 말」(孫洛範·安田吉実編(1988)『民衆 엣센스 日韓辭典』第二改訂版의 'なでしこ'項目)이 있으나, 本稿에서는 和歌의 文學用語로서 일반화된 掛詞를 그대로 쓰기로 한다. 그러나 이 표기는 사람에 따

크게 세 가지이다. 첫째는 이것이 음절구조가 단순한 일본어의 특성을 잘 이용하여 和歌를 중심으로 발달한 표현기법이라는 것. 둘째는 八代集 전체의 3분의 1에 해당하는 和歌에 이용되고 있을 정도로 그 사용빈도가 매우 높다는 것. 셋째는 이것이 두 개의 말을 의도적으로 겹침으로써 그 속에 和歌표현의 미적 감각을 간접적으로 담아내고 있는 서술방법이라는 것이다. 만일 掛詞에 관한 철저한 자료 조사가 이루어져 이를 토대로 한 歌語 연구가 행하여진다면 그것은 고전문학작품으로서의 和歌를 바르게 이해하는 첩경이 될 것이며, 더 나아가 和歌 문학의 핵심에 접근하는 길라잡이의 역할 또한 기대된다.

2
선 행 연 구

掛詞에 관한 연구는 時枝誠記에서 시작된다고 말할 수 있다. 그는 『国語学原論』에서 掛詞에 의한 미적 표현에 대하여 논하면서 掛詞는 동음이의어가 많은 일본어의 역사적 조건과 入子型구조라는 일본어의 構造形式에 근거를 두고 만들어진 표현기교라고 하면서 掛詞를 '前後句를 하나의 말로 두 가지 의미로 連鎖하는 것'과 '하나의 말을 가지고 두 가지를 겸용하는 것'으로 2분류하고 있다.6)

40년대의 時枝誠記의 연구를 거쳐 50년대에는 根来司가 時枝誠記의 개념정의를 이용하여 전자를 B형, 후자를 A형으로 이름 붙이고 있으며,7) 松永登代子는 新古今集의 掛詞와 상징성에 대하여 언급하

라 「懸詞」 또는 「掛け詞」로 쓰이기도 하여, 이를 本稿에 인용할 時는 原文 표기를 그대로 한다.
6) 時枝誠記(1941) 「懸詞による美的表現」 『国語學原論』 岩波書店, p.540.
7) 根来司(1955) 「懸詞」 『解釈と鑑賞』 第20巻 6号.

고 '古今時代(古今集이 성립된 前後의 時代)는 掛詞 부분 그 자체에
흥미를 두고 생각하고 있으나 新古今集에서는 한 단계 나아가 掛詞
를 이용해서 하나의 정취를 만들어 내려고 하고 있다'고 하였다. 그
리고 더 나아가 掛詞의 성립 원인에 대하여는, 첫째, 일본어가 한 글
자 한 음절을 표기하고 있는 점. 둘째, 用言은 활용형의 어간만으로도
의미가 통한다는 점. 셋째, 主語-述語 修飾語-被修飾語의 순서로
기술되고 또 동사-조동사-조사의 순서로 述語가 기술되어 중요한 의미
는 동사에 있고 조동사나 조사는 엄밀한 표현을 요구하는 경우를 제외
하고는 그렇게 중요하지 않은 점. 넷째, 述語에 호응하는 부사·접속
사·조사 등이 있어서 이것으로도 어느 정도 의미를 판단할 수 있는
점을 지적하고 있다.8)

660년대 중반에 西岡欣一는 古今集과 新古今集의 掛詞를 중심으로
두 歌集의 掛詞 수와 용례 그리고 표현 효과 및 모습 등에 대하여
先学을 검토하며 논하였고,9) 佐々木尊弘는 勅撰和歌集의 계보상, 古
今集에서 新古今集에의 흐름의 변혁기라고 하는 金葉集의 掛詞를 고
찰하고 時枝誠記의 개념정의를 이용하여 金葉集의 和歌를 A형(含蓄
美 추구형) B형(리듬 면에서의 표현 효과인 音調美 추구형)으로 분
류하고 276수의 掛詞를 사용한 노래 중 A형 122개, B형 73개 도합
195개의 掛詞 일람표를 제시하고 있다.10) 井手至도 時枝誠記의 2분
류를 이용하여 含蓄型 掛詞와 連鎖型 掛詞로 나누어 連鎖型 掛詞는
전후의 文 또는 어구의 연결 부분에 이용되어 전후 표현을 연상적으
로 연결하는 것으로 이의 사용에 의해 동음이의어를 연상시켜 그것
을 전환의 계기로 전후 표현이 連鎖하고 継起하는 것이며, 함축형

---

8) 松永登代子(1954) 「新古今集の懸詞と象徴性について」 『国文』 第二号, pp.50-51.
9) 西岡欣一(1966.12) 「古今集の懸詞と新古今集の懸詞 – 江湖山博士の説を中心と
　　して(懸詞研究五)」 『愛媛国文研究』 16号, pp.74-93.
10) 佐々木尊弘(1967.2) 「金葉集の修辞 – 掛詞について」 『解釈』 13-2号, pp.18-22.

掛詞는 노래 속의 일부 어구와 縁語관계를 갖거나 노래 표현에서 암시하고 있는 여정이나 노래 내부의 의미와 관련이 있는 등 노래 전체 혹은 일부의 趣意와 연결되는 동음이의어를 연상시키는 것으로 연상된 동음이의어는 노래의 표현내용을 풍부한 함축을 갖도록 하는 형으로 나누어 掛詞를 개관하였다.11) 그리고 柿本奬는 古今集과 拾遺集의 掛詞 사용률이 총 노래수의 1/3인 데 비해 後撰集은 1/2을 넘는다고 언급하고 따라서 三代集 중 掛詞가 가장 많이 사용된 것은 後撰集이며 後撰集을 중심으로 連鎖型과 兼用型으로 나누어 예를 들어 설명하고 있다.12)

70년대에는 橋本不美男 外 2人이 古今集에 나타나는 표현양상을 구체적으로 제시하고 同音異義語만을 掛詞로 인정하여 古今集 掛詞를 표로 나타내었으며,13) 鈴木日出男는 선행研究를 개관하고 掛詞를 4분류하였다.14) 70년대에 특이할 만한 일은 王朝文学研究会가 1973年과 1975年 두 차례에 걸쳐 발표한 「八代集掛詞一覧 (一)」과 「八代集掛詞一覧 (二)」이다. 이 책은 八代集의 掛詞를 개관하는 데 필요한 기초적인 자료를 담고 있어 주목을 끈다.15)

80년대에는 片山武가 万葉集의 序詞 속에 보이는 掛詞를 중심으로 선행연구의 掛詞 분류에 대하여 개관하였으며,16) 90년대에는 渡

---

11) 井出至(1969.2) 「掛け詞」 『月刊文法』 2月, pp.36-41.

12) 柿本奬(1969.11) 「掛詞のかたち - 後撰集を中心に -」 『国語国文』 pp.75-85.

13) 橋本不美男 外(1970.2) 「古今集の 表現と方法」 国文学 『解釈と鑑賞』 至文堂, pp.80-131.

14) 鈴木日出男(1971.9) 「古今集の掛詞をめぐって」 実践女子大学 『中古文学』 9月, pp.10-20.

15) 『八代集掛詞一覧(一)(二)』에서 세운 전체 항목은 357개로서 단어 및 어구로는 432개가 제시되어 있는데, 筆者가 資料로 추출한 단어와 어구의 항목은 2000개를 상회하고 있다. 数的인 면에서 이 둘 간의 상당한 차이는, 상기 資料 이후 新日本古典文学大系시리즈의 八代集 등과 같은 研究 성과가 새로이 반영된 데서 비롯된다.

16) 片山武(1986.11) 「巻十二 序詞中に用いられた掛詞について」 愛知大学 『国文

部泰明가 西行의 노래에 나타난 掛詞에 대하여 연구하고 있다.17)

상기 연구들은 크게 세 가지로 나누어 볼 수 있는데, 하나는 掛詞에 대한 개념정의와 원류에 대하여 연구한 업적과, 두 번째는 개념정의에 의한 掛詞 분류를 한 업적, 세 번째는 歌集別 또는 작가의 노래에 나타난 掛詞의 개관 등으로 나누어 생각할 수 있겠다. 이렇게 掛詞 연구는 끊임없이 계속되었으나 그 양이 원래 방대한 나머지 부분 硏究에 그칠 뿐 掛詞 전체에 대한 사전작업이나 연구는 아직 완성되어 있지 않은 상태이다. 그중에는 古今集 掛詞의 표현양상과 유형에 대하여 고찰한 필자의 拙稿도 있는데,18) 본 논문에서는 연구범위를 新古今集까지로 넓혀 八代集 전체의 掛詞 자료를 바탕으로 歌語에 대한 분석과 고찰을 꾀하고자 한다.

------------------------ 3 ------------------------

자료의 추출 방법

필자는 八代集 전체의 掛詞를 개관하기 위해 新旧의 자료를 모아 「八代集의 掛詞 표현용례 語彙 索引」을 작성하였다. 이는 掛詞로 표출된 모든 의미의 말들을 오십음순으로 배열한 것으로서 자료편에

学』 26号, pp.35-44 와 片山武(1987.3) 「巻十一 序詞中に用いられた掛詞について」『前掲書』 27号, pp.1-5.

17) 渡部泰明(1994.7) 「西行の鈴鹿山の歌と "ことばのよせ" - 院政期の縁語・掛詞意識 -」『論集中世の文学韻文篇』.

18) 金基瑞(1991.7) 「古今集における掛詞の諸相と類型」 『韓承鎬牧師 古稀紀念論文集』 pp.147-215; 본 논문에서 金基瑞는 伊達旧蔵本을 底本으로 하여 古今集의 掛詞 용례를 番号順으로 추출하고, 各 和歌의 掛詞 부분에 強調 표시를 하여 資料를 정리한 후, 掛詞 表出의 형태적인 면에 주목하여 그 유형을 살펴보고 있다.

제시한다. 용례를 추출하는 방법은 선행연구에 의거하였는데, 기존의
주석서나 연구 논문 등에서 掛詞로 인정하거나 그 가능성을 제시한
것들을 색인에 가급적 빠짐없이 수용함으로써 일람 자료로서의 보편
성과 기초 연구 자료로서의 객관성 견지를 원칙으로 하였다.[19]

　掛詞 자료를 추출하는 데 主가 되었던 자료는, 상기의 王朝文学研
究会編「八代集掛詞一覧(一)(二)」와 함께 新古典文学大系의 八代集
관련 주석서이다. 이를 八代集 개관과 함께 <표1>로써 정리하였다.

〈표 1〉

項目 / 歌集	撰者	勅撰年	總歌數	本稿資料	略稱
古今和歌集	貫之(外)	905年 以後	1111수	岩波新大系, 1989	古, 古今, 古今集
後撰和歌集	元輔(外)	951年 以後	1425수	岩波新大系, 1990	後, 後撰, 後撰集
拾遺和歌集	花山院	1004~1010年	1351수	岩波新大系, 1990	拾, 拾遺, 拾遺集
後拾遺和歌集	藤原通俊	1086年	1218수	岩波新大系, 1994	後拾, 後拾遺, 後拾遺集
金葉和歌集	源 俊頼	1127年	717수	岩波新大系, 1989	金, 金葉, 金葉集
詞花和歌集	藤原顯輔	1151~1154年	415수	岩波新大系, 1989	詞, 詞花, 詞花集
千載和歌集	藤原俊成	1187年	1288수	岩波新大系, 1993	千, 千載, 千載集
新古今和歌集	定家(外)	1205年	1995수	岩波新大系, 1992	新古, 新古今, 古今集

　추출된 掛詞들은 겹쳐있는 말 모두를 각각의 표제어로 삼아 색인
의 편의를 도모하였는데, 동일 대상의 掛詞에 관한 견해가 서로 다

---

19) 筆者의 주관에 의해 掛詞로서의 인정 등에 의문이 있을 경우는 물음표로서
　식별해 두었는데, 이는 後續 研究에 참고하기 위해서이다.

를 경우는, 新古典文学大系의 내용을 먼저 제시한 후, 나머지는 기호
(＝)로써 구분하여 그 뒤에 수록하였다. 이외의 구체적인 것은 자료
편의 범례로 넘긴다.

4
연 구 방 법

본론에서는 八代集 掛詞의 자료들을 바탕으로 하여, 다음과 같은
기준하에서 고찰을 진행하고자 한다.

먼저 총론으로는 八代集 掛詞의 사용빈도에 주목하여 각 歌集과
그것의 내용별 분류인 部立別로 정리하여 개관하고자 한다. 그리고
각론에서는 掛詞로서 표출되고 있는 단일 단어로서 사용빈도 면에서
수위를 점하고 있는 다섯 개의 말에 주목하여 이를 중심으로 掛詞 표
현으로서의 그것이 和歌 속에서는 어떤 양상을 보이고 있으며 그 각각의
특징은 무엇인지를 조명해 보겠다.

자료편에 제시한 단어 및 어구는 총 2325개로서 이 중 복합어나
어구를 분화시켜 해당 단어에 병합시킨 290개를 제외하면 실제 표제
어만도 2035개를 헤아리는 방대한 분량이다. 따라서 사용빈도로 본
본고의 歌集別ㆍ部立別 개관에서는 이들 자료편의 掛詞를 모두 대상
으로 삼았으나, 掛詞의 歌語的 성질을 고찰한 각론에서는 연구 대상
을 제한하지 않을 수 없었다. 연구 대상의 범위를 정함에 있어서는,
축적된 資料 성과를 이용한 사용빈도를 기준 삼아 수위를 차지하는
5개의 歌語 「降る」ㆍ「待つ」ㆍ「火」ㆍ「立つ」ㆍ「来」를 고찰 대상으로 선
정하였다.[20] 각론의 진행은 이들 말에 겹치는 掛詞의 유형과 歌集別

---

20) 방대한 量의 掛詞를 일거에 분석하고 고찰할 수는 없기에 사용빈도로 그

18

분포를 조사해 밝히고, 部立21)別로 주제를 나타내기 위한 방법으로서의 掛詞에 주목하여 그 각각에 나타난 표현상의 특징을 고찰하고자 한다.

범위를 정할 시 어느 線에서 끊어야 하는 것은 피할 수 없다. 그렇다면 가급적 上位에 속하는 對象을 늘려 많은 것을 보고자 하는 의욕도 앞서나 그렇게 되면 掛詞로서의 두 개의 단어가 고찰 對象으로서 중복되는 경우도 생겨나게 된다. 따라서 本稿에서는 各論에서의 分析 對象이 전체 資料에서 차지하는 비율이 극히 미비하기는 하지만 掛詞 研究의 시작이라는 생각에서 상위 5개에 국한시켰다. 한편으로 필자가 주목하고 있는 掛詞 표현의 心情語나 動·植物 관련어 등에 대해서는 後考를 기하고자 한다.

21) 歌集에서 和歌를 주제에 따라 분류한 것으로, 万葉集에는 雜歌·相聞·挽歌의 三大部立이 있으며 古今集에는 春·夏·秋·冬·賀·離別·羈旅·物名·恋·哀傷·雜·雜体·大歌所御歌의 部立名이 보인다. 이하의 歌集들은 다소의 변화는 있으나 古今集의 部立을 근간으로 하고 있다.

제 2 장

八代集의 掛詞

······· **1** ·······

歌集別 · 部立別 개관

八代集의 掛詞는 <표 2>에서 보는 바와 같이 八代集의 和歌 총 9520수 중 掛詞 표현기법으로 읊어진 것은 무려 3030수에 달했으며, 掛詞수는 2214개였다. 掛詞 표현의 사용률은, 古今集이 40.9%로 수위를 차지하고 있고, 千載集이 22.3%로서 가장 낮은 비율을 보이고 있으며, 八代集 전체의 掛詞 사용률은 31.8%에 달하는바, 이것은 八代集의 和歌 3수 중 1수는 掛詞 표현을 바탕으로 하고 있음을 말해주는 수치이다. 이러한 높은 사용빈도는 和歌를 주고받는 사람들 사이에 掛詞에 대한 공통된 이해가 형성되어 있었음을 시사해 준다. 따라서 오늘날의 우리들도 和歌 문학의 핵심에 접근하여 그 주제를 정확하게 파악하기 위해서는 무엇보다도 掛詞에 대한 이해가 요구된다고 말할 수 있다. 요컨대 掛詞는 和歌를 독해하는 데 있어 중요한 관건이 되고 있는 것이다.

이하 歌集別로 빈도에서 나타나는 특징을 간단히 서술하고자 한다.

<표 2>[22]

歌集 部立	古	後	拾	後拾	金	詞	千	新	計	百分率
春歌	25 / 134	45 / 146	14 / 78	38 / 164	16 / 93	7 / 50	21 / 135	33 / 174	199 / 974	20.4%
雜春歌			20 / 82						20 / 82	24.4%
夏歌	9 / 34	16 / 70	9 / 58	11 / 70	15 / 62	11 / 31	24 / 90	34 / 110	129 / 525	24.6%
秋歌	32 / 145	69 / 226	17 / 78	33 / 142	30 / 101	13 / 58	26 / 161	65 / 266	285 / 1177	24.2%
雜秋歌			21 / 77						21 / 77	27.3%

---

22) 표 안의 사선기호(/) 오른쪽은 각 歌集의 部立(내용별 분류)別 和歌 総数

歌集 部立	古	後	拾	後拾	金	詞	千	新	計	百分率
冬歌	7 / 29	16 / 64	15 / 48	13 / 48	10 / 48	2 / 21	13 / 89	47 / 156	123 / 503	24.5%
賀(慶賀)歌	4 / 22	4 / 18	13 / 38	18 / 36	9 / 29	2 / 11	10 / 35	12 / 50	72 / 239	30.1%
雜賀歌			18 / 51						18 / 51	35.3%
別(離別)歌	17 / 41	20 / 46	15 / 53	10 / 39	4 / 16	5 / 15	4 / 22	20 / 39	95 / 271	35.1%
羇旅歌	7 / 16	7 / 18		9 / 36			11 / 47	35 / 94	69 / 211	32.7%
物名歌	14 / 47		3 / 78						17 / 125	13.6%
戀歌	198 / 360	257 / 568	125 / 379	57 / 228	77 / 166	29 / 85	80 / 318	166 / 446	989 / 2550	38.8%
雜戀歌			25 / 64						25 / 64	39.1%
哀傷歌	11 / 34	10 / 40	20 / 78	26 / 68			9 / 61	34 / 100	110 / 381	28.9%
雜歌	62 / 138	97 / 229	62 / 144	146 / 387	76 / 150	47 / 144	68 / 243	131 / 416	689 / 1851	37.2%
雜体歌	42 / 68								42 / 68	61.8%
大歌所御歌	3 / 5								3 / 5	60%
神遊びの歌	9 / 13								9 / 13	69.2%
東歌	9 / 14								9 / 14	64.3%
神樂歌			7 / 45						7 / 45	15.6%
釋教歌							7 / 54	17 / 63	24 / 117	20.5%
神祇歌							13 / 33	24 / 64	37 / 97	38.1%
(墨滅歌)	5 / 11								5 / 11	45.5%
(異本歌)					26 / 52				26 / 52	50.0%
(後出歌)								5 / 17	5 / 17	29.4%
計	454/1111	541/1425	384/1351	361/1218	263/717	116/415	286/1288	623/1995	3028 / 9520	
歌集別百分率	40.9%	38%	28.4%	29.6%	36.7%	28%	22.2%	31.2%	31.8%	

1) 古今集

歌集別로는 古今集가 40.9%로 가장 많았고, 千載集가 22.3%로 가장 적었으며, 古今 > 後撰 > 金葉 > 新古今 > 後拾遺 > 拾遺 > 詞花 > 千載의 순으로 나타났다. 총 9520수 중 3028수가 掛詞 표현을 쓰고 있어 八代集 전체의 掛詞 비율은 31.8%를 보이고 있는데, 이것은

이고, 왼쪽은 同一 部立 내에서 掛詞 표현이 보이는 和歌를 헤아려 합한 數이다. 그리고 計에 제시된 수의 左右는 그 각각을 합한 것으로서 이를 근거로 산출한 百分率을 통해 각 部立과 歌集의 掛詞 使用比率을 알 수 있다.

세 수에 한 수 꼴로 掛詞 표현이 이용되었다는 것을 말해 주고 있다.

柿本獎는 "三代集 중에서 古今集와 拾遺集의 掛詞 사용률은 각각 총 和歌数의 3분의 1정도인 데 비해 後撰集은 2분의 1로 가장 높은 掛詞 사용률을 보이고 있다"[23]고 하고 있다. 氏의 지적 중 古今集과 拾遺集의 경우는 掛詞 사용률이 和歌 총수의 3분의 1이란 점에서는 필자의 조사 결과와 일치한다. 그러나 '대충 말해서'라는 단서가 붙어 있는 氏의 언급은 後撰集에서 큰 차이를 보이고 있다.[24]

八代集 중 가장 높은 掛詞 사용률을 보이고 있는 古今集의 두드러진 특징은, 古今集에만 있는 部立인 雑体歌 · 大歌所御歌 · 神遊びの歌 · 東歌의 경우 그 각각의 비율이 60%를 넘고 있는데, 이들 部立에 왜 掛詞 표현이 유난히 多用되고 있을까 하는 문제는 표현에 주목하여 금후 연구의 여지가 있는 부분이다. 그리고 恋歌의 경우도 八代集을 통해 이례적이라 할 정도로 많은 55%의 비율을 기록하고 있는 데 반해, 賀歌는 18.2%로 掛詞를 가장 적게 사용하고 있다. 그리고 四季歌는 평균 22.9%의 掛詞 사용률을 보이고 있다. 아래 <표 3>은 古今集의 部立別 掛詞 사용률(%)이고 部立名는 첫 글자를 이용하였다. (단, 体는 雑体)

〈표 3〉

春	夏	秋	冬	賀	離	羈	物	戀	哀	雑	体	大	神	東	(墨)	計
18.7	26.5	22.1	24.1	18.2	41.5	43.8	29.8	55.0	32.4	44.9	61.8	60.0	69.2	64.3	38.5	40.9

---

23) 柿本獎(1969.11) 「掛詞のかたち - 後撰集を中心に -」 『国語国文』 pp.75-76.

24) 柿本獎는 상기의 내용을 언급만 했지 掛詞의 전모를 알 수 있는 資料를 제시하고 있지 않아 後撰集의 掛詞 使用比率이 2분의 1이란 수치의 진위를 확인 할 길은 현재로 없다. 다만 氏가 後撰集의 掛詞 표현을 헤아릴 때 잘못이 있지 않았나 어림을 해볼 뿐이다.

2) 後撰集

後撰集은 全 部立에서 고르게 掛詞를 사용하고 있고, <표 4>에서
보는 바와 같이 전체 37.8%의 掛詞 사용률을 보이면서 恋歌 離別歌
雜歌가 40% 이상을 春歌 秋歌 羈旅歌가 30% 이상 夏歌 冬歌 賀歌
哀傷歌가 20%대의 掛詞 사용률을 보이고 있다. 또한 다른 歌集에서
는 四季歌 중 春歌가 낮은 사용률을 보이는 데 비해 後撰集은 가장
높은 사용률을 보인다.

〈표 4〉

春	夏	秋	冬	賀	離	羈	戀	哀	雜	計
30.8	22.9	30.1	25.0	22.2	43.5	38.9	45.1	25.0	42.4	37.8

3) 拾遺集

拾遺集는 <표 5>에서처럼 雜歌에서 43.1%로 가장 높은 掛詞 사
용률을 보이고 있으며 다른 歌集에는 없는 雜春歌 · 雜秋歌 · 雜賀歌 ·
雜恋歌라는 部立가 있는데 분류하기가 모호한 내용으로 되어 있는
部立이고, 비교적 높은 掛詞 사용률을 보인다. 物名歌는 3.8%로 가장
낮은 掛詞 사용률을 보이고 있다. 한데 古今集와 拾遺集에만 있는 이
들 物名의 和歌 속에 삽입되어진 사물의 이름(物名)들을 和歌의 내
용과는 상관없이 이것들을 掛詞의 일종으로 간주하는 사람도 있으
나[25] 필자는 내용상 무의미한 경우는 이것들을 掛詞로서 취급하지

---

25) 예를 들어 橋本不美男外(1970)에는 『古今和歌集 技法 一覽』에서 物名掛詞는
   '物名'라는 표시를 하고 다른 掛詞와 구분해서 掛詞항목에 제시하고 있다.
   pp.84-131.

않았다. 즉 物名歌의 詞書에 제시된 말들이 和歌의 본문 중에 삽입되어 그것이 문맥상 의미를 가질 경우에 한해서만 掛詞로 인정한 것이다. 구체적으로 古今集 443番歌와 444番歌를 예로 들어 설명하면,

> 物名 をばな よみ人しらず
> 古443 ありと見てたのむぞかたきうつせみの世をばなしとや思ひなしてむ
> 物名 けにごし やたべの名実
> 古444 うちつけにこしとや花の色を見むおく白露のそむるばかりを

에서 보는 바와 같이 불교의 무상관을 바탕에 깔고 있는 443番歌의 경우는, 詞書에 をばな가 나오고 본문 '世をばなしとや' 속에 내용상 아무 의미도 없는 'をばな'를 삽입하고 있는데, 이런 것은 掛詞로 취급하지 않았다. 한편 'けにごし'라는 物名가 제시된 古今集 444番歌와 같은 경우는 첫 句와 둘째 句에 걸쳐있는 'けにこし'는 맥락상 아무런 의미를 갖고 있지 않기 때문에 掛詞로 취급하지 않았지만, 첫째 句 'うちつけに(문득)'의 뒷부분에는 'げに(과연)'가 겹쳐 있는 것으로 보았다. 요컨대 物名歌의 경우도 그 안에 有意義의 掛詞 만을 대상으로 삼은 것이다.

〈표 5〉

春	雜春	夏	秋	雜秋	冬	賀	雜賀	離	物	戀	雜戀	哀	雜	神	計
17.9	24.4	15.5	21.8	27.3	31.3	34.2	35.3	28.3	3.8	33.0	39.1	25.6	43.1	15.6	28.4

4) 後拾遺集

後拾遺集는 拾遺集가 만들어지고 80년이 지나서 勅撰된 歌集으로,

古今에서 後撰까지 50年, 後撰에서 拾遺까지가 50年인 데 반해, 後
拾遺의 勅撰이 늦어지게 된 데에는 여러 가지 説이 있으나 그중에서
도 勅撰이라고 하는 것은 天皇의 権威를 나타내는 사업이므로 당시
의 실제 権力者였던 藤原氏가 허락하지 않았다고 하는 説이 유력하
다. 部立으로서는 雑歌를 세분하여 작은 표제어인 '神祇' '釈教'를 넣
은 것이 특색인데, 이 작은 部立이 千載集에 이르러 하나의 部立으
로 이어져 独立 部立이 된다. 後拾遺集는 部立 중 賀歌에서 掛詞를
두드러지게 사용하고 있다.

〈표 6〉

春	夏	秋	冬	賀	離	羈	戀	哀	雜	計
23.2	15.7	23.2	37.5	50.0	25.6	25.0	25.0	38.2	37.7	29.6

5) 金葉集

金葉集은 後拾遺集 이전의 勅撰集과는 전혀 다른 이름으로 만들어
졌다. 金葉集의 '金'은 '훌륭하다(すぐれた)'라는 뜻이고, '葉'은 '言の
葉'의 뜻으로 万葉集의 '葉'을 의식한 이름으로 만들어졌다고 하는
것이 일반적인 생각이다. 金葉集은 古今集(40.9%) 後撰集(37.8%) 다
음으로 많은 掛詞를 사용하고 있으나 古今集에만 있는 部立인 '雑体
歌' '大歌所御歌' '神遊びの歌' '東歌'의 掛詞를 제외(32.5%)하고 계산
하면 後撰集 다음으로 많은 掛詞(36.5%)를 사용하고 있다. 金葉集은
勅撰和歌集의 계보상 古今集에서 新古今集에 이르기까지 変革期에
해당하는 和歌集이다. 後拾遺集에는 賀歌에 掛詞가 많은 반면, 金葉
集에서는 雑歌에 掛詞가 많이 보인다(50.7%). 雑歌에 가장 높은 掛
詞사용률을 보이는 것은 拾遺集와 金葉集 두 歌集뿐인데 이것은 金

葉集이 『拾遺抄』를 모방해서 만들었다는 것이 일반적인 생각인 것과
일맥상통하는 면이 있다.26)

<표 7>

春	夏	秋	冬	賀	離	戀	雜	(異本)	計
17.2	22.6	29.7	20.8	31.0	25.0	46.4	50.7	50.0	36.5

6) 詞花集

　詞花集은 八代集 중 노래수가 가장 적은 歌集이다. 八代集 중 金
葉集이 717수이고, 詞花集이 415수이며, 나머지 歌集은 모두 1000수
를 넘는다. 金葉集이 성립되고 20년도 지나지 않아서 詞花集이 撰進
되었으므로 아직 歌人들의 세대교체가 이루어지지 않은 시대 상황이
었다. 金葉集의 撰者는 後撰集이후의 노래를 撰歌의 대상으로 하여
拾遺, 後拾遺時代의 歌人의 노래를 많이 넣어서 편집하였으며, 詞花
集의 撰者는 金葉集에 실린 노래와는 다른 노래들을 뽑아야 하는 어
려움이 있었을 것이 예상되며 따라서 金葉集과는 느낌이 다를 수 있
다는 것도 예상된다. <표 8>에서 보는 바와 같이 詞花集의 掛詞에
서 나타나는 특징은 四季歌 중 冬歌에서의 掛詞가 상당히 적다는 것
이다. 四季歌의 평균 掛詞 사용률이 23.4%이고, 冬歌의 平均 掛詞
사용률이 24.5%인 데 반해 詞花集 冬歌의 掛詞 사용률은 9.5%이므
로 이것이 詞花集의 특징으로 지적된다. 반면에 夏歌에서는 가장 높

---

26) 川村晃生와 柏木由夫가 쓴 『金葉和歌集(新日本古典文学大系)』의 해설에 보
　　면 金葉集은 拾遺集의 전신인 『拾遺抄』를 모방해서 만들었다는 것이 일반
　　적인데 이는 20권 구성으로 되어 있는 三代集과는 달리 『拾遺抄』와 같이
　　金葉集은 10권 구성으로 되어 있고 金葉集의 編者인 俊頼의 아버지인 経信
　　가 『後拾遺集』에 대해 비판적이었다는 맥락에서도 설명될 수 있다고 말하
　　고 있다.(pp.429-435)

은 掛詞 사용률을 보이고 있다.

〈표 8〉

春	夏	秋	冬	賀	離	戀	雜	計
14.0	35.5	22.4	9.5	18.2	33.3	34.1	33.3	28.2

7) 千載集

千載集은 部立 構成面으로 보면 金葉集와 詞花集의 체계를 따르지 않고 古今集에서 後拾遺集에 이르는 전통으로 돌아가고 있다. 勅撰集의 배열은 四季歌는 季節順, 恋歌는 사랑의 추이를 기본 축으로 하여 시간성, 공간성, 措辞, 발상의 類同·대조 등의 다양한 요소가 활용되어 문예적 효과가 歌集마다 연출되고 있는데, 千載集에서는 새롭게 哀傷歌과 離別歌와 恋歌에 작품의 제작년도 순서에 따른 歌群 配列 기준이 도입되어, 이것이 新古今集에 이르러 밀도 높은 주제별 고대 歌人群, 근대 歌人群의 반복과 같은 배열에 기여하고 있다. 千載集은 掛詞의 사용률이 가장 적은 歌集이며 다른 歌集에 비해 30%를 넘는 部立가 神祇歌뿐이다.

〈표 9〉

春	夏	秋	冬	賀	離	羈	戀	哀	雜	釋	神	計
15.6	26.8	16.1	14.6	25.6	18.2	23.4	25.5	14.8	28.0	13.0	39.4	22.3

8) 新古今集

新古今集은 수록되어 있는 和歌의 수가 가장 많은 歌集이다(1995

28

수). 離別歌의 掛詞 사용률이 특히 두드러지며 四季歌의 春歌를 제외한 모든 部立에서 20% 이상을 넘고 있다. 松永登代子가 古今集와 新古今集의 掛詞에 대해, 이 둘은 용례 면에서는 차이가 없으나 정취 면에서는 다르며 古今集 시대에는 掛詞 부분 그 자체에 흥미의 중심이 있었으나, 新古今集에서는 한걸음 나아가 掛詞를 이용해서 하나의 정취를 만들어 내고 있다27)고 하는 지적은 新古今 掛詞의 歌語로서의 역할과 특징을 시사해주고 있다.

〈표 10〉

春	夏	秋	冬	賀	離	羈	戀	哀	雜	釋	神	(後出)	計
19.5	30.9	24.4	30.1	24.0	51.3	37.2	37.2	34.0	32.0	27.0	37.5	29.4	31.4

2
頻度別 개관

지금까지 八代集의 掛詞를 빈도를 중심으로 歌集別·部立別 특징을 살펴보았는데, 그 전체를 개관하면 다음과 같은 사실을 알 수 있다.

八代集에 공통으로 들어있는 部立는 四季歌(春·夏·秋·冬)와 賀歌, 離別歌, 恋歌, 雜歌인데 四季歌는 23% 정도, 賀歌 30%, 離別歌 35%, 恋歌 38.8%, 雜歌 37.4%로 恋歌의 掛詞 사용률이 가장 높은 것을 알 수 있다. 이것은 恋歌의 주제를 표출하는 방법으로서 掛詞가 선호되었음을 알 수 있는 수치로서, 표현기법으로서의 掛詞가 어떤 경우에 왜 선택되는지를 어림케 한다.

---

27) 松永登代子(1954) 「新古今集の懸詞と象徴性について」 『国文』 第二号, p.50.

〈표 11〉

部立＼歌集	古	後	拾	後拾	金	詞	千	新	百分率
春　歌	18.7	30.8	17.9	23.2	17.2	14.0	15.6	19.5	20.5%
夏　歌	26.5	22.9	15.5	15.7	22.6	35.5	26.7	30.9	24.4%
秋　歌	22.1	30.1	21.8	23.2	29.7	22.4	16.1	24.4	24.1%
冬　歌	24.1	25.0	31.3	37.5	20.8	9.5	14.6	30.1	24.5%
賀(慶賀)歌	18.2	22.2	34.2	50.0	31.0	18.2	25.6	24.0	30.1%
別(離別)歌	41.5	43.5	28.3	25.6	25.0	33.3	18.2	51.3	35.1%
戀　歌	55.0	45.1	33.0	25.0	46.4	34.1	25.5	37.2	38.8%
雜　歌	44.9	42.4	43.1	37.7	50.7	33.3	28.0	32.0	37.4%

또한 빈도에 의한 共通度를 살펴보면 掛詞로 표출된 八代集의 단어 및 어구는 2325개 중, 八代集 모두에 보이는 것은 47개로 전체의 2%에 해당하는데, 이를 한눈에 볼 수 있도록 한 것이 다음 면의 <표 12>이다.

〈표 12〉[28]

掛詞＼歌集	古	後	拾	後拾	金	詞	千	新
あき(秋)	10	24	5	3	2	2	5	12
あき(飽き)	15	28	2	3	1	2	6	18
あく(開く)	4	6	4	3	2	1	2	6
あく(明く)	4	4	3	3	2	1	2	3
あふ(逢ふ)	10	22	4	11	7	3	12	12
うし(憂し)	13	18	9	8	12	4	17	12
うつろふ(移ろふ)	8	2	2	3	1	1	2	1
おく(起く)	5	11	4	4	2	3	3	13
おく(置く)	8	17	4	4	2	3	4	18
おもひ(思ひ)	17	28	10	8	4	4	4	12
かく(掛く・懸く)	8	1	7	5	4	2	5	4

28) 표 안의 수는 해당 단어의 각 歌集別 掛詞 표현용례 수이다.

掛詞 \ 歌集	古	後	拾	後拾	金	詞	千	新
かひ（甲斐・効）	5	5	5	4	8	4	2	9
かり（仮）	6	7	4	2	4	2	7	13
かる（刈る）	5	1	5	3	2	1	5	12
かる（離る）	10	10	3	5	1	2	3	11
－き（과거 표현 조동사）	2	6	3	1	4	1	3	3
ことのは（言の葉）	7	16	3	6	3	2	4	10
この（此の）	2	6	3	4	4	1	2	4
こひ（戀）	1	4	2	4	1	2	1	1
こる（伐る・樵る）	2	5	2	1	2	1	2	4
すむ（住む）	2	6	10	17	9	6	17	22
すむ（澄む）	1	2	7	16	7	5	11	19
そむ（染む）	5	4	1	1	1	2	5	2
－そむ（－初む）	4	6	4	1	1	2	7	6
たつ（立つ）	12	16	18	17	6	3	6	19
たつ（裁つ）	4	11	13	7	1	2	6	14
つむ（摘む）	2	3	3	3	2	3	1	1
ながめ（長雨）	4	7	2	1	1	1	1	5
ながめ（眺め）	2	6	2	1	1	1	1	5
なく（泣く）	28	12	7	4	2	1	1	5
なし（無し）	6	4	6	1	5	1	5	11
なる（成る）	3	3	7	2	4	2	7	7
ね（音）	4	6	6	4	4	2	8	15
ね（根）	3	6	9	5	3	3	7	16
は（葉）	8	16	3	6	3	2	4	11
ひ（火）	19	29	12	9	5	4	4	15
ふ（経）	6	10	11	8	1	3	3	16
ふる（降る）	12	23	17	12	4	5	4	26
まつ（松）	5	14	7	9	6	5	3	19
まつ（待つ）	10	24	10	10	7	6	4	31
み（身）	8	15	4	3	3	5	11	7
みかさのやま（三笠山）	1	1	3	1	1	1	1	2
みる（見る）	10	18	10	7	10	3	7	17
もる（漏る・洩る）	2	2	4	3	6	3	3	12
よ（夜）	2	2	4	8	5	2	7	8
よ（世）	5	3	11	6	4	2	4	17

위에 제시한 掛詞와는 반대로 각 歌集에 한 번씩밖에 사용되는 않고 있는 것, 즉 일회성의 掛詞는 古今集에 208개, 後撰集 145개, 拾遺集 128개, 後拾遺集 116개, 金葉集 120개, 詞花集 38개, 千載集 87개, 新古今集 168개로 도합 1013개나 되는데, 이는 資料篇에 제시한 掛詞 표현의 실제 표제어 数 2035개를 기준으로 하였을 때, 무려 49.8%에 달하는 비율이다. 다시 말하자면 八代集에서 掛詞가 이용되고 있는 3028수 중 반수에 가까운 용례가 1회성 掛詞로서 어림되는 것이다. 菊地靖彦는 이들 一回性 掛詞가 사색의 결과라고 하기보다는 순간적인 기지로 나오는 것이라고 하고 있는데,29) 掛詞 전체에서의 그 비중이 큰 만큼 금후 이들에 관한 研究도 이루어져야 될 것이다.

八代集의 掛詞를 품사에 주목하면, 명사를 비롯하여 조사와 조동사까지 온갖 품사가 보인다. 이것은 상기 <표 12>를 통해서도 확인된다. 이러한 掛詞의 품사적 측면에 주목하여 이들을 총체적으로 다룬 연구나 자료는 지금까지 보이지 않는다. 특히 조사나 조동사는 더욱더 그러하다. 이들은 다른 말에 붙어 쓰이는 附属語로서 和歌의 내용을 左右하는 핵심어가 아니기 때문이 그것은 당연한 귀추일지도 모른다. 그러나 참고 자료로서 이것들을 모두 모아 보는 것이 아주 의미 없는 일은 아닐 것으로 생각한다. 왜냐하면 이들 조사와 조동사는 문학작품으로서의 和歌를 독해하고 감상하는 데 있어 키워드 역할을 할 수도 있기 때문이다.

끝으로 掛詞로 표출되는 각 어휘의 사용빈도를 보니, 降る와 待つ가 102개로 제일 많고, 그 뒤를 火(97개), 立つ(91), 来(91), 憂し(89), 住む(88), 思ひ(87), 見る(81), 逢ふ(77), 松(69), 飽き(69), 澄む

---

29) 菊地靖彦(1986.9) 「掛詞·縁語 – 古今集におけるその様相」 『和歌文学の世界10』 p.82
菊地靖彦는 上記 논문을 통해, 古今集에 1回性 掛詞가 많은 것에 대해 동음이의어의 범위 내에서 掛詞가 자유자재로 사용되는 것은 사색의 결과라고 하기보다는 순발적인 기지로 나오는 것이며 같은 예가 여러 번 사용되게 되면 갑자기 노래가 진부해지는 것을 면하기 어렵다고 말하고 있다.

(68), 秋(59), 経(58), 置く(57), 身(56), 泣く(55), 裁つ(54), 葉(53), 古る(50) 등이 잇고 있다. 물론 掛詞 표현으로 쓰이고 있는 것에만 국한시켜 추출한 자료이지만, 이들은 八代集 和歌의 주요 歌語로서 큰 비중을 차지하고 있다고 말할 수 있다. 和歌의 내용을 표출하는 수단으로서의 말. 그것이 歌語가 아니고 일반적인 대화나 글 속의 것이라 할지라도 많이 쓰이는 말은, 말하는 사람이나 글을 쓴 사람의 사고를 형성하고 있는 저변을 이해하는 실마리가 될 수 있기 때문이다. 掛詞로서의 사용빈도가 50개 이상인 상기 21개의 말들을 품사별로 보면 동사가 13개, 명사가 7개, 형용사가 1개 순으로 되어 있다. 和歌의 내용 표출에 있어 동사가 얼마나 높은 비중을 차지하고 있는가 하는 것은 이것을 통해서도 엿볼 수 있지 않을까? 그동안의 歌語 연구는 지명을 비롯한 명사, 그것도 동식물과 같은 可視的인 것들에 치중되어 왔다고 할 수 있다. 그렇다면 금후 명사 이외의 歌語에 눈을 돌린다면 어떤 것에 주목하여야 할까? 표현 기법의 하나로서 和歌 속에서 생성되어 많은 사람들의 다양한 의식과 정서와 감정을 담아온 掛詞 표현들이 당연히 우선되어야 할 것이다.

제 3 장

掛詞의 표현 양상과 특징

1
「降る」의 掛詞 표현

1) 掛詞의 類型과 歌集別 분포

〈표 13〉[30]

掛詞 \ 歌集	古	後	拾	後拾	金	詞	千	新	計
古る(舊る)	6	13	7	1		2	3	9	41
經(る)	2	5	7	5	1	3	1	10	34
古 里	1	1		2	1			5	10
*降 る	3			1					4
布 留			1					2	3
振 る		1			1	1			3
振り出る		2							2
古 屋	1				1				2
古 人	1								1
古言の葉		1							1
舊 道			1						1
布留川		1							1
古 巣				1					1
古めかし				1					1
觸らす				1					1
計	14	23	17	12	4	6	4	26	106

---

30) 표 안의 단어, 降る에 붙어 있는 *표시는 동일 단어에 두 가지 뜻을 내포
시킨 一語二義를 뜻하는 기호이다. 예를 들어 古今 639·705·782番歌의 「降
る」에는 '비가 내리다'와 비유적 표현으로서의 '눈물이 흐르다'가 겹쳐져 있

(1) 類型別 분포

八代集 전체에 걸쳐 掛詞 표현으로 쓰이고 있는 모든 말 중 「降る」가 사용빈도 면에서 수위를 차지하고 있다는 것은 앞에서 언급한 바 있다. 그렇다면 이것들과 겹쳐있는 상대어에는 어떠한 것들이 있을까? 유형別로 그 양상을 살펴보았다. 내용에 들어가기 전에 먼저 언급해 둘 것은, 掛詞의 기본 자료를 추출하는 과정에서 부딪쳤던 「降る」의 상대어인 「古る」와 「経る」의 구분에 있어 몇몇은 한자 표기에 있어 모호한 것이 있었다는 점이다. 예를 들면 後撰集 472番歌(冬)의 黒髪の色ふりかふる白雪の …에 대한 岩波 新大系의 脚註를 보면, ふりかへる의 ふり에는 「降る」와 「経る」가 겹쳐져 있다고 언급하고 있는데 이는 註釈者가 古る의 뜻으로서 経る를 혼용하고 있는 것이 아니면 착오임에 틀림없다. 왜냐하면 「経る」는 下二段動詞 「ふ(経)」의 連体形으로서 「降り」 꼴은 될 수가 없기 때문이다. 이런 경우에 筆者는 「ふり」를 「経り」로 보지 않고 四段動詞 「古る」의 連用型인 「古り」로 처리하였다. 사실 和歌를 해석하는 데 있어 「古る」와 「経る」는 그 구분이 명확지 않아 어느 쪽으로도 해석을 할 수 있는 경우도 있을 수 있다. 그러하기 때문에 研究者에 따라서는 掛詞로서 인정하는 상대어가 달라지기도 한다. 詞花集의 149番歌(冬) もろともに山めぐりする時雨かなふるにかひなき身とはしらずや 가 그러하다. 이 和歌 속의 「ふる」에 대해 新大系는 「降る」와 「経る」를 王朝文学研究会는 「降る」와 「古る」를 각각 掛詞로서 인정하고 있는 것이다. 또한 하염없이 세월을 보내다란 뜻의 「経」와 세월을 보내다보니 어느덧 헛되이 늙어 버렸다는 뜻의 「古る」는 내용상 상관관계에 있기에 관점에 따라서는 古今集 113番歌(春)의 「降る」를 新大系

어 이를 기호 *로써 나타내었다. 이는 다른 掛詞들처럼 漢字로써 그 다른 의미를 구분할 수 없기 때문이다.

36

의 脚註에서 보듯 「古る」와 「経る」를 동시에 겹치고 있는 것으로 보는 경우도 생겨나게 된다. 그렇기 때문에 이러한 和歌의 해석에 대해 시비를 가릴 필요는 없을지도 모른다. 그러나 서로 다른 말임에는 틀림없기에 掛詞를 고찰하고 분석함에 있어, 論者로서 납득하기 어려운 경우는 掛詞의 색인 자료에 물음표로써 표시를 해 두었다. 그리고 이 방침은 「降る」에만 국한된 것이 아니라 掛詞 표현을 추출하고 정리하는 과정에서 모든 말들에 적용되었다.

① 降る / 古る

「降る」의 활용형에 「古る」를 겹친 掛詞 유형은 八代集에 41개나 보여, 용례수에서 가장 많다.

歌集別로는 古今集에 6개(春113 冬339 離別398 恋763・782 雑体1065), 後撰集에 13개(春21・74 秋297 冬448・450・469・470・471・472 恋676・1068 羈旅1353 哀傷1397), 拾遺集에 7개(春7 冬243・248・255 恋960 雑春1057 雑秋1141), 後拾遺集에 1개(秋367), 詞花集에 3개(春40 秋135 冬149), 千載集에 3개(離別481 羈旅543 雑1071), 新古今集에 9개(春1 冬586・587・658・676・693 恋1319・1334 雑1455)가 보인다. 이상을 歌集別 사용빈도 순으로 정리해 보면 後(13개) > 新古(9개) > 拾遺(7개) > 古今(6개) > 詞花(3개) = 千載(3개) > 後拾(1개) > 金葉(0개)가 되므로, 「降る」와 「古る」의 掛詞 유형이 제일 많은 歌集은 後撰集이고 제일 적은 歌集은 後拾遺集인 한편 金葉集에는 그 용례가 보이지 않는다는 것도 확인된다.

한편 部立別로 본 이들 유형은, 冬歌 16例(古339 後448・450・469・470・471・472 拾243・248・255, 詞149 新586・587・658・676・693), 恋歌 7例(古763・782 後676・1068 拾960 新1319・1334), 春歌 6例(古113 後21・74 拾7 詞40 新1), 秋歌 3例(後297 後拾367 詞135), 離別

歌 2例(古398 千481), 羈旅歌 2例(後1353 千543), 雜歌 2例(千1071·
1455), 哀傷歌 1例(後1397), 雜体歌 1例(古1065), 雜春歌 1例(拾
1057), 雜秋歌 1例(拾1141)로 나타나는바, 「降る」의 활용형과 「古る」
를 겹친 掛詞 유형은 冬歌에 월등히 많고, 이어 恋歌와 春歌 순으로
선호되어 쓰였음이 확인된다.

② 降る / 経る

「降る」의 활용형에 「経る」를 겹친 掛詞 유형은 八代集에 34개 보,
용례수에서는 두 번째를 차지하고 있다. 이를 歌集別로 보면 古今集
2개(春113 恋769), 後撰集 5개(春1·4 恋821·1070·1073), 拾遺集 7개
(雜504·572 恋653·688·728 哀傷1306·1332), 後拾遺集 5개(冬416·
417 恋703·805 哀傷571), 金葉集 1개(恋406), 詞花集 3개(夏65 冬
149 雜335), 千載集 1개(春33), 新古今集 10개(夏232 冬583·590·661
·666·690 恋1319·1413 雜1453 後出1980)로 분포되어 있다. 이들을
歌集別 사용빈도 순으로 정리해 보면 新古(10개) > 拾遺(7개) > 後撰
(5개)＝後拾(5개) > 詞花(3개)＝古今(2개) > 金葉(1개)＝千載(1개)가
되므로, 「降る」와 「経る」의 掛詞유형은 新古今集과 拾遺集 등에 집
중적으로 보인다고 말할 수 있다.

한편 部立別로 보면 恋歌에 12例(古769, 後821·1070·1073, 拾653·
688·728, 後拾703·805, 金406, 新1319·1413), 冬歌에 8例(後拾416·
417, 詞149, 新583·590·661·666·690), 春歌에 4例(古113, 後1·4,
千33), 雜歌 4例(拾504·572, 詞335, 新1453), 哀傷歌 3例(拾1306·
1332, 後拾571), 夏歌에 2例(詞65, 新232) 그리고 春歌로서 後出歌에
제시된 것이 1例(新1980) 순으로 보이는바, 「降る」에 「経る」의 掛詞
로서의 배합은 恋歌에서 가장 많이 이용되었던 유형임을 확인할 수
있다.

③ 降る / 古

「降る」의 활용형에 接頭語 「古」를 겹친 掛詞 유형은 八代集에 17개 있는데, 歌集別로 보면 古今集 3개(恋731・769 雑体1005), 後撰集 2개(冬459 雑1289), 拾遺集 1개(恋847), 後拾遺集 3개(春19・34 夏174), 金葉集 2개(冬292 恋504), 新古今集에 6개(春4・147 冬678 恋1247 雑1580・1695)가 보인다. 이들을 사용빈도가 높은 순서대로 정리해 보면 新古(6개)>古今(3개)=後拾遺(3개)>後撰(2개)=金葉(2개)>拾(1개)로서, 「降る」와 「古―」가 겹치는 掛詞유형이 제일 많이 보이는 歌集은 新古今集이고 제일 적은 歌集은 拾遺集이지만 詞花集과 千載集은 아예 용례가 없다고 말할 수 있다.

한편 部立別로 본 이들 유형의 掛詞는, 용례수에서 恋歌 5例(古731・769 拾847 金504 新1247), 春歌 4例(後拾19・34 新4・147), 冬歌 3例(後459 金292 新678), 雑歌 3例(後1289 新1580・1695), 夏歌 1例(後拾174), 雑体歌 1例(古1005) 순으로 보인다.

④ 기　타

掛詞 「降る」의 상대어로서 주를 이루는 것들은 상기의 「古る」와 「経る」 그리고 「古―」이지만 그 이외의 것으로는 다음과 같은 것들이 있다.

먼저 「振る」와 복합어 「振り出」가 겹쳐진 경우이다. 이는 八代集을 통해 5례가 보이는데, 前者는 後撰455番 冬歌(降りやとどめぬ / 振りやとどめぬ)와 詞花65番 夏歌(降る / 経る / 振る) 그리고 金葉260番 冬歌(降る / 振る)에서 後者는 後撰40番 春歌(降り / 振り出つつ)과 454番 冬歌(降り / 振りでて)에서 그 예를 찾아볼 수 있다.

다음은 지명 「布留」와 겹쳐진 것으로 拾遺765番 恋歌(降る / 石上布留)와 新古今581番 冬歌・660番 冬歌(布留 / 布留の神杉)가 있고, 동일

지명은 아니지만 「布留川」에 「降る」를 겹친 拾遺956番 恋歌(降る / 布留川) 또한 掛詞 표현 발상의 始点은 같은 것으로 보아 무방할 것으로 생각된다.

한편 一語二義의 掛詞 용례는 4개가 있는데, 「降る」에 '밤을 함께 보내고 돌아오는 길에 비가 내리다'와 '눈물이 흐르다'의 뜻을 겹친 古今639番 恋歌, '비도 내 처지를 알고 더욱더 내리다'와 '나의 신세에 더욱 눈물이 흐르다'를 겹친 古今705番 恋歌, 「古る」와의 掛詞로 쓰이고 있는 「降る」에 一語二義로서 '초목의 잎을 변색시키는 時雨가 내리다'와 '눈물이 흐르다'를 또한 겹치고 있는 古今782番 恋歌, 그리고 '겨울이 가까워 時雨가 내리다'와 '가는 가을을 아쉬워하는 눈물이 흐르다'를 겹친 後拾372番 秋歌에서 구체적인 표현의 예를 찾아볼 수 있는데, 하나같이 비유적 표현으로서의 '눈물이 흐르다'를 겹치고 있어 주목된다.

끝으로 용례가 하나뿐인 것으로는 「古めかし」를 掛詞로서 표현한 後拾932番 雜歌(降る / 古めかしくも)와 말을 퍼트리다의 「触らす」를 掛詞로서 표현한 後拾1110番 雜歌(降らせて / 触らせて)가 있는데, 이러한 일회성의 것들은 掛詞 표현으로서는 시도적인 것이었다고 말할 수 있을 것이다.

(2) 歌集別 분포

'눈비가 내리다' 또는 비유적으로 '눈물이 흐르거나, 꽃이 지다'를 뜻하기도 하는 「降る」에 겹쳐있는 掛詞 표현들을 歌集別로 보면 그 분포와 구체적인 용례는 다음과 같다.

① 古今集

古今集에는 掛詞 표현의 「降る」가 11개 있는데, 恋歌 6개를 비롯하여 雑体歌에 2개, 春歌와 冬歌와 離別歌에 각각 1개씩이 보이므로 사용빈도에 있어서는 恋歌에서 특히 두드러짐을 알 수 있다.

한편 「降る」에 겹쳐 쓰이고 있는 掛詞를 보면, 「古る」가 6例(春113 冬339 離別398 恋763·782 雑体1065)로 제일 많고, 下二段動詞 「経」의 연체형 「経る」도 2例(春113 恋769) 보인다. 그 밖에 一語二義의 「降る」도 3例(恋639·705·782)로서 공히 '비가 내리다'에 '눈물이 흐르다'를 겹치고 있으며, 「古人」(恋731)와 「古屋」(恋769), 「古里」(雑体1005)는 용례가 각각 하나씩이다. 「降る」의 용례수가 11개인 데 반해 이것에 겹쳐있는 掛詞數는 14개나 된다. 그러나 이것은 계산상의 착오가 아니라 「降る」에 걸리는 掛詞 중에 2개 이상의 뜻을 담고 있는 三義의 掛詞가 존재하기 때문이다.

② 後撰集

後撰集에는 掛詞 표현의 「降る」가 23개 있는데, 이들을 部立別로 나누어보면, 冬歌 9개, 春歌 5개, 恋歌 5개, 秋歌 1개, 羈旅歌 1개, 哀傷歌 1개, 雑歌 1개로 사용빈도에 있어서는 冬歌에서 특히 두드러지고 있다.

이들 「降る」의 掛詞는, 「古る」가 13例(春21·74 秋297 冬448·450·469·470·471·472 恋676·1068 羈旅1353 哀傷1397)로 제일 많고, 「経」의 연체형 「経る」도 5例(春歌1·4 恋821·1070·1073) 보인다. 그 밖에 「振り出づ」의 축약형으로 下二段動詞인 「ふりづ(振り出)」가 2例(春40 冬454), 「振る」(冬455)와 「古里」(冬459)와 「古言の葉」(雑1289)는 각각 1例씩이다.

③ 拾遺集

拾遺集에는 掛詞 표현의 「降る」가 17개 있는데, 이들을 部立別 로 헤아려 보면 恋歌 7개, 冬歌 3개, 哀傷歌와 雜歌는 각각 2개, 春歌, 雜春歌, 雜秋歌는 각각 1개씩으로 사용된 수에서 恋歌의 것이 앞선다.

「降る」에 겹쳐있는 말로는, 7개의 용례가 보이는 「古る」(春7 冬 243・248・255 恋960 雜春1057 雜秋1141)와 「経」의 연체형인 「経る」 (恋653・688・728 哀傷1306・1332 雜504・572)가 두드러지며, 그 밖에는 지명 布留(恋765)와 布留川(恋956), 旧道(恋847)가 각각 1개씩의 例를 보이고 있다.

④ 後拾遺集

後拾遺集에는 掛詞 표현의 「降る」가 12개 있는데, 이들은 部立別로, 春歌 2개, 秋歌 2개, 冬歌 2개, 恋歌 2개, 雜歌 2개, 夏歌 1개, 哀傷歌 1개로 사용 면에서 특히 눈에 띄는 部立은 보이지 않는다.

이들 「降る」의 掛詞로는, 「経る」가 5例(冬416・417 哀傷571 恋歌 703・805)로 가장 많고, 「古里」(春34, 夏174)는 2例, 그 밖에 古巣(春 19), 「古る」(秋367), 一語二義로서의 「降る」(秋372), 古めかし(雜932), 触る(雜1110)는 각각 1例씩 보인다.

⑤ 金葉集

金葉集에는 掛詞 표현의 「降る」가 冬歌와 恋歌에 각각 2개씩 전부 4개의 용례가 보인다.

이들 「降る」의 掛詞로는, 「振る」(冬260)와 「故里」(冬292), 「経る」 (恋406), 「古屋」(恋504)의 예를 찾을 수 있다.

⑥ 詞花集

詞花集의 掛詞 표현 중 「降る」는, 春夏秋冬과 雜歌에서 각각 1수씩 總 5수에 6개의 용례가 보인다.

이들 「降る」의 掛詞는, 「経る」가 3例(夏65 冬149 雜335), 「古る」가 2例(春40 秋135), 「振る」가 1例(夏65) 보인다.

⑦ 千載集

千載集에 보이는 掛詞 표현의 「降る」는, 4개로서 春歌, 離別歌, 羈旅歌, 雜歌에 각각 하나씩의 용례가 보인다.

이들 「降る」의 掛詞에는, 「古る」가 3例(離別481 羈旅543 雜1071), 「経る」가 1例(春33) 있다.

⑧ 新古今集

新古今集에는 掛詞 표현의 「降る」가 26개 있는데, 이들의 部立別 분포는 冬歌 13개, 恋歌 4개, 雜歌 4개, 春歌3개, 夏歌 1개, 내용상 春歌인 後出歌 1개이다.

이들 「降る」의 掛詞로는, 「経る」가 10例(夏232 冬583·590·661·666·690 恋1247·1413 雜1453 後出1980)로서 수위를 점하고 있고, 다음은 「古る」로서 9例(春1 冬586·587·658·676·693 恋1319·1334 雜歌1455), 「古里」가 5例(春4·147 冬678 雜1580·1695), 지명인 「布留」가 2例(冬581·660) 있다.

2) 部立別 特徵

八代集 각 歌集의 編纂者들은 和歌에 대한 나름대로의 해석을 통

해 내용별로 部立을 나누어 놓았다. 그들의 의도를 그대로 수용한다
면 春歌에 속해 있는 和歌들의 핵심은 봄과 관련이 있는 것들에 있
다는 것을 예상할 수 있다. 그렇다면 그것들은 어떠한 歌語로써 주제
를 표출하고 있는가를 생각하지 않을 수 없으며 和歌 속의 掛詞「降
る」도 이러한 맥락에서 주제를 나타내는 하나의 수단으로서 주목되
는 것이다. 八代集 전체를 통한 掛詞 표현 사용빈도에 있어 掛詞「降
る」가 수위를 점하고 있는 사실은, 이것의 표현 효과가 얼마나 유효
했는가는 입증해 주고 있다. 이하 掛詞 표현의「降る」를 각 部立別로
나누어, 그중 主流를 이루고 있는 掛詞의 유형에 주목하여 그것이 갖
는 歌語로서의 의미31)를 고찰해 보고자 한다.

(1) 四 季

사계절을 읊은 和歌에서의 掛詞로 표출된「降る」는 봄 14수, 여름
3수, 가을 4수, 겨울 31수로 사용 빈도 면에서 겨울이 두드러지고
있다.

① 春 歌

春歌에서의 掛詞「降る」는「古る」와 겹치는 것이 6例(古113 後21·
74 拾7 詞40 新1)로 가장 많고,「経る」4例(古113 後1·4 千33),「古里」
3例(後拾34 新4·147),「振り出」1例(後40),「古巣」1例(後拾19) 순으로
보인다.

---

31) 문학적 見地에서 歌語란 무엇일까? 이에 대한 답은 小町谷照彦의 歌語 定
意에서 찾을 수 있다. 즉 歌語란 '日常語와 같은 형태일지라도 和歌 속에
읊어지는 가운데 의미內容이나 용법이 固定化·類型化되어 情趣나 美意識이
附加된 말의 体系'(「歌ことば·歌枕」『国文学』第30卷10号, p.60)인 것이다.
따라서 歌語로서의 의미를 찾는 작업은 和歌를 통해 이미지化된 특정한 말
의 성질을 밝히는 것이라고 할 수 있다.

春歌에서의 「降る」는 「古る」와의 掛詞 표현이 가장 두드러지고 있다고 할 수 있는데, 이들을 和歌 속에서 겹침으로써 작자가 나타내고자 하는 바는 기본 주제인 봄과 어떻게 관련지어져 전개되는가? 또한 이 유형의 掛詞가 만들어 내고 있는 정취는 어떠한 것일까?

部立名으로 표방된 봄을 나타내는데 어떻게 이용되고 있는지, 또한 그것에 겹쳐있는 또 다른 말은 어떻게 전개되는지의 특징을 보기 위해 사용 빈도가 가장 높은 것에 주목하고자 한다.[32]

「降る」의 주체로는 비 또는 눈이 생각되어지나 和歌에서는 비유적 표현으로 꽃이 비 오듯 쏟아지는 것에 대해서도 쓰이고 있다. 이는 春歌에서 「古る」를 겹치고 있는 「降る」의 경우에도 해당되어, 오랫동안 계속 내리는 비인 '長雨'(古113 後21)와 봄비 '春雨'(後74)를 비롯하여 '雪'(拾7)과 '白雪'(新1) 그리고 '花'(詞40)가 「降る」의 주체로서 읊어지고 있다. 그리고 이들 「降る」의 주체가 되는 말들은 각 和歌의 내용을 결정짓는 매우 중요한 역할을 하고 있음이 확인된다.

먼저 '長雨'는 계속해서 오래도록 내리는 비로 얼른 장마가 연상되나 봄의 것이란 점을 감안하면 하루 종일 부슬부슬 내리고 있는 봄의 부슬비를 생각함이 타당할 것이다.

古113 花の色はうつりにけりないたづらにわが身世にふるながめせしまに
後21 春立ちてわが身ふりぬるながめには人の心の花もちりけり

오래도록 내리는 비에 빛바랜 꽃을 보며 자신의 신세를 돌이켜 보

---

32) 和歌가 識者層의 생활 속에 뿌리를 내리고 있던 시절에 이것이 커뮤니케이션의 한 수단으로서 이용되었다고 하는 것은 和歌 표현에 대한 사람들의 공통된 이해가 전제되어 있었다는 사실을 우리들에게 말해 주는데, 掛詞로 表出되고 있는 특정 歌語에 대한 당시 사람들의 공통된 이해가 무엇이었나 하는 것을 고찰하기 위해서는 각 部立別로 가장 두드러지고 있는 것을 분석하는 것이 효율적이라고 생각했기 때문이다.

는 古今113番歌와 봄이 되어 내리는 오랜 비에 꽃도 다 져버리고
님도 멀어져 가는 우울한 마음을 읊은 後撰21番歌. 이 두 수의 和歌
를 통해 보면, '長雨' 내리는 봄의 분위기는 세상이 촉촉이 젖어 만
물이 소생하는 그러한 것이 아니라 늙어 가는 자신의 모습이나 사람
에게서 잊혀져 가는 신세의 서글픔을 곱씹는 침울한 것이다. 이들
和歌의 「長雨」에는 상념에 잠겨 멍하니 사물을 바라보는 「眺め」가
掛詞로서 겹쳐져 있는데, 이 「眺め」와 함께 「降る」에 겹쳐진 「古る」
는, 春歌 속에서 상기와 같이 가라앉은 봄의 분위기를 자아내는 詩
的 효과를 자아내고 있다고 할 수 있다. 이에 반해 다음 和歌에서
읊어지고 있는 '春雨'는 비록 그것 때문에 꽃이 지고는 있으나 봄의
정취가 물씬 느껴지는 歌語이다.

　後74 春さめの世にふりにたる心にも猶あたらしく花をこそおもへ

　'봄비(春雨)가 내리다'의 「降る」에 '나이를 먹어 늙다'의 「古る」를
겹침으로써 작자가 비록 몸은 늙었으나 마음은 아직도 꽃을 생각하
는 젊은 그대로의 마음이 있음을 읊고 있다. 상기 3수의 和歌를 통
해 노래에 깔려 있는 전반적 분위기는 봄의 경물인 '長雨'와 '春雨'
에 의해 좌우되고 있음이 확인되는데, 어떠한 歌語를 선택하느냐 하
는 것은 결국 작자에게 맡겨지는 문제인 것이다. 동일 경물을 어떤
말로써 나타낼 것인가 하는 것은 작자의 心的 狀態와 결부되어 동일
한 人事的 要素인 늙음에 대해서도 받아들이는 자세가 달라지는 것
이라 하겠다. 상기의 春歌 속에서 自然과 人事를 융합시키는 원점을
찾는다면 바로 掛詞로서 표출된 フル가 될 것이다.
　내용적으로는 詞花40 ちる花も あはれとみずや いそのかみ ふりは
つるまで をしむこころを도 後撰74番歌와 유사하다. 늙어서도 꽃에
끌리는 애틋한 심정을 표출하는 점이 공통되기 때문이다. 이것에서

는 비가 내리다가 아닌 '꽃이 지다'를 「降りはつる」로 표현하면서 여기에 '아주 늙어 버리다'의 「古りはつる」를 겹치고 있다.

拾7　春立ちて朝の原の雪見ればまだふる年の心地こそすれ
新1　みよしのは山もかすみて白雪のふりにしさとに春はきにけり

　봄에 내리는 눈에는 의외성이 담겨 있다. 상기 和歌의 그것도 마찬가지이다. 拾遺集7番歌는 '입춘이 되었는데도 눈이 내리다'의 「降る」에 '지나간 해'의 「旧る年」를 겹쳐 입춘이 되어 새해를 맞았는데도 변함없이 눈이 내리는 것에 대한 아쉬움을 나타내고 있으며, 新古今集1番歌는 立春을 읊은 것으로 어제까지만 해도 흰 눈이 내릴 정도로 추웠던 옛 도읍지 吉野에도 봄이 왔다는 마음을 표출하면서 '산을 희뿌옇게 하고 白雪이 내렸었다'는 내용을 「降りにし」꼴로 마무리하면서 '오래된 옛 도읍지「古りにし里」'를 이끌어 내고 있다.

　이상을 통해 「降る」의 주체가 되는 자연 경물에 주목하면 그것을 통해 和歌의 전체적 분위기도 어느 정도 파악할 수 있다는 사실을 알았는데, 더 나아가 그것에 겹쳐있는 掛詞 「古る」의 경우도 '늙거나, 오래되고, 한물갔다'는 뜻이 古113와 後21에서는 「眺め」와 함께 탄식조로 표현되고 있지만 꽃에 끌리는 심정을 읊은 後74와 詞40에서는 '늙었지만 그럼에도 불구하고 마음은 아직' 하는 의지가 엿보인다.

② 夏　歌

　夏歌에서의 「降る」는 「経る」와 겹치는 것이 2例(詞65 新232), 「古里」 1例(後拾174), 「振る」 1例(詞65)가 보인다. 이들 중 「降る」와 「経る」가 掛詞로서 표출하고 있는 바는 다음과 같다.

詞65 さみだれの日をふるままにすずか河やそせのなみぞこゑまさるなる
新232 たまほこの道行びとのことづてもたえてほどふる五月雨のそら

2개의 용례에 공히 보이는 五月雨는 음력 5월경에 오는 장마로서 대표적인 여름 경물의 하나인데 이들은 「降る」의 주체로서 和歌의 분위기를 좌우하는 요소가 된다. 한편 「降る」에 겹쳐있는 掛詞로서 詞花集 65番歌의 「経る」는 '비가 오는 날이 계속되다'를 뜻하며, 新古今 232番歌의 「経る」는 '장맛비에 소식을 전하는 인편도 끊겨 답답한 심정으로 나날을 보내다'를 뜻한다. 「降る」는 春歌에도 있고 여기 夏歌에도 있다. 그러나 이 둘의 성질은 같지 않은데 그것을 결정하는 것이 바로 春雨, 長雨, 五月雨와 같은 계절의 경물인 것이다. 五月雨와 함께 읊어지는 夏歌의 「降る」는 쏟아 붓듯이 지속적으로 내리기 때문에 상기 詞花集 65番歌는 「降る」의 掛詞로서 「経る」 외에 「振る」의 뜻도 곁들여 '강물도 불어 수많은 여울마다 드세게 울린다'고 읊고 있는 것이다. 또한 新古今 232番歌에도 엿보이지만 五月雨는 활동에 불편을 초래해 사람으로 하여금 두문불출하게 만들기 때문에 지루하고도 답답함이 따르는 것이다. 이러한 배경들은 夏歌의 掛詞 「降る」와 「経る」를 우리가 접했을 때 자연스럽게 연상되는 것들로, 바로 이러한 것이 掛詞 フル에 內在되어 있는 歌語的 要素가 되고 있다고 하겠다.

③ 秋 歌

秋歌에서의 掛詞 「降る」는 「古る」와 겹치는 것(後297 後拾367 詞135) 외에 一語二義의 「降る」(後拾372) 그리고 '비 오듯 단풍이 떨어져 길을 덮어 감추다'라는 뜻의 「降り隱す」에 '일부러 감추다'의 「ふり隱す」를 겹친 것(古288)이 보인다. 「降る」와 「古る」가 掛詞로서

48

표출하고 있는 바는 다음과 같다.

> 後297　時雨ふりふりなば人に見せもあへずちりなばをしみをれる秋はぎ
> 後拾367　みしよりもあれぞしにけるいその神あきはしぐれのふりまさりつつ
> 詞135　なごりなくしぐれのそらははれぬれどまだふるものは木のはなりけり

　이상은 「降る」에 「古る」를 겹쳐 읊어진 3수의 和歌이다. 먼저 「降る」의 주체가 되는 自然경물에 주목하여 보면, 後撰297番과 後拾367番歌의 경우는 '時雨'가, 詞花135番歌의 경우는 '낙엽'이 降る의 주체가 되고 있음을 알 수 있다. 『広辞苑』에 의하면 時雨는 '過ぐる에서 나온 말로서, 늦가을부터 초겨울에 걸쳐 내렸다 그쳤다하며 지나가는 비'이다. 그렇기 때문에 時雨를 가을만의 경물이라고 단정 지을 수는 없는 것이다. 실제로 和歌에서의 時雨는 겨울의 것도 많다. 그러나 상기의 和歌에서는 部立名과 함께 時雨가 '秋萩'(後297), '秋'(後拾367), 지고 있는 '木の葉'(詞135)와 함께 배합되어 있어 가을의 것임을 알게 한다. 時雨가 내리거나 낙엽이 지는 「降る」는 단순한 가을의 自然現象일 뿐이지만 그것이 우리의 마음을 움직이는 촉매역할을 할 때, 이미 그것은 和歌 속에서 단순한 自然現象을 넘어서는 그 이상의 무엇을 內在하게 된다. 掛詞로서의 「降る」와 「古る」는 그러한 自然現象과 그것에서 유발되는 心的 動向을 한정된 語数에 담아내는 가장 효과적인 방법이었을 것이다. 掛詞 표현 중 수위를 차지하는 掛詞 「降る」의 사용빈도가 그것을 말해 준다. 상기 3수의 和歌에 보이는 「古る」에 주목하면 後297은 「降りなば」로써 '계속되는 비에 모처럼 꽃핀 싸리나무가 볼품없이 되어버리면'을, 後拾367은 「古りまさりつつ」로써 '時雨가 내려 이소노카미(石上) 땅이 더욱 고풍스러워지다'를, 詞135는 「古るものは木のはなりけり」로써 '時雨 탓인지 나뭇잎이 수명이 다되다'를 각각 나타내고 있다. 이상에서 보는 「古る」는 작자의 시각으로 자신의 느낌을 말하고 있다는 점에서는 人事라고 볼 수 있으나, 그 주체는 사람이 아니고 '秋萩' '石上' '木の葉'와 같은 자연물인 것이 특색이다. 秋歌에 있어서 「降る」와 「古る」가 겹쳐진 掛詞의 경우는 時雨가 내림에 따라 생명력을 잃어 가고(後297 詞135), 더 옛 것이 되어 가는(後拾367) 분위기를 만들고 있는 것이다.

④ 冬 歌

冬歌에서의 掛詞 「降る」는 「古る」와 겹치는 것이 15例(古339 後448·450·469·470·471·472 拾243·248·255 新586·587·658·676·693)로 가장 많고, 그다음은 「経る」 8例(後拾416·417 詞149 新583·590·661·666·690)이며 「古里」 3例(後459 金292 新678), 「振る」 2例(後455 金260), 布留 2例(新581·660), 振り出 1例(後454)의 순으로 總 31개의 용례가 보인다. 이들 掛詞유형 중 특히 두드러지고 있는 것은 「降る」와 「古る」가 짝을 이룬 것으로 이들이 표출하고 있는 바는 다음과 같다.

冬歌에 보이는 「降る」의 주체는 눈(雪)과 時雨로서 前者가 10개 後者가 5개 보이는데, 이들 겨울 경물이 연출하는 「降る」와 그 裏面에 겹쳐있는 「古る」는 어떤 정취를 자아내고 있을까?

「降る」와 「古る」가 掛詞로서 겹쳐 읊어진 冬歌의 내용을 보면, 늙어 감을 절실히 느끼거나 한탄하는 것이 많은데, 그 속의 「古る」는 한결같이 작자 자신이 늙어 감을 뜻한다. 다음 5수의 和歌, 눈이 몹시 내리는 가운데 한 해가 저물고 자신도 늙어 가는 감회를 읊은 古今339 あらたまの年のをはりになるごとに雪もわが身もふりまさりつつ, 時雨가 내림으로써 세월과 함께 늙어 가는 자신을 느끼는 초겨울의 슬픈 심정을 읊은 後撰469 ちはやぶる神な月こそかなしけれわ

が身時雨にふりぬと思へば, 눈이 온 이튿날 아침 늙은 자신을 돌아보고 늙음을 탄식하는 後撰471 ふりそめて友まつゆきはむばたまのわがくろかみのかはるなりけり, 날씨가 자주 변하며 내리는 時雨에 빗대 자신의 노쇠를 한탄하는 新古今586 はれくもり時雨はさだめなきものをふりはてぬるは我が身なりけり, 내려 쌓인 눈에 빗대 작자의 늙어 쌓인 연륜을 읊은 新古今676 雪のみやふりぬとはおもふ山ざとにわれもおほくのとしぞつもれる에서 그 예를 찾아볼 수 있다. 눈이나 겨울비가 내리는 것에 오버랩 시킨 작자 자신의 늙음, 이것은 상기 掛詞 표현이 冬歌에서 나타내고 있는 가장 큰 주제이다. 표현에 있어 겨울비인 時雨를 읊고 있는 後撰469番歌와 新古今586番歌에 각각 「悲し(슬프다)」와 「定め無し(변하기 쉽다. 무상하다)」가 보이는데, 이러한 心情語는 눈이 내리는 다른 和歌에서는 찾아볼 수 없는 것으로 時雨에서 유발되는 정서를 말해 주는 것이라 하겠다.

> 後448 秋はてて時雨ふりぬる我なればちることのはをなにかうらみむ
> (상대방이 늙은 자신에게서 점점 멀어져 감을 체념하는 심정을)
> 後450 秋はててわが身しぐれにふりぬれば事の葉さへにうつろひにけり
> (초겨울 時雨와 함께 자신도 늙어버린 탓에 나뭇잎이 변하듯 변해버린 상대방과 疏遠함을)
> 後470 しら山に雪ふりぬればあとたえて今はこしぢに人もかよはず
> (어느 사이에 늙어버려 더 이상 자신을 찾는 이도 없는 서글픔을)

상기의 和歌 3수는 「降る」의 掛詞 「古る」가 작자 자신이 늙어 간다는 의미에서는 앞에서 고찰한 5수의 그것과 동일하다. 그러나 이들 和歌에는 늙음 그 자체로 끝나는 것이 아니라 더 나아가 그것 때문에 자신을 찾는 사람의 발길이 끊어지고 관계가 소원해져 가는 서글픔이 표출되어 있는 것이다. 後撰448과 450番歌의 時雨는 작자의

그러한 심정을 반영하는 경물로서 그 이미지는 침울함을 수반하고
있다. 그리고 後撰470番歌의 경물인 눈은 그로 말미암아 찾아오던
사람의 발걸음이 끊어지게 되는 것으로 작자의 현재의 처지를 이끌
어내는 매개가 되고 있다.

이외에 사람의 늙음에 관한 용례로서 くろかみの色ふりかふる白雪
のまちいづる友はうとくぞ有りける라 읊고 있는 後撰472番歌는 後撰
471番歌의 答歌로서 늙은 것을 탄식하며 함께 늙어 가기를 기대하는
상대방에게 '다른 사람의 늙음에 자신은 응하고 싶지 않다'는 심정을
해학적으로 읊고 있는 것이다. 여기에서 내리는 눈은 단순한 자연경
물에 그치지 않고 人事的인 것과 결부되어 검은머리를 희게 하는 것
으로서, 掛詞 「古る」에 '검은머리가 흰머리가 될 정도로'라는 뜻을
부가시키고 있다.

그리고 掛詞 「古る」에는 '사람이 늙다'의 뜻만 있는 것은 아니다.

도읍에 내린 첫눈이 진귀하게 느껴지는 심정을 읊은 拾遺243 宮
こにてめづらしと見るはつ雪はよしのの山にふりやしぬらん, 봄이 가
까워 눈이 한층 더 내리는 겨울의 감흥을 읊은 拾遺255 あたらしき
はるさへちかくなりゆけばふりのみまさる年の雪かな, 눈이 많이 내
린 날 아침 山家에서 도읍의 안부를 묻는 新古今658 つねよりもしの
屋ののきぞうづもるるけふは都にはつ雪やふる가 있어 이상의 和歌에
는 눈을 본 감흥이 담겨있는데 拾遺243番歌의 「古る」는 '눈이 꽤 여
러 차례 내렸기에 그 진귀함을 못 느끼게 되다'를, 拾遺255番歌의
그것은 '올 한 해가 끝나가다'를, 新古今658番歌는 '드디어 첫눈이
내려 눈을 본 신선한 감흥이 조금은 무디어지다'라는 뜻을 각각 나타내
고 있다. 표현에 있어 拾243과 新658의 경우는 눈이 많은 「吉野の山」와
눈이 「篠屋」의 처마 끝까지 쌓인 산 속 마을을 상대적으로 눈이 적
은 도읍(都)과 대비시킴으로써 도읍에도 내렸을 첫눈의 감흥을 극대

화시키고 있는 것이다. 그리고 병풍에 그려진 시라야마(白山)를 보고 연상되는 눈의 감흥을 읊은 拾遺248 我ひとりこしの山ぢにこしかども雪ふりにける跡を見るかなの 「古る」는 '전에 누군가가 왔었던 흔적이 아주 오래되다'를 뜻하고 있다.

끝으로 초겨울 솔바람 소리에서 유발되는 감흥을 읊고 있는 新古今587 いまは又ちらでもまがふ時雨かなひとりふり行く庭の松風의 「古る」는 '정원의 소나무가 홀로 늙어 가다'를 뜻하고 있으며, 눈 내리는 연말에 과거의 기억도 아스라이 사라져 가는 심정을 읊은 新古今693 へだて行くよよの面かげかきくらし雪にふりぬるとしの暮かなの 「古る」는 '과거의 기억들이 아스라한 먼 옛날의 것이 되어 버리다'를 뜻하고 있다.

이상의 冬歌에서 이들 掛詞가 만들어 내는 분위기를 살펴보면, 「古る」의 주체가 자연물인 경우는 자연에 대한 감흥을 나타내어 밝고, 「古る」의 주체가 사람인 경우는 늙음을 탄식하는 등의 내용으로 귀결되어 어둡다고 말할 수 있다. 冬歌에 나타난 掛詞 「降る」는 겨울 경물과 함께 외적인 면을, 「古る」는 주로 작자나 사람들의 시점에서의 내면세계를 표출하고 있다. 掛詞로서의 이 둘은 和歌 표현의 축을 이루고 있기에 어느 쪽이 더 중요한가를 저울질하는 것은 무의미하다. 다만 冬歌와 같은 部立에 自然的인 요소와 함께 人事的인 요소가 함께 표출되고 있다고 하는 것은 주목할 필요가 있다. 물론 和歌는 작품에 따라 敍景的인 것과 抒情的인 것 어느 한쪽만을 읊은 것도 많다. 그러나 抒情을 읊으면서 敍景을 말하고, 敍景을 읊으면서 抒情을 말하는 것이 和歌에 있어 굳어진 하나의 표현양식이라면 掛詞는 그 일익을 담당하고 있다고 할 수 있다.

(2) 사　랑

① 恋　歌

恋歌에서의 掛詞 「降る」는 「経る」와 겹치는 것이 11例(古769 後821・1070・1073 拾653・688・728 後拾703・805 金406 新1413)로 가장 많고, 그다음은 「古る」 7例(古763・782 後676・1068 拾960 新1319・1334)이며, 이하 一語二義의 「降る」 2例(古639・705), 「古屋」 2例(古769 金504), 「古人」 1例(古731), 「石上布留」 1例(拾765), 「旧道」 1例(拾847), 「布留川」 1例(拾956), 「古言の葉」 1例(新1247)의 순으로 보인다.

「降る」와 「経る」는 恋歌에 있어 가장 눈에 띄는 대표적인 掛詞라 할 수 있다. 이들이 표출하고 있는 和歌는 어떠한 내용의 것들이며 또 그 속에서 이 두 歌語는 어떤 情趣를 띄고 있을까? 사랑이 전개되는 순서에 따라 다음과 같이 나누어 그 내용을 살펴보고자 한다.

먼저 여의치 않은 사랑 때문에 고민하고 한숨짓는 다이다.

　　拾653 あはれともおもはじものをしらゆきのしたにきえつつ猶もふるかな
　　拾688　しぐれにも雨にもあらで君こふる年のふるにも袖はぬれけり
　　後拾805 よそにふる人はあめとやおもふらんわがめにちかきそでのしづくを

내려 쌓이기도 한편 밑에서부터 녹아 사라지는 흰눈에 빗대어 사랑에 고민하는 자신을 읊은 拾遺653番歌는 흰눈이 내리는 「降る」에 사랑으로 인한 고민에 꺼져버릴 것만 같은 상태로 나날을 보내고 있는 「経る」를, 좀처럼 이루어지지 않고 세월만 흐르는 사랑을 한탄하는 拾遺688番歌는 時雨나 비가 내리는 「降る」에 상대방을 그리워하는 가운데 세월만 흐르는 「経る」를, 여의치 않은 사랑에 눈물지으며 한탄하는 後拾遺805番歌는 비가 내리는 「降る」에 자신과는 상관없이 이 세상을 사는 「経る」를 각각 겹치고 있다. 그리고 흰눈을 읊고 있는 拾遺653番歌의 경우는 눈의 관련어로서 「消ゆ」에 작자자신의 처지를, 비를 읊고 있는 拾遺688과 後拾遺805番歌는 '소매가 젖다'와 '소매에 맺히는 물방울'로써 눈물에 젖어 지내는 처지를 각각 나타내고 있는바 이를 통해 和歌 속의 경물은 人事的 내용을 좌우하는 중요한 역할을 하고 있다는 것을 알 수 있다.

다음은 항상 같이 있고 싶은 절실한 思慕의 情을 읊은 것이다.

    後1070 白雪のけさはつもれる思ひかなあはでふる夜のほどもへなくに
    拾728 かからでも有りにしものをしらゆきのひとひもふればまさるわがこひ

만나지 못한 지 얼마 되지도 않아 쌓여만 가는 그리움을 읊은 後撰1070番歌와 하루도 떨어져 있기 어려운 사모의 정을 읊은 拾遺728番歌는 공히 ふる에 '흰 눈이 내리다'와 '만나지 못하고 지내다'를 겹치고 있는데, 前者는 눈이 쌓이는 것에서 그리움이 쌓여 가는 것으로 後者는 눈이 내림과 함께 늘어나는 자신의 연정을 읊고 있어 쌓이는 눈에서 시작된 표현이 작자 자신의 人事的 내용으로 전환되는 점에서 作歌의 모티브와 展開方法이 동일하다고 할 수 있다.

끝으로 님을 그리워하며 기다리는 忍苦의 心情을 읊은 것은 그 예가 가장 많다.

찾는 이 없어 황폐한 낡은 집에서 여러 날 동안 비 내릴 때 님 그리워하는 심정을 읊은 古今769 独のみながめふるやのつまなれば人を忍ぶの草ぞおひける는 '추녀 끝에 忍ぶ草가 무성한 오래된 집'을 뜻하는 古屋에 '장맛비가 오랫동안 계속 내리다'의 「降る」와 '님에 대한 그리움을 참으며 상념에 잠겨 세월을 보내다'의 「経る」를 복합적으로 겹치고 있고, 행여나 만나게 될까 하는 기대감에 괴로운 나

날을 참고 지내는 심정을 읊은 後撰821 もしもやとあひ見む事をたの
まずはかくふるほどにまづぞけなまし는 ふる에 '눈이 내리다'와 '만
나지 못한 채 괴로운 나날을 보내다'를, 상대방의 작자에 대한 애절
한 사랑의 호소에 불신감을 나타내고 있는 後撰1073 山がくれきえせ
ぬ雪のわびしきは君まつのはにかかりてぞ는 ふる에 '눈이 내리다'와
'세월을 보내다'를, 님에게 잊혀진 채 눈물로 지내는 자신의 처지를
읊고 있는 後拾遺703 みしひとにわすられてふるそでにこそ身をしる
あめはいつもをやまねね ふる에 '비가 그칠 줄을 모르고 내리다'와
'님에게 잊혀진 채 세월을 보내다'를, 장맛비에 님의 발길도 끊겨 눈
물지으며 혼자 집을 지키고 있는 쓸쓸한 심정을 읊은 金葉406 おも
ひやれとはでひをふるさみだれのひとりやどもるそでのしづくを는 「ふ
る」에 '五月雨가 계속 내리다'와 '님의 방문이 없는 나날을 보내다'
를, 장맛비가 내릴 무렵에 님을 오랫동안 못 만난 우울한 심정을 읊
은 新古今1413 あはずしてふるころほひのあまたあればはるけき空に
ながめをぞする는 「ふる」에 '장맛비가 내리다'와 '그대를 만나지 못
한 채 나날을 보내다'를 겹치고 있었다.

　이상을 요약하면 이들 掛詞 표현의 和歌들은 내용적으로 여의치
않은 사랑 때문에 고민하고 한숨짓거나 한시라도 떨어져 있기 어
려운 사모의 정 또는 님을 그리워하고 기다리면서 참고 지내는 심
정을 나타내는 것들로 나뉘어졌다. 그리고 和歌 속의 눈이나 비는
사랑의 장애물이 되어 작자로 하여금 그리움과 기다림 더 나아가 한
탄과 슬픔에 빠지게 하는 매개가 되고 있는데, 恋歌에서의 「経る」
는 이러한 상황 속에서 세월을 보내는 작자의 인고의 심정이 반영
되어 있는 歌語이다. 따라서 「降る」 또한 단순한 자연현상에 그치
는 것이 아니라 그것이 掛詞로서 「経る」를 도출해 낼 때, 거기에는
우울하고도 암담한 情緒가 깔려 있다고 말할 수 있지 않을까?

(3) 離別과 羈旅

① 離別歌

離別歌에는 「降る」에 「古る」를 겹친 掛詞만이 2例 보인다.

古398　をしむらむ人の心をしらぬまに秋の時雨と身ぞふりにける
千481　わするなよかへる山ぢにあとたえて日かずは雪のふりつもるとも

古今398番歌에서의 헤어짐은 멀리 떠나는 사람과의 이별이 아니라, 자리에서 일어나 자기 집으로 돌아가기 위해 작자의 곁을 떠나는 사람과의 작별이다. 때마침 겨울을 재촉하며 내리고 있는 時雨에 빗대 자신의 늙음을 말하며 작별을 고하는 即物的인 표현으로서의 「降る」와 「古る」는 掛詞로서의 기본 틀을 따르고 있다고 할 수 있다. 그러나 내용상으로 和歌 속의 헤어짐은 언제 만날지 기약 없는 오랜 이별이 아닌 잠시의 작별이기에 여기에 작자 자신의 늙음을 배합한 것은 비약적이라는 생각이 든다.

한편 자신을 잊지 말아 주기를 바라며 이별의 아쉬운 심정을 읊은 千載481番歌의 경우는 「八代集掛詞一覧」에서 예를 제시하고 있으나 문맥상 납득하기 어렵다. 왜냐하면 「降りつもる」의 降り에 '늙다'를 뜻하는 「古り」를 겹치고 있는 것으로 본다면 '눈에 길이 막혀 돌아오지 못하고 그곳에서 늙어가다'로 해석하여야 하는데 문맥상 이는 '그곳에서 나날을 보내다'로 보는 것이 적합하기 때문이다. 그러나 後者로 해석할 경우 표기가 「経り」는 될 수 없기에 이 또한 어법상의 무리가 있다.[33]

---

33) 이 말의 掛詞에 대해 新大系『千載和歌集』는 「降りつもる」의 앞쪽이 아닌 뒷부분 「つもる」에 주목하여 '눈이 쌓이다'와 눈에 갇혀 꼼짝 못하는 가운데 '날짜가 지나 쌓이다'가 겹쳐 있는 것으로 보고 있다.

② 羈旅歌

羈旅歌에서의 掛詞 「降る」는 離別歌와 마찬가지로 「古る」와 겹치는 것 2例가 보인다.

> 後1353 宮こまでおとにふりくる白山はゆきつきがたき所なりけり
> 千543 あづまぢも年もすゑにや成りぬらん雪ふりにけり白川のせき

前者는 도읍에서 멀리 떨어진 白山로 향하는 道中에서의 감회를 읊은 것으로 '눈이 하늘에서 내려오다'를 뜻하는 「降り来る」에 '옛날부터 널리 알려져 오다'의 「古り来る」를, 後者는 집을 떠나 여행 중에 세모를 맞는 심정을 읊은 것으로 '눈이 내리다'의 「降り」에 '또 한 해를 보내며 나이를 먹다'의 「古り」를 겹쳐 읊고 있다.

여행길에서의 감회를 읊고 있는 이들 和歌에서 주목되는 것은 도읍에서 멀리 떨어진 지명과 그곳에 이르는 路程이다. 千543의 경우는 여행 중 시라카와 관문(白川の関)에 이르러 내리는 눈에서 촉발되는 감흥을 人事的인 내용으로 전개시키고 있는 점에서 예의 다른 표현과 동일하다. 그러나 後撰1353의 경우는 조금 다르다. 눈이 항상 있는 곳이란 이미지의 시라야마(白山)를 들어 그곳의 눈이 「降る」를 도출하고 거기에 「古る」가 겹치는 형태적인 면은 동일하지만 「古る」의 의미가 전혀 다르기 때문이다. 여기에서 「古る」는 掛詞 표현으로 쓰일 경우 가장 보편적인 의미로서의 '늙다'는 보이지 않는다. 대신 눈이 끊일 날이 없다는 白山의 명성은 어제오늘의 것이 아니라 '옛날부터 널리 알려져 왔다'라는 뜻을 나타내고 있는 것이다.

58

(4) 慶賀와 哀傷

① 賀 歌

賀歌에서의 掛詞 「降る」는 그 용례가 보이지 않는다. 이는 경물로서의 눈이나 비가 人事的인 요소와 결부될 경우 그 대부분이 암울한 이미지를 풍기고 있는데 기인하는 것으로 보아야 할 것이다. 「降る」와 그에 따른 경물들도 그러하지만 掛詞로서 겹쳐 쓰이는 「古る」와 「経」 또한 의미가 吉하다고는 단정 지을 수 없다. 따라서 이것들이 갖고 있는 歌語로서의 이미지는 心的으로 어둡기 때문에 慶賀스러운 자리에서는 피해야 할 禁忌의 말이었을 것으로 생각된다.

② 哀傷歌

哀傷歌에서의 掛詞 「降る」는 「経る」가 3例(拾1306 · 1332 後拾571), 「古る」가 1例(後1397) 보인다. 哀傷歌의 掛詞로서 「降る」와 「経る」가 겹쳐 표출하고 있는 바는 다음과 같다.

> 拾1306 うき世にはある身もうしとなげきつつ涙のみこそふるここちすれ
> 後拾571 わかれにしそのさみだれのそらよりもゆきふればこそこひしかりけれ

자식이 죽은 슬픔에 눈물로 나날을 보내는 심정을 읊은 拾遺1306番歌에는 눈물을 비에 비유하여 그것이 하염없이 쏟아지는 「降る」와 눈물로 나날을 보내는 「経る」가 겹쳐져 있고, 사랑하는 여성이 죽은 후 시일이 지남에 따라 깊어만 가는 그리움을 읊은 後拾遺571番歌의 ふる에는 '눈이 내리다'와 '시간이 지나다'가 겹쳐져 있었다. 죽은 사람을 그리워하고 애도하는 哀傷歌에 있어서 「降る」는 단순한 자연현상을 넘어 작자의 슬픈 심정이 반영된 것이며, 그것에 겹쳐진 「経る」

는 슬픔에 젖어 지내거나 죽은 이를 그리워하며 지내는 작자의 흔들리는 심적 상태를 나타내고 있다. 한편 哀傷歌의 내용은 상기와 같이 죽은 사람을 애도하고 그리워하는 것이 일반적이지만 다음과 같이 인생무상을 주제로 한 것도 보인다.

拾1332 世の中にふるぞはかなき白雪のかつはきえぬる物としるしる

무상한 세상을 사는 허망한 심정을 읊은 것으로 「降る」에는 '흰 눈이 내리다'를 「経る」에는 '無常한 세상을 살다'를 겹치고 있다. 여기에서의 흰 눈은 쉬 꺼져버리는 속성으로 인해 허무함의 상징이다. 그 눈이 내리는 것에 겹친 「経る」는 이 세상을 살아가는 것인데 그것은 단순한 삶이 아니라 내리는 눈이 쉬 없어지는 것처럼 허망한 삶이라 하겠다.

(5) 기 타

상기의 분류 항목 이외의 部立은 크게 雜歌와 그 밖의 和歌로 나누었다.[34)]

① 雜 歌

雜歌에서의 掛詞 「降る」는 「経る」와 겹쳐있는 것이 4例(拾504·

---

34) 古今集에서는 長歌를 雜体歌에 넣어 분류하고 있으나 部立名으로서의 雜体歌는 이후의 歌集에는 보이지 않는다. 拾遺集에서는 長歌를 雜歌로 분류하고 있는 것이다. 또 이와는 반대로 拾遺集에서는 석가의 가르침과 관련된 내용의 것들을 雜歌로 처리하고 있는데 이것들이 千載集과 新古今集에서는 따로 釈教歌라는 部立名으로 분류되고 있다. 八代集에 보이는 공통된 部立을 제외하고는 이렇게 歌集別로 部立名에 약간의 차이가 보이는데 이를 本稿에서는 기타 항목에 모았다. 이는 내용적으로 같은 성질의 것이 歌集에 따라 다른 部立名으로 불리고 있는 것을 취합하기 위함이다.

572 詞335 新1453) 보이는 외에 「古る」 2例(千1071 新1455), 「古里」 2例(新1580·1695), 「古言の葉」 1例(後1289), 「古めかし」 1例(後拾932), 「触らす」 1例(後拾1110)가 보인다. 이들 유형 중 두드러지고 있는 「降る」와 「経る」가 掛詞로서 표출하고 있는 바는 다음과 같다.

승진이 제 때에 되지 않은 침울한 심정을 읊은 拾遺504 うく世には行きかくれなでかきくもりふるは思ひのほかにもあるかなな 「ふる」에 '하늘을 어둡게 하며 눈이 내리다'와 '제때에 승진이 안 된 불운함에 침울한 기분으로 나날을 보내다'를 각각 겹쳐 불우한 자신의 처지를 한탄하고 있다. 여기에서 눈이 흩날리며 하늘을 뒤덮어 연출하는 어두움은 현재 처해있는 불우함에 대해 작자가 느끼는 암담한 심정을 표출한 것이라 한 것이라 하겠다. 掛詞로서의 「ふる」는 자연현상을 말하면서 한편으로는 작자의 처지를 말하고자 하는 그 시발점이 되고 있는 것이다.

승진이 늦은 불운함을 한탄하는 사람에게 위로의 심정을 전하는 拾遺572 世の中をおもへばくるしわするれば……あやなき身にも人なみにかかる心を思ひつつ世にふるゆきをきみはしも冬はとりつみ……에도 「ふる」의 掛詞 표현이 보인다. 즉 世にふるゆきを로서 '남들만큼 출세하길 염원하며 나날을 보내다'와 '등불대신 책을 비추어 볼 눈이 내리다'를 표출하고 있는 것이다. 이른바 連鎖型 掛詞로서 長歌에 있어서의 리듬 또한 살리고 있는 두 의미의 말은 어려운 환경 속에서도 학문에 정진하여 형설지공을 쌓은 상대방이 세상에서 실력을 제대로 인정받지 못한 채 지내고 있다는 내용을 나타내고 있다.

詞花335番歌는 작자가 모시고 있는 분의 노여움을 사 마음조리며 지내는 심정을 읊은 것으로 みかさやまさすがにかげにかくろへてふるかひもなきあめのしたかなの 「ふる」에 御笠35)의 縁語로서의 '비가

---

35) 三笠山은 奈良市 春日大社의 뒤쪽에 있는 산으로서, 近衛府의 異稱이기도 하지만 藤原氏의 守護神을 모시는 春日大社가 근처에 있는 관계로 藤原氏

오다'와 윗분의 자기에 대한 노기에 '마음조리며 지내다'를 겹쳐 나타내고 있다. 여기서의 御笠는 藤原氏 구체적으로는 작자의 上司인 藤原師通를 우회적으로 나타내는 말이다. 따라서 「降る」는 실물의 작용은 아니며 다만 미카사산(三笠山)에 겹쳐있는 御笠와 연관지어져 도출된 말이라 할 수 있다. 「降る」가 비록 緣語에 의한 것이지만 그것은 작자를 향한 윗사람의 노기가 얼마나 대단한지를 상징한다고 할 수 있으며 이에 겹쳐있는 「経る」는 눈치보고 마음조리며 지내는 작자의 근황을 나타내고 있어 본 和歌의 핵심 내용은 掛詞를 통해 표출되고 있는 것이다.

비 오듯 꽃이 지는 高陽院의 由緖 깊은 정취를 읊은 新古今1453 万代をふるにかひあるやどなれやみゆきと見えて花ぞ散りけるにも「ふる」의 掛詞 표현이 보인다. 이것에 겹쳐있는 것은 '꽃이 눈 내리듯 지다'와 '오랜 세월을 계속 살다'인데 이 경우의 「経る」에는 詞花335番歌의 그것처럼 인간관계로 초래된 침울함이 전혀 없다. 수많은 세월을 그 자리에 서서 꽃을 피우고 지워 온 「経る」에는 由緖깊은 곳의 그윽한 情趣까지도 느낄 수 있다.

雜歌의 대표적 掛詞유형인 「降る」와 「経る」에서는 新古今1453番歌처럼 자연묘사에 이용되어 그윽한 정취를 느끼게 하는 것도 있으나 이것은 이례적인 것이며 일반적으로 이들 掛詞에는 결코 밝지 않은 침울함이 수반되고 있었다.

② 그 밖의 和歌

상기에 보이지 않는 部立名은 전부 여기에 모아 掛詞 「降る」로서의 양상을 살펴보았다. 대부분 서로 관련이 없는 部立들이지만 그 掛詞 표현들을 모아 보니 「古る」가 3例 보이고 「経る」와 「古里」도 1例

___
를 나타내기도 한다.

씩 보인다.

먼저 「古る」와 겹치는 것의 용례로서, 곧 녹아 사라지는 눈과 대비시켜 몸은 늙어도 마음은 변함없이 맑게 유지하고 싶은 심정을 읊은 古1065(雜体) 白雪の友にわが身はふりぬれど心はきえぬ物にぞありける는 몸은 늙어 가지만 마음은 눈처럼 꺼져 사라지지 않는다는 심정을 나타내는 방법으로서 '흰 눈이 내리다'의 「降る」에 '내 몸이 늙어 가다'의 「古る」를 겹쳐 표현하고 있으며, 발상이 같은 것으로 비 내리는 봄날에 어느덧 늙어 버린 자신을 한탄하는 拾1057(雜春) 歌年ごとに春のながめはせしかども身さへふるともおもはざりしを는 눈이 아닌 비로 '봄날 긴 비가 내리다'의 「降る」와 '내 몸이 늙다'의 「古る」를, 작자가 어머니 伊勢의 和歌를 모아 왕께 바치는 기쁜 심정을 읊은 拾遺1141(雜秋) しぐれつつふりにしやどの事の華はかきあつむれどとまらざりけり에서는 '時雨가 내리다'의 「降る」에 '오래되어 보잘것없어진 집'을 뜻하는 古りにし宿의 「古る」를 겹치고 있다.

끝으로 「降る」에 掛詞로서 겹치고 있는 「経る」는 新古今集에 後出된 和歌로서 春歌에 해당하는 1980番歌에서 그리고 「古里」는 古今1005番 雜体歌에서 각각 그 용례를 찾아볼 수 있다. 비 오는 늦은 봄날, 색 바랜 꽃을 보며 지나온 세월을 술회하고 있는 전자는 いかにせむよにふるながめしばのとにうつろふ花の春のくれがた 속에 '장맛비가 내리다'의 「降る」와 '상념에 잠겨 세월을 보내다'의 「経る」를, 後者는 겨울을 맞이하여 지나온 많은 세월을 돌아보며 느끼는 감회를 ちはやぶる神な月とやけさよりはくもりもあへずはつ時雨紅葉とともにふるさとのよしのの山の……와 같이 長歌로서 읊는 가운데 '초겨울의 時雨가 내리다'의 「降る」에 옛날 도읍이 있었던 吉野를 일컫는 「古里」를 겹치고 있다.

2

「待つ」의 掛詞 표현

1) 掛詞의 類型과 歌集別 분포

〈표 14〉

掛詞 ＼ 歌集	古	後	拾	後拾	金	詞	千	新	計
松	5	13	7	7	6	5	3	17	63
松 虫	4	4	2	1				3	14
松 風		2						4	6
待乳の山		1	1					2	4
松 山	1	1		1					3
松の浦					1	1			2
松の江		1							1
松の戸								1	1
松の柱								1	1
松 島								1	1
松の尾山								1	1
わかの松原								1	1
あふの松原							1		1
先 づ							1		1
まつ(松明)		2							2
計	10	24	10	10	7	6	4	31	102

(1) 類型別 분포

<표 13>에서 보는 바와 같이 掛詞 「待つ」에 겹쳐지고 있는 말은 15종류로 나누이는데, 소나무 또는 그 관련어가 대부분이다. 이 중 뜻

과는 상관없이 표기에 있어 「まつ(松)」가 안 들어가 있는 것은 「待乳の山」와 「先づ」뿐이다. 八代集를 통해 「待つ」의 掛詞가 총 102개인 중에 「待乳の山」와 겹치는 것은 4例, 「先づ」와 겹치는 것은 1例에 지나지 않는다. 나머지 97개는 전부 「松」와 그 관련어 또는 표기에 있어 「松」를 이용한 말들이 「待つ」와의 掛詞 관계에 있는 것이다. 식물로서의 「松」의 수는 「岩代の松」나 「住吉の松」 등 지명과 결부된 것 5개를 포함하여 63개, 여기에 古今集 162番歌의 「松山」를 일반명사인 '소나무가 많이 자라고 있는 산'으로 본다면[36] '강기슭에 소나무가 나있는 강'을 뜻하는 「松の江」와 함께 總 65개에 다다르는 소나무는, 「待つ」와의 掛詞 표현에 있어 중추적인 역할을 하고 있는 것을 알 수 있다. 「松」에 이어 다음으로 두드러지고 있는掛詞는 가을 풀벌레인 방울벌레, 즉 「松虫」로 전부 14例 보인다. 그 밖에 솔바람을 뜻하는 「松風」 6例, 횃불을 뜻하는 「たいまつ(松明)」의 略語 「まつ(松)」가 2例, 소나무를 건축자재로 이용한 소나무 사립문 「松の戸」와 소나무 기둥 「松の柱」도 각 1例씩 있다. 끝으로 특기할 것은 「松」가 삽입되어 있는 지명으로, 「松山」 「松の浦」 「松島」 「松の尾山」 「わかの松原」 「あふの松原」가 바로 그것이다. 표에서 보듯 전체 용례수는 9개에 지나지 않아 그 사용률은 높은 편이 아니지만 9개의 「待つ」를 掛詞로써 나타내는 데 6개의 지명이 사용되고 있다는 점을 가볍게 看過해서는 안 될 것이다. 왜냐하면 「松」로 표기된 지명 속의 「まつ」를 통해 「待つ」의 이미지를 떠올리는 이른바 歌枕으로서의 지명에 결부된 인상은 掛詞 표현과 결코 무관하지 않을 것이기 때문이다. 두 개의 말을 겹침으로써 유발되는 상상력은 和歌의 詩的 요소를 증폭시키기 때문에, 그러한 의미에서 掛詞 표현으로 읊어진 和歌 속의

---

36) 小沢正夫校注의 日本古典文学全集 『古今和歌集』 (小学館, 1971)와 小島憲之外校注의 新日本古典文学大系 『古今和歌集』 (岩波書店,1989)에서는 古今162의 「松山」을 일반명사로 보고 있다.

지명은 특별한 의미를 갖고 있다고 보아도 좋을 것이다.

(2) 歌集別 분포

まつ(待つ)에 겹쳐있는 掛詞 표현들을 가집별로 살펴보고 그 분포
와 구체적인 용례를 밝히면 다음과 같다.

① 古今集

古今集에는 掛詞 표현의 「待つ」가 10개 있는데, 이들을 部立別 사
용빈도 순으로 나누어보면, 秋歌 4개, 恋歌 2개, 夏歌 1개, 賀歌 1개,
離別歌 1개, 東歌 1개로 秋歌에서 특히 두드러지고 있다.

한편 「待つ」에 겹쳐있는 掛詞로서는, 「松」가 5例(賀356 離別365 恋
778·779 東1089), 「松虫」가 4例(秋200·201·202·203), 「松山」가 1例
(夏162) 보인다. 「待つ」와 겹치는 이들 말들의 공통분모는 다름 아
닌 マツ(松)인 것이다.

② 後撰集

後撰集에는 掛詞 표현의 「待つ」가 24개 있는데, 이들을 部立別로
나누어보면, 恋歌 13개, 秋歌 4개, 雑歌 4개, 春歌 2개, 賀歌 1개로
특히 恋歌의 그것이 사용빈도에서 두드러지고 있다.

이들 「待つ」의 掛詞를 살펴보면, '소나무'를 뜻하는 「松」 단독형이
12例(春6·43 恋511·596·597·653·807·816·851·864·938 雑1225)
로 제일 많고, 이하 '방울벌레'「松虫」가 4例(秋255·259·260·339),
'솔바람'「松風」(恋932 賀1374)과 '횃불'을 뜻하는 松明의 줄임 말로서
의 「松」(雑1087·1259)가 2例씩 있고, '기슭에 소나무가 자라고 있는
강'을 뜻하는 「松の江」(恋931)와 '솔잎'「松の葉」(恋1073) 그리고 지

명 「待乳の山」(雜1255)가 1例씩 보인다.

③ 拾遺集

拾遺集에는 掛詞 표현의 「待つ」가 10개 있는데, 이들을 部立別로 헤아려 보니 恋歌는 5개, 秋歌는 2개, 雜歌와 神楽歌와 哀傷歌는 각각 1개씩의 용례가 보였다.

한편 「待つ」에 겹쳐있는 掛詞로는, 「松」 6例(雜462, 神楽歌587, 恋歌626・681・866 哀傷歌1295), 「松虫」 2例(秋181・205), 「岩代の松」 1例, 待乳の山 1例(恋820) 순으로 보이는데, 지명과 결부된 「岩代の松」도 결국은 소나무에 중심을 두고 있는 말이므로 이를 합치면 「松」는 총 7例라 할 수 있다.

④ 後拾遺集

後拾遺集에는 掛詞 표현의 「待つ」가 10개 있는데, 이들의 部立別 사용순위는, 恋歌 4개, 離別歌 2개, 雜歌 2개, 春歌 1개, 秋歌 1개이다.

이들 「待つ」에 겹치는 말은, 역시 「松」가 제일 많아 7例(春27 恋667・690・719・740 雜948・1047)나 보이고 나머지는 각각 1例씩으로 「松虫」(秋266), 「松山」(離別486), 「松が浦波」(離別487)이다.

⑤ 金葉集

金葉集에는 掛詞 표현의 「待つ」가 7개 있는데, 部立別로는 賀歌 2개, 春歌 1개, 夏歌 1개, 恋歌 1개 외에 異本歌 673番歌(夏)와 704番歌(雜)가 추가된다.

한편 이들 「待つ」에 겹쳐있는 掛詞로는, 「松」와 「あふの松原」가 있어 前者는 6例(春83 夏116 賀321・326 異本673・704), 後者는 1例(恋429)

보인다.

⑥ 詞花集

詞花集에 보이는 掛詞 표현의 「待つ」는, 離別歌와 雜歌에 2개씩 보이는 외에 夏歌와 恋歌에도 1개씩의 예가 있어 총 6개의 용례를 헤아릴 수 있다.

이들 「待つ」의 掛詞로는, 住吉の松 1例(離別177)를 포함한 「松」가 5例(離別177・185 恋257 雜338・376)로 두드러지며, 以前의 다른 歌集에는 없었던 「先づ」도 1例(夏57) 보인다.

⑦ 千載集

千載集에 보이는 掛詞 표현의 「待つ」는 4개로서 夏歌와 羈旅歌와 賀歌와 恋歌에 각각 1개씩의 용례가 보인다.

이들 「待つ」의 掛詞로는, 3例(夏207 羈旅506 慶賀617)의 「松」와 1例(恋764)의 「あふの松原」가 있다.

⑧ 新古今集

新古今集에는 掛詞 표현의 「待つ」가 31개 있는데, 이들의 部立別 분포를 살펴보면 雜歌가 12개로 제일 많고, 그다음이 恋歌 8개, 羈旅歌 4개, 賀歌 2개이며 春歌, 秋歌, 離別歌, 神祇歌는 용례가 각각 1개씩이다. 그리고 여기에 後出歌로서 제시된 1994番歌를 추가한다면 神祇歌는 한 개가 더 늘어나게 된다.

한편 이들 「待つ」에 겹쳐지고 있는 掛詞는 상당히 다양한데 그중 「松」 단독형이 13例(賀747 羈旅967・968 恋1199・1280 雜1522・1606・1607・1608・1622・1792・1818 神祇1994)로 으뜸가고, 松風가 4例(恋

68

1201・1202・1304 雜1519), 松虫가 3例(秋474 恋1321 雜1560), 待乳の
山가 2例(恋1197 雜1518) 보이는 외에, 나머지는 「松の戸」(春3), 「松
の尾山」(賀726), 「武隈の松」(離別878), 「わかの松原」(羈旅897), 「松島」
(羈旅933), 「松が枝」(恋1153), 「住吉の松」(雜1608), 「松の柱」(雜1665),
「松の葉」(神祇1900)로서 각각 1例씩의 용례가 보인다.

2) 部立別 특징

여기에서는 掛詞 표현의 「待つ」를 각 部立別로 나누어 추출한 후
部立別로 主流를 이루고 있는 掛詞유형에 주목하여 그것이 갖는 歌
語로서의 의미와 표현상의 특징을 고찰해 보고자 한다.

(1) 四 季

① 春 歌

春歌의 掛詞 「待つ」는 5例(後6・43 後拾27 金83 新3)가 보이는데,
하나같이 「松」와 겹쳐져 있다.

春歌에서 이들 「待つ」와 「松」가 나타내고 있는 것은 무엇인가?
또 주제와 관련하여 이들이 갖는 의미는 무엇일까? 해당 용례를 內
容別로 살펴보고자 한다.

春歌에서는 특히 子日行事[37]와 관련된 것으로 기다리고 있던 사

---

37) 일본의 中古時代(794-1192), 正月 첫 子日에 행해졌던 행사로 코마츠히끼
(小松引)라는 것이 있다. 이 행사는 郊外의 들로 나아가 어린 소나무(그 싹
은 같은 날 행사의 일환으로 딴 봄나물과 함께 食用으로 하였다)를 끄는 것
인데, 이는 중국의 옛 習俗으로서 正月 子日에 언덕에 올라 멀리 사방을 조
망하면 陰陽의 정기를 얻어 우울한 번뇌를 없앨 수 있다는 것에서 유래되
었다고 한다.

람이 안 온데 대한 실망감을 읊은 後撰6番歌 松にくる人しなければ
春の野のわかなも何もかひなかりけり와 子日行事를 같이 하자고 권
하고는 약속을 어긴 사람에 대한 원망을 읊은 後拾遺27番歌 けふは
きみいかなるのべにねのひして人のまつをばしらぬなるらん가 눈에 뜨
인다. 이 2수의 和歌 속에 보이는 「松」는 子日 들에서 끄는 행사용
소나무로서 이것에 前者에서는 행사에 참석한 작자가 안 보이는 사
람이 오기를 기다리는 「待つ」를 後者에서는 子日 행사를 같이 하자
고 먼저 말을 꺼냈던 사람이 작자에게 다시 기별해 오기를 기다리는
「待つ」를 각각 겹치고 있다. 이는 子日 행사와 관련된 和歌의 掛詞
표현으로서 한 유형을 제시하고 있어 주목된다.

다음은 自然경물로서의 소나무를 읊고 있는 것으로 다음 和歌에서
그 例를 찾을 수 있다. 금새 지고 마는 꽃보다 언제나 변함없는 소
나무의 푸름을 칭송한 後撰43番歌 花の色はちらぬまばかりふるさと
につねには松のみどりなりけり와 찾아오는 이 없는 쓸쓸한 작자의
집에 소나무에 걸쳐져 피어있는 등꽃을 읊은 金葉83番歌 くる人もな
きわがやどのふぢのはなたれをまつとてさきかかるらん가 바로 그것
이다. 이 2수의 和歌는 編纂者에 의해 春歌로서 간주되어 본 部立에
위치하고 있는 것이지만 소나무 그 자체는 결코 봄의 경물이 아니
다. 이것은 상기 後43과 金83의 和歌에서도 마찬가지이다. 그러나
이 두 春歌에서 소나무 「松」를 배제한다는 것은 작품으로서의 의미
를 잃는다는 생각이 든다. 前者에서의 소나무는 바로 지고 마는 꽃
에 대비시킨 유서 깊은 옛 땅에서 언제나 찾는 이를 기다리는 변치
않음의 표상이라 할 수 있다. 한편 後者의 경우는 활짝 핀 등꽃에
조명이 맞추어진 가운데 소나무는 그 운치를 더하는 배경이 되는 한
편 掛詞 「待つ」를 도출함으로써 찾아와 등꽃의 아름다움을 함께 봐

鈴木棠三著(1977)『日本年中行事辞典』角川書店 pp.127-128.

줄 사람이 없는 작자의 쓸쓸한 심정을 표출하는 중요한 歌語가 되고 있는 것이다. 끝으로 新古今3番歌 山ふかみ春ともしらぬ松のとにたえだえかかる雪の玉水는 찾아 온 봄을 읊은 것인데, 여기에서의 「玉水」는 눈 녹은 물로서 겨울동안 작자가 내내 기다려 왔을 봄을 알리는 신호이기도 하다. 눈 녹은 물로서 봄의 도래를 아는 것은 어쩌면 흔한 모티브이다. 그러나 그것을 和歌로서 표현하되 듣는 이로 하여금 생각하게 하는 여운을 주는 것은 쉽지 않은 일이다. 그것은 전적으로 작자의 역량인 것이다. 新古今3番歌에 겹쳐져 있는 「待つ」와 「松の戶」를 생각할 때, 서론의 선행연구에서 이미 언급한 바 있는 松永登代子의 말은38) 시사하는 바가 크다.

이상 掛詞 표현과 함께 분석해 본 和歌의 내용은 正初 子日 행사와 관련된 것·자연 경물로서의 소나무를 칭송한 것·어느 사이에 찾아 온 봄을 맞이한 놀라운 심정을 읊은 것으로 나눠지고 있었다. 이들 중 「松」 자체로서 봄을 느끼게 하는 것은 子日의 행사와 관련된 것뿐이며, 나머지는 봄을 대표하는 다른 경물들과 함께 배합되어 비로소 春歌에 위치하는 타당성을 찾을 수 있었다. 그러나 이들 「松」에 겹쳐지는 말은 예외 없이 「待つ」라는 점에 주목하면 소나무가 봄을 대표하는 경물은 아니지만 이를 春歌의 歌語로서 선택한 이유는 자명해진다. 봄의 정취를 나타내는 은근함이 상기 和歌의 歌語에는 배어있고 掛詞 표현은 그러한 분위기를 창출하는 한 방법이 되고 있는 것이다.

② 夏 歌

夏歌의 掛詞 「待つ」는 총 4개 있는데, 이것에 겹쳐져 있는 것은

---

38) 松永登代子는 新古今集의 掛詞와 상징성에 대하여 고찰하면서 '古今時代는 掛詞 부분 그 자체에 흥미를 두고 생각하고 있으나 新古今集에서는 한 단계 나아가 掛詞를 이용해서 하나의 情趣를 만들어 내려 하고 있다'고 지적한다.

「松」 2例(金116 千207), 「松山」 1例(古162), 「先づ」 1例(詞57)이다. 新大系『古今和歌集』의 校注者, 小島憲之는 古今162番歌에 대해 松山를 지명으로 보는 説도 있다고 지적하면서 일반명사인 '소나무가 많은 산'으로 해석하고 있다.39) 만일 이것을 지명이 아닌 일반명사로 본다면 松山의 松는 소나무이다. 그렇다면 金葉集673 異本歌로서 夏歌에 보이는 松까지 포함하여 「待つ」와 '소나무'「松」가 겹쳐지는 유형은 春歌와 마찬가지로 夏歌에서도 주류를 이루고 있다고 하겠다. 이들 掛詞 표현을 이용한 夏歌의 표현상의 특징은 무엇인가?

　　古162 郭公人まつ山になくなれば我うちつけにこひまさりけり
　　(소나무 산에서 들리는 두견소리에 점점 커 가는 恋情을)
　　金116 ほととぎすまつにかかりてあかすかなふぢのはなとや人の見るらん
　　(등나무가 걸려 꽃을 피우고 있는 소나무에 빗대어 밤을 새워가며 두견을 기다리는 마음을)
　　金673 いなり山尋ねや見まし子規まつにしるしのなきとおもへば
　　(두견의 모습이 안 보이는 것을 소나무 탓으로 돌리면서까지 두견을 기다리는 간절한 마음을)

---

39) 지명 '松山'는 陸奥지방의 歌枕으로서 陸前国, 지금의 宮城県 宮城郡에 있었다고 하는 '末の松山'의 略이다. (片桐洋一『歌枕歌ことば辞典』) 古今集162番歌의 '松山'는, 소나무가 많이 나있는 산이란 뜻의 일반명사説과 지명으로서의 고유명사説이 있는데, 古今和歌集 주석서를 참고하여 학자에 따른 異説을 나누어 보면 다음과 같다. 먼저 일반명사説은 金子元臣(1927), 窪田空穂(1960), 松田武夫(1968), 小沢正夫(1971), 小島憲之(1989) 등이고, 고유명사説은 奥村恒哉(1978), 久曾神昇(1979), 片桐洋一(1980)가 있다. 고유명사説을 주장하는 奥村恒哉는 '王朝語로서 普通名詞인 松山는 있을 수 없으며, 당시 이미 명성 높은 松山가 있었기 때문에 이것이 和歌 속에 읊어지게 되었다고 보아야 할 것이다'라고 말하고 있다. 하지만 筆者는 이 松山의 경우는 일반명사로 봄이 타당하리라고 생각한다. 그것은 지명 松山가 末の松山의 略語라면 이 지명에 흔히 배합되는 「波」나 「越ゆ」가 함께 보여야 합당한데 그렇지 않기 때문이다. 이런 점에서 상기의 歌語가 둘 다 삽입된 後撰522番歌(恋)의 松山는 지명 末の松山로 보아 좋을 것이다.

상기의 和歌에는 「松」와 함께 「ほととぎす」가 配合 경물로서 보인다. 「ほととぎす」즉 두견은 대표적인 여름새인데 古典和歌에서는 동물 중에서 가장 많이 읊어졌던 소재이기도 하다.40) 상기 和歌의 내용은 '두견이 사람을 기다린다는 이름의 소나무가 많은 산에서 저렇게 우는 것을 보니 갑자기 恋心이 커간다(古162)' '두견을 기다리며 밤을 새웠네. 나를 소나무에 걸린 등꽃이라고 남들이 볼까(金116)' '삼나무 있는 稲荷山 찾아 가보세 이곳 소나무엔 두견이 기다려도 오지 않으니(金673)'이다. 이들 각 和歌의 「待つ」는 '사람을 기다리다(古162)' '두견을 기다리다(金116)' '두견을 기다리다(金673)'를 표출하고 있고 이것에 겹쳐있는 「松」는 녹음이 짙어 가는 여름철 山野를 느끼게 하는 것으로서 두견을 기다리는 작자의 조바심과는 대조적으로 자연의 한가로움을 느끼게 하는 歌語라 말하고 싶다. 이러한 한가로움은 더운 여름날 가을바람을 기다리는 시원한 소나무 그늘에서 하루를 보낸 납량의 심정을 읊은 千載207番歌의 소나무도 마찬가지이다.

千207 とこ夏のはなもわすれて秋かぜを松のかげにてけふは暮れぬる

여기에서의 소나무는 가을바람을 기다리는 소나무로서 더운 여름에도 그늘이 시원하여 상기 和歌에서 納涼의 심정을 표현하는 核心語가 되고 있다.

요컨대 夏歌의 掛詞로서 「待つ」의 내용에는 '두견을 기다리다'와 '가을바람을 기다리다'가 있으며, 그 각각을 도출하고 있는 「松」는 녹음이 짙어 가는 여름철 산야에서 흔히 볼 수 있는 것으로서 두견을 기다리는 和歌에서는 작자의 조바심과 함께 그와는 대조적인 여

---

40) 金基瑞(1987)「和歌における 'ほととぎす' 研究」韓國外國語大學校大學院 碩士學位論文 p.1.

름 소나무의 한가로움이 느껴지며 가을바람을 기다리는 소나무 밑에
서의 納涼을 읊은 和歌에서는 더운 여름 한 나절을 그 밑에서 보내
는 淸涼함이 느껴진다.

③ 秋 歌

秋歌의 掛詞 「待つ」는 총 12개(古200·201·202·203 後255·259·
260·339 拾181·205 後拾266 新474)의 용례가 있는데 모두 하나같
이 「松虫」에 겹쳐져 있다. 「松虫」를 수식하는 말들을 용례에서 살펴
보면, '스산한 땅에서 울고 있는(古200)' '마치 누군가를 기다리고 있
듯이 가을 들녘에서 울고 있는 방울벌레(古201)' '가을들에서 누군가
를 기다리듯 울고 있는(古202)' '낙엽 쌓인 쓸쓸한 작자의 집에서
몹시 울고 있는(古203)' '기다림을 연상시키는(後255)' '누군가가 오
겠다고 약속한 시간이 지났는지 구슬피 울고 있는(後259)' '누군가를
기다리며 몹시 울고 있는(後260)' '그 울음소리에 女郎花도 모여드는
(後339)' '오겠다고 약속한 시간이 지났는지 끊임없이 울고 있는(拾
181)' '그 울음소리가 슬프게 들리는(拾205)' '가을 저녁에 우는(後拾
266)' '이슬 내린 풀 밑에서 희미한 소리로 울고 있는(新474)' 방울
벌레의 모습으로 그려지고 있다. 이상의 방울벌레와 관련된 다양한
표현들은 두 가지로 집약되는데 하나는 '방울벌레의 구슬피 우는 소
리로 가을의 쓸쓸함을 나타내고 있는 것'이고, 또 다른 하나는 '그
이름에서 비롯된 누군가를 기다린다는 이미지를 나타내고 있는 것'
이 그것이다. 원래 古語의 松虫는 오늘날의 鈴虫를 가리키며 따라서
우리말도 방울벌레로 번역되고 있다. 수컷은 날개를 비벼서 「りいん
りいん」 하고 아름다운 울음소리를 내므로 진귀하게 여겨지며, 풀숲
에 많이 살고, 동경이남 지역에 널리 분포하는 곤충이다[41]. 가을에

---

41) 新村出編(1983)『広辞苑』岩波書店, p.1290.

들리는 그 아름다운 소리로 말미암아 和歌에서도 거의 대부분이 방울벌레의 울음소리에 초점을 맞추어 읊고 있으나 그것의 情趣는 결코 경쾌하거나 밝지 않다. 오히려 和歌로 표출된 방울벌레의 울음소리는 애잔하고 쓸쓸한 것이라 할 수 있다. 그것은 이 가을벌레의 옛 이름 「松虫」가 가지고 있는 이미지 때문일지도 모른다. 이것에는 누군가를 기다린다는 이미지가 있다. 그리고 이것은 「松虫」의 수많은 掛詞 표현 용례에서 확인된다. 「松虫」의 マツ 에서 연상되는 기다림. 그 이름에서 기다린다는 뜻이 연상된다면 「松虫」가 待つ와의 掛詞가 되는 것은 어쩌면 당연한 귀결이라 하겠다. 그 掛詞 표현이 보이는 용례와 내용은 다음과 같다.

古200 君しのぶ草にやつるるふるさとは松虫のねぞかなしかりける
(스산한 옛 땅에서 슬피 울고 있는 방울벌레의 소리를)
古201 秋ののに道もまどひぬ松虫のこゑする方にやどやからまし
(가을들에서 날 저물어 마치 누군가를 기다리듯 울고 있는 방울벌레 소리에 의지하여 하룻밤 머물 곳을 찾는 심정을)
古202 あきののに人松虫のこゑすなり我かとゆきていざとぶらはむ
(가을들에서 누군가를 기다리듯 울고 있는 방울벌레의 정취를)
古203 もみぢばのちりてつもれるわがやどに誰を松虫ここらなくらむ
(낙엽 쌓인 쓸쓸한 작자의 집에서 몹시 울고 있는 방울벌레를)
後255 ひぐらしのこゑきくからに松虫の名にのみ人を思ふころかな
(쓰르라미 우는 소리에 유발되어 사람을 기다린다고 하는 松虫의 이름과도 같이 사람이 생각나고 기다려지는 가을의 感性을)
後259 こむといひしほどやすぎぬる秋ののに誰松虫ぞこゑのかなしき
(가을들에서 누군가를 기다리는지 구슬피 울고 있는 방울벌레를)
後260 秋ののにきやどる人もおもほえずたれを松虫ここらなくらん
(찾는 이 없는 가을들녘에서 누군가를 기다리듯 몹시 울고 있는 방울벌레를 통해 가을의 쓸쓸한 서정을)
後339 をみなへし草むらごとにむれたつは誰松虫の声に迷ふぞ

(누군가를 기다리듯 방울벌레 몹시 울고 女郎花 모여 핀 가을의 정경을)

拾181 契りけん程や過ぎぬる秋ののに人松虫の声のたえせぬ

(가을들에서 끊임없이 들리는 방울벌레의 울음소리를)

拾205 とふ人も今はあらしの山かぜに人松虫のこゑぞかなしき

(찾는 이도 끊어져 가는 쓸쓸한 가을에 바람소리와 함께 들리는 방울벌레 소리의 悲感을)

後拾266 いろいろのはなのひもとくゆふぐれにちよ松むしのこゑぞきこゆる

(형형색색의 꽃이 봉오리를 터트리는 가을 저녁 무렵 오랜 세월을 기다려 온 방울벌레 소리에 느끼는 가을의 정취를)

新474 あともなき庭のあさぢにむすぼほれ露のそこなる松虫の声

(사람의 발길이 끊어져 풀만 무성한 정원에서 사람을 기다리며 울고 있는 방울벌레를)

④ 冬 歌

冬歌의 경우는 掛詞 「待つ」에 대한 용례가 보이지 않는다.

(2) 사 랑

① 恋 歌

恋歌의 掛詞 「待つ」는 총 35개로 겹쳐지는 말은 「松」가 25例로 제일 많은데 이는 「松」가 단독으로 쓰이고 있는 것(後511·596·597·653·807·816·851·931·938·1073 拾626·681·866 後拾667·690·719·740 詞257 新1153·1199·1280) 21例에 特定한 지명과 결부된 것으로 「住の江の松」 2例(古778·779), 「高砂の松」 1例(古864), 「岩代の松」 1例(拾742) 都合 4例를 합한 數이다. 그 밖에 「待つ」와 겹쳐지는 말에는 「松風」(後932 新1201·1202·1304), 「あふの松原」(金429 千764), 「待乳の山」(拾820 新1197), 「松山」(後522), 「松虫」(新1321)가 있다. 아래의 용례

에서 알 수 있듯이 기다림의 종류는 '인고의 세월을 보내며 찾아오
지 않는 님을 오랫동안 기다리다(古778)' '매일 목 놓아 울며 지낼
만큼 오랫동안 기다리다(古779)' '저녁 무렵 사랑하는 사람을 기다리
다(後511)' '그대가 나를 변함없이 기다리다(後596)' '자주 찾아 주었
더라면 내가 변함없이 당신을 기다리다(後597)' '멀리 떨어져 당신을
기다리다(後653)' '만나기 어려운 사람과의 사랑이 이루어지길 기다
리다(後807)' '사랑을 맹세한 사람을 오래도록 기다리다(後816)' '오
지 않는 사람을 기다리다(後851)' '작자가 사랑의 맹세를 한 남자를
기다리다(後864)' '상대 여인이 작자의 사랑이 깊어지기를 기다리다
(後931)' '올지 안 올지 확실치도 않은 남자를 기다리다(後938)' '작
자에게 마음을 기울이고 있는 남자를 기다리다(後1073)' '오랫동안
만나기를 기다려 오다(拾626)' '자신의 구혼에 대한 상대방의 許婚을
괴로운 심정으로 기다리다(拾681)' '찾는 발걸음이 뜸해진 상대방을
꽤 오랫동안 기다리다(拾742)' '님이 오기를 기다리다(拾866)' '빨리
해가 저물어 다시 만나기를 기다리다(後拾667)' '그대가 나를 진정으
로 기다리다(後拾690)' '누군가가 나를 기다리다(後拾719)' '말은 못
하고 마음속에만 담아두고 상대방을 기다리다(後拾740)' '오래도록
오지 않는 사람을 기다리다(詞257)' '드디어 오늘 이루어지는 만남을
고대하다(新1153)' '찾아오지 않는 사람을 원망스런 심정으로 기다리
다(新1199)' '오지 않는 사람을 밤늦도록 기다리다(新1280)'가 있어
恋歌에 있어서의 기다림의 주체와 대상은 크게 둘로 나누어진다. 즉
기다림의 주체는 작자 또는 상대방이고, 그 대상은 오지 않는 사람
또는 어떤 기대하는 바가 되고 있는 것이다. 이러한 恋歌 속의 「松」
는 늘 푸르고 변치 않는 것 그리고 年輪이 오랜 것이란 이미지에서
더 나아가 掛詞로서 겹쳐있는 「待つ」에 연유된 기다림의 이미지가
강렬하다.

古778 ひさしくもなりにけるかなすみのえの松はくるしき物にぞありける
(님의 발길이 끊어진 후 인고의 세월을 보내며 찾아오지 않는 님을 오랫동안 기다려 온 괴로운 심정을)

古779 住の江の松ほどひさになりぬればあしたづのねになかぬ日はなし
(기다림의 세월을 견디다 못해 소리 내어 울며 지내는 쓰라린 심정을)

後511 ゆふぐれは松にもかかる白露のおくる朝やきえははつらむ
(간밤을 같이 보낸 사람과의 아침 작별을 안타까워하는 심정을)

後596 定なくあだにちりぬる花よりはときはの松の色をやは見ぬ
(작자를 기다리지 못하고 마음이 변해 딴 남자를 만나고 있는 여인을 책망하는 심정을)

後597 住吉のわが身なりせば年ふとも松より外の色を見ましや
(변심의 원인이 상대방에게 있음을 탓 함)

後653 よそにのみ松ははかなき住の江のゆきてさへこそ見まくほしけれ
(친정에 가 있는 부인을 그리워 함)

後807 たねはあれど逢ふ事かたきいはのうへの松にて年をふるはかひなし
(여인의 어머니 때문에 사랑이 결실을 보지 못하고 있는 속상한 마음을)

後816 ときはにとたのめし事は松ほどのひさしかるべき名にこそありけり
(사랑의 마음이 변치 않을 것임을 굳게 약속한 사람이 오래도록 찾지 않고 있는 데 대한 배신감을)

後851 こぬ人を松のえにふる白雪のきえこそかへれくゆる思ひに
(남자에게서 잊혀져 가는 슬픔을)

後864 高砂の松といひつつ年をへてかはらぬ色ときかばたのまむ
(남자가 한 사랑의 맹세에 대한 불안감을)

後931 ふか緑染めけん松のえにしあらばうすき袖にも浪はよせてん
(상대 여인의 원망을 慰撫하고자 하는 심정을)

後938 こずやあらんきやせんとのみ河岸の松の心を思ひやらなん
(불안한 마음으로 기다리는 작자의 심정을)

後1073 山がくれきえせぬ雪のわびしきは君まつのはにかかりてぞふる
(작자에게 연심을 품고 있는 상대방에게 믿음이 가지 않는 심정을)

拾626 あふことを松にて年のへぬるかな身は住の江におひぬものゆゑ
(맺어지길 기다려 온지도 오래 되었음을 한탄함)

拾681 あふ事をいつともしらで君がいはむ時はの山の松ぞくるしき
(구애 후 아직 이렇다 할 응답을 듣지 못하고 있는 괴로운 심정을)

拾742 なにせむに結びそめけんいはしろの松はひさしき物としるしる
(정이 깊지 못한 사람과 맺어진 것을 후회하는 심정을)

拾866 すぎたてるやどをぞ人はたづねける心の松はかひなかりけり
(사랑하는 사람의 변심을 한탄함)

後拾667 くるるまのちとせをすぐすここちしてまつはまことにひさしかりけり
(빨리 해가 저물어 다시 만나기를 기다리는 간절한 마음을)

後拾690 すぎたてるかどならませばとひてまし心のまつはいかがしるべき
(작자가 변심했다고 한탄하는 여인에 대한 작자의 거부감을)

後拾719 こひしきになにはのこともおもほえずたれすみよしのまつといひけん
(공무로 지방에 내려간 작자가 두고 온 여인을 그리워하는 심정을)

後拾740 すみよしのきしならねども人しれぬ心のうちのまつぞわびしき
(상대방에게 말로 표현하지는 못하고 마음속에만 담아두고 기다리는 울적한 심사를)

詞257 とはぬまをうらむらさきにさくふぢのなにとてまつにかかりそめけむ
(성실치 못한 남자와 관계를 맺은 데 대한 悔恨의 심정을)

新1153 あふことをけふまつがえのたむけぐさいくよしをるる袖とかはしる
(오랫동안 눈물로 기다려 온 사랑의 성취를 앞둔 기대감을)

新1199 きくやいかにうはのそらなる風だにもまつにおとするならひありとは
(아무리 기다려도 작자를 찾지 않는 남자에 대한 원망과 힐난을)

新1280 そのままにまつの嵐もかはらぬをわすれやしぬるふけしよの月
(밤이 깊도록 오지 않는 사람을 기다리는 심정을)

(3) 離別과 羈旅

① 離別歌

離別歌의 掛詞 「待つ」의 상대어는 6종류로 단독형 「松」는 1例(古365)에 지나지 않지만, 지명과 연관된 것으로 「生の松」 1例(詞185),

「住吉の松」 1例(詞177), 「武隈の松」(新878)가 있어 이를 합치면 소나무는 전부 4例가 된다. 이외의 것으로는 「松山」(後拾486)와 「松が浦波」(後拾487)가 각각 1例씩 보인다. 이들 중 가장 두드러지고 있는 掛詞 「待つ」는 「松」와 어우러져 무엇을 나타내고 있는가?

古365 立ちわかれいなばの山の峰におふる松としきかば今かへりこむ
詞177 むとせにぞきみはきまさむすみよしのまつべき身こそいたくおいぬれ
詞185 たちわかれはるかにいきの松なればこひしかるべきちよのかげかな
新878 かへりこむほどおもふにもたけくまのまつわが身こそいたく老いぬれ

이별에 즈음하여 다시 만날 약조를 읊은 古今365番歌는 작자가 길 떠나 향하는 곳에 있는 이나바 산(因幡山) 그 봉우리에 자라고 있는 소나무에 도읍에 남겨놓고 가는 여인이 마음 변치 않고 확실히 작자를 기다린다면 바로 돌아오겠다고 겹쳐 표현하고 있으며, 公務로 멀리 지방에 내려가는 사람과의 이별을 슬퍼하는 詞花177番歌는 住吉의 소나무에 6년 후 복무를 끝내고 임지에서 돌아오길 작자 자신이 기다리다를 겹침으로써 이별의 슬픔을 나타내고 있다. 前者는 떠나는 사람의 입장에서 後者는 뒤에 남는 사람의 입장에서 각각 이별에 즈음한 심정을 읊고 있는데 공히 떠나는 곳의 지명이 삽입되어 있는 것이 특징이다. 그리고 이것은 古365와 詞177番歌를 포함하여 「待つ」와 「松」가 겹쳐 표현되는 離別歌의 기본을 이루고 있다고 할 수 있다. 상기 이별의 아쉬움과 떠나는 사람의 건강을 기원하고 있는 詞花185番歌는 生の松原에 자라고 있는 소나무에 멀리 떠나는 사람이 돌아오길 작자가 기다리다를 겹치고 있으며, 멀리 임지로 떠나는 사람과 언제 다시 만나게 될지 기약 없는 이별의 불안한 심정을 읊은 新古今878番歌는 말라버리거나 하여 다시 심기도 한다는 무상한 武隈의 소나무에 임지로 떠나는 사람이 돌아오기를 작자가 기다

리다를 겹치고 있다. 떠나는 사람이 가는 곳에 있는 지명과 그곳의 명물 「松」에 겹쳐 나타내는 「待つ」는 뒤에 남는 사람의 막연하고도 불안한 슬픔이 배어 있는 心情語라 해도 좋을 것이다.

② 羈旅歌

羈旅歌의 掛詞 「待つ」의 상대어로는 「松」가 3例(千506 新967·968) 있고, 지명 「わかの松原」(新897)와 「松島」(新933)도 각각 1例씩 보인다.

離別에 즈음하여 읊은 離別歌의 특징으로서 향하는 곳의 지명이 삽입되어 있는 것을 들었는데 이러한 특징은 길 떠난 도중이나 도착한 곳에서의 감회를 읊은 羈旅歌에서도 찾아볼 수 있다.

> 千506 すみのえにまつらむとのみなげきつつ心づくしにとしをふるかな
> 新967 さらぬだに秋の旅ねはかなしきに松にふくなりとこの山風
> 新968 わすれなむまつとなつげそ中中にいなばの山のみねの秋かぜ

지명 住の江·鳥籠山·因幡山가 각각 배합된 이들 羈旅歌에 기본적으로 흐르는 情緒는 고향과 그곳에서 자기를 기다리고 있을 사람에 대한 그리움이라고 할 수 있다. 任地에서 느끼는 절실한 망향의 심정을 읊은 千載506番歌에는 자신의 근무지와 관련하여 그곳의 名物인 住の江의 소나무에 자신이 임무를 마치고 상경할 날을 손꼽아 기다리는 심정이 겹쳐져 있으며, 道中에서 더욱 절실히 느끼는 가을의 쓸쓸함을 읊은 新古今967番歌는 鳥籠山의 소나무에 길 떠난 자신이 돌아오길 집에 있을 사람의 애절한 기다림을 겹쳐 담아내고 있다. 그리고 新古今968番歌는 967番歌와 마찬가지로 道中에서의 쓸쓸한 가을 旅情을 읊은 것인데 작자가 가는 곳에 있는 이나바산(因幡山)의 소나무에 그 누군가의 길 떠난 작자에 대한 기다림이 겹쳐져 있다.

羈旅歌의 「松」는 행선지 또는 임지와 관련된 것으로서 예외 없이 지명과 배합되어 쓰이고 있으며, 그것에 겹쳐진 「待つ」는 일반적으로 작자가 두고 떠나온 사람의 애절함이 배어 있는 말이나 자신이 고향에 돌아갈 날을 기다리는 예도 보인다. 이 유형의 掛詞 표현에 나타난 情緖는 쓸쓸함과 고향에 대한 그리움이 어우러진 旅愁라 할 수 있다.

(4) 慶賀와 哀傷

① 賀 歌

賀歌에 있어서의 掛詞 「待つ」의 용례는 총 7개인데, 그중 5개는 「松」(古356 金321·326 千617 新747)가 겹쳐지고 있고, 나머지 2개는 '솔바람' 「松風」(後1374)와 지명 「松の尾山」(新726)이다. 이들 중 특히 두드러지고 있는 掛詞는 「待つ」와 「松」인데 이들이 표출하고 있는 것은 무엇인가?

> 古356 よろづ世を松にぞ君をいはひつるちとせのかげにすまむと思へば
> (부친의 만수무강을 기원하는 자식의 마음을)
> 金321 はなもみなきみがちとせをまつなればいづれのはるかいろもかはらん
> (무궁한 영화와 장수를 축원하는 마음을)
> 金326 ふぢなみはきみがちとせのまつにこそかけてひさしく見るべかりけれ
> (새로 즉위한 上王의 만수무강을 소나무와 등꽃에 빗대 축원함)
> 千617 行すゑをまつぞひさしき君がへん千よのはじめの子日とおもへば
> (子日의 행사용 소나무에 빗대 무궁한 영화를 축원함)
> 新747 ときはなるきびの中山おしなべてちとせをまつのふかき色かな
> (新王의 치세가 오래기를 축원함)

모든 賀歌는 무궁한 영화와 만수무강에 대한 축원이나 기원이 담겨 있다는 점에서 공통점을 갖는다. 상기의 和歌도 내용에 있어서는 마찬가지이다. 그러나 賀歌로서 '소나무'에 '기다리다'라는 뜻을 겹쳐 나타내고 있다는 점에서는 다른 慶賀의 和歌들과 구별된다. 먼저 이들 賀歌에 나타난 표현을 통해 「松」에는 '오래도록 산다(古356千617)' '변하지 않고 한결같다(金321)' '걸쳐 핀 등나무가 꽃을 피워 더욱 운치 있다(金326)' '짙푸르다(新747)'와 같은 이미지가 있음을 확인할 수 있었으며, 한편 소나무에 겹쳐있는 「待つ」는 '오래 살기를 기대하다(古356)' '변하기 쉬운 꽃까지도 그대의 천년 영화를 기다리다(金321)' '上王으로 등극한 鳥羽院의 천년영화를 기다리다(金326)' '그대의 무궁한 천년치세의 끝을 기다리다(千617)' '新王의 천년영화를 기다리다(新747)'를 나타내고 있어 이들 두 歌語의 掛詞 표현은 長寿와 함께 권력자의 治世가 영원무궁하기를 기원하는 和歌의 한 유형을 이루고 있다고 말할 수 있다.

賀歌의 掛詞 「松」는 長寿의 상징적 경물로 쓰이고 있는 것이 두드러지며 「待つ」는 그 기다리는 대상이 長寿와 무궁한 栄華라는 점에서 恋歌를 비롯한 다른 部立의 同一 掛詞와 크게 구별된다.

② 哀傷歌

哀傷歌에 있어 掛詞 「待つ」의 용례는 拾遺集1295番歌 1수뿐으로 「松」에 겹쳐져 있다. 주제와 관련하여 이들 표현의 의미를 생각해 보고자 한다.

拾1295 藤衣あひ見るべしと思ひせばまつにかかりてなぐさめてまし

작자보다 먼저 세상을 뜬 부인을 그리워하는 마음을 읊은 것으로

등나무가 타고 오르는 소나무 「松」에 죽은 처와의 재회를 기대하며 기다리는 「待つ」가 掛詞이다. 「松」와 「待つ」가 겹치는 것은 앞의 다른 部立에서도 확인되듯이 가장 일반적인 유형이라 할 수 있다. 그러나 部立別로 掛詞인 두 말이 나타내는 내용은 각기 다른 주제에서 오는 상이함이 보인다. 「藤衣」는 喪服을 뜻하는 말로 실물은 아니지만 그 이름에서 등꽃이 연상되어 소나무와 배합되고 소나무는 더 나아가 掛詞 표현 「待つ」로 전개되고 있다. 이러한 哀傷歌의 「待つ」가 나타내고 있는 것은 밤늦도록 연인을 기다리는 것도 아닐뿐더러 멀리 길 떠난 사람을 기다리는 것도 아니다. 그것은 죽은 처와의 再会를 기대하고 기다리는 것이다. 그것이 안 될 줄 알면서도 '다시 만날 것을 기대하는 가운데 마음의 위안을 얻을 터인데'라는 작자의 心情표현에서 알 수 있듯이 그 기다림은 이룰 수 없는 기대인 것이다. 哀傷歌의 掛詞 표현은 작자의 처가 죽음으로써 입게 된 藤衣가 그 시발점이 되고 있는 것이다.

(5) 기 타

상기의 분류 항목 이외의 部立은 크게 雜歌와 그 밖의 和歌로 나누었다.

① 雜 歌

雜歌에 보이는 掛詞 「待つ」의 상대어로는 「松」가 15例로 제일 많은데 後撰1225 拾遺462 後拾遺948·1047 詞花338·376 新古今1522·1606·1607·1608·1622·1665·1792·1818番歌에서 그 용례를 찾을 수 있다. 상기의 和歌 중 新古今1608의 경우는 「住吉の松はまつとも思ほえで─」로 시작되는데 待つ와 松의 掛詞 표현이 初句와 二句에

각각 보인다. 소나무 이외의 상대어로서는 たいまつ(松明)를 줄인 말로서 횃불을 뜻하는 「松」(後1087・1259)와 지명 「待乳の山」(後1255 新1518)가 각각 2例씩 보이는 외에 「松風」(新1519), 「松虫」(新1560)은 각각 1例씩의 용례가 있다. 이들 掛詞유형 중 두드러지고 있는 「待つ」와 「松」의 掛詞 표현은 각각의 和歌에서 어떤 내용을 표출하는가?

　歌集의 部立名으로서 雜歌는 잡다한 내용의 和歌로 구성되어 있다. 아래의 後撰1225番歌의 変心을 위시해 이하 回想・婚談・交友・帰郷・業務・風流・感懷・기다림・그리움・쓸쓸함・隱居・자신의 処地가 주제이다. 먼저 後撰1225番歌는 恋歌的 성격을 띠고 있으나 변심을 둘러싼 남녀의 문답이 전통적인 恋歌의 情緖[42]와는 다른 때문인지 後撰歌에서 雜歌로 분류되고 있다.

　　後1225 緑なる松ほどすぎばいかでかはしたばばかりももみぢせざらん

　작자가 다른 남자와 사귀고 있다는 염문의 진위를 확인하려는 남자에게 그 책임을 오히려 오랫동안 자기를 찾지 않았던 상대방의 탓으로 돌리며 '늘 푸른 소나무라 하지만 기다리는 시간이 길어지면 어찌 아래쪽 잎만이라도 물들지 않을 수 있으리까? 저 또한 마찬가지오이다'라 읊고 있다. 늘 푸른 소나무 「松」에 남자가 자신을 찾아주길 기다리다의 「待つ」를 겹치고 있는 掛詞 표현에는 '변치 않는다는 이미지의 소나무조차도 시일이 지나면 변하는데 하물며 나야 말할 것도 없지 않느냐'하는 심리가 투영되어 있는 것이다.

---

42) 변심과 관련된 내용의 恋歌에서 여인은 남녀관계에 있어 수동적인 입장을 취하는 것이 일반적이다. 남자가 변심을 하게 되어 찾아오는 발걸음이 뜸해지고 관계가 소원해져 가면 여인은 남자를 기다리고 기다리다 자신의 처지를 한탄하며 상대방을 원망도 하다가 결국은 체념하고 마는 내용이 주를 이루고 있다.

拾462 世の中を住吉としもおもはぬになにをまつとてわが身へぬらん

　'세상이 살기 좋다고는 생각되지 않는데 도대체 나는 무엇을 기다리며 이토록 오래 살아 왔는가?'하고 읊고 있는 拾遺462番歌의 「松」는 세상살이에 관한 작자의 느낌인 「住み好しとしもおもはぬに」에 겹친 지명 「住吉」의 名物이다. 더 나아가 住吉의 소나무 「松」에 겹쳐있는 「待つ」는 '작자가 늙은 지금까지 오래도록 무엇인가를 막연히 기다리다'를 나타내고 있어 지나온 세월을 述懷하며 자탄하는 작자의 삶의 과정이 담긴 말이 되고 있다.

　　後拾948 おひたつをまつとたのめしかひもなくなみこすべしときくはまことか

　작자가 어린 소녀의 어머니와 약속하고 기대하고 있던 縁談에 대한 불안감을 읊은 後拾遺948番歌는 변치 않을 굳은 약속을 할 때 상투적으로 이용되는 「末の松山」[43)]의 소나무에 어린 소녀가 빨리 성장하여 작자자신과 결혼할 때만을 손꼽아 기다리는 「待つ」를 掛詞로서 표현하고 있다.

　　後拾1047 たれをけふまつとはいはんかくばかりわするるなかのねたげなるよに

　소나무 「松」에 누군가를 기다리다의 「待つ」를 겹치고 있다. 여기서의 「松」는 和歌가 읊어지게 된 경위를 적은 詞書를 통해 子日과 관련된

---

43) 「末の松山」는 절대로 파도가 넘지 못한다는 발상하에 읊어진 和歌는 많다. 그 대표적인 例로서 古今集의 東歌 1093番 君をおきてあだし心をわがもたばすゑの松山浪もこえなむ을 들 수 있다. '만일 당신을 두고 딴 마음을 먹게 되면 절대로 파도가 넘을 리가 없을 「末の松山」도 파도가 넘칠 것이다'라는 내용에서 알 수 있듯이 和歌에서 「末の松山」와 「波」는 절대로 변함이 없을 것을 맹세하는 비유표현으로써 쓰이고 있다.

소나무이다. 때마침 벗이 소식과 함께 보내온 소나무에 촉발되어 바쁜 세상살이에 서로를 잊어버릴 정도로 격조하였던 交友의 심정을 읊고 있다.

金704 すみよしのまつかひありてけふよりはなにはの事もしらすばかりぞ

이것은 金葉集의 異本歌로서 金葉592番歌의 작자 津守国基가 읊은 和歌에 대한 答歌로서 당연히 雜歌에 해당된다. 간밤에 만난 사람과의 교제의 기쁨을 나타낸 和歌로 상대방과 관련이 있는 지명 「住吉」와 「難波」를 배합함으로써 대화를 대신한 자신의 감정표현에 사실성을 부여하고 있다. 상대방이 住吉神社의 神主인 관계로 「住吉」를 말하고 더 나아가 그 곳의 名物 「松」에 「待つ」를 겹침으로써 자연스럽게 그대가 오기를 기다렸다의 「待つ」를 도출한 본 掛詞는 그 속에 작자의 상대방에 대한 친밀감까지도 표출하고 있는 것이다.

詞338 ふるさとへわれはかへりぬたけくまのまつとはたれにつげよとかおもふ

任地에서의 임무가 끝나 오래간만에 집에 돌아가는 기쁜 마음을 읊은 것으로 「松」는 작자가 귀향길에 들른 다케쿠마(武隈)의 소나무이다. 길 가던 중에 들른 名所의 소나무에 겹쳐진 「待つ」는 武隈의 소나무가 작자가 돌아오기를 기다리는 것이다. 하지만 그리운 사람들이 기다리고 있을 집으로 돌아가는 작자의 마음을 잡기에는 역부족이다. '기다린다고 말하고 있는 武隈의 소나무여 그것은 집에 돌아가는 내 귀에는 들어오지 않으니 도대체 누구에게 전해 달라고 하는 것이냐?'에서 작자의 귀향에 따른 기쁘고도 들뜬 마음을 엿볼 수 있다. 귀향의 기쁨을 노래한 본 和歌에서는 羈旅歌의 동일 掛詞 표현에 나타난 旅愁는 전혀 찾아볼 수 없는 것이다.

詞376 とどこほることはなけれどすみよしのまつ心にやひさしかるらん

宣旨를 기다리며 조바심을 하는 사람에게 담당 관리인 작자가 和歌로서 답변을 하고 있는 내용이다. 물어 온 사람이 津守国基이기에 縁故地와 관련지어 「住吉の松」를 歌語로서 선택한 후 더 나아가 「松」에 왕의 말씀이 하달되기를 기다리는 「待つ」를 掛詞로서 이끌어 내고 있다.

新1522 山の端を出でても松の木の間より心づくしの有明の月

산 위에 늦게 나온 달을 소나무 사이로 겨우 보는 만족스럽지 못한 심정을 읊은 新古今1522番歌의 「待つ」는 '밤늦게 뜨는 달을 기다리다'로 抒情性을 「松」는 달과 함께 自然경물로서의 敍景性을 함께 나타내고 있다.

新1606 おほよどの浦に立つ波かへらずは松のかはらぬ色をみましや

딸과 동행하여 伊勢 땅에 다시 오게 된 감회를 읊은 新古今1606番歌는 관련 지명인 「大淀の浦」를 들어 그곳의 「松」에 「待つ」를 겹치고 있다. 여기서의 「待つ」는 大淀の浦에 있는 소나무가 작자를 기다리는 것이다. 이 소나무는 작자로 하여금 옛날을 상기하게 하고 그 변함없음을 깨우치는 매개가 되는 것이다.

新1607 まつ人は心ゆくとも住吉のさとにとのみはおもはざらなん
新1608 住よしの松はまつともおもほえで君がちとせのかげぞ恋しき

전자는 궁정에 출사하였던 大弐三位가 고향에 돌아갔다는 이야기

를 듣고 다시 돌아오기를 기다리는 마음을 읊은 것으로 고향에 내려 간 사람이 혹 생각하고 있을지도 모를 살기 좋다의 「住み好し」에 지명 「住吉」를 겹치고 지명에서 연상되는 「松」에 고향에서 그 누군가가 기다리다의 「待つ」를 도출해 내고 있다. 이에 대해 후자는 상대방의 和歌에 화답하여 「住吉の松」에 「待つ」를 겹쳐 고향에 돌아와 있는 작자가 主君을 그리워하는 심정을 읊고 있다. 新古今1607番歌의 掛詞 표현은 고향이 주는 심리적인 안온함 「住み好し」에서 시작되고 있다고 말할 수 있다.

新1622 誰かはと思ひたえてもまつにのみおとづれてゆく風はうらめし

바람이 스쳐 지나가는 소나무 「松」에 작자가 누군가를 막연히 기다리는 「待つ」를 겹쳐 찾는 이 없는 閑居의 쓸쓸함을 읊은 和歌이다. 아무도 찾는 이 없는 곳에서 그나마 찾아오는 바람도 솔가지만 흔들고 가버림에 그를 원망하는 작자의 심정은 체념하려 하지만 끊을 수 없는 세상에 대한 미련을 엿볼 수 있다.

新1665 今はわれ松のはしらの杉のいほにとづべきものを苔深き袖

新古今1665番歌는 찾는 이 없는 산중에서 쓸쓸함을 느끼는 작자가 속세와의 인연을 끊고 은거 생활에 철저하지 못한 데 대한 탄식이 배어있어 상기의 新古今1622番歌와 나타내고자 하는 바가 같다. 「松のはしらの杉のいほ」는 작자의 山中 隱居를, 松の柱(암자의 소나무 기둥) 「松」에 겹쳐진 「待つ」는 속세를 떠나 있으면서 마음속으로는 인연을 완전히 끊지 못하고 있음을 나타낸다. 이러한 掛詞유형이 은거 생활 속에 보일 때 참고가 될 만한 예이다.

新1792 かずならでよにすみのえのみをつくしいつをまつともなき身なりけり
新1818 ひかりまつえだにかかれる露の命きえはてねとやはるのつれなき

新古今1792番歌는 住の江의 소나무 「松」에 언젠가 좋은 시절이
오기를 기다리는 「待つ」를 겹쳐 자신의 불우한 처지를 한탄하는 심
정을 표출하고 있고, 新古今1818番歌는 가지에 이슬이 매달린 소나
무 「松」에 봄 햇살을 기다리듯 主君의 恩光을 기다리는 「待つ」를 겹
쳐 은덕을 갈구하는 자신의 심정을 나타내고 있다. 이들 掛詞 표현
속의 기다림에는 자신의 현재 처지를 불우하게 생각하는 작자의 愁
心이 서려있다 하겠다.

② 그 밖의 和歌

상기 이외의 部立에서 추출한 掛詞 「待つ」의 용례는 6例로 모두 「松」
와 겹치고 있다. 이들 和歌의 「待つ」는 어떤 내용으로서 쓰이고 있
는지 주제와 관련하여 살펴보고자 한다.

古1089 わがせこを宮こにやりてしほがまのまがきのしまの松ぞこひしき
拾587 住吉のきしもせざらんものゆゑにねたくや人に松といはれむ
金704 すみよしのまつかひありてけふよりはなにはの事もしらすばかりぞ

古今1089는 멀리 떠나간 남편을 기다리며 그리워하는 심정을 읊
은 東歌로서 「塩釜の籬の島」의 소나무 「松」에 멀리 도읍으로 떠나
보낸 남편을 기다리는 「待つ」를, 遺587番歌는 오지 않는 사람을 기
다리는 심정을 읊은 神楽歌로서 스미요시(住吉)의 소나무 「松」에 전
혀 찾아오지 않는 사람을 헛되이 기다리는 「待つ」를, 金葉704番은
異本歌에 속해 있는 雜歌로서 간밤에 만난 사람과의 교류에 대한 기
쁨을 읊은 것으로 상대방과 緣故가 있는 「住吉の松」에 그곳 住吉神

社의 神主인 그대가 오기를 기다리다의 「待つ」를 각각 겹치고 있음을 알 수 있다. 그러나 그 기다리는 대상은 반드시 사람에만 국한되는 것은 아니다.

金673 いなり山尋ねや見まし子規まつにしるしのなきとおもへば

두견을 간절히 기다리며 희구하는 심정을 읊은 것으로 여기서의 「松」는 아무리 기다려도 두견은 오지 않는 효험 없는 것으로서 작자의 원망을 사고 있는 소나무이다. 이 「松」에 겹친 「待つ」가 기다리는 대상은 두견이다. 그 밖의 다른 예로는 다음과 같은 것이 있다.

新1900 をしほ山神のしるしをまつのはにちぎりしはるはかへるものかは
新1994 すみよしとおもひしやどはあれにけり神のしるしをまつとせしまに

전자는 神의 가호를 비는 심정을 읊은 神祇歌로 神이 가호를 약속이라도 해주듯 그 잎이 푸른 소나무 「松」에 神의 효험을 기다리는 「待つ」를, 후자는 스미요시(住吉)의 옛집이 황폐해진 것을 보고 느끼는 무상함의 감회를 읊은 것으로 앞의 것과 마찬가지로 新古今集에 後出된 神祇歌이다. 이들 掛詞 표현을 통해 神祇歌에서의 기다림은 그 대상이 神의 효험에 국한되어 쓰이고 있다는 것을 확인시켜준다.

이들을 통해서 본 기타 和歌의 掛詞 「待つ」는 전적으로 「松」가 겹쳐져 그 주제에 따라 기다림의 대상도 달라져 金葉集의 異本歌(夏)에서는 두견을, 神祇歌에서는 神의 효험이 되고 있음을 알았다.

3

「火」의 掛詞 표현

1) 掛詞의 類型과 歌集別 분포

〈표 15〉

歌集 掛詞	古	後	拾	後拾	金	詞	千	新	計
思 ひ	17	21	9	7	4	3	3	12	76
戀	1	4	2	2	1		1		11
思ひ消ゆ		1						1	2
思ひ出づ	1	1							2
思ひ出で		1							1
思ひ焦がる		1							1
日(해)	1								1
春の日(봄날)								1	1
緋	1								1
早 蕨			1						1
忍 び						1			1
類(たぐひ)								1	1
計	21	29	12	9	5	4	4	15	99

(1) 類型別 분포

和歌 속에서 ひ(火)는 掛詞로 쓰일 때 어떤 양상으로서 나타나는지를 알아보기 위해 그것이 겹쳐있는 말에 주목하여 掛詞유형을 추출해 歌集別 일람표로 정리한 것이 <표 14>이다. 調査에 의하면 掛詞로서의 火의 용례는 총 99개인데 그중 76개는 おもひ(思ひ)의 끝

부분에 겹쳐지고 있는 것으로서 여러 掛詞유형 중에서 주류를 이루고 있으며, 그다음이 こひ(恋)로 11개의 용례가 보인다. 이하 複合動詞로서 おもひきゆ(思ひ消ゆ)와 おもひいづ(思ひ出づ)의 「ひ」 부분에 ひ(火)가 겹쳐있는 것이 각각 2例 있는 외에, 다음과 같은 말에서도 각각 1例 씩의 掛詞 용례를 찾아볼 수 있었다. '옛날 일을 떠올리게 하는 물건'을 뜻하는 おもひいで(思ひ出で), '애를 태우다'의 おもひこがる(思ひ焦がる), '태양'를 뜻하는 ひ(日), '봄날'을 뜻하는 はるのひ(春の日), '불붙어 타는 듯한 적색'인 ひ(緋), '햇고사리'인 さわらび(早蕨), '참고 견디는 인내'를 뜻하는 しのび(忍び), '같은 종류'를 뜻하는 たぐひ(類)가 그것이다.44)

(2) 歌集別 분포

「火」의 다양한 掛詞 표현 중 八代集 전체에 빠짐없이 용례가 분포되어 있는 것은 「火」와 「思ひ」가 겹쳐지는 유형이다. 이하 이것을 포함한 掛詞유형들을 歌集別로 살펴보면 다음과 같다.

① 古今集

古今集에는 掛詞 표현의 「火」가 19개 있는데, 이들의 部立別 사용빈도는 恋歌 12개, 雑体歌 4개, 雑歌 2개, 冬歌 1개로 恋歌에 압도적으로 많이 쓰이고 있음을 알 수 있다.

한편 「火」에 겹쳐있는 掛詞로는, 「思ひ」의 단독형이 15例(冬328 恋477・480・534・544・596・600・606・657・790 雑978 雑体1002・1026・1028・1030)에 복합형이 「思ひ出づ」(恋643), 「思ひす」(恋791), 「思ひ

---

44) 상기의 말 중 早蕨과 忍びと는 「び」부분이 ひ(火)와 겹치고 있는데, 掛詞에 있어 清濁音은 무시된다.

来」(雜979)가 있어 都合 18例로서 「思ひ」를 바탕으로 하는 掛詞가 수위를 차지하고 있는 한편, 「恋」(恋680)와 「緋の色」(雜体1026) 그리고 해를 뜻하는 「日」(恋643)가 각각 1例씩 보인다.

② 後撰集

後撰集에는 掛詞 표현의 「火」가 29개 있는데, 이들을 部立別로 나누어보면, 恋歌 25개, 雜歌 2개, 夏歌 1개, 離別歌 1개로 恋歌의 그것이 사용빈도에서 두드러지고 있다.

이들 「火」에 겹쳐있는 掛詞를 살펴보면, 「思ひ」가 22例(夏209 恋517·518·546·562·644·647·782·835·851·869·956·968·973·974·988·990·1014·1015·1017 雜1157)로 제일 많고, 이하 「恋」가 4例(恋565·681·989·1072), 「思ひ出づ」가 2例(雜1226 離別1309), 「思ひ消ゆ」(恋863)와 「思ひ焦がる」(恋991)가 각각 1例씩 보인다.

③ 拾遺集

拾遺集에는 掛詞 표현의 「火」가 12개 있는데, 이들을 部立別로 보니 恋歌의 7개를 비롯하여 冬歌, 雜歌, 神楽歌, 雜秋歌, 哀傷歌가 각각 1개씩의 용례를 보이고 있다.

한편 「火」에 겹쳐있는 掛詞로는, 「思ひ」가 9例(冬227 雜572 神楽597 恋891·929·962·971·972 哀傷1331)로서 제일 많고, 「恋」 2例(恋656·892), 「早蕨」(雜秋1154) 1例를 찾아볼 수 있다.

④ 後拾遺集

後拾遺集에는 掛詞 표현의 「火」가 9개 있는데, 이들의 部立別 사용 순위는, 恋歌 6개, 雜歌 2개, 夏歌 1개이다.

이들 「火」에 겹치는 말은, 역시 「思ひ」가 많아 7例(夏216 恋612・
756・773・823 雜990・1208)나 보이고 나머지는 「恋」로서 2例(恋643・
822) 있다.

⑤ 金葉集

金葉集에는 掛詞 표현의 「火」가 5개 있는데, 恋歌와 雜歌에 각각
2개씩 보이고 여기에 雜歌로서의 異本歌가 1개 追加된다.
이들 「火」에 겹쳐있는 掛詞는, 「思ひ」가 4개 「恋」가 1개 보인다.

⑥ 詞花集

詞花集에 보이는 掛詞 표현의 「火」는 4개인데, 恋歌에 3개 夏歌에
1개 보인다.
이들 「火」에 겹쳐진 掛詞로는, 「思ひ」가 3例(恋187・188・202) 있는 외
에 掛詞 표현으로서는 새로운 시도라 할 수 있는 「忍び」도 1例(夏73)
보인다.

⑦ 千載集

千載集에 보이는 掛詞 표현의 「火」도 詞花集과 마찬가지로 4개의
용례가 있어, 夏歌, 哀傷歌, 恋歌, 雜歌에 각각 1개씩 보인다.
그리고 이들 「火」에 겹치는 말로는, 「思ひ」가 3例(夏199 哀傷575
雜1041) 「恋」가 1例(恋703) 있다.

⑧ 新古今集

新古今集에는 掛詞 표현의 「火」가 15개 있는 중, 部立別로 恋歌에
10개, 雜歌에 3개, 春歌와 哀傷歌에 각각 1개씩의 용례가 분포되어

있다.

그리고 新古今集에서 이들 「火」에 겹치는 掛詞의 종류는 전부 3종류로 「思ひ」가 12例(恋1007・1009・1032・1060・1115・1116・1132・1163・1379 雜1495・1614・1615)로 월등히 많고, 「春の日」(春78)와 「類」(哀傷802) 그리고 「思ひ消ゆ」(恋1081)가 각각 1例씩 보인다.

2) 部立別 特徵

여기에서는 掛詞 표현의 「火」를 각 部立別로 나누어 추출한 후, 部立別로 主流를 이루고 있는 掛詞유형에 주목하여 그 각각에 나타난 표현상의 특징을 살펴보고자 한다.

(1) 四 季

① 春 歌

八代集을 전체를 통해 春歌에 있어서의 掛詞 「火」의 용례는 1개뿐이다. 新古今集 78番歌에서 찾아볼 수 있는 이것은, 봄날을 뜻하는 「春の日」의 「日」와 겹쳐져 있다.

新78 やかずとも草はもえなむかすがのをただ春の日にまかせたらなん

풀들이 소생하는 봄이 되어 카스가노(春日野)에 온갖 풀이 움틀 것을 기대하는 마음을 읊은 것으로 春の日의 「日」에 「火」를 겹쳐 표현하고 있다. 이 和歌에서 春の日를 제외한 봄과 관련된 말은 燒く・草・萌ゆ・燃ゆ를 들 수 있다. 지명 春日野도 그 한자 이름에서 봄의 분위기를 감지할 수 있다고 하면 이것이 포함되어도 상관없다. 상기

和歌에 대한 岩波 新大系의 현대어역을 빌어 우리말로 바꾸어 보면 '태우지 않아도 풀은 싹이 트겠지. 봄날이 찾아 온 春日野는 봄날에 맡겨두면 좋을 듯하네'의 뜻이 된다. 이러한 한국어 訳에 접하게 되면 韻律을 살리고자 세세한 설명을 생략했기에 무슨 말인지 이해하기가 어려운 경우가 있다. 和歌의 歌語를 詩語로 바꾸어 생각해도 좋을 것이다. 詩語를 일반 단어처럼 이해하여서는 안 되듯이 歌語 또한 마찬가지이다. 상기 和歌에 있어서도 말이 갖고 있는 사전적인 의미만으로는 이해하기 어려운 요소가 있다. 그리고 그 해결의 열쇠는 바로 掛詞 표현에 있는 것이다. 상기에서 봄과 관련된 말로서 焼く・草・萌ゆ・燃ゆ를 들었는데 이들 중 「草」와 「萌ゆ」는 직접적으로 봄을 나타내는 말로서 쉽게 이해할 수 있다. 하지만 「焼く」와 「燃ゆ」는 春の日의 「日」에 겹쳐진 「火」의 縁語[45]이기에 掛詞로서 裏面에 있는 「火」를 보지 못하면 작자가 표출하고 있는 참 뜻을 놓치게 되기 쉽다. 여기에서의 「火」는 들판의 마른풀에 놓는 쥐불로서 이미 봄이 찾아와 있는 春日野의 경우는 일부러 불을 지르지 않더라도(焼かずとも) 불이 붙어 타고(燃え) 풀이 나올 테니까(萌えなむ) 불(火)이 감추어져 있는 봄날(春の日)에 맡겨두는 것이 좋겠다(まかせたらなむ)고 읊고 있는 것이다. 八代集을 통해 day를 뜻하는 「日」가 불을 뜻하는 「火」와 겹쳐지고 있는 용례는 新古今78番의 春歌가 유일하다.[46] 그리고 그 불은 땅에서 움트는 풀과 관련하여 읊어진 들에 놓는 쥐불인 것이다.

---

45) 有吉 保의 『和歌文学辞典』에 의하면 주로 和歌에 보이는 수사법의 하나인 縁語는 한 수 중의 어떤 말과 의미 또는 音聲上 밀접하게 관련되는 말을 뜻하며 의미表象을 풍부하게 하고 긴장감을 초래해 시적인 情趣를 자아내는 효과가 있다. 그리고 이것은 單獨으로 쓰이기도 하지만 序詞・枕詞・掛詞 등의 다른 修辭技法들과 병용되는 일이 많다고 한다.

46) 本稿의 資料編「八代集의 掛詞 표현용례 語彙 索引」에 의하면 day를 뜻하는 ひ(日)의 掛詞용례는 총 24개로, 用法에 있어서는 「日」만의 단독형은 보이지 않고 두 개 이상의 단어 또는 복합어로서 다른 단어와 겹쳐지고 있다.

② 夏　歌

夏歌에 보이는 掛詞 「火」의 용례는 전부 4개가 있는데, 겹쳐 있는 말로는 「思ひ」가 3개(後209 後拾216 千199), 「忍び」(詞73)가 1개이다. 夏歌에서 「火」와 「思ひ」가 掛詞로서 표출하고 있는 것은 무엇일까?

　　後209 つつめどもかくれぬ物は夏虫の身よりあまれる思ひなりけり
　　後拾216 おともせでおもひにもゆるほたるこそなくむしよりもあはれなりけれ
　　千199 山ふかみほぐしのまつはつきぬれどしかにおもひをなほかくる

상기 和歌에서 여름을 나타내는 경물은 「夏虫」와 「蛍」가 있어 夏歌의 면모를 느낄 수 있으나 내용 면에서 순수한 여름의 정취를 읊고 있는 것은 後拾216番歌뿐이다.

後撰209番歌의 「夏虫」는 불에 뛰어들어 스스로를 소멸시키는 불나방이 아니라 감추려 해도 몸 밖으로 불이 드러나고 마는 반디이다. 그 반딧불의 「火」는 참으려 해도 그만 겉으로 드러나고 마는 연모의 마음인 「思ひ」에 겹쳐져 있어 작자는 이러한 掛詞 표현을 통해 반딧불에 빗댄 주체 못 할 연정을 표출하고 있다. 그리고 後拾216番歌는 소리 없이 빛(火)을 발하고 있는 반디의 情趣를 읊은 것이다. 이것도 後209番歌처럼 마음속에 담아두고 있는 작자의 애절한 사랑의 심정(思ひ)을 반디에 빗댄 것으로 볼 수도 있겠지만 소리 내어 우는 가을벌레의 情趣보다도 더 가슴에 와 닿는다는 対比표현으로 보아 순수한 여름의 自然情趣를 읊은 것으로 봄이 타당하다는 생각이 든다. 後209와 後拾216番歌는 공히 여름벌레인 반디를 歌材로 삼아 그 불빛을 「思ひ」에 의한 것으로 보는 공통된 발상의 掛詞 표현이 이용되고 있다. 한편 千載199番歌는 여름밤에 불 밝혀가며 하는 사슴 사냥에 끌리는 마음을 읊는 것으로 횃불이 다 꺼진 후에도 남는 사슴

에 대한 미련이 掛詞 표현으로써 나타나고 있다. 사슴을 잡으려는 집념인 「思ひ」에 그것이 활활 타오르는 불길인 「火」를 겹쳐 나타내고 있는 것에서 비록 이 和歌가 夏歌에 위치해 있지만 내용상으로는 오히려 雜歌로서의 요소가 더 많다고 하겠다. 어찌되었든 夏歌에 있어 「思ひ」에 겹쳐진 「火」는 반딧불과 사슴사냥을 둘러싼 집념의 불이라 할 수 있다.

③ 秋 歌

秋歌에는 掛詞 「火」의 용례가 보이지 않는다.

④ 冬 歌

冬歌에 보이는 掛詞 「火」의 용례는 2개(古328 拾227)인데, 古今328番歌에서는 「思ひ消ゆ」의 ひ에 拾遺227番歌에서는 「思ひ」의 ひ에 각각 겹쳐져 있다.

　　古328 白雪のふりてつもれる山ざとはすむ人さへや思ひきゆらむ
　　拾227 水鳥のしたやすからぬ思ひにはあたりの水もこほらざりけり

전자는 눈 속에 파묻힌 산촌에서 사람들이 겨울을 나며 느낄 막막하고 불안한 심정을, 후자는 물새가 발을 바쁘게 움직이며 물위에 떠 있는 겨울 정경을 읊고 있는데 이들 冬歌의 「火」와 그 掛詞는 주제와 관련하여 어떤 의미를 갖는가?

　古今328番歌의 「思ひ消ゆ」는 혼절하여 기운을 잃다라는 뜻으로 눈이 내려 쌓인 산마을에서 겨울을 견디며 사는 사람들이 느낄 막막함과 불안감을 표현한 말이다. 이러한 「思ひ消ゆ」에 겹쳐있는 「火」는 視覺으로 볼 수 있는 그러한 불이 아니라 마음속의 불이라는 점에서

夏歌의 그것과는 구별된다. '흰눈이 내려 쌓인 산촌 마을은 사는 사람 마음도 함께 꺼지네'라는 우리말訳의 꺼진다는 말은 「思ひ消ゆ」를 압축시킨 말로서 상기의 辞典的 의미 이외에 「消ゆ」의 緣語인 「白雪」과 「火」가 또한 꺼지는 것을 나타내기도 한다. 따라서 「思ひ消ゆ」는 掛詞 표현으로서 和歌 전체의 분위기를 통괄하는 心情語라고 말할 수 있겠다.

한편 또 하나의 冬歌인 拾遺227番歌는 물새가 끊임없이 느끼는 사모의 정 「思ひ」에 「火」를 겹치고 있는데 이 경우의 불도 古今328番歌와 마찬가지로 視覺的인 것이 아니라 思慕의 불을 뜻한다. 그러나 이 불로 말미암아 주변의 물도 얼지 않는다고 읊고 있는 그러한 불이다. 水鳥의 바쁜 동작을 思慕의 정을 표출하고 있는 것으로 본 작자는 겨울의 敍景 속에 抒情을 담기 위한 표현방법으로서 掛詞 「思ひ」와 「火」를 이용하고 있는 것이다.

(2) 사 랑

① 恋 歌

恋歌에 보이는 掛詞 「火」의 용례는 「思ひ」와 겹친 것이 50개(古477・480・534・544・596・600・606・657・790 後517・518・546・562・644・647・782・835・851・869・956・968・973・974・988・990・1014・1015・1017 拾891・929・962・971・972 後拾612・756・773・823 金465 詞187・188・202 新1007・1009・1032・1060・1115・1116・1132・1163・1379)로서 압도적으로 多用되고 있는 외에, 「恋」에 겹친 것도 11例(古680 後565・681・989・1072 拾656・892 後拾643・822 金399 千703) 보인다. 그 밖의 것으로는 '깊은 사랑의 고뇌에 마음이 꺼져들 듯 생각에 잠기다'를 뜻하는 「思ひ消ゆ」에 겹치고 있는 것(後863 新1081)이 2例, '자신

을 초목이 다 마른 겨울 들판이라 생각한다면'을 표출하고 있는 「思
ひせば」에 겹친 것(古791)과 一語三義로서 「思ひ出づる」와 「日出づ
る」에 겹치고 있는 것(古643) 그리고 '속을 태우다'의 「思ひ焦がる」
에 겹친 것(後991)이 각각 1例씩 있다. 이들 掛詞유형 중 數的으로
괄목할만한 掛詞 「火」와 「思ひ」는 恋歌의 주제와 관련하여 어떤 의
미와 용법으로서 쓰이고 있을까? 恋歌의 내용을 세부적으로 나누어
살펴보기 전에 먼저 밝혀 둘 것은 恋歌에서 「思ひ」에 겹쳐있는 「火」
는 예외 없이 '연모의 불'이라는 것이다. 따라서 이것들은 冬歌의 「火」
와 마찬가지로 눈으로는 볼 수 없는데, 이러한 抽象的인 불이 和歌
속에서 具象化되어 掛詞로서 존재할 수 있는 것은 「火」와 관련된 緣
語로 말미암은 것이라 할 수 있다. 恋歌의 해당용례에서 「火」와 관
련된 緣語를 찾아보니 그 종류는 29개를 헤아릴 수 있었는데, 동사
로서는 燃ゆ(17개)와 消ゆ(9개)가 명사로서는 煙(11개)와 富士の嶺(5
개)가 數的인 面에서 두드러지고 있었다.

㉮ 혼자만의 사랑

「火」와 「思ひ」를 掛詞로서 표출한 恋歌 중에는 상대방에게 알리지
못하고 혼자 마음속으로 애를 태우는 내용의 것이 있다.

    古534 人しれぬ思ひをつねにするがなるふじの山こそわが身なりけれ

늘 불타고 있는 富士山처럼 상대방은 모르고 자신만 속으로 애태
우는 연모의 정을 읊은 古今534番歌의 「思ひ」는 상대방이 모르는 자
신만의 연정이고, 여기에 겹쳐 있는 「火」는 「富士の山」를 緣語로 하
는 연모의 불이다.

    古606 人しれぬ思ひのみこそわびしけれわが歎をば我のみぞしる

짝사랑의 괴로움을 혼자서 삭이는 마음을 읊은 古今606番歌의 「思ひ」 또한 마음속에 담아두고 있는 연정이다. 掛詞 「火」는 작자 자신의 한탄 「歎き」에 겹친 「投げ木」를 緣語로 하는 연모의 불이다.

　後1017 しられじなわがひとしれぬ心もて君を思ひのなかにもゆとは

남모르게 속으로만 불태우는 사모의 정을 토로한 後撰1017番歌의 「思ひ」는 작자의 불타는 연정을 뜻한다. 掛詞 「火」는 현재의 심정을 표현한 「燃ゆ」를 緣語로 하는 연모의 불이다.

　後拾612 かくとだにえやはいぶきのさしもぐささしもしらじなもゆるおもひを

마음속에만 담아 두고 있던 연정을 토로한 後拾612番歌의 「思ひ」는 작자의 불타는 사모의 정이다. 그리고 이것에 겹쳐있는 掛詞 「火」는 작자의 심정을 표현한 「燃ゆ」를 緣語로 하는 연모의 불이다.

　詞188 いかでかはおもひありともしらすべきむろのやしまのけぶりならでは

불타는 연정을 상대방에게 알릴 수 없어 안타까운 심정을 읊은 詞花188番歌의 「思ひ」는 눈에 보이지 않아 알릴 길이 없는 사모의 정을 뜻한다. 그리고 掛詞 「火」는 緣語 「燃ゆ」로서 작자의 心的狀態를 나타내고 있는 연모의 불이다.

　新1009 煙たつおもひならねどひとしれずわびてはふじのねをのみぞなく

겉으로 드러내지 못하고 속으로 애태우는 연정에 우는 마음을 읊은 新古今1009番歌의 「思ひ」는 남모르게 속으로 애태우는 연정이다. 그리

고 掛詞 「火」는 「煙」와 「富士の嶺」를 緣語로 하는 연모의 불이다.

新1032 おもひあれば袖に蛍をつつみてもいはばやものをとふ人はなし

속으로 간직하고 있는 연정을 상대방에게 전하고 싶은 마음을 반디에 빗대 읊은 新古今1032番歌의 「思ひ」는 혼자서 불태우는 연정이며, 掛詞 「火」는 「蛍」를 緣語로 하는 연모의 불을 뜻한다.

新1081 したもえにおもひきえなむけぶりだに跡なきくものはてぞかなしき

남모르게 애태우는 연정의 슬픔을 읊은 新古今1081番歌의 「思ひ消ゆ」는 남모르는 연정에 애태우다 죽어 버림을 뜻한다. 그리고 이에 겹쳐있는 掛詞 「火」는 「下燃え」 「消ゆ」 「煙」를 緣語로 하는 연모의 불이다.

혼자만의 연정을 읊은 和歌에 있어서 掛詞는 내용을 통괄하는 중요한 역할을 하고 있다. 특히 「火」는 緣語와 함께 작자의 心的狀態를 나타내고 和歌의 주류를 이루어 주제를 표출하는 데 없어서는 안될 요소이다. 緣語의 使用例로는 불타는 심정을 나타낸 「燃ゆ(3개)」와 「下燃え(1개)」가 두드러지며, 속으로 불타는 작자 자신을 비유한 것으로는 「富士の山(1개)」와 「富士の嶺(1개)」 그리고 「蛍(1개)」가 있는데 이 중 「富士の嶺」는 掛詞 「音」로서 연정을 참다못해 소리 내어 우는 작자의 모습도 투영되어 있다. 그 밖의 緣語인 「投げ木(1개)」는 掛詞 「歎き」로서 「消ゆ(1개)」는 掛詞 「思ひ消ゆ」로서 각각 심정을 나타내는 말을 도출하고 있으며 「煙(2개)」도 「火」의 緣語로서 단독으로는 보이지 않고 다른 緣語와 함께 속으로 애태우는 연정을 암시하는 말로서 작용하고 있다.

㉯ 주체할 길 없는 연정

　연모의 정에 휩싸인 사람이 자신의 마음을 스스로 어찌하지 못하고 방황하는 내용의 것이 있다. 복합적으로 표현되어 있는 恋歌의 내용을 가늠하여 그 성질을 단정적으로 말하기는 어려우나 내용 중에 이러한 요소가 있는 것을 여기에 모았다.

　　古480 たよりにもあらぬおもひのあやしきは心を人につくるなりけり

　사랑하는 사람을 향한 떨쳐 버릴 수 없는 연모의 정을 읊은 古今 480番歌의 「思ひ」는 사모하는 사람에게 붙어 떨어지지 않는 님 향한 마음이며, 여기에 겹쳐있는 「火」는 내 마음이 상대방에게 가도록 길을 밝혀 날라다 주는 불로서 「付く」를 縁語로 하고 있다

　　古544 夏虫の身をいたづらになすこともひとつ思ひによりてなりけり

　불 속으로 뛰어드는 여름벌레에 빗댄 주체 못할 연정을 읊은 古今 544番歌의 「思ひ」는 죽음도 고사하지 않을 주체 못할 연정이고, 掛詞 「火」는 여름벌레가 뛰어들어 헛되이 죽는 불과도 같은 연모의 불로 「夏虫」를 縁語로 하고 있다.

　　古600 夏虫をなにかいひけむ心から我も思ひにもえぬべらなり

　불 속으로 뛰어들어 스스로 몸을 사르는 여름벌레에 빗대어 주체 못할 자신의 연정을 읊은 古今600番歌의 「思ひ」는 스스로 제어할 수 없는 연정이고, 掛詞 「火」는 연모의 불로 「夏虫」를 縁語로 하고 있다.

　　後782 おもひには我こそいりてまどはるれあやなく君や涼しかるべき

104

바람을 일으키는 부채를 모티브로 주체 못할 연정을 읊은 後撰782
番歌의 「思ひ」는 상대방을 향한 작자의 사모의 정이고, 掛詞 「火」는
자신의 마음을 혼란케 하는 사모의 불로 불나방처럼 그 속에 뛰어
드는 「入る」를 緣語로 하고 있다.

後拾756 うつりがのうすくなりゆくたきもののくゆるおもひにきえぬべきかな

애를 태우다 죽을 것만 같은 연정을 읊은 後拾遺756番歌의 「思ひ」는
그리워하며 애태우는 사모의 정이고, 掛詞 「火」는 연모의 불로 「薫き
物」「燻ゆ」「消ゆ」는 그 緣語이다.

金465　こひわびてたえぬおもひのけぶりもやむなしきそらのくもと
なるらん 연모하며 애태우는 마음을 하늘로 올라가 구름이 되는 연
기에 빗대어 읊은 金葉465番歌의 「思ひ」는 끊임없이 사모하는 마음
이고, 「火」는 사모의 불길로 「煙」을 緣語로 하고 있다.

詞187 あやしくもわがみやまぎのもゆるかなおもひは人につけてしものを

스스로 어쩔 수 없는 연정을 불붙은 深山木에 빗대 읊은 詞花187
番歌의 「思ひ」는 주체할 수 없을 정도로 타오르는 사모의 정이고,
그 掛詞 「火」는 사모의 불로서 「深山木」「燃ゆ」「付く」를 緣語로 하
고 있다.

㉓ 좀처럼 이루어지지 않아 애타는 사랑

상대방에게 알리지 못하고 혼자 마음속으로 애를 태우는 연정의
경우도 여기에 포함될 수 있겠으나 내용상 상대방이 모른다는 것이
나타나 있지 않고 사랑을 이루려 노심초사하는 모습이 보이는 것에
한하였다.

　古596 年をへてきえぬおもひは有りながらよるのたもとは猶こほりけり

　사모의 정은 세월이 지나도 꺼질 줄을 모르나 좀처럼 이루어지지 않는 사랑의 슬픔을 읊은 古今596番歌의 「思ひ」는 세월이 지나도 꺼지지 않는 연정이다. 그리고 「消ゆ」와 「夜」를 緣語로 하고 있는 掛詞 「火」는 아무리 세월이 지나도 꺼지지 않을 마음속의 불로서 작자는 그러한 불이 있음에도 불구하고 밤이면 흘리는 눈물에 소매가 젖어 얼어붙음을 한탄하고 있다.

　後517 きえはててやみぬばかりか年をへて君を思ひのしるしなければ

　아직도 사랑의 결실을 맺지 못하고 있어 죽어버릴 것만 같은 심정을 읊은 後撰517番歌의 「思ひ」는 오랫동안 여인을 사모해온 마음을 뜻하며, 「消え果つ」를 緣語로 하는 掛詞 「火」는 그러한 연모의 불을 뜻한다.

　後644 涙にも思ひのきゆる物ならばいとかくむねはこがさざらまし

　만날 수 없어 속을 태우는 사모의 정을 읊은 後撰644番歌의 「思ひ」는 눈물짓는 연정을 뜻하며, 掛詞 「火」는 가슴을 새카맣게 그슬리는 연모의 불로서 「消ゆ」와 「焦がす」를 緣語로 하고 있다.

　後647 我のみやもえてきえなんよとともに思ひもならぬふじのねのごと

　사랑이 성취되지 않아 속 타는 자신을 후지 산에 빗대 읊은 後撰647番歌의 「思ひ」는 이루어지지 않아 혼자만 애태우는 연정이고, 그 掛詞 「火」는 「燃ゆ」 「消ゆ」 「富士の嶺」를 緣語로 하는 연모의 불이다.

後973 雨ふれどふらねどぬるるわが袖のかかるおもひにかわかぬやなぞ

눈물에 젖어 지내는 사모의 정을 읊은 後撰973番歌의 「思ひ」는 상대방을 향한 작자의 열렬한 연정이며, 그 掛詞 「火」는 연모의 불로서 「乾く」를 縁語로 하고 있다.

拾962 まだしらぬおもひにもゆるわが身かなさるはなみだの河の中にて

눈물에 젖어 지내며 애태우는 사모의 정을 읊은 拾遺962番歌의 「思ひ」는 지금껏 듣지도 보지도 못했을 만큼 그 例가 없는 연정이며, 그 掛詞 「火」는 「燃ゆ」를 縁語로 하는 연모의 불이다.

後拾773 みやまぎのこりやしぬらんとおもふまにいとど思ひのもえまさるかな

결실 없는 사랑에도 식지 않고 점점 더 뜨겁게 불붙어 오르는 연정을 읊은 後拾遺773番歌의 「思ひ」는 점점 더 불타오르는 마음이고, 掛詞 「火」는 연모의 불로서 「深山木」「樵る」「燃ゆ」를 縁語로 한다.

新1115 いつとなくしほやくあまのとまびさしひさしくなりぬあはぬおもひは

결실을 맺지 못하고 오랫동안 애태우고 있는 연정을 읊은 新古今 1115番歌의 「思ひ」는 혼자서 애태우고 있는 연정이고, 「火」는 「焼く」를 縁語로 하는 사모의 불을 뜻한다.

新1116 もしほやく海士のいそ屋のゆふけぶりたつなもくるしおもひたえなで

뜬소문이 날 정도로 끊임없는 연정을 소금 굽는 연기에 빗대 읊은

新古今1116番歌의 「思ひ」는 그침 없는 연정이고, 掛詞 「火」는 연모의 불로서 「焼く」「煙」를 縁語로 한다.

㉣ 간절한 사랑
　용례의 恋歌 중에는 사랑을 懇求하는 내용으로서 절실함이 보이는 것이 있다.

　　古657 限なき思ひのままによるもこむゆめぢをさへに人はとがめじ

　꿈속에서라도 님을 만나 이루고 싶은 연정을 읊은 古今657番歌의 「思ひ」는 한없는 연정이고, 掛詞 「火」는 밤길을 밝히는 사모의 불로서 「夜」를 縁語로 한다.

　　後988 よそなれど心ばかりはかけたるをなどかおもひにかわかざるらん

　멀리 떨어져 마음만 기울이고 있는 애타는 심정을 읊은 後撰988番歌의 「思ひ」는 상대방을 향한 사모의 정이고 掛詞 「火」는 사모의 불로서 「乾く」를 縁語로 한다.

　　新1007 我がおもひそらの煙となりぬれば雲ゐながらも猶尋ねてん

　꼭 이루고자 하는 간절한 연정을 불붙어 나는 연기에 빗대어 읊은 新古今1007番歌의 「思ひ」는 작자가 품고 있는 연모의 정이고, 掛詞 「火」는 「煙」를 縁語로 하는 사모의 불이다.

　　新1060 涙川身もうくばかりながるれどきえぬは人のおもひなりけり

절실한 그리움에 눈물짓는 연정을 읊은 新古今1060番歌의 「思ひ」
는 눈물에 젖어 그리운 이를 사모하는 마음이고, 掛詞 「火」는 눈물
에 젖어도 꺼지지 않는 사랑의 불로 「消ゆ」를 縁語로 한다.

新1163 今朝よりはいとどおもひをたきましてなげきこりつむあふさかの山

만났다 헤어진 후에 더 절실히 느끼는 사모의 정을 읊은 新古今
1163番歌의 「思ひ」는 절실한 사모의 정이고, 掛詞 「火」는 사모의 불
로 「焚く」와 「投げ木」는 그 縁語이다.

㉱ 열렬하고 지극한 사랑
작자가 품고 있는 사랑의 정도를 알 수 있는 용례로서 열렬함과
지극함을 나타내고 있는 것이 있다.

後546 人こふる涙は春ぞぬるみけるたえぬおもひのわかすなるべし

만나지 못했던 동안에도 그칠 줄 몰랐던 뜨거운 사모의 정을 읊은
後撰546番歌의 「思ひ」는 작자의 상대방에 대한 끊임없는 사모의 정
이고, 掛詞 「火」는 눈물을 따뜻하게 데운 사모의 불로 「温む」와 「沸
かす」를 縁語로 하고 있다.

後835 時わかぬ松の緑も限なきおもひには猶色やもゆらん

변함없는 소나무의 푸르름도 바뀔 정도로 열렬하고 한없는 자신의
연정을 읊은 後撰835番歌의 「思ひ」는 작자의 한없이 열렬한 마음이
고, 掛詞 「火」는 사모의 불로 「燃ゆ」를 縁語로 한다.

　　後869 かがり火にあらぬおもひのいかなれば涙の河にうきてもゆらん

　불붙어 타는 듯한 애타는 연정을 읊은 後撰869番歌의 「思ひ」는 눈물이 흘러 강물을 이룰 정도로 애타는 연정이며, 掛詞 「火」는 사모의 불로서 「篝火」와 「燃ゆ」를 緣語로 한다.

　　後1014 ふじのねをよそにぞききし今はわが思ひにもゆる煙なりけり

　연기를 내뿜고 있는 후지 산에 빗대어 속으로 애태우는 자신의 열렬한 연정을 읊은 後撰1014番歌의 「思ひ」는 열렬한 사모의 정이고, 掛詞 「火」는 「富士の嶺」「燃ゆ」「煙」를 緣語로 하는 사모의 불이다.

　　拾891 世の人のおよばぬ物はふじのねのくもゐにたかき思ひなりけり

　다른 사람보다 월등히 지극한 자신의 연정을 읊은 拾遺891番歌의 「思ひ」는 작자의 지극한 연정이고, 掛詞 「火」는 사모의 불로 「富士の嶺」를 緣語로 한다.

　　拾929 もえはててはひとなりなん時にこそ人を思ひのやまむごにせめ

　죽을 때까지 그치지 않을 지극한 연정을 읊은 拾遺929番歌의 「思ひ」는 사랑하는 사람을 그리워하는 마음이고, 掛詞 「火」는 사모의 불로 「燃え果つ」와 「灰」를 緣語로 한다.

　　拾971 限なき思ひのそらにみちぬればいくその煙雲となるらん

　여인에 대한 자신의 한없는 사모의 정을 읊은 拾遺971番歌의 「思

110

ひ」는 작자의 한없는 연정이며, 掛詞 「火」는 연모의 불로서 「煙」를 縁語로 하고 있다.

　詞202 としをへてもゆてふふじのやまよりもあはぬおもひはわれぞまされる

사모하는 사람을 만나지 못함에 애타는 연정을 읊은 詞花202番歌의 「思ひ」는 그리운 사람에 대한 사모의 정이다. 그리고 이에 겹쳐 있는 「火」는 연모의 불로서 「燃ゆ」와 「富士の山」를 縁語로 하고 있다.

　新1132 ふじのねの煙も猶ぞたちのぼるうへなきものはおもひなりけり

하늘 높이 오르는 후지산의 연기를 들어 자신의 비할 바 없이 지극한 사모의 정을 읊은 新古今1132番歌의 「思ひ」는 지극한 사모의 정이고, 이것의 掛詞 「火」는 사모의 불길로 「富士の嶺」와 「煙」를 縁語로 하고 있다.

　㉧ 멀어져 가는 사랑
관계가 소원해져 가는 데 대한 안타까움이나 슬픔 등을 내용으로 하고 있다.

　古790 時すぎてかれゆくをののあさぢには今は思ひぞたえずもえける

사이가 소원해진 지금도 남자를 향한 끊임없는 연모의 정을 읊은 古今790番歌의 「思ひ」는 두 사람 사이가 소원해진 지금도 끊임없이 불붙어 타고 있는 연모의 정을 뜻하며, 이것에 겹쳐있는 「火」는 연모의 불로서 「燃ゆ」를 縁語로 하고 있다.

後562 君こふとぬれにし袖のかわかぬは思ひの外にあればなりけり

다른 여인에게 마음이 쏠리고 있는 남자를 그리워하며 눈물짓는 심정을 읊은 後撰562番歌의 「思ひ」는 상대방이 작자를 생각하는 마음이며, 掛詞 「火」는 그러한 마음의 불로 「乾く」를 緣語로 한다.

後851 こぬ人を松のえにふる白雪のきえこそかへれくゆる思ひに

오지 않는 남자를 기다리며 애태우는 悔恨의 심정을 읊은 後851番歌의 「思ひ」는 괜한 사랑을 시작한 데 대해 후회하는 마음이며, 이것에 겹쳐있는 「火」는 悔恨의 불로 「消えかへる」와 「燻ゆ」를 緣語로 하고 있다.

後956 にくからぬ人のきせけんぬれぎぬは思ひにあへず今かわきなん

남편이 다른 여자에게 마음을 기울이고 있는 데 대한 불만스런 심정을 읊은 後撰956番歌의 「思ひ」는 작자의 남편이 다른 여인에게 기울이는 연정이고, 이에 겹쳐있는 「火」는 그러한 연정의 불로서 「乾く」를 緣語로 한다.

新1379 しほがまのまへにうきたるうきしまのうきておもひのあるよなりけり

두 사람간의 관계가 점차 소원해져 가는 데 따른 위기감을 읊은 新古今1379番歌의 「思ひ」는 불안감이 수반된 상념이다. 그리고 이에 겹쳐 있는 「火」는 상념의 불로서 지명 「塩釜」를 緣語로 한다.

古791 冬がれののべとわが身を思ひせばもえても春をまたましものを

다시는 싹 틔울 수 없는 끝나버린 사랑에 대한 아쉬운 심정을 읊은 古今791番歌의 「思ひせば」는 자신을 초목이 다 마른 겨울 들판이라 생각한다면을 뜻하는 말이다. 이 「思ひす」의 ひ에 겹친 「火」는 연모의 불로서 「燃ゆ」를 縁語로 한다.

⑷ 기   타

사랑의 내용을 단계별로 본 상기 이외의 것으로 연정을 호소하는 사람에 대한 작자의 答歌에서도 掛詞 「思ひ」와 「火」의 용례를 찾아볼 수 있다.

古477 しるしらぬなにかあやなくわきていはむ思ひのみこそしるべなりけれ

연정을 호소하는 남자의 마음을 慰撫하는 여인의 심정을 읊은 것으로 「思ひ」는 상대방이 작자를 연모하며 그리워하는 마음을 掛詞 「火」는 상대방이 마음속에 지필 정열의 불을 뜻하고 있다. 「火」의 縁語 「しるべ」는 안내자라는 뜻으로 이 말을 통해 작자는 상대방의 연정이 꾸준히 지속되는 한 언젠가는 자신과 맺어지게 될 것이라는 암시를 주고 있다.

後518 おもひだにしるしなしてふわが身にぞあはぬなげきのかずはもえける

사랑의 결실이 맺어지지 않는 것을 여인의 탓으로 돌리는 남자에게 오히려 오지 않는 남자 때문에 한숨으로 지내는 자신의 근황을 읊고 있다. 「思ひ」는 효과가 없다고 푸념하는 상대방의 작자에 대한 연정이고, 이것의 掛詞 「火」는 사모의 불로 「投げ木」와 「燃ゆ」를 縁語로 한다.

後968 夏虫のしるしる迷ふおもひをばこりぬかなしとたれかみざらん

자신에게 오랫동안 구애하여 온 남자에 대한 미덥지 못한 심정을 읊은 것으로 「思ひ」는 구애하는 남자의 작자에 대한 연정이다. 그리고 이것에 겹쳐있는 「火」는 그러한 연정의 불을 뜻하며 「夏虫」를 緣語로 하고 있다.

後974 露ばかりぬるらん袖のかわかぬは君が思ひのほどやすくなき

상대방의 구애에 대한 불신의 심정을 읊은 것으로 「思ひ」는 상대방의 작자에 대한 연정을, 「乾く」를 緣語로 하는 「火」는 그러한 연모의 불을 뜻한다.

後990 きえずのみもゆる思ひはとほけれど身もこがれぬる物にぞ有りけり

상대방의 열렬한 연정에 화답하여 자신의 애타는 심정을 읊은 것으로 「思ひ」는 열렬한 연정을 뜻하며, 掛詞 「火」는 꺼질 줄 모르는 사모의 불로서 「消ゆ」 「燃ゆ」 「焦がる」를 緣語로 한다.

後991 うへにのみおろかにもゆるかやり火のよにもそこには思ひこがれじ

상대방의 자신에 대한 연정이 그리 깊지 못할 것이란 불신감을 읊은 것으로 자신이 상대방을 사모하며 속을 태우는 「思ひ焦がる」에 사모의 불을 뜻하는 「火」를 겹쳐 나타내고 있는데, 「燃ゆ」 「蚊遣り火」 「焦がる」가 「火」의 緣語로서 배합되어 있다.

後1015 しるしなき思ひとぞきくふじのねもかごとばかりの煙なるらん

114

사모의 정을 호소하는 상대방에 대한 불신감을 읊은 것으로 「思ひ」
는 상대방이 말하는 작자에 대한 열렬한 연정을 뜻한다. 그리고 이것
에 겹쳐있는 「火」는 별 효과도 없는 사모의 불로서 「富士の嶺」과 「煙」
를 緣語로 하고 있다.

  拾972 そらにみつ思ひの煙雲ならばながむる人のめにぞ見えまし

상대방이 자신에게 호소하는 연모의 정에 대한 진실을 의심하는
심정을 읊은 것으로 「思ひ」는 상대방의 작자에 대한 연정을 나타낸
다. 그리고 掛詞로서의 「火」는 사모의 불길을 나타내며 「煙」를 緣語
로 하고 있다.

  後拾823 はるののにつくるおもひのあまたあればいづれをきみがもゆとかはみん

자신에 대한 상대방의 연정을 의심하는 심정을 읊은 것으로 「思ひ」
는 상대방의 작자에 대한 연모의 정을, 掛詞 「火」는 「付く」와 「燃ゆ」
를 緣語로 하는 사모의 불이다.
  연모의 마음이란 사람에 따라 다르기에 그 표현 또한 다양하다.
사랑을 주제로 하고 있는 和歌에 있어 「思ひ」와 「火」를 掛詞로 하여
나타내고 있는 구체적인 내용을 보면 이들 掛詞가 표출하고 있는 것
은 단순히 연모의 마음과 그 마음에서 이는 불로서 획일화시킬 수
없는 세세한 감정이 담겨 있다. 이것은 사랑의 진행단계에 따른 것
이기도 하지만 작자의 감정이 같을 수 없기 때문이기도 하다. 그러
나 和歌의 31文字로서 사랑의 미묘하고도 섬세한 감정의 움직임까지
그려내는 것은 '마음은 넘쳐나나 이루 형용 다 못하네'47)라는 古今 仮

---

47) 古今和歌集의 編者인 紀貫之는 仮名序를 통해 歌人으로서의 在原業平에 대
    해 'その心余りて、言葉足らず'라고 評하고 있다. 이는 業平가 情感은 넘쳐

名序의 말처럼 어려운 일이 아닐 수 없다. 和歌에 나타난 작자의 마음을 헤아리고 파악하는 것은 어쩌면 독자의 몫으로 돌려지는 것일지도 모른다. 그렇다면 상기의 和歌를 통해 살펴본 掛詞 표현은 작자가 품고 있는 연정의 성질과 정도를 가늠하고 더 나아가 말로는 표현을 다 못한 작자의 마음을 읽어내는 데 지극히 중요한 열쇠라 하지 않을 수 없다. 그리고 掛詞 「火」와 함께 쓰이고 있는 다양한 緣語들은 작자 自身을 비유하거나 심정을 나타내는 등 抽象的인 연모의 정을 具象化시키는 역할을 하고 있어 「思ひ」와 「火」를 겹쳐 표현한 恋歌의 큰 특징이라고 말할 수 있겠다.

(3) 離別과 羈旅

① 離別歌

離別歌에 보이는 掛詞 「火」는 그 용례가 1개(後1309)뿐으로, 下二段動詞 「思ひいづ」와 겹쳐져 있다.

> 後1309 このたびも我をわすれぬ物ならばうち見むたびに思ひいでなん

먼 지방으로 떠나는 친구에게 이별의 선물로 부싯돌(火打ち)을 보내며 읊은 和歌로서 본문에는 안 보이지만 부싯돌을 歌材로 하여 이별의 아쉬움을 표출하고 있다. 먼 곳으로 떠나는 그대가 나를 잊지 말고 생각해 주었으면 좋겠다는 희망을 담은 思ひいでなん의 「思ひいづ」에는 詞書의 「火打ち」와 본문의 「打つ」를 緣語로 하는 「火」가 겹쳐져 표현되어 있다. 옛날 여행길에 있어 부싯돌은 없어서는 안 될 물건 중의 하나이었다는 것을 생각할 때 離別歌의 歌材로서 선택

나지만 표현하는 말이 未熟하고 부족하다는 뜻이다.

되어지는 것에 이의를 제기할 필요는 없을 것이다. 다만 離別歌로서 앞에서 고찰한 「降る」나 「待つ」의 掛詞 표현 용례에서는 찾아볼 수 없는 歌材이기에 주목된다. 친구에게 보내려 하는 私的인 선물 「火打ち」를 염두에 두고 和歌를 읊는다면 거기에 당연히 歌材에 걸맞은 표현技法이 사용됨은 당연하다. 부싯돌에서 연상되는 것으로 작자는 그것을 사용하는 動作인 「打つ」와 그것에서 발생하는 「火」를 배합하여 이별에 즈음한 아쉬운 심정을 「思ひいでなん」으로 표출한 상기의 和歌는 日常事에서 소재를 얻어 유효하게 자신의 마음을 나타내고 있다. 「火打ち」가 和歌를 형성하는 歌語로서는 인정되지 않아서인지 八代集 和歌의 本文에서는 그 예를 찾을 수 없지만48) 사물의 성질에서 연상되는 특징을 살려 작자의 심정을 표출한 것은 掛詞 표현이 갖는 큰 힘이라 할 수 있다.

② 羈旅歌

羈旅歌에는 掛詞 「火」의 용례가 보이지 않는다.

(4) 慶賀와 哀傷

① 賀 歌

賀歌에 掛詞 「火」의 용례는 보이지 않는다. 「火」는 활활 타오르는

---

48) ひめまつの会編 『八代集総索引 和歌自立語篇』에 의거하여 八代集의 「火打ち」 용례를 찾아보고자 하였으나 和歌 本文은 물론 序文과 詞書 그리고 左注 그 어디에도 없는 것으로서 調査되었는지 아예 표제어로서 실려 있지 않았다. 그러나 『八代集総索引 和歌自立語篇』이 본문으로 삼고 있는 『新編国歌大観 第一巻 勅撰集編』의 後撰集1309番歌 詞書에는 「火打ち」의 용례가 보이므로 調査上의 누락이 확실하다. 어찌되었든 詞書가 아닌 八代集의 和歌 本文에서는 「火打ち」를 찾을 수 없으므로 그 실용성과는 달리 31音節로 구성되는 和歌의 歌語로서는 전혀 고려되지 않았다고 말할 수 있다.

그 속성에서 타 없어지는 것이란 이미지가 있고, 수많은 恋歌의 용례를 통해서도 확인한 바이지만 주체할 수 없는 열정과도 통하기에 賀歌의 賀意표현에는 적합한 歌語가 아니었을 것으로 推察된다.

② 哀傷歌

哀傷歌에는 掛詞「火」의 표현이 3개 보이는데, 이들이 掛詞로서 겹쳐있는 말은 「思ひ」가 2例(拾1331 千575), 「類」가 1例(新802)이다. 哀傷歌에서의 「思ひ」의 의미는 무엇인가? 또 그것에 겹쳐져 있는 「火」는 어떠한 불일까?

拾1331 世の中に牛の車のなかりせば思ひの家をいかでいでまし

먼저 拾遺1331番歌는 세상의 모든 번뇌를 벗어날 길을 알려주는 大乗仏教의 고마움을 읊고 있어 사람의 죽음과 관련된 슬픔이나 그리움과 같은 哀悼的인 내용과는 거리가 있으며 오히려 부처의 가르침을 주요 내용으로 하는 釈教歌 성격을 띠고 있다.[49] 本文의 「思ひの家」는 번뇌의 집을 뜻하며 여기에 겹쳐진 「火の家」는 불이 붙은 집, 즉 불난 집이다. 이 和歌의 釈教歌的인 요소는 掛詞로서 표출된 「思ひの家」와 「火の歌」그리고 「牛の車」에서 찾아볼 수 있다. 이것들은 法華経 譬喩品에 보이는 것으로 불이 난 집에서 놀고 있던 아이들에게 문밖에 소가 끄는 수레가 있으니 나가자고 권하여 구해내었다고 하는 故事를 배경으로 하고 있다.[50] 이 和歌에서의 掛詞 표

---

49) 千載集이나 新古今集에 보이는 部立名으로서 부처의 가르침을 주요 내용으로 하는 釈教歌가 있는데 拾遺集에는 이런 성격의 것들이 哀傷歌로서 編入되어 있다. 神仏 등을 굳게 믿어 그 가르침을 지키고 그에 따르는 행위로서의 信仰이 死後를 두려워하는 인간의 마음에서 비롯되었다는 것을 생각하면 哀傷과도 관련지을 수 있겠으나 哀傷歌와 釈教歌는 본질적으로 다르다는 것을 전제하여야 할 것이다.

현을 이해하고 더 나아가 주제를 파악하는 데에는 仏法에 대한 소양
이 요구된다.

한편 자신의 죽음을 예상하고 마음속 가득한 생각을 풀지 못하고
떠나가는 슬픈 심정을 읊은 것으로 千載575番歌에도 「火」와 「思ひ」
의 掛詞 표현이 보인다.

千575 むねにみつおもひをだにもはるかさで煙とならむことぞかなしき

詞書에 의하면 이 작품은 작자 생전에 읊어 써 놓았던 것을 사후
고인의 유품을 정리하는 과정에서 발견한 遺作이다. 따라서 이 和歌
는 뒤에 남은 사람의 관점이 아닌 타계한 사람의 시점에서 죽음을 예
기하고 이 세상에서 아직도 다 풀지 못한 일들에 집착하고 죽음을 슬
퍼하는 내용으로 되어 있다. 여기에서 「思ひ」는 가슴에 가득 차있는
여러 가지 생각들이며, 「火」는 그러한 상념의 불을 나타내고 있다.

(5) 기 타

상기의 분류 항목 이외의 部立은 크게 雑歌와 그 밖의 和歌로 나
누었다.

① 雑 歌

雑歌에는 掛詞 「火」의 용례가 총 13例 있는데 이 중 11例(古978
後1157 拾572 後拾990·1208 金615·621 千1041 新1495·1614·1615)

---

50) 岩波 新大系의 拾遺1331番歌 註釈에 의하면 平安時代 中期, 一条朝 무렵부
터 法華経二十八品의 和歌와 維摩経十喩 등의 釈教歌가 읊어지게끔 되었다
고 한다. 따라서 法華経 故事를 和歌로 읊은 拾遺1331番歌의 牛車는 大乗仏
法으로, 불난 집은 煩悩의 집으로 해석되고 있다.

는 「思ひ」와 겹쳐있고, 나머지 2개는 '越에서 오는 길에 당신만을 생각하며 오다'를 뜻하는 「思ひ来し路」(古979)와 '죽은 부인에 대한 추억'을 말하는 「思ひ出で」(後1226)에 각각 겹쳐져 있었다. 雜歌에서도 掛詞 「火」와 「思ひ」유형이 제일 두드러지고 있는데 이들이 겹쳐져 표현하고 있는 것은 무엇일까?

㉮ 交 友

古978 君が思ひ雪とつもらばたのまれず春よりのちはあらじとおもへば

때마침 내려 쌓인 눈에 빗대어 자신이 작자를 '눈이 쌓이듯 늘 깊게 생각하고 있다'고 말하는 사람에게 작자가 '봄이 되면 눈은 녹아버린다'고 농담 섞어 답한 和歌이다. 상대방이 작자에게 기울이는 생각인 「思ひ」에 겹쳐있는 「火」는 생각의 불로 이것을 具象化시키는 緣語는 和歌 本文에 보이지 않는다. 하지만 「春よりのちはあらじ」가 연상시키는 「消ゆ」로 말미암아 掛詞 「火」는 쌓인 눈처럼 깊은 상대방의 「思ひ」를 녹아서 꺼질 것으로 만들어 버리는 것이다.

㉯ 사랑 고백

後1157 玉だれのあみめのまよりふく風のさむくはそへていれん思ひを

여인을 향한 자신의 사랑을 고백하는 내용의 和歌이다.[51] 여인을

---

51) 내용으로만 보면 恋歌로 간주할 수도 있겠으나 雜歌에 수록되어 있는 이유는 詞書에서 찾을 수 있을 것이다. 여러 명의 남자들이 어울려 여인을 찾아가 발을 사이에 두고 대화를 나누던 중에 순간적인 기지를 발휘한 즉흥적인 면이 있고 또한 사랑의 심정을 전하는 은밀함이 없이 여러 사람들 앞에서 행하여졌다는 점에서 이 和歌를 일반 다른 恋歌와 차별화한 것으로 생각된다.

120

향한 작자의 뜨거운 마음 「思ひ」에 작자가 품고 있는 연정의 불인
「火」를 겹쳐 표현하고 있다. 모습을 가리기 위해 쳐놓은 발 사이로
들어오는 찬바람에 여인이 寒気를 느끼자 작자는 즉흥적으로 상기의
和歌를 읊고 있다. 寒し → 火 → 思ひ로 연결되는 발상의 전개는 본
和歌에 있어서의 掛詞의 역할과 표현상의 위치를 가늠하게 한다.

　㉓ 慰　撫

　　拾572 世の中を　おもへばくるし　わするれば　えもわすられず……しほがま
　　の　うらさびしげに　なぞもかく　世をしも思ひ　なすのゆの　たぎるゆゑをも
　　かま　へつつ　わが身を人の　身になして……我もあるらし

　자신의 더 어려운 처지를 들어 승진이 늦음을 한탄하는 사람을 위
로하고자 하는 마음을 읊은 長歌이다. 모두가 다 승진을 바라고 있
는 중에 당신은 그래도 학문의 功이 쌓여 승진을 눈앞에 두고 있으
니 자신의 처지에 비하면 그리 의기소침해 한탄만 할 이유는 없다고
상대방을 격려하고 있다. 「思ひなす」는 상대방이 기대했던 것이 자
기 뜻대로 되지 않자 되는 일이 하나도 없는 세상이라고 믿어 버리
는 것이며 여기에 겹쳐진 「火」는 상대방의 그러한 생각의 불을 뜻한
다. 長歌로서 掛詞 표현이 미치는 바는 주변의 말에 국한되어 있으
나 「湯」와 「たぎる」를 緣語로 하는 「火」의 이미지가 강렬함을 수반
하므로 掛詞 「思ひなす」의 정도까지도 결정된다. 자기 실력만큼 인
정을 받지 못하고 있는 데 대해 상대방이 세상에 대해 품고 있는 원
망의 정도가 掛詞 표현을 통해 표출되고 있는 것이다.

㉑ 恨　歎

　　　後拾990　くもゐまでたちのぼるべきけぶりかとみしはおもひのほかにもあるかな

　　夫君의 왕위 등극에 대한 기대가 무너져 탄식하는 심정을 읊은 것
으로서 표현 중의 「思ひ」는 남편이 동궁으로서 왕위에 오르리라는
생각을 뜻하고 掛詞 「火」는 念願의 불을 각각 뜻한다. 「火」의 緣語
로서 도출된 「煙」는 「雲居」로 이어져 掛詞가 주제를 표출하는 데 중
요한 역할을 하고 있음을 확인할 수 있다. 東宮에서 폐위됨으로써
결국은 왕위에 오르지 못하게 된 남편을 하늘 높은 곳까지 당연히
오르리라고 생각하는 연기에 빗댄 발상을 뒷받침해 주는 것은 掛詞
표현이라고 할 수 있다.

㉒ 好　意

　　　後拾1208　心ざしおほはら山のすみならばおもひをそへておこすばかりぞ

　　자존심을 살리면서 숯을 보내는 사람의 호의를 받아들이는 심정을
읊은 後拾遺1208番歌는 구성되는 말과 掛詞 표현 또한 숯을 중심으
로 하고 있다. 오오하라산(大原山)은 숯을 구워내던 곳으로 여기서는
숯을 작자에게 보내겠다는 마음이 많다(多し)를 겹쳐 표현하고 있는
데, 이를 도출하는 「心ざし」는 「思ひ」와 관련지어지고 더 나아가 이
것을 덧붙여 보내는 「遣す」로 이어진다. 작자에게 숯을 보내고자 하
는 상대방의 「思ひ」는 好意라 할 수 있으며, 이것에 겹쳐있는 「火」
는 상대방이 갖고 있는 따뜻한 마음의 불로서 「炭」와 「熾す」를 緣語
로 한다. 요컨대 掛詞 「思ひ」는 「心ざし多し」와 「遣す」로 이어지는

흐름을 이루며, 掛詞 「火」는 「大原山」와 「炭」와 「熾す」로 이어지는 또 다른 흐름을 이루어 한 수의 和歌를 이중구조로써 표출하고 있는 것이다.

㉑ 죽   음

下記 2수의 和歌는 金葉集의 것으로 雜歌에 수록되어 있으나 내용으로 보아 이들은 哀傷歌에 속한다고 할 수 있다. 이는 金葉集이 따로 哀傷歌란 部立을 두지 않고 이들을 모두 雜歌로서 처리하고 있음을 말해주는 것이다. 앞쪽 哀傷歌에서는 세상의 모든 번뇌를 벗어날 길을 알려주는 大乗仏教의 고마움을 읊고 있어 釈教歌 성격을 띠고 있는 拾遺1331番歌와 자신의 죽음을 예상하고 마음속 가득한 생각을 풀지 못하고 떠나가는 슬픈 심정을 읊은 千載575番歌를 例로서 고찰하였는데 이들과는 달리 金葉의 것은 사람의 죽음과 관련된 슬픔이나 그리움을 읊은 哀悼的인 내용으로 되어 있다.

金615 たらちめのなげきをつみてわれがかくおもひのしたになるぞかなしき

자식을 잃은 슬픔을 읊은 金葉615番歌의 「思ひ」는 자식을 저 세상에 먼저 보낸 작자의 슬픔으로 이것에 겹쳐있는 「火」는 지극한 슬픔의 불인 것이다. 和歌에 있어 「思ひ」는 「歎き」 「悲し」와 함께 작자의 心情的인 면을 나타내며, 掛詞 「火」는 「投げ木」를 縁語로 하여 작자의 침통함을 具象化시키는 한편 슬픔의 정도가 불처럼 강렬함을 나타내는 상징성도 아울러 갖고 있다고 말할 수 있다.

金621 いまぞしるおもひのはてはよのなかのうきくもにのみまじる物とは

　죽은 이에 대한 그리움과 인생무상을 읊고 있는 和歌로 죽은 사람을 생각하는 마음 「思ひ」에 죽은 이를 향한 생각의 불과 火葬의 불 「火」를 겹치고 있다. 친했던 사람이 죽어 葬送을 한 후의 허무함이 掛詞 「思ひ」와 「火」로써 표출되고 있는데 和歌 본문 속에 掛詞와 직접적으로 관련된 말은 보이지 않는다. 다만 당시의 장례는 火葬이었기에 「思ひ」에 겹쳐있는 「火」에는 죽은 사람을 열렬히 생각하는 불 이외에 火葬의 불을 또한 연상할 수 있는데 이것이 연기가 되어 하늘로 올라가 구름 속에 섞이게 되고 죽은 이에 대한 그리움도 終局에는 이 세상이 허무하다는 것을 깨닫게 하는 것으로써 작용하는 것이다.

　이상으로 본 雜歌 속의 哀傷歌에 나타난 「思ひ」는 죽음을 둘러 싼 슬픔이나 죽은 이에 대한 그리움이 배어있는 것이었으며, 掛詞 「火」는 작자의 침통함이나 그리움의 강렬한 정도를 具象化시키는 것으로써 작용하고 있다고 말할 수 있다.

㉚ 情　景

　　千1041 たえずたつむろのやしまの煙かないかにつきせぬおもひなるらん

　室の八島의 정경을 읊은 것으로 끊임없이 일고 있는 연기를 보고 '무슨 생각을 저리도 한없이 하나' 하고 어림하고 있다. 掛詞 표현 「思ひ」는 속으로 계속 불타고 있는 깊은 생각으로 그 주체는 「煙」이다. 그리고 「思ひ」에 겹쳐 있는 「火」는 그러한 생각의 불길로서 「煙」를 緣語로 하고 있다. 경물인 「煙」를 중심으로 표현이 전개되어 나가는 중에 掛詞가 위치하고 있다.

㉜ 기다림

　新1495 おもひあらば今夜の空は聞ひてまし見えしや月の光なりけん

　자신을 찾지 않는 사람에 대한 가벼운 원망의 심정을 토로한 和歌로서
「思ひ」는 상대방의 작자에 대한 생각이고 이것에 겹쳐있는 「火」는
생각의 불이다. 詞書에 의하면 달 밝은 밤에 상대방이 작자에게 반
디를 보낸 바 있어 며칠 후 비 오는 날에 작자가 읊은 和歌라는 것
을 알 수 있다. 우리말 해석은 '만약 그대가 진정으로 나를 생각한
다면 오늘처럼 비 오는 밤 찾아올 텐데. 일전에 보였던 것은 달빛인
가요?'가 되는데 和歌의 경위를 설명한 詞書없이는 4句와 5句에 해
당하는 뒷부분을 이해하기 어렵다. 경위를 참고하여 뒷부분을 풀어
서 해석하면 '일전에 상대방이 마음의 표시로 보내왔던 반딧불이기
에 오늘처럼 비 오는 밤에 와주기를 기다려도 오지 않으니 며칠 전
에 보았던 그 반딧불은 비 오는 밤에는 보이지 않는 달빛과도 같은
건가요?'가 된다. 요컨대 본 和歌의 중심 歌材는 반디로서 비록 본
문에는 그것이 표출되어 있지 않지만 표현과 내용의 기반이 되고 있
는 것이다. 「思ひ」의 掛詞 「火」도 예외는 아니다. 앞에서 상대방의 작
자에 대한 생각인 「思ひ」에 겹쳐있는 「火」는 생각의 불이라고 언급했
지만 그 이면에는 반딧불이 있는 것이다.

　㉛ 신앙[52]

　新1614 世の中を心たかくもいとふかなふじの煙を身のおもひにて

---

[52] 新古今集에는 따로 釈教歌라 하여 仏教와 관련된 経典이나 教理, 혹은 仏事
나 無常観 등을 소재로 읊은 和歌를 모아 놓은 部立이 있다. 여기에서 살펴
볼 용례들도 釈教歌와 같은 요소가 있으나 撰者들은 이들을 雑歌에 넣고
있어 일단 내용상으로는 신앙과 관련된 것으로써 분류해 두었다.

세상의 번뇌를 끊고 깨달음을 얻으려는 간절한 심정을 읊은 것으로 여기에서의 「思ひ」는 속세의 번뇌를 끊고 보리를 구하려는 생각이며, 掛詞 「火」는 생각의 불길을 뜻한다. 「富士の煙」는 「火」의 緣語로서 속세에 염증을 느낀 작자는 후지 산의 연기에 빗대 자신의 간절한 바람의 정도를 표출하고 있다. 하늘에 닿을 정도로 높이 솟아 있는 후지 산으로서 속세와의 인연을 끊으려는 자신의 높은 뜻을 나타내고, 그곳의 연기는 더 높은 하늘 끝까지 올라가므로 그 연기에 자신이 구하는 바를 이입시키고 있는 것이다. 「富士の煙」는 본 和歌의 중심歌材로서 掛詞 「思ひ」와 「火」를 具象化시키는 역할을 하고 있다.

新1615 風になびく富士の煙の空にきえてゆくへも知らぬ我が心かな（新編）
新1615 風になびく富士の煙の空にきえてゆくゑも知らぬわが思哉（新大系）

같은 和歌를 두 개나 예시한 것은 異本에 따른 본문 내용에 차이가 있기 때문이다. 新編의 경우는 5句가 「我が心かな」이고 新大系는 「わが思哉」로 되어 있어 新大系의 본문을 따르면 「思ひ」에 「火」가 겹쳐있는 掛詞 표현이 인정되지만 新編은 그렇지 아니하다. 新古今 1614番歌와 동일한 「富士の煙」를 주요 歌材로 삼아 수행 중인 佛者로서의 무한한 심정을 읊은 것인데 新1614가 하늘 높이 오르는 연기였다면 여기에서의 연기는 바람에 흩날려 하늘로 흔적도 없이 사라지는 존재이다. 하지만 이들 후지 산이 내뿜는 연기를 통해 작자는 자신이 추구하고 있는 생각을 나타내고 있다는 점에서는 공통된다. 新大系의 본문에 보이는 「思ひ」는 佛者인 작자가 추구하는 무한한 생각인데 주제와 직접적으로 관련된 이 말을 작자는 생각의 불을 뜻하는 掛詞 「火」와 그 緣語인 「富士の煙」와 「消ゆ」를 통해 표출하고 있다.

② 그 밖의 和歌

그 밖의 和歌에 보이는 「火」의 용례는 7수의 和歌에서 찾을 수 있는데, 이들에 겹쳐있는 말들을 살펴보면, 「思ひ」가 6개(古1002·1026·1028·1030 拾597 金708), 緋の色(古1026)와 「早蕨」(拾1154)가 각각 1개씩 보인다. 「火」의 용례수와 겹쳐 있는 말을 헤아린 수가 일치하지 않는 것은, 古今集 1026番歌에 三義의 掛詞가 있기 때문이다.

먼저 「火」를 겹치고 있는 「思ひ」의 뜻을 살펴보면, 칙명에 의해 전승되어 온 옛 노래들을 모아 바치는 撰者로서의 소감을 읊은 古1002(雜体) ちはやぶる 神のみよより くれ竹の 世世にもたえず あまびこの……世の人の おもひするがの ふじのねの もゆる思ひも あかずして わかるるなみだ……의 경우는 '和歌로서 표현된 세상 사람들의 뭇 연정들', 주체할 길 없는 사랑의 심정을 읊은 古1026(雜体) みみなしの山のくちなしえてしかな思ひの色のしたぞめにせむ의 경우는 '緋色으로 활활 타오르고 있는 연정'을, 이루지 못할 사모의 정을 억누르며 체념하려는 심정을 읊은 古1028(雜体) ふじのねのならぬおもひにもえばもえ神だにけたぬむなしけぶりを의 경우는 '성취되지 않아 애타는 사랑의 마음'을, 불타는 듯한 사모의 정을 읊은 古1030(雜体) 人にあはむ月のなきには思ひおきてむねはしり火に心やけをり의 경우는 '만날 길 없는 사랑에 애타는 마음'을, 그칠 줄 모르고 오랫동안 불붙어 타고 있는 富士山의 신비감을 읊은 拾597(神楽) 千早振かみも思ひのあればこそ年へてふじの山ももゆらめ의 경우는 '사람과 마찬가지로 神도 품고 있는 연정'을 나타내고 있어, 衆生의 죄는 서리나 이슬 같다는 仏法의 뜻을 읊은 金708(異本歌; 雑) 罪はしも露ものこらず消えぬらんながき夜すがらくゆる思ひに의 '悔恨의 念'을 제외하고 「思ひ」가 나타내는 것은 하나같이 '사랑의 마음'이라는 것을 알 수 있었다.

한편 「火」의 掛詞로 「思ひ」 이외의 것으로는 주체할 길 없는 사랑의 심정을 읊은 古今1026番 雜体歌에 보이는 「緋の色」와 봄이 가까운 겨울들판의 광경을 읊은 拾1154(雜秋;冬) さわらびやしたにもゆらんしもがれののばらの煙春めきにけり에 보이는 「早蕨」를 들 수 있다. 前者는 활활 타오르고 있는 불길을 나타내는 색으로 여기서는 恋情의 불길을 형용하고 있으며, 後者는 掛詞 「火」와 함께 「萌ゆ」와 「燃ゆ」를 각각 도출해 내면서 땅속에서 느끼는 봄기운을 표출하는 원점이 되고 있는 것이다.

4
「立つ」의 掛詞 표현

1) 掛詞의 類型과 歌集別 분포

〈표 16〉

掛詞＼歌集	古	後	拾	後拾	金	詞	千	新	計
裁 つ	1	4	9	4	1	2	3	10	34
*立つ	7	4	2	5			2	2	22
龍田山,龍田の山	2		3		1			6	12
立ち居(る)		1	1		1				3
立ち別る	1				1		1		3
立ち返る		1		2					3
立ち寄る		2			1				3
立ち出づ		2							2
腹立つ				2					2

歌 集 \ 掛 詞	古	後	拾	後拾	金	詞	千	新	計
龍田川, 龍田の川	1			1					2
辰の市			1						1
絶つ(斷つ)			1						1
下り立つ					1				1
立ちまさる		1							1
立 野		1							1
立ち聞く			1						1
歸り立つ				1					1
夕立つ								1	1
立ち返り			1						1
計	12	16	19	15	6	2	6	19	95

(1) 類型別 분포

四段動詞인 「立つ」와 掛詞로서 겹쳐지는 말에는, 一語二義로서의 立つ(*표로서 식별)를 비롯하여 裁つ·竜田山·立ち別る·立ち返る·立ち居·立ち寄る·立ち出づ·腹立つ·竜田川·辰の市·絶つ·下り立つ·立ちまさる·立野·立ち帰る·立ち聞く·帰り立つ·夕立つ가 있는데 이 중 '裁断하다'라는 뜻의 「裁つ」는 34例, 一語二義로서의 「立つ」는 23例, 「竜田山」는 12例로서 쓰임에 있어 두드러지고 있다. 특히 詞花集 이하 千載集와 新古今集에서는 이 세 가지 用例가 主가 되고 있다.

歌集別로 古今集에는 立つ에 두 가지 뜻을 겹치는 一語二義의 掛詞가 많이 보이고 있는데, 이는 後拾遺集까지 예가 보이다가 金葉集와 詞花集에 이르러서는 用例가 전혀 없고 千載와 新古今集에 소수의 예가 보인다. 掛詞 立つ에 裁つ가 걸리는 예는 古今集에서 1例가 보이고 後撰集 이하에서 예가 늘어나면서 新古今集에서 가장 많은

裁つ의 예가 보이게 된다.

「立つ」는 그것에 겹치는 말도 다양하지만 그 자체가 갖는 뜻도 또한 다양하다. 이하 이들의 掛詞 표현 양상을 類型別로 정리함으로써, 그 특색을 살펴보고자 한다.

① 立つ / 裁つ

「立つ」와 「裁つ」와의 掛詞는, 그 용례가 가장 많다. 또한 이는 立つ의 掛詞로서 유일하게 八代集 全 歌集에 분포하고 있는 것으로 보아 和歌를 표현하는 방법으로서 일반화되었음이 확인된다. 裁つ란 옷을 짓기 위해 천을 재단하는 것이기에, 和歌 속에서 掛詞로서의 인정 여부는, 반드시 옷이나 피륙 등의 관련용어들과 함께 결정되고 있다. 이들 두 말의 掛詞로서의 배합을 「立つ」의 의미별로 살펴보면 다음과 같다. ① 「안개나 구름 등이 피어 일다」의 뜻으로 쓰이고 있는 掛詞 표현 「立つ」는 八代集에 總 38例 보이는데, 「裁つ」와 겹치고 있는 것은 6例로, 拾遺集(196·211·571·1288)과 新古今集(860·1652)에 국한되어 있었다. 그리고 피어 이는 주체로서의 사물은 新古今1652番歌만 구름일 뿐 나머지는 전부 안개이다. ② 「파도가 일어 물결이 출렁이다」와 그 비유표현이 掛詞로 쓰이는 경우는 八代集에 總 19例가 보이는데 그중 「裁つ」와 겹치는 것은 拾遺集 2例(197·477), 新古今集 1例(284)로 전부 3개의 例가 보인다. ③ 「길을 떠나다」의 掛詞 표현은 八代集에 總 18개가 보이는데, 그중 「裁つ」와 겹치는 것은 9개로 무려 반수를 점하고 있다. 이들의 歌集別 용례는 古今集(375), 後撰集(713·1317), 拾遺集(321), 後拾遺集(487), 詞花集(179), 千載集(524), 新古今集(863·864)에서 찾아볼 수 있다. ④ 「소문이 나다」의 掛詞 표현은 八代集에 總 15例가 있는 중, 「裁つ」와 겹치는 것은 3개로 後撰集(539)와 拾遺集(703·704)에서 용례를 찾아볼 수 있다. ⑤ 「새

130

로운 계절이 시작되다」의 掛詞 표현은 八代集에 總 8例 보이는 중, 「裁つ」와 겹친 것이 4개 있어 後拾遺集(14), 詞花集(51), 千載集(137), 新古今集(177)에 보인다. ⑥「일어서다. 서다. 멈춰서다」의 掛詞 표현 八代集 總 용례는 6例. 그중 5例가 千載集(383), 新古今集(177·1175·1799·1886)에서 「裁つ」와 겹치고 있다. ⑦「그 자리를 떠나다」의 뜻으로 쓰이고 있는 掛詞 표현 「立つ」는 八代集을 통해 4例 보이는데, 모두 「裁つ」와 겹치고 있고 그 용례를 後撰集412, 拾遺集196, 後拾遺集139·360番歌에서 찾아볼 수 있다. ⑧「모습을 나타나다」의 掛詞 「立つ」는 八代集을 통해 3例 보이는데 後拾遺集283番歌과 金葉集235番歌에서 「裁つ」와 겹치고 있는 용례를 찾아볼 수 있다.

② 立つ / 立つ

一語二義의 「立つ」는 八代集에 총 22개의 例가 보이는데, 내용별로는 11개로 나눌 수 있다. 이들을 내용에 따라 나누어 보면 다음과 같다.

㉮ 앞에서 언급했듯이 八代集에 '구름이나 안개 등이 피어 일다'가 掛詞로서 표출되고 있는 용례는 總 38개 있는데, 그중 一語二義의 掛詞가 16例 있다. 이들 「立つ」의 주체가 되는 자연 경물로는 '霞'(9개)와 '霧'(4개)와 '雲'(3개)가 있어, 봄 안개인 霞가 主流를 이루고 있다고 하겠다.[53] 한편 이들 의미 외에 「立つ」에 겹쳐진 또 다른 뜻에는 '길을 떠나다·멀리 떠나다·저 세상으로 떠나다」(古130·

---

53) 広辞苑에 의하면 「霞」는, '미세한 물방울이 공중에 浮遊하기 때문에 하늘이 흐릿하고 먼 곳이 분명히 보이지 않는 현상' 그리고 「霧」는, '地面이나 海面에 접한 氣層中에서 수증기가 凝結되어 무수하고 미세한 물방울이 되어 大氣中에 浮遊하여 연기처럼 보이는 것'인데, '옛날에는 봄과 가을 공히 霞 또는 霧라고 구별 없이 썼는데, 平安時代 以後에는 봄의 것을 霞, 가을의 것을 霧라고 구분하고 있다'고 한다. 이하 우리말로 표현함에 있어 「霞」는 '봄 안개'로, 「霧」는 '안개'로서 구분하고자 한다.

371·856 後75·1342 後拾501·518 新876), '소문이 나다'(古675 千659), '−하고픈 마음이 생기다'(後112), '자리를 뜨다'(拾196), '새가 날다'(拾266), '位에 오르다'(後拾460), '새로운 계절이 시작되다'(千1 新876)가 있다.

㉯ '파도가 일다'의 一語二義는 5例로, 이들에 겹치고 있는 말들은 '새로운 계절이 시작되다'2例(古170 後拾422), '소문이 일다'2例(古627 後926) 외에 '파도가 일어 가까이 밀려오다'를 뜻하는 복합어 「立ち寄る」에 '어쩌다 가끔 들르다'의 「立ち寄る」를 겹친 것 1例(金462)가 있다.

㉰ 一語二義로 나타난 '길을 떠나다, 멀리 떠나다'의 경우는 8例가 보이는데 이것의 掛詞 표현으로 겹쳐진 말에는 '봄 안개가 일다'(古130 後75·1342 後拾518), '안개가 일다'(後拾501 新876), '구름이 일다'(古371·856) 외에 '새로운 계절이 시작되다'(新876)는 상기의 '안개가 일다'와 함께 '출발하다'의 「立ち初む」에 겹치고 있어 三義의 掛詞로서 쓰이고 있다.

㉱ '소문이 나다. 평판이 나다'를 一語二義로 나타낸 경우는 5例 있는데, 겹쳐지는 말에는 '파도가 일다'(古627 後926)와 '봄 안개가 일다'(古675 千659) 그리고 '새가 날다'(古674)가 있다.

㉲ '새로운 계절이 시작되다'의 掛詞 표현은 八代集에 총 8例 보이는데, 그중 一語二義로 나타내어진 것이 5例이다. 내용으로 보아 시작되는 계절은 봄(後拾422 千1)과 가을(古170 新876)과 여름(新177)으로 나뉘는데, 이들 계절이 시작되는 「立つ」에 겹쳐진 상대어에는 '파도가 일다'(古170 後拾422), '봄 안개가 피어 일다'(千1), '안개가 일다'(新876), '나무 밑에 잠시 멈춰서다'(新177), '출발하다'(新876)가 있다. 이들 중 新古今177의 夏歌에 보이는 「立つ」에는, 一語二義 이외에 「裁つ」의 뜻이 또한 겹쳐 있고, 876의 離別歌는 「立ち

初む」에 '가을이 시작되다 / 안개가 일다 / 출발하다'를 겹치고 있어
각각 三義의 掛詞를 이루고 있다는 것도 特記할 만하다.

㉺ 掛詞로 표출되고 있는 '일어서다. 서다. 멈춰서다'는 6例 있는
데, 그중 2例가 一語二義의 掛詞이다. 그 하나인 後拾947番歌는 근
접할 수 없는 여인을 참외에 빗대 근처에서 서성대는 모습을 나타내
는 '참외밭에 서다'와 '참외가 여물다'를 나타내는 「立つ」이고, 또 다
른 하나는 新古今 177番歌로서 '나무 밑에 잠시 멈춰서다'와 '여름이
시작되다'를 겹치는 「立つ」인데 177番歌는 또한 「裁つ」를 겹치고 있
기도 하다.

㉻ '새가 날아오르다'의 뜻을 掛詞 표현으로 나타내고 있는 용례
는 八代集을 통해 2例뿐이며 공히 一語二義로서 쓰이고 있다. 이들
「立つ」에 겹치고 있는 또 다른 말은 각각 '소문이 나다'(古674)와
'안개가 일다'(拾266)이다.

㉼ 그 밖에 「立つ」로서 一語二義로 쓰이고 있는 것을 모아보면,
'자리를 뜨다'의 뜻으로 拾遺196番의 秋歌는 「立た」꼴로서 '못내 아
쉬워하며 단풍든 산을 떠나다'와 '가을 안개가 끼다'를 겹치고 있으며
더 나아가 「裁た」까지도 겹쳐 쓰고 있다. 그다음 「立ちけれ」의 「立ち
」에 '—할 마음이 생기다'와 '봄 안개가 피어 일다'를 겹친 後撰112
番의 春歌, '지위에 오르다'와 '상서로운 구름이 일다'를 겹친 後拾遺
460番의 賀歌, '과실 등이 여물다'의 뜻과 '참외밭에 서다'를 겹친 後
拾遺947番의 雜歌가 있다.

③ 立つ / 竜田山・立つ / 竜田川

八代集을 통해 지명 「竜田(の)山」는 20例, 「竜田(の)川」는 3例의
掛詞 표현 용례가 보이는데 이들에 겹쳐있는 말은 前者의 경우 「立つ
」11개, 「裁つ」9개이고, 後者의 경우는 「立つ」2개, 「裁つ」1개이다.

이를 보건대 「竜田─」는 掛詞 표현으로 쓰일 경우 전적으로 「立つ」
와 「裁つ」만을 겹치고 있다고 말할 수 있는데, 그렇다면 지명에 얽혀
형성된 이미지도 이들 掛詞와 관련된 범주 내에서 제한적으로 이루
어지지 않을까 생각되어지지만, 여기서는 지명 「竜田─」에 겹치는 13
개의 「立つ」를 내용에 따라 분류하여 정리하는 데 그치고자 한다.

㉮ '구름이나 안개 또는 연기 등이 피어 일다'를 나타내는 「立つ」
가 掛詞로 쓰고 있는 말은 八代集을 통해 39例 보이는데, 그중 「竜
田山」에 겹쳐져 표출되고 있는 것은 6例이다. 한편 '피어 일다'「立つ」
의 주체가 되는 것은 '봄 안개'가 3개(古108 金10 新85), '구름'이 2
개(新90·91), '안개'가 1개(新302)이다.

㉯ 八代集을 통해 19例 보이는 '파도가 일거나, 물결이 출렁이다'의 「立
つ」가 「竜田山」과 「竜田川」에 겹쳐 있는 경우는 2例가 있는데, 前者
는 古今集 994, 後者는 後拾集 176番歌에서 확인할 수 있다.

㉰ '소문이 나다. 평판이 나다'의 掛詞 표현이 八代集에 15例 보이
는데, 그중 지명 「竜田川」에 겹치는 것은 1例(古629), 「竜田山」에 겹
치는 것은 3例(拾561·699 新1133)이다.

㉱ '출몰하다. 나타나다'라는 말의 掛詞 용례는 八代集에 모두 3개
있는데, 그중 지명 「竜田山」를 이용한 것은 拾遺 560番歌이다.

④ 기 타

「立つ」와 掛詞 관계에 있는 상대어로는, 상기에서 살펴본 바와 같이
「裁つ」와 「立つ」「竜田山」가 主를 이루는 가운데 다음과 같은 것들
이 보인다. 이하 「立つ」의 의미별로 나누어 어떠한 말들이 상대어로
서 겹쳐있는지를 정리하였다.

㉮ '구름이나 안개 또는 연기 등이 피어 일다'의 경우는 「立ち返
る」3例(拾816 後拾12·545), 「立ち別る」2例(古370 金345), 「立ち寄

る」2例(後113・114),「立ち出づ」2例(後865・1199)가 있고 이하「立ちまさる」(後118),「立野の駒」(後367),「立ち聞く」(拾1019),「帰り立つ」(後拾1114)는 각 1例씩의 용례가 보인다.

㉯ '파도가 일다. 물결이 출렁이다. 등꽃이 물결처럼 일렁이다'의 경우는「立ち居」(拾143 金684)와「立ち居る」(後240)가 비교적 두드러지고 있는 가운데「腹立つ」가 2例(後拾934・935) 이하의「立ちかへる」(後126),「立ち寄る」(金462),「立ち別る」(千133),「夕立つ」(新918)는 각각 1例씩 보인다.

㉰ '소문이 나다. 평판이 나다'의 경우는 세 가지 유형의 상대어에 겹쳐지고 있는데「辰の市」는 拾遺集 700番,「縄絶つ」는 拾遺集 1185番,「下り立つ」는 金葉集 335番에서 각각의 掛詞 용례를 찾아볼 수 있다.

(2) 歌集別 分布

立つ에 겹쳐있는 掛詞 표현들을 歌集別로 살펴보고 그 분포와 구체적인 樣相을 밝히면 다음과 같다.

① 古今集

古今集에는 掛詞 표현의「立つ」가 12개 있는데, 이들의 部立別 사용빈도는 恋歌의 4개를 위시해서, 離別歌 3개, 春歌 2개, 秋歌 1개, 哀傷歌 1개, 雑歌 1개의 順으로 나타나고 있다. 비록 恋歌가 수위를 차지하고는 있지만, 여러 주제를 표출하는 데 비교적 다양하게 이용되고 있음을 알 수 있다.

한편「立つ」에 겹쳐있는 말들을 보면, 一語二義로서의「立つ」가 7例(春130 秋170 離別371 恋627・674・675 哀傷856),「竜田の山」또는

「竜田山」가 2例(春108 雜994) 그리고 「竜田川」(恋629), 「立ち別る」
(離別370), 「裁つ」(離別375)가 각각 1例씩으로 都合 12例 보인다.

② 後撰集

後撰集에는 掛詞 표현의 「立つ」가 15개 있는데, 이들의 部立別 사
용 순위는 春歌 5개, 恋歌 4개, 秋歌 3개, 離別歌 2개, 雑歌 1개이다.
　이들 「立つ」에 겹쳐있는 掛詞를 살펴보니, 一語二義의 「立つ」(春
75・112 恋926 離別1342)와 「裁つ」(秋412 恋539・713 離別1317)가
각각 4例, 「立ち出づ」(恋865 雜1199)가 2例 있고 그 밖에 「立ち寄る」
(春113), 「立ちまさる」(春118), 「立野の駒」(秋367), 「立ち帰る」(春126),
「立ち居る」(秋240)가 각각 1例씩 보인다.

③ 拾遺集

拾遺集의 掛詞 표현 「立つ」는 18개 있는데, 이들의 사용 횟수를
部立別로 보니 恋歌의 5개를 비롯하여 秋歌 4개, 雑歌4개, 賀歌 1개,
離別歌 1개, 雑春歌 1개, 雑夏歌 1개, 哀傷歌 1개가 보이고 있다.
　한편 「立つ」에 겹쳐있는 掛詞로는, 「裁つ」가 9例(秋196・197・211
離別321 雜477・571 恋703・704 哀傷1288)로서 제일 많고, 「竜田の山
」가 3例(雜560・561 恋699), 一語二義의 「立つ」(秋196 慶賀266)가 2
例 있는 외에, 「立ち返る」(恋816), 「立ち聞く」(雜春1019), 「辰の市」
(恋700), 「絶つ」(雜賀1185), 「立ち居」(秋143)는 각각 1例씩 있다. 이
들의 総数는 19개로서 상기 「立つ」의 18개와 차이가 있는데 이는
三義의 掛詞(秋196番歌)로 말미암은 것이다.

④ 後拾遺集

後拾遺集에는 掛詞 표현의 「立つ」가 17개 있는데, 이들을 部立別 사용회수로 보면, 雜歌 4개, 春歌 3개, 秋歌 2개, 羈旅歌 2개, 夏歌 1개, 冬歌 1개, 賀歌 1개, 離別歌 1개, 哀傷歌 1개의 순으로 되어 있다.

그리고 이들 「立つ」에 겹치는 말과 용례수는, 一語二義의 「立つ」가 5例(冬422 慶賀460 羈旅501・518 雜947), 「裁つ」가 5例(春14・139 秋283・360 離別487)로서 주를 이루고 있는 가운데 「立ち返る」(春12 哀傷545)와 「腹立つ」(雜934・935)는 각각 2例, 帰り立つ(雜1114)와 竜田の川(夏176)는 각각 1例씩 보인다.

⑤ 金葉集

金葉集에는 掛詞 표현의 「立つ」가 6개 있어, 離別歌의 2개를 비롯하여, 春歌, 秋歌, 恋歌, 그리고 異本歌로서 제시된 冬歌에 각각 1개씩이 분포되어 있다.

이들 「立つ」에 겹쳐있는 掛詞로는, 「立ち居」(異本684), 「竜田の山」(春10), 「立ち別る」(離別345), 「裁つ」(秋235), 「下り立つ」(離別335), 「立ち寄る」(恋462)가 보인다.

⑥ 詞花集

詞花集의 掛詞 표현 「立つ」는 2개로, 夏歌와 離別歌에 각각 1개씩 보인다.

이들 「立つ」에 겹쳐진 掛詞는, 공히 「裁つ」로서 夏歌 51番歌와 離別歌 179番歌에서 그 예를 찾아볼 수 있다.

⑦ 千載集

千載集에 보이는 掛詞 표현의 「立つ」는 6개의 용례가 있어, 春歌에 2개 보이는 외에 夏歌, 秋歌, 恋歌, 羈旅歌에 각각 1개씩 보인다.

그리고 이들 「立つ」에 겹치는 말을 살펴보면, 「裁つ」가 3例(夏137 秋383 羈旅524), 一語二義의 「立つ」가 2例(春1 恋659), 「立ち別る」가 1例(春133) 있다.

⑧ 新古今集

新古今集에는 掛詞 표현의 「立つ」가 16개 있어, 이를 部立別로 정리해 보면 離別歌에 4개, 春歌에 3개, 夏歌에 2개, 恋歌에 2개, 雑歌에 2개, 秋歌와 神祇歌와 羈旅歌에도 각각 1개씩의 용례가 있다.

新古今集에서 이들 「立つ」에 겹치는 掛詞의 종류는 전부 4종류인데, 그중 용례가 많은 것은 「裁つ」로 9例(夏177·284 離別860·863·864 恋1175 雑1652·1799 神祇1886)나 되며 「竜田の山·竜田山」 5例(春85·90·91 秋302 恋1133), 一語二義의 「立つ」 2例(夏177 離別876), 「夕立つ」 1例(羈旅918) 순으로 보인다. 「立つ」의 용례数가 16개인 데 반해, 掛詞로서 겹쳐있는 말의 数는 17개이다. 이는 앞에서 언급한 바 있는 三義의 掛詞(夏177)에 연유한다.

2) 部立別 特징

여기에서는 掛詞 표현의 「立つ」를 각 部立別로 나누어 추출한 후 部立別로 主流를 이루고 있는 掛詞 유형에 주목하여 그것이 갖는 歌語로서의 의미와 표현상의 특징을 고찰해 보고자 한다.

(1) 四 季

① 春 歌

春歌에 限하여 掛詞로 쓰인 「立つ」를 의미로 분류해 보니 '봄 안개(春霞)가 피어 일다'가 10例(古108·130 後75·112·113·114 後拾12 金10 千1 新85)로 제일 많고, 이하 '구름이 일다' 3例(後118 新90·91), '멀리 떠나가다, 출발하다'(古130 後75)와 '봄이 시작되다'(後拾14 千1)는 2例씩, '－을 하고 싶은 마음이 일다'(後112) '꽃이 물결 일듯 살랑거리다'(後126), '발걸음을 옮겨 그 자리를 뜨다'(後拾139), '파도가 일다'(千133)는 각각 1例씩이다. 한편 「立つ」에 掛詞로서 겹쳐있는 말을 사용빈도 순으로 살펴보니 「竜田の山」가 5例(古108 金10 新85·90·91)로 제일 많았고, 一語二義의 「立つ」가 4例(古130 後75·112 千1)로 뒤를 이었다. 이하 「裁つ」(後拾14·139)와 「立ち寄る」(後113·114)는 각 2例, 「立ち返る」(後拾12)를 비롯한 「立ちまさる」(後118), 「立ち帰る」(後126), 「立ち別る」(千133)는 각각 1例씩 보이고 있어 掛詞로서 겹치는 말은 상당히 다양함을 알 수 있다. 상기의 掛詞용례 중에서 두드러지고 있는 「立つ」와 「竜田の山」는 春歌 속에서 무엇을 표출하고 있는가? 「立つ」를 내용별로 나누어 살펴보고자 한다.

㉮ 봄 안개가 피어 일다

다음은 掛詞로서의 「立つ」가 「春霞」로서 도출되는 예이다.

古108 花のちることやわびしき春霞たつたの山のうぐひすのこゑ
金10 としごとにかはらぬものは春がすみたつたの山のけしきなりけり
新85 ゆかむ人こむひとしのべ春がすみたつ田の山のはつ桜花

상기의 和歌에는 봄의 대표적 경물인 「春霞」와 지명 「竜田山」가 공통적으로 들어가 있는데, 이것들은 동일한 掛詞 표현으로서 서로 연관지어져 있다. 봄 안개(春霞)가 피어 이는 「立つ」를 지명 「たつたの山」의 앞부분에 겹침으로서 지명은 봄의 정취가 느껴지는 곳으로서 그 이미지가 증폭되는 효과를 갖게 된다. 봄 안개 낀 다츠타 산(竜田山)의 경치를 해마다 변함없다고 찬탄하고 있는 金葉10番歌와 같은 경우가 바로 그러하다. 그리고 작자에 따라서는 화필을 또 다른 경물로 옮기기도 한다. 꽃 지고 휘파람새 우는 竜田山의 봄 정경을 읊은 古今108番歌의 경우는 春霞 → 龍田山 → 洛花 → 鶯로 이어져 시각적인 봄의 경물로 시작되어 최종적으로는 꽃이 지는 허전함을 달랠 길 없어 우는 휘파람새의 울음소리에 작자는 귀를 기울이고 있으며, 新古今85番歌는 봄 안개 피어 이는 竜田山의 벚꽃에 시선이 모아지고 있다.

모든 歌語의 이미지는 和歌를 통해 형성된다는 것을 생각할 때 봄의 「竜田山」에서 떠오르는 경물은 상기 3수의 和歌에 모두 보이는 「春霞」라 할 수 있으며 이 경물이 지명에 결부될 때 연상되는 봄 안개 피어 이는 모습은 掛詞 표현을 통해 형성된 것이라고 해도 과언이 아닐 것이다.

㉯ 구름이 일다
다음은 掛詞로서의 「立つ」가 「白雲」로서 도출되는 예이다.

新90 白雲のたつたの山の八重ざくらいづれを花とわきてをりけん
新91 しら雲の春はかさねて立田山をぐらのみねに花にほふらし

「竜田山」에 겹친 「立つ」의 主体가 흰 구름일 경우 春歌 속의 배합 경물은 예외 없이 (벚)꽃이다. 구름 이는 竜田山에 만발한 겹 벚꽃을 읊은 新古今90番歌에서 이들 흰 구름과 벚꽃은 서로 혼동이 되는 것으로 묘사되어 있는데, 이러한 발상은 봄이 되어 흰 구름이 겹으로 일고 있는 竜田山을 바라보며 그 속에 피어 있을 벚꽃을 생각하는 마음을 읊은 新古今91番歌에도 반영되어 있어 春歌의 표현 유형으로서 자리 잡고 있음을 확인할 수 있다.

이상에서 살펴본 바와 같이 「立つ」와 「竜田山」가 掛詞로서 겹쳐있는 春歌는 하나같이 봄의 情景만을 읊고 있으며 그 속에 人事的인 요소는 배제되어 있다. 掛詞 「立つ」가 이끌어 내는 경물은 봄 안개와 흰 구름으로서 動的인 것들이다. 반면 「竜田山」과 그 곳에 피어 있는 꽃은 静的인 것이다. 春歌에 있어서 이들 掛詞는 봄의 경치와 함께 그 속의 움직임까지도 담아내는 역할을 하고 있다.

② 夏 歌

夏歌에서 掛詞로 쓰인 「立つ」를 의미로 분류해 보니, '여름이 시작되다'가 3例(詞51 千137 新177) 있고, '물결이 일다'가 2例(後拾176 新284) 있었다. 한편 「立つ」에 겹쳐있는 말은 두 종류로 「裁つ」와 「竜田の川」가 있는데, 前者는 4例(詞51 千137 新177·284), 後者는 1例(後拾176) 보인다. 夏歌의 掛詞유형으로서 두드러지고 있는 「立つ」와 「裁つ」는 무엇을 표현하고 있는가? 「立つ」를 내용별로 나누어 살펴보고자 한다.

㉮ 여름이 시작되다

夏歌의 掛詞 표현으로서 「裁つ」와 겹쳐진 「立つ」가 계절이 바뀌어 여름이 시작되는 것을 뜻하는 경우는 和歌의 내용이 하나같이 여름이 시작되는 날에 여름옷으로 갈아입는 감흥을 읊은 것으로 되어 있다.

詞51 けふよりはたつなつごろもうすくともあつしとのみや思ひわたらむ
千137 けふかふるせみの羽ごろもきてみればたもとに夏はたつにぞ有りける
新177 ちりはてて花のかげなきこのもとにたつことやすき夏衣かな

詞花51番歌는 「立つ」의 掛詞 「裁つ」를 「夏衣」를 緣語로 하여 얇은 여름옷조차도 두껍게 느껴지는 여름이 도래했음을 읊고 있다. 그리고 千載137番歌는 얇은 여름옷에서 촉발되어 여름의 도래를 느낀 감흥을 읊고 있는 和歌로 여름이 시작되는 「立つ」에 겹쳐진 「裁つ」는 매미의 날개옷에 비유한 여름옷과 그 소매를 緣語로 하고 있다. 이 2수의 掛詞 표현을 근간으로 하면서 그 속에 또 하나의 뜻을 부가한 것이 新古今177番歌의 다이다. 이것의 「立つ」에는 꽃이 다 떨어진 나무 밑에 잠시 멈춰서다와 여름이 시작된다는 뜻이 一語二義로써 나타내어져 있고 더 나아가 「夏衣」를 緣語로 하는 「裁つ」가 겹쳐져 있기 때문이다.

「立つ」가 여름이 시작되다를 나타내고 이에 겹쳐진 掛詞가 「裁つ」인 경우는 얇은 여름옷과 관련된 것들이 계절이 바뀐 감흥을 具象化시키는 歌材가 되고 있다고 할 수 있다.

㉯ 물결이 일다

新284 みそぎする河のせ見ればから衣日もゆふぐれに浪ぞ立ちける

여름이 끝나는 날 액막이 행사54)를 위해 몸을 정케 하는 「禊」를 끝낸 후의 감흥을 읊은 것으로, 「立ち」로써 물결이 일다를 나타내고 그 裏面에는 唐衣를 재단하는 뜻의 「裁ち」를 겹쳐 나타내고 있다.

---

54) 「夏越しの祓」로서 음력 유월 삼십일 강이나 바다 근처에서 행하는 민속적인 신앙행사로서 반년 동안 저지른 죄나 정치 못한 것들을 털어 내어 몸을 정하게 하는 푸닥거리를 말한다.

142

이 和歌가 표출하고 있는 주된 내용에 「裁つ」는 큰 영향을 미치지 못하며 이것의 존재도 緣語인 「唐衣」 「紐結ふ」와 함께 보았을 때 비로소 눈에 띄는 것이다. 「裁つ」가 뜻하는 옷을 재단하다 그 자체는 실제의 상황과는 동떨어진 것으로 이것이 和歌에서 갖는 의미는 논리적 사고가 아니라 감성에 의해 찾아야 한다. 주제와는 동떨어져 있는 것처럼 보이는 이러한 함축형 掛詞의 효과는 和歌의 일부 또는 전체의 趣意를 나타내는 것으로서 작용하기 때문이다. 掛詞 「裁つ」는 행사를 위한 마음준비가 갖추어졌다는 것을 나타내는 「紐結ふ」와 관련이 있는 말로서 그리고 「裁つ」의 掛詞 「立つ」는 강가에 물결이 이는 것을 뜻하지만 바로 가까이 다가 와 있는 가을을 감지케 하는 말로서 掛詞로 표출된 이들은 여름 끝 날의 情緖까지도 나타내고 있는 것이다.

③ 秋　歌

秋歌에서 掛詞로 쓰인 「立つ」를 의미로 분류해 보니, '물결이 일다'(古170 後240 拾143·197)와 '안개(霧)가 일다'(後367 拾196·211 新302)가 각각 4例 씩 이었고, 그다음은 '발걸음을 옮겨 그 자리를 뜨다'가 3例(後412 拾196 後拾360), '모습을 나타내다'가 2例(後拾283 金235), '가을이 시작되다'(古170)와 '일어나다'(千383)가 각각 1例의 순으로 보인다. 한편 「立つ」에 겹쳐있는 말 중 사용빈도가 높은 것은 「裁つ」로 7例나 보인다. 그 외의 것으로 一語二義의 「立つ」(古170 拾196)와 「立ち居(る)」(後240 拾143)는 각 2例씩, 「立野の駒」(後367)와 「竜田の山」(新302)는 각 1例씩의 용례가 보인다. 이상의 掛詞 유형 중에서 두드러지고 있는 「立つ」와 「裁つ」는 무엇을 표출하고 있으며 표현상의 특징은 무엇인가? 「立つ」를 내용별로 나누어 살펴보고자 한다.

㉮ 자리를 뜨다

다음은 秋歌에서 「立つ」가 '자리를 뜨다'라는 의미로서 「裁つ」와
겹쳐있는 예이다.

後412 もみぢばのふりしく秋の山べこそたちてくやしきにしきなりけれ
後拾360 からにしきいろみえまがふもみぢばのちるこのもとはたちうかりけり

물들어 떨어진 나뭇잎이 비단처럼 아름다운 가을 산의 정취를 읊
고 있는 後撰412番歌의 「立ちて」는 '낙엽 지는 가을 산의 정취를 아
쉬워하며 그 곳을 떠나다'이며, 비단처럼 아름다운 가을 단풍에 끌리
는 마음을 읊은 後拾遺360番歌의 「立ち」는 '비단처럼 고운 단풍잎이
지는 나무 밑을 떠나다'이다. 이들 「立つ」에 겹치고 있는 掛詞 「裁つ」
는 「錦」와 「唐錦」를 각각 緣語로 하고 있는데 이것들은 실물이 아닌
아름답게 물든 단풍잎의 비유표현이다. 상기 2수의 和歌에서 공통되
는 歌語는 「紅葉」과 「錦」인데 「裁つ」는 이들을 기반으로 하고 있는
말이다. 즉 아름답게 물든 단풍에서 비단을 연상하고 더 나아가 비
단과 관련된 裁斷으로 전개되는 일련의 표현인 것이다.

㉯ 물결이 일다

다음은 秋歌에서 「立つ」가 '물결이 일다'라는 의미로서 「裁つ」와
겹쳐있는 예이다.

拾197 水のあやに紅葉の錦かさねつつ河せに浪のたたぬ日ぞなき

물결치는 오오이천(大井河)에 물들어 떨어지는 단풍을 읊은 和歌
로서 물결이 이는 「立つ」에 「裁つ」를 겹쳐 표현하고 있다. 本文에서
가을을 나타내고 있는 대표적인 歌語는 「紅葉」인데 그 아름다움을

144

비단에 비유하여 「紅葉の錦」로 표현하고 있다. 「立つ」와의 掛詞 「裁
つ」는 바로 단풍을 비단으로 보고 있는 데에서 비롯된 것으로 「紅葉
の錦」의 「錦」와 함께 물결이 만드는 波紋을 비단의 일종인 綾紗로
본 「水のあや」의 「綾」를 緣語로 하고 있다. 大井河의 비단 같은 물
결에 비단 같은 단풍이 떨어짐으로써 하루도 빠짐없이 물결이 이는
가을 情景을 掛詞는 그려내고 있는 것이다.

㉲ 안개가 일다

다음은 秋歌에서 「立つ」가 '안개가 일다'라는 의미로서 「裁つ」와
겹쳐있는 예이다.

　拾211 秋ぎりの峯にもをにもたつ山はもみぢの錦たまらざりけり

가을 안개가 일어 아름다운 단풍을 볼 수 없는 아쉬움을 읊고 있
는 和歌로서 주요 경물은 「秋霧」와 「紅葉の錦」이다. 掛詞 표현으로
서의 「立つ」는 '안개가 일다'를, 「裁つ」는 '단풍이 만들어 낸 비단을
재단하다'를 뜻하고 있는데 단풍이 이루어 낸 비단을 재단하며 잘라
내기 때문에 그것이 쌓일 새가 없다고 보고 있는 것은 작자에 의한
독자적인 표현이라 하겠다. 이전의 和歌에서 안개에 가려 안 보이는
단풍을 이러한 시점에서 읊은 것은 찾을 수 없기 때문이다. 동일한
掛詞유형이라 하더라도 이와 같은 새로운 발상은 돋보이게 마련으로
和歌를 享有하던 모든 사람들은 이러한 것을 추구하며 나름대로의
독창성을 확립해 나갔다고 할 수 있다.

㉳ 모습을 나타내다

秋歌에서 「立つ」가 '모습을 나타내다'라는 의미로서 「裁つ」와 겹쳐

있는 예이다.

　　後拾283　かひもなき心地こそすれさをしかのたつこゑもせぬはぎのにしきは
　　金235　かりにくる人もきよとやふぢばかまあきののごとにしかのたつらん

　싸리나무가 한창 물들어 아름다운 시절에 사슴을 기다리는 심정을
읊은 後拾遺283番歌의 掛詞 표현 「立つ」와 「裁つ」는 숫 사슴이 모습
을 나타내다와 단풍든 싸리나무가 만들어 낸 비단을 재단하다를 각
각 나타내고 있으며, 사슴이 모습을 보이는 등골나물 핀 가을 들판의
정경을 읊은 金葉235番歌의 掛詞 표현 「立つ」와 「裁つ」는 사슴이 모
습을 보이다와 藤袴를 재단하다를 각각 나타내고 있다. 출현하다라는
뜻을 나타내는 「立つ」의 경우는 2수에 공통되는 「鹿」에서 비롯되고
「裁つ」의 경우는 「萩の錦」와 「藤袴」에서 비롯된다.

　㉰ 일어서다
　秋歌에서 「立つ」가 ‘일어서다’라는 의미로서 「裁つ」와 겹쳐있는 예
이다.

　　千383　からにしきぬさにたちもて行く秋もけふやたむけの山ぢこゆらん

　가는 가을에 대한 감흥을 읊은 것으로서 가을이 일어나서 가지고
가다의 뜻을 나타내는 「立ちもて行く」에 비단 같은 단풍을 신께 드
리는 供物로서 재단하여 가지고 가다의 「裁ちもて行く」를 겹치고 있
다. 「立つ」는 끝나 가는 가을을 먼 길 떠나는 여행자로 생각하는 데에
서 비롯된 표현이며, 「裁つ」는 길 떠나는 가을이 무사를 빌며 신께 바
치는 공물로서의 단풍을 「唐錦」로 보는 데서 비롯된 표현인 것이다.

146

④ 冬　歌

冬歌의 경우, 掛詞 표현 「立つ」는 後拾遺集 422番에서 그 용례를 찾아볼 수 있다.

後拾422 むばたまのよをへてこほるはらのいけははるとともにやなみもたつべき

얼어붙어 가는 겨울 연못의 情景을 읊은 것으로서 본문표현 중의 「立つ」는 '물결이 일다'와 '봄이 되다'를 一語二義의 掛詞로서 나타내고 있는데 이 표현을 통해 겨울이 깊어 가는 속에서 이미 봄을 느끼고 있는 작자의 마음을 엿볼 수 있다.

(2) 사　랑

① 恋　歌

恋歌에서 掛詞로 쓰인 「立つ」를 의미로 분류해 보니, '소문이 일다, 평판이 나다'가 12例(古627·629·674·675 後539·926 拾699·700·703·704 千659 新1133)로 크게 두드러지고 있으며, 이하 '봄 안개(春霞)가 일다'3例(古675 拾816 千659), '물결이 일다'2例(古627 後926), 그리고 '새가 날아오르다'(古674), '떠나다'(後713), '연기가 일다'(後865)가 각각 1例씩 보인다. 한편 「立つ」에 掛詞로서 겹쳐있는 말을 사용빈도로 살펴보니 一語二義로서의 「立つ」와 「裁つ」가 각각 5개의 용례로　수위를 차지하고 있었다. 그 외의 것으로는 「竜田の山」가 2例(拾699 新1133) 있고, 「竜田川」(古629), 「辰の市」(拾700), 「立ち返る」(拾816), 「立ち出づ」(後865)가 각각 1例씩 있다. 이상의 유형 중 「立つ」가 一語二義로 쓰이고 있는 것과 「裁つ」와의 掛詞로 쓰이고 있는 것을 중심으로 掛詞 표현이 표출하는 바와 표현상의 특징을 알아보고자 한다.

　㉮ 一語二義의 掛詞「立つ」
　먼저「立つ」가 가지고 있는 여러 의미 중에서 두 개가「立つ」한 단어에 겹쳐있는 예이다.

>　古627 かねてより風にさきだつ浪なれや逢ふ事なきにまだき立つらむ
>　古674 むらどりのたちにしわが名今更にことなしぶともしるしあらめや
>　古675 君によりわがなは花に春霞野にも山にもたちみちにけり
>　後926 ささらなみまなくたつめる浦をこそ世にあさしともみつつわすれめ
>　千659 たちしよりはれずも物を思ふかななき名や野べの霞なるらん

　古今627番歌는 헛소문에 대한 분한 마음을 읊은 것으로 '바람이 불기도 전에 파도가 앞서 이는'「立つ」에 '만난 일도 없는데 평판이 먼저 나다'를, 古今674番歌는 세상에 퍼진 자신의 염문에 신경 쓰이는 심정을 읊은 것으로 '새가 떼 지어 하늘로 날아오르는'「立ちにし」에 '소문이 나다'를, 古今675番歌는 세상에 퍼진 자신의 염문에 속상해 하며 상대방을 책망하는 심정을 읊고 있는 것으로 '산과 들 곳곳에 봄 안개가 이는'「立ち滿ちにけり」에 '소문이 나서 동네방네 퍼지다'를, 後撰926番歌는 애정이 엷은 여인에 대한 원망과 체념의 심정을 읊은 것으로 작은 파도가 끊임없이 이는「立つ」에 '여인에 대한 작은 소문이 끊임없이 일다'를, 千載659番歌는 근거 없는 사랑의 평판이 나버린 데 대한 안타까운 심정을 읊은 것으로 '봄 안개가 이는'「立ち」에 '소문이 나다'를 겹치고 있다.

　恋歌의 掛詞로서 一語二義의「立つ」를 내용별로 나누어 보니 '평판이 일다'가 5例로 제일 많고, '파도가 일다'와 '봄 안개가 일다'가 각각 2例, 그리고 '새가 날아오르다'가 1例이었다. 그리고 이들 4개의

148

내용 중 一語二義로서 성립되는 掛詞의 공통분모가 되고 있는 것은 '평판이 일다'로서 이것이 戀歌의 주제를 이루고 있다. 그리고 '평판이 일다'에 겹쳐있는 또 하나의 「立つ」는 「浪」「群鳥」「霞」가 주체가 되고 있는데 이들은 각 和歌의 주제와 직접적인 관련은 없다. 하지만 표면에 내세운 이들 시각적인 경물들의 움직임에 의해 눈에 보이지 않는 「わが名」나 「なき名」의 움직임이 도출되고 있다는 것은 하나의 표현様式으로서 자리 잡고 있다고 보아도 좋을 것 같다.

　㉯ 掛詞 「立つ」와 「裁つ」

　같은 유형의 掛詞 표현이라 하더라도 「立つ」는 그 뜻이 다양하다. 먼저 '평판이 일다'「立つ」가 「裁つ」와 겹쳐있는 경우이다.

　　後539 見そめずてあらましものを唐衣たつ名のみしてきるよなきかな
　　拾703 あぢきなやわがなはたちて唐衣身にもならさでやみぬべきかな
　　拾704 唐衣我はかたなのふれなくにまづたつ物はなき名なりけり

　後撰539番歌는 헛소문만 무성하고 실속이 없는 사랑을 시작한 데 대한 悔恨을 읊은 것으로 '唐衣를 재단하다'의 「裁つ」에 '소문이 일다'의 「立つ」를, 拾遺703番歌는 실속 없이 소문만 무성한 사랑이 결실 없이 끝날 것 같은 불안감을 읊은 것으로 '唐衣를 재단하다'의 「裁ち」에 '평판이 나다'의 「立ち」를, 拾遺704番歌는 근거 없이 사랑의 소문이 먼저 나 버린 데 대한 의아함을 읊은 것으로 '唐衣를 칼로 재단하다'의 「裁つ」에 '소문이 일다'의 「立つ」를 겹치고 있다. 이들 「立つ」의 주체가 되는 소문은 실속 없는 헛소문으로서 작자로 하여금 의아하게 생각하게 하고 후회하게 하며 불안감을 느끼게 한다. 한편 縁語로서 「唐衣」를 공통적으로 배합하고 있는 「裁つ」는 직접적으로 주제와는 관련이 없으나 掛詞로서 「立つ」를 표출해 내는 하나의 방법이 되고 있다.

다음 용례의 「立つ」는 '먼 길을 떠나다'로서 이것에 「裁つ」가 겹쳐져 있다.

後713 唐衣たつををしみし心こそふたむら山もこえずなりにき

公務로 멀리 떠나던 사랑하는 사람이 일이 취소되어 도중에서 되돌아오게 된 데 대한 기쁜 심정을 읊은 것으로 '唐衣를 재단하다'의 「裁つ」에 '떠나다'의 「立つ」를 겹치고 있다. 돌아오는 도중 상대방이 비단을 보내며 읊은 後撰712番歌 속의 歌語 「両村山」를 이용하여 상기 和歌의 작자는, 떠나는 사람을 보낼 때 느꼈던 아쉬움과 그 사람이 도중에서 돌아오게 된 데 대한 자신의 기쁨을 함께 표출하고 있는 것이다. 다른 部立의 경우와 마찬가지로 여기에서의 「裁つ」도 실제 상황과는 무관하지만 和歌를 짓는 계기와 소재를 제공하는 요소로서 중요하다. 작자는 지명 「両村山」에서 피륙을 세는 단위 「二疋」를 연상하고[55] 이어 緣語인 「唐衣」로서 「裁つ」를 도출해 내고 있는데 이 말이 바로 '길을 떠나다'의 「立つ」를 겹쳐 나타내고 있기 때문이다.

다음은 '제자리에 서다'를 뜻하는 「立つ」에 「裁つ」를 겹쳐 표현한 例이다.

新1175 むばたまのよるの衣をたちながらかへるものとはいまぞしりぬる

여인을 만나지 못하고 돌아온 데 대한 원통한 심정을 읊은 것으로 '옷을 재단하다'의 「裁ち」에 '여인의 집을 들어가지도 못하고 문 밖에

---

55) 八代集에 보이는 지명 「両村山」의 掛詞는 피륙을 세는 단위인 「二疋」가 3例(後撰712·713 詞花131), 2개월을 뜻하는 「ふた」가 1例(千載193) 보인다.

선 채'의 「立ち」를 겹치고 있다. 和歌의 주제와 직접적으로 관련된 「立ち」를 掛詞로서 이끌어 내는 「裁ち」의 緣語는 「衣」이며 더 나아가 「帰る」와의 掛詞 「返る」는 「衣」와의 緣語이다.

이상 恋歌에 있어서의 掛詞 「立つ」와 「裁つ」를 살펴본바, 주제와 직접 관련된 것은 「立つ」로서 그 의미가 다양하며, 「裁つ」의 경우는 주제와는 상관이 없었다. 그러나 「裁つ」는 옷이나 피륙 등의 관련어와 함께 「立つ」를 겹쳐 도출해 냄으로써 주제 표출을 위한 표현手段으로서 하나의 유형을 이루고 있다고 말할 수 있다.

(3) 離別과 羈旅

① 離別歌

離別歌에서 掛詞로 쓰인 「立つ」를 의미로 분류해 보니, '길을 떠나다, 출발하다, 먼 곳으로 떠나다'가 10例(古371·375 後1317·1342 拾321 後拾487 詞179 新863·864·876)로 제일 많은 것이 확인되며, 이하 '안개(霧)가 일다'3例(金345 新860·876), '봄 안개(春霞)가 일다'2例(古370 後1342), '구름이 일다'(古371), '평판이 일다'(金335), '가을이 시작되다'(新876)는 각각 1例씩의 용례가 보인다. 상기의 내용 중에서 '길을 떠나다'의 「立つ」가 압도적으로 많은 것은 역시 주제 표출상 가장 적절한 내용이기 때문으로 생각되어진다. 한편 「立つ」에 掛詞로서 겹쳐있는 말을 살펴보니 「裁つ」가 8例로서 가장 많고, 一語二義의 「立つ」 3例(古371 後1342 新876), 「立ち別る」 2例(古370 金345), 「下り立つ」 1例(金335)가 보였다. 이들 유형 중 두드러지고 있는 「立つ」와 「裁つ」는 掛詞로서 무엇을 표출하고 있으며 또 이들의 표현상의 특징은 무엇인지 「立つ」를 내용별로 나누어 살펴보고자 한다.

㉮ 멀리 길을 떠나다

　離別歌의 「立つ」는 ‘길을 떠나다’의 뜻으로 쓰이고 있는 것이 주류를 이루고 있는데 그 용례는 다음과 같다.

> 古375　唐衣たつ日はきかじあさつゆのおきてしゆけばけぬべきものを
> 後1317　唐衣たつ日をよそにきく人はかへすばかりのほどもこひじを
> 拾321　ゆく人をとどめかたみのから衣たつよりそでのつゆけかるらん
> 後拾487　たたぬよりしぼりもあへぬころもでにまだきなかけそまつがうらなみ
> 詞179　わかれぢの草葉をわけむ旅ごろもたつよりかねてぬるるそでかな
> 新863　きならせとおもひしものをたび衣立つ日をしらずなりにけるかな
> 新864　これやさは雲のはたてにおるときくたつことしらぬあまのは衣

　古今375番歌는 자신을 두고 떠나는 사람과의 이별의 아픔을 읊은 것으로 ‘唐衣를 재단하다’의 「裁つ」와 ‘멀리 떠나다’의 「立つ」를, 後撰1317番歌는 길을 떠나는 여인이 사귀던 남자의 자신에 대한 성실성에 대해 의구심을 품고 반문하는 심정을 읊은 것으로 ‘唐衣를 재단하다’의 「裁つ」와 ‘길을 떠나다’의 「立つ」를, 拾遺321番歌는 이별의 슬픔을 읊은 것으로 ‘唐衣를 재단하다’의 「裁つ」와 ‘길을 떠나다’의 「立つ」를, 後拾487番歌는 이별에 즈음한 격한 슬픔을 읊은 것으로 ‘옷을 재단하다’의 「裁た」와 ‘사누끼(讚岐) 지방으로 떠나다’의 「立た」를, 詞花179番歌는 부모를 따라 다른 지방으로 떠나는 제자와 헤어지는 아쉬움을 읊은 것으로 ‘여행 옷을 재단하다’의 「裁つ」와 ‘길을 떠나다’의 「立つ」를, 新古今863番歌는 중국으로 먼 길을 떠나는 사람에게 뒤늦게나마 선물로서 옷을 보내며 작별을 告하고자 하는 마음을 읊은 것으로 ‘여행 옷을 재단하다’의 「裁つ」와 ‘길을 떠나다’의 「立つ」를, 新古今864番歌는 이미 길을 떠난 작자가 자신에게 뒤늦게 옷을 보내 온 사람에게 감사의 마음을 읊은 것으로 ‘하늘의 날개옷을 재단하다'의 「裁つ」와 '작자가 길을 떠나다'의 「立つ」를 겹치고 있다.

　상기 7수의 離別歌에서 掛詞 표현 이외의 공통점을 찾는다면 바로 옷과 관련된 표현으로, 「唐衣」를 위시해 「旅衣」와 「天の羽衣」 그리고 「袖」와 「衣手」와 같은 例를 찾아볼 수 있다. 이들은 모두 掛詞 「裁つ」와의 縁語로서 이별에 즈음한 심정을 표현하는 데 없어서는 안될 歌材인 것이다. 「唐衣」와 「旅衣」의 경우는 하나같이 「裁つ」 앞에 위치하여 고정된 표현으로서 「立つ」를 이끌어내고 있고, 「袖」는 하나같이 눈물에 젖은 것으로서 이별의 아쉬움과 슬픔을 나타내고 있다. 그러나 離別歌라고 해서 반드시 슬픈 감정만 표출되는 것은 아니고 상대방에 대한 의구심을 나타내고 있는 後撰1317番歌나 감사의 마음을 표하고 있는 新古今864番歌도 있다. 특히 新古今864番歌는 바느질 자국이 없이 지었다는 '하늘 날개옷'을 들어 자신이 받은 선물을 비유하고 아울러 자신이 지금 향하고 있는 遠地도 암시하는 효과를 얻고 있는 점은 다른 和歌의 그것과 구별되는 것이라 하겠다.

　㉯ 안개가 일다

　「裁つ」의 掛詞로서 「立つ」는 거의 대부분이 '길을 떠나다'로 표출되고 있는 離別歌에서 다음 용례는 예외적이라 할 수 있다.

　　新860　秋霧のたつたびごろもおきてみよ露ばかりなるかたみなりとも

　지방으로 떠나는 사람과의 이별을 아쉬워하는 심정을 읊은 것으로 '여행 옷을 재단하다'의 「裁つ」와 '가을 안개가 일다'의 「立つ」를 겹치고 있다. 떠나는 사람과의 아쉬움을 읊고 있으므로 '출발하다'라는 말은 和歌의 이면에 숨고 대신 표면에는 「秋霧」의 '立つ'가 나와 있다. 詞書에 의하면 시골로 떠나는 사람에게 여행 시 입을 옷을 보내며 읊은 것으로 되어 있다. 작자는 「旅衣」가 별 것은 아니지만 볼 때마다 자신을 기억해 달라는 취지의 내용을 和歌로서 나타내는데 옷에서 연상되는 「裁つ」를 선택했을 것으로 생각된다. 「秋霧」는 시절을 나타내는 것으로서 멀리 길 떠나는 사람에게는 스산함조차 느껴질 수 있는 경물이다. 이것이 주체가 되고 있는 「立つ」는 離別歌의 掛詞 표현 내용으로서는 색다르지만 그런 만큼 더욱더 작자의 의도가 돋보이는 표현이 아닐까 생각한다.

② 羈旅歌

羈旅歌에서 掛詞로 쓰인 「立つ」를 의미로 분류해 보니, '길을 떠나다, 출발하다'가 3例(後拾501·518 千524)로 그중 많고, 그 밖의 것으로 '안개가 일다'(後拾501), '봄 안개가 일다'(後拾518), '파도가 일다'(新918)는 각각 1例 씩 보인다. 한편 「立つ」에 掛詞로서 겹쳐있는 말로는, 一語二義의 「立つ」가 2例(後拾501·518), 「裁つ」(千524)와 「夕立つ」(新918)가 각각 1例씩이었다. 掛詞유형으로서 一語二義의 「立つ」는 羈旅歌에서 무엇을 표출하고 있으며 또 그 표현상의 특징은 무엇인가? 다음은 一語二義로 표출된 「立つ」의 예이다.

後拾501 ゆくみちのもみぢのいろもみるべきをきりとともにやいそぎたつべき
後拾518 みやこをばかすみとともにたちしかど秋風ぞふくしらかはのせき

後拾501番歌는 여정에 쫓겨 아침 안개에 가려진 단풍도 보지 못하고 서둘러 출발해야 하는 아쉬움을 읊은 것으로 「立つ」에 '안개가 일다'와 '출발하다'를, 後拾518番歌는 집을 떠난 지 오래되어 여행길에서 가을을 맞이한 감회를 읊은 것으로 「立ち」에 '봄 안개가 일다'와 '여행길을 나서다'를 겹쳐 표현하고 있다. 掛詞 「立つ」로서 2수에 공통되는 것은 '길을 떠나다'이며 이들에 겹쳐있는 또 하나의 「立つ」

를 이끌어 내고 있는 경물은 「霧」와 「霞」라는 것을 알 수 있다. 後拾501의 「霧」는 「紅葉」와 함께 배합되어 그 움직임을 나타내는 「立つ」와 一語二義의 掛詞 '길을 떠나다'로 전개됨으로서 일정에 맞추어 서둘러 떠나야 하는 부산함 속의 아쉬운 가을 情趣로서 그려지고 있다. 한편 「秋風」를 경물로서 배합한 後拾518의 경우는 現時点이 당연히 가을인데 掛詞로서 표출되고 있는 「立つ」는 그 時点이 봄으로 되어 있다. 즉 길을 떠난 것도 봄이요 봄 안개가 이는 것도 봄인 것이다. 요컨대 이 和歌에서는 時空을 과거와 현재로 나누고 있어 掛詞 표현은 과거의 時空에 이용되어 작자가 여행길에 나선 지 오래됐음을 표출하고 있다 하겠다.

後拾521 かぜふけばもしほのけぶりうちなびきわれもおもはぬかたにこそたて (新大系)

後拾521番歌는 新編과 新大系의 본문에 차이를 보이고 있다. 즉 新編의 경우는 5句가 「かたにこそゆけ」인 데 반해 新大系의 경우는 「かたにこそたて」로 끝 부분 「立て」에 '해초를 태우는 연기가 일다'와 '뜻하지 않은 여행길을 떠나다'를 겹쳐 표현하고 있다. 「藻塩の煙」를 주요 歌材로 하여 이것이 바람에 흩날리는 모습에 빗대어 작자 자신의 뜻하지 않은 츠쿠시(筑紫)로의 여행길에 대한 불안감을 읊고 있는 것이다.

(4) 慶賀와 哀傷

① 賀 歌

賀歌에서 掛詞로 쓰인 「立つ」를 의미로 분류해 보니, '안개가 일

다'(拾266), '새가 날아오르다'(拾266), '구름이 일다'(後拾460), '位에
오르다'(後拾460)로 뜻은 4개나 되지만, 이들은 一語二義의 「立つ」로
서 결국 용례는 拾遺集 266番과 後拾遺集 460番歌 2수에서 찾아볼
수 있다. 掛詞로서 一語二義의 「立つ」가 표출하고 있는 것과 표현상
의 특징은 다음과 같다.

> 拾266　あさまだききりふのをかにたつきじは千世の日つぎの始なりけり
> 後拾460 むらさきのくものよそなる身なれどもたつときくこそうれしかりけれ

拾遺266番歌는 천년 영화를 축원하는 마음을 읊은 것으로 「立つ」
에 '안개가 일다'와 '꿩이 날다'를, 後拾460番歌는 왕후에 옹립된 慶事
에 대해 祝意를 나타낸 것으로 「立つ」에 '상서로운 구름이 일다'와
'왕후에 옹립되다'를 겹치고 있다. 두 수에 있어서의 慶賀的인 표현으
로는 각각 「千世の日つぎの始」와 「紫の雲」라 할 수 있는데, 前者의
경우는 掛詞 표현에 의해 도출되고 있고 後者는 그 자체가 掛詞 「立
つ」의 주체가 되고 있다.

② 哀傷歌

哀傷歌에서 掛詞로 쓰인 「立つ」를 의미로 분류해 보니, '구름이 일
다'(古856), '사람이 저세상으로 떠나다'(古856), '안개(霧)가 피어 일
다'(拾1288), '봄 안개(春霞)가 피어 일다'(後拾545)로서 4개의 뜻을
나타내고 있었으며, 이들에 겹쳐져 있는 말로는 一語二義의 「立つ」(古
856)를 비롯하여 「裁つ」(拾1288)와 「立ち返る」(後拾545)가 각각 1例
씩 있다. 掛詞로서 이들 각각의 유형이 표출하고 있는 것과 표현상
의 특징은 다음과 같다.

156

古856 誰見よと花さけるらむ白雲のたつのとはやくなりにしものを
拾1288 君なくて立つあさぎりは藤衣池さへきるぞかなしかりける
後拾545 はれずこそかなしかりけれとりべ山たちかへりつるけさのかすみは

古今856番歌는 들판에 피어 있는 꽃을 보며 죽은 사람을 그리워하는 심정을 읊고 있는 것으로서 「立つ」에 '구름이 일다'와 '사람이 죽어 저세상으로 떠나다'를, 拾遺1288番歌는 죽은 사람(朱雀院)을 기리는 슬픈 심정을 읊은 것으로서 '藤衣를 재단하다'의 「裁つ」에 '아침안개가 피어 일다'의 「立つ」를, 後拾545番歌는 죽은 사람을 葬送한 後의 슬픈 심정을 읊은 것으로서 '葬地에서 돌아오다'를 뜻하는 「立ち返り」에 '봄 안개가 피어 일다'의 「立ち」를 겹치고 있다.

哀傷歌의 심정표현으로서 古今856番歌는 허무함을, 拾遺1288과 後拾545番歌는 슬픔을 각각 읊고 있는데, 죽은 사람이 이 세상에 없는 것을 생각하면 꽃이나 연못 그리고 봄 안개 등과 같은 단순한 자연물만 보아도 샘솟는 감정을 掛詞로서 나타내고 있다. 이들 掛詞 중 哀傷이라고 하는 주제와 직접 관련이 있는 것으로 古今856番歌의 경우는 '저세상으로 떠나다'의 「立つ」, 拾遺1288番歌는 喪服을 뜻하는 「藤衣」의 縁語인 「裁つ」, 後拾545番歌는 죽은 사람을 저 세상에 보내고 돌아오는 「立ち返り」를 들 수 있는데, 이들의 掛詞 「立つ」는 「雲」「朝霧」「霞」와 같은 경물의 움직임을 나타내고 있다. 이는 哀傷歌의 掛詞가 사람의 일과 자연을 겹쳐 나타내고 있다는 것을 말해 준다.

(5) 기 타

상기의 분류 항목 이외의 部立은 크게 雑歌와 그 밖의 和歌로 나누었다.

① 雜　歌

雜歌에서 掛詞로 쓰인 「立つ」를 의미로 분류해 보니, '물결이 일다'4例(古994 拾477 後拾934·935)와 '안개가 일다'3例(後1199 拾571 後拾1114)를 비롯하여 '서다'(後拾947 新1799)와 '출현하다, 나타나다'(後1199 拾560)는 각 2例, '소문이 나다'(拾561), '과일 등이 여물다'(後拾947), '구름이 일다'(新1652)는 각 하나씩의 용례가 있었다. 한편 雜歌의 경우 「立つ」에 掛詞로서 겹쳐있는 말을 보니, 「裁つ」가 4例(拾477·571 新1652·1799)로 수위에 있고, 이하 「竜田山」 3例(古994 拾560·561)와 「腹立つ」 2例(後拾934·935) 외에 一語二義의 「立つ」(後拾947)와 「立ち出づ」(後1199), 「帰り立つ」(後拾1114)가 각각 1例씩 있음이 확인된다. 類型 중 두드러지고 있는 掛詞 「立つ」와 「裁つ」의 표현 특징을 「立つ」의 意味로 나누어 보면 다음과 같다.

㉠ 파도가 일다

　拾477 白浪はたてど衣にかさならずあかしもすまもおのがうらうら

바닷가에 이는 흰 파도를 옷과 관련지어 언어 유희적으로 읊고 있는 和歌이다. '흰 파도가 일다'의 「立てど」와 '옷을 재단하다'의 「裁てど」를 掛詞로서 표현하고 있다.

㉡ 아침 안개가 일다

　拾571 あらたまの 年のはたちに たらぎりし 時はの山の 山さむみ 風もさはらぬ ふぢ衣 ふたたびたちし あさぎりに 心もそらに まどひそめ……

　자신의 학문을 인정받지 못하고 있는 불우함을 한탄하고 있는 和歌로서 '아침 안개가 일다'의 「立ち」와 '상복을 두 번이나 지어 입다'의 「裁ち」를 掛詞로서 표현하고 있다.

　㉰ 흰 구름이 피어 일다

　　新1652 みなかみの空に見ゆるは白雲の立つにまがへる布引の滝

　마치 흰 구름이 피어 일고 있는 듯 보이는 누노비끼 폭포(布引の滝)에서의 감흥을 읊고 있는 和歌로서 '흰 구름이 피어 일다'의 「立つ」와 '누노비끼 폭포가 만들어 낸 천을 재단하다'의 「裁つ」를 掛詞로서 표현하고 있다.

　㉱ 자리에서 일어서다

　　新1799 たちながらきてだにみせよをみ衣あかぬ昔の忘がたみに

　先代의 좋았던 시절을 回想하는 심정을 읊은 和歌로서 '왔다가 바로 일어서다'의 「立ち」와 '옷을 재단하다'의 「裁ち」를 掛詞로서 표현하고 있다.

　② 그 밖의 和歌

　그 밖의 和歌에서는 掛詞로 쓰인 「立つ」의 용례가 전부 4개인데, 그 의미와 掛詞로서 겹쳐있는 말을 살펴보면, '평판이 나다'의 「立つ」를 '줄이 끊어지다'의 「絶つ」에 겹친 것(拾1185), '봄 안개가 피다'의 「立つ」를 '서서 듣다'의 「立ち聞く」에 겹친 것(拾1019), '파도가 일다'

의 「立つ」를 '물떼새가 날아오르거나 물에 떠있는 형상'을 나타내는
「立ち居」에 겹친 것(金684), '神体의 神木으로서 서있다'의 「立つ」를
또 다른 歌語인 御衣와 관련지은 이른바 緣語로서 '그 御衣(みそ)을
재단하다'를 함축시킨 「裁つ」에 겹친 것(新1886)으로 정리된다.

㉮ 소문이 나다

拾1185 ひきよせばただにはよらで春ごまの綱引するぞなはたつときく

구애를 거부하고 있는 동안에 나버린 근거 없는 사랑의 소문을 읊
은 것으로 雜賀에 속해 있으나 내용은 雜恋의 和歌이다. '연애하고
있다는 소문이 일다'의 「立つ」와 '고삐가 끊어지다'의 「絶つ」를 掛
詞로서 표현하고 있다.

㉯ 봄 안개가 일다

拾1019 思ふ事いはでやみなん春霞山ぢもちかしたちもこそきけ

자신의 사랑을 은밀하게 유지하고픈 심정을 읊은 雜春의 和歌로서
'봄 안개가 일다'의 「立ち」와 '봄 안개가 당신에 대한 나의 사랑고백
을 들을지도 모른다'의 「立ちもこそ聞け」를 掛詞로서 표현하고 있다.

㉰ 파도가 일렁이다

金684 風はやみとしまがさきをこぎゆけば夕なみ千鳥立ちゐなくなり

저녁바다에 물떼새가 떼 지어 나는 情景을 읊은 冬歌(異本歌)로서

160

'저녁 무렵에 밀려드는 파도가 일렁이다'의 「立ち」와 '물떼새가 떼 지어 날기도 하고 물에 앉아 떠있기도 하다'의 「立ち居」를 掛詞로서 표현하고 있다.

㉣ 그 자리에 서 있다

新1886 ちはやぶるかしひの宮のあや杉は神のみそぎにたてるなりけり

가시이궁(香椎宮)에 있는 삼나무(綾杉)에 관한 감회를 읊은 神祇歌로서 '綾杉가 香椎宮의 神木으로 서있다'의 「立て」와 '비단을 재단하다'의 「裁て」를 掛詞로서 표현하고 있다.

5
「来」의 掛詞 표현

1) 掛詞의 類型과 歌集別 분포

〈표 17〉

掛詞＼歌集	古	後	拾	後拾	金	詞	千	新	計
繰 る	2	6	7	9	2		1	2	29
着 る	2	6	3	4	1			5	21
越 路	1	2			2		2	1	8
越		1			1			3	5
梢		2	1		1				4
岸		2	1	1					4

掛詞＼歌集	古	後	拾	後拾	金	詞	千	新	計
苦 し		1						1	2
胡 竹				1			1		2
－ 来	2								2
勿來(の關)					1		1		2
ひとくひとく	1								1
なつぐ(懷ぐ)		1							1
來增の山			1						1
來まさぬ山			1						1
小 屋			1						1
駒			1						1
解く(る)				1					1
昆 陽				1					1
*來				1					1
栗本の里					1				1
くれはどり(吳織)					1				1
三熊野の浦						1			1
紀の國								1	1
貴船川								1	1
計	6	23	16	18	10	1	5	14	93

(1) 類型別 분포

「来」의 掛詞로서의 상대어에 주목하여 유형을 분류하고 분포를 調査해 보았더니, 八代集을 통해 제일 많이 사용되고 있는 것은 29개의 용례가 보이는 くる(繰る)이고, 다음으로 많은 것은 21例의 きる(着る)라는 것을 알았다. <표 16>은, 상기의 내용을 포함한 모든 調査結果를 유형別·歌集別로 일람할 수 있도록 한 것이다. 본론에 들어가기 전에 참고로 상기 표의 왼편에 「来」의 掛詞로서 제시한 말들

을 히라가나로 열거해 보면, くる·きる·こしぢ·こじ·こずゑ·きじ·く
るし·こちく· ―く·なこそのせき·ひとくひとく·なつぐ·きませのやま·
きまさぬやま·こや·こま·とく·こや·く·くるもとのさと·くれはど
り·みくまののうら·きのくに·きぶねがは로서 무려 24종류나 된다.
形態와 뜻이 제각각 다른 이들을 「来」와 掛詞로서 엮어 주는 것은
다름 아닌 각각의 말속에 있는 カ行音이다. 動詞「来」는 용법에 따라
こ·き·く·くる·くれ·こ(こよ)의 형태로 바뀌기 때문에 이들의 掛詞
로서의 상대어도 상기에서 보는 것처럼 그 꼴과 뜻이 다양할 수밖에
없을 것이다. 이하 動詞「来」의 변화형태에 주목하여 그것에 겹쳐지는
掛詞의 유형과 分布를 살펴보고자 한다.

① こ[来]

㉮ 「来」의 「こ」꼴은 직접 경험의 과거표현 조동사 ―き의 연체형
―し가 붙은 「こし」꼴로 땅이름 「越」와 겹친 것이 크게 두드러지고
있어, 그 例를 後撰集1335番과 1336番의 離別歌, 金葉集648番의 雜
歌, 新古今集858番의 離別歌, 1261番의 恋歌, 1912番의 神祇歌에서
찾을 수 있다. 또한 이것은 '온 길, 왔던 길'을 뜻하는 「来し路」꼴
로도 많이 쓰이고 있어(古979 後470·1063 金28·596 千459·469) 이
경우는 예외 없이 '코시(越) 지방에 이르는 길'의 「越路」로서 겹쳐져 있
음이 확인된다. 다만 상기 新古今858番은 伊勢가 읊은 題しらず의
離別歌로서, 王朝文学의 掛詞一覧 資料에서 「来し」와 「越」의 掛詞로
서 분류하고 있어 채록하였는데 이는 和歌의 内容, わすれなん世に
も越路の帰山いつはた人にあはむとすらん으로 보아 '지금 떠나면 결
코 다시는 돌아오지 않을 것이다'라는 뜻을 담고 있는 부정추측표현
「来じ」가 지명 「越路」에 겹쳐있는 것으로 보는 것이 타당하다는 생
각이 든다.

㉯ 그다음으로 눈에 띄는 것은, 부정표현의 조동사 −ず가 붙은「こ
ず」꼴로서 전부 4개의 용례(後674·803 拾822 金470)가 보이는데
하나같이 '나무의 위쪽 끝 부분'「梢」와 겹쳐 쓰이고 있다.

㉰ 그 밖의 것으로는, 금지표현의 문형 な−そ를 이용한「なこそ」
로서 '오지마세요'라고 하는 뜻을 지명 勿来(金698)와 勿来の関(千
103)에 겹친 것, 권유·요청의 조사 −や와 함께「こや」꼴로 '나를
찾아오세요'라는 말을 '오두막집'「小屋」(拾885)와 지명 「昆陽」(後拾
691)에 겹친 것, 動作主體의 희망을 나타내는 조동사 −まほし가 붙
어 표현된「こまほしく」의 앞부분에「駒」(拾904)를 겹친 것이 있고,
부정 의지의 조동사 −じ를 붙여 '오지 않겠다'(그곳에는) 가지 않
겠다'를 나타낸「こじ」를 지명「越路」(新914)에 겹친 것이 있는가 하
면, 부정추측의 조동사 −じ를 붙여 '(돌아)오지 않을 것이다'를 나
타낸「こじ」를「越路」(新858)에 겹친 것도 보인다. 끝으로 一語二義
의 掛詞로서는 '기러기가 오다'와'가을이 오다'란 뜻을 추측의 조동
사 −む(ん)과 함께 접속시켜「またこん」이라고 표현한 後拾遺68番
의 春歌가 있다.

② き[来]

「来」의 변화 꼴 중 連用形인「き」는 이것에 접속되는 말의 다양함
때문인지 용례 또한 30개로 많다. 용법에 따른 형태를 살펴보면, '달
은 더없이 맑지만 누가 여기에 달을 찾아올 것인가?'의 뜻을 나타내
는데 중간에서「き」꼴로 끊어 지명「紀の国」의 앞부분에 겹친 新古
今647番이나 '강물에 옷을 적시며 몇 날 밤을 오다'의「き」를 지명
「貴船川」에 겹친 新古今1141番歌와 같이 의미상 관련이 있는 다른
말이 뒤에 접속됨이 없이 끊어지는 단독형도 있지만 대부분은 조사
나 조동사 등이 붙어 함께 쓰이고 있다. 용법에 따른 그 형태는 来

し(後760・1022 拾587), 来しか(拾1225), 来し方(後拾1066), 来そむ (後912), 来たり(後1328 拾1192), 来たる(後拾16・235 新176), 来つつ (後拾220), 来て(古239 後77・529・660・679・948 拾299 後拾1075 金 574 新178・1799), 来馴らせ(新863), 来なん?(新857), 来ぬる(古410), 来まさぬ(拾818), 来ませ(拾818)이다. 이렇게 다양한「き」꼴의 표현 들과 겹쳐지는 말들은 전부 7종류가 보이는데 그중「着る」가 21개로 제일 많고,「岸」는 4개, 이하「紀の国」「来増の山」「来まさぬ山」「貴 船川」「懐きそむ」는 각각 1개씩이다.

③ く[来]

終止形「く」의 掛詞 표현은 용례수에 있어 다른 꼴의 그것과 비교 했을 때, 상당히 적은 편이다. 八代集 전체를 통해 불과 4例밖에 없 기 때문이다. 구체적인 例로는「胡竹」에 겹친「此方来」가 2例(後拾 1150 千1196)있고, 매화에서 울고 있는 휘파람새의 울음소리를 戱化 的으로 묘사한「人来人来」1例, 지명「三熊野の浦」에 겹친「人を見 来」가 1例(詞269)이다.

④ くる[来る]

連体形「くる」의 용례는 총 29개로 連用形「き」의 그것과 거의 같은 정도의 사용률을 보이고 있다. 그러나 掛詞로서의 상대어는 전 부 4종류뿐으로「き」가 7종류이었던 것에 비하면 掛詞 표현이 좀 더 단순하다고 말할 수 있겠다. 상대어에 주목하여 용례를 정리해 보면, 「繰る」와의 掛詞 용례는 24개(古1036 後700・787・976・1001・1002 拾35・446・699・899・1221 後拾481・644・693・872・921・960・1052・ 1055・1061 金26・514 千716 新1940),「苦し」(後575 新1940)와「飽き

来る」(後286·1274)는 각각 2개, 「解くる」(後拾407)와 「栗本の里」(金496)는 각각 1개씩이다.

⑤ くれ[来れ]

「く」의 已然形 「くれ」는 6개의 용례가 보인다. 이들은 逆接의 確定條件을 나타내는 조사 ―ど(新770)나 ―ども(古742 後1162 拾1058) 또는 順接의 確定條件을 나타내는 조사 ―ば(拾1004)처럼 已然形 접속을 하는 말들과 함께 쓰이는 경우가 일반적이지만, 掛詞 표현에서는 직물 이름인 くれはどり(呉織)의 앞부분에 「来れ」를 겹치고 있는 경우(金367)도 보인다. 한편 이들에 겹쳐지는 말들은 상기의 「呉織」를 제외하고는 전부가 「繰る」인 점은 시선을 끈다.

(2) 歌集別 분포

動詞 「来」의 다양한 활용형에 겹치는 掛詞들을 歌集別로 나누어 살펴보면 다음과 같다.

① 古今集

古今集에는 掛詞 표현의 「来」가 6개 있는데, 部立別로 보면 雑体歌에 2개 보이는 것 외에, 秋歌, 羈旅歌, 恋歌, 雑歌에 각각 1개씩의 용례를 찾아볼 수 있다.

한편 이것들에 겹쳐있는 掛詞는, 4종류로서 「着る」(秋239, 羈旅410)와 「繰る」(恋742 雑体1036)는 2例씩, 지명 「越路」(雑979)와 휘파람새의 울음소리를 나타내는 擬聲語 「ヒトクヒトク」(雑体1011)는 1例씩의 용례를 각각 보이고 있다.

② 後撰集

後撰集에는 掛詞 표현의 「来」가 24개 있는데, 이들의 사용 분포를 部立別로 정리해 보니 恋歌가 16개로 크게 두드러졌으며, 이하의 것은 離別歌에 3개, 雑歌에 2개, 春歌와 秋歌와 冬歌에 각각 1개씩의 용례가 보였다.

한편 이들에 겹쳐있는 掛詞를 살펴보면, 「着る」(春77 恋529·660·679·948 離別1328)와 「繰る」(恋700·787·976·1001·1002 雑1162)는 각각 6例, 지명 「越」(離別1336)와 「越路」(冬470 恋1063)를 비롯하여 「飽き来」(秋286 雑1274), 「梢」(恋674·803), 「岸」(恋760·1022)는 각각 2例, 나머지 「苦し」(恋575)와 「懐く」(恋912)는 각각 1例씩 보인다.

③ 拾遺集

拾遺集에 보이는 掛詞 표현의 「来」는 총 16개인데, 이들을 部立別로 보면 恋歌가 7개로 제일 많고, 雑春歌와 雑恋歌에 각각 2개, 이하 春歌, 賀歌, 雑歌, 神楽歌, 雑賀歌에 각 1개씩의 例가 있다.

한편 이것들에 겹쳐있는 掛詞로는, 「繰る」7例(春35 雑446 恋699·899 雑春1004·1058 雑恋1221)와 「着る」3例(慶賀299 雑賀1192 雑恋1225)가 두드러지고 이하 「岸」(神楽歌587), 「来まさぬ山」(恋818), 「来増の山」(恋818), 「梢」(恋822), 「小屋」(恋885), 「駒」(恋904)가 각 1例씩 보인다.

④ 後拾遺集

後拾遺集에는 掛詞 표현의 「来」가 18개 있는데, 이들의 部立別 사용 회수는, 雑歌에 9개, 恋歌에 3개, 春歌에 2개 보이는 외에, 夏歌, 秋歌, 冬歌, 離別歌에도 각각 1개씩의 용례가 보인다.

掛詞로서 이들에 겹치고 있는 말 중, 특히 두드러지고 있는 것은 「繰る」로서 9例(離別481 恋644·693 雜872·921·960·1052·1055·1061)나 되며, 그 뒤를 「着る」 4例(春16 夏220 秋235 雜1075)가 잇고 있고, 그 밖에 一語二義의 「来」(春68)와 「解く」(冬407), 「昆陽」(恋691), 「岸」(雜1066), 「胡竹」(雜1150)가 각각 1例씩으로 掛詞로서의 「来」의 상대어는 6개, 용례는 총 18例이다.

⑤ 金葉集

金葉集에는 掛詞 표현의 「来」가 10개 보이는데, 部立別로 본 이들은 恋歌에 4개, 雜歌에 3개, 春歌에 2개, 異本歌(恋)에 1개가 수록되어 있다.

또한 이들 「来」에 겹쳐있는 掛詞를 살펴보면 8종류의 말이 헤아려지는데, 「繰る」(春26 恋514)와 「越路」(春28 雜596)는 2例씩, 「呉織」(恋367),「梢」(恋470), 「栗本の里」(恋496), 「着る」(雜574), 「越」(雜648), 「勿来」(異本698)는 각각 1例씩 보인다.

⑥ 詞花集

詞花集의 掛詞 표현 「来」는 1개뿐으로 恋歌에 보이는데, 「人を見来」 꼴에 겹쳐져 있는 掛詞는 지명 「三熊野の浦」(恋269)이다.

⑦ 千載集

千載集에 보이는 掛詞 표현의 「来」는 5개의 용례가 있어, 冬歌에 2개 보이는 외에 春歌, 恋歌, 雜歌에도 각각 1개씩 보인다.

이들 「来」에 겹쳐있는 말은 4종류로 「越路」(冬459·469), 「勿来の関」(春103), 「繰る」(恋716), 「胡竹」(雜1196)가 있다.

168

⑧ 新古今集

新古今集의 掛詞 표현 「来」는 13개 있는데, 部立別로는 離別歌에
3개, 夏歌에 2개, 恋歌에 2개, 冬歌, 哀傷歌, 羈旅歌, 雑歌, 神祇歌,
釈教歌에는 각각 1개씩의 용례가 보인다.

이들 「来」에 겹치는 掛詞를 보면, 「着る」가 4例(夏176·178 離別
857 雑1799)로 앞서고 그 뒤를 「越」 3例(離別858 恋1261 神祇1912)
와 「繰る」 2例(哀傷770 釈教1940)가 잇고 있으며, 이하 「紀の国」(冬
647), 「着馴らす」(離別863), 「越路」(羈旅914), 「貴船川」(恋1141), 「苦
し」(釈教1940)는 각각 1例씩으로, 전부 8종류의 말이 보이고 있다.
하지만 이들 말 중 「越」과 「越路」 그리고 「着る」와 「着馴らす」는 같
은 계열의 말이기에 이들을 같이 본다면 6종류의 말에 총 14例의
掛詞 표현을 보이고 있다고 말할 수 있다. 「来」의 個数와 이것을 掛
詞로 표출한 용례수가 서로 일치하지 않는 것은 1940番 釈教歌에
三義의 掛詞[56]가 있기 때문이다.

2) 部立別 특징

여기에서는 掛詞 표현의 「来」를 각 部立別로 나누어 추출한 후 部
立別로 主流를 이루고 있는 掛詞유형에 주목하여 그것이 갖는 歌語
로서의 의미와 표현상의 특징을 고찰해 보고자 한다.

---

56) 掛詞는 2개의 뜻을 겹치고 있는 것이 일반적이나 표현에 따라서는 3개의 뜻
을 겹쳐 나타내는 경우도 간혹 있어 이것을 三義의 掛詞라 지칭한다.

(1) 四 季

① 春 歌

「来」에 掛詞로서 겹쳐있는 말은 「着る」(後77 後拾16)와 「繰る」(拾 35 金26)가 2例씩 보이는 이외에 '기러기가 오다'와 '가을이 오다'를 「また来ん」 꼴로 겹친 一語二義의 「来」(後拾68) 그리고 '기러기가 작년 가을에 왔던 길'을 뜻하는 「来し路」 꼴에 지명 「越路」에 겹친 것(金28), '오지 마세요'의 「な来そ」 꼴로 지명 「勿来の関」에 겹친 것(千103)이 각각 1例씩 있다. 春歌에서 「来」와 겹치고 있는 掛詞로서 두드러지고 있는 것은 「着る」와 「繰る」인데 이들이 掛詞로서 표출하고 있는 바는 다음과 같다.

㉮ 掛詞 「来」와 「着る」

> 後77 わがやどの桜の色はうすくとも花のさかりはきてもをらなむ
> 後拾16 むらさきもあけもみどりもうれしきははるのはじめにきたるなりけり

後撰77番歌는 작자에 대한 애정이 그리 두텁지만은 않은 남자에게 慶事에 입을 옷을 보내며 보고 싶은 속마음을 읊은 和歌로서 '우리 집에 벚꽃이 한창일 때 그대가 오다'의 「来て」와 '내가 보내는 분홍 옷을 왕이 행차하셨을 때 그대가 입다'의 「着て」를 겹치고 있다. 그리고 後拾16番歌는 정월 초이튿날 太政大臣이 베푼 향연(臨時客)의 화려하고 활기찬 분위기를 읊고 있는 和歌로서 '6位 이상의 관리들이 大臣이 정초에 베푼 향연에 참석하다'의 「来たる」와 '관리들이 각각 자기 신분에 맞는 옷을 입다'의 「着たる」를 겹치고 있다.

상기 두 수에는 桜(後77)와 春の始め(後拾16)와 같은 春歌로서의 요소도 보이지만 실제 내용은 人事와 관련된 내용이 主를 이루고 있는 것이다. 掛詞로서 겹쳐있는 「来」와 「着る」는 둘 다 人事와 관련된 것으로서 특히 「着る」의 縁語인 桜の色(後77)와 紫·あけ·緑(後拾16)는 전부 옷의 색상을 나타내고 있는 점이 특이하다.

　④ 掛詞 「来」와 「繰る」

　　拾35 花見にはむれてゆけども青柳の糸のもとにはくる人もなし
　　金26 いとかやまくる人もなきゆふぐれにこころぼそくもよぶこどりかな

　拾遺35番歌는 봄이 되어 물오른 버드나무 가지의 운치에는 사람들이 무심하고 꽃에만 눈이 쏠리는 세태를 풍자한 和歌로서 '사람들이 버드나무 가지를 보러 오다'의 「来る」와 '물오른 버드나무가 축 늘어져 만들어 낸 실을 당겨 감다'의 「繰る」를 겹치고 있다. 그리고 金葉26番歌는 찾는 이 없는 糸鹿山에 우는 呼子鳥를 읊고 있는 和歌로서 '사람들이 糸鹿山를 찾아오다'의 「来る」와 '실을 당겨 감다'의 「繰る」를 겹치고 있다. 상기 용례 중 拾遺35番歌는 「花見」와 「青柳」에서 春歌로서의 요소를 찾아볼 수 있지만 金葉26番歌는 확실한 봄의 경물이 보이지 않는다. 경물로서 「呼子鳥」가 있기는 하나 이는 미상의 새로서 봄의 경물이라고 단정 지을 수 없기 때문이다. 한편 「来る」의 掛詞 「繰る」는 경물인 「青柳の糸」(拾35)와 지명 「糸鹿山」(金26)에 보이는 「糸」에서 유발되는 것으로 「繰る」와 「糸」는 상호 간에 縁語로서 존립하게 된다.

　　② 夏　歌

　夏歌의 경우 掛詞 「来」는 「き」꼴로 「着る」의 「き」에 겹쳐지는 유

형만이 보이며 전부 3개의 용례를 헤아릴 수 있다. 이들 「来」와 「着
る」가 掛詞로서 표출하고 있는 바는 다음과 같다.

後拾220 なつごろもたつたがはらのやなぎかげすずみにきつつならすころかな
新176 をしめどもとまらぬはるもあるものをいはぬにきたる夏衣かな
新178 夏衣きていくかにかなりぬらむのこれる花はけふもちりつつ

後拾遺220番歌는 여름옷을 입고 버드나무 그늘에서 자주 더위를
식히는 시기가 도래한 감흥을 읊고 있는 和歌로서 '더위를 식히러
자주 오다'의 「来つつ」와 '여름옷을 계속 입어 익숙하게 하다'의 「着
つつ慣らす」를 겹치고 있다.

新古今176番歌는 아쉬운 봄이 가고 어느 사이에 여름옷을 입는
계절이 된 감흥을 읊고 있는 和歌로서 '여름이 찾아오다'의 「来たる」
와 '여름옷을 입다'의 「着たる」를 겹치고 있다.

新古今178番歌는 여름이 시작된 후, 아직도 남아 있는 봄꽃이 지
는 것을 바라보는 감흥을 읊고 있는 和歌로서 '여름이 오다'의 「来
て」와 '여름옷을 입다'의 「着て」를 겹치고 있다. 「来」와 「着る」를 겹
쳐 표현한 夏歌에 공통되게 보이는 것은 「夏衣」인데 이는 「着る」의
緣語로서 여름이 도래했음을 알리는 상징이기도 하다.

③ 秋 歌

秋歌의 掛詞 「来」의 활용형에 겹쳐져 있는 말은 「着る」가 2例, 「秋
来る」 꼴로 보조동사 「ーくる」가 「飽き来る」에 겹쳐 쓰이고 있는 것이
1例 보인다. 「来」와 「着る」가 掛詞로서 秋歌에서 표출하고 있는 바는
다음과 같다.

古239 なに人かきてぬぎかけしふぢばかまくる秋ごとにのべをにほはす

後拾235 うちつけにたもとすずしくおぼゆるはころもに秋はきたるなりけり

古今239番歌는 가을마다 들녘에 피어 꽃향기를 진동시키는 등골나물의 정취를 읊고 있는 和歌로서 '어떤 사람이 등골나물 향내 나는 가을 들녘으로 나아오다'의 「来て」와 '袴를 입다'의 「着て」를 겹치고 있다. 그리고 後拾235番歌는 소매 속으로 들어오는 시원한 바람으로 느끼는 가을이 도래한 감흥을 읊고 있는 和歌로서 '가을이 오다'의 「来たる」와 '옷을 입다'의 「着たる」를 겹치고 있다. 「着る」의 縁語로는 식물이름 「ふぢばかま」의 「袴」(古239)와 「たもと」(後拾235) 그리고 「衣」(後拾235)를 들 수 있는데 이들은 縁語로서 가을 정취와 가을의 도래를 느끼게 하는 매개 역할을 하고 있는 것이다.

④ 冬 歌

掛詞 「来」가 冬歌에서는 총 5개의 용례가 보이는데, 「越路」가 3例 (後470 千459·469)로 그중 많고, 「ーと来る」 꼴로 겹쳐진 「解くる」 (後拾407)와 '달은 밝지만 누가 여기에 달을 찾아 올 것인가?'라고 하며 「き」 꼴로 말을 중지한 「来」에 連鎖型으로 겹친 지명 「紀の国」 (新647)도 각각 1例씩 보인다. 掛詞유형 중 가장 두드러지고 있는 「来」와 「越路」가 掛詞로서 표출하고 있는 바는 다음과 같다.

後470 しら山に雪ふりぬればあとたえて今はこしぢに人もかよはず
千459 こえかねていまぞこし路をかへる山雪ふる時の名にこそ有りけれ
千469 かきくらしこし路もみえずふる雪にいかでかとしのかへり行くらん

後撰470番歌는 자신이 어느 덧 늙어 버려 찾아오던 남자의 발길도 끊어진 애절함을 읊고 있는 和歌로서 '발걸음을 끊은 남자가 전에 다녔던 길'의 「来し路」와 '白山가 있는 곳'의 「越路」를 겹치고 있다. 그리고 千載459番歌는 눈 때문에 넘지 못하고 발길을 되돌리는 帰山의 이름에서 느끼는 감흥을 읊고 있는 和歌로서 '왔던 길'의 「来し路」와 '帰山이 있는 곳'의 「越路」를, 千載469番歌는 사방을 온통 어둡게 하며 흩날리는 눈 속에 저물어 가는 한 해를 읊고 있는 和歌로서 '내리는 눈에 보이지 않게 된 왔던 길'의 「来し路」와 '눈이 몹시 내리는 곳'의 「越路」를 겹치고 있다. 「越路」에 겹치는 「来」는 3수의 용례가 모두 「来し路」 꼴로서 쓰이고 있는 것이 특징이다. 한편 상기의 용례 속에 이들 掛詞와 관련된 縁語는 눈에 띄지 않지만, 3수에 공통되는 경물 「雪」를 통해 「越路」는 눈이 많은 곳으로서 인상 지워져 있다고 말할 수 있겠다. 冬歌에서 이들 유형의 掛詞가 나타내는 것은 바로 이 코시지(越路)에 내리는 눈에서 비롯된다고 말할 수 있겠다.

(2) 사 랑

① 恋 歌

恋歌에는 掛詞 「来」와 관련된 17종류의 유형들이 보이는 중에, 특히 「繰る」가 12용례로서 두드러지고 있다. 그 밖의 것으로는 4例씩의 용례를 보이고 있는 「着る」(後529·660·679·948)와 「梢」(後674·803 拾822 金470), 그리고 2例의 「岸」(後760·1022)를 들 수 있으며, 「越路」(後1063), 「来まさぬ山」(拾818), 「来増の山」(拾818), 「小屋」(拾885), 「駒」(拾904), 「懐く」(後912), 「昆陽」(後拾691), 「呉織」(金367), 「栗本の里」(金496), 「三熊野の浦」(詞269), 「貴船川」(新1141), 「越」(新1261), 「苦し」(後575)와 같은 말들은 각각 1개씩의 용례를 찾아볼 수 있다. 이들 유형 중 가장 두드러지고 있는 「来」와 「繰る」가 掛詞로서 표출하고 있는 바는 다음과 같다.

㉮ 求　愛

後700 名にしおはば相坂山のさねかづら人にしられでくるよしもがな
後787 つれなきを思ひしのぶのさねかづらはてはくるをも厭ふなりけり
後1001 くる事は常ならずともたまかづらたのみはたえじと思ふ心あり
後1002 玉鬘たのめくる日のかずはあれどたえだえにてはかひなかりけり
後拾644 あふみにかありといふなるみくりくる人くるしめのつくまえのぬま
千716 みちのくのとづなのはしにくるつなのたえずも人にいひわたるかな

後撰700番歌는 아무도 모르게 만나 잠자리를 같이 하고픈 심정을 읊고 있는 和歌로서 '아무도 눈치 채지 못하도록 은밀하게 오다'의 「来る」와 '남오미자 덩굴을 잡아당기다'의 「繰る」를, 後撰787番歌는 무정한 여인을 원망하는 심정을 읊고 있는 和歌로서 '작자가 무정한 여인을 찾아오다'의 「来る」와 '남오미자 덩굴을 잡아당기다'의 「繰る」를, 後撰1001番歌는 가끔 찾아와 말을 걸어오는 남자에 대한 호감(속마음은 남자의 잦은 방문에 번거로움을 느껴 그것을 꺼리는 심정)을 읊고 있는 和歌로서 '남자가 작자를 찾아오다'의 「来る」와 '덩굴 풀을 잡아당기다'의 「繰る」를, 後撰1002番歌는 (자신의 너무 잦은 방문에 번거로움을 느낀 여인의 완곡한 견제의 뜻을 파악하지 못하고) 今後 더욱 자주 찾겠다는 각오를 읊고 있는 和歌로서 '작자가 여인을 찾아오다'의 「来る」와 '덩굴 풀을 잡아당기다'의 「繰る」를, 後拾遺644番歌는 여인을 향한 애타는 사랑의 심정을 읊고 있는 和歌로서 '작자가 여인을 찾아오다'의 「来る」와 '三稜草를 잡아당기다'의 「繰る」를, 千載716番歌는 사랑을 구하기 위해 끊임없이 애 쓰는 심정을 읊고 있는 和歌로서 '남자가 사랑을 구하려 작자를 끊임없이 찾아오다'의 「来る」와 '밧줄을 잡아당기다'의 「繰る」를 겹쳐 표현하고 있다. 구애를 둘러싼 심정을 읊은 掛詞 중 主가 되고 있는 것은 「来る」로서 이것

이 겉으로 나타나는 행동이라면, 이에 겹쳐있는 「繰る」는 「さねかづ
ら」「たまかづら」「みくり」「綱」와 같은 縁語와 함께 사랑에 빠진
사람이 이성과 가까워지고자 하는 마음을 나타내고 있다 하겠다.

　㉯ 헛소문

　　拾699 なき名のみたつたの山のあをつづら又くる人も見えぬ所に

　찾아오는 사람도 없는 작자에게 헛소문이 퍼져 분한 마음을 읊고
있는 和歌로서 '남자가 작자를 찾아오다'의 「来る」와 '댕댕이 덩굴을
잡아당기다'의 「繰る」를 겹치고 있다. 경물로 제시된 「竜田山のあを
つづら」는 「無き名」와 「繰る」를 도출해 내기 위한 것으로서 和歌의
本意와는 거리가 있지만 이것에서 연상되는 바를 주제로 연결시키는
중요한 시발점이 되고 있으며, 掛詞는 恋歌의 정취와 주제를 표출하
는 유용한 방법이 되고 있는 것이다.

　㉰ 소원해 짐

　　古742 山がつのかきほにはへるあをつづら人はくれどもことづてもなし
　　後976 ぬれつつもくると見えしは夏引のてびきにたえぬいとにや有りけん
　　後拾693 こぬもうくくるもくるしきあをつづらいかなるかたにおもひたえなん
　　金514 わがこひはしづのしけいとすぢよわみたえまはおほくくるはすくなし

　古今742番歌는 근처에 왔으면서도 기별도 안 하는 사람에 대한
원망스런 심정을 읊고 있는 和歌로서 '남자가 작자의 집 근처에 오
다'의 「来れども」와 '댕댕이 덩굴을 잡아당기다'의 「繰れども」를, 後
撰976番歌는 비가 몹시 오는 것을 핑계 삼아 자신의 집을 그냥 지

나치려는 남자의 불성실함을 읊고 있는 和歌로서 '사실은 그렇지 않지만 남자가 비에 흠뻑 젖어 가면서도 작자를 찾아오다'의 「来る」와 '실을 잡아당겨 감다'의 「繰る」를 겹쳐 표현하고 있다. 後拾693番歌는 사랑에 괴로워하는 여인의 고뇌를 읊고 있는 和歌로서 '남자가 작자를 찾아오다'의 「来る」와 '댕댕이 덩굴을 잡아당기다'의 「繰る」를, 金葉514番歌는 남자가 찾아오는 발길이 드물어져 감에 느끼는 불안한 심정을 읊고 있는 和歌로서 '남자가 찾아오다'의 「来る」와 '튼튼하지 못한 실을 잡아당겨 감다'의 「繰る」를 겹치고 있다. 상기 3수는 작자를 찾아오지 않는 사람에 대한 원망과 불안감을 표출하고 있는 것이기에 「あをつづら」「夏引のてびき」「しづのしけいと」를 縁語로 하는 「繰る」에는 점차 마음이 멀어져 가는 사람으로 인한 작자의 마음고생이 암시되어 있는 것이다.

⠀㉣ 慰 撫

⠀拾899 うかりけるふしをばすててしらいとの今くる人と思ひなきなん

⠀여인의 마음을 慰撫하며 둘의 교제를 새로운 마음으로 다시 시작했으면 하고 바라는 심정을 읊고 있는 和歌로서 '작자가 여인을 찾아오다'의 「来る」와 '흰 실을 당겨 감다'의 「繰る」를 겹치고 있다. 縁語 「白糸」가 도출하는 「繰る」에서는 한 올 한 올 실을 뽑는 정성이 담겨 있으며 이처럼 두 사람의 관계를 다시 구축해 보고 싶은 염원을 담은 말이라 할 수 있겠다.

(3) 離別과 覊旅

① 離別歌

離別歌에서 「来」에 겹치는 掛詞는 「着る」가 3例(後1328 新857·863), 땅이름 「越(路)」가 2例(後1336 新858), 「繰る」가 1例(後拾481) 보인다.

이 중 두드러지고 있는 掛詞 「来」와 「着る」가 掛詞로서 표출하고 있는 바는 다음과 같다.

> 後1328 袖ぬれて別はすとも唐衣ゆくとないひそきたりとを見む
> 新857 たまぼこのみちの山かぜさむからばかたみがてらにきなんとぞおもふ
> 新863 きならせとおもひしものをたび衣立つ日をしらずなりにけるかな

後撰1328番歌는 길을 떠나는 사람과의 이별을 아쉬워하는 심정을 읊고 있는 和歌로서 '여행에서 돌아오다'의 「来たり」와 '着たり'의 「길 떠나는 선물로 보낸 唐衣를 그대가 입다」를, 新古今857番歌는 멀리 미치노쿠(陸奧) 땅으로 떠나는 사람과의 이별을 아쉬워하는 심정을 읊고 있는 和歌로서 '멀리 떠나는 그대가 빨리 돌아 왔으면 한다'의 「来なん」과 '陸奧의 산바람이 차가우면 이별의 선물로 보내는 이 옷을 입기 바란다'의 「着なん」을, 新古今863番歌는 멀리 중국으로 떠나는 사람에게 작별 인사가 늦어 미안한 심정을 읊고 있는 和歌로서 '자주 찾아와 친숙해지다'의 「来馴らせ」와 '옷을 여러 번 입어 길을 들이다'의 「着馴らせ」를 겹치고 있다. 離別歌에 있어 이 유형의 掛詞는 이별의 선물로 보내는 옷과 관련하여 읊어지는 것이 특징이다. 상기 和歌의 「唐衣」나 「旅衣」는 이별의 선물을 의식한 歌語로서 이를 縁語로 하는 「着る」가 掛詞로서 「来」를 이끌어 냄으로써 떠나는 사

178

람과 헤어지는 아쉬움을 표출하고 있는 것이다.

② 羈旅歌

羈旅歌의 경우는 용례가 그리 많지 않고, 離別歌에 많이 보였던 「着
る」(古410)와 「越路」(新914)가 각각 1例씩 보인다. 이들 각각의 掛詞
들이 표출하고 있는 바는 다음과 같다.

古410 唐衣きつつなれにしつましあればはるばるきぬるたびをしぞ思ふ
新914 宮こにてこしぢの空をながめつつ雲ゐといひしほどにきにけり

古今410番歌는 길을 떠나 먼 곳에 이르러 집에 두고 온 妻를 생
각하는 심정과 도읍에서 멀리 떠나온 감회를 읊고 있는 和歌로서
'집을 떠나 멀리까지 오다'의 「来ぬる」와 '唐衣를 입다'의 「着ぬる」
를, 新古今914番歌는 도읍을 떠나 아득히 먼 곳에 다다른 감회를 읊
고 있는 和歌로서 '이 먼 곳까지는 오지 말아야지'의 「来じ」와 '도읍
에서 아득히 먼 곳'의 「越路」를 겹치고 있다. 羈旅歌에 있어 이들
각각의 掛詞 표현은 도읍을 멀리 떠난 감회를 피력한 「はるばるきぬ
る」와 「雲ゐといひしほどにきにけり」를 이끌어 내는 방법이 되고 있
는 것이다.

(4) 慶賀와 哀傷

① 賀 歌

賀歌에 있어 「来」가 掛詞로 쓰이고 있는 例는 하나뿐으로 「着る」
가 「着て」꼴로 겹쳐져 있는데 이것이 掛詞로서 표출하고 있는 바는
다음과 같다.

拾299 きみが世はあまのは衣まれにきてなづともつきぬいはほならなん

수명이 영원무궁하길 기원하는 마음을 읊고 있는 和歌로서 '날개옷 입은 천상의 사람들이 아주 드물게 찾아오다'의 「来て」와 '하늘의 날개옷을 입다'의 「着て」를 겹쳐 표현하고 있다. 和歌의 내용은 요컨대 날개옷을 입은 천상의 사람들이 아주 드물게 찾아와 그 입고 있는 날개옷이 아무리 스쳐도 닳지 않는 큰 바위처럼 수명이 무궁하길 축원하고 있는 것이다. 옷을 「着る」의 緣語로 하는 예는 앞의 離別歌에서도 찾아볼 수 있지만 「羽衣」는 賀歌에 처음 보이고 있다. 「羽衣」는 진귀함과 상서로움이 느껴지는 상상 속의 물건인데 이것을 다시 바위와 배합시켜 긴긴 세월을 이끌어 내는 매개체로 삼고 있는 점에서 賀歌 표현의 독창성이 보인다.

② 哀傷歌

哀傷歌에서의 「来」의 掛詞 표현은 다음 新古今770番歌에서 그 용례를 찾아볼 수 있다.

新770 けふくれどあやめもしらぬたもとかな昔をこふるねのみかかりて

이 세상에 없는 사람을 그리워하며 슬퍼하는 심정을 읊고 있는 和歌로서 '그날이 돌아오다'의 「来れど」에는 '창포 뿌리를 잡아당기다'의 「繰れど」가 겹쳐져 있다. 掛詞 표현의 근원이 되고 있는 歌語는 「菖蒲」로서 작자는 음력 5월 5일 행사에 빠트릴 수 없는 이 경물을 통해 「繰る」를 연상하고, 더 나아가 이것에 세월의 흐름을 나타내는 「来る」를 겹쳐 주제를 이끌어내고 있다. 사람은 죽고 없어도 어김없이 돌아오는 人間事에서 촉발된 감정이 표출된 掛詞 표현 예이다.

(5) 기 타

상기의 분류 항목 이외의 部立은 크게 雜歌와 그 밖의 和歌로 나누었다.

① 雜 歌

雜歌에 있어서 「来」와의 掛詞로서 겹치는 말 중 가장 사용례가 많은 것은 「繰る」로 8例(後1162 拾446 後拾872·921·960·1052·1055·1061)나 보이며, 그 이외의 것으로 「着る」(後拾1075 金574 新1799)와 「越(路)」(古979 金596·648)는 각각 3例씩, 「胡竹」는 2例(後拾1150 千1196), 「飽き来る」(後1274)와 「住吉の岸」(後拾1066)는 각각 1例씩 보인다. 유형 중 두드러지고 있는 「来る」와 「繰る」는 掛詞로서 무엇을 표출하고 있는 바는 다음과 같다.

> 後1162 いかなりしふしにかいとのみだれけんしひてくれどもとけずみゆるは
> 拾446 君がくるやどにたえせぬたきのいとはへて見まほしき物ぞ有りける
> 後拾872 かはかみやあぢふのいけのうきぬなはうきことあれやくる人もなし
> 後拾921 あをやぎのいとになきなぞたちにけるよるくる人はわれならねども
> 後拾960 こころえつあまのたくなはうちはへてくるをくるしとおもふなるべし
> 後拾1052 たびねするやどはみやまにとぢられてまさきのかづらくる人もなし
> 後拾1055 くる人もなきおく山のたきのいとは水のわくにぞまかせたりける
> 後拾1061 いづるゆのわくにかかれるしらいとはくる人たえぬものにぞありける

後撰1162番歌는 주체할 수 없는 마음에 부득이 사람을 찾아오지만 상대방이 마음의 문을 열지 않는 안타까움을 읊고 있는 和歌로서 '작자가 자신의 의지와는 상관없이 억지로 오다'의 「来れども」와 '실을 당겨 감다'의 「繰れ」를, 拾遺446番歌는 산장 옆을 흐르는 폭포를 찬탄하는 마음을 읊고 있는 和歌로서 '산장의 주인인 그대가 이곳을 찾아오다'의 「来る」와 '폭포를 비유한 실을 감다'의 「繰る」를, 後拾遺 872番歌는 찾는 이 없음을 한탄하며 오지 않는 이들의 마음을 헤아린 심정을 읊고 있는 和歌로서 '사람들이 작자를 찾아오다'의 「来る」와 '蓴菜를 잡아당기다'의 「繰る」를, 後拾遺921番歌는 간밤에 女官들의 숙소 앞에 있는 버드나무를 훔쳐 갔다는 혐의를 받고 억울한 심정을 읊고 있는 和歌로서 '버드나무가 있던 女官들의 숙소 앞에 누군가가 오다'의 「来る」와 '축 늘어진 버드나무가지를 비유한 실을 감다'의 「繰る」를, 後拾遺960番歌는 찾는 일이 뜸해진 사람에게 푸념의 심정을 읊고 있는 和歌로서 '작자를 찾아오다'의 「来る」와 '어부가 닥나무 줄을 잡아당기다'의 「繰る」를, 後拾遺1052番歌는 찾아오는 사람도 없는 깊은 산 속 여인숙에 묵는 심정을 읊고 있는 和歌로서 '여행 중 묵고 있는 깊은 산 속 숙소에 누군가가 오다'의 「来る」와 '덩굴을 잡아당기다'의 「繰る」를, 後拾遺1055番歌는 깊은 산 속에 위치한 滝門の滝의 떨어지는 물줄기를 보는 감흥을 읊고 있는 和歌로서 '깊은 산 속의 폭포를 보러 사람이 오다'의 「来る」와 '폭포의 물줄기를 비유한 실을 잡아당기다'의 「繰る」를, 後拾遺1061番歌는 信濃에 있는 束間の湯에서의 감흥을 읊고 있는 和歌로서 '사람들이 끊임없이 온천을 찾아오다'의 「来る」와 '솟아 나오는 온천물을 얼레에 감는 실에 비유한 그 실을 잡아당겨 감다'의 「繰る」를 겹치고 있다.

　「来る」의 掛詞 「繰る」에는 동작의 대상이 되는 말이 예외 없이 배합되어 있는데 상기 용례의 雜歌에서는 폭포나 솟아나는 온천의 물줄기 또는 버드나무의 축 늘어진 가지를 실에 비유한 「糸」가 5개로 두드러지고 있고 그 밖의 것으로 「蓴菜」「栲繩」「真栄の葛」를 들 수 있다. 이들 사물은 모두 「繰る」의 縁語로서 掛詞 표현을 도출하는 매개가 되고 있는 것이다.

② 그 밖의 和歌

그 밖의 和歌에서는, 「来」의 掛詞로서 「繰る」가 5例(古1036 拾
1004·1058·1221 新1940), 「着る」가 2例(拾1192·1225) 보이는 외에,
휘파람새의 울음소리인 「ヒトクヒトク」(古1011)를 비롯해 「岸」(拾
587), 「勿来(の関)」(金698), 「越」(新1912), 「苦し」(新1940)는 각각 1
개씩의 例를 보이고 있었다. 이들이 掛詞로서 각각 표출하고 있는
바는 다음과 같다.

㉮ 「来る」와 「繰る」

古1036 かくれぬのしたよりおふるねぬなはのねぬなはたてじくるないとひそ
拾1004 春くれば滝のしらいといかなれやむすべども猶あわに見ゆらん
拾1058 としごとに春はくれども池水におふるぬなははたえずぞ有りける
拾1221 池水のそこにあらではねぬなはのくる人もなしまつ人もなし
新1940 たちかへりくるしき海におく網もふかきえにこそ心ひくらめ

古今1036番歌는 求愛의 심정을 읊고 있는 雑体歌로서 '작자가 구
애를 위해 여인을 찾아오다'의 「来る」와 '蓴菜를 잡아당기다'의 「繰
る」를 겹쳐 표현하고 있다. 和歌의 本意는 「来る」에 있고 이와의 掛
詞 「繰る」는 늪 바닥의 「蓴菜」가 매개가 되고 있다. 拾遺1004番歌는
병풍에 그려진 폭포의 물줄기를 보고 느낀 감흥을 읊고 있는 雑春의
和歌로서 '봄이 오면'의 「来れば」와 '실을 잡아당기다'의 「繰れば」를
겹쳐 표현하고 있다. 이는 폭포의 물줄기를 실로 간주하고 실에서
연상되는 「繰る」에 겹쳐 「来る」를 표현한 전형적인 유형이라 하겠
다. 拾遺1058番歌는 봄 연못에 자라고 있는 蓴菜를 읊고 있는 雑春
의 和歌로서 '해마다 봄이 찾아오다'의 「来れども」와 '연못에 자라고
있는 蓴菜를 잡아당기다'의 「繰れども」를 겹쳐 표현하고 있다. 그리

고 拾遺1221番歌는 누구를 그리 기다리는가 하는 상대방의 물음을 즉흥적으로 가볍게 받아넘기는 雜恋의 和歌로서 '누군가가 작자를 찾아오다'의 「来る」와 '薄菜를 잡아당기다'의 「繰る」를 겹쳐 표현하고 있으며, 新古今1940番歌는 극락왕생을 한 후 인연이 깊었던 사람들을 같은 극락으로 인도하는 즐거움을 읊고 있는 釈教歌로서 '어부가 발길을 되돌려오다'의 「来る」와 '그물을 잡아당기다'의 「繰る」를 겹침과 함께 '괴로움에 찬 現世'의 「苦しき海」를 또한 겹치고 있다.

　㉯「来」와 「着る」

　　拾1192 かくれみのかくれがさをもえてしがなきたりと人にしられざるべく
　　拾1225 しのびつつよるこそきしか唐衣ひとや見むとはおもはざりしを

　拾遺1192番歌는 자신이 여인을 찾아오고 있는 것을 남모르게 하고 싶은 간절한 심정을 읊고 있는 것으로 雜賀歌로 되어 있으나 실제로는 雜恋歌이다. 이 和歌에는 '작자가 여인을 찾아오다'의 「来たり」와 '隠れ蓑와 隠れ笠를 착용하다'의 「着たり」를 겹쳐 표현하고 있다. 그리고 拾遺1225番歌는 남의 부인과 간통한 것이 발각되어 옥에 갇히게 된 후, 후회하는 심정을 읊고 있는 雜恋의 和歌로서 '작자가 사람들의 눈을 피해 밤에 오다'의 「来しか」와 '컴컴하여 보이지도 않는 밤에 남보란 듯 좋은 옷을 입다'의 「着しか」를 겹쳐 표현하고 있어 掛詞로서의 「着る」는 표현상의 윤택함을 자아내는 역할을 하고 있는 것이다.

　㉰「来」와 「ヒトクヒトク」

　　古1011 梅花見にこそきつれ鶯の人く人くといとひしもをる

184

매화나무에 앉아 한껏 울고 있는 휘파람새를 읊고 있는 雜体歌로
서 '사람이 왔다'의 「人来人来」와 '휘파람새의 울음소리'의 「ヒトク
ヒトク」를 겹쳐 표현하고 있다.

㉯ 「来」와 「岸」

拾587 住吉のきしもせざらんものゆゑにねたくや人に松といはれむ

아무리 기다려도 오지 않는 사람에 대한 원망의 심정을 읊고 있는
神楽歌로서 '기다리는 사람이 전혀 오지 않는다'의 「来しもせざらん」
의 「来し」와 '지명에서 소나무가 연상되는 곳'의 「住吉の岸」를 겹쳐
표현하고 있다.

③ 「来」와 「勿来」

金698 なこそといふ事をば君がことくさを関の名ぞとも思ひけるかな

구애를 거부하는 여인을 읊고 있는 恋歌로서 異本歌에 분류되어
있다. 이 和歌에는 '여인이 작자에게 입버릇처럼 말하고 있는 오지 말
아 주세요'의 「な来そ」와 '관문이름'인 「勿来」가 겹쳐 표현되어 있다.

㉮ 「来」와 「越」

新1912 としふともこしの白山わすれずはかしらのゆきをあはれともみよ

白山의 神에게 가호를 비는 마음을 읊고 있는 神祇歌로서 '세월이

지났어도 잊지 않고 찾아왔다'의 「来し」와 '白山神社가 있는 곳' 「越」
를 겹쳐 표현하고 있다.

　㉑ 「来」와 「苦し」

　　新1940 たちかへりくるしき海におく網もふかきえにこそ心ひくらめ

　극락왕생을 한 후 인연이 깊었던 사람들을 같은 극락으로 인도하
는 즐거움을 읊고 있는 釈教歌로서 '어부가 발길을 되돌려오다'의 「来
る」와 '그물을 잡아당기다'의 「繰る」를 겹치면서 '괴로움에 찬 現世'
의 「苦しき海」를 또한 겹치고 있어 三義의 掛詞 표현을 이루고 있다.
　이상 「来」를 중심으로 살펴본 기타 和歌의 掛詞 표현들은 일반적
으로 유형화된 것도 있지만 주제와 관련한 작자의 독창적인 것도 많
음을 알 수 있다. 겹쳐있는 두 개의 말이 표출하는 바는 和歌의 주
제와 직접적으로 관련이 있는 것과 그렇지 않은 것으로 나뉘는데 어
느 쪽이든 간에 이들 掛詞 표현은 31음절의 제한된 공간 속에서 여
운을 자아내는 함축효과를 갖고 있는 것이다.

제 4 장

결   론

188

　八代集의 和歌 총 9520수 중 掛詞 기법을 사용한 것은 무려 3030 수, 이들 용례 속에 掛詞로서 겹쳐있는 어휘를 모두 헤아린 수는 2035개였다.

　掛詞 표현기법의 사용률은, 古今集이 40.9%로 수위를 차지하고 있고, 千載集이 22.3%로서 가장 낮은 비율을 보이고 있으며, 八代集 전체의 掛詞 사용률은 31.8%에 달하는바, 이것은 八代集의 노래 3수 중 1수는 掛詞 표현을 바탕으로 하고 있음을 말해주는 수치이다. 이러한 높은 사용빈도는 和歌를 주고받는 사람들 사이에 掛詞에 대한 공통된 이해가 형성되어 있었음을 시사해 준다. 따라서 오늘날의 우리들도 和歌 문학의 핵심에 접근하여 그 주제를 정확하게 파악하기 위해서는 무엇보다도 掛詞에 대한 이해가 요구된다고 말할 수 있다. 요컨대 掛詞는 和歌를 독해하는 데 있어 중요한 관건이 되고 있는 것이다.

　또 部立別로는 각 歌集의 공통되는 部立名으로서 그중 어떤 것에 가장 많이 掛詞가 이용되고 있는가를 알아보았다. 八代集에 공통으로 들어있는 部立는 四季歌(春·夏·秋·冬)와 賀歌, 離別歌, 恋歌, 雑歌인데 四季歌는 23% 정도, 賀歌 30%, 離別歌 35%, 恋歌 38.8%, 雑歌 37.4%로 恋歌의 掛詞 사용률이 가장 높은 것을 알 수 있었다.

　또한 빈도에 의한 共通度를 살펴보면 八代集에 掛詞로 표출된 単語 및 語句 2천여 개 중에서 八代集 모두에 보이는 것은 전체의 2% 정도에 해당하는 47개의 단어뿐이지만 이의 비중은 결코 작지 않다. 그만큼 용례수가 많기 때문이다. 이와는 반대로 각 歌集에 한 번씩 밖에 사용되는 않고 있는 것, 즉 一回性의 掛詞는 古今集에 208개, 後撰集 145개, 拾遺集 128개, 後拾遺集 116개, 金葉集 120개, 詞花集

38개, 千載集 87개, 新古今集 168개로 도합 1013개나 되는데, 이는 자료편에 제시한 掛詞 표현의 실제 표제어 數 2035개를 기준으로 하였을 때, 무려 49.8%에 달하는 비율이다. 다시 말하자면 八代集에서 掛詞가 이용되고 있는 3028수 중 반수에 가까운 용례가 일회성 掛詞로서 어림되는 것이다. 菊地靖彦는 이들 一回性 掛詞가 '사색의 결과라고 하기보다는 순발적인 기지로 나오는 것'이라고 하고 있는데, 비록 단일 용례이기는 하지만 掛詞 전체에서의 그 비율이 높은 만큼 금후 이들이 갖고 있는 歌語로서의 정취와 분위기에 대해서도 고찰이 이루어져야 할 것이다.

각론에서는 분석대상으로서 자료편의 掛詞 중 사용빈도가 높은 수위의 5개를 선정하여, 각각의 掛詞 유형과 이들의 歌集別 분포를 조사하고 部立別로 그 내용을 살펴보았다.

먼저 「降る」는 이에 겹치는 말이 15개 있는데 이 중 '늙다'의 「古る」와 '세월을 보내다'의 「経」 또는 그것의 連体形 「経る」가 압도적으로 많이 쓰이고 있었다. 掛詞 「降る」의 歌集別 용례수는, 古今 11개·後撰 23개·拾遺 17개·後拾遺 12개·金葉 4개·詞花 5개·千載 4개·新古今 26개로서 新古今集과 後撰集에 많이 보이고 있다. 한편 이들 「降る」와 그 掛詞를 部立別로 나누어 유형을 살펴보니, 春歌에서는 降る / 古る, 夏歌에서는 降る / 経る, 秋歌에서는 降る / 古る, 冬歌에서는 降る / 古る, 恋歌에서는 降る / 経る, 離別歌에서는 降る / 古る, 羈旅歌에서는 降る / 古る, 哀傷歌에서는 降る / 経る, 雑歌에서는 降る / 経る가 각각 두드러지고 있었다. 이를 보면 和歌가 어떤 내용이던 간에 「降る」의 掛詞로는 「古る」와 「経る」가 주축을 이루고 있음을 알 수 있고, 자연현상인 「降る」에 人事的인 요소가 더하여지는 掛詞 유형인 것을 알 수 있다. 특기할 것은 賀歌에서의 掛詞 「降る」는 그 용례가 보이지 않는다는 것이다. 이는 경물로서의 눈이나 비가 人事的인 요소와 결부될 경우 그 대부분은 심적으로 어둡고 부정적인 이미지를 풍기고 있는데 기인하는 것으로 보아야 할 것이다. 「降る」와 그에 따른 경물들도 그러하지만 겹쳐 쓰이는 「古る」와 「経る」 또한 경사스러운 자리에서는 피해야 할 禁忌의 말이기 때문이다. 이것은 바로 「降る」와 그 掛詞로서의 「古る」「経る」의 歌語的 성질을 말해주는 것이라고 할 수 있다.

다음으로 「待つ」의 경우는 掛詞로서 겹치는 15개의 말 중에서 「松」가 압도적으로 많고 그에는 못 미치지만 秋歌에 두드러지고 있는 「松虫」가 뒤를 잇고 있었다. 掛詞 「待つ」의 歌集別 용례数는, 古今 10개·後撰 24개·拾遺 10개·後拾遺 10개·金葉 7개·詞花 6개·千載 4개·新古今 31개로 단연 新古今集에 많이 보인다. 한편 이들 「待つ」와 그 掛詞를 部立別로 나누어 두드러지고 있는 유형을 살펴보니, 春歌에서는 待つ／松, 夏歌에서는 待つ／松, 秋歌에서는 待つ／松虫, 恋歌에서는 待つ／松, 離別歌에서는 待つ／松, 羈旅歌에서는 待つ／松, 哀傷歌에서는 待つ／松, 雑歌에서는 待つ／松가 각각 두드러지고 있었다. 冬歌에는 그 예가 보이지 않으며, 離別과 羈旅歌에 있어서는 지명과 결부된 「－松」가 눈에 띄었다. 그리고 이 말이 뜻하는 기다림의 대상은 사람에 국한되지 않고 和歌의 내용에 따라 두견이나 가을바람과 같은 자연물에 이르기까지 다양하게 나타나고 있었다.

掛詞 「火」의 歌集別 용례数는, 古今 21個·後撰 29個·拾遺 12個·後拾遺 9個·金葉 5個·詞花 4個·千載 4個·新古今 15個로 後撰集과 古今集에 특히 두드러지고 있어 八代集 초기에 상당히 선호되어 이용되었던 것을 알 수 있다. 한편 이들 「火」와 그 掛詞를 部立別로 나누어 유형을 살펴보니, 春歌에서는 火／春の日, 夏歌에서는 火／思ひ, 冬歌에서는 火／思ひ, 恋歌에서는 火／思ひ, 離別歌에서는 火／思ひいづ, 哀傷歌에서는 火／思ひ, 雑歌에서는 火／思ひ가 각각 두드러지고 있었

다. 「火」와 掛詞로서 겹치고 있는 말은 八代集을 통해 12종류나 보이지만 그중 「思ひ」는 76例로 전체 掛詞용례의 77%를 차지하고 있고 「恋」는 11例로 그 뒤를 잇고 있다. 그리고 掛詞 중에는 「早蕨」나 「忍び」와 같이 淸濁音이 무시되는 예도 있으나 그 수는 八代集을 통해 각각 1개씩에 그치고 있다.

掛詞 「立つ」의 歌集別 용례數는, 古今 12個·後撰 16個·拾遺 19個·後拾遺 15個·金葉 6個·詞花 2個·千載 6個·新古今 19個로 拾遺集와 新古今集에 가장 많다. 한편 이들 「立つ」와 그 掛詞를 部立別로 나누어 두드러지고 있는 유형을 살펴보니, 春歌에서는 立つ/竜田の山, 夏歌에서는 立つ/裁つ, 秋歌에서는 立つ/裁つ, 冬歌에서는 一語二義의 立つ, 恋歌에서는 一語二義의 立つ와 立つ/裁つ, 離別歌에서는 立つ와 裁つ, 羇旅歌에서는 一語二義의 立つ, 哀傷歌에서는 一語二義의 立つ와 立つ/裁つ, 雑歌에서는 立つ/裁つ가 각각 두드러지고 있었다. 八代集을 통해 「立つ」와 겹쳐지고 있는 掛詞의 종류는 19개나 헤아려지는데 특히 사용빈도가 높은 것은 「裁つ」이고 그 뒤를 一語二義의 「立つ」와 「竜田山」가 잇고 있다.

掛詞 「来」의 歌集別 용례數는, 古今 6個·後撰 23個·拾遺 16個·後拾遺 18個·金葉 10個·詞花 1個·千載 5個·新古今 14個로 後撰集에 특히 많고 後拾遺集가 그 뒤를 잇고 있다. 한편 이들 「来」와 그 掛詞를 部立別로 나누어 유형을 살펴보니, 春歌에서는 来/着る와 来る/繰る, 夏歌에서는 来/着る, 秋歌에서는 来/着る, 冬歌에서는 来し路/越路, 恋歌에서는 来/繰る, 離別歌에서는 来/着る, 羇旅歌에서는 来/着る와 来/越路, 賀歌에서는 来/着る, 哀傷歌에서는 来/繰る, 雑歌에서는 来/繰る가 각각 두드러지고 있었다. 「来」에 겹쳐지고 있는 掛詞의 종류는 24개나 되어 그 어느 것보다도 다양하지만 八代集을 통해 일회로 끝나는 것도 14개나 된다. 이들 掛詞 중 사용

빈도 면에서 수위에 있는 것은 「繰る」와 「着る」 그리고 「越(路)」라 할 수 있는데 掛詞의 종류가 다양한 만큼 용례수도 분산되어서인지 하나의 掛詞가 전체 용례의 3분의 1을 넘는 것은 보이지 않는다.

　본 연구는 궁극적으로 和歌의 정확한 독해를 위한 것이다. 자료편 「八代集의 掛詞 표현용례 語彙 索引」은 이러한 목적하에 기초 자료로서 작성된 것으로서 『日本語文学』 第5輯을 통해 旣 발표한 「八代集의 地名掛詞 考」도 그 간의 성과를 이용한 집필이었다. 八代集 전체 歌数의 3분의 1을 차지하고 있는 掛詞 표현은, 和歌 속에 담겨있는 작자의 본의를 파악하고 和歌 문학 속의 情趣를 이해하는 데에 있어 나침반과 같은 존재이기에 그 연구는 여기에서 그칠 수 없을 것이다. 금후 八代集 전체를 통해 어휘별로 掛詞 용례의 실제 내용을 개관할 수 있도록 자료를 보충하는 일과, 이것을 이용한 개별적인 歌語 연구가 과제로 남겨져 있다.

참고문헌

金子元臣著(1927)『古今和歌集評釋』東京 明治書院

時枝誠記(1941)「懸詞による美的表現」『国語学原論』岩波書店

西下経一．滝沢貞夫編(1948)『古今集総索引』明治書院

松永登代子(1954.6)「新古今集の懸詞と象徴性について」『国文』第二号

根来司(1955)「懸詞」『解釈と鑑賞』第20巻 6号

佐伯梅友校注(1958) 日本古典文学大系『古今和歌集』岩波書店

久松潜一 外校注(1958) 日本古典文学大系『新古今和歌集』岩波書店

伊原昭(1959)『色彩と文学』桜楓社

山岸徳平編(1960)『八代集全註』有精堂

窪田空穂著(1960)『古今和歌集評釈 新訂版 (上)(中)(下)』東京堂出版

窪田空穂著(1977)『完本 新古今和歌集評釈』東京堂出版

片桐洋一(1964.11)「後撰和歌集の表現」『女子大文学』16号

西岡欣一(1964.12)「掛詞研究(三) 万葉集の掛詞 その一」『愛媛国文研究』14号

小町谷照彦(1966.8)「古今集の歌枕」日本文学協会編『日本文学』vol.15

大久保正(1966.10)「万葉集東歌の掛詞について (上)」『万葉』61号

西岡欣一(1966.12)「古今集の懸詞と新古今集の懸詞 ― 江湖山博士の説を中心
　　　として (懸詞研究五)」『愛媛国文研究』16号

大久保正(1967.1)「万葉集東歌の掛詞について (下)」『万葉』62号

佐々木尊弘(1967.2)「金葉集の修辞 ― 掛詞について」『解釈』13-2号

西岡欣一(1967)『懸詞研究』私家版

松田武夫著(1968)『新釈古今和歌集 (上)』風間書房

正宗敦夫著(1968)『金葉和歌集講義』自治日報社

菅根順之著(1983) 笠間叢書『詞花和歌集全釈』笠間書院

井出至(1969.2)「掛け詞」『月刊文法』2月

伊原昭著(1969.9)『平安朝文学の色彩』笠間書院

柿本奬(1969.11)「掛詞のかたち ― 後撰集を中心に ―」『国語国文』

島田良二(1969.12)「古今集の枕詞」『茨城大学人文学部紀要』(文学部論集)

滝沢貞夫編(1970)『新古今集総索引』明治書院

窪田章一郎 外(1970)『和歌鑑賞辞典』東京堂出版

橋本不美男 外(1970.2)「古今集の表現と方法」『国文学 解釈と鑑賞』2月号, 至
　　　文堂

小島憲之(1970.2)「古今集的表現の成立」『国文学 解釈と鑑賞』至文堂

井出至(1970.3)「掛け詞の源流」『人文研究』21巻6分冊

鈴木日出男(1970.4)「古代和歌における心物対応構造 ― 万葉から平安和歌へ」
　　　『国語と国文学』4月 特集号(47-4)

島田良二(1970.9)「古今集の恋歌における比喩的表現について」東京大学『国
　　　語と国文学』9月

小沢正夫 校注・訳(1971) 日本古典文学全集『古今和歌集』小学館

『能因歌枕』(佐々木信綱編(1971)『日本歌学大系』第壱巻所収), 風間書房

奥村恒哉(1971)「源氏物語の歌枕」『源氏物語講座 第五巻 ― 思想と背景』有
　　　精堂

鈴木日出男(1971.9)「古今集の掛詞をめぐって」実践女子大学『中古文学』9月

片桐洋一監修・ひめまつの会編(1972)『平安和歌歌枕地名索引』大学堂書店

鈴木日出男(1972.11)「古今集の縁語とその周邊」 東京学芸大学国語国文学会
　　　『学芸国語国文学』第7号

神作光一外(1973.4)「八代集掛詞一覧(一)」王朝文学研究会『王朝文学』18
　　　号

峯村文人(1974), 日本古典全集『新古今和歌集』小学館

鈴木日出男(1974.5)「古今集的表現の形成」『文学』5月

松田武夫著(1975)『新釈古今和歌集(下)』風間書房

小町谷照彦(1975)「古今的自然の表現性」 和歌文学会編『和歌文学の世界 第
　　　三集』笠間書院

清水克彦(1975.7)「かみかぜや ― 地名の歌語化に就いて」『万葉論集』桜楓社

中野方子(1975.9)「八代集の秋の歌をめぐって ― その素材史的研究」『関根慶

子教授退官記念 寝覚物語対校．平安文学論集』風間書房

神作光一外(1975.12)「八代集掛詞一覧(二)」王朝文学研究会『王朝文学』19号

鈴木棠三著(1977)『日本年中行事辞典』角川書店 pp.127-128

奥村恒哉校注(1978) 新潮日本古典集成『古今和歌集』新潮社

久曾神昇全訳注(1979) 講談社学術文庫『古今和歌集(一)～(四)』講談社

阿部絹恵(1979.2)「掛詞への流れ」宮城学院女子大『日本文学ノート』12号

片桐洋一訳注(1980) 全対訳日本古典新書『古今和歌集』創英社

竹岡正夫著(1981)『古今和歌集全評釈(上)(下)』右文書院

有吉保編(1982)『和歌文学辞典』桜楓社

小町谷照彦訳注(1982) 旺文社文庫『古今和歌集』旺文社

新編国歌大観編集委員会編(1983)『新編国歌大観 第一巻 勅撰集編』角川書店

藤本一恵全訳注(1983) 講談社学術文庫『後拾遺和歌集(一)～(四)』講談社

片桐洋一著(1983)『歌枕歌ことば辞典』角川書店

新村出編(1983)『広辞苑 第三版』岩波書店

佐佐木忠慧(1984)「歌枕の形成」『論集和歌とは何か』和歌文学会, 笠間書院

柳川清(1985.3)「掛詞をとおして見た万葉の枕詞．序詞」『山陽女子短期大学研究紀要』11号

柳川清(1985.6)「万葉集と古今集の比喩 — 掛詞をとおして見る —」『日本語学』4-6号

秋永一枝(1985.8)「柳川清氏 "万葉集と古今集の比喩 — 掛詞をとおして見る —"によせる」『日本語学』4-8号

小町谷照彦(1985.9)「歌ことば．歌枕」『国文学』第30巻10号, 學燈社

犬養廉 외 編(1986)『和歌大辞典』明治書院

片桐洋一監修．ひめまつの会編(1986)『八代集総索引 和歌自立語篇』大学堂書店

鈴木日出男(1986.1)「万葉集のレトリック」『国文学』第31巻1号, 學燈社

長谷川政春(1986.1)「和歌と作り物語のレトリック」『国文学』第31巻1号, 學燈社

柳川清(1986.3)「古今集歌にみられる掛詞のアクセント」『山陽女子短期大学

研究紀要』12号

菊地靖彦(1986.9) 「掛詞・縁語 — 古今集におけるその様相」 『和歌文学の世界
　　　10』

片山武(1986.11) 「卷十二序詞中に用いられた掛詞について」 愛知大学 『国文
　　　学』26号

金基瑞(1987) 「和歌における ‘ほととぎす’ 研究」 韓国外国語大学校大学院
　　　碩士学位論文

片山武(1987.3) 「卷十一序詞中に用いられた掛詞について」 愛知大学 『国文学』
　　　27号

金基瑞(1988)「古今和歌集の歌語研究」東京学芸大学大学院 修士学位論文

孫洛範・安田吉実編(1988)『民衆 엣센스 日韓辭典』第二改訂版 民衆書林

小島憲之外校注(1989) 新日本古典文学大系『古今和歌集』岩波書店

川村晃生外校注(1989) 新日本古典文学大系 『金葉和歌集・詞花和歌集』 岩波
　　　書店

大野 晋 外編(1990)『岩波 古語辞典 補訂版』岩波書店

片桐洋一校注(1990) 新日本古典文学大系『後撰和歌集』岩波書店

小町谷照彦校注(1990) 新日本古典文学大系『拾遺和歌集』岩波書店

金基瑞(1991.7) 「古今集における掛詞の諸相と類型」 『韓承鎬牧師古稀紀念論
　　　文集』

田中裕外校注(1992) 新日本古典文学大系『新古今和歌集』岩波書店

片野達郎外校注(1993) 新日本古典文学大系『千載和歌集』岩波書店

久保田淳外校注(1994) 新日本古典文学大系『後拾遺和歌集』岩波書店

渡部泰明(1994.7)「西行の鈴鹿山の歌と “ことばのよせ” — 院政期の縁語・掛
　　　詞意識 —」『論集中世の文学韻文篇』

金基瑞(1996.5)「八代集 四季歌의 달 표현 考」『日本学報』第36輯

金基瑞(1998.9)「八代集의 地名掛詞 考」『日本語文学』第5輯

日文抄録

I. 本稿は歌語研究の一環として八代集の掛詞に注目し、それの持つ歌語としての意義を考察したものである。特に掛詞に注目した理由は、これが音節構造の単純な日本語の特性をよく利用し和歌を中心に発達した表現技法であるということ、八代集の3分の1にあたる和歌の表現に利用してあるくらいその使用率が非常に高いということ、二つの言葉を意図的に重ねることでそのなかに表現の持つ美的感覚を間接的に響かす敍述方法であるということがあげられる。しかし掛詞に関する今までの資料は歌語索引としては作っておらず、ただ重なっている言葉のなす類型を提示するにとどまっているのである。要するに掛詞を構成する言葉一つ一つが概観できるようなものは未だに見当らないと言えよう。と言うことで、筆者は掛詞に関する先行の研究を踏えて資料篇に載せた「八代集掛詞表現語彙索引」を作成するに至った。資料として徹底を期し、歌語索引をも兼ねた掛詞のデーターがあれば歌語の意義考察がより容易になり、各言葉に込めてある情趣を理解する手がかりが得られると思ったからである。

II. 八代集の和歌の総数9520首のうち掛詞の用例の見えるものは、3030首に至っている。そしてこれらに掛詞として重ねてある語彙は、およそ2035個が数えられる。掛詞表現の使用率は古今集が40.9%で首位にあり、千載集が22.3%でいちばん低い比率を見せている。そして八代集における掛詞の使用率は31.8%に達し、八代集の和歌は3首に1首の割合で掛詞表現を使っていると言える。このような高い使用頻度は和歌を享有する人々の間に掛詞に関する共通した理解が形成してい

たことを物語る。従って今日の我らも和歌文学の核心に近づいて各々
の主題を正しく把握し、情趣を味わうためには何よりも掛詞への理解
が要求されるのである。要するに掛詞は和歌を読解するにおいて重要
なカナメであると言えよう。

　まず各歌集に共通する部立を中心に掛詞の使用率を調べてみた。八
代集に共通する部立は春夏秋冬の四季歌をはじめ、賀歌・離別歌・恋歌
・雑歌であり、各々の比率は四季歌23%、賀歌30%、離別歌35%、恋歌
38.8%、雑歌37.4%で、恋歌における掛詞の使用率がいちばん高いこと
が分った。

　次に頻度による共通度を考察してみた。八代集に掛詞として表われ
ている2千余りの語彙の中で八代集の各歌集すべてに見えるものは、全
体の語彙数の約2%に当る47個に過ぎないがこれらの比重は決して少な
くない。それほど用例数が多いのである。これとは反対に八代集を通
して用例が一つしか見えないもの、即ち一回性の掛詞は古今集に208個
・後撰集145個・拾遺集128個・後拾遺集116個・金葉集120個・詞花集38個
・千載集87個・新古今集168個で合わせて1013個もあるが、これは資料
篇に提示した掛詞表現の語彙数2035個を基準とした場合、およそ
49.8%に達する比率なのである。言い換えれば八代集において掛詞表
現を利用した3028个の用例の中で約半数ぐらいは1回性の掛詞であると
言えよう。菊地靖彦はこういう一回性の掛詞について'思索の結果とい
うより瞬発的な機智からのもの'と言っているが、たとえ単一の用例で
はあるものの掛詞用例における比率の高いだけに今後これらの持つ意
味と意義については再考する余地がある。

　Ⅲ. 各論では掛詞のうち使用頻度の高いもの五つを分析の対象として各々
の掛詞の類型とこれらの歌集別分布を調査し、部立別にその内容と表
現を察した。

　「降る」との掛詞は15種類もあるうち'古くなる・年をとる'の「古る」と'時がたつ・年月を過す'の「経」が圧倒的に多いと言える。掛詞としての「降る」の用例数を歌集別に見ると古今11個・後撰23個・拾遺17個・後拾遺12個・金葉4個・詞花5個・千載4個・新古今26個であって、新古今集と後撰集に多く見られている。次に各々の部立において目立つ「降る」の掛詞類型を見ると、春歌では'降る／古る'夏歌では'降る／経る'秋歌では'降る／古る'冬歌では'降る／古る'恋歌では'降る／経る'離別歌では'降る／古る'羈旅歌では'降る／古る'哀傷歌では'降る／経る'雑歌では'降る／経る'があげられる。これを見ると和歌の内容を問わず、「降る」の掛詞としては「古る」と「経る」が主流をなしていることが分り、これは「降る」の持つ自然現象の情趣に人事の要素が加わる類型と言えよう。特記すべきことは賀歌において「降る」の掛詞用例は見えないことである。これは景物の雪と雨をともなう「降る」が「古る」や「経る」のような人事の要素と結び付いて心的に憂欝で暗いイメージを響かしているからであろう。「降る」はこれに重なる「古る」と「経る」の意味もあって慶賀の場では避けられた禁忌の言葉であったに違いない。これを通して「古る」と「経る」を掛詞とする「降る」の歌語としての性質が察せられる。

　Ⅳ.「待つ」の場合は掛詞として重なる15個の言葉のうち「松」がいちばん多く、これには及ばないが秋歌の「松虫」も目立っている。掛詞としての「待つ」の用例数を歌集別に見ると古今10個・後撰24個・拾遺10個・後拾遺10個・金葉7個・詞花6個・千載4個・新古今31個であって、新古今集と後撰集に特に多いことが分る。次に各々の部立において目立つ掛詞の類型は、春歌では'待つ／松'夏歌では'待つ／松'秋歌では'待つ／松虫'恋歌では'待つ／松'離別歌では'待つ／松'羈旅歌では'待つ／松'哀傷歌では'待つ／松'雑歌では'待つ／松'があげられ、冬歌には「待つ」の掛詞が見えないことが分る。一方、離別歌と羈旅歌においては地名と結び付い

た「－松」が目立っていた。そして「待つ」の対象は、和歌の内容によっ
てほととぎすや秋風のような自然物もあって人に限らなかった。

Ⅴ. 「火」の掛詞表現を歌集別に調べたらその用例数は、古今21個・後撰29
個・拾遺12個・後拾遺9個・金葉5個・詞花4個・千載4個・新古今15個で
あった。特に後撰集と古今集に目立っていることから八代集の初期に
かなり好まれたことが分る。一方、「火」とその掛詞を部立に分け、類型
を察してみると春歌では‘火／春の日，夏歌では‘火／思ひ，冬歌では‘火／
思ひ，恋歌では‘火／思ひ，離別歌では‘火／思ひいづ，哀傷歌では‘火／
思ひ，雑歌では‘ 火／思ひ’が各々目立っていた。「火」の掛詞は八代集
を通して12種類あるが、このうち76例もある「思ひ」は用例の77%で首
位を占め、その次を11例の「恋」が継いでいる。また掛詞の中には清濁
音の有無を無視する「早蕨」と「忍び」のようなものもあるが、この類型
のものは八代集を通して各々一つしか見当らない。

Ⅵ. 掛詞としての「立つ」の用例数を歌集別に見ると古今12個・後撰16
個・拾遺19個・後拾遺15個・金葉6個・詞花2個・千載6個・新古今19個
あって、拾遺集と新古今集に比較的多いことが分かった。次に各々の
部立において目立つ掛詞の類型を察すると、春歌では‘立つ／竜田の山’
夏歌では‘立つ／裁つ’秋歌では‘立つ／裁つ’冬歌では‘一語二義の立つ’恋
歌では‘一語二義の立つ’と‘立つ／裁つ’離別歌では‘立つ와 裁つ’羇旅歌
では‘一語二義의 立つ’哀傷歌では‘一語二義의 立つ’と‘立つ／裁つ’雑歌
では‘立つ／裁つ’が各々目立っていた。八代集を通して「立つ」と重なる
掛詞の種類は19個も数えられるが特に使用頻度の高いものは「裁つ」で
あり、その次を一語二義の「立つ」と「竜田山」が継いでいる。

Ⅶ. 掛詞としての「来」の歌集別用例数は、古今6個・後撰23個・拾遺16個

・後拾遺18個・金葉10個・詞花1個・千載5個・新古今14個で、後撰集に特に多かった。一方、「来」とその掛詞を部立に分け、類型を察してみると春歌では‘来／着る’と‘来る／繰る’夏歌では‘来／着る’秋歌では‘来／着る’冬歌では‘来し路／越路’恋歌では‘来／繰る’離別歌では‘来／着る’羈旅歌では‘来／着る’と‘来／越路’賀歌では‘来／着る’哀傷歌では‘来／繰る’雑歌では‘来／繰る’が各々目立っていた。「来」に重なっている掛詞の種類は24個もあって、他のものに比べ多様ではあるが八代集を通して使用回数が一回に終ってしまうものも14個ある。これらの掛詞のうち使用頻度の面で宇位にあるものは「繰る」と「着る」それから「越(路)」である。しかし掛詞の種類が多様であるだけに用例数も分散するせいか一つの掛詞が全用例の3分の1を越えるものは見当らない。

Ⅷ.　この研究の究極の目的は和歌を正しく読解することで、資料篇の「八代集掛詞表現語彙索引」はこのような目的を達成するための基礎資料として作成したものである。掛詞は八代集の3分の1にあたる和歌に用例の見られる表現技法なので、その全部を考察し資料としてまとめたのは、これからの研究の基礎をなすに違いない。『日本語文学』第5輯を通じて筆者の発表した「八代集における地名の掛詞考」は、上記の資料をもとにしたもので、このような索引資料の成果が無かったら考えられなかったものであると言えよう。何よりも掛詞は和歌に込められている作者の本意を把握し、進んでは和歌の情趣を汲み取るのに欠けてはならぬものである。一覧資料としての掛詞は本稿を通して一応まとめたつもりであるが、それぞれの歌語としての意義考察はこれからである。今後、八代集の掛詞を構成するすべての語彙に用例の内容が概観できるよう資料を補うことと索引資料を用いた歌語研究が課題として残されている。引き続く作業で本稿の足りなさを満たして行きたい。

八代集의 掛詞 표현 용례 어휘 색인
(오십음순)

　　본 索引 資料는 岩波書店의 新 日本古典文学大系에 수록된 八代集을 비롯한 기존의 주석서와 王朝文学研究会編 「八代集掛詞一覧」과 같은 연구 자료를 토대로 하여 다음과 같은 기준하에 작성되었다.

1. 資料分析과 索引作成에 있어 和歌의 本文과 固有番号 그리고 部立名은 新編国歌大観에 준거하였다(단 金葉集의 本文은 二度本을 따랐으며, 新編의 部立名 중 金葉集의 異本歌와 新古今集의 後出歌 그리고 拾遺集의 雑賀歌 등은 新 日本古典文学大系의 註釈을 참고하여 본래 속해야 할 部立名을 괄호 안에 밝혔다). 따라서 王朝文学研究会編 「八代集掛詞一覧」에 제시된 和歌를 비롯한 異本의 그것이 新編의 것과 일치하지 않는 경우는 일일이 대조하여 新編을 기준 삼았다. 그러나 異本의 본문 내용이 新編의 것과 부분적으로 다르지만 그것이 掛詞로서 표현된 경우는, 참고를 위해 일단 본 索引資料에 수록하되 그 오른편에는 新編의 本文이 다름을 밝혀 두었다.
2. 掛詞로써 쓰이고 있는 두 가지(또는 그 이상)의 의미는 각각 분할해서 표제어로 삼았으며, 표제어가 활용어인 경우는 기본형 표기를 원칙으로 하였다. 또한 복합 어구의 경우는 표제어로 제시함에 있어 가능한한 중심단어에 초점을 맞추어 정리하였다. 그리고 표제어 중의 의성어와 의태어는 カタカナ로 표기하여 식별을 도모하였다.
3. 각 표제어 뒤에는 그 말의 품사명과 우리말 뜻을 나타내었고, 표제어 중 複合語나 連語 또는 語句를 細分하였을 경우에는 화살표 기호(→)

로서, 연관지어 보아야 할 항목이 있을 경우에는 참조 기호(cf.)로서 각각 해당 항목을 보도록 하였다.

4. 표제어 다음에는 해당 용례가 보이는 歌集名, 내용 분류에 의한 部立 名, 固有番号 順으로 나열한 뒤, 掛詞로서의 표현을 斜線 좌우에 밝혔 다. 斜線 왼쪽은 표제어(活用語인 경우는 그 活用形)를, 오른쪽은 그것 에 겹쳐져 있는 相対語를 나타낸다.

5. * 표시는 동일단어에 두 가지 뜻이 내포된 一語二義로서 원칙적으로 한 번만 제시하였으나, 「立つ」「見る」 등과 같이 동일 형태의 단어로서 뜻이 다양한 경우는 내용상의 구분을 위해 해당 항목에 각각 나누어 배열하였다.

6. 재고의 여지가 있는 것은 물음표(?)로써 구별하여 후일의 참고를 도모하 였다.

7. 物名歌의 경우는 掛詞 용례와 함께 和歌의 주요 내용을 괄호 < > 안 에 밝혔다. 또한 部立名 없이 墨滅歌나 異本歌 등으로만 표시되어 있는 경우도 그 내용을 참고하여 적절한 部立名을 < > 안에 제시하였다.

8. 索引 작성에 있어, 동일 대상의 掛詞에 관한 견해가 서로 일치하지 않 아 説이 갈릴 경우에는 新古典文学大系의 내용을 먼저 제시하고, 나머 지는 기호 이코올(=)로 구분하여 그 오른편에 수록하였다.

<あ行>

あ[彼] 代名: 저것. 그 사람
    (新)雜1515; 彼は / 淡

あか[赤] 名: 빨강
    (詞)秋137; 赤 / 明く

あか[閼伽] 名: 부처에게 공양하는 물(水)이나 供養物. 또는 그것을 담는 그릇
    (古)離別404; 閼伽(부처에게 공양하는 물)? / * 飽かでも
    (新)夏258; 閼伽 / 飽かでも

あかし[明し] 形ク: 밝다. 환하다
    (古)羈旅409; 明し(어슴푸레 밝다) / 明石の浦(동틀 무렵의 明石浦)
    (拾)夏135; 明く / 赤く
       雜464; 明し / 明石の浦
       雜518; 明かし? / 赤し = 明し / 赤し
       恋855; 明かし / 明石 = 明し? / 明石
    (後拾)夏232; 明く / 赤く
         羈旅523; 明し / 明石
         羈旅529; 明し / 明石の浦
    (金)秋208; 明し(달빛이 밝다) / 明石の浦
       秋216; 明し(파도 밀려오는 것이 보일 정도로 달빛이 밝다) / 明石の
       浦風
    (詞)秋137; 明く / 赤
    (新)夏206; 明かし / 明石 = 明し? / 明石
       恋1331; 思ひ明かし / 明石の浦 / 浦千鳥 = 明し? / 明石の浦
       雜1558; 明し / 赤し / 明石潟
       雜1602; 明し(밝다) / 明かし(밝히다) / 明石の月 = 明し / 明石

あかし[明かし] 名: 날을 지새움. 잠을 안자고 밤을 밝힘
    (拾)雜518; 明かし? / 赤し = 明し / 赤し
       恋855; 明かし / 明石 = 明し? / 明石
    (新)夏206; 明かし / 明石 = 明し? / 明石

あかし[赤し] 形ク: 빨갛다
　　(拾)夏135; 赤く / 明く
　　　雜518; 赤し / 明かし?(明し) = 赤し / 明し
　　(後拾)夏232; 赤く / 明く
　　(新)雜1558; 赤し / 明し / 明石潟
あかし[明石] 名: 지명
　　(拾)恋855; 明石 / 明かし = 明石 / 明し?
　　(後拾)羈旅523; 明石 / 明し
　　(新)夏206; 明石 / 明かし
　　　雜1602; 明石 / 明し(밝다) / 明かし(밝히다) = 明石 / 明し
あかしがた[明石潟] 名: 지명
　　(新)雜1558; 明石潟 / 明し / 赤し
あかしのうら[明石の浦] 名: 지명. 播磨国. 兵庫県 明石市의 海岸
　　(古)羈旅409; 明石の浦(안개 낀 동틀 무렵 멀리 배 떠나는−) / 明し
　　　(어슴푸레 밝다)
　　(拾)雜464; 明石の浦 / 明し
　　(後拾)羈旅529; 明石の浦 / 明し
　　(金)秋208; 明石の浦(달빛 받으며 가는 배가 가서 닿을 곳) / 明し(달
　　　빛이 밝다)
　　　秋216; 明石の浦風(환한 달밤에 파도가 밀려오는 곳) / 明し(달빛이
　　　무척 밝다)
　　(新)恋1331; 明石の浦 / 思ひ明かし. 浦千鳥 = 明石の浦 / 明し?
あかしのうらかぜ[明石の浦風] 名: 아카시의 바닷바람 cf. 「明石の浦」
　　(金)秋216; 明石の浦風(환한 달밤에 파도가 밀려오는 아카시의−) / 明
　　　し(달빛이 무척 밝다)
あかす[明かす] 動四段: 밝히다. 밤을 지새우다. 고백하다
　　(後拾)秋368; * 明かす(밝히다 / 밤을 지새우다)
　　(新)雜1602; 明かし(밝히다) / 明石の月 / 明し(밝다) = 明し / 明石
あかでも[飽かでも]: 만족하지 못한 채 → 「飽く」
　　(古)離別404; * 飽かでも(물을 충분히 마시지 못한 채 / 이별에 아쉬움
　　　을 남긴 채) / 閼伽?

あかね[茜] 名: 식물명. 꼭두서니
　　(金)雜652; あかね / あかねさす(枕詞)
あかねさす: '해' '비추다' 등에 걸리는 枕詞. 꼭두서니 색으로 물을 들인다
　　　　는 뜻
　　(金)雜652; あかねさす / あかね(꼭두서니)
　　(新)雜1691; あかねさし / 射し出づる
あき[秋] 名: 가을. 비유적으로 인생의 가을. 인생의 황혼
　　(古)秋308; 秋果てぬ(가을이 끝나다) / 飽き果てぬ(세상에 아주 질려 싫어
　　　　지다)
　　物名439; * 秋(가을 / 세월) <小倉山에 우는 사슴의 年輪을 헤아리
　　　　는 심정을 읊음>
　　恋688; 秋(나무 잎의 색이 변하는 가을) / 飽き(사람의 마음속에
　　　　찾아 온 싫증)
　　恋719; 秋 / 飽き
　　恋763; 秋 / 飽き
　　恋788; 秋 / 飽き
　　恋803; 秋 / 飽き
　　恋804; 秋 / 飽き
　　恋820; 秋 / 飽き
　　恋824; 秋 / 飽き
　　(後)春86; 秋 / 厭き(님의 싫증)
　　秋260; 秋の野(가을 들) / 飽き?
　　秋275; 秋 / 飽き
　　秋276; 秋 / 飽き
　　秋286; 秋来る / 飽き来る
　　秋287; 秋 / 飽き
　　秋290; 秋 / 飽き
　　秋313; 秋 / 飽き
　　秋333; 秋 / 飽き
　　秋343; 秋 / 飽き
　　秋380; 秋 / 飽き

秋389; 秋 / 飽き

秋425; 秋 / 飽き

秋426; 秋 / 飽き

秋439; 秋果つる / 飽き果つる

恋513; 秋 / 飽き

恋824; 秋 / 飽き

恋840; 秋 / 飽き

恋841; 秋 / 飽き

恋897; 秋 / 飽き

恋1051; 秋 / 飽き

雑1274; 秋来る風 / 飽き来る風

雑1293; 秋 / 飽き(싫증)

雑1300; 秋果つ / 飽き果てられし

(拾)恋840; 秋 / 飽き

恋841; 秋果つる / 飽き果つる ＝ 秋 / 飽き

雑秋1136; 秋果てぬ / 飽き果てぬ ＝ 秋 / 飽き

雑恋1238; 秋に秋添ふ / 飽きに飽き添ふ

雑恋1269; 秋果つる / 飽き果つる ＝ 秋 / 飽き

(後拾)恋708; 秋 / 飽き

雑917; 秋 / 飽き(싫증)

雑970; 秋 / 飽き(싫증)

(金)秋226; 秋果てぬ / 飽き果てぬ

冬265; 秋果て / 飽き果て

(詞)恋217; 秋 / 飽き

恋242; 秋 / 飽き

(千)秋228; 秋 / 飽き

秋242; 秋 / 飽き

秋297; ＊ 秋(일년 중의 가을 / 인생의 가을)

秋299; 秋 / 飽き

秋352; 秋 / 飽き

(新)秋420; 秋 / 飽き

哀傷804; 秋 / 秋の宮人

恋1316; 秋 / 飽き

恋1319; 秋 / 飽き

恋1320; 秋 / 飽き

恋1321; 秋 / 飽き

恋1322; 秋 / 飽き

恋1326; 秋 / 飽き

恋1352; 秋 / 飽き

恋1353; 秋 / 飽き

雑1496; 秋 / 飽き(싫증)

雑1574; 秋果つ / 飽き果つ

あき[飽き・厭き] 名: 싫증

(古)恋688; 飽き / 秋

恋714; 飽き / 秋風

恋719; 飽き / 秋

恋725; 飽き / 秋風

恋763; 飽き / 秋

恋777; 飽き / 秋風

恋787; 飽き / 秋風

恋788; 飽き / 秋

恋803; 飽き / 秋

恋804; 飽き / 秋

恋820; 飽き / 秋

恋821; 飽き / 秋風

恋822; 飽き / 秋風

恋823; 飽き / 秋風

恋824; 飽き / 秋

(後)春86; 厭き(님의 싫증) / 秋

秋219; 飽き / 秋風

秋222; 飽き / 秋風

秋260; 飽き? / 秋の野

秋267; 飽き / 秋風

秋275; 飽き / 秋

秋276; 飽き / 秋

秋287; 飽き / 秋

秋290; 飽き / 秋

秋313; 飽き / 秋

秋333; 飽き / 秋

秋343; 飽き / 秋

秋352; 飽き / 秋風

秋380; 飽き / 秋

秋389; 飽き / 秋

秋425; 飽き / 秋

秋426; 飽き / 秋

恋513; 飽き / 秋

恋824; 飽き / 秋

恋840; 飽き / 秋

恋841; 飽き / 秋

恋843; 飽き？ / 秋霧

恋897; 飽き / 秋

恋933; 飽き / 秋風

恋1051; 飽き / 秋

雑1137; 飽き / 初秋風

雑1273; 飽き風(싫증, 권태) / 秋風

雑1293; 飽き(싫증) / 秋

(拾)恋840; 飽き / 秋

雑恋1238; 飽きに飽き添ふ / 秋に秋添ふ

(後拾)恋708; 飽き / 秋

雑917; 飽き(싫증) / 秋

雑970; 飽き(싫증) / 秋

(金)恋392; 飽き / 秋風

(詞)恋217; 飽き / 秋

　　　恋242; 飽き / 秋
　　(千)秋228; 飽き / 秋
　　　秋234; 飽き / 秋風
　　　秋242; 飽き / 秋
　　　秋259; 飽き / 秋風
　　　秋299; 飽き / 秋
　　　秋352; 飽き / 秋
　　(新)秋338; 飽き / 秋風
　　　秋420; 飽き / 秋
　　　秋469; 飽き / 秋風
　　　秋513; 飽き / 秋風
　　　恋1166; 飽き / 秋風
　　　恋1212; 飽き / 秋風
　　　恋1243; 飽き / 秋風
　　　恋1303; 飽き / 秋風
　　　恋1305; 飽き / 秋風
　　　恋1316; 飽き / 秋
　　　恋1319; 飽き / 秋
　　　恋1320; 飽き / 秋
　　　恋1321; 飽き / 秋
　　　恋1322; 飽き / 秋
　　　恋1326; 飽き / 秋
　　　恋1352; 飽き / 秋
　　　恋1353; 飽き / 秋
　　　雑1496; 飽き(싫증) / 秋
あきかぜ[秋風] 名: 가을바람
　　(古)恋714; 秋風 / 飽き
　　　恋725; 秋風 / 飽き
　　　恋777; 秋風 / 飽き
　　　恋787; 秋風 / 飽き
　　　恋821; 秋風 / 飽き

恋822; 秋風 / 飽き

恋823; 秋風 / 飽き

(後)秋219; 秋風 / 飽き

秋222; 秋風 / 飽き

秋267; 秋風 / 飽き

秋352; 秋風 / 飽き

恋933; 秋風 / 飽き

雑1137; 初秋風 / 飽き

雑1273; 秋風 / 飽き風

(金)恋392; 秋風 / 飽き

(千)秋234; 秋風 / 飽き

秋259; 秋風 / 飽き

(新)秋338; 秋風 / 飽き

秋469; 秋風 / 飽き

秋513; 秋風 / 飽き

恋1166; 秋風 / 飽き

恋1212; 秋風 / 飽き

恋1243; 秋風 / 飽き

恋1303; 秋風 / 飽き

恋1305; 秋風 / 飽き

雑1821; 秋風 / 飽き

あきかぜ[飽き風]: 싫증. 권태 → 「飽き」

(後)雑1273; 飽き風 / 秋風

あきぎり[秋霧] 名: 가을 안개

(後)恋843; 秋霧 / 飽き?

あきく[飽き来]: 싫증이 생기다. 싫증이 나다 → 「飽く」와 「－来」

(後)秋286; 飽き来る / 秋来る

雑1274; 飽き来る風 / 秋来る風

あきのすゑ[秋の末]: 가을의 끝 무렵 → 「末」

(新)雑1572; 秋の末 / 末葉

あきのの[秋の野]: 가을 들 cf. 「秋」

(後)秋260; 秋の野 / 飽き?

あきのみや[秋の宮] 名: 皇后나 그 처소를 일컫는 長秋宮을 줄여서 풀어 말함
　　(金)雜542; 秋の宮 / 秋のみ山(가을 깊은 산)

あきのみやびと[秋の宮人]: 皇后나 皇太后의 거처인 長秋宮에 거주하는 宮
　　　　　　　　　　人들
　　(新)哀傷804; 秋の宮人 / 秋

あきのみやま[秋の深山]: 가을철의 깊은 산 cf. 「みやま(深山)」
　　(金)雜542; 秋の深山 / 秋の宮

あきのわかれ[秋の別れ]: 가을의 이별. 구월 말일의 가을과의 이별
　　(古)離別385; ＊ 秋の別れ(가을에 있는 송별 / 가을과의 이별)

あきはつ[飽き果つ] 動下二段: 아주 질리다 cf. 「飽く」
　　(古)秋308; 飽き果てぬ(세상에 아주 질려 싫어지다) / 秋果てぬ
　　(後)秋439; 飽き果つる / 秋果つる
　　　　雜1300; 飽き果てられし / 秋果つ
　　(拾)恋841; 飽き果つる / 秋果つる ＝ 飽き / 秋
　　　　雜秋1136; 飽き果てぬ / 秋果てぬ ＝ 飽き / 秋
　　　　雜恋1269; 飽き果つる / 秋果つる ＝ 飽き / 秋
　　(金)秋226; 飽き果てぬ / 秋果てぬ
　　　　冬265; 飽き果て / 秋果て
　　(新)雜1574; 飽き果つ / 秋果つ

あきはつ[秋果つ]: 가을이 끝나다 → 「秋」와 「果つ」
　　(古)秋308; 秋果てぬ(가을이 끝나다) / 飽き果てぬ(세상에 아주 질려 싫
　　　어지다)
　　(後)秋439; 秋果つる / 飽き果つる
　　　　雜1300; 秋果つ / 飽き果てられし
　　(拾)恋841; 秋果つる / 飽き果つる ＝ 秋 / 飽き
　　　　雜秋1136; 秋果てぬ / 飽き果てぬ ＝ 秋 / 飽き
　　　　雜恋1269; 秋果つる / 飽き果つる ＝ 秋 / 飽き
　　(金)秋226; 秋果てぬ / 飽き果てぬ
　　　　冬265; 秋果て / 飽き果て
　　(新)雜1574; 秋果つ / 飽き果つ

あく[灰汁] 名: 맑은 잿물

    (古)雑体1044; 灰汁 / 飽く

    (拾)恋978; 灰汁 / 飽く

    (金)異本<恋>716; 灰汁 / 飽く

あく[飽く] 動四段: 만족하다. 싫증나다. 질리다

    (古)夏157; 飽かず(두견새가 짧은 여름밤을 못내 아쉬워하다) / 明か

      ず?(明けず)

      離別404; * 飽かでも(물을 충분히 마시지 못한 채 / 이별에 아쉬움

      을 남긴 채) / 閼伽?

      雑体1044; 飽く / 灰汁

    (後)秋267; 飽き / 秋風

      秋286; 飽き来る / 秋来る

      恋843; 飽き? / 秋霧

      雑1274; 飽き来る風 / 秋来る風

    (拾)恋977; 飽く / 芥川

      恋978; 飽く / 灰汁

    (金)恋495; 飽く / 芥川

      異本<恋>716; 飽く / 灰汁

    (新)夏258; 飽か / 閼伽

      雑1821; 飽き / 秋風

あく[開く] 動下二段: 열다. 들어 내놓다

    (古)羈旅417; 開け / 明け

      恋624; 開け / 明け

      恋642; 開けば / 明けば

      雑体1014; 開けて(들어 내놓다) / 挙げて(높이 들다)

    (後)夏178; 開け / 明け

      恋621; 開けぬ開けぬ / 明けぬ明けぬ

      恋843; 開け / 明け

      恋996; 開くる / 明くる

      雑1123; 開け / 緋

      雑1124; 開け / 緋

 (拾)夏122; 開けて / 明けて

  恋696; 開け / 明け

  恋697; 開け / 明け立つ

  恋912; 開くる / 明くる

 (後拾)春53; 開くる(문을 열다) / 明くる?

  雑920; 開けつる / 明けつる

  雑967; 開けず / 明けず

 (金)春3; 開け(문을 열다) / 明け行く(날이 밝아 가다)

  夏152; 開くる / 明くる

 (詞)夏64; 開けて(하늘) / 明けて(밤)

 (千)夏216; 開けぬる / 明けぬる

  雑1183; 開け / 明け

 (新)夏219; 開け / 明け方

  恋1167; 開け / 明け / 上げ ＝ 明け / 開け

  恋1429; 開け / 明け

  雑1526; 開け / 明け方

  雑1547; 開け / 明け方

  釈教1938; 開け / 曙

あく[明く] 動下二段: 날이 밝다

 (古)夏157; 明かず?(明けず) / 飽かず(두견새가 짧은 여름밤을 못내 아쉬워하다)

  羇旅417; 明け / 開け

  恋624; 明け / 開け

  恋642; 明けば / 開けば

 (後)夏178; 明け / 開け

  恋621; 明けぬ明けぬ / 開けぬ開けぬ

  恋843; 明け / 開け

  恋996; 明くる / 開くる

 (拾)夏122; 明けて / 開けて

  恋696; 明け / 開け

  恋912; 明くる / 開くる

(後拾)春53; 明くる(날이 밝다) / 開くる

　　　雑920; 明けつる / 開けつる

　　　雑967; 明けず / 開けず

(金)春3; 明け行く(날이 밝아가다) / 開け(문을 열다)

　　　夏152; 明くる / 開くる

(詞)夏64; 明けて(밤이 ー) / 開けて(하늘이 ー)

(千)夏216; 明けぬる / 開けぬる

　　　雑1183; 明け / 開け

(新)春58; 明け(날이 밝다) / あけぼののそら

　　　恋1167; 明け / 開け / 上げ ＝ 明け / 開け

　　　恋1429; 明け / 開け

あぐ[上ぐ.挙ぐ] 動下二段: 높이 들다

　　(古)雑体1014; 挙げて(높이 들다) / 開けて(들어 내놓다)

　　(新)恋1167; 上げ / 開け / 明け ＝ 明け / 開け

あくたがは[芥川]: 지명. 摂津国

　　(拾)恋977; 芥川 / 飽く

　　(金)恋495; 芥川 / 飽く(사람이 싫어지다)

あけ[赤.朱.緋] 名: 五位의 귀족이 착용하는 옷의 색깔

　　(後)雑1123; 緋 / 開け

　　　雑1124; 緋 / 開け

あけがた[明け方] 名: 밤이 밝으려고 할 무렵

　　(新)夏219; 明け方 / 開け

　　　恋1260; 明け方 / 押し開け

　　　雑1526; 明け方 / 開け

　　　雑1547; 明け方 / 開け

あけたつ[明け立つ] 動四段: 날이 밝아오기 시작하다

　　(拾)恋697; 明け立つ / 開け

あけぼの[曙] 名: 새벽. 밤이 어렴풋이 밝으려하고 점차 사물을 구분할 수 있을
　　　　　　　무렵

　　(新)春58; 曙のそら(동틀 무렵의 하늘) / 明け

　　　釈教1938; 曙 / 開け

あけゆく[明け行く]: 날이 밝아가다 → 「明く」

    (金)春3; 明け行く / 開け(문을 열다)

あさ[麻] 名: 마

    (後拾)秋240; 麻 / 朝

あさ[朝] 名: 아침

    (後拾)秋240; 朝 / 麻

あさかのぬま[安積の沼] 名: 지명

    (金)夏129; 安積の沼 / 浅(し)

    (新)夏184; 安積の沼 / 浅(し)

あさし[浅し] 形ク: 얕다. 깊지 않다

    (古)恋618; * 浅み(얕기 때문에 / 얕은 곳)

    (後)恋838; * 浅ければ(여울이 얕기 때문에 / 애정이 옅기 때문에)

    (金)夏129; 浅(し) / 安積の沼

       恋408; 心ざし浅(し) / 浅茅が末

    (新)夏184; 浅(し) / 安積の沼

あさぢ[浅茅] 名: 식물명. 키가 작은 띠

    (金)恋408; 浅茅が末 / 心ざし浅(し)

あさみ[浅み]: 얕기 때문에 → 「浅し」와 「−み」

    (古)恋618; * 浅み(얕기 때문에 / 얕은 곳)

あさみ[浅み] 名: 얕은 곳

    (古)恋618; * 浅み(얕은 곳 / 얕기 때문에)

あし[葦.蘆] 名: 갈대

    (後)雑1262; 葦の浦(갈대가 자라고 있는 바닷가) / 足の裏

    (拾)雑538; 葦刈る / 悪しかる

       雑540; 葦刈りけり / 悪しかりけり

    (後拾)雑959; 葦刈りけり / 悪しかりけり

    (詞)雑333; 蘆刈れ / 悪しかれ

あし[足] 名: 발

    (後)雑1262; 足の裏 / 葦の浦

あし[悪し] 形シク: 나쁘다. 불하다. 불쾌감을 주다

    (拾)雑538; 悪しかる / 葦刈る

   雑540; 悪しかりけり / 葦刈りけり

  (後拾)雑959; 悪しかりけり / 葦刈りけり

  (詞)雑333; 悪しかれ / 蘆刈れ

あしかる[蘆刈る]: 갈대를 베다 → 「蘆」와 「刈る」

  (拾)雑538; 葦刈る / 悪しかる

   雑540; 葦刈りけり / 悪しかりけり

  (後拾)雑959; 葦刈りけり / 悪しかりけり

  (詞)雑333; 蘆刈れ / 悪しかれ

あした[朝] 名: 아침

  (金)春6; 朝 / 朝の原

あしたのはら[朝の原] 名: 지명

  (金)春6; 朝の原(봄 안개가 깔린 朝の原) / あした(이른 봄 안개가 피어   이는 아침)

あしのうら[蘆の浦]: 갈대가 자라고 있는 바닷가 → 「蘆」와 「－の」와 「浦」

  (後)雑1262; 葦の浦 / 足の裏

あしのうら[蘆の浦] 名: 지명. 摂津国

  (後拾)離別476; 蘆の浦 / 蘆の裏葉

あしのうら[足の裏]: 발바닥 → 「足」와 「－の」와 「裏」

  (後)雑1262; 足の裏 / 葦の浦

あしのうらば[蘆の裏葉]: 갈대잎의 뒷면 cf. 「蘆」와 「裏」

  (後拾)離別476; 蘆の裏葉 / 蘆の浦

あす[明日] 名: 내일

  (古)冬341; 明日(해가 바뀌는 내일) / 飛鳥川(흐름이 빠른 飛鳥川)

   雑933; 明日 / 飛鳥川

  (新)羈旅986; 明日か(집에 돌아가는 날이 내일이구나!) / 飛鳥川

あすかがは[飛鳥川] 名: 지명. 大和国. 奈良県 高市郡 明日香村을 흘러 大和   川으로 흘러드는 강

  (古)冬341; 飛鳥川(흐름이 빠른 飛鳥川) / 明日(해가 바뀌는 내일)

   雑933; 飛鳥川 / 明日

  (新)羈旅986; 飛鳥川 / 明日か(집에 돌아가는 날이 내일이구나!)

あた[仇] 名: 敵. 危害

(古)恋746; 仇 / 徒

(拾)雑562; 仇 / あたごの峰

あだ[徒] 形動ナリ: 진실하지 못하다. 헛되다. 부실하다

    (古)春62; ＊ 徒なり(벚꽃이 지기 쉽다 / 교제하는 사람이 성실하지 않다)

      恋746; 徒 / 仇

      東1093; 徒(불성실함) / 徒し心(딴 마음)

    (新)秋514; ＊ 徒に散る(이슬이 덧없이 흩어지다 / 아무리 울어도 님은
      안 오고 헛되다)

あたごのみね[愛宕の峰] 名: 지명

    (拾)雑562; あたごの峰 / 仇(원수)

あだし[徒し] 接頭: 믿을 수 없다. 성실치 못하다. 마음이 쉽게 딴 사람에게
    로 옮겨가다

    (金)秋237; 徒し(친숙해질 여유 없이 바람에 지는 女郎花이기에 기대
      할 수 없다) / 化野

あだしごころ[徒し心] 名: 변하기 쉬운 마음. 딴 마음

    (古)東1093; 徒し心(딴 마음) / 徒(불성실함)

あだしの[化野．徒野] 名: 지명

    (金)秋237; 化(가을바람에 이슬 흩어지는 곳) / 徒し(기대할 수는 없다)

あだにちる[徒に散る]: 헛되이 지다 → 「徒なり」와 「散る」

    (新)秋514; ＊ 徒に散る(이슬이 덧없이 흩어지다 / 아무리 울어도 님은
      안 오고 헛되다)

あぢか[鯵香] 名: 전갱이 내음

    (詞)雑278; 鯵香? / あぢか潟(あぢかたた?)

あぢかがた[安直潟] 名: 지명

    (詞)雑278; あぢか潟(あぢかたた?) / 鯵香(전갱이 내음)　＜新編의 본
      문은 「あぢかたた」＞

あつし[厚し] 形ク: 두텁다

    (後拾)夏218; 厚く / 暑く

    (詞)夏51; 厚し / 暑し

あつし[暑し] 形ク: 덥다

    (後拾)夏218; 暑く / 厚く

(詞)夏51; 暑し / 厚し

あづまのこと[東琴] 名: 和琴. 일본 가야금

　　(後拾)雜937; 東琴 / 東の事(동쪽 지방에 관한 일)

あづまのこと[東の事]: 동쪽 땅에서 일어나는 일. 동쪽 지방에 관한 일

　　(後拾)雜937; 東の事 / 東琴(일본 가야금)

あと[跡] 名: 발자국. 필적. 편지. 문자

　　(古)雜996; ＊ 跡(새의 발자국 / 문자)

　　(後)恋632; ＊ 跡(산에 드나들며 남긴 발자국 / 필적)

　　　　恋635; ＊ 跡(千鳥의 발자국 / 筆跡)

　　　　恋695; ＊ 跡(千鳥의 발자국 / 筆跡)

　　　　恋828; ＊ 跡(千鳥의 발자국 / 筆跡)

　　　　恋836; ＊ 跡(千鳥의 발자국 / 筆跡)

　　　　恋837; ＊ 跡(千鳥의 발자국 / 筆跡)

　　(拾)雜賀<雜恋>1199; ＊ 跡もなき(발자국이 없다 / 筆跡이 없다)

　　(新)冬628; ＊ 跡(강줄기 / 편지 등의 筆跡)

　　　　哀傷807; ＊ 跡(눈물 자국 / 筆跡)

あな[穴] 名: 구멍

　　(千)雜1191; 穴(피리 구멍) / あな(아!)

あな 感: 아! 아아!

　　(千)雜1191; あな(아!) / 穴

あながち[強ち] 形動ナリ: 충동을 억제할 수 없는 모양. 주체할 수 없는 상태

　　(詞)恋230; 強ちに(주체할 수 없이) / かち(褐)

あは[彼は]: 저것은 →「彼」와「－は」

　　(新)雜1515; 彼は / 淡(し)

あはし[淡し] 形ク: 색이나 맛 등이 엷다

　　(新)雜1515; 淡(し) / 彼は

あはす[合はす] 動下二段: 해몽을 하다

　　(拾)恋630; 合はする / 逢はする

あはす[逢はす] 動下二段: 결혼시키다

　　(拾)恋630; 逢はする / 合はする

あはで[逢はで]: 만나지 않고 →「逢ふ」와「－で」

(金)恋456; 逢はで(서로 만나서 깊은 관계가 되는 것을 거부하다) / 粟手
の浦

(千)恋755; 逢はで / 粟手の浦

あはでのうら[粟手の浦] 名: 지명

(金)恋456; 粟手の浦 / 逢はで(서로 만나서 깊은 관계가 되는 것을 거부
하다)

(千)恋755; 粟手の浦 / 逢はで

あはれ 形動ナリ: 정취가 있다. 애절하다

(千)秋299; * あはれ(가을의 정취 / 여성의 애절함)

あびき[網引き] 名: 어망을 당김

(古)恋649; 網引き / 逢ひき

あひそむ[逢ひ初む]: 관계를 갖기 시작하다 → 「逢ふ」와 「－初む」

(詞)恋234; 逢ひ初め / あゐぞめ(藍染) ＝ 初め / 染め

あひづのやま[会津の山] 名: 지명

(後)離別1331; 会津の山 / 会ひ

あふ[逢ふ . 会ふ . 遇ふ] 動四段: 부부가 되다. 남녀가 관계를 맺다. 대면하다.
　　　　만나다. 조우하다

(古)離別374; 逢ふ(사람을 만나다) / 逢坂の関(사람을 만난다는 이름의 逢坂
관문)

離別390; 逢ふ(사람을 만나다) / 逢坂(사람을 만난다는 이름과는 다른
逢坂)

恋473; 逢ふ / 逢坂の関

恋483; 逢はず / 合はず

恋536; 逢ふ / 逢坂

恋634; 逢ふ / 逢坂

恋649; 逢ひき / 網引き

雑体1004; 逢ふ / 逢坂山

東1087; 逢ふ / 阿武隈

墨滅<恋>1107; 逢ふ / 逢坂山

(後)恋516; 逢ふ / 逢坂の関

恋520; 逢ふ / 阿武隈川

恋607; 逢ふ / 阿武隈

恋622; 逢ふ / 逢坂山

恋671; 逢はぬめ(만나지 못해 괴롭고 슬픈 경우) / 合はぬ目(잠을
　　　자지 않아 눈꺼풀이 서로 마주 닿지 않고 있는 눈)

恋700; 逢ふ / 逢坂山

恋723; 逢ふ / 逢坂

恋731; 逢ふ / 逢坂の関

恋732; 逢ふ / 逢坂の関

恋785; 逢ふ身 / 近江路 ＝ 逢ふ道(만날 방도) / 近江路

恋786; 逢ふ / 逢坂の関

恋802; 逢ふ / 逢坂の関

恋859; 逢ふ / 逢坂の関

恋905; 逢ふ / 逢坂

恋981; 逢ふ / 逢坂の関

恋1038; 逢ふ / 逢坂

恋1074; 逢ふ / 逢坂山

雑1089; 逢ふ / 逢坂の関

雑1126; 逢ふ / 逢坂

雑1303; 逢ふ / 逢坂の関

離別1305; 逢ふ / 逢坂

離別1331; 会ひ / 会津の山

(拾)離別314; 逢ふ / 逢坂

離別315; 逢ふ / 逢坂

恋665; 逢ふ日 / 葵

恋746; 逢はざらば / 合はざらば

(後拾)恋632; 逢ふ / 逢坂

恋676; 行き逢ふ / 逢坂

恋723; 行き逢ふ / 逢坂の関

恋748; 逢ふ / 逢坂

雑937; 逢ふ / 逢坂の関

雑939; 逢ふ / 逢坂の関

　　　雑941; 逢ふ / 逢坂

　　　雑1108; 逢ふ日 / 葵

　　　雑1141; 法に遇ふ日 / 葵(당아욱)

　　　雑1184; 法に遇ふ / あふぎ(扇)

　　　雑1209; 逢ふ / 扇

(金)夏124; 逢ふ / 逢坂山

　　秋184; 逢ふ / 逢坂の関

　　賀316; 会ふ(逢ふ) / 近江

　　離別346; 逢ふ(멀리 떠나 헤어졌던 사람과 만나다) / 逢坂

　　恋429; 逢ふ / あふの松原

　　恋456; 逢はで / 粟手の浦

　　雑581; 逢ふ / 阿武隈川

(詞)賀161; 逢ふ / 阿武隈河

　　恋212; 逢ふ(남녀가 만나 하나가 되다) / 遇ふ(조우하다)

　　恋234; 逢ひ初め / あゐぞめ(藍染) = 初め / 染め

(千)賀639; 逢ふ / 逢坂山

　　恋669; 逢ふ / 逢坂の関

　　恋752; 逢ふ / 逢坂

　　恋755; 逢はで / 粟手の浦

　　恋764; 逢ふ / あふの松原

　　恋822; 逢ふ道(만날 방도) / あふみぢ(近江路)

　　恋872; 逢ふ / 逢坂

　　恋913; 逢ふ / 逢坂

　　雑970; 逢ふ日 / 葵

　　雑1057; 行き逢ふ(関門 근처에 올 때마다 만나곤 하다) / 逢坂の関水

　　雑1120; 逢ふ身 / 近江

　　雑1160; 逢ふ / 近江

(新)離別862; 逢ふ / 逢坂の関

　　離別866; 逢ふ / 阿武隈河

　　離別867; 逢ふ / 阿武隈河

　　恋1005; 逢ふ / 逢坂の関

恋1108; 逢はで / 合はで(직물 등의 코가 맞지 않는)

恋1163; 逢ふ / 逢坂の山

恋1254; 逢ふ日 / 葵

恋1255; 逢ふ日 / 葵

雑1579; 逢ふ(聖代를 만나다) / 阿武隈河

雑1759; 逢は(聖代를 만나다) / 合は(실을 꼬기 위해 합치다)

神祇1892; 逢ふ日 / 葵

釈教1929; 法に逢ふ / あふちの花

あふ[合ふ] 動四段: 맞다. 어울리다. 여러 개의 실 가닥이 모여 하나가 되다

(古)恋483; 合はずは(실이 잘 꼬이지 않을 때는) / 逢はずは

(後)恋671; 合はぬ目(잠을 자지 않아 눈꺼풀이 서로 마주 닿지 않고 있는 눈) / 逢はぬめ(만나지 못해 괴롭고 슬픈 경우)

(拾)恋746; 合はざらば / 逢はざらば

(新)恋1108; 合はで(직물 등의 코가 맞지 않는) / 逢はで

雑1759; 合はずは(실을 꼬아 합치지 않으면) / 逢はずは(聖代를 만나지 않았더라면)

－あふ[－合ふ]: 서로 －하다

(後)恋949; 流れ合ふ瀬(따로 흐르던 물이 합쳐져 하나가 되는 여울) / 逢ふ瀬(서로 사랑하는 남녀가 만날 기회)

あふぎ[扇] 名: 부채

(後拾)雑1184; 扇 / 法に遇ふ

雑1209; 扇 / 逢ふ

あぶくま[阿武隈] 名: 지명. 陸奥国. 阿武隈川를 말함

(古)東1087; 阿武隈 / 逢ふ

(後)恋607; 阿武隈 / 逢ふ

あぶくまがは[阿武隈川] 名: 지명. 陸奥国. 福島県에서 宮城県을 거쳐 仙台湾으로 흘러드는 강

(後)恋520; 阿武隈川 / 逢ふ

(金)雑581; 阿武隈川 / 逢ふ

(詞)賀161; 阿武隈河(오랜 세월이 지나도 물이 맑은 阿武隈河) / 逢ふ(성대를 만나다)

(新)離別866; 阿武隈河 / 逢ふ

　　離別867; 阿武隈河 / 逢ふ

　　雑1579; 阿武隈河 / 逢ふ(聖代를 만나다)

あふこ[杤] 名: 멜대

　(古)雑体1058; 杤 / あふご(逢ふ期)

　(後)恋650; 杤 / 逢ふ期

　　恋1043; 杤 / 逢ふ期

　(金)恋494; 杤 / 逢ふ期

　　恋498; 杤 / 逢ふ期

　(千)雑1193; 杤 / あふご(逢ふ期)

あふご[逢ふ期] 名: 만날 때

　(古)雑体1058; 逢ふ期 / あふこ(杤)

　(後)恋650; 逢ふ期 / 杤

　　恋1043; 逢ふ期 / 杤

　(金)恋494; 逢ふ期 / 杤

　　恋498; 逢ふ期 / 杤

　(千)雑1193; 逢ふ期 / あふこ(杤)

あふさか[逢坂.相坂] 名: 지명. 비유적으로 사람을 만나는 장소

　(古)離別390; 逢坂(사람을 만난다는 기대감을 주지만 실제는 그렇지
　　　않은 逢坂) / 逢ふ

　　恋536; 逢坂 / 逢ふ

　　恋634; 逢坂 / 逢ふ

　(後)恋723; 逢坂 / 逢ふ

　　恋905; 逢坂(사람을 만나는 장소) / 逢ふ

　　恋1038; 逢坂 / 逢ふ

　　雑1126; 逢坂 / 逢ふ

　　離別1305; 逢坂 / 逢ふ

　(拾)離別314; 逢坂 / 逢ふ

　　離別315; 逢坂 / 逢ふ

　(後拾)恋632; 逢坂 / 逢ふ

　　恋676; 逢坂 / 行き逢ふ

　　　恋748; 逢坂 / 逢ふ

　　　雑941; 逢坂 / 逢ふ

　(金)離別346; 逢坂(멀리 陸奥로 떠났던 사람이 되돌아올 때 넘을 逢坂) /
　　　逢ふ

　(千)恋752; 逢坂 / 逢ふ

　　　恋872; 逢坂 / 逢ふ

　　　恋913; 逢坂 / 逢ふ

あふさかのせき[逢坂の関] 名: 지명 cf. 「関」

　(古)離別374; 逢坂の関(사람을 만난다는 이름의 逢坂 관문) / 逢ふ(사람
　　　을 만나다)

　　　恋473; 逢坂の関 / 逢ふ

　(後)恋516; 逢坂の関 / 逢ふ

　　　恋731; 逢坂の関 / 逢ふ

　　　恋732; 逢坂の関 / 逢ふ

　　　恋786; 逢坂の関 / 逢ふ

　　　恋802; 逢坂の関 / 逢ふ

　　　恋859; 逢坂の関 / 逢ふ . せき(塞)

　　　恋981; 逢坂の関 / 逢ふ

　　　恋984; 逢坂の関 / 堰きもとどめぬ

　　　雑1089; 逢坂の関 / 逢ふ

　　　雑1303; 逢坂の関 / 逢ふ

　(後拾)恋676; 逢坂の関守 / 行き逢ふ

　　　恋723; 逢坂の関 / 行き逢ふ

　　　雑937; 逢坂の関 / 逢ふ

　　　雑939; 逢坂の関 / 逢ふ

　(金)秋184; 逢坂の関(동쪽 멀리서 온 望月의 駒가 오늘 밤 지날 곳) /
　　　逢ふ

　(千)恋669; 逢坂の関 / 逢ふ

　　　雑1057; 逢坂の関水 / 行き逢ふ(가서 만나다)

　(新)離別862; 逢坂の関 / 逢ふ

　　　恋1005; 逢坂の関 / 逢ふ

あふさかのせきみづ[逢坂の関水]: 逢坂 관문 근처의 샘물 cf. 「逢坂の関」
　　(千)雑1057; 逢坂の関水 / 行き逢ふ

あふさかのせきもり[逢坂の関守]: 逢坂의 관문지기 cf. 「逢坂の関」
　　(後拾)恋676; 逢坂の関守 / 行き逢ふ

あふさかのやま[逢坂の山] 名: 지명 cf. 「逢坂山」
　　(新)恋1163; 逢坂の山 / 逢ふ

あふさかやま[逢坂山.相坂山] 名: 지명
　　(古)雑体1004; 逢坂山 / 逢ふ
　　　　墨滅<恋>1107; 逢坂山 / 逢ふ
　　(後)恋622; 逢坂山 / 逢ふ
　　　　恋700; 逢坂山 / 逢ふ
　　　　恋1074; 逢坂山 / 逢ふ
　　(金)夏124; 逢坂山(새벽하늘에 두견새 우는 곳) / 逢ふ(사랑하는 이를 만나다)
　　(千)賀639; 逢坂山 / 逢ふ

あふせ[逢ふ瀬] 名: 서로 사랑하는 남녀가 만날 기회
　　(後)恋949; 逢ふ瀬 / 流れ合ふ瀬(따로 흐르던 물이 합쳐져 하나가 되는 여울)
　　　　雑1181; 逢ふ瀬 / 瀬
　　(千)恋762; 逢ふ瀬 / 瀬(죽은 후 건너는 三途の川의 여울)

あふち[棟] 名: 식물명. 멀구슬나무. おうち. せんだん(梅檀)
　　(新)釈教1929; あふちの花 / 法に逢ふ

あふのまつばら[あふの松原] 名: 지명. 播磨国. 兵庫県 姫路市의 市川 河口 부근
　　(金)恋429; あふの松原(그 이름에서 만남을 기대하게 하는 곳) / 逢ふ(그리워했던 사람을 만나다).待つ(만날 것을 기대하고 기다리다)
　　(千)恋764; あふの松原 / 逢ふ, 待つ

あふひ[葵] 名: 당아욱, 접시꽃, 동규 등 아욱과에 속하는 식물의 총칭
　　(拾)恋665; 葵 / 逢ふ日
　　(後拾)雑1108; 葵 / 逢ふ日
　　　　雑1141; 葵 / 法に遇ふ日

(千)雜970; 葵 / 逢ふ日

(新)恋1254; 葵 / 逢ふ日

恋1255; 葵 / 逢ふ日

神祇1892; 葵 / 逢ふ日

あふひ[逢ふ日]: 만날 날 → 「逢ふ」와 「日」

(拾)恋665; 逢ふ日 / 葵

(後拾)雜1108; 逢ふ日 / 葵

雜1141; 法に遇ふ日 / 葵(당아욱)

(千)雜970; 逢ふ日 / 葵

(新)恋1254; 逢ふ日 / 葵

恋1255; 逢ふ日 / 葵

神祇1892; 逢ふ日 / 葵

あふみ[近江] 名: 지명

(古)離別369; 近江(떠나는 사람의 任地-) / 逢ふ身(오늘은 헤어지지만
내일은 만날 사이)

(後)恋772; 近江 / 逢ふ身

恋858; 近江 / 逢ふ身

恋859; 近江 / 逢ふ身

恋875; 近江 / 逢ふ身

恋972; 近江の海 / 逢ふ身

(後拾)恋717; 近江 / 逢ふ身

(金)賀316; 近江 / 会ふ

恋496; 近江(만난다는 이미지를 풍기는-) / 逢ふ身(서로 만나는 사이)

恋503; 近江(만난다는 이미지를 풍기는-) / 逢ふ身(서로 만나는 사이)

(千)雜1120; 近江 / 逢ふ身

雜1160; 近江 / 逢ふ

あふみ[近江] 名: 인명

(後)恋843; 近江(작자가 남의 눈을 피해 만나는 여인의 이름) / 逢ふ身

あふみ[逢ふ身]: 남녀가 맺어져 서로 만나는 사이 cf. 「逢ふ」와 「身」

(古)離別369; 逢ふ身(오늘 헤어지지만 내일은 만날 사이) / 近江(떠나가
는 사람의 任地)

　(後)恋772;　逢ふ身 / 近江(지명)

　　　恋785;　逢ふ身 / 近江路 = 近江路 / 逢ふ道

　　　恋843;　逢ふ身 / 近江(인명)

　　　恋858;　逢ふ身 / 近江(지명)

　　　恋859;　逢ふ身 / 近江(지명)

　　　恋875;　逢ふ身 / 近江(지명)

　　　恋972;　逢ふ身 / 近江の海

　(後拾)恋717;　逢ふ身 / 近江(지명)

　(金)恋496;　逢ふ身 / 近江(지명)

　　　恋503;　逢ふ身 / 近江(지명)

　(千)雑1120;　逢ふ身 / 近江(지명)

あふみち[逢ふ道]: 만날 길. 만날 방도 → 「逢ふ」와 「道」

　(後)恋785;　逢ふ身 / 近江路 = 逢ふ道? / 近江路

　(千)恋822;　逢ふ道 / あふみぢ(近江路)

あふみぢ[近江路] 名: 오오미(近江)땅에 이르는 길 cf. 「近江」

　(後)恋785;　近江路 / 逢ふ身 = 近江路 / 逢ふ道(만날 방도)

　(千)恋822;　近江路 / あふみち(逢ふ道)

あふみのうみ[近江の海] 名: 지명 cf. 「近江」

　(後)恋972;　近江の海 / 逢ふ身

あま[尼] 名: 여승

　(古)雑973;　尼 / 海人

　　　雑974;　尼 / 海人

　(後)雑1093;　尼 / 海人

　　　雑1279;　尼 / 海人

　　　雑1290;　尼 / 海人

　(拾)物名378;　尼 / 海人

　　　雑530;　尼 / 海人

　　　哀傷1298;　尼 / 海人

　(千)雑1163;　尼 / 海人衣

あま[海人・海士] 名: 바다에서 어업에 종사하는 사람. 어부

　(古)雑973;　海人 / 尼

雑974; 海人 / 尼

(後)雑1093; 海人 / 尼

雑1279; 海人 / 尼

雑1290; 海人 / 尼

(拾)物名378; 海人 / 尼

雑530; 海人 / 尼

哀傷1298; 海人 / 尼

(後拾)雑962; 海士 / あまたに

(新)秋403; 海人 / 天の原

あま[天] 名: あめの 옛 형태. 하늘

(古)冬334; 天(하늘) / 天霧る(눈이 내리며 하늘을 희뿌옇게 하다)

(拾)春12; 天(하늘) / 天霧る(구름이나 안개 등이 하늘에 가득하다)

あまぎる[天霧る] 動四段: 구름이나 안개 등이 끼어 하늘이 온통 흐려지다 cf.
「霧る」

(古)冬334; 天霧る(눈이 내리며 하늘을 희뿌옇게 하다) / あま(天)

(拾)春12; 天霧る / あま(天)

あまくだり[雨降り]: 하늘에서 비가 내려 옴?

(金)雑625; 雨降り / 天下り(강림하다)

あまくだる[天下る . 天降る] 動四段: 하늘에서 강림하다

(金)雑625; 天下り / 雨降り(하늘에서 비가 내려 옴)

あまごろも[雨衣] 名: 비옷

(古)雑913; 雨衣 / 海人衣

あまごろも[海人衣] 名: 어부의 작업복

(古)雑913; 海人衣 / 雨衣

(千)雑1163; 海人衣 / 尼

あまた 副: 다수. 많이. 몹시

(後拾)雑962; あまたに / 海士

あまたたび[数多度] 副: 자주. 빈번히

(古)羈旅416; 数多度(몇 번인가 헤아릴 수도 없이 많이) / 旅寝ぬ(집을
떠나 잠을 자다)

(新)羈旅972; 数多度 / 旅寝ぬ

あまのはら[天の原] 名: 광활한 하늘
　　(後拾)哀傷559; 天の原から / 同胞
　　(新)秋403; 天の原 / 海人(海士)
あみ[網] 名: 그물
　　(金)異本<雑>710; 網 / 阿弥
あみだ[阿弥陀] 名: 아미타불
　　(金)異本<雑>710; あみ(阿弥) / 網
あめ[雨] 名: 비 cf.「雨の下」
　　(古)恋705; * しる雨(내 처지를 알 수 있는 비 / 나의 처지를 알아차리
　　　　고 흘리는 눈물)
　　(千)神祇1260; 雨 / 天の下
　　(新)哀傷849; 雨 / 天
あめ[天] 名: 하늘. 천상
　　(新)哀傷849; 天 / 雨
あめのした[天の下] 名: 천하. 이 세상
　　(後)雑1267; 天の下 / 雨の下
　　(拾)賀274; 天の下 / 雨の下
　　　　雑恋1215; 天の下 / 雨の下
　　(詞)雑335; 天の下 / 雨の下
　　(千)神祇1260; 天の下 / 雨
　　(新)賀734; 天の下 / 雨の下
　　　　雑1744; 天の下 / 雨の下
あめのした[雨の下]: 비가 오는 하늘 아래. 雨中 cf.「雨」
　　(後)雑1267; 雨の下 / 天の下
　　(拾)賀274; 雨の下 / 天の下
　　　　雑恋1215; 雨の下 / 天の下
　　(詞)雑335; 雨の下 / 天の下
　　(新)賀734; 雨の下 / 天の下
　　　　雑1744; 雨の下 / 天の下
あめもよに[雨もよに] 副: 우중에
　　(後)恋1011; 雨もよに / よに来じ

あや[綾] 名: 비단

    (後)恋712; 綾 / あやに

    (後拾)雑1206; 綾 / 目もあやに

あや[文] 名: 물건의 표면에 나 있는 뚜렷한 선 등의 모양

    (金)恋364; 波の文 / 怪しき

あやし[怪し] 形シク: 이상하다. 괴이하다

    (金)恋364; 怪しき / 波の文

あやに 副: 주체할 수 없이. 주체할 수 없을 정도로. 마구. 매우

    (後)恋712; あやに / 綾

    (後拾)雑1206; 目もあやに(주체할 수 없을 정도로) / 綾

あやめ[文目] 名: 사물의 도리. 이치. 사리 분별

    (拾)哀傷1281; 文目(사리 분별) / 菖蒲

    (後拾)雑995; 文目(사리 분별) / 菖蒲

    (千)哀傷572; 文目(사리 분별) / 菖蒲

    (新)夏224; 文目(사리 분별) / 菖蒲

あやめ[文目] 名: 비단 직물의 무늬. 비단직물의 모양

    (新)哀傷770; 文目(비단 직물의 모양) / 菖蒲

        雑1489; 文目(비단 직물의 무늬) / 菖蒲

あやめ[菖蒲] 名: 식물명. 창포

    (拾)哀傷1281; 菖蒲 / 文目(사리 분별)

    (後拾)雑995; 菖蒲 / 文目(사리 분별)

    (千)哀傷572; 菖蒲 / 文目(사리 분별)

    (新)夏224; 菖蒲 / 文目(사리 분별)

        哀傷770; 菖蒲 / 文目(비단 직물의 모양)

        雑1489; 菖蒲 / 文目(비단 직물의 무늬)

あゆ[落ゆ] 動下二段: 넘쳐 떨어지다

    (金)雑657; 落ゆる / 鮎 = 肖ゆる / 鮎

あゆ[肖ゆ] 動下二段: 닮다

    (金)雑657; 落ゆる / 鮎 = 肖ゆる? / 鮎

あゆ[鮎] 名: 담수어의 일종. 은어

    (金)雑657; 鮎 / 落ゆる = 鮎 / 肖ゆる

あらう[荒鵜] 名: 야생 가마우지

  (金)異本<雜>712; 荒鵜 / 洗ふ

あらし[嵐] 名: 세찬 바람. 폭풍

  (古)秋249; 嵐(가을 풀을 시들게 하는 산바람) / 荒し(가을바람이 황량
   하다)

   物名446; 嵐 / 有らじ <산바람에 지는 낙화의 아쉬움을 읊음>

  (後)雜1246; 嵐 / 荒らし?(荒し)

   雜1282; 嵐の風 / 荒し ＝ 嵐 / 荒らし

  (拾)雜561; 嵐の風 / 有らじ

  (後拾)冬379; 嵐 / 嵐の山

  (千)秋381; 嵐 / 有らじ

   雜1163; 嵐 / 有らじ

  (新)秋356; 嵐 / 荒らし?(荒し)

   秋515; 嵐 / 有らじ

   雜1574; 嵐 / 有らじ

あらし[荒し] 形ク: 거칠다

  (古)秋249; 荒し(가을바람이 황량하다) / 嵐(가을풀을 시들게 하는 산바람)

  (後)雜1246; 荒らし?(荒し) / 嵐

   雜1282; 荒し / 嵐の風 ＝ 荒らし / 嵐

  (金)雜597; 荒ら?(荒) / 有乳の山

   異本<冬>685; 荒ら?(荒) / 有乳山

  (新)秋356; 荒らし?(荒し) / 嵐

   秋528; 荒らし?(荒し) / 嵐の山風

あらし[荒らし]: 荒らす의 명사형? (後)1246 (新)356,528 → 「荒し」

あらじ[有らじ]: 이 세상에 더 이상 있지 말아야지! → 「有り」와 「－じ」

  (古)物名446; 有らじ / 嵐 <산바람에 지는 낙화의 아쉬움>

  (拾)秋205; あらじ / 嵐の山風

   雜561; 有らじ / 嵐の風

  (金)秋226; 有らじ(세상이 싫어져 이제는 떠나야지) / 嵐の山

  (千)秋381; 有らじ / 嵐

   雜1163; 有らじ / 嵐

(新)秋515; 有らじ / 嵐

哀傷795; 有らじ / 嵐の山風

雑1505; 有らじ / 嵐の山

雑1574; 有らじ / 嵐

あらしのかぜ[嵐の風]: 휘몰아치는 세찬 바람 cf. 「嵐」

(後)雑1282; 嵐の風 / 荒し ＝ 嵐 / 荒らし

(拾)雑561; 嵐の風 / 有らじ

あらしのやま[嵐の山] 名: 지명

(拾)秋205; 嵐の山風 / 有らじ

(後拾)冬379; 嵐の山 / 嵐

(金)秋226; 嵐の山(가을도 끝나갈 무렵 사슴이 울고 있는 곳) / 有らじ

(新)秋528; 嵐の山風 / 荒らし?(荒し)

哀傷795; 嵐の山風 / 有らじ

雑1505; 嵐の山 / 有らじ

あらしのやまかぜ[嵐の山風]: 嵐山에 부는 바람 cf. 「嵐の山」

(拾)秋205; 嵐の山風 / あらじ

(新)秋528; 嵐の山風 / 荒らし?(荒し)

哀傷795; 嵐の山風 / 有らじ

あらた[荒田] 名: 거친 땅. 황폐한 경작지

(詞)雑383; 荒田無き(거친 땅이 없는) / 新たな(り)

あらた[新た] 形動ナリ: 새로운 모양

(詞)雑383; 新たな(り) / 荒田無き(거친 땅이 없는)

あらたなし[荒田無し]: 거친 땅이 없다. 금전옥답만 있다 (詞)383 → 「荒田」와 「無し」

あらちのやま[有乳の山] 名: 지명

(金)雑597; 有乳の山 / 荒ら

あらちやま[有乳山] 名: 지명

(金)雑596; 有乳山 / 人の心は離(る)?

異本<冬>685; 有乳山 / 荒ら?(荒し)

あらは[顕] 形動ナリ: 다 드러난 상태. 분명함

(拾)冬223; ＊ あらはに(초막이 말라 앙상히 드러나다 / 겨울 기운이 뚜렷

하다)

あらはる[顕る . 現る] 動下二段: 출현하다. 드러나다. 모습이 보이다. 알려지
　　　　　　　　　다. 발각되다

　　(古)恋650; ＊ 現れば(수면에 나타나다 / 사람들에게 알려지다)

　　　　恋671; 現はれて / 洗はれて

　　　　恋672; ＊ 顕はれにけり(새의 모습이 보이다 / 사랑이 세상에 알려
　　　　지다)

　　(金)恋467; ＊ 顕はれて(머리카락이 밖으로 나타나다 / 신이 육신으로
　　　　나타나다)

　　(詞)雑329; 顕れ / 洗はれ

　　(千)恋748; 顕はれ / 洗はれ

　　(新)雑1734; 顕れ / 洗はれ

あらふ[洗ふ] 動四段: 씻다

　　(古)恋671; 洗はれ / 顕はれ(現はれ)

　　(金)異本<雑>712; 洗ふ / 荒鵜

　　(詞)雑329; 洗はれ / 顕れ

　　(千)恋748; 洗はれ / 顕はれ(現はれ)

　　(新)雑1734; 洗はれ / 顕れ

あり[有り . 在り] 動ラ変: 있다

　　(古)物名446; 有らじ / 嵐 <산바람에 지는 낙화의 아쉬움을 읊음>

　　(後)恋689; 心有り / ありその浜風

　　(拾)秋205; 有らじ / 嵐の山風

　　　　雑561; 有らじ / 嵐の風

　　　　恋631; かくてのみ有り / 荒磯の浦

　　(金)秋223; 思ふこと有り / 有明がたの月影

　　　　秋226; 有らじ(세상이 싫어져 이제는 떠나야지) / 嵐の山

　　　　恋468; 思ひ有り / 荒磯の浦風

　　　　異本<雑>703; まどろまでのみ有り / 有明の月

　　(詞)雑408; 世に有り(세상에 있다) / 有明の月

　　(千)夏215; 有り / 有明の月

　　　　秋381; 有らじ / 嵐

雑1032; 有りき / ありき(歩き)

雑1152; 思ふ事有り(생각하게 하는 일이 있다) / 有明方

雑1163; 有らじ / 嵐

神祇1267; しるし有り(효험이 있다) / 有馬の出湯(아리마에 있는 온천)

(新)春62; 心有り(기러기가 이제 떠나려고 결심하다) / 有明に

秋435; 袖に有り / 有明の月

秋515; 有らじ / 嵐

秋521; 有り / 有明

哀傷795; 有らじ / 嵐の山風

恋1148; 人有り / 有明

雑1505; 有らじ / 嵐の山

雑1508; 有り(在り) / 有明の月

雑1574; 有らじ / 嵐

雑1783; 有り(在り) / 有明の月

ありあけ[有明] 名: 달이 아직 하늘에 남아 있으면서 날이 밝는 것. 또는 그 무렵
의 달

(新)春62; 有明に(날이 밝을 무렵에) / 心有り

秋521; 有明 / 有り

恋1148; 有明 / 人有り

ありあけがた[有明方] 名: 달이 아직 하늘에 남아 있으면서 날이 밝는 그
무렵

(金)秋223; 有明方の月影 / 思ふこと有り

(千)雑1152; 有明方 / 思ふ事有り

ありあけのつき[有明の月] 名: 날이 밝은 후에도 남아 있는 달 cf.「月」

(金)異本<雑>703; 有明の月 / 尽きせず

(詞)雑408; 有明の月 / 世に有り

(千)夏215; 有明の月 / 有り

(新)秋435; 有明の月 / 袖に有り

恋1257; 有明の月 / 尽きずも(곰곰이)

雑1508; 有明の月 / 有り

雑1783; 有明の月 / 有り / 尽きせぬ

ありき[歩き] 名: 걸어 돌아다님. 여기저기 나다님. 외출
  (千)雑1032; 歩き(여기저기 나다님) / 有りき
ありそのうら[荒磯の浦] 名: 지명. 越中国
  (拾)恋631; 荒磯の浦 / かくてのみ有り
  (金)恋468; 荒磯の浦風 / 思ひ有り
ありそのはま[荒磯の浜] 名: 지명. 越中国
  (後)恋689; ありその浜風 / 心有り
ありまのいでゆ[有馬の出湯] 名: 지명. 摂津国 有馬에 있는 온천
  (千)神祇1267; 有馬の出湯(아리마에 있는 온천) / しるし有り(효험이 있다)
ある[荒る] 動下二段: 거칠어지다. 날뛰다
  (古)恋733; 荒れ / 離れ
    恋741; 荒れて / 離れて
  (後)恋757; 荒れ / 離れ
ある[離る . 散る] 動下二段: 떨어져 나가다. 멀어지다
  (古)恋733; 離れ / 荒れ
    恋741; 離れて / 荒れて
  (後)恋757; 離れ / 荒れ
  (金)雑596; 人の心は離ら? / あらちやま(有乳山)
あゐぞめ[藍染] 名: 남빛으로 물들임 cf. 「染む」
  (詞)恋234; 藍染 / 逢ひ初めて = 染め / 初め
い[寝] 名: 잠. 수면
  (古)恋605; 寝 / 射
いきかへる[行き帰る] 動四段: 되돌아가다
  (後拾)哀傷585; 行き帰ら / 生き返ら
いきかへる[生き返る] 動四段: 되살아나다. 소생하다
  (後拾)哀傷585; 生き返ら / 行き帰ら
いきのまつ[生の松] 名: 筑前国의 歌枕. 生の松原의 소나무. 또는 그 곳, 生の
                松原
  (後拾)離別469; 生の松(生の松原의 소나무) / 生き
  (詞)離別185; 生の松(그대가 가는 筑紫의 生の松原) / 行き(헤어져 멀리
    가다) / 生き(오래도록 살다)

(新)釈教1959; 生の松(生の松原) / 行き(언제나 그대 곁에 갈 수 있을 것인가?)

いきのまつばら[生の松原] 名: 지명. 筑前国. 福岡市 西区 今津湾 안쪽에 있는 명소

　　(後拾)離別474; 生の松原 / 行き

　　(金)異本<恋>714; 生の松原 / 頼むればこそ生き

　　(新)離別868; 生の松原 / 行き

いく[行く] 動四段: 가다

　　(後)恋532; 行く / 生田の浦

　　　　恋533; 行く / 生田の浦?

　　(拾)離別331; 行く / 生く

　　　　恋871; 行かばや / 生かばや

　　(後拾)離別474; 行き / 生の松原

　　　　恋764; 行かむ / 生かむ

　　　　雑1140; 行く / 生田の杜

　　(金)雑550; 行く / 生野

　　　　異本<恋>697; 行く月(하늘을 떠가는 달) / 幾月(몇 달)

　　(詞)離別185; 行き(헤어져 멀리 가다) / 生の松(그대가 가는 筑紫의 生の松原)

　　(新)賀752; 行く / 生野

　　　　離別868; 行き / 生の松原

　　　　離別872; 行く / 生く

　　　　釈教1959; 行き(언제나 그대 곁에 갈 수 있을 것인가?) / 生の松(生の松原)

いく[生く] 動四段: 살아있다

　　　　動上二段: 생존하다. 목숨을 건지다. 살다. 불씨 등이 살아 있다

　　(拾)離別331; 生く / 行く

　　　　恋871; 生かばや / 行かばや

　　　　恋894; 生ける甲斐 / 池

　　(後拾)離別469; 生き / 生の松(生の松原의 소나무)

　　　　恋764; 生かむ / 行かむ

　　(金)異本<恋>714; 頼むればこそ生き / 生の松原

(詞)離別185; 生き(오래도록 살다) / 生の松(그대가 가는 筑紫의 生の松原) / 行き(헤어져 멀리 가다)

(新)冬689; ＊生きて(불씨가 살아있다 / 자신이 살아있다)

　　　離別872; 生く / 行く

いくき[幾寸] 名: 얼마의 길이. 얼마의 높이. 「寸」은 말의 높이를 나타내는 단위

(詞)秋123; 幾寸 / 幾騎(몇 마리)

いくき[幾騎] 名: 몇 마리

(詞)秋123; 幾騎 / 幾寸(몇 높이)

いくしほ[幾入] 名: 몇 번. 몇 회. ―入는 물을 들일 때 염료에 천을 담그는 회수 → 「一入」

(拾)雜457; 幾入 / しほ(潮)

いくたのうら[生田の浦] 名: 지명. 摂津国. 神戸市 中央区 三宮의 남쪽 해안

(後)恋532; 生田の浦 / 行く

　　　恋533; 生田の浦 / 行く?

いくたのもり[生田の杜] 名: 지명. 摂津国의 歌枕. 神戸市 中央区에 있는 生田神社를 일컬음

(後拾)雜1140; 生田の杜 / 行く

いくつき[幾月] 名: 몇 달. 몇 개월

(金)異本<恋>697; 幾月(몇 달) / 行く月(하늘을 떠가는 달)

いくの[生野] 名: 지명

(金)雜550; 生野 / 行く

(新)賀752; 生野 / 行く

いくよ[幾夜]: 몇 날밤 cf. 「夜」

(拾)雜賀<雜恋>1194; 幾夜 / 節

(後拾)秋257; 幾夜 / 幾世

いくよ[幾世]: 몇 시대. 몇 세대. 어느 정도의 세월 cf. 「世」

(後拾)秋257; 幾世 / 幾夜

(千)賀608; 幾世(몇 세월) / 節

いけ[池] 名: 연못

(拾)恋894; 池 / 生ける甲斐

いざよひ[十六夜] 名: 음력 16일 밤. 또는 그날 밤의 달
  (古)恋690; 十六夜(음력 16일 밤) / いさよひ
  (新)恋1197; 十六夜の月 / いざよひ(우물쭈물하다)

いざよひ 名: 주저함. 꾸물꾸물 댐
  (古)恋690; いざよひ(주저함) / 十六夜

いざよふ 動四段: 꾸물꾸물하며 빨리 진행되지 않다. 움직이지 않고 정체되어
                있다
  (新)恋1197; いざよひ(우물쭈물하다) / 十六夜の月

いそぐ[急ぐ] 動四段: 서두르다
  (拾)恋852; 急ぎ出でても / 小余綾の磯
    雑恋1224; 急ぎ / 小余綾の磯
  (金)雑600; 急ぎて / 小余綾の磯

いそのかみふる[石上布留] 名: 지명. 大和国 → 「布留」
  (古)144,679,886 (後)49,368 (拾)765,862 (新)88

いそのかみふるの[石上布留野] 名: 지명. 大和国 → 「布留野」
  (新)冬698; 石上布留野 / 経る

いそべ[磯辺] 名: 돌이 많은 바닷가
  (古)雑907; 磯辺 / 射

いたくら[板倉] 名: 지명
  (詞)雑384; ＊板倉(지명 / 판자로 만들어진 창고)

いたくら[板倉] 名: 판자로 된 창고
  (詞)雑384; ＊板倉(판자로 만들어진 창고 / 지명)

いたつき[労き . 病き] 名: 심신이 고달픔. 고생함. 병. 번뇌
  (拾)物名405; 病き(병) / 平題箭

いたつき[平題箭] 名: 화살촉이 작으며 뾰족하지 않은 연습용 화살
  (拾)物名405; 平題箭 / 病き

いたづらぶし[いたづら臥]: 혼자서 쓸쓸히 잠을 잠
  (拾)恋804; いたづら臥 / 節

いたびさし[板廂] 名: 판자로 된 차양
  (金)恋504; 板廂 / 久し

いちば[市場] 名: 시장

　　(拾)雑恋1214; 市場 / 一半(주사위 놀이 관련용어)

いちば[一半] 名: 주사위 놀이 관련 용어로서 双六의 縁語

　　(拾)雑恋1214; 一半 / 市場

いつ[何時] 名: 언제

　　(古)羈旅408; いつ見(泉川를 언제 볼 수 있을까?) / いづみ川(강바람이
　　　　차가운 泉川)

　　(後)離別1336; 何時はた(언제 또) / 五幡

　　(拾)恋767; 何時かとも / 五日

　　　　雑賀1172; 何時か / 五日

　　(新)離別858; 何時はた(언제 또) / 五幡

　　　　恋1043; 何時か / 五日

いづ[出づ] 動下二段: 밖으로 나아가다. 모습을 보이다. 이삭 등이 나오다.
　　　　　　　　　　눈물이 나오다

　　(古)恋643; 日出づる / 思ひ出づる

　　　　恋663; ＊ 色に出でめや(잎이 물들다 / 사랑의 마음을 겉으로 나타
　　　　내다)

　　　　恋669; ＊ 出でなむ(밖으로 나오다 / 소문이 돌다)

　　(金)秋213; ＊ 出づ(달이 뜨다 / 길을 떠나다)

　　(詞)恋250; ＊ 出で(나가다 / 눈물이 나오다)

　　(新)秋532; 出づ / 泉川

　　　　冬583; 出でや / いでや(이것 참!)

いつか[何時か]: 언제 －일까? → 「何時」와 「－か」

　　(拾)恋767; 何時かとも / 五日

　　　　雑賀1172; 何時か / 五日

　　(新)恋1043; 何時か / 五日

いつか[五日] 名: 5일

　　(拾)恋767; 五日 / 何時かとも

　　　　雑賀1172; 五日 / 何時か

　　(新)恋1043; 五日 / 何時か

いつき[五木] 名: 다섯 그루의 나무

　　(拾)雑春1025; 五木 / いつきの宮(신에게 봉사하는 미혼의 왕녀)

いつきのみや[斎院] 名: 몸을 정결케 하고 신에게 봉사하는 미혼의 왕녀
    (拾)雑春1025; いつきの宮 / 五木(다섯 그루의 나무)

いつしか[何時しか] 副: 하루라도 빨리. 급한 심정으로 빨리 그렇게 되었으
        면 하는 수식어
    (後)羇旅1365; 何時しか / 鹿

いつともわかぬ[何時とも分かぬ]: 언제 것이라고 단정할 수 없는. 항상 변하지
        않는
    (古)恋490; ＊ 何時とも分かぬ(솔잎이 언제 것인지 모르는 / 항상 변하지
        않는)

いつはた[五幡]: 지명. 越前国의 歌枕
    (後)離別1336; 五幡 / 何時はた(언제 또)
    (新)離別858; 五幡 / 何時はた(언제 또)

いつはた: 언제 또 → 「いつ」와 「はた」
    (後)離別1336; 何時はた(언제 또) / 五幡
    (新)離別858; 何時はた(언제 또) / 五幡

いつはり[偽り] 名: 거짓
    (古)雑体1054; 偽り / 針

いづみ[和泉] 名: 和泉守. 和泉 지방을 다스리는 수령
    (拾)雑444; 和泉 / 泉

いづみ[泉] 名: 샘
    (拾)雑444; 泉 / 和泉

いづみがは[泉川] 名: 지명. 山城国. 山城지방 南部를 흘러 淀川에 합류하는 木
        津川
    (古)羇旅408; いづみ川 / いつ見
    (新)秋532; 泉川 / 出づ

いつみる[いつ見る]: 언제 볼까 → 「いつ」와 「見る」
    (古)羇旅408; いつ見(泉川를 언제 볼 수 있을까?) / いづみ川(강바람이
       차가운 泉川)

いでく[出で来] 動カ変: 나아오다
    (古)恋633; ＊ 出でてこそ来れ(달이 뜨다 / 외출하다)

いでたつ[出で立つ] 動四段: 사람 앞에 모습을 보이다. 구름이 피어오르다.

여행을 떠나다
(新)恋1414; ＊ 出でたつ(여행길을 떠나다 / 구름이 피어나다)
いでてこそくれ[出でてこそ来れ]: 나아오다 → 「出で来」
(古)恋633; ＊ 出でてこそ来れ(달이 뜨다 / 외출하다)
いでや 感 놀랐을 때나 감탄했을 때 내는 말. 정말로. 참으로. 이것 참. 아
　　　이고
(新)冬583; いでや(이것 참!) / 出でや
いと[最] 副: 대단히. 정말로
(古)恋753; 最晴れて / 厭はれて
　　恋805; 最流る / 暇無かる
　　雑体1045; いと晴るる / 厭はるる
(後)春67; 最(꽤) / 糸
　　雑1086; 最 / 糸
　　雑1087; 営み / 糸 ＝ 最? / 糸
(拾)恋815; 最(몹시) / 糸
　　雑秋1082; いと(정말로) / 糸
(新)恋1250; いとど(점점 더) / 糸 ＝ いと(最) / 糸
　　恋1251; 最(몹시) / 糸
　　恋1252; 最(몹시) / 糸
　　恋1425; 最(몹시) / 糸
　　雑1816; 最 / 糸
いと[糸] 名: 실. 비유적으로 실처럼 늘어진 버드나무 가지
(古)雑体1054; 糸 / 従兄弟
(後)春67; 糸(실처럼 늘어진 버드나무 가지) / 最
　　雑1086; 糸 / 最
　　雑1087; 糸 / 営み ＝ 糸 / 最?
(拾)恋815; 糸 / 最(몹시)
　　雑秋1082; 糸 / いと(정말로)
(金)恋355; 糸 / いとほし
(新)秋368; 糸 / いとど(한층)
　　哀傷847; 糸 / いとど

恋1250; 糸 / いとど(점점 더) = 糸 / いと(最)

恋1251; 糸 / 最(몹시)

恋1252; 糸 / 最(몹시)

恋1425; 糸 / 最(몹시)

雑1816; 糸 / 最

いとこ[從兄弟] 名: 사촌

(古)雑体1054; 從兄弟 / 糸

いとど 副: 한층. 점점 더

(新)秋368; いとど(한층) / 糸

哀傷847; いとど / 糸

恋1250; いとど(점점 더) / 糸 = いと(最) / 糸

いとなし[暇無し] 形ク: 바쁘다

(古)恋805; 暇無かる / 最流る

いとなみ[営み] 名: 일. 생활. 행위. 준비

(後)雑1087; 営み / 糸 = 最? / 糸

いとはるる[厭はるる]: 사람으로부터 기피당하다 → 「厭ふ」와 「ーる」(피동 표
현의 조동사)

(古)雑体1045; 厭はるる / いと晴るる

いとふ[厭ふ] 動四段: 싫어하다

(古)恋753; 厭はれて / 最晴れて

雑体1045; 厭はるる / いと晴るる

いとほし 形シク: 불쌍하다. 마음이 아프다

(金)恋355; いとほし / 糸

いな[否] 感: 싫다. 거절하거나 부정하는 말

(古)東1092; 否 / いな(稲)

(拾)雑575; 否 / 稲舟

(金)恋353; 否 / 稲筵

(千)恋860; 否 / いなさほそえ(引佐細江)

いなー[稲ー] 造語: 「いね」의 옛 형태로 대부분 복합어로 사용됨. 「벼의ー(稲
のー)」

(古)東1092; 稲ー / いな(否)

いなさほそえ[引佐細江] 名: 지명. 遠江国. 浜名湖의 동북쪽
　　(千)恋860; 引佐細江 / 否
いなば[稲葉] 名: 벼잎
　　(後)離別1310; 稲葉 / 因幡 / 往なば
　　(新)春61; 稲葉 / 往なば
いなば[因幡] 名: 지명. 因幡国
　　(後)離別1310; 因幡 / 往なば / 稲葉
いなば[往なば]: 간다면 (古)365 (後)1310 → 「往ぬ」와 「−ば」
いなばのやま[因幡の山. 稲羽の山] 名: 지명. 因幡国의 歌枕
　　(古)離別365; 因幡の山(작자가 가는 곳에 있는−) / 去なば(그대와 헤어
　　　　져 떠나가면)
　　(新)羈旅968; 稲羽の山 / 往なば
いなびの[稲日野. 印南野] 名: 지명. 播磨国 印南郡. いなみ野
　　(後)恋1009; いなび野 / 否び ＝ 印南野 / 否み?
いなぶ[否ぶ. 辞ぶ] 動上二段: 상대의 요청에 대해 「싫다」고 말하다. 사퇴하
　　　　　　　　　　다. 거절하다
　　(後)恋1009; 否び / いなび野 ＝ 否み? / 印南野
いなぶね[稲舟] 名: 수확한 벼를 쌓아 실은 배
　　(拾)雑575; 稲舟 / いな(否)
いなみの[印南野] 名: 지명. 播磨国 印南郡. いなび野
　　(拾)離別348; 印南野 / 否み
いなむ[否む] 動四段: 거부하다. 거절하다
　　(拾)離別348; 否み / 印南野
いなむしろ[稲筵] 名: 볏짚으로 짜 만든 자리
　　(金)恋353; 稲筵 / 否
いぬ[去ぬ. 往ぬ] 動ナ変: 가버리다
　　(古)離別365; 去なば(그대와 헤어져 떠나가면) / 因幡の山(작자가 가는
　　　　곳에 있는−)
　　　　恋803; 去ね(往ね) / 稲
　　(後)恋513; 去ね(往ね) / 稲
　　　　離別1310; 往なば / 稲葉 / 因幡

(新)春61; 往なば(봄이 되어 기러기가 떠나가다) / 稲葉

　　　夏195; 往ぬる(가버리다) / 寝ぬる

　　　羇旅968; 往なば / 稲羽の山

いぬ[寝ぬ] 動下二段: 옆으로 누워 잠을 자다

　　　(後)恋845; 寝ね / 稲

　　　(新)夏195; 寝ぬる / 往ぬる

いね[稲] 名: 벼

　　　(古)恋803; 稲 / 去ね(往ね)

　　　(後)恋513; 稲 / 去ね(往ね)

　　　　恋845; 稲 / 寝ね

いは[岩] 名: 바위

　　　(金)異本<恋>688; 岩で / 言はで

いはじ[言はじ]: 말하지 말아야지 → 「言ふ」와 「ーじ」(부정 의지 표현의 조동사)

　　　(拾)雑526; えも言はじ / 岩代

　　　(新)羇旅947; 言はじ / 岩代の岡

いはしろ[岩代] 名: 지명. 紀伊国의 歌枕. 和歌山県 日高郡 南部町 岩代

　　　(拾)雑526; 岩代 / えも言はじ

　　　(金)恋378; 岩代(結び松로 유명한-) / 言は(그리워하고 있는 것조차 아직 말하지 못하고)

いはしろのまつ[岩代の松] 名: 이와시로의 소나무 → 「松」

　　　(拾)恋742; 岩代の松 / 待つ

いはしろのもり[岩代の森] 名: 지명. 紀伊国의 歌枕. 和歌山県 日高郡 南部町 岩代

　　　(金)異本<恋>696; 岩代の森 / 漏りにのみ漏る(그칠 줄을 모르고 새다)

いはしろのをか[岩代の岡] 名: 지명. 紀伊国의 歌枕. 和歌山県 日高郡 南部町 岩代 부근

　　　(新)羇旅947; 岩代の岡 / 言はじ

いはせ[言はせ]: 말하게 하다 → 「言ふ」와 「ーす」(使役 표현의 조동사)

　　　(新)恋1088; 言はせ / 岩瀬山

いはせのもり[岩瀬の森] 名: 지명. 大和国의 歌枕. 奈良県 生駒郡 斑鳩町 竜田

  (金)恋472; 岩瀬の森(단풍든 岩瀬の森) / 言は(오늘이야말로 고백해야지)
いはせやま[岩瀬山] 名: 지명. 大和国의 歌枕
  (新)恋1088; 岩瀬山 / 言はせ
いはで[言はで]: 말하지 않고 (千)651,663,667,1160 (新)1786 → 「言ふ」와 「ー
    で」(부정 표현의 접속조사)
いはで[岩手・磐手] 名: 지명. 陸奥国
  (千)恋663; 岩手 / 言はで
   雑1160; 岩手 / 言はで
  (新)雑1786; 陸奥の磐手 / 言はで
いはでのやま[岩手の山] 名: 지명. 陸奥国의 歌枕
  (千)恋651; 岩手の山 / 言はで
   恋667; 岩手の山 / 言はで
いはぬま[岩沼] 名: 바위가 많은 못?
  (金)恋401; 岩沼 / 言はぬ間
いはぬま[言はぬ間]: 말을 꺼내지 않은 동안 → 「言ふ」와 「ーず」와 「間」
  (金)恋401; 言はぬ間 / 岩沼
いはのうへ[岩の上]: 바위 위. いそのかみでら[石上寺]
  (後)雑1195; ＊ 岩の上(바위 위 / 石上寺)?
いはま[岩間]: 바위와 바위 사이
  (後)恋590; 岩間欲し / 言はまほし
いはれ[言はれ]: 말하여지다. 소문이 돌다 → 「言ふ」와 「ーる」(피동 표현의 조
    동사)
  (拾)恋701; 言はれ / 磐余の池
いはれのいけ[磐余の池] 名: 지명
  (拾)恋701; 磐余の池 / 言はれ
いひ 名: 못의 물을 넣고 빼는 水門. 나무 상자 등으로 만들어 땅 속에 묻음
  (後)恋791; いひは 放たじ / 言ひは 放たじ
   恋890; 池水のいひ / 言ひ出づる
   恋1016; いひ 鎖して / 言ひ 止して
  (拾)雑恋1233; いひ 放たれよ / 言ひ 放たれよ
いひいづ[言ひ出づ] 動下二段: 말로서 입 밖에 내다

　　　(後)恋890; 言ひ出づる / 池水のいひ

いひさす[言ひ止す] 動四段: 말을 걸어 중지시키다. 말을 중도에서 끊다

　　　(後)恋1016; 言ひ止して / いひ鎖して

いひはなつ[言ひ放つ] 動四段: 딱 잘라 말하다. 큰 마음먹고 말하다

　　　(後)恋791; 言ひは放たじ / いひは放たじ

　　　(拾)雑恋1233; 言ひ放たれよ / いひ放たれよ

いふ[言ふ] 動四段: 말하다

　　　(後)恋590; 言はまほし / 岩間欲し

　　　(拾)雑526; えも言はじ / 岩代

　　　　恋701; 言はれ / 磐余の池

　　　(後拾)恋612; えやは言ふ / 伊吹

　　　(金)恋378; 言は(그리워하고 있는 것을 아직 말하지 못하고) / 岩代(結
　　　　び松로 유명한 곳)

　　　　恋401; 言はぬ間 / 岩沼

　　　　恋472; 今日こそは言は / 岩瀬の森

　　　　異本<恋>688; 言はで / 岩

　　　(千)恋651; 言はで / 岩手の山

　　　　恋663; 言はで / 岩手

　　　　恋667; 言はで / 岩手の山

　　　　雑1160; 言はで / 岩手

　　　(新)羈旅947; 言はじ / 岩代の岡

　　　　恋1012; かくや言ふ / 伊吹

　　　　恋1088; 言はせ / 岩瀬山

　　　　恋1131; いつと言ふ / 伊吹の峰

　　　　恋1308; 言ふ / ゆふ(夕)まぐれ

　　　　雑1786; 言はで / 陸奥の磐手

　　　　神祇1887; 言ふ / ゆふ(結ふ) / 木綿

いぶき[伊吹] 名: 지명. 美濃国과 近江国 경계에 있는 伊吹山

　　　(後拾)恋612; 伊吹 / えやは言ふ

　　　(新)恋1012; 伊吹 / かくや言ふ

いぶきのみね[伊吹の峰] 名: 지명. 美濃国과 近江国 경계에 있는 伊吹山

(新)恋1131; 伊吹の峰 / いつと言ふ

いふこともなし[言ふことも無し]: 아무 것도 말할 것이 없다. 표현할 길이
　　　　　　　　없다

　(千)雑1160; ＊ 言ふことも無き(표현할 길이 없다 / 하늘이 말하지 않는다)

いまはとて[今はとて]: 이제는. 때가 와서

　(古)恋782; ＊ 今はとて(이제는 바야흐로 / 때가 도래하여, 즉 가을이
　　와서)

いりひ[入り日] 名: 서쪽으로 기운 태양. 저녁 해. 斜陽. 夕陽

　(後)恋879; 入り日 / 思ひ入り

　(新)釈教1974; 入り日 / 思ひ入り

いる[入る] 動四段: 공간에서의 이동이나 특정한 상태로의 이동을 뜻함. 들어
　　가다

　(拾)物名405; 入る / 射る

　　雑533; 入る / 射る

　　雑568; 入り / 射り

　(後拾)春79; 入る(꽃놀이에 참가하다) / 射る

　　　秋250; ＊ 入る(달이 － / 사람이 －)

　　　冬391; ＊ 入る(달이 들어가다 / 깊이 인상에 남다)

　　　雑1039; 入る / 射る

　(金)雑655; 入る / 射る

　(詞)恋212; 入る(산에 들어가다) / 思ひ入る(깊이 생각하다)

　(千)春110; 入る(들을 헤치고 들어가다) / 入野の原

　　　夏163; 入る / 入佐の山

　　　雑1151; 入る山 / 思ひ入る

　(新)夏211; 入る / 入佐の山

　　　秋346; さ牡鹿の入る / 入野

いる[射る] 動上一段: 화살을 쏘다

　(古)恋605; 射 / 寝

　　雑907; 射 / 磯辺

　(後)秋379; 射る / 入佐の山

　(拾)物名405; 射る / 入る

雑533; 射る / 入る

雑568; 射り / 入り

(後拾)春79; 射る(활을 쏘다) / 入る

雑1039; 射る / 入る

(金)春11; 射る(梓弓를 팽팽하게 당겨 쏘다) / 入佐の山(봄 안개가 깔린−)

雑655; 射る / 入る

いるさのやま[入佐の山] 名: 지명

(後)秋379; 入佐の山 / 射る

(金)春11; 入佐の山(봄 안개가 깔린−) / 射る(梓弓를 팽팽하게 당겨 쏘다)

恋414; 入佐の山(해와 달이 나오는−) / 思ひ入る(그리움을 못 이겨 찾아 들다)

(千)夏163; 入佐の山 / 入る

(新)春156; 入佐の山 / 尋ね入る

夏211; 入佐の山 / 入る

いるの[入野] 名: 지명. 山城国과 近江国 説이 있으나 소재미상

(新)秋346; 入野 / さ牡鹿の入る

いるののはら[入野の原] 名: 지명

(千)春110; 入野の原 / 入る

いろ[色] 名. 形動ナリ: 색채. 겉모습. 모양. 안색. 호색함

(古)恋496; * 色(색채 / 표면)

恋688; * 色(색채 / 모습)

恋795; * 色(색채 / 종류)

雑869; * 色(색채 / 겉으로 나타난 마음 씀씀이)

(後)夏202; * 色(꽃의 색채 / 기색)

(新)恋1025; * 色(이슬로 인해 물드는 나뭇잎의 색 / 안색)

いろかはる[色変る] 動四段: 색이 변하다. 마음이 변하다 cf. 「色」

(後)恋674; * 色変りけれ(나무 잎이 변색하다 / 남자의 마음이 바뀌다)

(新)恋1352; * 色変る(색이 변하다 / 마음이 변하다)

いろことになる[色異になる]: 색이 변하다. 마음이 변하다 cf. 「色」

(古)恋725; * 色異になる(색이 변하다 / 마음이 변하다)

いろにいづ[色に出づ]: 잎이 물들다. 속마음이 겉으로 나타나다 cf. 「色」와

「出づ」

(古)恋663; * 色に出でめや(잎이 물들다 / 사랑의 마음을 겉으로 나타
내다)

いろのかぎり[色の限]: 마지막 색깔 cf. 「色」

(後)秋439; * 色の限り(가을이 끝날 무렵의 단풍 색 / 정이 떨어졌을
때의 마지막 안색)

いろふかし[色深し]: 색이 진하고 그윽하다 cf. 「色」와 「深し」

(新)離別895; * 色深し(색이 진하고 아름답다 / 진심이 어리다)

うかぶ[浮かぶ] 動四段: 물에 뜨다

(後)離別1347; 浮かべる舟 / 憂(し)

うき[埋] 名: 늪지

(拾)雑571; 埋 / 憂き

雑恋1248; 埋 / 憂き

哀傷1281; 埋 / 憂き

(後拾)恋771; 埋 / 憂き

雑994; 埋 / 憂き

(金)夏131; 埋 / 憂き

恋390; 埋 / 憂き

恋417; 埋 / 憂き

(詞)恋223; 泥水?(埋) / 憂き

雑330; 泥?(埋) / 憂き

(千)雑1182; 泥?(埋) / 憂き

(新)夏223; 埋 / 憂き

恋1076; 埋 / 憂き

うき[泥水]: 名義抄의 読音은 ウキミヅ? → 「埋」

(詞)恋223; 泥水?(埋) / 憂き

雑330; 泥?(埋) / 憂き

うきいづ[浮き出づ] 動下二段: 낚시찌 등이 뜨다. 눈물이 쏟아지다

(新)恋1356; * 浮き出づ(낚시찌 등이 뜨다 / 눈물이 솟다) = 浮き / 憂き

うきくさ[浮草] 名: 물위에 뜬 풀

(古)雑938; 浮草 / 身の憂き

  (金)雑609; 浮草 / 身の憂き

うきくも・うきぐも[浮き雲] 名: 하늘에 떠있는 구름. 뜬구름

  (金)春56; 浮き雲 / 憂き

   雑621; 浮き雲 / (世の中の)憂き

   雑622; 浮き雲 / 憂き

  (詞)雑415; 浮き雲 / (人の心の)憂き

  (千)恋747; 浮き雲 / 憂き

   雑1083; 浮き雲 / 憂き

  (新)冬584; 浮き雲 / 憂き

   雑1525; 浮き雲 / 憂雲

うきぐも[憂雲]: ? (新)584,1525 → 「憂し」

うきたつ[浮き立つ] 動四段: 떠오르다. 안정되지 못하고 들뜨다

  (後拾)雑1021; 浮き立つ / 憂き

うきたのもり[浮田の森] 名: 지명

  (金)異本<恋>713; 浮田の森 / 憂(만날 길 없음에 마음이 우울하다)

うきね[憂き寝]: 슬픔에 젖어 자는 잠 → 「憂し」와 「寝」

  (古)恋527; 憂き寝 / 浮き寝

  (後)冬490; 憂き寝 / 浮き寝

  (後拾)哀傷596; 憂き寝 / 浮根

   雑871; 憂き寝 / 埋根 ＝ 憂き / 浮き

  (金)冬297; 憂き寝 / 浮き寝

   恋454; 憂き寝 / 浮き寝 / 音

  (千)夏187; 憂き寝 / 浮き寝

   秋312; 憂き寝 / 浮き寝

   冬432; 憂き寝 / 浮き寝

   冬434; 憂き寝 / 浮き寝

   羈旅503; 憂き寝 / 浮き寝

   恋670; 憂き / 浮き寝 ＝ 憂き寝 / 浮き寝

  (新)冬653; 憂き寝 / 浮き寝

うきね[浮き根] 名: 물에 씻겨 노출되고 들떠있는 뿌리. 물속에 자라고 있는

   水草의 뿌리

(拾)恋743; 浮き根 / 浮き寝

(後拾)哀傷596?; 浮き根 / 憂き寝

(千)哀傷573; 涅根 / 憂き音 = 浮き根 / 憂き根?

うきね[憂き音]: 괴로워 내는 울음소리 → 「憂し」와 「音」

(千)哀傷573; 憂き音 / 涅根 = 憂き根? / 浮き根

うきね[浮き寝] 名: 새가 물에 떠서 자는 것. 배 안에서 자는 것. 마음의 동요에 서 오는 얕은 잠. 남녀관계의 불안정함. 일시적으로 애정을 나누는 일

(古)恋527; 浮き寝 / 憂き寝

(後)冬490; 浮き寝 / 憂き寝

(拾)恋743; 浮き寝 / 浮き根

(金)冬297; 浮き寝 / 憂き寝

恋454; 浮き寝 / 憂き寝 / 音

(千)夏187; 浮き寝 / 憂き寝

秋312; 浮き寝 / 憂き寝

冬432; 浮き寝 / 憂き寝

冬434; 浮き寝 / 憂き寝

羈旅503; 浮き寝 / 憂き寝

恋670; 浮き寝 / 憂き = 浮き寝 / 憂き寝

(新)冬653; 浮き寝 / 憂き寝

うきね[涅根]: 늪지에 자라고 있는 창포 등의 뿌리 cf. 「涅」와 「根」

(後拾)雑871; 涅根 / 憂き寝 = 浮き / 憂き

(千)哀傷573; 涅根 / 憂き音 = 浮き根 / 憂き根?

うきはし[浮橋] 名: 뗏목이나 배 등을 물에 띄어 만든 부교

(後)雑1122; 浮橋 / 憂き端 = 浮橋 / 憂橋?

うきはし[憂き端]: 괴로운 처지의 일면

(後)雑1122; 憂き端 / 浮橋 = 憂橋 / 浮橋

うきふし[浮節]: 들뜬 마디?

(古)雑957; 浮節(대나무의 마디) / 憂き節(세상이 괴로운 때)

雑958; 浮節 / 憂き節

(新)羈旅976; 浮節 / 憂節

うきふし[憂き節] 名: 마음속에 응어리진 괴롭고 슬픈 일. 또는 그런 경우
cf. 「憂し」와 「節」

   (古)雑957; 憂き節(세상이 괴로운 때) / 浮節(대나무의 마디)

      雑958; 憂き節(괴로운 때) / 浮節(대나무의 마디)

   (新)羇旅976; 憂き節 / 浮節

うきふね[浮き舟] 名: 물에 떠 있는 배

   (拾)雑573; 浮き舟の / 憂き = 浮舟 / 憂舟?

   (新)雑1706; 浮き舟 / 憂き舟

うきふね[憂舟]: ? (新)1706　→ 「憂し」

うきまくら[浮き枕] 名: 여행 중 물가나 배 안에서 자는 잠. 외로이 홀로 자
는 잠

   (詞)夏76; 浮き枕 / 憂き枕

   (千)冬431; 浮き枕 / 憂き = 浮き枕 / 憂枕

うきまくら[憂き枕]: 고달픈 잠자리. 수심에 잠긴 잠자리? → 「憂し」

   (詞)夏76; 憂き枕 / 浮き枕

   (千)冬431; 憂き / 浮き枕 = 憂き枕? / 浮き枕

うきみ[憂き身] 名: 괴롭고 고달픈 일이 많은 신세 cf. 「憂し」

   (古)恋792; 憂き身 / 浮き身

   (金)雑639; 憂き身 / 浮き身

うきみ[浮き身]: 안정이 안 되고 불안한 신세? → 「浮く」

   (古)恋792; 浮き身? / 憂き身

   (金)雑639; 浮き身? / 憂き身

うきみづ[泥.泥水]: 늪지의 물. 흙탕물? → うき[埿]

   (詞)恋223; 泥水?(埿) / 憂き

      雑330; 泥?(埿) / 憂き

うきめ[浮海布] 名: 어부가 바다에서 거두는 해초류

   (古)恋755; 浮海布 / 憂き目

      雑973; 浮海布 / 憂き目

   (後)雑1290; 浮き布 / 憂き目 = 浮き目? / 憂き目

うきめ[憂き目] 名: 괴롭고 슬픈 처지 cf. 「憂し」와 「め」

   (古)恋755; 憂き目 / 浮海布

       雑973; 憂き目 / 浮海布

  (後)雑1290; 憂き目(괴롭고 슬픈 처지) / 浮き布 = 憂き目 / 浮き目?

うきよ[憂き世] 名: 덧없는 현세. 사는 것이 괴로운 이 세상. 무상한 세상
                cf. 「憂し」와 「世」

  (詞)雑351; 憂き世 / 夜

  (新)雑1647; 憂き世 / 浮世

     釈教1919; 憂き世 / 浮世

うきよ[浮世] 名: 무상한 현실. 현실의 인간 사회. 속세

  (新)雑1647; 浮世 / 憂き世

     釈教1919; 浮世 / 憂き世

うく[浮く] 動四段: 물 위나 공중에 뜨다. 의지할 바 없어 불안정하다. 들뜨다

  (古)恋513; 浮き / 憂き

     恋592; * 浮きたる(물위를 떠돌고 있다 / 마음이 불안정하다)

     恋792; 浮き / 憂き身

     恋827; 浮きながら / 憂きながら

  (後)恋585; 浮きても / 憂きても

     恋768; 浮きたる / 憂きたる

     恋779; 浮きたる / 憂きたる

     恋837; * 浮きて(물새가 물에 떠서 / 남자의 마음이 들떠서) = 浮き /
     憂き

     恋869; 浮きて / 憂きて

     恋1027; 浮き沈み / 憂き

     雑1115; 浮き / 憂き身

     雑1256; 浮きぬめり / 憂きぬめり

  (拾)雑480; 浮き / 憂き

     哀傷1313; 浮き / 憂き

  (後拾)哀傷591; 浮き / 憂き

        恋803; 浮きぬ / 憂き

        雑871; 埋根 / 憂き寝 = 浮き / 憂き

  (金)雑639; 浮き / 憂き身

  (千)冬430; 浮きたる / 憂き

　　　　　雑1112; 浮き / 憂き

　　　　　釈教1202; 浮き / 憂き ＝ * 浮き?

　　　(新)冬653; 浮きながら / 憂きながら

　　　　　羈旅918; 浮き / 憂き

　　　　　雑1705; 浮き / 憂き

うくひず[憂く干ず]: 심사가 울적해 눈물로 지새우며 →「憂し」와「干る」와
　　　　　　　　　「－ず」

　　　(古)恋798; 憂く干ず / 鴬 ＝ 憂 / 鴬

うぐひす[鴬] 名: 휘파람새. 몸길이는 13cm 가량으로 참새 정도의 크기. 등
　　　　　　　　은 갈색, 아래 면은 회색을 띤 백색이고, 눈가에 흰 眉斑
　　　　　　　　이 있다.

　　　(古)恋798; 鴬 / 憂く干ず ＝ 鴬 / 憂

　　　　　雑958; 鴬 / 憂く

　　　(後)哀傷1407; 鴬 / 憂く日過(ごす)?

　　　(金)雑517; 鴬 / 憂(し)

うくひすごす[憂く日過ごす]: 우울하게 나날을 보내다 →「憂し」와「日」와「過
　　　　　　　　　ごす」

　　　(後)哀傷1407; 憂く日過(ごす)? / 鴬

うけ[浮け . 泛子] 名: 낚시 줄에 매다는 浮漂. 통발을 뜻하는 筌(うへ)로 표
　　　　　　　기함은 잘못

　　　(後)雑1085; 浮け(筌?) / 憂

　　　(拾)神楽595; 泛子引く / 神の承け引く

うけひく[承け引く] 動四段: 동의하다

　　　(拾)神楽595; 神の承け引く / 泛子引く

うけらがはな[うけらが花] 名: 야산에 자생하는 다년초로 국화과에 속하는
　　　　　　　　　「うけら」의 꽃

　　　(千)雑1160; うけらが花 / 憂(し)

うさ[憂さ] 名: 마음먹은 대로 안 되어 우울함

　　　(拾)雑賀<雑恋>1208; 憂さ / 宇佐

　　　(金)雑572; 憂さ / 宇佐

うさ[宇佐] 名: 지명

(拾)雜賀<雜恋>1208; 宇佐 / 憂さ

(金)雜572; 宇佐 / 憂さ

うし[憂し] 形ク: 우울하다 cf.「憂き節」와「憂き身」와「憂き目」와「憂き世」

　(古)恋513; 憂き / 浮き

　　恋527; 憂き寝 / 浮き寝

　　恋623; 憂 / 浦

　　恋669; 倦み / 海べた ＝ 憂? / 海

　　恋798; 憂く干ず / 鶯 ＝ 憂 / 鶯

　　恋825; 憂 / 宇治橋

　　恋827; 憂きながら / 浮きながら

　　雜938; 身の憂き / 浮草

　　雜949; あな憂(し) / 卯の花

　　雜958; 憂く / 鶯

　　雜972; 憂辛(し) / 鶉

　　雜973; 憂 / 難波の浦

　　雜983; 世を憂(し) / 宇治山

　(後)夏156; 憂 / 卯花

　　冬490; 憂き寝 / 浮き寝

　　恋585; 憂き / 浮き

　　恋618; 憂 / 浦

　　恋642; 憂 / 浦

　　恋768; 憂き / 浮き

　　恋779; 憂き / 浮き

　　恋803; ＊ 空蟬のから(매미의 허물 / 불필요하게 된 남자 옷) ＝ 憂 /
　　空蟬

　　恋804; 憂(し) / 空蟬

　　恋869; 憂き / 浮き

　　恋1027; 憂き / 浮き沈み

　　雜1085; 憂 / 筌(うへ)?

　　雜1115; 憂き身 / 浮き

　　雜1130; 憂し / 牛

雑1158; 憂し / うしほ(潮)
雑1256; 憂きぬめり / 浮きぬめり
離別1347; 憂(し) / 浮かべる舟
哀傷1407; 憂く日過(ごす)? / 鶯
(拾)雑480; 憂き / 浮き
雑571; 憂き / 埿
雑573; 憂き / 浮舟の ＝ 憂舟 / 浮舟?
恋843; 憂(し) / 宇治川
雑賀 1184; 憂し見つ / 丑三つ ＝ 憂し / 丑
雑恋1248; 憂き / 埿
哀傷1281; 憂き / 埿
哀傷1313; 憂き / 浮き
哀傷1331; 憂し / 牛?
(後拾)哀傷591; 憂き / 浮き
哀傷596; 憂き寝 / 浮根
恋771; 憂き / 埿
恋803; 憂き / 浮き
雑871; 憂き寝 / 埿根 ＝ 憂き / 浮き
雑961; 憂し / 牛
雑994; 憂き / 埿
雑1021; 憂き / 浮き立つ
(金)春56; 憂き / 浮き雲
夏131; 憂き / 埿
冬297; 憂き寝 / 浮き寝
恋390; 憂き / 埿
恋417; 憂き / 埿
恋454; 憂き寝 / 浮き寝
恋509; 憂(대단치 않은 자신의 신세를 비관하다) / 宇治川
雑517; 憂 / 鶯
雑609; 身の憂き / 浮草
雑621; 憂き / 浮き雲

雑622; 憂き / 浮き雲

異本<恋>713; 憂(만날 길 없음에 마음이 우울하다) / 浮田の森

(詞)夏76; 憂き枕 / 浮き枕

恋223; 憂き / 泥水?(埿)

雑330; 憂き / 泥水?(埿)

雑415; 憂き / 浮き雲

(千)夏138; 憂(憂月?) / 卯月

夏187; 憂き寝 / 浮き寝

秋259; 憂(し) / 鶉

秋312; 憂き寝 / 浮き寝

冬430; 憂き / 浮きたる

冬431; 憂き / 浮き枕 = 憂枕 / 浮き枕

冬432; 憂き寝 / 浮き寝

冬434; 憂き寝 / 浮き寝

羈旅503; 憂き寝 / 浮き寝

哀傷573; 憂き音(괴로워서 내는 울음소리) / 埿根 = 憂き根? / 浮き根

恋670; 憂き / 浮き寝 = 憂き寝 / 浮き寝

恋747; 憂き / 浮き雲

雑1083; 憂き / 浮き雲

雑1112; 憂き / 浮き

雑1160; 憂(し) / うけらが花

雑1182; 憂き / 泥?(埿)

釈教1202; 憂き / 浮き = ＊浮き?

(新)夏223; 憂き / 埿

秋513; 憂(し) / 鶉

冬584; 憂き / 浮き雲

冬653; 憂き寝 / 浮き寝

憂きながら / 浮きながら

羈旅918; 憂き / 浮き

恋1076; 憂き / 埿

恋1146; 憂(し) / うつせみ(空蟬)

恋1356; * 浮き出づ(낚시찌 등이 뜨다 / 눈물이 솟다) ＝ 憂き / 浮き

雑1525; 憂き / 浮き雲

雑1705; 憂き / 浮き

雑1706; 憂き舟 / 浮舟

うし[牛] 名: 소

(後)雑1130; 牛 / 憂し

(拾)哀傷1331; 牛 / 憂し?

(後拾)雑961; 牛 / 憂し

うしほ[潮] 名: 바닷물. 또는 그 干満

(後)雑1158; 潮 / 憂し

うしみつ[丑三つ] 名: 사등분한 丑時의 세 번째 시각. 오전 2시에서 2시 반
까지의 시간대

(拾)雑賀1184; 丑三つ / 憂し見つ ＝ 丑 / 憂し

うしろめたし[後ろめたし] 形ク: 불안하다. 마음에 걸리다

(後)恋667; * うしろめたく(불안하다 / 뒤를 보다)

うしろやすし[後ろ安し] 形ク: 마음이 편하다. 아무런 걱정이 없다. 든든하다

(後)賀1368; * 後ろ安く(아무런 걱정도 없이 / 머리 뒤쪽에 손쉽게)

うすし[薄し] 形ク: 색이 엷다. 얇다. 마음이나 애정이 깊지 않다

(古)恋715; * 薄く(옷이 얇다 / 박정하다 / 찾아오는 일이 드물다)

(後)春77; * 薄くとも(우리 집에 피는 벚꽃의 색이 엷더라도 / 그대의
나에 대한 애정이 엷더라도)

恋1000; * 薄くなりにし(색이 엷어지다 / 애정이 엷어지다)

(拾)恋823; * 薄き(의복이 얇다 / 애정이 엷다)

うたがはし[疑はし] 形シク: 의심스럽다

(拾)雑賀<雑恋>1202; 疑はし / 橋

うち[氏] 名: 고대 일본의 지배층을 형성하고 있던 호족의 일족. 大化改新
후는 대부분 관료화

(新)雑1648; 氏 / 宇治河

うちかく[うち掛く] 動下二段: 살짝 걸다. 물 등을 끼얹다

(後)雑1096; * うち掛けよ(해안에 파도가 치다 / 예복 등을 걸치다)

うぢがは[宇治川] 名: 지명. 琵琶湖에서 瀬田川를 거쳐 宇治를 지난 다음 淀
　　　　　　　川로 흘러드는 천

　　　(拾)恋843; 宇治川 / 憂(し)

　　　(金)恋509; 宇治川 / 憂(대단치 않은 자신의 신세를 비관하다)

　　　(新)雜1648; 宇治河 / うぢ(氏)

うちかへし[うち返し] 副: 생각을 바꿔. 새로이. 몇 번이고 반복하여

　　　(後)恋544; うちかへし(다시금) / 打返し(밭을 갈아엎다)

うちかへす[うち返す] 動四段: 되풀이하다. 논밭을 갈다

　　　(後)恋544;　打返し(밭을 갈아엎다) / うちかへし(다시금)

　　　(拾)恋812; * 打ち返す(밭을 갈다 / 애정을 되살리다)

うちしのぶ[うち忍ぶ] 動四段: 남의 눈을 피하다. 사모의 정을 억누르다 cf.
　　　　　　　「忍ぶ」

　　　(拾)雜466; * うち忍び(남의 눈을 꺼리다 / 사모의 정을 참고 억누르다)

うちつけ[うち付け] 形動ナリ: 갑자기 상황이 변하는 모양. 갑작스럽다

　　　(古)物名444; うち付けに(돌연히) / げに(과연) <이슬이 내려 더욱 진한
　　　　　　　꽃잎>

うちとく[うち解く] 動下二段: 마음을 터 친숙해지다. 얼음이나 눈 등이 녹
　　　　　　　다. 끈 등이 풀리다

　　　(後)秋284; * うち解けぬ(이슬이 마르다 / 허물없이 터놓다)

　　　(拾)春46; * 打ちとけて(얼음이 녹다 / 마음이 풀리다)

　　　　　冬244; * うち解くる(눈이 녹다 / 남녀 사이가 친밀해지다)

　　　(金)春14; * 打ち解く(눈이 녹다 / 마음이 가벼워지다)

　　　(新)恋1164; * うち解く(마음을 트다 / 끈이 풀리다)

うぢどの[宇治殿] 名: 지명

　　　(後)羈旅1359; 宇治の殿とも / 内の外のとも

うちなびく[うち靡く] 動四段: 해초 등이 하늘거리다. 마음이 흔들리다 cf.
　　　　　　　「靡く」

　　　(拾)恋640; * うちなびき(해초가 물살에 나부끼다 / 마음이 나부끼다)

うちのとの[内の外の]: 안팎의

　　　(後)羈旅1359; 内の外のとも / 宇治の殿とも

うぢばし[宇治橋] 名: 지명. 山城国. 京都府 宇治市의 宇治川에 놓여진 다리

(古)恋825; 宇治橋 / 憂

うちはふ[打ち延ふ]: 늘려 펴다. 길게 늘리다. 마음을 보내다

　　(古)恋510; ＊ 打ち延へて(줄 등을 팽팽하게 잡아당겨 치다 / 마음을 기울이다)

　　(後拾)雑960; うち延へて(어부가 닥나무 줄을 바다에 던져 길게 펴다) / うちはへて(쭉 계속해서)

うちはへて[打ち延へて] 副: 쭉 오래도록 계속하여

　　(後拾)雑960; うちはへて(쭉 계속해서) / うち延へて(어부가 닥나무 줄을 바다에 던져 길게 펴다)

うちみる[うち見る] 動上一段: 언뜻 보다. 잠깐 보다 cf.「見る」

　　(後)離別1309; うち見む / 打ちみむ(불을 붙이기 위해 부싯돌을 쳐 보다)

うちみる[打ちみる] 動上一段: 두들겨 보다. 쳐 보다 →「打つ」와「ーみる」

　　(後)離別1309; 打ちみむ(불을 붙이기 위해 부싯돌을 쳐 보다) / うち見む(언뜻 보다)

うぢやま[宇治山] 名: 지명. 山城国. 京都府 宇治市 남동쪽에 있는 산. 현재의 喜撰山

　　(古)雑983; 宇治山 / 世を憂

うつ[打つ] 動上一段: 두들기다. 치다

　　(後)離別1309; 打ちみむ(불을 붙이기 위해 부싯돌을 서로 쳐 보다) / うち見む(언뜻 보다)

うつ[擣つ] 動四段: 다듬이질을 하다

　　(新)羈旅982; 衣を擣つ / 宇津の山

うづき[卯月] 名: 음력 4월

　　(千)夏138; 卯月 / 憂月

うづき[憂月] ?: 憂き月. 괴로운 일이 있는 달 →「憂し」

　　(千)夏138; 憂月 / 卯月

うつしこころ[現し心] 名: 본심

　　(古)恋711; 現し心 / 移し

うつす[移す] 動四段: 옮기다

　　(古)恋711; 移し / 現し心

　　(拾)春73; 移しとどめよ(鏡山가 자신에게 꽃의 색을 옮겨 간직하다) /

映し

うつす[映す] 動四段: 모습 등을 비추다

(拾)春73; 映し(鏡山가 거울처럼 꽃의 색을 비추어 보이다) / 移しとど
めよ

うつせみ[空蟬] 名: 매미. 매미의 허물. 현세를 사는 인간의 덧없음

(古)春73; 空蟬(현세의 덧없음을 보여 주는 매미의 허물) / 現身(이 세상
사람)

物名448; * 空蟬(매미의 허물 / 덧없음) = 空蟬 / 現身 <人生無常
과 悲哀感을 읊음>

哀傷831; 空蟬 / 現身

哀傷833; 空蟬 / 現身

雑体1003; 空蟬 / 現身

(後)恋803; * 空蟬のから(매미의 허물 / 불필요하게 된 남자 옷) = 空
蟬 / 憂

恋804; 空蟬 / 憂(し)

(新)恋1146; 空蟬 / 憂(し)

うつせみ[現身] 名: 이 세상 사람. 이 세상

(古)春73; 現身(이 세상 사람) / 空蟬(현세의 덧없음을 보여 주는 매미의
허물)

物名448; 現身 / 空蟬 = * 空蟬(매미의 허물 / 덧없음) <人生無常
과 悲哀感을 읊음>

哀傷831; 現身 / 空蟬

哀傷833; 現身 / 空蟬

雑体1003; 現身 / 空蟬

うつせみのから[空蟬の殻]: 매미의 허물 cf. 「空蟬」

(後)恋803; * 空蟬のから(매미의 허물 / 불필요하게 된 남자 옷) = 空
蟬 / 憂

うつのやま[宇津山] 名: 지명. 駿河国. 静岡市 「宇津ノ谷」와 岡部町와의 경
계에 있는 「宇津ノ谷」고개

(新)羈旅982; 宇津の山 / 衣を搗つ

うつぶし[俯し] 名: 고개를 숙임

264

(古)雑体1068; 俯し / 空五倍子染め(염색의 일종)

うつふしぞめ[空五倍子染め] 名: 염색의 일종. 또는 그 염색물

　　　(古)雑体1068; 空五倍子染め / 俯し(고개를 숙임)

うつら[憂辛]: 우울하고 괴롭다 → 「憂し」와 「辛し」

　　　(古)雑972; 憂辛(し) / 鶉

うづら[鶉] 名: 메추라기

　　　(古)雑972; 鶉 / 憂辛(し)

　　　(千)秋259; 鶉 / 憂 / つら(辛)

　　　(新)秋513; 鶉 / 憂

うつりはつ[移り果つ]: 국화의 색이 완전히 바래 버리다 → 「移る」

　　　(後)恋853; ＊ 移り果てにし(菊花의 색이 완전히 바래다 / 남자가 다른
　　　　여자에게로 가버리다)

うつる[移る] 動四段: 옮겨가다. 색이 바래다. 마음이 변하다

　　　(後)恋852; ＊ 移つる(국화의 색이 변해가다 / 내 마음이 다른 여자에게
　　　　로 옮겨가다)

　　　恋853; ＊ 移り果てにし(菊花의 색이 완전히 바래다 / 남자가 다른
　　　　여자에게로 가버리다)

　　　(後拾)秋352; ＊ 移つる(변색하다 / 마음이 끌리다)

　　　(金)雑579; 移れる影 / 写れる影

　　　(詞)雑321; 移る(변심하다) / 映る(달이 물에 비치다)

うつる[映る . 写る] 動四段: 투영되다. 비치다

　　　(金)雑579; 写れる影 / 移れる影

　　　(詞)雑321; 映る(달이 물에 비치다) / 移る(변심하다)

うつろはす[移ろはす] 動四段: 이동시키다. 이전시키다. 색을 변화시키다

　　　(後拾)雑1185; ＊ 移ろはす(이동시키다 / 변색시키다)

うつろふ[移ろふ] 動四段: 옮겨가다. 변화해 가다. 색이 변하다. 꽃이 지다.
　　　　　　마음이 변하다

　　　(古)春69; 移ろはむ(벚꽃이 지다) / 映ろはむ(봄 안개 속의 벚꽃이 한층
　　　　돋보이다)

　　　春124; 移ろひ(황매화가 지다) / 映ろひ(황매화가 물에 비추이다)

　　　秋271; ＊ 移ろふ(국화가 변색하다 / 이윽고 가을이 지나다)

　　　　恋714; * 移ろへ(색이 변하다 / 마음이 변하다)

　　　　恋729; * うつろはむ(색이 변할 것이다 / 마음이 변할 것이다)

　　　　恋795; * 移ろひやすき(꽃으로 물들인 색이 변하기 쉽다 / 사람의 마음
　　　이 ―)

　　　　恋796; * 移ろふ(색이 바래 변하다 / 변심하다)

　　　　恋797; * 移ろふ(색이 바래 변하다 / 변심하다)

　　(後)春121; 移ろふ / 映ろふ

　　　　春122; * 移ろふ(꽃이 지다 / 변심하다)

　　(拾)春71; 移ろふ / 映ろふ

　　　　恋840; * 移ろふ(색이 바래 변하다 / 변심하다)

　　(後拾)秋355; * 移ろふ(변색하다 / 변심하다)

　　　　秋356; * 移ろふ(변색하다 / 변심하다)

　　　　秋357; * 移ろふ(변색하다 / 옮겨가다)

　　(金)春78; 移ろひ / 映ろひ

　　(詞)恋216; * 移ろふ(색이 바래 변하다 / 변심하다)

　　(千)春117; * 移ろふ(꽃의 색이 변하다 / 부부의 사랑이 식어가다)

　　　　秋350; 移ろふ(변색하다) / 映ろふ

　　(新)秋508; * 移ろふ(변색하다 / 옮겨가다)

うつろふ[映ろふ] 動四段: 그림자가 물 등에 비추이다

　　(古)春69; 映ろはむ(봄 안개 속의 벚꽃이 한층 돋보이다) / 移ろはむ(벚
　　　　　　　꽃이 지다)

　　　　春124; 映ろひ(황매화가 물에 비추이다) / 移ろひ(황매화가 지다)

　　(後)春121; 映ろふ / 移ろふ

　　(拾)春71; 映ろふ / 移ろふ

　　(金)春78; 映ろひ / 移ろひ

　　(千)秋350; 映ろふ / 移ろふ(변색하다)

うのはな[卯の花] 名: 병꽃나무. 또는 그 꽃

　　(古)雑949; 卯の花 / あな憂

　　(後)夏156; 卯の花 / 憂

うはがき[上書] 名: 편지 등의 겉포장 위에 쓴 문자. 또는 그러한 문자가 쓰인
　　　　　　　편지

(新)離別859; 雲の上書(구름 위를 날아가는 기러기 편에 부치는 편지)
／雲の上掻き

うはのそら[上の空] 名: 상공. 공중. 불확실한 상태. 기대할 수 없는 상태

(金)秋220; ＊上の空(상공／불확실한 상태)

(新)恋1199; ＊うはの空(상공／기대할 수 없다)

うへ[上] 名: 위

(古)恋538; ＊上(물 위／표면상)

恋591; ＊上(물 위／표면상)

うへ[筌]: 물이 흐르는 곳에 설치하여 고기를 잡는, 대나무로 만든 통. 통발→
「浮け」

(後)雑1085; 筌?(浮け)／憂

うみ[海] 名: 바다

(後)恋617; 海／(世を)憂み ＝ 海／倦み

恋786; 海／憂み ＝ 海／倦み

恋799; 海／憂み

雑1090; 海渡る／憂みわたる ＝ 倦み／海

雑1244; 海渡る／憂みわたる ＝ 倦み／海

うみ[倦み．憂み] 名: 싫어짐. 질림 cf.「憂む」

(後)恋786; 憂み／海 ＝ 倦み／海

恋799; 憂み／海

うみうめ[熟み梅] 名: 잘 익은 매실

(金)雑577; 熟み梅／うみめ(産み女)

うみのはら[海の原] 名: 광활한 바다

(後拾)恋616; 海の原／同胞(형제자매)

うみべた[海辺] 名: 바닷가

(古)恋669; 海べた／(世を)倦み ＝ 海／憂?

うみめ[産み女] 名: 産婦

(金)雑577; 産み女／うみうめ(熟み梅)

うみわたる[倦みわたる．憂みわたる] 動四段: 침통하게 세상을 살아가다. 우
울하게 지내다→「倦む」와「－
わたる」

(後)雜1090; 憂みわたる / 海渡る ＝ 倦み / 海

　　雜1244; 憂みわたる / 海渡る ＝ 倦み / 海

うむ[倦む.憂む] 動四段: 싫어지다. 질리다. 지치다 cf.「憂み」

(古)恋669; (世を)倦み / 海べた ＝ 憂? / 海

(後)恋617; (世を)憂み / 海 ＝ 倦み / 海

　　雜1090; 憂みわたる / 海渡る ＝ 倦み / 海

　　雜1244; 憂みわたる / 海渡る ＝ 倦み / 海

(拾)雜秋1087; 倦みて(세상이 싫어지다) / 績みて(실을 자아내다)

うむ[績む] 動四段: 실을 뽑다. 잣다

(拾)雜秋1087; 績みて(실을 자아내다) / 倦みて(세상이 싫어지다)

うら[浦.－浦] 名: 후미. 해변. ～바닷가 cf.「浦見る」

(古)恋623; 浦 / 憂

　　恋755; 浦 / 心

　　哀傷852; 塩釜の浦(지명)さびしく / 心寂しく

　　雜973; 難波の浦(지명) / 憂(し)

　　雜974; 浦 / 恨む

(後)恋618; 浦 / 憂

　　恋642; 浦 / 憂

　　雜1096; 浦 / 裏

　　雜1262; 葦の浦(갈대가 자라고 있는 바닷가) / 足の裏

(拾)賀298; 浦 / 裏

　　雜477; 浦浦 / 裏裏

　　雜572; 塩釜の浦(지명) / うら寂しげに

　　恋961; 袖の浦(지명) / 袖の裏(소매 속)

(後拾)哀傷596; 難波の浦(지명) / 心荒びて ＝ 浦 / うら寂し?

　　　恋730; 鳴海の浦(지명) / 遥かなる身の / 恨み ＝ 鳴海 / 成る身

　　　雜1075; 錦の浦(지명) / 裏

(金)恋430: 鳴門の浦(지명) / 成る / 恨めしき ＝ 鳴海 / 成る身

　　雜552; 袖の浦(지명) / 袖の裏(소매 속)

(千)雜981; 浦 / 心冷えて

(新)秋390; 塩釜の浦(지명) / 恨み ＝ 浦見? / 恨み

268

哀傷807; 袖の浦(지명) / 袖の裏(눈물이 닿는 소매 속)

羇旅971; 信夫の浦(지명) / 心荒びて ＝ 浦 / うら寂(し)?

恋1331; 明石の浦(지명) / 思ひ明かし / 浦千鳥 ＝ 明石の浦 / 明し?

雑1482; 多祜の浦(지명) / 恨めし

雑1497; 袖の浦(지명) / 袖の裏(소매 속)

cf. －うら[－浦] 名: ～ 바닷가

(古)哀傷852; 塩釜の浦(지명)さびしく / 心寂しく

雑973; 難波の浦(지명) / 憂(し)

(後)雑1262; 葦の浦(갈대가 자라고 있는 바닷가) / 足の裏

(拾)雑572; 塩釜の浦(지명) / うら寂しげに

恋961; 袖の浦(지명) / 袖の裏(소매 속)

(後拾)哀傷596; 難波の浦(지명) / 心荒びて ＝ 浦 / うら寂し?

恋730; 鳴海の浦(지명) / 遥かなる身の / 恨み ＝ 鳴海 / 成る身

雑1075; 錦の浦(지명) / 裏

(金)恋430: 鳴門の浦(지명) / 成る / 恨めしき ＝ 鳴海 / 成る身

雑552; 袖の浦(지명) / 袖の裏(소매 속)

(新)秋390; 塩釜の浦(지명) / 恨み ＝ 浦見? / 恨み

哀傷807; 袖の浦(지명) / 袖の裏(눈물이 닿는 소매 속)

羇旅971; 信夫の浦(지명) / 心荒びて ＝ 浦 / うら寂(し)?

恋1331; 明石の浦(지명) / 思ひ明かし / 浦千鳥 ＝ 明石の浦 / 明し?

雑1482; 多祜の浦(지명) / 恨めし

雑1497; 袖の浦(지명) / 袖の裏(소매 속)

うら[裏] 名: 내부. 속. 뒤. 뒷면

(古)秋171; 裏(가을바람에 펄럭이어 드러나 보이는 소매 속) / 心めづ
らしき(마음 끌리는 데가 있다)

恋823; 裏見て / 心見て / 恨みて ＝ 裏見 / 恨み

(後)恋667; 裏見所 / 怨み所

恋943; 裏見(る) / 恨み

雑1096; ＊ 裏はなくとも(直垂衾의 속이 없다 / 속마음을 감추지 않
는다) / 浦はなくとも

雑1170; 裏見 / 恨み

　　　雜1262; 足の裏 / 葦の浦

　　(拾)賀298; 裏 / 浦

　　　雜477; 裏裏 / 浦浦

　　　恋961; 袖の裏(소매 속) / 袖の浦(지명)

　　(後拾)離別487; 裏 / 松が浦波

　　　雜1075; 裏 / 錦の浦

　　　雜1151; 葛の葉の裏 / うら寂しげに

　　(金)恋392; 裏見し / 恨みし

　　　恋395; 裏見ても / 恨みても

　　　雜552; 袖の裏(소매 속) / 袖の浦(지명)

　　(千)恋700; 裏見ん / 恨みん

　　(新)秋296; 裏 / 心悲し

　　　秋440; 裏見 / 恨み

　　　秋450; 葛の裏風(칡덩굴에 붙어 있는 잎을 펄렁이며 부는 바람) /
　　　　　　恨(み)

　　　哀傷807; 袖の裏(눈물이 닿는 소매 속) / 袖の浦(지명)

　　　恋1093; 裏見(る) / 恨み

　　　恋1243; 裏見(る) / 恨み

　　　恋1305; 裏見(る) / 恨み

　　　雜1497; 袖の裏(소매 속) / 袖の浦(지명)

　　　雜1565; 裏見 / 恨み

　　　雜1821; 裏見 / 恨み顔

うら[心] 名: 마음. 마음속

　　(古)恋755; 心 / 浦

　　　恋823; 心見て / 裏見て / 恨みて ＝ 裏見 / 恨み

　　(千)雜981; 心冷えて / 浦

うらがなし[心悲し] 形シク: 마음속으로 슬프게 생각하다

　　(新)秋296; 心悲し / 裏

うらがへす[裏がへす] 動四段: 뒤집다. 변심하다

　　(古)恋823; ＊ 裏がへす(바람이 잎을 뒤집다 / 변심하다)

うらがる[末枯る] 動下二段: 풀잎이나 나무 가지의 끝이 마르다

(新)秋488; 末枯れて / 離れて

うらさびし[心寂し] 形シク: 어쩐지 마음이 쓸쓸하다

  (古)哀傷852; 心寂しく / 塩釜の浦さびしく

  (拾)雑572; うら寂しげに / 塩釜の浦

  (後拾)雑1151; うら寂しげに (왠지 모르게 마음이 쓸쓸하다) / 葛の葉の裏

うらさぶ[心荒ぶ] 動上二段: 마음이 황량하다

  (後拾)哀傷596; 心荒びて / 難波の浦 ＝ うら寂(し)? / 浦

  (新)羈旅971; 心荒びて / 信夫の浦 ＝ うら寂(し)? / 浦

うらちどり[浦千鳥] 名: 해변의 물떼새

  (新)恋1331; 浦千鳥 / 明石の浦

うらみ[恨み. 怨み] 名: 원한

  (後)恋584; 怨み / 浦見

    恋943; 怨み / 裏見

    雑1170; 恨み / 裏見

  (拾)雑573; 恨み / 浦見

    恋980; 怨み / 浦見

    恋982; 怨み / 浦見

    恋983; 怨み / 浦見

  (後拾)恋730; 恨み / 浦

    恋771; 怨み / 浦見

  (金)雑578; 恨み / 和歌の浦見

  (千)恋943; 怨み / 浦見

    恋950; 怨み / 浦見

  (新)秋390; 恨み / 塩釜の浦

    秋450; 恨(み) / 葛の裏風

    恋1093; 怨み / 裏見

    雑1565; 恨み / 裏見

うらみ[浦見] 名: 해안을 둘러 봄. 해안을 보는 일

  (後)恋584; 浦見 / 怨み

  (拾)雑573; 浦見 / 恨み

    恋980; 浦見 / 怨み

恋982; 浦見 / 怨み

恋983; 浦見 / 怨み

雑恋1262; 浦見 / 恨み

雑恋1272; 浦見 / 恨み

(後拾)恋771; 浦見 / 怨み

(金)雑578; 和歌の浦見 / 恨み

(千)恋943; 浦見 / 怨み

恋950; 浦見 / 怨み

(新)秋390; 塩釜の浦(지명) / 恨み ＝ 浦見? / 恨み

うらみがほ[恨み顔] 名: 원망스런 표정의 얼굴

(新)雑1821; 恨み顔 / 裏見

うらみどころ[怨所] 名: 원망스럽게 생각하는 바

(後)恋667; 怨み所 / 裏見所

うらみどころ[裏見所]: 뒷면(뒤 쪽)의 볼만한 곳 → 「裏」와 「見所」

(後)恋667; 裏見所 / 怨み所

うらみる[裏見る]: 잎이나 소매가 바람에 펄럭이어 뒷면을 보다 → 「裏」와
「見る」

(古)恋823; 裏見て / 恨みて / 心見て ＝ 裏見 / 恨み

(後)恋943; 裏見(る) / 恨み

雑1170; 裏見 / 恨み

(金)恋392; 裏見し / 恨みし

恋395; 裏見ても / 恨みても

(千)恋700; 裏見ん / 恨みん

(新)秋440; 裏見 / 恨み

恋1093; 裏見(る) / 恨み

恋1243; 裏見(る) / 恨み

恋1305; 裏見(る) / 恨み

雑1565; 裏見 / 恨み

雑1821; 裏見 / 恨み顔

うらみる[浦見る] 動上一段: 바닷가를 보다. 해안을 둘러보다 cf. 「浦」와 「見る」

(古)恋626; 浦見 / 恨み

272

　　恋727; 浦見む / 怨みむ

　　恋807; 浦見じ / 怨みじ

　　恋816; 浦見つる / 怨みつる

　(後)恋799; 浦見つる / 怨みつる

　　恋858; 浦見ん / 怨みん

　　恋1022; 浦見つる / 怨みつる

　　恋1049; 浦見ん / 怨みん

　(金)恋357; 浦見て / 恨みて

　　恋395; 浦見ても / 恨みても

　(新)恋1377; 浦見 / 恨み

　　恋1433; 浦見て / 恨みて

　　恋1435; 浦見て / 恨みて

うらむ[恨む．怨む] 動四段: 원망하다

　(古)恋626; 恨み / 浦見(る)

　　恋727; 怨みむ / 浦見む

　　恋807; 恨みじ / 浦見じ

　　恋816; 怨みつる / 浦見つる

　　恋823; 恨みて / 裏見て / 心見て ＝ 恨み / 裏見

　　雑974; 恨む / 浦

　(後)恋799; 怨みつる / 浦見つる

　　恋858; 怨みん / 浦見ん

　　恋1022; 怨みつる / 浦見つる

　　恋1049; 怨みん / 浦見ん

　(拾)雑恋1262; 恨み / 浦見

　　雑恋1272; 恨み / 浦見

　(金)恋357; 恨みて / 浦見て

　　恋392; 恨みし / 裏見し

　　恋395; 恨みても / 浦見ても

　(詞)恋257; 恨む / 紫 ＝ 恨む / うらむらさき(末紫)

　(千)恋700; 恨みん / 裏見ん

　　釈教1244; ＊ 恨む(姨捨山에 버려진 노인들이 원망하다 / 석가의 숙모, 憍曇弥가 —)

(新)秋440; 恨み / 裏見

　　秋450; 恨(む) / 葛の裏風

　　恋1243; 恨み / 裏見(る)

　　恋1305; 恨み / 裏見(る)

　　恋1377; 恨み / 浦見(る)

　　恋1433; 恨みて / 浦見て

　　恋1435; 恨みて / 浦見て

うらむらさき[末紫] 名: 紫色 cf. 「紫」

　　(詞)恋257; 紫 / 恨む ＝ うらむらさき(末紫) / 恨む

うらめし[恨めし] 形シク: 원망스럽다

　　(金)恋430; 恨めしき / 鳴門の浦

　　(詞)恋269; 恨めし / 三熊野の浦

　　(新)雑1482; 恨めし / 多祜の浦

うらめづらし[心珍し] 形シク: 마음이 끌리는 데가 있다

　　(古)秋171; 心めづらしき / 裏

うらやま[裏山] 名: 뒷산

　　(詞)雑370; 裏山 / 羨ましく

うらやまし[羨まし] 形シク: 부럽다

　　(詞)雑370; 羨ましく / 裏山

うる[売る] 動四段: 팔다

　　(後拾)羈旅515; 売る / 宇留間(지명)

うるま[宇留間] 名: 지명

　　(後拾)羈旅515; 宇留間 / 売る

え[江] 名: 강이나 호수. 후미. 만

　　(後)恋931; 松の江 / え(縁)

　　　　恋932; 江 / え(縁)

　　(千)釈教1240; 江に / え(縁)に

　　(新)恋1077; 江 / え(縁)

　　　　釈教1940; 江 / えに(縁)

え[縁] 名: 인연

(後)恋931; 縁 / 江

恋932; 縁 / 江

(千)釈教1240; 縁に / 江に

(新)恋1077; 縁 / 江

えぞ[蝦夷] 名: 지명. 陸奥国. 북해도의 옛 이름. えぞが千島

(新)雑1786; 蝦夷 / えぞ知らぬ

えぞしらぬ[えぞ知らぬ]: 이해할 수 없다

(新)雑1786; えぞ知らぬ / 蝦夷

えに [縁] 名: 인연

(新)釈教1940; 縁 / え(江)

おい[老い] 名: 나이를 먹음. 늙음. 노년

(金)雑599; 老い / 老蘇の森

おいそのもり[老蘇の森] 名: 지명. 近江国. 滋賀県 蒲生郡 安土町 東老蘇에

있는 奥石神社의 숲

(金)雑599; 老蘇の森 / 老い

おき[沖] 名: 해안에서 바다 쪽으로 멀리 떨어진 곳

(古)恋474; 沖つ / 置きつ

雑874; 沖 / 奥(궁궐의 中宮前)?

(拾)離別349; 沖ながら / 起きながら

(新)恋1167; 沖つ / 起きつ

おき[熾.燠] 名: 熾火의 略. 빨갛게 불이 붙은 숯불

(古)雑体1030; 燠 / 起きて

墨滅<物名>1104; 熾(빨갛게 불이 붙은 숯불) / おきの井(지명)

おきあかす[起き明かす] 動四段: 철야하다. 밤을 꼬박 새다

(後)秋283; 起き明かす / 置き明かす(이슬이 밤새 내려앉다)

秋290; 起き明かす / 置き明かす

秋424; 起き明かし / 置き明かし

(拾)冬257; 起き明かす / 置き明かす

(後拾)秋295; 起き明かし / 置き明かし

(新)冬551; 起き明かす / 置き明かす

おきあかす[置き明かす] 動四段: 이슬 등이 밤새 내려앉아 있다

(後)秋283; 置き明かす / 起き明かす(밤을 꼬박 새다)

　　秋290; 置き明かす / 起き明かす

　　秋424; 置き明かし / 起き明かし

(拾)冬257; 置き明かす / 起き明かす

(後拾)秋295; 置き明かし / 起き明かし

(新)冬551; 置き明かす / 起き明かす

おきそむ[置き初む]; 첫 이슬이 내리다 →「置く」와「ー初む」

　　(古)恋589; ＊ 置き初めて(첫 이슬이 내리다 / 사랑하기 시작하다)

おきつのはま[興津の浜] 名: 지명

　　(古)雑914; 興津の浜 / 思ひ置きつ

　　(新)羈旅934; 興津の浜 / 思ひ置き ＝ 沖? / 置き

おきどころ[置き所] 名: 둘 장소. 특히 몸과 마음을 둘 장소

　　(古)恋736; ＊ 置き所なし(심신을 둘 곳이 없다 / 심적으로 편지를 둘 곳이
　　　　없다)

おきのゐ[おきの井] 名: 지명. 소재미상

　　(古)墨滅<物名>1104; おきの井 / 熾き(빨갛게 불이 붙은 숯불)

おきふしよる[起き伏し寄る]: 활을 사용하는 동작. 활에 줄을 매기 위해 누
　　　　　　　　　　　　　르다

cf.「起く」와「伏す」와「寄る」

　　(古)恋605; 起き伏し寄る / 起き臥し寄る(연정에 못 이겨 누웠다 일어났다
　　　　하다)

おきふしよる[起き臥し寄る]: 연정을 억누르지 못하고 누웠다 일어났다 하다

cf.「起く」와「臥す」와「寄る」

　　(古)恋605; 起き臥し寄る / 起き伏し寄る(활에 줄을 매기 위해 누르다)

おきゐる[起き居る] 動上一段: 일어나 앉아있다 cf.「起く」

　　(古)雑993; 起き居て / 置き居て

　　(後)秋292; 起きゐながら(일어나 앉아 있다) / 置きゐながら(이슬이 내려
　　　　앉다)

　　　恋720; 起き居む / 置き

　　　哀傷1408; 起きゐし / 置きゐし

　　(拾)恋774; 起き居て / 置きゐて

恋831; 起き居たる / 置きゐたる

(後拾)秋297; 起き居る / 置き居る

(詞)恋246; 起き居る / 置き居る

恋261; 起き居れば / 置き居れば

(新)冬601; 起き居て / 置き居て

おきゐる[置き居る] 動上一段: 이슬 등이 내려앉다 cf.「置く」

(古)雑993; 置き居て / 起き居て

(後)秋292; 置きゐながら(이슬이 내려앉다) / 起きゐながら(일어나 앉아 있다)

恋720; 置き居 / 起き居ん

哀傷1408; 置きゐし / 起きゐし

(拾)恋774; 置きゐて / 起きゐて

恋831; 置きゐたる / 起きゐたる

(後拾)秋297; 置き居る / 起き居る

(詞)恋246; 置き居る / 起き居る

恋261; 置き居れば / 起き居れば

(新)冬601; 置き居て / 起き居て

おく[起く] 動上二段: 밤을 지새우다. 일어나다. 잠을 깨다 cf.「起きゐる」

(古)恋470; 起き / 置き

恋486; 起く / 置く

恋641; 起きて / 置きて

恋643; 起き / 置き

雑体1030; 起きて / 燠

(後)秋291; 起く (자지 않고 가벼운 기분으로 일어나 앉아 있다) / 置く (이슬이 내리다)

恋511; 送る朝(여인이 잠자리에서 일어나 간밤을 같이 보낸 남자를 전송하다) / 置く(솔잎에 흰 이슬이 내리다) = 起くる (잠자리에서 일어나다)? / 置く

恋581; 起きて / 置きて

恋626; 起きて / 置きて

恋826; 起きて / 置きて

恋862; 起きて / 置きて

恋863; 起きて / 置きて

恋914; 起き / 置き

恋922; 起く / 置く

雑1134; 起きて / 置きて

雑1284; 起き / 置き

(拾)離別349; 起きながら / 沖ながら

雑571; 起きて / 置きて

恋715; 起きて / 置きて

恋730; 起く / 置く

(後拾)秋310; 起きて / 置きて

恋681; 起き / 置き

恋682; 起き / 置き

雑914; 起きつつ / 置きつつ

(金)秋177; 起き / 置き

雑564; 起きて / 置きて

(詞)夏72; 起きて / 置きて

秋103; 起き / 置き

恋237; 起き / 置き

(千)恋823; 起きて行く / 置きて

恋846; 起き / 置き

恋907; 起きて / 置きて ＝ ＊ 置く?

(新)秋343; 起きて / 置きて

羇旅896; 起きて / 置きて

羇旅924; 起き / (白露の)置き

恋1167; 起きつ / 沖つ

恋1171; 起きて / 置きて

恋1172; 起き / 置き

恋1174; 起き憂かり / 置き憂かり

恋1183; 起き / 置き

恋1189; 起き / 置き

恋1301; 起き / 置き

雑1666; 起き / 置き

雑1734; 起き / 置き

釈教1932; 起きて / 置きて

おく[置く] 動四段: 이슬 등이 내리다. 놓다. 두다 cf. 「置きゐる」

　(古)離別375; ＊ 置きて(이슬이 내리다 / 나를 남겨두다)

　　恋470; 置き / 起き

　　恋474; 置きつ / 沖つ

　　恋486; 置く / 起く

　　恋589; ＊ 置き初めて(첫 이슬이 내리다 / 사랑하기 시작하다)

　　恋641; 置きて / 起きて

　　恋643; 置き / 起き

　　哀傷842; 置く / 晩稲

　(後)秋291; 置く(이슬이 내리다) / 起く(자지 않고 가벼운 기분으로 일
　　　　　어나 앉아 있다)

　　秋293; 置く / 奥

　　恋511; 置く(솔잎에 흰 이슬이 내리다) / 送る朝(여인이 잠자리에서
　　　　　일어나 간밤을 같이 보낸 남자를 전송하다) ＝ 置く / 起くる

　　恋581; 置きて / 起きて

　　恋613; ＊ 置ける(이슬이 내리다 / 나에게 마음을 주다 / 잠옷을 두다)

　　恋626; 置きて / 起きて

　　恋826; 置きて / 起きて

　　恋862; 置きて / 起きて

　　恋863; 置きて / 起きて

　　恋893; ＊ 置かじ(이슬이 내리다 / 마음에 거리를 두다)?

　　恋914; 置き / 起き

　　恋922; 置く / 起く

　　恋964; 置く / 奥

　　雑1134; 置きて / 起きて

　　雑1212; 文置く / 踏み置く

　　雑1284; 置き / 起き

離別1326; * 置きて(눈물이 떨어지다? / 그대를 남겨두다)

(拾)秋160; 置く / 奥

　雑571; 置きて / 起きて

　恋715; 置きて / 起きて

　恋730; 置く / 起く

(後拾)秋310; 置きて / 起きて

　恋681; 置き / 起き

　恋682; 置き / 起き

　雑914; 置きつつ / 起きつつ

(金)秋177; 置き / 起き

　雑564; 置きて / 起きて

(詞)夏72; 置きて / 起きて

　秋103; 置き / 起き

　恋237; 置き / 起き

(千)恋823; 置きて / 起きて

　恋846; 置き / 起き

　恋907; 置きて / 起きて = * 置く?

　釈教1206; 置きて / 措きて(내버려두고)

(新)夏283; * 置かん(여름에 쓰던 부채를 손에서 놓다 / 가을 이슬이 내리다)

　秋343; 置きて / 起きて

　秋465; 置く(이슬이 내리다) / 思ひ置く(마음속에 정해두다)

　冬622; * 置き(첫서리가 내리다 / 그곳에 그대로 두다)

　離別860; 置きて / き(着)て

　羇旅896; 置きて / 起きて

　羇旅924; 置き(흰 이슬이 내리다) / 起き

　恋1171; 置きて / 起きて

　恋1172; 置き / 起き

　恋1174; 置き憂かり / 起き憂かり

　恋1183; 置き / 起き

　恋1189; 置き / 起き

　　　　恋1301; 置き / 起き

　　　　雑1627; 置く / 奥山

　　　　雑1666; 置き / 起き

　　　　雑1734; 置き / 起き

　　　　釈教1932; 置きて / 起きて

　　　　後出<秋>1984; 置か / をか(岡)

－おく: － 해 두다

　　　(古)雑914; 思ひ置きつ / 興津の浜

　　　(後)雑1212; 踏み置く / 文置く

　　　(新)秋465; 思ひ置く (마음속에 정해두다) / 置く (이슬이 내리다)

　　　　羈旅934; 思ひ置き / 興津の浜 = 置き / 沖?

おく[措く] 動四段: 뒤에 남겨 두다. －한 채 그냥 두다

　　　(千)釈教1206; 措きて (내버려 두고) / 置きて

おく[奥] 名: 속. 마음속

　　　(古)雑874; 奥(中宮前)? / 沖

　　　(後)秋293; 奥 / 置く

　　　　恋964; 奥 / 置く

　　　(拾)秋160; 奥 / 置く

　　　(新)離別861; 道の奥 / 陸奥

　　　　恋1332; 心の奥 / 奥の海

おくて[晩生] 名: 늦은 벼

　　　(古)哀傷842; 晩稲 / 置く

おくのうみ[奥の海] 名: 지명. 奥州. 陸奥国의 바다

　　　(新)恋1332; 奥の海 (陸奥国의 바다) / 心の奥

おくやま[奥山] 名: 깊은 산

　　　(新)雑1627; 奥山 / 置く

おくる[遅る] 動下二段: 뒤지다. 뒤에 남다. 남보다 못하다. 사별하다

　　　(古)雑998; ＊ 遅れて (뒤에 남겨지다 / 열등하다)

　　　(千)哀傷569; ＊ 遅る (뒤에 남다 / 부모와 사별하다)

おくる[送る] 動四段: 보내다

　　　(後)恋511; 送る朝 / 置く = 起くる / 置く

おこす[遣す] 動四段: 보내오다. 넘겨주다

    (後拾)雑1208; 遣す / 熾す

おこす[熾す] 動四段: 발화시키다. 불을 일으키다

    (後拾)雑1208; 熾す / 遣す

おしあく[押し開く] 動下二段: 밀어 열다

    (新)恋1260; 押し開け / 明け方

おしなぶ[押し靡ぶ] 動下二段: 복종시키다

    (拾)夏134; 神もおしなべ / おしなべて

おしなべて[おし並べて] 副: 모두. 한결같이. 똑같이

    (拾)夏134; おしなべて / 神もおしなべ

おちがた[落ち方] 名: 잎 등이 떨어지려고 할 무렵. 단풍이 질 무렵

    (新)雑1548; 落ち方 / をちかた(遠方)

おちばごろも[落葉衣] 名: 신선이 입는다고 하는 옷

    (後)秋318; 落葉衣 / 落ち

おつ[落つ] 動上二段: 달빛이 쏟아지다. 나뭇잎이나 꽃 등이 지다

    (後)秋318; 落ち / 落葉衣

おと[音] 名: 사물의 소리. 멀리서 들려오는 동물의 울음소리. 소문. 평판.
      소식

    (古)恋492; ＊ 音(소리 / 소문)

       雑963; 音 / 訪れ

       雑体1002; 音 / 音羽の山

    (後)夏158; (ありとのみ)音は / 音羽の山

       雑1261; 音 / 音羽の山

    (金)秋173; 音 / 訪れ

       賀315; ＊ 音(북소리 / 평판)

    (千)夏221; 音 / 訪れ

       哀傷597; ＊ 音(피리소리 / 작자가 우는 소리)

       恋869; 音(소식) / 音し始むれ(휘파람새가 울기 시작하다)

    (新)秋305; 音 / 訪れ

       羈旅971; 音 / 訪れ

       恋1055; 音(소문) / 音羽川

恋1308; 音 / 訪れ

雑1622; 音 / 訪れ

おとす[音す] 動サ変: 새나 풀벌레가 울다. 소리가 나다. 소리를 내다. 사람
이 찾아오다. 방문하다. 소식을 전하다. 답장을 하다

(拾)雑秋1109; ＊ 音せぬ(벌레가 울지 않는 / 사람이 찾아오지 않는)

(後拾)冬400; ＊ 音す(싸라기 소리가 나다 / 방문하다)

(金)恋491; ＊ 音す(바람소리가 나다 / 답장하다)

雑663; 音す(폭포가 밤에 더욱 소리를 내다) / 落す(폭포 물을 떨어뜨
리다)

(詞)雑326; ＊ 音す(옷 스치는 소리가 나다 / 남자가 방문하다)

(千)恋869; 音し始むれ(휘파람새가 울기 시작하다) / 音(소식)

雑1190; ＊ 音し音せぬ(時雨가 떨어지며 소리를 내다 / 소식을 보내
오다)

(新)恋1199; ＊ 音する(소리를 내다 / 방문하다)

おとす[落す] 動四段: 떨어뜨리다

(金)雑663; 落す(폭포 물을 떨어뜨리다) / 音す(폭포가 밤에 더욱 소리를
내다)

おとづる[訪る] 動下二段: 방문하다. 소리를 내다

(古)雑963; 訪れ / 音

(金)秋173; 訪れ / 音

(千)夏221; 訪れ / 音

(新)秋305; 訪れ / 音

羈旅971; 訪れ / 音

恋1200; ＊ おとづれて(기러기가 찾아오다 / 기러기가 울어 소리를
내다)

恋1308; 訪れ / 音

雑1622; 訪れ / 音

おとなし[音無し] 形ク: 소식이 없다 cf.「音」와「無し」

(新)雑1662; 音無し(소식이 없다) / 音無川

おとなしがは[音無河] 名: 지명

(金)異本<夏>671; ＊ 音無河(지명 / 흐르는 물소리가 안 들리는 강)

(新)雜1662; 音無川 / 音無し(소식이 없다)

おとはがは[音羽河] 名: 지명. 山城国. 比叡山 남쪽기슭에서 발원, 高野川에
합류한 후, 京都市 左京区 修学院 離宮과 一乗寺를
흐르는 천. 그 밖에 京都市 山科区 音羽山에서 시
작되어 山科에서 四ノ宮川와 합류하여 山科川가 되
는 것과 京都市 東山区 清水寺 부근에서 발원하여
賀茂川로 흘러드는 것도 同名이다. 여기서는 比叡
山 발원의 音羽河

(新)恋1055; ＊ 音羽川(지명 / 소문에 듣다)？ → 掛詞는 音羽川(지명)와
音(소문)로 봄!

おとはのやま[音羽山] 名: 지명. 山城国. 京都市 山科区에 있는 산. 逢坂の関
의 남쪽에 위치

(古)雜体1002; 音羽の山 / 音

(後)夏158; 音羽の山 / (ありとのみ)音は

雜1261; 音羽の山 / 音

おどろかし[驚かし] 名: 밭의 농작물을 먹으러 접근하는 동물 등을 놀라게
하여 쫓는 도구

(後)雜1108; おどろかし(새나 들짐승을 놀라게 하여 쫓는 도구) / 驚か
し(놀라게 하다)

おどろかす[驚かす] 動四段: 놀라게 하다

(後)雜1108; 驚かし / おどろかし(새나 들짐승을 놀라게 하여 쫓는 도
구)

おひのさか[老の坂]: 피할 수 없는 노쇠의 언덕길? cf.「坂」

(後拾)賀429; 老の坂行く / 栄ゆく

おふ[負ふ] 動四段: 짊어지다

(古)恋755; 負ひて / 生ひて

おふ[生ふ] 動上二段: 생기다. 자라나다

(古)恋595; ＊ 生ひず(자라나지 않는다 / 기회가 없다)

恋755; 生ひて / 負ひて

東1099; 生ふ / おふの浦

(金)雜567; 生ひ(생기다) / 追ひ

おふ[追ふ] 動四段: 쫓아내다

    (金)雜567; 追ひ / 生ひ

おふのうら[おふの浦] 名: 지명

    (古)東1099; おふの浦 / 生ふ

おほし[多し] 形ク: 많다

    (後拾)雜1208; 心ざし多(し) / 大原山

    (詞)恋233; 思ふ心は多(し) / おほはら(大原)

    (新)雜1628; 多(し) / 大原の里

        雜1641; 多(し) / 大原山

おほしまのなると[大島の鳴門] 名: 지명. 周防国 cf. 「鳴門」

    (後)恋593; 大島の鳴門 / 成ると

おほはら[大原] 名: 지명. 山城国의 歌枕 京都市 西京区 大原. 숯을 굽던 곳으로
              유명

    (詞)恋233; 大原(숯을 굽는 곳) / 多(그대를 생각하는 마음이 넘칠 정
        도로 많다)

おほはらのさと[大原の里] 名: 지명. 山城国. 京都市 西京区의 大原野

    (新)雜1628; 大原の里 / 多(し)

おほはらやま[大原山] 名: 지명. 山城国. 京都市 西京区의 大原野 일대의 산

    (後拾)雜1208; 大原山 / 心ざし多(し)

    (新)雜1641; 大原山 / 多(し)

おぼろ[朧] 形動ナリ: 어렴풋한 상태. 확실하지 않은 모양

    (新)恋1256; 月影の朧 / おぼろけに(평범하게)

        恋1258; 朧 / おぼろけなく(각별히, 특별히)

おぼろけ 形動ナリ: 보통 정도. 흔함

    (新)恋1256; おぼろけに(평범하게) / 月影の朧

        恋1258; おぼろけなく(각별히, 특별히) / 朧 / 泣く泣く(울면서)

おも[面] 名: 안면. 얼굴

    (詞)雜313; 面晴れぬ(슬픔에 얼굴이 퍼지질 않는다) / 思はれぬ

おもし[重し] 形: 무겁다

    (古)恋694; * 重み(이슬이 무거워서 / 마음이 무거워서)

おもしろし[面白し] 形ク: 상쾌하고 즐겁다. 감흥이 솟는 상태이다. 마음이

끌리는 상태이다

 (金)雜566; 面白き / を(尾)も白き

おもはる[思はる]: 연모의 정을 받다 → 「思ふ」와 「-る」(피동 표현의 조동사)

 (金)恋491; 思はれじ / 晴れじ

 (詞)雜313; 思はれぬ / 面晴れぬ

おもひ[思ひ] 名: 생각. 사모의 정. 죽은 이를 기림. 喪中. 번뇌

 (古)冬328; 思ひ(눈이 내려 쌓인 산마을에서 겨울을 견디며 사는 사람
      들이 느낄 막막함과 불안감) / 火(마음의 불)

  恋470; 思ひ / 日(해)

  恋477; 思ひ(상대방을 연모하는 마음) / 火(사랑하는 사람과 맺어지
     도록 길 안내 역할을 하는 정열의 불)

  恋480; 思ひ(상대방을 연모하는 마음) / 火(나의 마음을 상대방에게
     전해주는 불)

  恋534; 思ひ(상대방이 모르는 나만의 연정) / 火(연모의 불)

  恋544; 思ひ(죽음도 고사하지 않을 주체 못 할 연정) / 火(나방 등
     이 뛰어들어 헛되이 죽는 불)

  恋596; 思ひ(세월이 지나도 꺼지지 않는 연정) / 火(마음속의 불)

  恋600; 思ひ(스스로 제어할 수 없는 연정) / 火(연모의 불)

  恋606; 思ひ(마음속에 담아두고 있는 연정) / 火(연모의 불)

  恋657; 思ひ(한없는 연정) / 火(생각의 불)

  恋790; 思ひ(관계가 소원해진 지금도 끊임없이 불붙어 타고 있는
     연모의 정) / 火(연모의 불)

  恋791; 思ひせば(자신을 초목이 다 마른 겨울 들판이라 생각한다
     면) / 火(생각의 불)

  雜978; 思ひ(나를 생각하는 것이 쌓인 눈처럼 깊은 마음) / 火(나
     를 생각하는 마음의 불)

  雜体1002; 思ひ(和歌로서 표현된 세상 사람들의 타는 듯한 뭇 연
     정들) / 火(사랑의 불)

  雜体1026; 思ひ(연정) / 火(연정의 불) / 緋の色(연정의 불이 띄고
     있는 색) = 思ひ / 緋

  雜体1028; 思ひ(성취되지 않아 애타는 사랑의 마음) / 火(연기만

내는 사랑의 불)

雑体1030; 思ひ(만날 길 없는 사랑 때문에 애타는 마음) / 火

(後)夏209; 思ひ(참으려 해도 그만 겉으로 드러나고 마는 연모의 마음) / 火(반딧불)

恋517; 思ひ(수년간 계속된 여인을 사모하는 마음) / 火(사모의 불)

恋518; 思ひ(효과가 없다고 푸념하는 사람의 작자에 대한 연정) / 火(사모의 불)

恋546; 思ひ(여인의 남자에 대한 사모의 정) / 火(눈물을 따뜻하게 한 사모의 불)

恋562; 思ひ(작자에 대한 상대방의 연정) / 火(그대의 나를 생각하는 불)

恋644; 思ひ(만날 수 없어 눈물짓는 사모의 정)火(가슴을 새까맣게 그슬리는 사모의 불)

恋647; 思ひ(이루어지지 않아 혼자만 애태우는 연정) / 火(사모의 불)

恋763; 思ひ / 日(해)

恋782; 思ひ(그대를 향한 사모의 정) / 火(스스로 마음을 혼란케 하는 사모의 불)

恋824; 思ひ / 日(해)

恋835; 思ひ(나의 한없고 열렬한 마음) / 火(생각의 불)

恋851; 思ひ(남자에게 마음을 주지 않았으면 좋았을걸 하고 후회하는 마음) / 火(회한의 불)

恋869; 思ひ(눈물이 흘러 강물을 이룰 정도로 애타는 연정) / 火(사모의 불)

恋956; 思ひ(남편의 다른 여자에 대한 열렬한 생각) / 火(사모의 불)

恋968; 思ひ(남자의 작자에 대한 연정) / 火(사모의 불)

恋973; 思ひ(상대방을 향한 열렬한 연정)火(사모의 불)

恋974; 思ひ(상대방이 작자를 사랑하는 마음) / 火(사모의 불)

恋988; 思ひ(상대방을 향한 사모의 정) / 火(사모의 불)

恋990; 思ひ(상대방의 열렬한 연정) / 火(꺼질 줄을 모르는 사모의 불)

恋1014; 思ひ(속으로 애태우는 열렬한 연정) / 火(사모의 불)

恋1015; 思ひ(상대방의 작자에 대한 연정) / 火(별 효과도 없는 사모

　　　의 불)

　恋1017; 思ひ(불타는 연정) / 火(사모의 불)

　雜1134; 思ひ / 日(해)

　雜1157; 思ひ / 火

　雜1277; 思ひ / 緋

　雜1294; 思ひ / 日(해)

(拾)冬227; 思ひ(물새가 느끼는 사모의 정) / 火(주변의 물도 얼지 않
　　　게 하는 사모의 불)

　雜572; 思ひ / 火

　神楽597; 思ひ / 火

　恋891; 思ひ(지극히 열렬한 연정) / 火(사모의 불)

　恋929; 思ひ(사랑하는 이를 사모하는 마음) / 火(사모의 불)

　恋962; 思ひ(눈물에 젖어 지내는 애타는 연정) / 火(사모의 불)

　恋971; 思ひ(한없는 연정) / 火(사모의 불)

　恋972; 思ひ(상대방의 작자에 대한 연정) / 火(사모의 불)

　雜恋1255; 思ひ / 日(해)

　哀傷1331; 思ひ(번뇌)の家 / 火の家(불난 집)

(後拾)夏216; 思ひ(마음속에 담아두고 있는 애절한 사랑) / 火(반딧불)

　恋612; 思ひ(속에만 담아두고 참고 있던 사모의 정) / 火(사모의 불)

　恋756; 思ひ(그리워하며 애태우는 사모의 정) / 火(사모의 불)

　恋773; 思ひ(가망 없는 사랑임에도 불구하고 점점 더 불타오르는
　　　연정) / 火(사모의 불)

　恋813; 思ひ / 日(해)

　恋823; 思ひ(작자에 대한 상대방의 연정) / 火(사모의 불)

　雜990; 思ひ / 火

　雜1208; 思ひ / 火

(金)恋465; 思ひ(끊임없이 사모하는 마음) / 火(사모의 불)

　雜615; 思ひ(죽은 자식에 대한 모친의 슬픔) / 火

　雜621; 思ひ(죽은 사람에 대한 사모) / 火(죽은 사람에 대한 사모
　　　의 불/ 火葬의 불)

　異本<雜>708; 思ひ(悔恨의 念) / 火

(詞)恋187; 思ひ(주체할 수 없을 정도로 타오르는 사모의 정) / 火(사모의 불)

恋188; 思ひ(눈에 보이지 않아 알릴 길이 없는 사모의 정) / 火(사모의 불)

恋202; 思ひ(그리운 사람에 대한 사모의 정) / 火(사모의 불)

恋265; 思ひ / 干(る)

(千)夏199; 思ひ(사슴을 잡으려는 집념) / 火(사슴을 잡으려는 집념의 불)

哀傷575; 思ひ(가슴에 가득 차 있는 여러 가지 생각들) / 火(상념의 불)

恋685; 思ひ / 思ひ草

雑1007; 思ひ / 日(해)

雑1041; 思ひ / 火

(新)恋1007; 思ひ(사모하는 마음) / 火(사모의 불)

恋1009; 思ひ(남모르게 속으로 애태우는 연정) / 火(사모의 불)

恋1032; 思ひ(속으로만 애태우는 연정) / 火(사모의 불)

恋1060; 思ひ(그리운 이를 생각하는 사모의 정) / 火(눈물에 젖어도 꺼지지 않는 사랑의 불)

恋1115; 思ひ(오랫동안 만나지 못하고 혼자서 애태우고 있는 연정) / 火

恋1116; 思ひ(뜬소문이 날 정도의 끊임없는 연정) / 火

恋1132; 思ひ(비할 바 없이 지극한 사모의 정) / 火

恋1163; 思ひ(만났다 헤어진 후에 더 절실히 느끼는 사모의 정) / 火

恋1379; 思ひ(두 사람의 관계가 끊어질 것 만 같은 불안감을 떨칠 수 없는 상념) / 火

雑1495; 思ひ(나를 생각하는 마음) / 火(생각의 불)

雑1614; 思ひ(속세의 번뇌를 끊고 보리를 구하려는 생각) / 火(생각의 불)

雑1615; 思ひ(仏者인 작자가 추구하는 무한한 생각) / 火(생각의 불) cf. 新編의 본문은 「思ひ」가 아닌 「心」로 이 경우는 掛詞가 성립이 안 됨

おもひあかす[思ひ明かす] 動四段: 그리운 이를 생각하며 밤을 지새우다

(新)恋1331; 思ひ明かし / 明石の浦 = 明し? / 明石の浦

おもひいづ[思ひ出づ] 動下二段: 생각해 내다. 생각나다. 회상하다

(古)恋643; 思ひ出づる / 日出づる / 火 = 思ひ / 日

(後)離別1309; 思ひいでなん / 火

(新)恋1174; 思ひ出でて / 日(해)

おもひいで[思ひ出で] 名: 마음에 남는 옛날 일을 회상함. 또는 그러한 물건

(後)雑1226; 思ひ出で(회상, 또는 옛날 일을 생각나게 하는 물건) / 火

おもひいる[思ひ入る] 動四段: 깊이 생각하다. 신경을 쓰다

(後)恋879; 思ひ入り / 入り日

(金)恋414; 思ひ入る / 入佐の山 = 思ひ入る / * 日(해 / 日数)?

(詞)恋212; 思ひ入る(깊이 생각하다) / 入る(산에 들어가다)

(千)雑1007; 思ひ入る / 日(해)

　　雑1151; 思ひ入る / 入る山

(新)釈教1974; 思ひ入り / 入日

おもひおきつ[思ひ置きつ]: → 「思ひ置く」와 「一つ」

(古)雑914; 思ひ置きつ / 興津の浜

(新)羈旅934;　思ひ置きつ / 興津の浜 = 置き / 沖?

おもひおく[思ひ置く] 動四段: 마음에 두다. 기억해 두다. 잊을 수 없다. 유
　　　　　　　　감이나 집착을 남기다 cf. 「思ふ」와 「置く」

(古)雑914; 思ひ置きつ / 興津の浜

(新)秋465; 思ひ置く(마음속에 정해두다) / 置く(이슬이 내리다)

　　羈旅934; 思ひ置きつ / 興津の浜 = 置き / 沖?

おもひかく[思ひ懸く] 動下二段: 사모하다. 그리워하다

(拾)恋697; 思ひ懸け / 懸籠

(金)異本<恋>695; 思ひかけ(사모하다) / 懸道(험한 벼랑 길)

おもひきゆ[思ひ消ゆ] 動下二段: 마음이 꺼져들 정도로 생각에 잠기다

(後)恋863; 思ひ消えぬれ(사랑의 고뇌에 마음이 꺼져들 정도로 기운을
　　잃다) / 火(상념의 불)

(新)恋1081; 思ひ消えなん(사랑 때문에 남모르게 애태우다 죽어 버릴
　　것 같다) / 火

おもひぐさ[思ひ草] 名: 식물명. 목을 숙이고 생각에 잠긴 듯이 보이는 풀.
　　　　　　　　女郎花(마타리)의 딴이름

(千)恋685; 思ひ草 / 思ひ

おもひくらし[思ひ暮し]: 그리워하며 지냄

    (古)恋771; 思ひ暮し / 蜩 = 思ひ / 日

    (拾)物名370; 思ひ暮し(그리워하며 지냄) / 蜩

おもひくらぶ[思ひ比ぶ]: 비교해 생각하다 → 「比ぶ」

    (金)恋434; 思ひ比ぶ / 暗部の山

おもひこがる[思ひ焦がる]: 생각하며 속을 태우다 → 「思ふ」와 「焦がる」

    (後)恋991; 思ひ焦がれじ(상대방을 사모하며 속을 태우다) / 火(사모의
        불)焦がれ

おもひしのぶ[思ひ忍ぶ] 動四段: 남모르게 마음속으로 생각하다 cf.「忍ぶ」

    (後)恋787; 思ひ忍ぶ / 忍(草)

    (金)恋429; 思ひ忍ぶ / 信夫

おもひす[思ひ為]: 생각하다 → 「思ひ」와 「為」

    (古)恋791; 思ひせば(자신을 초목이 다 마른 겨울 들판이라 생각한다
        면) / 火 → 「思ひ」

       雑体1002; 思ひする / 駿河(땅이름) → 「為」

おもひそむ[思ひ染む] 動下二段: 마음을 기울이다. 마음에 깊이 생각하다
             cf.「ー染む」

    (古)雑体1001; 思ひ染む / 思ひ初む(사랑하기 시작하다)

    (後)恋987; 思ひ染めてき / 思ひ初めてき

       恋1046; 思ひ染め(思ひ初め?) / 染川

    (拾)恋975; 思ひ染めず / 思ひ初めず

       恋978; 思ひ染めてし / 思ひ初めてし

    (千)恋687; 初め?(思ひ染め) / 染め

    (新)恋995; 思ひ染め / 思ひ初め

       恋1252; 思ひ染め / 思ひ初め

おもひそむ[思ひ初む] 動下二段: 사랑하는 마음이 생기기 시작하다
             cf.「ー初む」

    (古)雑体 1001; 思ひ初む / 思ひ染む(색으로 물들이듯이 마음에 깊이 생각
        하다)

    (後)恋987; 思ひ初めてき / 思ひ染めてき

       恋1046; 思ひ初め?(思ひ染め) / 染川

(拾)恋975; 思ひ初めず / 思ひ染めず

恋978; 思ひ初めてし / 思ひ染めてし

(新)恋995; 思ひ初め / 思ひ染め

恋1252; 思ひ初め / 思ひ染め

おもひたつ[思ひ立つ] 動四段: 결심하다. 마음먹고 행하다. 목적지를 향해 출발
하다

(詞)恋214; 思ひ立つ / 立つ(세우다)

おもひたむ[思ひ溜む] 動下二段: 마음에 담아 두다

(後拾)雑1137; 思ひ溜めたる(마음에 담아 둔) / 矯めたる

おもひつく[思ひ付く] 動四段: 마음이 끌리다. 愛慕의 정이 생기다 cf.「付く」

(後)恋686; 思ひ付く / 筑波の山

おもひつらぬ[思ひ連ぬ] 動下二段: 마음속에 차례차례 생각을 늘어놓다

(古)秋213; 思ひ連ねて(괴로운 생각을 계속 늘어놓다) / 連ね(기러기가
줄을 이루다)

おもひなす[思ひ為す] 動四段: 헤아려 결정하다. 굳게 마음먹다. 결심하다

(拾)雑572; 思ひ為す(굳게 마음먹다) / 那須の湯

おもひね[思ひ寝] 名: 사람을 그리워하며 자는 잠

(新)哀傷810; 思ひ寝 / 寝覚め

おもひのいへ[思ひの家]: 번뇌의 집 cf.「思ひ」

(拾)哀傷1331; 思ひの家 / 火の家(불난 집)

おもひのく[思ひ退く] 動四段: 마음이 멀어지다

(金)恋439; 思ひ退き / 軒

おもひみだる[思ひ乱る] 動下二段: 마음이 산란하다. 번민하다

(古)雑934; 思ひ乱るる(번민하다) / 乱るる

おもひもよらで[思ひも寄らで]: 깊이 생각도 않고. 무심코 → よる[寄る]

(新)雑1600; ＊ 思ひも寄らで(생각을 깊이 하지도 않고) / 寄ら(파도가
가까이 밀려오다)

おもひよる[思ひ寄る] 動四段: 생각을 기울이다. 마음이 끌리다

(千)恋829; 思ひ寄り / 縒り

おもひわたる[思ひわたる]: 끊임없이 연모하다 →「－わたる」

(後)恋619; 思ひわたる / 渡る(다리를 건너다)

おもふ[思ふ] 動四段: 연모하다. 생각하다
   (古)雑979: 思ひ来し路(越에서 그대만을 생각하며 오다) / 火
   (後)恋991: 思ひ焦がれじ(상대방을 사모하며 속을 태우다) / 火(사모의 불)焦がれ
   (金)恋491; 思はれじ / 晴れじ
   (詞)雑313; 思はれぬ / 面晴れぬ
おもふ[思ふ] 動四段: 喪을 치르다. 喪을 당하다
   (後)雑1193; 思ふ / 物思ふ(사랑의 상념에 잠기다)
おもみ[重み]: 무겁기 때문에 →「重し」와「ーみ」
   (古)恋694; * 重み(이슬이 무거워서 / 마음이 무거워서)
おりたつ[下り立つ. 降り立つ] 動四段: 땅에 내려서다. 일을 힘써 처리하다
   (後)恋610; * 下り立ち(涙河에 내려서다 / 스스로 적극적으로 행동하다)
      恋611; * 下りや立つ(涙河에 내려서다 / 스스로 적극적으로 행동하다)
      恋612; * 下り立たむ(涙河에 내려서다 / 스스로 적극적으로 행동하다)
   (拾)雑秋1091; 下り立ちて / 織り裁ちて
   (金)離別335; 下り立つ(못자리 물에 내려서다) / 立つ(작자가 지방으로 부임해 간다는 소문이 일다)
   (千)雑1184; 降り立ち(분명히 모습을 나타내다) / 織り裁ち(직물을 짜내다)
おりたつ[織り裁つ] 動四段: 직물을 짜다
   (拾)雑秋1091; 織り裁ちて / 下り立ちて
   (千)雑1184; 織り裁ち(직물을 짜내다) / 降り立ち(분명히 모습을 나타내다)
おる[織る] 動四段: 직물을 짜다. 아름다운 무늬를 이루다
   (古)雑体1002; * 織れる(천을 짜다 / 여러 가지 깊은 생각을 和歌로써 읊다)
   (千)夏219; 織り / 折(をり)
   (新)雑1489; 織り(직물을 짜다) / をり(居り)

<か行>

か[香] 名: 향기. 향내
　　(拾)雜春1063; 香ばかり(향기만) / 斯ばかり(이만큼)
　　(後拾)春59; 香ばかり / 斯ばかり(이 정도)
　　　　春61; 香ばかり / 斯ばかり(이 정도)
　　　　春62; 香ばかり / 斯ばかり(이 정도)
　　(千)冬468; 香 / 斯ばかり(이 정도)
　　(新)後出<夏>1983; 香ばかり / 斯ばかり

か[彼] 名: 저것. 저쪽
　　(古)恋659; 彼は(저것은) / 川
　　(後)恋636; 彼は / 川
　　　　恋992; 彼は / 川

－か 助: 의문표현. －(일)까?
　　(拾)恋767; 何時かとも / 五日
　　　　雜賀1172; 何時か / 五日
　　(新)恋1043; 何時か / 五日

－か 助: 영탄, 감동표현. －이구나!
　　(新)羈旅986; 明日か(집에 돌아가는 날이 내일이구나!) / 飛鳥川

－が 助: 소유표현. －의
　　(後)春6; 我が名 / 若菜
　　(金)雜607; 我が音(나의 울음소리) / 若根 ＝ 音 / 根

かがみ[鏡] 名: 거울
　　(古)雜899; 鏡 / 鏡山
　　　　神遊び1086; 鏡? / かがみ山

かがみやま[鏡山] 名: 지명
　　(古)雜899; かがみ山 / 鏡
　　　　神遊び1086; かがみ山 / 鏡?

かかり[斯かり] 動ラ変: 「斯くあり」에서 변화된 말. 이러하다
　　(後)秋282; 斯からむ / 懸からむ

恋698; 斯かる / 掛かる

恋754; 斯かる / 掛かる

恋803; 斯かる / 掛かる

恋913; 斯かる / 掛かる

恋1058; 斯からむ / 掛からむ

雑1179; 斯かる / 掛かる

哀傷1408; 斯から / 掛から

(拾)恋763; 斯かり / 掛かり

恋764; 斯から / 掛から

(後拾)哀傷584; 斯かる / 懸かる

哀傷595; 斯かる / 懸かる

雑969; 斯かる / 掛かる

雑1027; 斯かる / 掛かる

雑1058; 斯かり / 懸かり

(詞)秋114; 斯かる / 懸かる

雑404; 斯かる / 掛かる

(千)恋707; 斯かり / 掛かり

恋939; 斯から / 掛から

釈教1206; 斯かる / 掛かる(부처와의 인연을 상징하는 이슬이 내리다)

神祇1279; 斯かる / 懸かる

(新)夏223; 斯かる / 掛かる

秋354; 斯かる / ＊露かかる(이슬이 내리다 / 눈물이 소매에 떨어지다)

賀720; 斯かれ(이러하여라) / 懸かれ

哀傷810; 斯からぬ(이러하지 않은) / 涙掛からぬ

哀傷813; 斯かる(이와 같은) / 掛かる(눈물이 떨어지다)

哀傷846; 斯かる(이와 같은) / 掛かる(눈물이 떨어지다)

羈旅950; 斯かる旅寝 / 白雲の懸かる

羈旅983; 斯かれ(이러하여라) / 懸かれ

恋1165; 斯かり / 掛かり

雑1661; 斯かる / 掛かる

雑1733; 斯から / 懸から(이슬이 내리다)

　　　雑1816; 斯かり / 懸かり

　　　釈教1958; 斯かる / 懸かる(흰 구름이 걸리다)

かかる[掛かる . 懸かる] 動四段: 매달리다. 걸리다. 눈이 내려 덮이다. 관련
　　　　　　　　　되다. 관계를 맺다

　(古)春44; 塵掛かる(먼지가 내려앉다) / 散りかかる(꽃잎이 떨어져 쌓이다)

　　　雑体1032; ＊ 掛からぬ(봄 안개가 끼지 않는 / 그 사람이 관계하지
　　　않은)

　(後)秋282; 懸からむ / 斯からむ

　　　恋698; 掛かる / 斯かる

　　　恋754; 掛かる / 斯かる

　　　恋803; 掛かる / 斯かる

　　　恋913; 掛かる / 斯かる

　　　恋1058; 掛からむ / 斯からむ

　　　雑1179; 掛かる / 斯かる

　　　哀傷1408; 掛から / 斯から

　(拾)恋763; 掛かり / 斯かり

　　　恋764; 掛から / 斯から

　　　雑恋1217; ＊ 掛からぬ(구름이 걸리다 / 여성과 관계를 맺다)

　(後拾)秋330; ＊ かかる(이슬이 내리다 / 가을 들녘에 핀 꽃에 마음이 쏠
　　　리다)

　　　哀傷584; 懸かる / 斯かる

　　　哀傷595; 懸かる / 斯かる

　　　雑969; 掛かる / 斯かる

　　　雑1027; 掛かる / 斯かる

　　　雑1058; 懸かり / 斯かり

　(詞)秋114; 懸かる / 斯かる

　　　恋257; ＊ かかる(매달리다 / 관계를 맺다)

　　　雑404; 掛かる / 斯かる

　(千)恋707; 掛かり / 斯かり

　　　恋939; 掛から / 斯から

　　　釈教1206; 掛かる(부처와의 인연을 상징하는 이슬이 내리다) / 斯

かる

　　　　神祇1279; 懸かる / 斯かる

　　（新）夏223; 掛かる / 斯かる

　　　　秋354; ＊ 露かかる（이슬이 내리다 / 눈물이 소매에 떨어지다）/ 斯
　　　　かる

　　　　賀720; 懸かれ / 斯かれ

　　　　哀傷810; 涙掛からぬ / 斯からぬ（이러하지 않은）

　　　　哀傷813; 掛かる（눈물이 떨어지다）/ 斯かる（이와 같은）

　　　　哀傷846; 掛かる（눈물이 떨어지다）/ 斯かる（이와 같은）

　　　　羈旅950; 懸かる（흰 구름이 걸리다）/ 斯かる 旅寝

　　　　羈旅983; 懸かれ / 斯かれ

　　　　恋1165; 掛かり / 斯かり

　　　　雑1661; 掛かる / 斯かる

　　　　雑1733; 懸から（이슬이 내려 맺히다）/ 斯から

　　　　雑1816; 懸かり / 斯かり

　　　　釈教1958; 懸かる（흰 구름이 걸리다）/ 斯かる

かかれ[斯かれ]:「かくあれ」의 축약형으로 기원의 뜻을 담은 말.
　　　　　　　이러하여라 →「斯かり」

　　（新）賀720; 斯かれ / 懸かれ

　　　　羈旅983; 斯かれ / 懸かれ

かきあつむ[掻き集む] 動下二段: 긁어모으다 cf.「掻く」

　　（後）雑1289; 掻きぞ集むる / 書きぞ集むる

　　（拾）雑秋1141; 掻き集むれど / 書き集むれど

　　（詞）雑380; 掻き集め / 書き集め

かきあつむ[書き集む] 動下二段: 여러 가지를 써 모으다 cf.「書く」

　　（後）雑1289; 書きぞ集むる / 掻きぞ集むる

　　（拾）雑秋1141; 書き集むれど / 掻き集むれど

　　（詞）雑380; 書き集め / 掻き集め

かきおく[掻きおく] 動四段: 긁어모으다 cf.「掻く」

　　（新）哀傷843; 掻き置く / 書き置く

かきおく[書きおく] 動四段: 적어두다. 기입하다 cf.「書く」

(新)哀傷843; 書き置く / 掻き置く

かきくらす[掻き暗す] 動四段: 눈비가 내려 주위를 온통 어둡게 하다

    (新)冬693: * 掻き暗す(눈이 내려 주위를 온통 어둡게 하다 / 옛 기억

      이 흐릿해지다)

かきこもる[掻き籠る] 動四段: 두문불출하다. 틀어박히다

    (新)雑1673; かき籠る / 竹垣

かきたゆ[かき絶ゆ] 動下二段: 뚝 끊어지다

    (金)恋372; かき絶ゆる / 書き絶ゆる(서신이 끊어지다)

    (千)雑1165; かき絶えし / 書き絶えし(서신 왕래가 끊어지다)

    (新)冬674; かき絶えて / 掻き(긁어모으다)

かきたゆ[書き絶ゆ] 動下二段: 서신 왕래가 끊어지다 cf.「書く」

    (金)恋372; 書き絶ゆる / かき絶ゆる(뚝 끊어지다)

    (千)雑1165; 書き絶えし / かき絶えし(뚝 끊어지다)

かきつむ[書き集む] 動下二段: 여러 가지를 써 모으다 cf.「書く」

    (後拾)雑1087; 書き集めて / 掻き集めて

    (千)雑1160; 書き集めて / 掻き集めて

かきつむ[掻き集む] 動下二段: 긁어 한곳에 모으다 cf.「掻く」

    (後拾)雑1087; 掻き集めて / 書き集めて

    (千)雑1160; 掻き集めて / 書き集めて

かきながす[書き流す] 動四段: 글 등을 써서 후세에 남기다. 써서 전하다

              cf.「書く」

    (詞)雑369; 書き流す / 掻き流す(낙엽을 긁어 물에 흘려보내다)

    (千)恋661; 書き流さばや / 掻き流さばや

かきながす[掻き流す] 動四段: 낙엽 등을 긁어 물에 흘려보내다 cf.「掻く」

    (詞)雑369; 掻き流す / 書き流す(和歌를 남겨 후세에 전하다)

    (千)恋661; 掻き流さばや / 書き流さばや

かきやる[掻き遣る] 動四段: 손으로 털어 내다 cf.「掻く」

    (拾)恋670; 掻き遣ら / 書き遣ら

    (後拾)雑1088; 掻き遣る / 書き遣る

かきやる[書き遣る] 動四段: 써 보내다 cf.「書く」

    (拾)恋670; 書き遣ら / 掻き遣ら

(後拾)雑1088; 書き遣る / 掻き遣る

かぎり[限り] 名: 한계. 일정한 범위. 임종

    (後)恋824; 限り / 霧

かぎりなし[限なし] 形ク: 끝이 없다. 더없다. 최고이다

    (後)雑1082; ＊ 限りなき(생각하는 마음이 한없다 / 생각이라는 줄이 끝없이 길다)

かく[懸く . 掛く] 動下二段: 마음을 기울이다. 사모하다. 정을 주다. 마음에 두다. 목표로 삼다. 소원 성취를 기대하다. 말을 걸다

    (古)恋487; ＊ 掛け(마음에 두다 / 어깨띠를 두르다)

    恋593; ＊ 懸けて(마음을 기울이다 / 몸에 걸치다)

    恋786; ＊ 掛けて(마음에 두다 / 옷을 걸치다)

    恋＊ 803; 掛け(말을 걸다) / 架け(벼를 말리기 위해 架台에 걸치다)

    (拾)雑572; 頼みを懸く / 隠れ沼

    神楽＊ 593; 祈ぎ掛くる(기원하다) / 懸くる(어깨띠를 걸치다)

    恋＊ 865; 掛け(마음을 쓰다) / 架け(다리를 놓다)

    恋867; ＊ 懸く(마음에 두다 / 木綿襷를 걸치다)

    (金)恋409; ＊ 掛けて(마음에 두다 / 파도를 뿌리다) / かけて(결코)

    恋504; ＊ 掛く(마음을 기울이다 / 차양을 걸치다)

    (千)神祇1271; ＊ 掛く(소원성취를 기대하다 / 木綿襷를 걸치다)

    (新)神祇1884; ＊ 懸く(마음을 기울이다 / 금줄을 걸다)

かく[懸く . 掛く . 架く] 動下二段: 걸다. 걸치다. 흩뿌리다

    (古)恋487; ＊ 掛け(어깨띠를 두르다 / 마음에 두다)

    恋593; ＊ 懸けて(몸에 걸치다 / 마음을 기울이다)

    恋786; ＊ 掛けて(옷을 걸치다 / 마음에 두다)

    恋＊ 803; 架け(벼를 말리기 위해 架台에 걸치다) / 掛け(말을 걸다)

    (後)恋619; 舟橋架けて / かけてのみ(마음에 두고 속으로만)

    (拾)神楽＊ 593; 懸くる(어깨띠를 걸치다) / 祈ぎ掛くる(기원하다)

    恋＊ 865; 架け(다리를 놓다) / 掛け(마음을 쓰다)

    恋867; ＊ 懸く(木綿襷를 걸치다 / 마음에 두다)

    (後拾)春156; 懸く(걸치다) / 隠る

    哀傷541; 懸け / かけても

　　　　哀傷578; ＊ 懸け(옷을 걸다 / 눈물을 떨어뜨리다)

　　　　雑1025; 掛け(보배스런 구슬을 걸치다) / かけて(전혀)

　　　　雑1209; 手掛く(손에 들다) / 手書く(편지를 쓰다)

　　(金)恋409; ＊ 掛けて(파도를 뿌리다 / 마음에 두다) / かけて(결코)

　　　　恋504; ＊ 掛く(차양을 걸치다 / 마음을 기울이다)

　　(詞)夏54; 木綿懸けて / 夕かけて

　　　　雑336; ＊ 懸く(菖蒲의 뿌리를 걸치다 / 소리를 내어 울다)

　　(千)夏223; 木綿懸けて / 夕かけて

　　　　恋680; 掛く / 斯く

　　　　雑1050; 懸く(파도를 뿌리다) / 描く(그림을 그리다)

　　　　神祇1271; ＊ 掛く(木綿襷를 걸치다 / 소원성취를 기대하다)

　　(新)恋1240; ＊ 掛く(창포뿌리를 소매에 걸치다 / 소매에 대고 흐느끼다)

　　　　神祇1884; ＊ 懸く(금줄을 걸다 / 마음을 기울이다)

　　　　神祇1902; 掛けて(어깨띠를 걸치다) / かけても(결코)

かく[書く・画く] 動四段: 쓰다. 그리다

　　(古)恋761; 数書く / 掻く

　　(後)雑1289; 書きぞ集むる(여러 가지를 써 모으다) / 掻きぞ集むる

　　(拾)恋670; 書き遣ら(써 보내다) / 掻き遣ら(손으로 털어 내다)

　　　　恋879; 画く / 斯く

　　　　雑秋1141; 書き集むれど / 掻き集むれど

　　(後拾)雑1087; かきつめて(書き集めて) / 掻き集めて

　　　　雑1088; 書き遣る / 掻き遣る

　　　　雑1209; 手書く(편지를 쓰다) / 手掛く(손에 들다)

　　(金)恋372; 書き絶ゆる(서신이 끊어지다) / かき絶ゆる(뚝 끊어지다)

　　(詞)雑369; 書き流す / 掻き流す(낙엽을 긁어 물에 흘려보내다)

　　　　雑380; 書き集め / 掻き集め

　　(千)恋661; 書き流さばや / 掻き流さばや

　　　　恋748; 書き / 掻き

　　　　雑1050; 描く(그림을 그리다) / 懸く(파도를 뿌리다)

　　　　雑1160; かきつめて(書き集めて) / 掻き集めて

　　　　雑1165; 書き絶えし(서신이 끊어지다) / かき絶えし(뚝 끊어지다)

(新)哀傷843; 書き置く(적어두다) / 搔き置く

かく[搔く] 動四段: 날개를 퍼덕이다. 긁다

    (古)恋761; 搔く / 数書く

    (後)雑1289; 搔きぞ集むる(긁어모으다) / 書きぞ集むる

    (拾)恋670; 搔き遣ら(손으로 털어 내다) / 書き遣ら

      雑秋1141; 搔き集むれど / 書き集むれど

    (後拾)雑1087; かきつめて(搔き集めて) / 書き集めて

      雑1088; 搔き遣る(손으로 털어 내다) / 書き遣る

    (詞)雑369; 搔き流す(낙엽을 긁어 물에 흘려보내다) / 書き流す(和歌를 남겨 후세에 전하다)

      雑380; 搔き集め / 書き集め

    (千)恋661; 搔き流さばや / 書き流さばや

      恋748; 搔き / 書き

      雑1160; かきつめて(搔き集めて) / 書き集めて

    (新)冬674; 搔き(태울 해초를 모으기 위해 긁다) / かき絶えて

      哀傷843; 搔き置く(긁어모아 두다) / 書き置く

かく[斯く] 副: 이와 같이. 이처럼

    (後)恋681; 斯くしつつ / 隠しつつ

    (拾)恋879; 斯く / 画く

    (千)恋680; 斯く / 掛く

かく 動下二段: ねをかく. 소리를 밖으로 내다. 우는 소리를 억누르며 소매에 대고 흐느끼다

    (詞)雑336; * 懸く(소리를 내어 울다 / 菖蒲 뿌리를 걸치다)

    (新)恋1240; * 掛く(소매에 대고 흐느끼다 / 창포뿌리를 소매에 걸치다)

かくす[隠す] 動四段: 숨기다

    (後)恋681; 隠しつつ / 斯くしつつ

かくる[隠る] 動下二段: 숨다

    (古)恋565; 身隠れて(사랑에 빠진 자기 자신이 숨어서) / 水隠れて(물 속에 숨어)

      恋672; * 隠る(물 속에 숨다 / 남의 이목으로부터 숨다)

    (後拾)春156; 隠る / 懸く

(千)夏214; 身隱れ(見隱れ?) / 水隱れ

かくれぬ[隱れ沼] 名: 수초가 덮여 물이 보이지 않는 못

    (拾)雜572; 隱れ沼 / 賴みを懸く

かげ[鹿毛] 名: 말의 털색의 하나. 사슴 털처럼 다갈색이고, 갈기 . 꼬리 . 다
          리의 밑 부분이 흑색인 것

    (拾)雜秋1108; 鹿毛 / 夕影

        雜恋1253; 鹿毛 / 影

        雜恋1254; 鹿毛 / 影

    (金)雜653; 鹿毛 / 影(그림자)

    (詞)秋102; 鹿毛 / 影(달빛)

        離別185; 鹿毛 / 影(모습) / 蔭(소나무 그늘)

かげ[影] 名: 모습. 물이나 거울 등에 비치는 모습. 그림자. 해나 달 등의 빛

    (古)春95; 花の影(멋진 꽃의 모습) / 花の陰(꽃이 만드는 그늘)

        哀傷845; 影(물에 비치는 그림자) / 御影(옛 모습) / 御陰(은덕)

        神遊び1080; * 影(수면에 비치는 햇살 / 태양신의 모습)

        東1095; 影 / 陰

    (拾)雜恋1253; 影 / 鹿毛

        雜恋1254; 影 / 鹿毛

    (後拾)賀443; 影(빛) / 蔭(비호)

    (金)雜653; 影(그림자) / 鹿毛(말의 털 색 이름)

    (詞)秋102; 影(달빛) / 鹿毛(다갈색 털)

        離別185; 影(모습) / 蔭(소나무 그늘) / 鹿毛

    (千)羈旅523; 清水影 / かけ離れなば

    (新)恋1354; 影(모습) / 陽炎

かげ[陰 . 蔭] 名: 그늘

    (古)春95; 花の陰(꽃이 만드는 그늘) / 花の影(멋진 꽃의 모습)

        東1095; 陰 / 影

    (後)秋432; * 蔭(국화 아래의 그늘 / 비호해 주는 사람)

        秋433; * 蔭(국화 그늘 / 비호)

    (拾)神楽611; * 蔭(산그늘 / 은총)

    (詞)離別185; 蔭(소나무 그늘) / 影(모습) / 鹿毛

(新)雜1608; * 陰(王의 천년 영화를 뜻하는 소나무 그늘 / 主君의 비호)

かげ[陰.蔭] 名: 은혜. 은총. 비호

　　　(古)哀傷845; 御陰(은덕) / 影(물에 비치는 그림자) / 御影(옛 모습)

　　　(後)秋432; * 蔭(비호해 주는 사람 / 국화 아래의 그늘)

　　　　　　秋433; * 蔭(비호 / 국화 그늘)

　　　(拾)神楽611; * 蔭(은총 / 산그늘)

　　　(後拾)賀443; 蔭(비호) / 影(빛)

　　　(新)雜1608; * 陰(主君의 비호 / 王의 천년 영화를 뜻하는 소나무 그늘)

かけご[懸籠] 名: 속 상자를 바깥쪽 상자의 위 쪽 틀에 걸치게끔 만든 겹
　　　　　　상자

　　　(拾)恋697; 懸籠 / 思ひ懸け

　　　(金)雜610; 懸籠 / こ(子)

かけぢ[懸道] 名: 벼랑에 목재 등을 걸쳐 만든 길. 험한 산길

　　　(金)異本<恋>695; 懸道(험한 벼랑 길) / 思ひかけ(사모하다)

かけて 副: 거짓으로라도. 아주 조금이라도. 전혀. 결코

　　　(後拾)哀傷541; かけても / 懸け

　　　　　　雜1025; かけて(전혀) / 掛けて

　　　(金)恋409; かけて(결코) / * 掛けて(파도를 뿌리다 / 마음에 두다)

　　　(新)神祇1902; かけても(결코) / (木綿だすき)掛けて

かけて 副: 마음속으로. 마음에 두고

　　　(後)恋619; かけてのみ(마음에 두고 속으로만) / 舟橋架けて

かけはし[梯.懸橋] 名: 벼랑 등에 나무 따위를 걸쳐 길을 낸 다리

　　　(新)羈旅906; 懸橋 / けはし(險し)

かけはなる[掛け離る] 動下二段: 멀어져 가다

　　　(千)羈旅523; かけ離れなば / 清水影

かげろふ[陽炎] 名: 아지랑이

　　　(新)恋1354; 陽炎 / 影(모습)

かけわたる[架け渡る] 動四段: 다리 등을 걸치다

　　　(千)恋862; 架け渡る / 懸けわたる

かけわたる[懸けわたる] 動四段: 마음을 계속 기울이다

　　　(千)恋862; 懸けわたる / 架け渡る

かこ[鉸具] 名: 가죽띠 끝에 부착해 한쪽 가죽끈을 꿰어 고정시키는 금속장식
　　　(新)恋1052; かこ(鉸具) / かことばかり

かこと[託言] 名: 구실. 허울
　　　(新)恋1052; かことばかり(아주 조금. 모양뿐) / かこ(鉸具)

かさ[笠] 名: 삿갓. 御笠
　　　(後)恋715; 笠 / 御蓋 / 三笠の山
　　　　　恋1029; 笠 / 三笠山
　　　　　恋1030; 笠 / 三笠山
　　　(拾)賀274; 御笠 / 三笠の山
　　　　　雑547; 御笠 / 三笠(산이름)
　　　　　雑春1056; 笠 / 三笠の山
　　　　　雑賀1191; 笠 / 三笠の山
　　　(後拾)雑927; 御笠 / 三笠山
　　　　　　雑1178; 御笠 / 三笠山
　　　(金)秋200; 御笠 / 三笠山
　　　　　秋203; 御笠 / 三笠山
　　　　　雑661; 笠 / 鵲
　　　　　雑662; 笠着(る) / 咲き
　　　(詞)雑291; 御笠 / 三笠山
　　　　　雑335; 御笠 / 三笠山
　　　(千)神祇1256; 御笠 / 三笠山
　　　　　神祇1260; 御笠 / 三笠山
　　　(新) 神祇1897; 御笠 / 見(る) / 三笠の山 ＝ 御笠 / 三笠の山

かさきる[笠着る]: 삿갓을 쓰다 → 「笠」와 「着る」
　　　(金)雑662; 笠着(る) / 咲き

かささぎ[鵲] 名: 까치
　　　(金)雑661; 鵲 / 笠

かさとり[笠取り] 名: 삿갓을 들거나 씀. 또는 그 사람
　　　(古)秋261; 笠取り(비가 새지 않게 우산을 받쳐 들음) / かさとりの山
　　　　　　　(단풍이 든 카사토리야마)
　　　　　秋263; 笠取り(비가 와서 우산을 받쳐 들음) / かさとり山(눈부시게

　　　　　단풍이 든 카사토리야마)

　　(後)離別1325; 笠とり / 笠取山

かさとりのやま[笠取山] 名: 지명 cf. 「かさとりやま」

　　(古)秋261; かさとりの山(단풍든 笠取山) / 笠取り(비가 새지 않게 우산
　　　　을 받쳐 들음)

かさとりやま[笠取山] 名: 지명 cf. 「かさとりのやま」

　　(古)秋263; かさとり山(눈부시게 단풍이 든 笠取山) / 笠取り(우산을 받
　　　　쳐 들음)

　　(後)離別1325; 笠取山 / 笠とり

かさぬ[重ぬ] 動下二段: 위쪽에 쌓여 겹치다. 거듭되다

　　(拾)秋197; 重ねつつ(강물의 波紋 위에 단풍이 떨어져 겹치다) / 襲?

かさね[襲]: 의복을 겹쳐 입는 것. 또는 그 의복. 상의와 하의가 한 벌로 되
　　　　어 있는 의복

　　(拾)秋197; 襲? / 重ねつつ(강물의 波紋 위에 단풍이 떨어져 겹치다)

かさゆひ[笠結ひ]: 삿갓을 엮음

　　(古)大歌所1073; 笠結ひ? / かさゆひの島

かさゆひのしま[かさゆひの島] 名: 지명

　　(古)大歌所1073; かさゆひの島 / 笠結ひ?

かしはぎ[柏木] 名: 떡갈나무. 左右兵衛의 異称, 또는 그 직책 cf. (拾)1222
　　　　(後拾)903,932

　　(新)恋1046; ＊ 柏木(떡갈나무 / 左右兵衛의 異称, 또는 그 직책)

かしはぎのもり[柏木の杜] 名: 떡갈나무 숲 cf. 「森」

　　(拾)雑恋1222; 柏木の森 / 漏り

　　(後拾)雑932; 柏木の杜 / 洩り(새다)

　　(新)恋1046; 柏木の森 / 漏り

かす[貸す] 動四段: 빌려 주다

　　(古)羈旅408; 貸せ(강바람이 차니 옷을 빌려 다오) / 鹿背山 / かせ(실
　　　　패) ＝ 貸せ / 鹿背山

かず[数] 名: 수

　　(拾)恋879; 画く数 / 数ならぬ

かすが[春日]: 봄 날?

(新)春22; 春日? / 春日の原

かずかず[数数] 形動ナリ: 많음. 친밀함. 친절하고 공손함

　　(古)恋705; かずかず(가치가 있다) / かずかずに(많이)

かずかずに 副: 여러 가지. 많이. 이것저것

　　(古)恋705; かずかずに(많이) / かずかず(가치가 있다)

かすがのはら[春日の原] 名: 지명. 大和国

　　(新)春22; 春日の原 / 春日(봄 날)?

かずならず[数ならず]: 부족하다. 하찮다. 문제가 되지 않는다

　　(拾)恋879; 数ならぬ(부족한, 하찮은) / 画く数

かせ 名: 물레질한 실을 감는 도구. 실패

　　(古)羇旅408; かせ(자아낸 실을 거는 도구) / 貸せ(빌려 다오) / 鹿背山
　　　　＝ 貸せ / 鹿背山

かぜ [風] 名: 바람

　　(古)恋589; ＊風(바람 / 소문)

　　(後)秋265; ＊風(소나무에 부는 바람 / 거문고 곡명 등의 「－風」?)

　　(金)雑606; 風 / 風邪

かぜ[風邪] 名: 감기

　　(金)雑606; 風邪 / 風

－かぜ[－風]: 거문고 곡명에 붙이는 「－風」?

　　(後)秋265; ＊風(거문고 곡명 등의 「－風」 / 소나무에 부는 바람)

かぜはやみ[風早み]: 바람이 빠르기 때문에

　　(古)恋785; ＊風早み(산바람이 세어서 / 함께 사는 산의 모습이 엄해서)

かせやま[鹿背山] 名: 지명

　　(古)羇旅408; 鹿背山(옷을 빌려 줄 법한 鹿背山) / 貸せ / かせ(실패) ＝
　　　　鹿背山 / 貸せ

かた[潟] 名: 개펄. 갯가

　　(拾)雑498; 潟 / 方

　　(後拾)恋626; 潟 / 方(방향)

　　(金)雑601; 潟 / 難(し)

　　(新)冬649; 潟 / 片思ひ

　　　　恋1079; 潟 / 方(방도)

恋1080; 潟 / 方(방도)

かた[方] 名: 방향(쪽, 편). 장소(곳). 방법. 수단

  (拾)雑498; 方 / 潟

  (後拾)恋626; 方(방향) / 潟

    恋787; * 方(방향 / 방법)

  (千)神祇1271; 我が方(내 쪽) / かたをか(片岡)

  (新)恋1079; 方(방도) / 潟

    恋1080; 方(방도) / 潟

かたいと[片糸] 名: 실을 꼬기 전의 두 가닥 중 한쪽

  (後)恋550; 片糸 / 難(し)

かたおもひ[片思ひ] 名: 짝사랑

  (新)冬649; 片思ひ / 潟思ひ

かたかひ[片飼ひ] 名: 말 등의 사육이 충분치 않아 아직 길들여져 있지 않음

  (拾)恋904; 片飼ひ / 難(し)

かたし[固し.堅し] 形ク: 단단하다

  (後)恋807; 固き / 難き

  (拾)恋648; 根堅き(뿌리가 견고하다) / 寝難き(동침하기가 어렵다)

  (千)恋758; 堅ければ / 難ければ(곤란하기 때문에)

かたし[難し] 形ク: 어렵다. 용이치 않다. 곤란하다

  (後)恋550; 難(し) / 片糸

    恋807; 難き / 固き

    恋917; 難(し) / 交野

    雑1268; 難み(만나는 일이 어려워서) / 形見(그 사람을 생각나게 하는 거문고 소리)

  (拾)恋679; 難 / かたゐざりする

    恋784; 難 / 片割れ月

    恋904; 難(し) / 片飼ひ

  (後拾)恋695; 難(し) / 片結び

  (金)恋479; 難(し) / 方違ふ

    恋500; 難み / 筐

    恋501; 難(し) / かたねぶり

恋502; 難(지금은 좀처럼 만나기가 어렵다) / 交野(사냥을 하러 가는 곳)

雑601; 難(し) / 潟

(千)恋758; 難ければ(곤란하기 때문에) / 堅ければ

(新)恋1110; 難(し) / 交野の里

恋1114; 難(し) / 片削ぎ

恋1164; 難(し) / 堅結び

恋1404; 難み / 形見

－がたし[－難し] 形ク: －하기 어렵다. －하기가 용이치 않다

(古)恋717; 忘れ難み / 忘れ形見に

(拾)離別321; 留め難み / 形見

(拾)恋648; 寝難き(동침하기가 어렵다) / 根堅き(뿌리가 견고하다)

(新)春144; 忘れ難み / 忘れ形見

哀傷801; 忘れ難(し) / 忘れ形見 ＝ 難み / 形見

雑1565; 忘れ難(し) / 形見 ＝ 難み / 形見

雑1641; 住みが(たし) / 炭竈 ＝ 住み / 炭

雑1799; (忘れ)難み / (忘れ)形見

かたたがふ[方違ふ] 動下二段: 가고자 하는 방향에 天一神이 있어 불한 경
우에 일시 다른 곳에서 머묾으로써 방향을
바꿔 목적지로 향하다

(金)恋479; 方違ふ / 逢ふことの難(し)

かたねぶり[かた眠り] 名: 선잠. 얕은 잠

(金)恋501; かたねぶり / 難(し)

かたの[交野] 名: 지명. 河内国 交野郡. 현재의 大阪府 交野市와 枚方市에 걸
친 땅

(後)恋917; 交野 / 難(し)

(金)恋502; 交野(사냥을 하러 가는 곳) / 難(지금은 좀처럼 만나기가 어
렵다)

かたののさと[交野の里] 名: 지명

(新)恋1110; 交野の里 / 難(し)

かたはし[片端] 名: 한쪽 끝. 극히 일부분

(拾)雑賀<雑恋>1199; 片端 / 橋

かたぶく[傾く] 動四段: 기울다. 해나 달이 기울다. 계절이 끝나가다

　　(新)夏268; ＊ 夏の日のかたぶく(여름 해가 저물다 / 여름이 끝나가다)

かたふたがる[方塞がる] 動四段: 가려고 하는 방향에 손(天一神)이 끼어 있
　　　　　　　　　　　다. 방도가 없게 되다

　　(後)恋815; ＊ 方ふたがりて(陰陽道에서, 가려는 방향이 막히다 / 만날
　　　　방도가 없게 되다)

かたみ[形見] 名: 유품. 옛날 일을 되살리게 하는 물건이나 사람 cf. 忘れ形見

　　(古)恋717; 忘れ形見に / 忘れ難み

　　(後)春51; 形見 / 互に

　　　　恋558; 形見 / 筐

　　　　恋822; 形見 / 互に

　　　　雑1187; 形見の子 / 筐の籠

　　　　雑1268; 形見 / 難み

　　　　哀傷1392; 形見の子 / 筐の籠

　　(拾)離別321; 形見 / 留め難み

　　　　雑春1062; 形見 / 筐

　　　　哀傷1310; 形見 / 筐

　　(後拾)哀傷579; 形見 / 筐

　　　　　哀傷589; 形見 / 片身

　　(詞)雑380; 形見 / 筐

　　(千)春110; 形見 / 筐

　　(新)春14;　形見 / 筐

　　　　春144; 忘れ形見 / 忘れ難み

　　　　哀傷776; 形見 / 互に

　　　　哀傷801; 忘れ形見 / 忘れ難(し) ＝ 形見 / 難み

　　　　離別891; 形見に / 互に

　　　　恋1404; 形見 / 難み

　　　　雑1565; (忘れ)形見 / 忘れ難(し) ＝ 形見 / 難み

　　　　雑1799; (忘れ)形見 / (忘れ)難み

　　　　後出＜哀傷＞1987; 形見に / 互に

かたみ[筐] 名: 광주리. 대바구니

　　　(後)春7; 筐 / 互に

　　　　　恋558; 筐 / 形見

　　　　　雑1187; 筐の籠 / 形見の子

　　　　　哀傷1392; 筐の籠 / 形見の子

　　　(拾)雑春1062; 筐 / 形見

　　　　　哀傷1310; 筐 / 形見

　　　(後拾)哀傷579; 筐 / 形見

　　　(金)恋500; 筐 / 今は難み

　　　(詞)雑380; 筐 / 形見

　　　(千)春110; 筐 / 形見

　　　(新)春14; 筐 / 形見

かたみ[片身] 名: 옷의 뒤쪽 등줄기를 중심으로 좌우로 나눈 한쪽 부분

　　　(後拾)哀傷589; 片身 / 形見

かたみ[難み]: －하기 어렵기 때문에 → 「難し」와 「－み」

　　　(後)雑1268; 難み(만나는 일이 －) / 形見(그 사람을 생각나게 하는 거문고 소리)

－がたみ[－難み]: －하기 어렵기 때문에 → 「－難し」와 「－み」

　　　(古)恋717; 忘れ難み / 忘れ形見に

　　　(拾)離別321; 留め難み / 形見

　　　(新)春144; 忘れ難み / 忘れ形見

　　　　　哀傷801; 忘れ難(し) / 忘れ形見 ＝ 難み / 形見

　　　　　雑1565; 忘れ難(し) / (忘れ)形見 ＝ 難み / 形見

　　　　　雑1799; 忘れ難み / 忘れ形見

かたみに[互に] 副: 서로. 번갈아 가며. 각각. 각자

　　　(後)春7; 互に / 筐

　　　　　春51; 互に / 形見

　　　　　恋822; 互に / 形見

　　　(新)哀傷776; 互に / 形見

　　　　　離別891; 互に / 形見に

　　　　　後出＜哀傷＞1987; 互に / 形見に

かたみのこ[形見の子]: 죽은 이를 회상시키는 그 사람의 자식 → 「形見」와 「子」

(後)雜1187; 形見の子 / 筐の籠

哀傷1392; 形見の子 / 筐の籠

かたみのこ[筐の籠]: → 「筐」와 「籠」

(後)雜1187; 筐の籠 / 形見の子

哀傷1392; 筐の籠 / 形見の子

かたむすび[片結び] 名: 끈 묶는 방법의 하나. 한쪽을 곧게 편 채 다른 쪽을 감
아 맴

(後拾)恋695; 片結び / 逢ふことの難(し)

かたむすび[堅結び]: 끈을 단단하게 묶음 cf. 「堅し」

(新)恋1164; 堅結び / 難(し)

かたわれつき[片割れ月] 名: 반달

(拾)恋784; 片割れ月 / 逢ふことは難

かたゐざり[片居ざり] 名: 어린아이가 겨우 김. 어린아이 등이 한쪽 무릎을
꿇은 채 앞으로 기어나감

(拾)恋679; 片居ざりする / 逢ふことは難

かたをか[片岡] 名: 지명

(千)神祇1271; 片岡 / 我方(내쪽)

かち[褐] 名: 짙은 감색

(金)異本<恋>717; 褐 / 徒歩

(詞)恋230; 褐 / あながちに(強ちに)

かち[徒.徒歩] 名: 도보

(金)異本<恋>717; 徒歩 / 褐(짙은 감색)

かぢ[楫] 名: 배를 젓는 도구의 총칭

(後拾)秋242; 舟の楫(배를 젓는 도구) / 梶の葉

(新)秋320; 舟の楫 / 梶の葉

かぢ[梶] 名: 식물명. 꾸지나무. 梶の木

(後拾)秋242; 梶の葉(꾸지나무의 잎) / 舟の楫

(新)秋320; 梶の葉 / 舟の楫

かつ[且つ] 副: 한편으로는. ―하는 한편에서는

(古)恋677; かつ見 / はなかつみ

(新)夏184; かつ見る / かつみ(マコモ의 다른 이름)

かづく[潜く] 動四段: 잠수하다. 물 속에 들어가 해산물을 따다
  (後拾)雜1075; 潜かぬ / 被かぬ
かづく[被く] 動四段: 천 등을 머리에 푹 쓰다. 하사받은 물건을 머리 위로
         부터 어깨에 걸치다
  (後拾)雜1075; 被かぬ / 潜かぬ
かつみ 名: 식물명. マコモ의 다른 이름. 줄
  (新)夏184; かつみ / かつ見る
かつら[桂] 名: 지명. 山城国. 桂川
  (拾)秋212; 桂(카츠라강) / 桂の紅葉
かつら[桂] 名: 식물명. 棟나무. 山地에서 자라며 잎이 나오기 전에 붉고 작
       은 꽃이 피는 낙엽喬木
  (拾)秋212; 桂の紅葉 / 桂(카츠라강)
  (新)夏200; (葵)桂 / 月の桂
かづら[鬘] 名: 머리장식물
  (古)神遊び1076; 鬘(머리장식물) / 山葛
  (新)春74; 鬘(葛?) / 葛城山
かづら[葛] 名: 덩굴풀
  (古)大歌所1070; 葛 / 葛城山
  (金)冬288; 葛 / 葛城山
  (千)秋301; 葛 / 葛城山
   秋353; 葛 / 葛城山
かづらきのやま[葛城山] 名: 지명
  (新)冬561; 葛城の山 / 正木の葛
かづらきやま[葛城山] 名: 지명
  (古)大歌所1070; 葛城山 / 葛
  (金)冬288; 葛城山(끊임없이 눈이 내리고 있는 카즈라끼 산) / 葛(가느
   다란 가지를 엮는 덩굴풀)
  (千)秋301; 葛城山 / 葛
   秋353; 葛城山 / 葛
  (新)春74; 葛城山 / 鬘(葛?)
かつらのもみぢ[桂の紅葉]: 棟나무의 단풍 → 식물명 「桂」

(拾)秋212; 桂の紅葉 / 桂(카츠라 강)

かなし[愛し] 形ク: 사랑스럽다. 몹시 귀엽다

　　(古)東1096; 愛し / 悲し

かなし[悲し] 形ク: 슬프다

　　(古)東1096; 悲し / 愛し

－かぬ 動下二段: －하기 어렵다

　　(古)秋211; 借りかね(밤이 추워 옷을 빌리려 해도 빌리지 못하고 있
　　　　다) / 雁がね

　　(拾)雑秋1119; 借りかね / 雁がね

　　(金)秋221; 借りかね / 雁がね

　　(詞)春47; 待ちかね(기다리기 어렵다) / 待兼山

　　(新)羈旅945; 衣借りかね / 雁がね ＝ 借り / 雁

かは[川．河] 名: 강. 내. 천

　　(古)恋659; 川 / 彼は

　　(後)恋636; 川 / 彼は

　　　恋992; 川 / 彼は

かは[彼は]: 저것은 → 「彼」와 「－は」

　　(古)恋659; 彼は / 川

　　(後)恋636; 彼は / 川

　　　恋992; 彼は / 川

－かは 助: －인가? 그렇지 않다

　　(千)雑1197; 身かは(－인가? 그렇지 않다) / 三河(지명)

かばかり[斯ばかり] 副: 이 만큼. 이 정도

　　(拾)雑春1063; 斯ばかり / 香ばかり

　　(後拾)春59; 斯ばかり / 香ばかり

　　　　春61; 斯ばかり / 香ばかり

　　　　春62; 斯ばかり / 香ばかり

　　(千)冬468; 斯ばかり / 香

　　(新)後出＜夏＞1983; 斯ばかり / 香ばかり

かばかり[香ばかり]: 향기만 → 「香」와 「－ばかり」

　　(拾)雑春1063; 香ばかり(향기만) / 斯ばかり(이만큼)

(後拾)春59; 香ばかり / 斯ばかり(이 정도)

春61; 香ばかり / 斯ばかり(이 정도)

春62; 香ばかり / 斯ばかり(이 정도)

(千)冬468; 香 / 斯ばかり(이 정도)

(新)後出<夏>1983; 香ばかり / 斯ばかり

かはしま[川島] 名: 지명

(千)恋865; 川島 / 交し

かはす[交す] 動四段: 주고받다

(千)恋865; 交し / かはしま(川島)

かはらや[瓦屋] 名: 기와집. 기와를 굽는 오두막집

(新)恋1324; 瓦屋 / 心変ら

かはる[変る] 動四段: 변하다

(古)恋821; * 変りけり(풀잎의 색이 변하다 / 사람의 마음이 변하다)

雑990; 瀬に変りゆく / 銭代りゆく

(新)恋1324; 心変ら(마음이 변하다) / 瓦屋

神祇1888; 変る(작자의 신세가 바뀌다) / 御手洗の川(위 쪽 賀茂神

社의 境内를 흐르는 천)

かはる[代る] 動四段: 대체되다. 교환되다

(古)雑990; 銭代りゆく / 瀬に変りゆく

かひ[貝] 名: 조개

(後)恋758; 貝 / 甲斐

恋903; 貝 / ものあらがひ(物争ひ)

恋927; 貝 / 甲斐

雑1223; 貝有り / 甲斐有り

(拾)雑571; 貝 / 効

雑573; 貝 / 甲斐無き

恋852; 貝 / 甲斐

(後拾)恋730; 貝 / 甲斐

(金)恋409; 貝 / 甲斐

恋461; 貝 / 甲斐

恋462; 貝 / 甲斐

恋501; 貝 / 甲斐

雑600; 貝 / 効

(千)春133; 貝 / 甲斐

恋711; 貝 / 甲斐

(新)恋1066; 貝 / 甲斐

恋1332; 貝 / 甲斐

雑1716; 貝 / 効

雑1726; 貝 / 効

釈教1961; 貝 / 甲斐

かひ[峡] 名: 계곡

(古)雑953; 峡 / 効(효험)

雑体1057; 峡 / 効

雑体1067; 峡 / 効

(後)恋761; 峡 / 甲斐(효험)

雑1280; 峡 / 効

(拾)秋172; 峡 / 甲斐

神楽598; 峡 / 効

神楽611; 峡 / 効

(後拾)春6; 峡 / 甲斐

雑1169; 峡 / 甲斐

(金)夏114; 峡 / 甲斐

夏147; 峡 / 甲斐

雑525; 峡 / 甲斐

(詞)春46; 峡 / 甲斐

夏58; 峡 / 甲斐

冬149; 峡 / 甲斐

雑331; 峡 / 甲斐

(新)雑1447; 峡 / 効

雑1448; 峡 / 効

雑1651; 峡 / 効

神祇1907; 峡 / 甲斐

かひ[甲斐.効] 名: 효험. 효과. 보람

  (古)哀傷862; 甲斐 / 行き交ひ路 / 甲斐道(甲斐 땅에 이르는 길)

    雑953; 甲斐 / 峡

    雑体1034; 甲斐(보람) / ヒ(사슴의 울음소리) ＝ 甲斐よ / カヒヨ ＝ 効 / ヒヨ

    雑体1057; 甲斐 / 峡

    雑体1067; 甲斐 / 峡

  (後)恋758; 甲斐 / 貝

    恋761; 甲斐 / 峡

    恋927; 甲斐 / 貝

    雑1223; 甲斐有り(효험이 있다) / 貝有り

    雑1280; 甲斐 / 峡

  (拾)秋172; 甲斐 / 峡

    雑571; 甲斐 / 貝

    神楽598; 甲斐 / 峡

    神楽611; 甲斐 / 峡

    恋852; 甲斐 / 貝

    (後拾)春6; 甲斐 / 峡

    秋283; 甲斐 / カヒ(사슴의 울음소리)

    恋730; 甲斐 / 貝

    雑1169; 甲斐 / 峡

  (金)夏114; 甲斐 / 峡

    夏147; 甲斐 / 峡

    恋409; 甲斐 / 貝

    恋461; 甲斐 / 貝

    恋462; 甲斐 / 貝

    恋501; 甲斐 / 貝

    雑525; 甲斐 / 峡

    雑600; 甲斐 / 貝

  (詞)春46; 甲斐 / 峡

    夏58; 甲斐 / 峡

　　　　冬149;　甲斐 / 峡

　　　　雑331;　甲斐 / 峡

　　(千)春133;　甲斐 / 貝

　　　　恋711;　甲斐 / 貝

　　(新)恋1066;　甲斐 / 貝

　　　　恋1332;　甲斐 / 貝

　　　　雑1447;　甲斐 / 峡

　　　　雑1448;　甲斐 / 峡

　　　　雑1651;　甲斐 / 峡

　　　　雑1716;　甲斐 / 貝

　　　　雑1726;　甲斐 / 貝

　　　　神祇1907;　甲斐 / 峡

　　　　釈教1961;　甲斐 / 貝

カヒ: 사슴의 울음소리

　　(後拾)秋283;　カヒ / 甲斐(효험)

かひ[卵] 名: 알

　　(金)雑567;　卵 / 甲斐(지명)

かひ[甲斐] 名: 지명. 甲斐国

　　(金)雑567;　甲斐 / かひ(卵)

かひぢ[甲斐路] 名: 甲斐 땅에 이르는 길 cf. 「甲斐(지명)」

　　(古)哀傷862;　甲斐道 / 効 / 行き交ひ路

かひな[肱.腕] 名: 어깨에서 팔꿈치까지의 팔

　　(千)雑964;　腕 / 甲斐なく

　　　　雑965;　腕 / 甲斐なき

かひなし[効無し.甲斐無し] 形ク: 효과가 없다. 소용없다

　　(拾)雑573;　甲斐無き / 貝

　　(千)雑964;　甲斐なく / かひな(腕)

　　　　雑965;　甲斐なき / かひな(腕)

カヒヨ: 사슴의 울음소리 cf. 「ヒ」와 「ヒヨ」

　　(古)雑体1034;　ヒ / 甲斐(보람) ＝ カヒヨ(사슴의 울음소리) / 甲斐よ ＝ ヒ
　　　ヨ / 効

かふ[変ふ] 動下二段: 변화시키다. 바꾸다

　　(後)雑1092; 変へで(변함없이) / 楓

かふ[買ふ] 動四段: 사다

　　(後拾)羈旅515; 買ふ / 行き交ふ

かへし[返し] 名: 바람 등이 다시 붐. 잠잠해졌던 바람이 역 방향으로 되
　　　　　　　붐. 답장. 答歌

　　(金)恋491; ＊返し(바람을 되돌림 / 답장)

かへす[墾す] 動四段: 경작하다. 땅을 파헤치다

　　(古)恋817; 墾しても / 返しても

　　(金)春68; 墾す(밭을 갈다) / 返すがへす(몇 번이고)

　　(新)春89; 墾す(밭을 갈다) / 返すがへす(몇 번이고)

かへす[返す] 動四段: 원래의 상태로 되돌리다. 뒤집다. 반납하다

　　(古)恋515; 返す(옷끈을 몸 앞뒤로 감아 돌리다) / 返すがへす(자꾸 자꾸)
　　　　恋817; 返しても / 墾しても

　　(拾)恋811; 返す(밭을 갈아엎다) / 返すがへす(반복하여)

　　(金)雑549; ＊返す(뒤집다 / 반납하다)

　　(千)秋240; 返す / かへす(탈색시키다)

かへす 動四段: 다른 색으로 물들이다. 변색시키다. 탈색시키다

　　(千)秋240; かへす(탈색시키다) / 返す

かへすがへす[返すがへす] 副: 몇 번이고 반복하여. 되풀이하여. 자꾸

　　(古)恋515; 返すがへす(자꾸 자꾸) / 返す(옷끈을 몸 앞뒤로 감아 돌리다)

　　(拾)恋811; 返すがへす(반복하여) / 返す(밭을 갈아엎다)

　　(金)春68; 返すがへす / 墾す(밭을 갈다)

　　(新)春89; 返すがへす / 墾す(밭을 갈다)

かへで[楓] 名: 단풍나무

　　(後)雑1092; 楓 / 変へで

かへりく[帰り来]: 돌아오다 → 「帰る」와 「－来」

　　(後)恋1063; 帰り来し路(여인에게 거절당하고 돌아온 길) / 越路の白山 →
　　　「－来」

　　(後拾)哀傷602; 帰り来(い) / 返り事 → 「帰る」와 「－来」

かへりごと[返り事] 名: 회답

318

(後拾)哀傷602; 返り事(저 세상으로 떠난 아버지에게 보낼 방도가 없
　　 는 회답) / 帰り来(い)

かへりたつ[帰り立つ] 動四段: 귀로에 오르다. 돌아오다
　　(後拾)雑1114; 帰り立つ(귀로에 오르다) / 立つ(안개가 일다)

かへりて[却りて] 副: 역으로. 오히려 반대로
　　(後)恋692; 却りて / 帰りて
　　(新)冬692; 却りて(오히려) / 返りて(지나간 세월이 다시 되돌아오다)

かへる[蛙] 名: 개구리
　　(後)恋806; 蛙 / 帰る

かへる[帰る] 動四段: 사람이나 사물이 원래의 장소로 되돌아가다. 되돌아오다
　　(古)離別370; 帰る(지금 먼 곳으로 떠나는 사람이 언젠가는 돌아온다) /
　　　　 帰山
　　　　離別382; 帰る(사람이 돌아오다) / 帰山(사람이 돌아온다는 기대와
　　　　　　 는 다른 帰山)
　　　　恋732; 帰り(자기 처소로 되돌아가다) / 漕ぎ返り(계속 반복하여 노를
　　　　　　 젓다)
　　(後)恋661; 帰る / 白浪の返る
　　　　恋692; 帰りて / 却りて
　　　　恋799; 帰る帰る / かへるがへる
　　　　恋806; 帰る / 蛙
　　　　恋852; 帰りぬ / 返りぬ
　　　　恋853; 帰る / 返る
　　　　恋948; 来て帰る / 着て反る
　　　　離別1335; 帰る / かへるの山
　　　　羈旅1352; 帰る / 返る
　　(拾)雑480; 帰らざりけり / 反らざりけり
　　　　雑恋1268; 帰りて / 返りて
　　(後拾)冬424; 帰る / 返る
　　　　離別476; 帰り / 返り
　　　　哀傷602; 帰り来(い) / 返り事
　　　　雑1130; 帰る / 返る

(千)春36; * 帰る(이제는 가야 할 때라며 돌아가다 / 구름 속 길로 돌아
　　　　　가다)

　　夏225; 帰る / 翻る(소매가 펄럭이다)

　　冬458; 帰る山路 / 帰山

　　冬459; 帰る / 帰山

　　離別481; 帰る山路 / 帰山

　　離別493; 帰る山路 / 帰山

　　恋767; 帰る / 返る(색이 바래다)

　　雑1136; 帰る / 翻る袂

　　雑1147; 帰る / かへる(색이 변하다)

(新)冬650; 帰る / 翻る(返る?)

　　離別858; 帰る / 帰山

　　離別895; 帰らん / かへらん(색이 바래다)

　　羈旅988; 帰り / かへり(색이 바래다)

　　恋1130; 帰る / 帰山

　　恋1175; 帰る(여인을 만나지 못하고 문 밖에 서있다 되돌아오다) /
　　　　　　返る(옷이 뒤집히다?)

かへる[返る] 動四段: 사물이나 일이 원래 상태로 되돌아가다. 또는 되돌아
　　　　　　오다

(古)恋732; 漕ぎ返り(계속 반복하여 노를 젓다) / 帰り(자기 처소로 되돌아
　　　　　가다)

(後)恋661; 白浪の返る / 帰る

　　恋852; 返りぬ / 帰りぬ

　　恋853; 返る / 帰る

　　羈旅1352; 返る / 帰る

(拾)雑480; 反らざりける?(返らざりける) / 帰らざりける

　　雑恋1268; 返りて / 帰りて

(後拾)冬424; 返る / 帰る

　　　離別476; 返り / 帰り

　　　雑1130; 返る / 帰る

(金)雑557; * 返る(활을 당기면 바로 제자리로 돌아가다 / 활을 돌려달

　　　　라는 재촉에 활이 내 손을 떠나 곧바로 주인에게로 돌아가다)

　　(千)恋892; ＊ 返ら(원래로 되돌아가다 / 색이 바래다)

　　(新)冬692; 返りて(지나간 세월이 다시 되돌아오다) / かへりて(오히려)

　　　　恋1175; 返る(옷이 뒤집히다?) / 帰る(여인을 만나지 못하고 문 밖
　　　　에 서있다 되돌아오다)

かへる[返る] 動四段: 색이 바래다. 탈색하다. 변심하다

　　(拾)恋978; ＊ 返ら(탈색하다 / 변심하다)

　　(千)恋767; 返る(색이 바래다) / 帰る

　　　　恋892; ＊ 返ら(색이 바래다 / 원래로 되돌아가다)

　　　　雑1147; かへる(색이 변하다) / 帰る

　　(新)離別895; 返らん(색이 바래다) / 帰らん

　　　　羈旅988; 返り(색이 바래다) / 帰り

かへる[翻る．覆る．反る] 動四段: 소매 등이 바람에 펄럭이다. 안과 밖이 뒤집
　　　　히다

　　(後)恋948; かへる: 着て反る(안과 밖이 뒤집히다) / 来て帰る

　　(千)夏225; 翻る(소매가 펄럭이다) / 帰る

　　　　雑1136; 翻る袂 / 帰る

　　(新)冬650; 翻る(返る?) / 帰る

かへるがへる[返る返る] 副: 반복해서. 거듭. 교대로

　　(後)恋799; 返る返る / 帰る帰る(계속 발길을 되돌리다)

かへるがへる[帰る帰る]: 계속 발길을 되돌리다 → 「帰る」

　　(後)恋799; 帰る帰る / 返る返る(거듭)

かへるのやま[帰山] 名: 지명 cf. 「かへるやま」

　　(後)離別1335; かへるの山 / 帰る

かへるやま[帰山] 名: 지명 cf. 「かへるのやま」

　　(古)離別370; 帰山(떠나는 사람이 가는 길목에 있는 帰山) / 帰る(언젠
　　　　가는 돌아온다)

　　　　離別382; 帰山(사람이 돌아오는 帰山가 아니라 되돌아가는 帰山) /
　　　　帰る

　　(千)冬458; 帰山 / 帰る山路

　　　　冬459; 帰山 / 帰る

　　　離別481; 帰山 / 帰る山路

　　　離別493; 帰山 / 帰る山路

　　(新)離別858; 帰山 / 帰る

　　　恋1130; 帰山 / 帰る

かみ[髪] 名: 머리카락

　　(古)雑928; 皆髪 / 水上(상류．水源) / 水神

　　(金)恋467; 髪 / 神

　　(新)雑1712; その髪 / その上(ユ 옛날)

かみ[神] 名: 신

　　(古)秋254; 神(神奈備山에 깃들여 있는 신들) / 神奈備山(단풍이 든 神奈
　　　　　　　備山)

　　　秋294; 神 / 神代(신들이 이 세상을 다스리던 시대)

　　　雑928; 水神 / 皆髪 / 水上(상류．水源)

　　(後)冬457; 神 / 神垣山

　　　冬469; 神 / 神無月

　　　恋585; 皆神(뭇 신) / 水上(상류．水源) = 神? / 上?

　　　恋586; 神 / 上? (皆神 / 水上)

　　　恋1025; 神 / かみ(雷)

　　　恋1026; 神 / かみ(雷)

　　(後拾)春136; その神(伊勢의 神) / その上(ユ 옛날)

　　　　　夏234; 水神 / 水上(상류．水源)

　　　　　冬378; 神 / 神無月

　　　　　恋749; その神(伊勢의 神) / その上

　　　　　雑1129; その神(箱崎의 神) / その上(ユ 옛날)

　　(金)恋467; 神 / 髪

　　　雑658; 神 / 紙

　　(千)雑1163; 神 / その上

　　　神祇1283; * 諸神(뭇 신 / 지명) = 神 / 諸神(지명)

　　　神祇1287; * 諸神(뭇 신 / 지명) = 神 / 諸神(지명)

　　(新)恋1254; その神(賀茂의 神) / その上(ユ 옛날)

　　　雑1486; その神山 / その上 = 神? / そのかみ

　　　　　雑1797; その神(石清水의 神) / その上(그 옛날)

　　　　　神祇1871; 神 / その上

かみ[上] 名: 위 cf.「みなかみ(水上)」

　　　(古)雑928; 水上(상류．水源) / 水神 / 皆髪

　　　(後)恋585; 水上(상류．水源) / 皆神 ＝ 上 / 神

　　　　　恋586; 上 / 神?(水上 / 皆神)

　　　(後拾)夏234; 水上(상류．水源) / 水神

かみ[雷] 名: かみなり. 벼락

　　　(後)恋1025; 雷(우뢰) / 神

　　　　　恋1026; 雷(우뢰) / 神

かみ[紙] 名: 종이

　　　(金)雑658; 紙 / 神

かみがきやま[神垣山] 名: 지명. 大和의 歌枕 본래는 神域이 있는 산으로 보통
　　　　　　　　　　　　명사

　　　(後)冬457; 神垣山 / 神

かみさぶ[神さぶ] 動上二段: 엄숙하게 행동하다. 속세의 일을 초월하다

　　　(古)雑体1022; ＊ 神さびて(신이 되어 / 속세의 일을 초월하여)

かみなづき[神無月] 名: 음력十月

　　　(後)冬469; 神無月 / 神

　　　(後拾)冬378; 神無月 / 神

かみのよ[神の代．神の世] 名: 記紀의 神話에서 신들이 国土를 만들고 통치했
　　　　　　　　　　　　다고 하는 시대. 神들의 세상이었던 그 옛날
　　　　　　　　　　　　cf.「神代」

　　　(千)神祇1288; 神の世 / 依させる?(寄させる)

かみやま[神山] 名: 지명

　　　(後拾)夏183; その神山 / その上

　　　(新)夏183; その神山 / その上

　　　　雑1486; その神山 / その上 ＝ 神? / そのかみ

かみよ[神代．神世] 名: 이 세상을 신들이 다스렸다고 하는 시대. 아주 옛날
　　　　　　　　　　cf.「神の代」

　　　(古)秋294; 神代(신들이 이 세상을 다스리던 시대) / 神

かめ[瓶] 名: 항아리
    (後)春82; 瓶 / 亀
      春83; 瓶 / 亀
    (拾)雑春1054; 瓶 / 亀
かめ[亀] 名: 거북 cf.「小亀」
    (後)春82; 亀 / 瓶
      春83; 亀 / 瓶
    (拾)雑春1054; 亀 / 瓶
    (後拾)賀458; 亀 / 亀の岡(지명)
      雑1071; 亀 / 亀井の水
かめのをか[亀岡] 名: 지명. 近江国의 歌枕. 大津市 御陵町 長等山의 동쪽
                         기슭
    (後拾)賀458; 亀の岡 / 亀
かめのをのやま[亀尾の山] 名: 지명. 山城国. 嵯峨 大堰川의 북쪽에 있으며
                         小倉山와 접해 있는 산
    (古)賀350; 亀尾の山 / 峰(폭포가 걸려있는 큰 바위로 된 산봉우리)
かめゐ[亀井] 名: 摂津国의 歌枕. 大阪市 四天王寺 경내에 있는 샘
    (後拾)雑1071; 亀井の水 / 亀
かも[鴨] 名: 야생 오리
    (拾)雑535; 鴨 / かも(모직깔개)
    (金)雑656; 鴨 / 鴨川
かも[氈] 名: 모직으로 된 깔개
    (拾)雑535; かも(모직깔개) / 鴨
かもがは[鴨川] 名: 지명
    (金)雑656; 鴨川 / 鴨
かよふ[通ふ] 動四段: 왕래하다. 통혼하다
    (古)恋607; * 通ひて(강물이 땅 밑으로 계속 흘러 / 마음만은 여인이
             있는 곳으로 가서)
      恋662; * 通ふ(이동하다 / 여인의 집에 다니다)
    (後)恋632; 文通ふ / 踏み通ふ(산길을 왕래하다)
から[殻] 名: 껍질. 속이 빈 것. 혼이 빠져나간 육체. 死体

(古)物名448; * から(매미의 허물 / 屍身) <人生無常과 悲哀의 감정을 읊음>

恋571; * 殼(빈 껍질 / 혼이 빠져나간 육체)

から[唐] 名: 지명. 중국

(古)恋697; 唐(중국) / 唐衣

－から 助: －로부터. －때문에. －로 말미암아

(古)恋807; 我から(자기 자신 때문에) / 割殼

恋808; 我が身のから / 唐衣

(拾)恋986; 我から / 海人刈藻住虫?(割殼)

恋987; 我から / 割殼

(後拾)哀傷559; 天の原から(－로부터) / 同胞

雜941; 園原から(－로부터) / 同胞

(千)雜1160; 我から / われから(割殼)

雜1175; 我から / 韓神

からかみ[韓神] 名: 한반도에서 도래한 神

(千)雜1175; 韓神(한반도에서 도래한 神) / 我から

からき[枯木?] 名: 고목

(金)恋492; 枯木(말라버린 나무) / 辛き(괴롭다)

からこと[唐琴] 名: 지명. 備前国. 현재의 倉敷市 부근

(古)雜921; からこと(地名) / 唐琴(악기의 일종)

からこと[唐琴] 名: 악기의 일종

(古)雜921; 唐琴 / からこと(地名)

からころも[唐衣] 名: 의복의 일종

(古)恋697; 唐衣 / 唐

恋808; 唐衣 / 我が身のから

からし[辛し.醶し.鹹し] 形ク: 맵다. 짜다. 자극성이 있다

(古)雜894; 醶くも / 辛くも(몹시)

(後)雜1095; 鹹き(짜다) / 辛き(괴롭다)

(拾)雜571; 醶くて / 辛くて

(金)雜659; 辛(水蓼가 자극성이 있다) / 空櫓 ＝ 辛(し) / 唐櫓 ＝ 辛 / 唐艣

(新)雜1701; 鹹き(짜다) / 辛き(艱難辛苦스럽다)

からし[辛し] 形ク: 심하다. 괴롭다

    (古)雜894; 辛くも(몹시) / 鹹くも

    (後)雜1095; 辛き(괴롭다) / 鹹き(짜다)

    (拾)雜571; 辛くて / 鹹くて

    (金)恋492; 辛き(괴롭다) / からき(枯木)

    (新)恋1065; * からく(괴롭다 / 심하다) = 鹹く / 辛く

    雜1701; 辛き(艱難辛苦스럽다) / 鹹き(짜다)

からす[烏] 名: 까마귀

    (金)雜566; 烏 / ゆかしからず

からろ[空櫓.空艪] 名: 노를 물 속에 얕게 넣어 젓는 것

    (金)雜659; 空櫓 / 辛(水蓼가 자극성이 있다) = 唐櫓 / 辛し = 唐艪 / 辛

からろ[唐櫓]: 중국풍으로 만든 노?

    (金)雜659; 空櫓 / 辛(水蓼가 자극성이 있다) = 唐櫓 / 辛し = 唐艪 / 辛

かり[仮] 名: 일시적인 일. 일시적인 변통. 정식이 아닌 것. 임시. 만일

    (古)恋585; 仮 / 雁

        恋755; 仮 / 刈り

        恋759; 仮に / 刈りに

        哀傷842; 仮 / 刈り初め

        雜916; 仮そめ(일시적임) / 刈り初め = 仮 / 刈り

        雜972; 仮に / 狩りに

    (後)春75; 仮の心 / 雁の心

        秋362; 仮仮 / カリカリ = 仮 / 雁

        秋363; 仮 / カリ = 仮 / 雁

        秋364; 仮仮 / カリカリ = 仮 / 雁

        秋426; 仮 / 雁

        恋845; 仮初臥し / 刈り

        雜1178; 仮 / 刈り

    (拾)秋163; 仮 / 狩り

        秋166; 仮 / 狩り

        恋768; 仮にも / 刈りにも

雑春1014; 仮に / 狩りに

(後拾)秋354; 借りに / 狩りに ＝ 仮 / 狩り

雑1144; 仮 / 刈り

(金)秋235; 仮 / 狩り ＝ 借り / 狩り

冬283; 仮 / 狩

恋388; 仮 / 刈り

恋436; 仮初(일시적임) / 刈り

(詞)雑311; 仮にも / 刈り

雑371; 仮 / 雁

(千)夏168; 仮寝(객지에서의 일시적인 잠자리) / 刈り根

恋807; 仮寝(객지에서의 일시적인 잠자리) / 刈り根

恋853; 仮に / 刈り

恋855; 仮にも / 刈りにも

恋874; 仮初臥し / ふし(節) ＝ 仮 / 刈り

恋914; 仮に / 狩に

雑1169; 仮そめ(일시적임) / 刈り初め ＝ 仮 / 刈り

(新)夏187; 仮に / 刈りに

夏219; 仮 / 刈り

秋430; 仮寝(객지에서의 일시적인 잠자리) / 刈り根

秋547; 仮初 / 刈り初め ＝ 仮 / 刈り

羈旅922; 仮葺く(임시로 지붕을 이다) / 刈り葺く(갈대 잎을 잘라 지붕을 이다)

羈旅932; 仮寝(객지에서의 일시적인 잠자리) / 刈根(잘라낸 갈대)

羈旅978; 仮 / 借り

恋1111; 仮にても / 刈り

恋1156; 仮 / 狩衣

恋1165; 仮初に(일시적으로) / 刈り

恋1218; 仮に / 刈りに

恋1417; 仮 / 雁

雑1563; 仮 / 刈り

かり[雁] 名: 기러기 cf. 「雁がね」

(古)秋211; 雁がね(그 울음소리에 싸리나무잎도 물드는 기러기) / 借り
　　　かね

　　恋585; 雁 / 仮

　　雑932; 雁 / 刈りて

(後)春75; 雁の心 / 仮の心

　　秋362; カリカリ / 仮仮 ＝ 雁 / 仮

　　秋363; カリ / 仮 ＝ 雁 / 仮

　　秋364; カリカリ / 仮仮 ＝ 雁 / 仮

　　秋426; 雁 / 仮

　　雑1276; 今日は雁 / 今日許り

(拾)雑秋1119; 雁がね / 借りかね

(金)秋221; 雁がね / 借りかね

　　雑656; 雁 / 狩袴 ＝ 雁 / 借袴

(詞)雑371; 雁 / 仮

(新)秋456; 雁がね(기러기 소리) / 刈り ＝ 雁 / 刈り

　　羈旅945; 雁がね / 衣借りかね ＝ 雁 / 借り

　　恋1417; 雁 / 仮

かり[狩り] 名: 사냥. 수렵 cf. 「狩る」

　(金)冬283; 狩の人(사냥을 하러 오는 사람) / 仮

　　恋502; 狩 / がり(許)

かり[刈り] 名: 풀 등을 베어 냄

　(古)雑932; 刈り(풀을 벰) / 雁

　(後)恋845; 刈り / 仮初臥し

　(金)恋388; 刈り / 仮

カリ: 기러기의 울음소리 cf. 「雁」

　(後)秋362; カリカリ / 仮仮 ＝ 雁 / 仮

　　秋363; カリ / 仮 ＝ 雁 / 仮

　　秋364; カリカリ / 仮仮 ＝ 雁 / 仮

－がり[許] 接尾: －가 있는 곳에. －의 곁에. －의 곳으로

　(金)恋502; －がり(－許) / かり(狩)

かりかぬ[借りかぬ]: 빌리기 어렵다 → 「借る」와 「－かぬ」

(古)秋211; 借りかね(밤이 추워 옷을 빌리려 해도 빌리지 못하고 있
다) / 雁がね = 借り / 雁

(拾)雑秋1119; 借りかね / 雁がね = 借り / 雁

(金)秋221; 借りかね / 雁がね = 借り / 雁

(新)羇旅945; 衣借りかね / 雁がね = 借り / 雁

かりがね[雁がね] 名: 기러기. 또는 그 울음소리　cf.「雁」

　　　(古)秋211; 雁がね(그 울음소리에 싸리나무 잎도 물드는 기러기) / 借り
かね

　　　(拾)雑秋1119; 雁がね / 借りかね

　　　(金)秋221; 雁がね / 借りかね

　　　(新)秋456; 雁がね(기러기 소리) / 刈り(논의 벼를 베다) = 雁 / 刈り

　　　　羇旅945; 雁がね / 衣借りかね = 雁 / 借り

かりごろも[狩衣] 名: 남성용 의복의 일종

　　　(後)雑1076; * 狩衣今日ばかりとぞ(「사냥 옷을 입는 것도 오늘뿐이다」
라고 /「오늘은 사냥하는 날이다」라고)

　　　(新)羇旅952; 狩衣 / 借り

　　　　恋1156; 狩衣 / 仮

かりそむ[刈り初む]: 풀 등을 베기 시작하다 →「刈る」와「ー初む」

　　　(古)哀傷842; 刈り初め / 仮 / 染め

　　　(新)秋547; 刈り初め / 仮初 = 刈り / 仮

かりそめ[仮初] 名: 일시적임. 임시변통 cf.「仮」

　　　(古)雑916; 仮そめ(일시적임) / 刈り初め = 仮 / 刈り

　　　(金)恋436; 仮初(일시적임) / 刈り

　　　(千)雑1169; 仮そめ(일시적임) / 刈り初め = 仮 / 刈り

　　　(新)秋547; 仮初 / 刈り初め = 仮 / 刈り

　　　　恋1165; 仮初に(일시적으로) / 刈り

かりそめぶし[仮初臥し] 名: 일시적인 잠자리. 남녀의 일시적인 동침 cf.「仮」

　　　(後)恋845; 仮初臥し / 刈り

　　　(千)恋874; 仮初臥し / ふし(節) = 仮 / 刈り

かりね[仮寝] 名: 객지에서의 일시적인 잠자리. 노숙. 잠깐 수면을 취함 cf.
　　　　「仮」와「寝」

  (千)夏168; 仮寝 / 刈り / 根

    恋807; 仮寝 / 刈り根

  (新)秋430; 仮寝 / 刈り / 根

    羈旅932; 仮寝 / 刈根(잘라낸 갈대)

かりね[刈根] 名: 잘라낸 뿌리

  (千)恋807; 刈り根 / 仮寝

  (新)羈旅932; 刈根(잘라낸 갈대) / 仮寝(객지에서의 일시적인 잠자리)

かりばかま[狩袴] 名: 사냥용 하의

  (金)雑656; 狩袴 / 雁 = 借袴 / 雁

かりばかま[借袴]: 빌린 바지?

  (金)雑656; 狩袴 / 雁 = 借袴? / 雁

かりひと[仮人]: 일시적인 애정밖에 없는 사람?

  (後)恋1009; 仮(の)人 / かりびと(狩人)

かりびと[狩人] 名: 사냥을 하는 사람. 사냥꾼

  (後)恋1009; 狩人 / 仮(の)人

かりふく[刈り葺く]: 갈대 잎 등을 잘라 지붕을 이다 → かる[刈る]

  (新)羈旅922; 刈り葺く / 仮葺く(임시로 지붕을 이다)

かりふく[仮葺く]: 임시로 지붕을 이다 → かり[仮]

  (新)羈旅922; 仮葺く / 刈り葺く(갈대 잎을 잘라 지붕을 이다)

かりまくら[仮枕] 名: 仮寝의 뜻. 길 떠나 여행길에서 자는 잠

  (新)羈旅961; 仮枕(객지에서의 취침) / 刈り

かる[刈る] 動四段: 베다

  (古)恋755; 刈り / 仮

    恋759; 刈りに / 仮に

    恋803; 刈る / 離る

    哀傷842; 刈り初め / 仮 / 染め

    雑916; 刈り初め / 仮そめ(일시적임) = 刈り / 仮

    雑932; 刈りて / 雁

  (後)雑1178; 刈り / 仮

  (拾)夏114; 刈りける / 借りける

    物名378; 生海布刈る / なまめかる(고운 모습을 나타내다)?

雑538; 葦刈る / 悪しかる

雑540; 葦刈りけり / 悪しかりけり

恋768; 刈りにも / 仮にも

(後拾)雑959; 葦刈りけり / 悪しかりけり

雑962; 刈りて / 借りて

雑1144; 刈り / 仮

(詞)雑311; 刈り / 仮にも

雑333; 蘆刈れ / 悪しかれ

(金)恋436; 刈り / かりそめ

(千)夏168; 刈り / 仮寝

恋853; 刈り / 仮に

恋855; 刈りにも / 仮にも

恋874; 刈り / 仮?(仮初臥し)

雑1169; 刈り初め / 仮そめ(일시적임) = 仮 / 刈り

(新)夏187; 刈りに / 仮に

夏219; 刈り / 仮

秋430; 刈り / 仮寝

秋456; 刈り(논의 벼를 베다) / 雁がね(기러기 소리) = 刈り / 雁

秋547; 刈り初め / 仮初 = 刈り / 仮

羈旅922; 刈り葺く(갈댓잎을 잘라 지붕을 이다) / 仮葺く(임시로 지붕을 이다)

羈旅932; 刈り / 仮

羈旅961; 刈り / 仮枕(객지에서의 취침)

恋1111; 刈り / 仮にても

恋1165; 刈り / かりそめに

恋1218; 刈りに / 仮に

雑1563; 刈り / 仮

かる[枯る] 動下二段: 마르다. 생물이 바짝 말라죽다

(古)夏155; 枯れ(홍귤 나무의 꽃이 마르다) / 離れ

冬315; 枯れぬ(산촌의 풀이 마르다) / 離れぬ(쓸쓸한 산마을에 사람이 찾지 않게 되다)

冬338; 枯れ(겨울 풀이 마르다) / 離れにし人(타처로 떠나간 사람)

恋686; 枯れ果てむ / 離れ果てむ

恋704; 枯れ行く / 涸れ行く / 離れ行く ＝ 枯れ / 離れ

恋716; 枯れ / 離れ

恋790; 枯れ行く / 離れ行く

恋799; 枯れ / 離れ

(後)春14; 枯れかる / 離れかる

秋224; 枯れじ / 離れじ

冬452; 枯れ果てぬれば / 離れ果てぬれば

冬452; 枯れ果て / 離れ果て

冬462; 枯れ / 離れ

恋540; 枯れ / 離れ

恋698; 枯れせぬ / 離れせぬ

恋699; 枯れず / 離れず

雑1138; 겉으로 드러나 있지는 않지만 (枯れ / 離れ) 掛詞를 전제
　　　로 읊은 和歌

離別1312; 枯れゆく / 離れゆく

(拾)雑572; 枯るる / 離るる

恋841; 枯れ / 離れ

(後拾)秋349; 枯れず / 離れず

秋355; 枯れ / 離れ

雑903; 枯る / 離る

雑908; 枯れ / 離れ

雑917; 枯れゆく / 離れゆく

(詞)恋264; 枯れにし / 離れにし

雑398; ＊ 枯る(나무가 마르다 / 죽다) ＝ 枯れ / 離れ?

(千)秋270; 枯れ / 離れ

恋821; 枯れ / 離れ

雑1145; 枯れぬ / 離れぬ(사람이 오지 않는다)

(新)秋510; 枯れ / 嗄れ

冬681; 枯れ / 離れ

恋1215; 枯る / 離る

恋1215; 枯れ / 離れ

恋1244; 枯れ / 離れ

恋1245; 枯る / 離る

恋1255; 枯れ / 離れ

恋1322; 枯れ / 離れ

恋1344; 枯れ行く / 離れ行く

神祇1914; 枯れず / 離れず

かる[離る] 動下二段: 멀어지다. 남녀의 사이가 소원해지다

(古)夏155; 離れ(杜鵑이 떠나버리다) / 枯れ

冬315; 離れぬ(쓸쓸함이 더해 가는 산마을에 사람이 찾지 않게 되다) / 枯れぬ(풀이 마르다)

冬338; 離れにし人(타처로 떠나간 사람) / 枯れ(겨울 풀이 마르다)

恋686; 離れ果てむ / 枯れ果てむ

恋704; 離れ行く / 枯れ行く / 涸れ行く ＝ 枯れ / 離れ

恋716; 離れ / 枯れ

恋790; 離れ行く / 枯れ行く

恋791; 離れ / 冬枯

恋799; 離れ / 枯れ

恋803; 離る / 刈る

(後)春14; 離れ / 枯れ

秋224; 離れじ / 枯れじ

冬452; 離れ果てぬれば / 枯れ果てぬれば

冬462; 離れ / 枯れ

恋540; 離れ / 枯れ

恋698; 離れせぬ / 枯れせぬ

恋699; 離れず / 枯れず

恋923; 離れ / 霜枯れ

雑1138; 겉으로 드러나 있지는 않지만 (離れ / 枯れ) 掛詞를 전제로 읊은 和歌

離別1312; 離れゆく / 枯れゆく

(拾)雑572; 離るる / 枯るる

恋760; 離れ / 涸れにし(물이 마르다)

恋841; 離れ / 枯れ

(後拾)秋349; 離れず / 枯れず

秋355; 離れ / 枯れ

雑903; 離る / 枯る

雑908; 離れ / 枯れ

雑917; 離れゆく / 枯れゆく

(金)恋503; 離れ(그대가 내 곁을 떠나가다) / 餉山(近江에 있다고 하는 餉山)

(詞)恋264; 離れにし / 枯れにし

雑398; * 枯る(나무가 마르다 / 죽다) = 離れ? / 枯れ

(千)秋270; 離れ / 枯れ

恋821; 離れ / 枯れ

雑1145; 離れぬ(사람이 오지 않는다) / 枯れぬ

(新)秋488; 離れて / 末枯れて

冬681; 離れ / 枯れ

恋1209; 離れ / 霜枯れ

恋1215; 離る / 枯る

恋1215; 離れ / 枯れ

恋1244; 離れ / 枯れ

恋1245; 離る / 枯る

恋1255; 離れ / 枯れ

恋1322; 離れ / 枯れ

恋1344; 離れ行く / 枯れ行く

神祇1914; 離れず / 枯れず

かる[借る] 動四段: 빌리다. 차용하다

(古)秋211; 借りかね(밤이 추워 옷을 빌리려 해도 빌리지 못하고 있다) / 雁がね = 借り / 雁

(拾)夏114; 借りける / 刈りける

雑秋1119; 借り / 雁がね

334

(後拾)秋354; 借りに / 狩りに ＝ 仮 / 狩り

　　　雑962; 借りて / 刈りて

(金)秋221; 借りかね / 雁がね ＝ 借り / 雁

　　　秋235; 仮 / 狩り ＝ 借り / 狩り

(新)羈旅945; 衣借りかね / 雁がね ＝ 借り / 雁

　　　羈旅952; 借り / 狩衣

　　　羈旅978; 借り / 仮

かる[狩る] 動四段: 사냥하다 cf. 「狩り」

(古)雑972; 狩りに(사냥하러) / 仮に

(拾)秋163; 狩りに / 仮に

　　　秋166; 狩りに / 仮に

　　　雑春1014; 狩りに / 仮に

(後拾)秋354; 狩りに / 借りに ＝ 狩り / 仮

(金)秋235; 狩りに / 仮に ＝ 狩り / 借り

(千)恋914; 狩に / 仮に

かる[涸る] 動下二段: 물 등이 마르다. 소문이 사라지다

(古)恋704; 涸れ行く(소문 등이 사라지다) / 離れ行く / 枯れ行く ＝ 離れ / 枯れ

(拾)恋760; 涸れにし(물이 마르다) / 離れ

かる[嗄る] 動下二段: 목이 쉬다

(新)秋510; 嗄れ / 枯れ

かれ[枯れ] 名: 물기가 없이 말라 버림. 초목이 마름 cf. 「枯る」

(後)恋914; 枯れ / 夜離れ

かれがれ[離れ離れ] 形動ナリ: 왕래가 뜸해짐. 소원함 cf. 「離る」

(拾)雑秋<雑>1143; 離れ離れに / 霜枯れ枯れに

(新)恋1335; 離れ離れ / 枯れ枯れ

かれがれ[枯れ枯れ] 形動ナリ: 초목 등이 말라 가는 모양 cf. 「枯る」

(拾)雑秋<雑>1143; 霜枯れ枯れに / 離れ離れに

(新)恋1335; 枯れ枯れ / 離れ離れ

かれはつ[枯れ果つ] 動下二段: 바싹 말라 버리다. 완전히 말라 버리다
cf. 「枯る」

(古)恋686; 枯れ果てむ / 離れ果てむ

(後)冬452; 枯れ果てぬれば / 離れ果てぬれば

かれはつ[離れ果つ] 動下二段: 완전히 소원해지다. 완전히 멀어져 버리다
                                 cf.「離る」

(古)恋686; 離れ果てむ / 枯れ果てむ

(後)冬452; 離れ果てぬれば / 枯れ果てぬれば

かれひやま[餉山] 名: 지명

(金)恋503; 餉山(近江에 있다고 하는 餉山) / 離れ(그대가 내 곁을 떠나
  가다)

かれゆく[枯れゆく] 動四段: 점점 말라 가다. 점차 말라 가다 cf.「枯る」

(後)離別1312; 枯れゆく / 離れゆく

かれゆく[離れゆく] 動四段: 점점 멀어져 가다. 점차 소원해져 가다 cf.「離る」

(後)離別1312; 離れゆく / 枯れゆく

かわく[乾く] 動四段: 마르다. 건조하다

(拾)恋760; ＊ 乾かず(샘물에 젖은 소매가 마르지 않는다 / 흐르는 눈물
  에 젖은 소매가－)

(千)恋793; ＊ 乾く時なき(눈물이 마를 날이 없는 / 해초가 마를 날이
  없는)

かわくときなし[乾く時無し]: 마를 새가 없다. 마를 날이 없다 →「乾く」와「無し」

(千)恋793; ＊ 乾く時なき(눈물이 마를 날이 없는 / 해초가 마를 날이
  없는)

かんなびやま[神奈備山] 名: 지명. 大和国의 歌枕

(古)秋254; 神奈備山(단풍이 든 칸나비山) / 神

き[木] 名: 나무 cf.「投げ木」

(古)物名448; 木 / 棺   ＜人生無常과 悲哀感을 읊음＞

恋606; 投げ木(땔나무) / 嘆き ＝ 木 / 歎き

雑体1055; 投げ木 / 嘆き ＝ 木 / 歎き

雑体1056; 投げ木 / 嘆き ＝ 木 / 歎き

雑体1057; 投げ木 / 嘆き ＝ 木 / 歎き

大歌所1069; 木 / 楽しき

(後)春55; 木 / 嘆き

　　春65;　投げ木 / 嘆き

　　春66;　投げ木 / 嘆き

　　春93;　投げ木 / 嘆き

　　夏175;　木の枝 / 嘆き

　　秋429;　投げ木 / 嘆き　＝　木 / 歎き

　　恋518;　投げ木 / 嘆き　＝　木 / 歎き

　　恋572;　投げ木 / 嘆き　＝　木 / 歎き

　　恋664;　投げ木 / 嘆き　＝　木 / 歎き

　　恋761;　投げ木 / 嘆き　＝　木 / 歎き

　　恋953;　木 / 辛き　＝　葛城 / ーが辛き

　　恋989;　(投げ)木 / 嘆き

　　恋1020;　投げ木 / 嘆き　＝　木 / 歎き

　　恋1043;　投げ木 / 嘆き　＝　木 / 歎き

　　雑1167;　投げ木 / 嘆き　＝　木 / 歎き

　　雑1168;　投げ木 / 嘆き　＝　木 / 歎き

　　雑1197;　投げ木 / 嘆き　＝　木 / 歎き

(拾)恋913;　投げ木 / 嘆き　＝　木 / 歎き

　　恋952;　投げ木 / 嘆き / 無(し)　＝　木 / 歎き

　　恋970;　投げ木 / 嘆き　＝　木 / 歎き

(金)春2;　木 / まだき

　　恋447;　投げ木 / 嘆き　＝　木 / 歎き

　　恋448;　なげきの森 / 嘆き　＝　木? / 歎き

　　恋494;　投げ木 / 嘆き　＝　木 / 歎き

　　恋498;　投げ木 / 嘆き　＝　木 / 歎き

　　恋499;　投げ木 / 嘆き　＝　木 / 歎き

　　雑599;　木 / 嘆き　＝　歎き / 木

　　雑615;　投げ木 / 嘆き　＝　木 / 歎き

(詞)雑333;　木 / 嘆き

　　雑398;　木 / 嘆き / なげきの森

(千)恋799;　投げ木 / 歎き

　　雑1193;　投げ木 / 嘆き　＝　木 / 歎き

(新)哀傷762; 木(꽃이 아직 한창이면서 한편으로는 지고 있는 벚나무) /
歎き

(新)哀傷762; 歎き / 木

恋1163; (投げ)木 / 嘆き

雑1582; 投げ木 / 嘆き ＝ 木 / 歎き

雑1641; 投げ木 / 嘆き ＝ 木 / 歎き

雑1669; 投げ木 / 嘆き ＝ 木 / 歎き

雑1687; 投げ木 / 嘆き ＝ 木 / 歎き

き[棺] 名: 관

(古)物名448; 棺 / 木   ＜人生無常과 悲哀感을 읊음＞

－き 助動: 직접 경험의 과거 표현

(古)恋649; 逢ひき / 網引き

雑979; 来し路(왔던 길) / 越路 ＝ 思ひ来し / 越路

(後)冬470; 来し路 / 越路

恋760; 来し / 岸

恋1022; 来し / 岸

恋1063; 帰り来し路(여인에게 거절당하고 돌아온 길) / 越路の白山

離別1335; 来し / 越(땅이름)

離別1336; 来し / 越(땅이름)

(拾)恋976; 見し間 / 三島

哀傷1291; 着し / 岸

(後拾)雑1041; 見き / 三木

(金)春28; 来し路(기러기가 작년 가을에 왔던 길) / 越路

雑596; 来し路(왔던 길) / 越路

雑648; 来し / 越(땅이름)

異本＜恋＞689; 仄見し / 三島江

(詞)雑272; 仄見し / 三島江

(千)冬459; 来し路 / 越路

冬469; 来し路 / 越路

雑1032; 有りき / ありき(歩き)

(新)恋1261; 来し / 越(땅이름)

雑1634; 折り来し(꺾어 가지고 온) / 越し(해를 넘김)

神祇1912; 来し / 越(땅이름)

きえかへる[消えかへる]: 눈 등이 완전히 녹아 사라지다. 목숨이 꺼져 버리다 → 「消ゆ」

(後)恋851; * 消えこそかへれ(흰눈이 완전히 사라지다 / 오지 않는 이를 기다리다 죽을 것만 같다)

きえで[消えで]: 꺼지지 않고   → 「消ゆ」

(古)恋792; * 消えで(소멸하지 않고 / 죽지 않고)

きえわぶ[消えわぶ] 動上二段: 목숨이 끊어질 정도로 불안해하다. 죽을 정도로 기력을 잃다. 서리나 얼음이 좀처럼 녹지 않는다 cf. 「消ゆ」

(新)恋1137; * 消えわび(서리와 얼음이 좀처럼 녹지 않는다 / 몸이 꺼져들 정도로 기력을 잃다)

きく[菊] 名: 국화

(古)恋470; 菊 / 聞く

(後)秋436; 菊の花 / 聞く

恋963; 菊の花 / 聞く

哀傷1409; 菊 / 聞く

哀傷1410; 菊 / 聞く

(後拾)秋352; 菊 / 聞く

(新)雑1575; 菊 / 聞く

釈教1932; 菊 / 聞く

きく[聞く] 動四段: 듣다

(古)恋470; 聞く / 菊

(後)秋436; 聞く / 菊の花

恋963; 聞く / 菊の花

哀傷1409; 聞く / 菊

哀傷1410; 聞く / 菊

(後拾)秋352; 聞く / 菊

(新)雑1575; 聞く / 菊

釈教1932; 聞く / 菊

きし[岸. −岸] 名: 물가. ~의 물가
　　(後)恋760; 岸 / 来し
　　　　恋1022; 岸 / 来し
　　　　雑1096; 岸 / 着じ
　　(拾)神楽587; 住吉の岸も / 来しも
　　　　哀傷1291; 岸 / 着し
　　(後拾)雑1066; 住吉の岸 / 来し方
きしかた[来し方] 名: 과거. 지나온 쪽 cf. 「来」와 「−き」
　　(後拾)雑1066; 来し方(지나온 과거) / 住吉の岸
きならす[着馴らす]: 옷을 입어 익숙하게 하다 cf. 「着る」
　　(新)離別863; 着馴らせ(옷을 여러 차례 입어 편하게 하다) / 来馴らせ
　　　　　　(자주 찾아와 친숙해지다?)
　　　　離別863; 着馴らせ / き(来)
きね[杵] 名: 절굿공이
　　(拾)夏91; 杵 / 巫覡
　　(金)雑650; 杵 / 巫覡(신을 모시는 사람)
きね[巫覡] 名: 신을 섬기는 사람. 무당. 박수
　　(拾)夏91; 巫覡 / 杵
　　(金)雑650; 巫覡(신을 모시는 사람) / 杵(절굿공이)
きのくに[紀の国] 名: 지명
　　(新)冬647; 紀の国 / き(来)
きぶねがは[貴船川] 名: 지명
　　(新)恋1141; 貴船川 / き(来)
きまさぬやま[来まさぬ山]: 오는 것이 점점 빈번해진다는 来増山지만, 이름
　　　　　　　　　　과는 달리 상대가 찾아오지 않는 것을 빗댄 말
　　(拾)恋818; 来まさぬ山(来増山을 빗대어 만들어 낸 말) / 君も来まさぬ
　　　　(님도 오지 않는)
きませ[来ませ]: 오세요 →「く[来]」와 「−ます」
　　(拾)恋818; 来ませ / 来増の山
きませのやま[来増山] 名: 지명
　　(拾)恋818; 来増の山 / 来ませ(오세요)

きみ[君] 名: 그대. 당신

 (新)秋482; 君 / から衣着

きゆ[消ゆ] 動下二段: 꺼지다. 사라지다. 제 정신을 잃다. 죽다

 (古)恋792; * 消えで(소멸하지 않고 / 죽지 않고)

  雑979; * 消ゆる(눈이 녹다 / 사람을 그리워하는 마음의 불이 꺼지다)

 (後)冬460; * 消ゆ(서리가 녹아 사라지다 / 몸이 꺼지다)

  恋851; * 消えこそかへれ(흰눈이 완전히 사라지다 / 오지 않는 이를 기다리다 죽을 것만 같다)

  恋863; * 消ゆ(이슬이 꺼지다 / 정신이 아득해지다)

 (拾)哀傷1332; * 消ゆ(눈이 녹다 / 사람이 죽다)

 (新)冬689; * 消ゆ(불이 꺼지다 / 죽다)

きよし[清し] 形ク: 맑다

 (古)恋666; * 底清み(물의 밑바닥이 맑아서 / 마음이 맑아서)

きり[霧] 名: 안개

 (後)恋824; 霧 / 限り

 (拾)賀266; 霧 / 桐生の岡

きりふのをか[桐生の岡] 名: 지명

 (拾)賀266; 桐生の岡 / 霧

きる[霧る] 動四段: 안개가 끼다. 흐릿해지다 cf.「天霧る」

 (拾)哀傷1288; 霧る / 着る

きる[着る] 動上一段: 의복을 입다

 (古)秋239; 着て(袴를 입다) / 来て(누군가가 등골나물 향내 나는 가을 들녘에 나아오다)

  羇旅410; 着ぬる(唐衣를 입다) / 来ぬる(집을 떠나 멀리까지 오다)

 (後)春77; 着て / 来て

  秋351; 着る / 切る

  恋529; 着て / 来て

  恋660; 着て / 来て

  恋679; 着ては / 来ては

  恋948; 着て反る / 来て帰る

  雑1096; 着じ / 岸

離別1328; 着たり / 来たり

(拾)賀299; 着て / 来て

雑賀<雑恋>1192; 着たり(隠れ蓑와 隠れ笠를 착용하다) / 来たり
(작자가 여인을 찾아오고 있다)

雑恋<雑>1225; 着しか('자랑하기 위해 밤에 좋은 옷을 입다'로
비유적인 표현) / 来しか(밤에 남의 눈을 피해 남
편이 있는 여인을 찾아오다)

哀傷1288; 着る / 霧る

哀傷1291; 着し / 岸

(後拾)春16; 着たる / 来たる

夏220; 着つつ慣らす(여름옷을 계속 입어 익숙하고 편하게 하
다) / 来つつ(더위를 식히러 자주 오면서)

秋235; 着たる / 来たる

雑1075; 着て / 来て

(金)雑574; 着て / 来て

雑662; 笠着(る) / 咲き

(新)夏176; 着たる(여름옷을 입다) / 来たる(여름이 찾아오다)

夏178; 着て(여름옷을 입다) / 来て(여름이 오다)

秋482; から衣着 / きみ(君)

離別 857; 着なん(陸奥의 산바람이 차가우면 이별의 선물로 보내
는 이 옷을 입기 바란다) / 来なん(멀리 떠나는 그대가
빨리 돌아 왔으면 한다)

離別860; 着て / 置きて

離別863; 着馴らせ(옷을 여러 차례 입어 편하게 하다) / 来馴らせ
(자주 찾아와 친숙해지다?)

雑1799; 着て / 来て

きる[切る] 動四段: 절단하다. 자르다

(後)秋351; 切る / 着る

く[消] 動下二段: 꺼지다. 사라지다. 죽다

(古)恋470; * けぬべし(이슬이 꺼지다 / 죽다)

恋551; * けぬ(눈이 녹다 / 사모의 정에 견딜 수 없어 마음의 불이 꺼

　　　　　지다)

　　恋621; ＊けぬべき(눈이 녹다 / 죽다)

　　恋827; ＊けぬる(거품이 꺼지다 / 죽다)

　　雑954; ＊けなまし(눈이 녹다 / 모습을 감추다)

(後)恋821; ＊けなまし(눈이 녹다 / 목숨이 꺼지다)

　　雑1259; ＊けぬべし(횃불이 꺼지다 / 남자를 기다리고 있는 동안에
　　　　　　목숨이 꺼지다)

〈[来] 動カ変: 오다

　(古)秋239; 来て(어떤 사람이 藤袴 향내 나는 가을 들녘으로 나아오
　　　　　다) / 着て(袴를 입다)

　　羈旅410; 来ぬる(집을 떠나 멀리까지 오다) / 着ぬる(唐衣를 입다)

　　恋742; 来れども(연락도 안 하던 원망스러운 사람이-) / 繰れども
　　　　　(댕댕이 덩굴을 당겨 감다)

　　雑979; 来し路(그대만을 생각하며 왔던 길) / 越路 ＝ 思ひ来し /
　　　　　越路

　　雑体1011; 人来人来(사람 온다! 사람 온다!) / ヒトクヒトク(휘파람
　　　　　　새의 울음소리)

　　雑体1036; 来る(여인의 사랑을 구해 남몰래 찾아오다) / 繰る(蓴菜
　　　　　　를 따기 위해 당기다)

(後)春77; 来て(우리 집의 벚꽃이 한창일 때 그대가 와서) / 着て(내가
　　　　　보내는 옷을 왕 행차 시 입어)

　　秋286; 秋来る / 飽き来る

　　冬470; 来し路(발걸음을 끊은 남자가 전에 다녔던 길) / 越路(白山
　　　　　이 있는 -)

　　恋529; 来て / 着て

　　恋575; 来るし / 苦し

　　恋660; 来て / 着て

　　恋674; 来ず / 梢

　　恋679; 来ては / 着ては

　　恋700; 来る(아무도 눈치 채지 못하게 오다) / 繰る(남오미자 덩굴
　　　　　을 당겨 감다)

恋760; 来し / 岸

恋787; 来る(작자가 여인을 찾아오다) / 繰る(남오미자 덩굴을 당겨
감다)

恋803; 来ず / 梢

恋912; 夏来そめてし / なつきそめてし

恋948; 来て帰る / 着て反る

恋976; 来る(남자가 비에 흠뻑 젖어 가면서도 여인을 찾아오다) /
繰る(실을 당겨 감다)

恋1001; 来る(남자가 여인을 찾아오다) / 繰る(덩굴풀을 당겨 감다)

恋1002; 来る(작자로 하여금 기대감을 갖게 하는 여인을 작자가
찾아오다)/ 繰る(덩굴풀을 一)

恋1022; 来し / 岸

雑1162; 来れども / 繰れども

雑1274; 秋来る風 / 飽き来る風

離別1328; 来たり(여행에서 돌아 왔다) / 着たり(길 떠나는 선물로
보낸 옷을 입다)

離別1335; 来し / 越(땅이름)

離別1336; 来し(님 만난 일만 생각하며 오다) / 越(오가는 길이 그
다지 멀게 느껴지지 않는 一)

(拾)春35; 来る(사람들이 버드나무가지를 보러 오다) / 繰る

賀299; 来て / 着て

雑446; 来る / 繰る

神楽587; 来し?(来しも) / 住吉の岸も

恋699; 来る(작자를 찾아오다) / 繰る(댕댕이 덩굴을 당겨 감다)

恋818; 君も来まさぬ(님도 오지 않는) / 来まさぬ山(来増山을 빗대
만들어 낸 지명)

恋818; 来ませ(오세요) / 来増の山

恋822; 来ず / 梢

恋885; 来や / 小屋

恋899; 来る(작자가 여인을 찾아오다) / 繰る(흰 실을 당겨 감다)

恋904; 来まほしく / 駒

雑春<春>1004; 来れば(봄이 오면) / 繰れば

雑春<春>1058; 来れども(봄은 오지만) / 繰れども

雑賀<雑恋>1192; 来たり(작자가 여인을 찾아오고 있다) / 着たり
(隠れ蓑와 隠れ笠를 착용하다)

雑恋<雑>1221; 来る(나를 찾아오다) / 繰る

雑恋<雑>1225; 来しか(밤에 남의 눈을 피해 남편이 있는 여인을
찾아오다) / 着しか(자랑하기 위해 밤에 좋은 옷을
입다)

(後拾)春16; 来たる(관리들이 향연에 참석하다) / 着たる(관리들이 자기
신분에 맞는 옷을 입다)

春68; * また来ん(기러기가 오다 / 가을이 오다)

夏220; 来つつ(더위를 식히러 자주 오다) / 着つつ慣らす(여름옷
을 계속 입음으로써 익숙하게 하다)

秋235; 来たる(가을이 오다) / 着たる(옷을 입다)

冬407; ーと来る / 解くる

離別481; 来る / 繰る

恋644; 来る?(작자가 애타는 심정으로 여인을 찾아오다) / 繰る
(三稜草를 끌어당기다)

恋691; 来や / 昆陽

恋693; 来る(작자를 찾아오다) / 繰る(댕댕이 덩굴을 잡아당기다)

雑872; 来る / 繰る

雑921; 来る / 繰る

雑960; 来る / 繰る

雑1052; 来る / 繰る

雑1055; 来る / 繰る

雑1061; 来る / 繰る

雑1075; 来て / 着て

雑1150; 此方来 / 胡竹

(金)春26; 来る(사람들이 糸鹿山를 찾아오다) / 繰る(실을 감다)

春28; 来し路(기러기가 작년 가을에 왔던 길) / 越路

恋367; 来れ / くれはどり(呉織)

恋470; 来ず / 梢

恋496; 来る(그대가 이곳에 오다) / 栗本の里(近江国의 땅)

恋514; 来る(남자가 작자를 찾아오다) / 繰る(튼튼하지 못한 실을
　　　　잡아 당겨 감다)

雑574; 来て / 着て

雑596; 来し路(왔던 길) / 越路

雑648; 来し / 越(땅이름)

異本<恋>698; な来そ / 勿来(の関)

(千)春103; な来そ / 勿来の関

冬459; 来し路(왔던 길) / 越路(帰山이 있는 ―)

冬469; 来し路(내리는 눈에 보이지 않게 된 왔던 길 / 越路(눈이
　　　　몹시 내리는 ―)

恋716; 来る(사랑을 구하기 위해 끊임없이 찾아오다) / 繰る(밧줄을
　　　　잡아당기다)

雑1196; 此方来 / 胡竹

(新)夏176; 来たる(여름이 찾아오다) / 着たる(여름옷을 입다)

夏178; 来て(여름이 오다) / 着て(여름옷을 입다)

冬647; 来 `(누가 여기에 달을 찾아 올 것인가) / 紀の国

哀傷770; 来れど(5월5일이 다시 돌아오다) / 繰れど(창포 뿌리를
　　　　　잡아당기다)

離別857; 来なん(멀리 떠나는 그대가 빨리 돌아 왔으면 한다)? /
　　　　　着なん(陸奥의 산바람이 차가우면 이별의 선물로 보내는
　　　　　이 옷을 입기 바란다)

離別858; 来し?(来じ; 돌아오지 않을 것이다) / 越路(帰山과 五幡가
　　　　　있는 ―)

離別863; 来馴らせ(자주 찾아와 친숙해지다?) / 着馴らせ(옷을 여
　　　　　러 차례 입어 편하게 하다)

羈旅914; 来じ / 越路

恋1141; 来 `(강물에 옷을 적시며 몇 날 밤을 오다) / 貴船川

恋1261; 来し / 越(땅이름)

雑1799; 来て / 着て

神祇1912; 来し / 越(땅이름)

釈教1940; 来る / 操る?(繰る) / 苦しき海 ＝ 繰る / 苦しき

－く[－来] 動カ変: 동사 連用形에 붙어서 접근이나, 상태의 발생을 나타냄.
－하여 오다

　(後)秋286; 飽き来る / 秋来る

　　恋1063; 帰り来し路(여인에게 거절당하고 돌아온 길) / 越路の白山

　　雜1274; 飽き来る風 / 秋来る風

　(拾)雜447; 流れ来る(물이 흘러 내려오다) / 繰る

　　雜448; 流れ来る / 繰る

　(後拾)哀傷602; 帰り来(い) / 返り事

　(詞)恋269; 人を見来(원망스럽게 그 사람의 모습을 보아 오다) / 三熊野
　　の浦

　(新)雜1634; 折り来し(꺾어 가지고 오다) / 越し(해를 넘김)

くくる[括る] 動四段: 하나로 묶다

　(拾)雜555; 括る / 潜る

くぐる[潜る] 動四段: 밑으로 빠져나가다. 잠수하다

　(拾)雜555; 潜る / 括る

くさ[種] 名: 사물의 원인이 되는 것. 씨앗

　(拾)雜499; 偲ぶ種(씨앗) / 忍草

くさし[臭し] 形ク: 심히 좋지 않은 냄새가 나다. 냄새가 나다

　(後拾)雜1213; 香こそ臭(し) / 草枕

くさのやどり[草の宿り]: 임시 거처

　(後)秋258; ＊ 草の宿り(풀을 숙소 삼아 / 자기 집의 낮춤 말 「草屋」)

くさまくら[草枕] 名: 풀을 엮어 만든 베개. 길 떠난 잠자리에서의 베개

　(後拾)雜1213; 草枕 / 香こそ臭(し)

くずのうらかぜ[葛の裏風]: 칡덩굴에 붙어 있는 잎을 펄렁이며 부는 바람
　　　　　　　　　　cf. 「裏」

　(新)秋450; 葛の裏風 / 恨(み)

くだく[砕く] 動下二段: 산산이 부서지다. 번민하다

　(古)恋550; ＊ 砕けつつ(눈이 산산이 부서지다 / 사랑 때문에 갈피를 못
　잡고 번민하다)

(千)冬443; * 砕く(싸라기눈이 부서지다 / 번민하다)

くたちゆく[降ちゆく]: 기울어가다 → 「降つ」

    (古)雜891; * くたちゆく(휘어 아래로 처지다 / 세월이 지남에 따라 쇠하여
        가다)

くたつ[降つ] 動四段: 기울다. 쇠퇴하다. 해가 기울다. 밤이 깊어지다

    (古)雜891; * くたちゆく(휘어 아래로 처지다 / 세월이 지남에 따라 쇠하여
        가다)

くだる[下る] 動四段: 위쪽에서 아래쪽으로 이동하다. 신분 등이 낮다

    (拾)雜575; * 下れる(위쪽에서 아래쪽으로 이동하다 / 신분 등이 낮다)

くちなし[梔子] 名: 나무이름. 또 그 열매에서 추출한 염료로 물들인 黄赤色

    (古)雜体1012; 梔子 / 口無し

        雜体1026; 梔子 / 口無し

    (後)雜1216; 梔子 / 口無し

    (拾)秋158; 梔子 / 口無し

    (後拾)雜1093; 梔子 / 口無し

    (金)秋169; 梔子色 / 口無し

    (千)哀傷549; 梔子 / 口無し

くちなし[口無し]: 입이 없어 아무 말도 못함

    (古)雜体1012; 口無し / 梔子

        雜体1026; 口無し / 梔子

    (後)雜1216; 口無し / 梔子

    (拾)秋158; 口無し / 梔子

    (後拾)雜1093; 口無し / 梔子

    (金)秋169; 口無し / 梔子色

    (千)哀傷549; 口無し / 梔子

くつ[沓] 名: 신발

    (後)雜1148; 沓 / もくづ(藻屑)

        雜1149; 沓 / 藻屑

くむ[汲む.酌む] 動四段: 물 등을 그릇으로 푸다. 마음을 헤아리다. 어림하다

    (古)雜887; * 汲む(물을 푸다 / 마음을 헤아리다)

    (後)雜1219; 水は汲む / 瑞歯ぐむ(늙어 새로이 이가 나다)

(後拾)雜1116; 水は汲む / 瑞歯ぐむ

(新)冬700; ＊ 汲む(물을 푸다 / 헤아리다)

くもかくす[雲隱す]: 구름이 달 등을 감추다. 사람을 죽게 하다

　(詞)雜408; ＊ 雲隱す(구름이 달을 감추다 / 사람을 죽게 하다)

くものうはがき[雲の上書]: 기러기 편에 부치는 편지 →「上書」

　(新)離別859; 雲の上書 / 雲の上掻き

くものうはがき[雲の上掻き]: 기러기가 하늘 높이 구름 위를 날며 계속 날개를
　　　　　　저음

　(新)離別859; 雲の上掻き / 上書

くものうへ[雲の上]: 구름 저쪽 편. 구름 위. 하늘. 궁궐. 궁궐 위

　(後拾)秋255; ＊ 雲の上(구름 위 / 궁중)

　　　　賀438; ＊ 雲の上(하늘 위 / 궁중의 殿上)

　(金)秋158; ＊ 雲の上(하늘 / 궁전)

　　　恋484; ＊ 雲の上(하늘 / 殿上)

くものかよひち[雲の通ひ路]: 천상으로 가는 길. 殿上으로 오르는 길

　(金)雜529; ＊ 雲の通ひ路(天上에 이르는 길 / 殿上에 이르는 길)

くもま[雲間] 名: 구름 사이

　(後)恋854; ＊ 雲間(비구름이 끊겨 잠시 비가 안 오는 동안 / 남들이 안
　　보는 동안)

くもゐ[雲居・雲井] 名: 구름이 있는 먼 하늘. 아주 먼 곳. 궁중

　(古)恋585; ＊ 雲居(저 먼 하늘 / 마음이 들뜬 상태)

　(拾)雜437; ＊ 雲井(광활한 하늘 / 궁중)

　(後拾)離別478; ＊ 雲居(하늘 / 궁중)

　　　　哀傷593; ＊ 雲居(구름이 있는 먼 하늘 / 궁중)

　(金)恋371; ＊ 雲居(하늘 / 궁중)

　(新)離別877; ＊ 雲井(아득히 먼 곳 / 궁중)

　　　雜1723; ＊ 雲井(광활한 하늘 / 궁중)

くもゐのさくら[雲居の桜]: 궁중에 핀 벚꽃 cf.「桜」

　(金)雜526; ＊ 雲居の桜(궁중의 벚꽃 / 蔵人로서 춤출 때 머리에 장식으
　　로 꽂는 벚꽃)

くゆ[悔ゆ] 動上二段: 후회하다

(後)恋851; 悔ゆる / 燻る

(金)異本<雑>708; 悔ゆる / 燻る

くゆる[燻る] 動四段: 연기가 흔들리며 올라가다. 사물이 은은한 냄새를 풍기며
타다

(後)恋851; 燻る / 悔ゆる

(金)異本<雑>708; 燻る / 悔ゆる

くらし[暗し] 形ク: 어둡다. 어리석다. 부족하다

(古)春39; 暗(暗部山의 느낌은 어쩐지 어둡다) / 暗部山

秋195; 暗(暗部山은 어둡다) / くらふの山(밝은 달밤에 넘는 暗部
山) = 暗ぶ? / くらぶの山

秋295; 暗(暗部山은 어둡다) / くらふ山(낙엽이 지는 暗部山) = 暗
ぶ? / くらぶの山

(後)雑1127; 日昏し(날이 저물어 어둡다) / 蜩

(後拾)雑850; 暗(し) / 鞍馬の山

くらなし[倉無し]: (곡식이 넘쳐나 보관해둘) 창고가 없다. 풍작을 뜻함
cf. 「無し」

(拾)雑秋1123; 倉無し / 倉無の浜

くらなしのはま[倉無の浜] 名: 지명

(拾)雑秋1123; 倉無の浜 / 倉無し

くらぶ[比ぶ] 動下二段: 비교하다

(古)恋590; 比ぶ / 暗部の山

(後)恋867; 比ぶ / 暗部の山

(金)恋434; 思ひ比ぶ(비교해 생각하다) / 暗部の山

くらぶ[暗ぶ] ?: 어두워지다 cf. 「暗し」

(後)秋271; 暗ぶ / 暗部山

(金)冬257; 暗ぶ(時雨가 내림에 따라 어두워지다) / 暗部山(온통 단풍이
든 暗部山)

くらふのやま・くらぶのやま[暗部山] 名: 지명. 소재미상. 통설에 鞍馬山의
옛 이름이라고 하나 확실하지 않
음. 能因歌枕의 くらふ山는 伊賀
国 所在 cf. 「くらふやま」

(古)秋195; くらふの山(가을 밝은 달밤에 넘는 暗部山) / 暗 ＝ くらぶ
の山 / 暗ぶ?

恋590; 暗部の山 / 比ぶ

(後)恋867; 暗部の山 / 比ぶ

(金)恋434; 暗部の山 / 思ひ比ぶ

くらふやま.くらぶやま[暗部山] 名: 지명 cf.「くらふのやま」

(古)春39; くらふ山(어두워서 매화가 핀 것도 안 보이는 暗部山) / 暗

秋295; くらふ山(낙엽이 지고 있는 暗部山) / 暗(し) ＝ くらぶの
山?(くらぶ山) / 暗ぶ?

(後)秋271; 暗部山 / 暗ぶ

(金)冬257; 暗部山(눈부시게 온통 단풍이 든 暗部山) / 暗ぶ?(時雨때문
에 어두워지다)

くらまのやま[鞍馬の山] 名: 지명. 山城国. 京都市 左京区 鞍馬本町

(後拾)雑850; 鞍馬の山 / 暗(し)

くりかへす[繰り返す] 動四段: 실을 몇 번이고 끌어당기다. 반복하다

(古)恋703; * 繰り返し(실을 뽑아내다 / 반복하다)

くる[暮る] 動下二段: 어두워지다. 저녁때가 되다. 한 해가 저물다. 인생이
저물다. 죽다

(古)冬342; * 暮れぬ(한 해가 저물다 / 인생이 저물다)

哀傷846; * 照る日の暮れし(해가 져서 어두워지다 / 왕이 세상을
뜨다)

(新)釈教1974; 暮れぬ / 眩れぬ(눈물이 앞을 가리다)

くる[眩る] 動下二段: 눈앞이 캄캄해지다. 눈물이 앞을 가리다

(新)釈教1974; 眩れぬ(눈물이 앞을 가리다) / 暮れぬ

くる[繰る] 動四段: 실이나 줄과 같이 가느다란 것을 몸 가까이 끌어당기다.
감다. 감아 당기다

(古)恋510; 繰る / 苦し

恋742; 繰れども / 来れども

雑体1036; 繰る(蓴菜를 따기 위해 당기다) / 来る(작자가 여인을
방문해 오다)

(後)恋700; 繰る / 来る

恋787; 繰る / 来る

恋976; 繰る / 来る

恋1001; 繰る / 来る

恋1002; 繰る / 来る

雑1162; 繰れども / 来れども

(拾)春35; 繰る / 来る

雑446; 繰る / 来る

雑447; 繰る / 流れ来る

雑448; 繰る / 流れ来る

恋638; 繰る / 苦しき

恋699; 繰る / 来る

恋701; 繰る / 苦しき

恋894; 繰る / 苦しかる

恋899; 繰る / 来る

雑春1004; 繰れば / 来れば

雑春1058; 繰れども / 来れども

雑恋1221; 繰る / 来る

(後拾)離別481; 繰る / 来る

恋606;　繰る / 苦し

恋644; 繰る / 来る?

　　　* 苦しめ(筑摩江의 늪이 三稜草를 채취하는 사람의 애를 먹
　　　이다 / 여인이 작자의 마음을 애타게 하다) = 繰る(三稜草
　　　를 잡아당기다) / 苦しめ

恋692; 繰る / 苦しき

恋693; 繰る / 来る?

繰る / 苦しき

恋803; 繰る / 苦しく

雑872; 繰る / 来る

雑921; 繰る / 来る

雑946; 繰る / 苦しく

雑960; 繰る / 来る

　　　雑965; 繰る / 苦しき

　　　雑1052; 繰る / 来る

　　　雑1055; 繰る / 来る

　　　雑1061; 繰る / 来る

　　(金)春26; 繰る / 来る

　　　恋514; 繰る / 来る

　　(千)恋716; 繰る / 来る

　　　恋788; 繰る / 苦しき

　　(新)哀傷770; 繰れど(창포 뿌리를 잡아당기다) / 来れど(5월5일이 다시
　　　　　돌아오다)

　　　恋1093; 繰る / 苦しき

　　　恋1096; 繰る / 苦しき

　　　雑1775; 繰る / 苦しくて

　　　釈教1940; 繰る(操る?) / 苦しき海 / 来る ＝ 繰る / 苦しき

くるし[苦し] 形シク: 괴롭다

　　(古)恋510; 苦し / 繰る

　　(後)恋575; 苦し / 来るし

　　(拾)恋638; 苦しき / 繰る

　　　恋701; 苦しき / 繰る

　　　恋894; 苦しかる / 繰る

　　(後拾)恋606; 苦し / 繰る

　　　　恋692; 苦しき / 繰る

　　　　恋693; 苦しき? / 繰る

　　　　恋803; 苦しく / 繰る

　　　　雑946; 苦しく / 繰る

　　　　雑965; 苦しき / 繰る

　　(千)恋788; 苦しき / 繰る

　　(新)恋1093; 苦しき / 繰る

　　　恋1096; 苦しき / 繰る

　　　雑1775; 苦しくて / 繰る

　　　釈教1940; 苦しき海 / 来る / 操る?(繰る) ＝ 苦しき / 繰る

くるしきうみ[苦しき海]: 고해. 괴로움에 찬 현세 cf. 「苦し」

　(新)釈教1940; 苦しき海 / 来る / 操る?(繰る) = 苦しき / 繰る

くるしむ[苦しむ] 動下二段: 괴롭히다

　(後拾)恋644; * 苦しめ(筑摩江의 늪이 三稜草를 채취하는 사람의 애를 먹이다 / 여인이 작자의 마음을 애타게 하다) = 苦しめ / 繰る(三稜草를 잡아당기다)

くるもとのさと[栗本の里] 名: 지명

　(金)恋496; 栗本の里(近江国의 땅이름) / 来る(그대가 이곳에 오다)

くれ[暮] 名: 하루나 한 해가 저물 무렵. 계절의 끝 무렵. 인생의 황혼기

　(古)恋515; 紐結ふ暮 / 日も夕暮

　(後拾)雑904; 暮 / 榑

　　雑905; 暮 / 榑

　(千)恋746; * 暮(가을이 끝날 무렵 / 저녁 무렵)

　　恋778; 暮(저녁 무렵) / 榑(잘라낸 채 껍질이 그대로 붙어있는 통나무)

　(新)恋1398; 暮(저녁 무렵) / 榑(잘라낸 채 껍질이 그대로 붙어있는 통나무)

くれ[榑] 名: 갓 잘라낸 통나무. 껍질이 붙어있는 재목. 지붕을 이는 판자

　(後拾)雑904; 榑 / 暮れ

　　　雑905; 榑 / 暮れ

　(金)雑654; 榑(껍질이 붙어 있는 재목) / つちくれ(土塊)

　(千)恋778; 榑(잘라낸 채 껍질이 그대로 붙어있는 통나무) / 暮(저녁 무렵)

　(新)恋1398; 榑(잘라낸 채 껍질이 그대로 붙어있는 통나무) / 暮(저녁 무렵)

くれはどり[呉織] 名: くれはとり. クレハタオリ가 줄은 말. 呉나라의 직조 기술로 짠 직물

　(金)恋367; 呉織(呉나라의 직조기술로 짠 비단 등의 직물) / 来れ

くろ[黒] 名: 검정. 말의 털색의 하나로 黒毛

　(金)雑653; 黒毛(말의 털 이름) / 畔(논두렁)

くろ[畔] 名: 논두렁. 밭두렁

(金)雜653; 畔(논두렁) / 黑毛(말의 털 이름)

けしき[気色] 名: 자연계의 움직임과 모습. 기색

    (千)秋228; 気色(가을이 오는 기색) / けしきの森

    (新)夏270; 気色 / けしきの森

けしきのもり[けしきの森] 名: 지명

    (千)秋228; けしきの森 / 気色(가을이 오는 기색)

    (新)夏270; けしきの森 / 気色

けなまし[消なまし]: 눈이 녹듯 사라지고 싶다. 모습을 감추고 싶다. 죽고
             싶다 → 「く(消)」

    (古)雜954; * けなまし(눈이 녹다 / 모습을 감추다)

    (後)恋821; * けなまし(눈이 녹다 / 목숨이 꺼지다)

げに[実に] 副: 확실히. 정말로. 과연

    (古)物名444; げに(과연) / うち付けに(돌연히) <이슬이 내려 더욱 진
        한 꽃잎>

けはし[険し] 形シク: 험하다. 준험하다. 거칠다

    (新)羈旅906; 険し / 懸橋

けふ[今日] 名: 오늘

    (古)雜体1067; 今日 / けふ(峽)?

    (詞)恋190; 今日 / 狹布

けふ[狹布] 名: 陸奥에서 생산되는 폭이 좁은 천

    (詞)恋190; 狹布 / 今日

けふ[峽] 名: 협곡. 골짜기

    (古)雜体1067; けふ(峽)? / 今日

こ[子] 名: 자식. 아이

    (後)雜1187; 形見の子 / 筐の籠

      哀傷1392; 形見の子 / 筐の籠

    (拾)雜賀1162; 子 / 真砂

      哀傷1304; 我が子の世(덧없이 짧았던 내 자식의 수명) / 此の世(현세)

      哀傷1305; 子の世(자식의 생애) / 此の世(현세)

      哀傷1310; 子 / 籠

    (後拾)賀447; 子 / 小松

賀448; 此の子 / 子の子

哀傷554; 子 / 木枯し

哀傷564; 子の世(자식의 생애) / 此の世(현세)

雜1156; 子 / 此(이곳)

(金)雜577; 子は / 木は

雜610; 子 / かけご(懸籠)

雜637; 子の / 此の

(詞)雜340; 子 / 籠

雜398; 子 / 木の下

(千)離別491; 子の / 此の

賀636; 子高くぞなる(子孫이 번창하다) / 木高く

(新)哀傷813; 子の世(자식의 생애) / 此の世(현세)

哀傷852; 墨染の濃(し) / 此(이것) ＝ 子 / 此(이것)

こ[籠] 名: 바구니

(後)雜1187; 筐の籠 / 形見の子

哀傷1392; 筐の籠 / 形見の子

(拾)哀傷1310; 籠 / 子

(詞)雜340; 籠 / 子

こ[此.是] 代名: 이것. 이곳. 여기

(後拾)雜1017; 此(이곳)の国人 / 胡の国人

雜1156; 此(이곳) / 子

(金)恋449; 是や(이것이 다름 아닌 -인가?) / 小屋

(新)哀傷852; 此(이것) / 墨染の濃(し) ＝ 此(이것) / 子

こ[木] 名: 나무

(金)雜577; 木は / 子は

(千)賀636; 木 / 子

こ[胡] 名: 지명. 胡 나라. 古代 중국의 북방 민족의 하나

(後拾)雜1017; 胡の国人 / 此(이곳)の国人

こがめ[小亀] 名: 작은 거북 cf. 「亀」

(古)雜874; 小亀 / 小瓶

こがめ[小瓶] 名: 작은 항아리

(古)雜874; 小瓶 / 小亀

こがらし[木枯し] 名: 가을에서 겨울에 걸쳐 불며 나뭇잎을 떨어뜨리는 바람
    (後拾)哀傷554; 木枯し / 子

こがらしのもり[こがらしの森] 名: 지명
    (新)恋1320; こがらしの森 / 焦がら

こがる[焦がる] 動下二段: 눈다. 타다. 햇빛 등에 변색되다. 그리움으로 애타
        하다
    (後)恋990; * 焦がれぬる(불에 그슬려지다 / 번민하며 속을 태우다)
       恋991; 火焦がれ(사모의 불에 그슬려지다) / 思ひ焦がれじ(사모하며
         속을 태우다)
    (拾)雜573; 焦がれて / 漕がれて
       雜賀1180; * 焦がるる(눈다 / 단풍들어 변색하다)
    (後拾)秋346; 焦がれ(햇빛에 변색되다) / 漕がれ
    (新)恋1320; 焦がら? / こがらしの森

こがる[漕がる]: 노를 저어 배가 앞으로 나아가다 → 「漕ぐ」와 「-る」(피동
        표현의 조동사)
    (後拾)秋346; 漕がれ / 焦がれ(햇빛에 변색되다)

こぎかへる[漕ぎ返る] 動四段: 계속 반복하여 노를 젓다 cf.「返る」
    (古)恋732; 漕ぎ返り / 帰り(자기 처소로 되돌아가다)

こきたる[扱き垂る] 動下二段: 고개를 숙이고 눈물을 뚝뚝 흘리다. 훑어 떨어뜨
        리다
    (古)雜932; * 扱き垂れて(고개를 숙이고 눈물을 뚝뚝 흘리다 / 훑어서
        떨어뜨리다)

こぐ[漕ぐ] 動四段: 배를 젓다
    (拾)雜573; 漕がれて / 焦がれて
    (後拾)秋346; 漕がれ / 焦がれ(햇빛에 변색되다)

ここのへ[九重] 名: 아홉 겹. 꽃잎 등이 여러 겹으로 겹친 상태. 여러 겹
    (後拾)秋351; * 九重(꽃잎의 겹친 상태 / 궁중)
    (詞)春24; * 九重(흰 구름이 여러 겹으로 / 궁중)
    (千)春119; * 九重(여러 겹 / 궁중)
    (新)秋508; * 九重(서리가 국화에 여러 차례 내려 겹으로 쌓이다 / 궁중)

ここのへ[九重] 名: 궁궐. 궁중

　　(後拾)秋351; * 九重(궁중 / 꽃잎의 겹친 상태)

　　(詞)春24; * 九重(궁중 / 여러 겹)

　　　　春29; 九重(궁중) / 此処の辺(이 부근)

　　(千)春119; * 九重(궁중 / 여러 겹)

　　(新)秋508; * 九重(궁중 / 서리가 국화에 여러 차례 내려 겹으로 쌓이다)

ここのへ[此処の辺]: 이 근처. 이 부근

　　(詞)春29; 此処の辺(이 부근) / 九重(궁중)

こころ[心] 名: 마음

　　(古)恋491; * 心(사랑하는 마음 / 흐르려고 하는 물의 본성)

　　(後)恋612; 心見に(그대의 마음을 보기 위해) / 試みに(소매가 젖는지
　　　　어떤지 시험삼아)

　　(拾)雑485; 心 / 心葉

　　(新)恋1059; * 心(내 마음 / 연못의 마음, 즉 수면)

こころかはる[心変る]: 心が変る. 마음이 변하다 → かはる[変る]

　　(新)恋1324; 心変ら / 瓦屋

こころづかひ[心遣ひ]: 마음을 씀. 심려. 주의

　　(後拾)雑1112; 心づかひ / 使ひ(심부름하는 사람)

こころつく[心付く] 動四段: 생각이 미치다. 분별이 가다 cf. 付く

　　(後)恋674; 心付く / 筑波の山

こころづくし[心尽し]: 여러 가지로 마음을 쓰며 애를 태움. 온갖 상념으로
　　　　　　　　心労 함 cf. 「尽す」

　　(後)恋1047; 心尽し / 筑紫

　　(後拾)哀傷561; 心尽し / 筑紫

　　　　恋748; 心尽し / 筑紫の関

　　(金)恋379; 心尽し / 筑紫

　　　　雑572; 心尽し / 筑紫

　　　　異本<恋>714; 心尽し / 筑紫

　　(千)羈旅506; 心尽し / 筑紫

　　　　恋764; 心尽し / 筑紫

　　(新)神祇1905; 心尽し / 筑紫

釈教1959; 心尽し / 筑紫

こころのおく[心の奥]: 마음속 cf. 「奥」

    (新)恋1332; 心の奥 / 奥の海

こころば[心葉]: 선물상자 등에 붙이는 작은 장식

    (拾)雑485; 心葉 / 心

こころみる[試みる] 動上一段: 시도해 보다

    (後)恋612; 試みに / 心見に

こころみる[心見る]: 心を見る. 마음을 파악하다. 간파하다 → 「心」와 「見る」

    (後)恋612; 心見に(그대의 마음을 보기 위해) / 試みに(소매가 젖는지
    어떤지 시험삼아)

こころをつく[心を付く]: 마음을 기울이다 → 「付く」

    (新)恋1014; 心を付く / 筑波山

こころをやる[心を遣る]: 마음을 보내다. 기분전환을 하다 cf. 「心」와 「遣る」

    (後拾)春26; ＊ 心ばかりを遣る(마음만을 보내다 / 기분전환을 하다)
        春97; ＊ 心を遣りて(마음을 보내다 / 기분전환을 하다)

こし[越] 名: 지명. 北陸道 cf. 「越路」

    (後)離別1335; 敦賀の越 / 来し cf. 新大系의 경우는 敦賀の越이나 新編
    의 본문은 「敦賀の浦」이다

      離別1336; 越 / 来し

    (金)雑648; 越 / 来し

    (新)恋1261; 越 / 来し

      神祇1912; 越 / 来し

こし[越] 名: 해를 넘김. 해를 보냄. 송년

    (新)雑1634; 越し(해를 넘김) / 折り来し

こし[濃し] 形ク: 진하다. 짙다

    (後)雑1277; ＊ 濃し(색깔이 짙다 / 생각하는 정도가 깊다)

    (新)哀傷852; 墨染の濃(し) / 此(이것)

こし[来し]: 왔다. 왔었다 → 「来」와 「－き」

    (後)離別1335; 来し / 越(땅이름)

      離別1336; 来し / 越(땅이름)

    (金)雑648; 来し / 越(땅이름)

(新)恋1261; 来し / 越(땅이름)

神祇1912; 来し / 越(땅이름)

こじ[来じ]: 오지 않겠지. 돌아오지 않을 것이다 → 「来」와 「-じ」(부정 추측
　　　의 조동사)

(新)離別858; 来じ / 越路 = 来し? / 越路

こじ[来じ]: 오지 말아야지. 가지 말아야지 → 「来」와 「-じ」(부정 의지의 조
　　　동사)

(新)羈旅914; 来じ / 越路

こしぢ[越路] 名: 지명. 越 땅으로 통하는 길. 또는 越 지방. 北陸道 cf. 「越」

(古)雑979; 越路(白山가 있는-) / 来し路(그대만을 생각하며 왔던 길)
　　　= 越路 / 思ひ来し

(後)冬470; 越路 / 来し路

恋1063; 越路 / 来し路

恋1063; 越路の白山 / 帰り来し路(여인에게 거절당하고 돌아온 길)

(金)春28; 越路 / 来し路(기러기가 작년 가을에 왔던 길)

雑596; 越路 / 来し路(왔던 길)

(千)冬459; 越路 / 来し路

冬469; 越路 / 来し路

(新)離別858; 越路 / 来し?(来じ;돌아오지 않을 것이다)

羈旅914; 越路 / 来じ

こしぢ[来し路]: 온 길. 왔던 길 → 「来」와 「-き」와 「-路」

(古)雑979; 来し路(그대만을 생각하며 왔던 길) / 越路 = 思ひ来し /
　　　越路

(後)冬470; 来し路 / 越路

恋1063; 帰り来し路(여인에게 거절당하고 돌아온 길) / 越路の白山

(金)春28; 来し路(기러기가 작년 가을에 왔던 길) / 越路

雑596; 来し路 / 越路

(千)冬459; 来し路 / 越路

冬469; 来し路 / 越路

こずゑ[梢] 名: 나무 가지나 줄기의 끝

(後)恋674; 梢 / 来ず

　　　　恋803; 梢 / 来ず

　　(拾)恋822; 梢 / 人も来ず

　　(金)恋470; 梢 / 来ず

　　　　雑562; 梢 / 末(노년)

こだかし[小高し] 形ク: 약간 높다

　　(古)離別384; 小高く(두견새도 이별을 슬퍼하는지 약간 소리 높여) /
　　　　木高く(나무 높은 곳에서)

こだかし[木高し] 形ク: 나무가 높다. 나무가 높이 솟아 있다

　　(古)離別384; 木高く(두견새가 나무 높은 곳에서) / 小高く(두견새가 약
　　　　간 소리 높여)

　　(千)賀636; 木高く / 子高くぞなる(子孫이 번창하다)

こち[東風] 名: 동풍

　　(後拾)雑1133; 東風 / 此方

　　(金)雑632; 東風 / 此方

こち[此方] 代名: 자기가 있는 장소나 방향. 나

　　(後拾)雑1133; 此方 / 東風

　　　　雑1150; 此方来 / 胡竹

　　(金)雑632; 此方 / 東風

　　(千)雑1196; 此方来 / 胡竹

こちく[胡竹] 名: 피리를 만드는 데 쓰는 외국산 대나무. 또는 그것으로 만든
　　　　피리

　　(後拾)雑1150; 胡竹 / 此方来

　　(千)雑1196; 胡竹 / 此方来

こと[言] 名: 말. 소문

　　(古)恋702; 言(소문) / 事(상태)

　　　　恋703; 言(소문) / 事(상태)

　　　　恋704; 言(소문) / 事(상태)

こと[事] 名: 세상에 일어나는 일이나 현상

　　(古)恋702; 事(상태) / 言(소문)

　　　　恋703; 事(상태) / 言(소문)

　　　　恋704; 事(상태) / 言(소문)

　　　(後拾)雜937; 東の事 / 東の琴

　　　(千)秋304; 悲しき事 / 琴の音

　　　　　賀634; 事 / 琴

こと[琴] 名: 거문고. 平安시대에는 琴.箏.琵琶 등 현악기의 총칭. 後에는 箏를
　　　　　지칭

　　　(古)物名456; 琴に / 異に(유난히)　<唐琴의 立春을 읊음>

　　　(後拾)雜937; 東の琴 / 東の事

　　　(金)賀317; 琴 / 雄琴の郷

　　　(千)秋304; 琴の音 / 悲しき事

　　　　　賀634; 琴 / 事

ことつて[言伝て] 名: 소식. 전언. 기러기 소리

　　　(新)恋1418; * 言伝て(소식 / 기러기 소리)

ことに[異に.殊に] 副: 유난히. 특별히

　　　(古)物名456; 異に(유난히) / 琴に　<唐琴의 立春을 읊음>

ことのは[言の葉] 名: 말. 和歌

　　　(古)恋688; 言の葉 / 葉

　　　　　恋737; 言の葉 / 葉

　　　　　恋782; 言の葉 / 葉

　　　　　恋788; 言の葉 / 葉

　　　　　恋820; 言の葉 / 葉

　　　　　雜940; 言の葉 / 葉

　　　　　雜958; 言の葉 / 葉

　　　(後)秋425; 言の葉 / 葉

　　　　　冬448; 言の葉 / 葉

　　　　　冬450; 言の葉 / 葉

　　　　　冬462; 言の葉 / 葉

　　　　　恋609; 言の葉 / 葉

　　　　　恋897; 言の葉 / 葉

　　　　　恋921; 言の葉 / 葉

　　　　　恋923; 言の葉 / 葉

　　　　　恋933; 言の葉 / 葉

恋1031; 言の葉 / 葉

恋1044; 言の葉 / 葉

恋1048; 言の葉 / 葉

雑1097; 言の葉 / 葉

雑1211; 言の葉 / 葉

雑1273; 言の葉 / 葉

雑1289; 古言の葉 / 降る葉 ＝ 言の葉 / 葉

(拾)恋828; 言の葉 / 葉

雑秋1141; 言の葉 / 葉

雑秋1142; 言の葉 / 葉

(後拾)恋813; 言の葉 / 葉

雑942; 言の葉 / 葉

雑955; 言の葉 / 葉

雑1006; 言の葉 / 葉

雑1089; 言の葉 / 葉

雑1090; 言の葉 / 葉

(金)恋420; 言の葉 / 葉

雑555; 言の葉(和歌) / 葉(나무 잎)

雑613; 言の葉 / 葉

(詞)雑369; 言の葉 / 葉

雑380; 言の葉 / 葉

(千)恋685; 言の葉 / 葉

恋827; 言の葉 / 葉

雑1105; 言の葉 / 葉

雑1106; 言の葉 / 葉

(新)哀傷826; 言の葉 / 葉

恋1241; 言の葉 / 葉

恋1247; 言の葉 / 葉 cf.「古言の葉」

恋1303; 言の葉 / 葉

恋1319; 言の葉 / 葉

恋1344; 言の葉 / 葉

　　　恋1345; 言の葉 / 葉

　　　雑1729; 言の葉 / 葉

　　　雑1777; 言の葉 / 葉

　　　雑1802; 言の葉 / 葉

この[此の] 連体: 이. 이런. 최근의

　　(古)羈旅420; この旅は(이번 행차 길은) / この度は(이번에는)

　　　物名445; 此の身 / 木の実　　<불우한 처지가 좋아지길 바라는 심
　　정을>

　　(後)恋692; この旅 / この度

　　　雑1226; 此の身 / 木の実

　　　雑1227; 此の身 / 木の実

　　　雑1282; 此の目 / 木の芽

　　　離別1309; この旅 / この度

　　　離別1311; この旅 / この度

　　(拾)哀傷1277; 此の目 / 木の芽

　　　哀傷1304; 此の世(현세) / 我が子の世(덧없이 짧았던 내 자식의 수명)

　　　哀傷1305; 此の世(현세) / 子の世(자식의 생애)

　　(後拾)賀448; 此の子 / 子の子

　　　哀傷564; 此の世(현세) / 子の世(자식의 생애)

　　　恋724; この旅 / この度

　　　恋764; この旅 / この度

　　(金)秋176; この旅寝 / この度

　　　雑562; 此の身 / 木の実

　　　雑563; 此の身 / 木の実

　　　雑637; 此の / 子の

　　(詞)雑364; 此の身 / 木の実

　　(千)離別490; この旅 / この度

　　　離別491; 此の / 子の

　　(新)哀傷813; 此の世(현세) / 子の世(자식의 생애)

　　　恋1062; 此の三輪の桧原 / 木の実 ＝ 三輪 / 身

　　　恋1150; この旅 / この度

　　　雑1465; 此の身 / 木の実

このこ[此の子]: 이 아이   → 「此の」와 「子」

　　　(後拾)賀448; 此の子 / 子の子

このこ[子の子]: 손자

　　　(後拾)賀448; 子の子 / 此の子

このたび[此の度]: 이번. 금번 cf. 「度」

　　　(古)羈旅420; この度は(이번에는) / この旅は(이번 행차 길은)

　　　(後)恋692; この度 / この旅

　　　　　離別1309; この度 / この旅

　　　　　離別1311; この度 / この旅

　　　(後拾)恋724; この度 / この旅

　　　　　恋764; この度 / この旅

　　　(金)秋176; この度 / この旅寝

　　　(千)離別490; この度 / この旅

　　　(新)恋1150; この度 / この旅

このは[木の葉] 名: 나뭇잎

　　　(新)恋1056; 木の葉 / このは(言の葉)?

このは[言の葉] ?: 말. 和 cf. 「ことのは(言の葉)」

　　　(新)恋1056; 言の葉? / 木の葉

このみ[木の実] 名: 나무열매. 나무에 열리는 果実 cf. 「実」

　　　(古)物名445; 木の実 / 此の身 <불우한 처지가 좋아지길 바라는 심정을
　　　　　읊음>

　　　(後)雑1226; 木の実 / 此の身

　　　　　雑1227; 木の実 / 此の身

　　　(金)雑562; 木の実 / 此の身

　　　　　雑563; 木の実 / 此の身

　　　(詞)雑364; 木の実 / 此の身

　　　(新)恋1062; 木の実 / 此の三輪の桧原 ＝ 身 / 三輪

　　　　　雑1465;   木の実 / 此の身

このみ[此の身]: 현재 살아 있는 이 몸. 자기 자신 → 「此の」와 「身」

　　　(古)物名445; 此の身 / 木の実 <불우한 처지가 좋아지길 바라는 심정을

읊음>

(後)雜1226; 此の身 / 木の実

　　雜1227; 此の身 / 木の実

(金)雜562; 此の身 / 木の実

　　雜563; 此の身 / 木の実

(詞)雜364; 此の身 / 木の実

(新)雜1465; 此の身 / 木の実

このめ[木の芽] 名: 나무의 싹을 틔우는 눈

(後)雜1282; 木の芽 / 此の目

(拾)哀傷1277; 木の芽 / 此の目

(新)賀735; 木の芽 / 目も謡

このめ[此の目]: 이 눈. 나의 눈 (後)1282 (拾)1277 → 「此の」와 「目」

(後)雜1282; 此の目 / 木の芽

(拾)哀傷1277; 此の目 / 木の芽

このもと[木の下.木の許] 名: 나무그늘. 나무 밑. 무성한 나무의 밑동

(後)春105; 木の下 / 子の許(자식이 있는 곳)

(拾)雜秋1142; 木の下 / 子の許

　　哀傷1284; 木の下 / 子の許

　　哀傷1311; 木の下 / 子の許

(後拾)秋360; 木の下 / 此の許(여기)

　　　哀傷555; 木の下 / 子の許

　　　雜1087; 木の下 / 子の許

(金)雜605; 木の下 / 子の許

(詞)雜380; 木の下 / 子の許

　　雜398; 木の下 / 子

(千)雜1099; 木の下 / 子の許

　　雜1105; 木の下 / 子の許

(新)釈教1954; 木の下 / 子の許

このもと[子の許]: 자식이 있는 곳. 자식이 있는 근처

(後)春105; 子の許 / 木の下(나무 밑)

(拾)雜秋1142; 子の許 / 木の下

　　　　　哀傷1284; 子の許 / 木の下

　　　　　哀傷1311; 子の許 / 木の下

　　　(後拾)哀傷555; 子の許 / 木の下

　　　　　　雑1087; 子の許 / 木の下

　　　(金)雑605; 子の許 / 木の下

　　　(詞)雑380; 子の許 / 木の下

　　　(千)雑1099; 子の許 / 木の下

　　　　　雑1105; 子の許 / 木の下

　　　(新)釈教1954; 子の許 / 木の下

このもと[此の許]: 여기

　　　(後拾)秋360; 此の許 / 木の下(나무 밑)

このよ[此の世] 名: 현세. 지금 세상 cf. 「此の」와 「世」

　　　(拾)哀傷1304; 此の世 / 我が子の世(덧없이 짧았던 내 자식의 수명)

　　　　　哀傷1305; 此の世 / 子の世(자식의 생애)

　　　(後拾)哀傷564; 此の世 / 子の世(자식의 생애)

　　　(新)哀傷813; 此の世 / 子の世(자식의 생애)

このよ[子の世]: 자식의 생애. 자식의 일생 → 「子」와 「－の」와 「世」

　　　(拾)哀傷1304; 我が子の世(덧없이 짧았던 내 자식의 수명) / 此の世

　　　　　哀傷1305; 子の世(자식의 생애) / 此の世

　　　(後拾)哀傷564; 子の世(자식의 생애) / 此の世

　　　(新)哀傷813; 子の世(자식의 생애) / 此の世

こひ[恋] 名: 사랑

　　　(古)恋680; 恋 / 火

　　　(後)恋565; 恋 / 火

　　　　　恋681; 恋 / 火

　　　　　恋989; 恋 / 火

　　　　　恋1072; 恋 / 火

　　　(拾)恋656; 恋 / 火

　　　　　恋892; 恋 / 火

　　　(後拾)哀傷582; 恋 / 泥

　　　　　恋643; 恋 / 火

　　　恋661; 恋 / こゐ(木居)

　　　恋822; 恋 / 火

　(金)恋399; 恋 / 火

　(詞)恋218; 恋 / 濃緋(피눈물)

　　　恋253; 恋 / こゐ(木居)

　(千)恋703; 恋 / 火

　(新)恋1050; 恋 / こゐ(木居)

こひ[濃緋] 名: 붉은 눈물. 피 눈물

　(詞)恋218; 濃緋(피 눈물) / 恋

こひぢ[恋路] 名: 사랑의 길. 사랑. 사랑에 불타 있는 상태

　(後)雜1088; 恋路 / 泥(진흙탕)

　(後拾)恋715; 恋路 / こひぢ(泥)

　(金)恋350; 恋路 / こひぢ(泥)

　(千)恋941; 恋路 / こひぢ(泥)

こひぢ[泥] 名: 진흙. 흙탕. 진창

　(後)雜1088; 泥(진흙탕) / 恋路

　(後拾)哀傷582; 泥 / 恋

　　　恋715; 泥 / 恋路

　(金)恋350; 泥 / 恋路

　(千)恋941; 泥 / 恋路

こひわたる[恋ひ渡る] 動四段: 사모하며 세월을 보내다. 끊임없이 연모하다

　　　　　　　　　→「－わたる」

　(古)恋826; 恋ひわたる / 渡る

　(金)恋374; 恋ひわたる / 渡る

　　　恋422; 恋ひわたる / 渡る

　(千)恋672; 恋ひわたる / 渡る

　(新)雜1685; 恋ひわたる / 渡る(돌다리를 건너다)

こほる[凍る] 動四段: 얼다, 얼어붙다

　(古)恋591; * 凍れる(얼어붙어 있다 / 주변 상황에 동하지 않는 태도를
　　　견지하다)

　(金)雜534; 凍る / とどこほる(滯る)

368

(詞)雜375; 凍る / とどこほる(왕의 지시를 담은 宣旨가 빨리 하달되지
　　않고 지체되다)
こま[駒] 名: 망아지. 말
　　(拾)恋904; 駒 / 来まほしく
こまつがはら[小松が原] 名: 작은 소나무가 많이 자라고 있는 들판
　　(後拾)賀447; 小松が原 / 子
こも[薦] 名: 거적
　　(拾)夏114; 薦 / 真菰
こや[昆陽] 名: 지명. 摂津国의 歌枕. 兵庫県 伊丹市 부근
　　(拾)冬223; 昆陽 / 小屋
　　(後拾)恋691; 昆陽 / 来や(나를 찾아오세요) / 小屋
　　(詞)夏63; 昆陽の池 / 蚕屋
　　　夏66; 昆陽(님이 누에를 치고 있는 곳) / 蚕屋(조릿대로 잠사를 이
　　　　은 엉성한 잠사)
こや[小屋] 名: 작고 허술한 건물. 오두막집
　　(拾)冬223; 小屋 / 昆陽
　　　恋885; 小屋 / 来や(어서 나에게로 오세요)
　　(後拾)恋691; 小屋 / 昆陽 / 来や(나를 찾아오세요)
　　(金)恋449; 小屋 / 是や(이것이 다름 아닌 －인가?)
こや[蚕屋] 名: 잠사. 누에를 치는 건물
　　(詞)夏63; 蚕屋 / 昆陽の池
　　　夏66; 蚕屋(조릿대로 잠사를 이은 엉성한 잠사) / 昆陽(님이 누에를
　　　　치고 있는 곳)
こや[此や]: 이것이 이른바. 이것이야말로 → 「此」와 「－や」(감동, 영탄의 조사)
　　(金)恋449; 是や(이것이 다름 아닌 －인가?) / 小屋
こや[来や]: (나를 찾아) 오세요 → 「来」와 「－や」(권유, 요청의 조사)
　　(拾)恋885; 来や / 小屋
　　(後拾)恋691; 来や / 昆陽
こやのいけ[昆陽の池] 名: 지명. 摂津国의 歌枕 → 「昆陽」
　　(詞)夏63; 昆陽の池 / 蚕屋
こゆ[越ゆ] 動下二段: 다른 사람보다 뛰어나다. 넘다. 세월 등이 흐르다

(後)恋724; 超ゆ / こゆるぎの磯

恋1040; ＊越ゆ(산을 넘다 / 남녀가 선을 넘어 깊은 관계를 맺다)

恋1049; 月日は越ゆる(세월만 흐르다) / 小余綾の磯

こゆるぎのいそ[小余綾の磯] 名: 지명

(後)恋724; 小余綾の磯 / 超ゆ

恋1049; 小余綾の磯 / (月日は)越ゆる

(拾)恋852; 小余綾の磯 / 急ぎ出でても

雑恋1224; 小余綾の磯 / 急ぎ

(金)雑600; 小余綾の磯 / 急ぎて

こりずまに[懲りずまに] 副: 질리지도 않고

(後)恋800; 懲りずま / 須磨の浦

恋865; 懲りずま / 須磨の浦

(詞)恋214; 懲りずまに / 伐り

(新)恋1434; 懲りずま / こりずまの浦

こりずまのうら[こりずまの浦] 名: 지명　cf.「須磨の浦」

(新)恋1434; こりずまの浦 / 懲りずま(に)

こりつむ[樵り積む] 動下二段: 나무를 베어 쌓다. 나무 가지를 땔감으로 잘
라 모으다 cf.「樵る」

(後)恋761; 樵り積む / 凝り積む(탄식이 쌓여 응어리가 지다)

恋1043; 樵り積む / 懲り積む(아주 질리다)

こりつむ[凝り積む]: 점점 쌓여 응어리가 지다 →「凝る」

(後)恋761; 凝り積む(탄식이 쌓여 응어리가 지다) / 樵り積む(나무를 베
어 쌓다)

こりつむ[懲り積む]: 아주 질리다? →「懲る」

(後)恋1043; 懲り積む / 樵り積む

こる[伐る．樵る] 動四段: 가지를 자르다. 나무를 베다. 땔나무를 하다
cf.「樵り積む」

(古)雑体1056; 伐(樵)る / 凝る

雑体1057; 伐り / 凝り

(後)恋1042; 樵り / 懲りとも懲りぬ

雑1167; 樵り / 懲り(질리다)

雑1168; 樵らむ / 懲らむ

(拾)恋913; 樵る / 凝る(응집되다)

恋970; 樵る / 凝る

(後拾)恋773; 樵り(伐り) / 懲り

(金)恋499; 樵る / 凝る

雑635; 樵り / 憂世を懲り

(詞)恋214; 伐り / 懲りずまに

(千)恋799; 樵る / 懲る

雑1193; 樵り / 懲り(질리다)

(新)恋1065; 樵り(伐り) / 懲り

恋1224; 樵り(伐り) / 懲り

雑1669; 樵る / 凝る

雑1687; 樵る / 凝る

こる[凝る] 動四段: 한데 모이다. 응집되다. 밀집하다. 응결하다. 열중하다

(古)雑体1056; 凝る / 伐(樵)る

雑体1057; 凝り / 伐り

(後)恋761; 凝り積む(탄식이 쌓여 응어리가 지다) / 樵り積む(나무를 베어 쌓다)

(拾)恋913; 凝る(응집되다) / 樵る

恋970; 凝る / 樵る

(金)恋499; 凝る / 樵る

(新)雑1669; 凝る / 樵る

雑1687; 凝る / 樵る

こる[懲る] 動上二段: 질리다

(後)恋1042; 懲りとも懲りぬ / 樵り

恋1043; 懲り積む / 樵り積む

雑1167; 懲り / 樵り

雑1168; 懲らむ / 樵らむ

(後拾)恋773; 懲り / 樵り(伐り)

(金)雑635; 憂世を懲り / 樵り

(千)恋799; 懲る / 樵る

　　　　　雜1193; 懲り / 樵り
　　　　(新)恋1065; 懲り / 樵り(伐り)
　　　　　恋1224; 懲り / 樵り(伐り)
ころ[頃] 名: 무렵. 즈음
　　　　(古)雜体1059; 頃 / ころ
　　　　(新)哀傷760; 頃も / 衣
　　　　　哀傷804; 頃も / 衣
ころ[自] 名: 되어 가는 형편이나 과정. 자연스런 귀결. 그 자체. 그 자신
　　　　(古)雜体1059; 自(되어 가는 형편이나 과정) / 頃
ころも[衣] 名: 옷
　　　　(新)哀傷760; 衣 / 頃も
　　　　　哀傷804; 衣 / 頃も
ころものせき[衣の関] 名: 지명. 陸奥国의 歌枕
　　　　(後)雜1160; ＊ 衣の関(소재미상의 지명 / 신체와 외부를 떼어놓는 역할
　　　　　을 하는 옷)
ころものせき[衣の関]: 몸과 외부를 격리하는 것으로서의 옷
　　　　(後)雜1160; ＊ 衣の関(신체와 외부를 떼어놓는 역할을 하는 옷 / 소재
　　　　　미상의 지명)
こゐ[木居] 名: 기르는 매를 머무르게 하는 나무
　　　　(後拾)恋661; 木居 / こひ(恋)
　　　　(詞)恋253; 木居 / こひ(恋)
　　　　(新)恋1050; 木居 / こひ(恋)
こゑだか[声高] 形動ナリ: こわだか. 목소리가 높음. 목소리가 크다 cf.「高し」
　　　　(後)秋373; 声高 / 高砂に
　　　　　恋1057; 声高 / 高砂に

<さ行>

さいたづま 名: 식물명. 虎杖. 감제풀
 (後拾)春149; さいたづま / 妻
さか[坂] 名: 언덕
 (古)雑889; 坂行く / 栄ゆく
 (後拾)賀429; 老の坂行く / 栄ゆく
 (金)雑528; 坂行く / 栄ゆく
さが[嵯峨] 名: 지명. 山城国. 京都市 右京区 서쪽일대의 땅
 (千)秋268; 嵯峨 / 性
さが[性] 名: 본성. 성질
 (千)秋268; 性(꽃피운 억새가 손짓하여 사람을 부르는 성질) / 嵯峨
 (新)哀傷785; 性(죽은 이의 무덤이 있는 곳에 오면 저절로 눈물이 나
   는 성질) / 嵯峨の野辺
  哀傷786; 秋の性(가을엔 왠지 슬픔이 솟는 그러한 계절의 성질) / 嵯峨野
  哀傷787; 性(영원히 사는 사람이란 없이 잠시 거쳐 가는 뜬세상의
   섭리) / 嵯峨の野辺
さかづき[盃] 名: 술잔
 (拾)雑秋歌(雑) 1148; 盃 / 月
 (後拾)賀433; 盃 / 月
  雑1153; 盃 / 月
さがの[嵯峨野] 名: 지명. 山城国. 京都市 右京区 서쪽일대의 땅
 (新)哀傷786; 嵯峨野 / 秋の性
さがののべ[嵯峨の野辺] 名: 지명
 (新)哀傷785; 嵯峨の野辺 / 性
  哀傷787; 嵯峨の野辺 / 性
さかゆく[栄行く] 動四段: 점점 번성해 가다. 번영하다
 (古)雑889; 栄ゆく / 坂行く
 (後拾)賀429; 栄ゆく / 老の坂行く
 (金)雑528; 栄ゆく / 坂行く

さかゆく[坂行く]: 언덕길을 오르다 (古)889 (後拾)429 (金)528 → 「坂」와
　　　　　　　「行く」

さかる[離る] 動四段: 멀어져 가다
　　　(後)春71; 離り行く / 花盛り(꽃이 피어 한창 인 때)

さきだつ[先立つ] 動四段: 앞서다. 소문이 앞서다
　　　(古)恋627; 先立つ(소문이 앞서다) / 咲き立つ(파도가 희게 일다)

さきだつ[咲き立つ]: 파도가 희게 일다 cf. 「咲く」
　　　(古)恋627; 咲き立つ / 先立つ(소문이 앞서다)

さく[咲く] 動四段: 꽃이 피다. (비유적으로) 절정을 구가하다. 파도가 일어
　　　　　　　　희게 부서지다
　　　(古)夏135; * 咲き(등꽃이 피다 / 파도가 희게 일다)
　　　　物名457; * 咲き散る(꽃이 피고 지다 / 파도가 일어 희게 부서지
　　　　　　　다)　<櫓에 부서지는 물보라를 읊음>
　　　　恋627; 咲き立つ(파도가 희게 일다) / 先立つ(소문이 앞서다)
　　　　雑体1066; * 咲きて(꽃이 피다 / 인생의 절정을 구가하다)
　　　(金)春60; 咲く / 桜
　　　　雑662; 咲き / 笠着(る)

さくら[桜] 名: 벚나무
　　　(金)春60; 桜 / 咲く

さけ[酒] 名: 술
　　　(新)釈教1964; 酒 / 情け

さしいづ[差し出づ] 動下二段: 밖으로 쑥 나오다
　　　(後拾)離別495; * さし出づる(배가 출항하다 / 눈물이 나오다)

さしいづ[射し出づ] 動下二段: 빛 등이 밖으로 비추어 나오다
　　　(新)雑1691; 射し出づる / あかねさし

さしぐみに 副: 즉시. 당장
　　　(後)恋813; さしぐみに / 差し含む(눈물이 솟다)

さしぐむ[差し含む] 動四段: 눈물을 머금다. 눈물이 핑 돌다. 눈물이 솟다
　　　(後)恋813; 差し含む / さしぐみに(즉시)

さしでる[差し出る] 動下二段: 튀어나오다?
　　　(古)賀345; 差し出(해변이 바다 쪽으로 튀어나오다) / 塩の山差出の磯(지명)

374

さしながら[然しながら] 副: 그대로. 모두. 그대로 변함없이
　　(拾)賀284; 然しながら / 指しながら
　　　　賀286; 然しながら / 挿しながら
　　(後拾)哀傷548; 然しながら / 挿しながら
　　(新)冬572; 然しながら / 射しながら
さしはふ[指し延ふ] 動下二段: 특정한 대상을 겨냥하여 일부러 ―하다
　　(拾)恋666; 指し延へて(구애할 좋은 기회를 잡아) / 挿し
さしも[然しも] 副: 그렇게까지. 그토록. 이 정도까지
　　(後拾)雑910; 然しも(그렇게까지) / 鎖し
　　(新)恋1131; 然しも(이 정도까지) / 指焼(쑥의 딴 이름)
さしも[指焼] 名: 指焼草. 쑥의 딴 이름
　　(新)恋1131; 指焼 / 然しも(이 정도까지)
さす[差す] 動四段: 물건을 손으로 높이 들어올리다. 우산 등을 쓰다. 술잔
　　　　　　을 들어 권하다
　　(後)恋1029; 差して / 指して
　　　　恋1030; 差して / 指して
　　(拾)雑547; 差す / 射す
　　(後拾)雑1153; 差し / 射し(달빛이 비치다)
　　(詞)雑335; 差す(우산을 쓰다) / さすがに(뭐니 뭐니 해도)
　　(千)神祇1256; 差し(우산을 쓰다) / 指し
　　　　神祇1260; 差し(우산을 쓰다) / 挿し
さす[指す] 動四段: 지적하다. 향하다. 지향하다. 가리키다. 확실히 지시하다
　　(後)恋1029; 指して / 差して
　　　　恋1030; 指して / 差して
　　(拾)賀284; 指しながら / 然しながら
　　　　離別320; 指して / 挿して
　　(千)神祇1256; 指し / 差し(우산을 쓰다)
　　(新)恋1080; 指す / 棹挿す
　　　　雑1618; 指して / 鎖して
　　　　釈教1921; 指して(仏法을 지향하여) / 挿して(강바닥에 삿대를 꽂아)
さす[挿す] 動四段: 꽂다. 부착하다. 삿대를 강바닥에 꽂다

(拾)賀286; 挿しながら / 然しながら(아주 그대로)

　　離別320; 挿して / 指して

　　恋666; 挿し(삿대질을 하다) / 指し延へて(구애할 좋은 기회를 잡아)

(後拾)哀傷548; 挿しながら / 然しながら

　　雑835; 挿す / 射す

(金)秋208; 挿す(삿대를 강에 꽂다) / 射す(달빛이 비치다)

(千)神祇1260; 挿し / 差し(우산을 쓰다)

　　神祇1288; 挿せる / 依させる?(寄させる)

(新)恋1080; 棹挿す(삿대질을 하다) / 指す

　　釈教1921; 挿して(강바닥에 삿대를 꽂아) / 指して(仏法을 지향하여)

さす[射す] 動四段: 빛 등이 비쳐들다

(拾)雑547; 射す / 差す

(後拾)雑835; 射す / 挿す

　　雑1153; 射し(달빛이 비치다) / 差し

(金)秋208; 射す(달빛이 비치다) / 挿す(삿대를 강에 꽂다)

　　雑568; 入日の射す / (戸は)鎖す

(千)夏216; 射し(빛이 비쳐들다) / 鎖し(문을 닫다)

　　神祇1275; 射さ(日吉明神의 은총의 빛) / 鎖さ(문)

(新)春173; 射す(햇빛이 비치다) / 鎖す(문을 닫다)

　　冬572; 射しながら / 然しながら(그대로 변함없이)

さす[鎖す] 動四段: 빗장을 지르다. 문단속하다

(後)恋1016; いひ鎖して / 言ひ止して

(後拾)雑910; 鎖し / 然しも(그렇게까지)

(金)夏143; 鎖せる(문이 닫혀있다) / させる(특별히 이렇다 할)

　　雑568; (戸は)鎖す / 入日の射す

(千)夏216; 鎖し(문을 닫다) / 射し(빛이 비쳐들다)

　　神祇1275; 鎖さ(문을 잠그다) / 射さ(日吉明神의 은총의 빛이 비치다)

(新)春173; 鎖す(문을 닫다) / 射す(햇빛이 비치다)

　　恋1109; 鎖す / さすがに

　　雑1618; 鎖して / 指して

－さす 助動: 사역 표현. －시키다

(千)恋656; 寝させよ(함께 자게 해주오) / 根ざせよ(뿌리를 내려라)

さすがに 副: 그렇다 하더라도. 그렇지만. 뭐니 뭐니 해도

    (詞)雑335; さすがに(뭐니 뭐니 해도) / 差す(우산을 쓰다)

    (新)恋1109; さすがに / 鎖す

させる 連体: 특별히 이렇다 할. 대단한

    (金)夏143; させる(특별히 이렇다 할) / 鎖せる

さならでも[然ならでも]: 그렇지 않아도

    (後拾)雑1211; 然ならでも(그렇지 않아도) / 鳴ら

さね[さ寝] 名: 지금은 자신의 방문을 매정하게 거부하는 여인과 가졌던 한때의 동침

    (後)恋787; さ寝(한때의 동침) / さねかづら

さねかづら[真葛] 名: 넝쿨성의 풀이름

    (後)恋787; さねかづら / さ寝(일시적인 동침)

さは[沢] 名: 못

    (拾)恋650; 沢に(갈대가 나있는 못 주변에) / 多に(많이)

さはに[多に] 副: 많이. 다량으로

    (拾)恋650; 多に(많이) / 沢に(갈대가 나있는 못 주변에)

さびし[寂し] 形シク: 쓸쓸하다

    (古)哀傷852; 塩釜の浦さびしく / 心寂しく

さほのかはみづ[佐保の河水]: 佐保강의 강물 cf. 「水」

    (後)雑1181; 佐保の河水 / 見つ

さみだる[さ乱る] 動下二段: 「さ」는 접두어. 어지러이 흩어지다 cf. 乱る

    (古)夏153; 乱れ?(さ乱れ) / 五月雨

    (後)夏166; さ乱れ(이처럼 몸이 흐트러지다?) / 五月雨

    (拾)夏116; 乱れ?(さ乱れ) / 五月雨

    (金)夏133; 乱れ?(さ乱れ) / 五月雨

    (詞)夏65; 乱れ?(さ乱れ) / 五月雨

さみだれ[五月雨] 名: 음력 오월 경에 오는 장마

    (古)夏153; 五月雨(장마) / 乱れ(비 오는 여름밤의 상념에 마음이 흐트러지다)

    (後)夏166; 五月雨 / さ乱れ

    (拾)夏116; 五月雨 / 乱れ

    (金)夏133; 五月雨 / 乱れ

(詞)夏65; 五月雨 / 乱れ

さむし[寒し] 形ク: 춥다

    (後拾)冬418; 寒し / 狭筵

    (金)冬298; 寒し / 狭筵

    (新)秋420; 寒し / 狭筵

      秋489; 寒し / 狭筵

      秋518; 寒し / 狭筵

      冬636; 寒し / 狭筵

      冬662; 寒し / 狭筵

      恋1291; 寒し / 狭筵

さむしろ[狭筵] 名: 폭이 좁고 짧은 거적. 또는 깔개

    (後拾)冬418; 狭筵 / 寒し

    (金)冬298; 狭筵 / 寒し

    (新)秋420; 狭筵 / 寒し

      秋489; 狭筵 / 寒し

      秋518; 狭筵 / 寒し

      冬636; 狭筵 / 寒し

      冬662; 狭筵 / 寒し

      恋1291; 狭筵 / 寒し

さらしな[更級] 名: 지명

    (後拾)雑1091; 更級 / 去らじな

さらじな [去らじな]: 떠나가지(헤어지지) 않겠지 → 「去る」와 부정 추량의

              「－じ」와 「－な」

    (後拾)雑1091; 去らじな / 更級

さる[去る] 動四段: 제멋대로 멀어져 가다. 멀어지다. 관계가 소원해지다

    (後拾)雑1091; 去らじな / 更級

さわらび[早蕨] 名: 새싹이 갓 나온 고사리

    (拾)雑秋<冬>1154; 早蕨 / 火

さをさす[棹さす]: 삿대질을 하여 배를 나아가게 하다 → 「挿す」

    (新)恋1080; 棹挿す / 指す

－し 助: 어조를 가다듬거나 강조표현의 副助詞 cf. 「－しも」

(古)春114; 緒(지는 꽃을 꿰어 엮을 실)し / 惜し(지는 꽃이 아쉽다)

(後)恋575; 来るし / 苦し

(拾)神楽587; 来し?(来しも) / 住吉の岸も

−じ 助動: 부정적 추측. 부정적 의지

(古)物名446; 有らじ / 嵐 <산바람에 지는 낙화의 아쉬움>

(後)雑1096; 着じ / 岸

(拾)秋205; あらじ / 嵐の山風

　　雑526; えも言はじ / 岩代

　　雑561; 有らじ / 嵐の風

(後拾)雑1091; 去らじな / 更級

　　　雑1142; 止まじ / 山科の里

(金)秋226; 有らじ(세상이 싫어져 이제는 떠나야지) / 嵐の山

(千)秋381; 有らじ / 嵐

　　雑1163; 有らじ / 嵐

(新)秋515; 有らじ / 嵐

　　哀傷795; 有らじ / 嵐の山風

　　離別858; 来じ(돌아오지 않을 것이다) / 越路 ＝ 来し? 越路

　　羈旅914; 来じ(오지 말아야지, 가지 말아야지) / 越路

　　羈旅947; 言はじ / 岩代の岡

　　雑1505; 有らじ / 嵐の山

　　雑1574; 有らじ / 嵐

しか[然] 副: 그처럼. 그렇게

(古)雑983; 然 / 鹿

(拾)雑恋1223; 然 / 鹿

(後拾)雑913; 然 / 鹿

(金)雑582; 然 / 鹿

(新)恋1373; 然 / 鹿

しか[鹿] 名: 사슴

(古)雑983; 鹿 / しか(然)

(後)羈旅1365; 鹿 / 何時しか

(拾)雑恋1223; 鹿 / しか(然)

(後拾)雑913;　鹿 / しか(然)

(金)雑582;　鹿 / しか(然)

　　雑655;　鹿 / 志賀の島

(新)恋1373;　鹿 / しか(然)

しかすが[志賀須賀] 名: 지명. 三河国. 愛知県 宝飯郡 小坂井町 豊川을 건너
　　　　　　　는 東海道의 요충지

(後拾)羈旅517;　志賀須賀 / しかすがに

しかすがに 副: 그렇기는 하지만. 그렇지만. 역시. 과연

(拾)離別316;　しかすが(그렇기는 하지만, 역시) / 志賀須賀の渡

(後拾)羈旅517;　しかすがに / 志賀須賀(지명)

(金)雑583;　しかすが(과연) / 志賀須賀の渡

しかすがのわたり[志賀須賀の渡] 名: 지명. 三河国. 愛知県 宝飯郡 小坂井町
　　　　　　　　　豊川하구에 있었던 나루터

(拾)離別316;　志賀須賀の渡 / しかすが

(金)雑583;　志賀須賀の渡 / しかすが(과연)

しかのしま[志賀の島] 名: 지명. 筑前国의 歌枕. 福岡市 東区 志賀島

(金)雑655;　志賀の島 / 鹿

しかまのいち[飾磨の市] 名: 지명

(千)恋857;　飾磨の市(사람들로 붐비는 飾磨시장) / し(為;끊임없이 사랑하다)

しきしのぶ[頻き忍ぶ] 動四段: 頻く는 「잇달아 일어나다」의 뜻. 사랑의 마음
　　　　　　　을 계속 억누르다

(千)恋789;　頻き忍びて / 敷き

しきつ[敷津] 名: 지명. 摂津国　cf.「敷津の浦」와「浪」

(新)羈旅916;　敷津の浪(敷津 바닷가에 이는 파도) / しきなみ(頻波)

しきつのうら[敷津の浦] 名: 지명. 摂津国. 住吉神社의 西南쪽 바다

(千)羈旅526;　敷津の浦 / 藻塩草敷き

しきなみ[頻浪.重波] 名: 끊임없이 계속 꼬리를 물고 이는 파도. 계속 밀려오는 파도

(新)羈旅916;　頻波 / 敷津の浪

しく[敷く] 動四段: 깔다

(金)恋353;　敷く / 如く

　　雑593;　敷く / 如く

(千)羈旅526; 藻塩草敷き / 敷津の浦

　　　恋789; 敷き / 頻き忍びて

(新)秋489; 敷く / 及く

しく[及く . 如く] 動四段: 필적하다. 미치다. 뛰어나다

　　(金)恋353; 如く / 敷く

　　　雑593; 如く / 敷く

　　(新)秋489; 及く / 敷く

しぐる 動下二段: 늦가을에서 초겨울 사이에 가볍게 지나가는 비가 내리다.
　　　　　　　눈물을 흘리며 슬픔에 젖다

　　(新)冬563; ＊ しぐる(時雨가 내리다 / 낙엽을 아쉬워하며 눈물짓다)

　　　冬583; ＊ しぐる(時雨가 내리다 / 눈물에 젖어 지내다)

しぐれ[時雨] 名: 늦가을에서 초겨울 사이에 한차례 가볍게 지나가는 비로,
　　　　　　오다 말다 함

　　(古)雑体1006; ＊ 時雨(비 / 눈물)

　　(後拾)秋372; ＊ 時雨(계절의 경물로서의 時雨 / 가을을 아쉬워하며 흘리는 눈물)

しげさ[繁さ]: 많음. 무성함

　　(古)恋560; ＊ 繁さ(풀이 무성함 / 사랑이 격하고 끊임없음)

しけし[蕪し] 形シク: 황폐화되어 더럽다. 황폐하다

　　(古)哀傷853; 蕪(しけ)き野辺 / 虫の音の繁(しげ)き

しげし[繁し . 茂し . 密し] 形ク: 많다. 빈번하고 끊임없다. 초목이 무성하다

　　(古)恋604; ＊ 繁(갈대가 무성하다 / 격한 사랑이 끊임없다)

　　　恋702; ＊ 繁けむ(풀이 무성할 것이다 / 소문이 무성할 것이다)

　　　恋703; ＊ 繁くとも(촘촘히 모이다 / 소문이 무성하다)

　　　恋704; ＊ 繁くとも(여름 들판의 풀이 무성하다 / 소문이 무성하다)

　　　哀傷853; 虫の音の繁(しげ)き / 蕪(しけ)き野辺

　　　雑957; ＊ 繁き(틈새도 없이 밀집된 / 끊임없는)

　　　雑958; ＊ しげき(말, 소문이 무성하다 / 잎이 무성하다)

　　(後拾)春164; ＊ 繁き(생각나는 일이 많다 / 들녘의 초목이 무성하다)

　　　哀傷582; 繁(し) / 茂る

しげる[茂る] 動四段: 무성하게 자라다

　　(後拾)哀傷582; 茂る / 繁(し)

した[下] 名: 밑. 하부. 내부. 내심. 심중

    (古)恋494; * 下に(하류인 산기슭으로 / 마음속으로)

      恋530; * 下(수면아래 / 마음속)

      恋591; * 下(물밑 / 마음속)

    (後)恋1064; * 下に(갈대뿌리 밑으로 / 남몰래)

    (新)恋1076; 下(심중) / 下根(밑뿌리)

      恋1093; * 下(산 밑 그늘 / 마음속)

したぞめ[下染め] 名: 본 염색을 하기 전의 밑 염색. 초벌 염색 cf. 「下」와 「染む」

    (古)雑体1026; * 下染め(초벌 염색 / 깊이 마음을 기울이다)

したにかよふ[下に通ふ]: 뿌리나 줄기 등이 땅 밑으로 뻗다. 몰래 왕래하다

    (新)夏273; * 下に通ふ(뿌리가 땅 속으로 뻗다 / 남몰래 왕래하다)

したね[下根] 名: 뿌리의 하부. 땅 밑에 있는 뿌리

    (新)恋1076; 下根(밑뿌리) / 下(심중), 音(소리)

したもえ[下燃え] 名: 확 타지 않고 밑에서 연기만 냄. 연모의 情 등으로 남
                몰래 애태움

    (古)恋500; * 下燃え(불이 잘 타지 않고 연기만 냄/ 남몰래 마음속으로 생각함)

しつ[倭文] 名: 닥나무나 마 등을 섞어 짠 일본 고래의 직물

    (古)雑888; 倭文 / 賤(신분이 낮은 사람)

    (新)恋1164; 倭文 / しづ(賤)

しづ[賤] 名: 신분이 낮은 사람

    (古)雑888; 賤(신분이 낮은 사람) / 倭文

    (千)恋788; 賤 / しつ(為つ) / 倭文の苧環

    (新)恋1164; 賤 / しつ(倭文)

しづのを[賤の男]: 신분이 비천한 남자

    (詞)恋206; 賤の男 / 倭文の苧環

しつのをだまき[倭文の苧環]: しづのをだまき. 옛 일본풍의 직물을 짤 때 실
                을 감아 빼내던 도구

    (詞)恋206; 倭文の苧環 / しづのを(賤の男)

    (千)恋788; 倭文の苧還 / しづ(賤) / しつ(為つ)

しづむ[沈む] 動四段: 물 속에 가라앉다. 불우한 처지에 놓이다

    (拾)雑442; * 沈む(달이 물밑에 가라앉다 / 몰락하다)

(詞)雜347; * 沈む(물 속에 가라앉다 / 불우한 처지에 놓이다)

シデノタヲサ[死出の田長]: 두견새의 울음소리. 두견새의 딴이름
  (古)雑体1013; シデノタヲサ(두견의 울음소리) / 田長

しとと[鵐] 名: ホオジロ類의 새 이름. 멧새
  (金)雑661; 鵐 / しとど

しとど 副: 푹 젖은 모양
  (金)雑661; しとど / しとと(鵐)

しの[篠] 名: 조릿대. 이대
  (新)恋1110; 篠に / しのに

しのすすき[篠薄] 名: 아직 이삭이 안 팬 참억새
  (古)墨滅<恋>1107; 篠すすき / しの(꾹 참고)

しのに 副: 비나 이슬 등으로 촉촉하게 젖어. 슬픔 등으로 기분이 가라앉아.
   몹시. 심히
  (古)墨滅<恋>1107; しの(꾹 참고) / 篠すすき
  (新)冬658; しの(に) / 篠屋
   羈旅961; しのに(심히) / 篠のを笹
   恋1110; しのに / 篠に

しののはぐさ[篠の葉草] 名: 조릿대를 닮은 풀이름. 조릿대의 딴이름
  (新)恋1111; 篠の葉草 / 忍(ぶ)

しののをざさ[篠のを笹] 名: 조릿대. 가늘고 작은 대
  (新)羈旅961; 篠のを笹 / しのに(심히)

いのび[忍び] 名: 참고 견딤
  (詞)夏73; 忍び(반디가 슬픈 생각을 참고 견딤) / 火(반딧불)

しのびね[偲び寝]: 사람을 그리워하며 청하는 잠 cf.「寝」
  (金)恋405; 偲び寝 / 忍び音(소리 죽여 우는 소리)

しのびね[忍び寝]: 남의 눈을 피하여 같이 하는 잠자리 cf.「寝」
  (後拾)雑1096; 忍び寝 / 忍び音(소리 죽여 우는 소리) = * 忍ぶ(偲ぶ)?

しのびね[忍び音]: 소리 죽여 우는 소리. 소리 죽여서 욺 cf.「音」
  (後拾)雑1096; 忍び音 / 忍び寝 = * 忍ぶ(偲ぶ)?
  (金)恋405; 忍び音 / 偲び寝(사람을 그리워하며 청하는 잠)
  (新)夏198; * 忍び音(두견새의 소리 죽인 울음 / 내가 오지 않는 이를

　　　　기다리며 울음을 참는 소리)
しのぶ[信夫] 名: 지명. 陸奥国 信夫郡. 지금의 福島市
　　(古)恋724; 信夫 / しのぶもぢずり
　　(後拾)雑893; 信夫 / 偲ぶ
　　(金)恋429; 信夫 / 思ひ忍ぶ
　　(千)夏194; 信夫 / しのぶもぢずり
　　　　恋663; 信夫 / 忍ぶ(그리운 마음을 속에만 담아두고 참다)
　　　　恋689; 信夫 / 忍ぶ(偲ぶ)?
　　(新)雑1786; 信夫 / 忍ぶ(참다)
しのぶ[信夫]: 염색법의 하나. しのぶもぢ摺り
　　(新)恋994; 信夫(しのぶもぢ摺り) / 忍ぶ(남의 눈에 띄지 않도록 참고 견디다)
しのぶ[偲ぶ.忍ぶ] 動四段: 사모하다. 그리워하다
　　(古)秋200; 偲ぶ(님을 사모하다) / 忍草(넉줄고사리)
　　　　恋769; 人を偲ぶ / 忍の草
　　(後)秋288; 偲ぶ / 忍の草
　　　　雑1187; 偲ぶ / 忍の草(넉줄고사리)
　　　　離別1331; 偲ぶ / 信夫の里
　　　　哀傷1393; 偲ぶ / 忍の草
　　(拾)雑466; ＊ うち忍び(사모의 정을 참고 억누르다 / 남의 눈을 꺼리다)
　　　　雑499; 偲ぶ種 / 忍草
　　(後拾)雑893; 偲ぶ(사모하다) / 信夫
　　(千)羇旅524; 忍ぶ(偲ぶ) / しのぶもじずり
　　　　恋663; 忍ぶ(그리운 마음을 속에만 담아두고 참다) / 信夫
　　　　恋689; 忍ぶ(偲ぶ) / 信夫?
　　　　恋690; 偲(忍)ぶ / 信夫の山
　　(新)夏187; 偲ぶ / 忍(草)
　　　　夏241; 偲ぶ / 忍草
　　　　秋385; 忍ぶ(偲ぶ) / 信夫の里
　　　　秋533; 偲ぶ / 忍(넉줄고사리)
　　　　羇旅971; 偲ぶ / 信夫
　　　　恋1093; 偲(忍)ぶ / 信夫山

384

    恋1094; 偲(忍)ぶ / 信夫の山

    恋1095; 偲(忍)ぶ / 信夫の山

    恋1096; 偲ぶ / 信夫の浦

    雑1674; 偲ぶ / 忍草(넉줄고사리)

    雑1733; 偲ぶ / 忍(넉줄고사리)

    雑1734; 偲ぶ / 忍草(넉줄고사리)

    雑1735; 偲ぶ / 忍草(넉줄고사리)

しのぶ[忍ぶ] 動上二段: 남의 눈을 꺼리어 피하다. 인내하다. 참고 견디다

    (拾)雑466; * うち忍び(남의 눈을 꺼리다 / 사모의 정을 참고 억누르다)

    (後拾)恋617; 忍ぶ / 忍(草)

            雑925; * 忍ぶる(비를 참고 견디다 / 세상사람들의 눈을 꺼리어 피하다)?

    (千)恋655; 忍ぶ / 忍草

        恋827; 忍ぶ / 信夫の森

    (新)春64; 忍ぶ / 忍(넉줄고사리)

        冬562; 忍ぶ(사람의 눈을 피하여 나무 잎을 물들이다) / 信夫の山

        恋994; 忍ぶ(남의 눈을 꺼리다) / 信夫(しのぶもぢ摺り)

        恋1111; 忍(ぶ) / 篠の葉草

        雑1786; 忍ぶ(참다) / 信夫

        釈教1949; 忍ぶ(참다) / 忍(풀이름)

しのぶ[忍ぶ] 動上二段: 두견새 등이 소리 죽여 울다

    (千)夏157; 忍ぶ(두견새가 소리 죽여 울다) / 信夫山

しのぶ[忍] 名: のきしのぶ의 옛 이름. 넉줄고사리 cf. 「忍草」와 「忍の草」

    (後)恋787; 忍(草) / 思ひ忍ぶ

    (後拾)恋617; 忍(草) / 忍ぶ

    (新)春64; 忍(넉줄고사리) / 忍ぶ()

        夏187; 忍(草) / 偲ぶ

        秋533; 忍(넉줄고사리) / 偲ぶ

        雑1733; 忍(넉줄고사리) / 偲ぶ

        釈教1949; 忍(草) / 忍ぶ(참다)

しのぶぐさ[忍草] 名: のきしのぶ類의 풀이름. 넉줄고사리

    (古)秋200; 忍草 / 偲ぶ(님을 사모하다)

　　　　恋769; 忍の草 / 人を偲ぶ

　　　(拾)雑499; 忍草 / しのぶ種

　　　(千)恋655; 忍草 / 忍ぶ

　　　(新)夏241; 忍草 / 偲ぶ

　　　　雑1674; 忍草 / 偲ぶ

　　　　雑1734; 忍草 / 偲ぶ

　　　　雑1735; 忍草 / 偲ぶ

しのぶのうら[信夫の浦] 名: 지명. 陸奥国의 歌枕. 阿武隈川의 湾曲部인가?

　　　(新)羈旅971; 信夫 / 偲ぶ

　　　　恋1096; 信夫の浦 / 偲ぶ

しのぶのくさ[忍の草] 名: 忍草. 넉줄고사리

　　　(後)秋288; 忍の草 / 偲ぶ

　　　　雑1187; 忍の草 / 偲ぶ

　　　　哀傷1393; 忍の草 / 偲ぶ

しのぶのさと[信夫の里] 名: 지명. 陸奥国 信夫郡. 지금의 福島市

　　　(後)離別1331; 信夫の里 / 偲ぶ

　　　(新)秋385; 信夫の里 / 忍ぶ(偲ぶ)

しのぶのもり[信夫の森] 名: 지명

　　　(千)恋827; 信夫の森 / 忍ぶ

しのぶのやま[信夫の山] 名: 지명. 陸奥国의 歌枕. 福島県 福島市 북부에 있
　　　　　　　　　는 산 cf. 「信夫山」

　　　(千)恋690; 信夫の山 / 偲(忍)ぶ

　　　(新)冬562; 信夫の山 / 忍ぶ(사람의 눈을 피하여 나무 잎을 물들이다)

　　　　恋1094; 信夫の山 / 偲(忍)ぶ

　　　　恋1095; 信夫の山 / 偲(忍)ぶ

しのぶもぢずり[忍捩摺] 名: 信夫 지방에서 발달된 염색법

　　　(古)恋724; しのぶもぢずり / 信夫

　　　(千)夏194; しのぶもぢずり / 信夫

　　　　羈旅524; しのぶもぢずり / 忍ぶ(偲ぶ)

しのぶやま[信夫山] 名: 지명. 陸奥国의 歌枕 cf. 「信夫の山」

　　　(千)夏157; 信夫山 / 忍ぶ

(新)恋1093; 信夫山 / 偲(忍)ぶ

しのや[篠屋] 名: 조릿대 등으로 지붕을 이은 집

    (新)冬658; 篠屋 / しの(に)

しば[柴] 名: 山野의 작은 잡목. 또는 꺾어서 땔감이나 울타리로 이용하는
                  그것의 가지 cf. 「柴の戸」

    (詞)恋253; 柴 / しばし(暫)

    (新)秋477; 柴 / しばしば

       雑1837; 柴 / 暫し(잠시)

しばし[暫し] 副: 잠시. 잠깐. 잠시 동안

    (詞)恋253; 暫し / しば(柴)

    (新)雑1837; 暫し / 柴

しばしば[屢屢] 副: 몇 번이고. 누차. 자주. 종종

    (古)雑912; * しばしばも(계속해서 파도가 밀려오다 / 자주 보다)

    (新)秋477; しばしば / しば(柴)

しばのと[柴の戸]: 땔나무로 엮어 만든 허술한 문 cf. 「柴」

    (新)後出歌(春) 1980; 柴の戸 / 眺めし

しひしばのそで[椎柴の袖]: 喪服. 「椎」의 나무 가지에서 추출한 염료로 상복
                  을 물들였던 데서 유래된 말

    (千)雑1116; 椎柴の袖(상복) / しゐ(四位)

しほ[塩] 名: 소금

    (拾)雑恋1246; 塩 / 汐垂るる

       雑恋1247; 塩 / 汐垂るる

    (後拾)恋626; 塩 / 汐垂るる

       恋814; 塩 / 汐垂れ

    (金)異本<恋>694; * しほたる(물방울이 떨어지다 / 울다) = 塩 / 汐垂れ

    (千)夏183; 塩 / 汐垂れ

       夏187; 塩 / 汐垂れ

       羈旅527; 塩 / 汐垂れ

       恋755; 塩 / 汐垂るる

    (新)羈旅973; 塩 / 汐垂るる

       恋1083; しほたれ(눈물에 젖다) / 藻塩垂れ = 塩 / 汐垂れ

しほ[潮.汐] 名: 바닷물. 또는 그것의 干満

    (拾)雜457; 潮 / 幾入

－しほ[－入] 接尾: 물들일 천을 염료에 담그는 회수

    (拾)雜457; いくしほ(幾入) / 潮

しほがまのうら[塩釜の浦] 名: 지명. 陸奥国. 宮城県 塩釜市 부근의 해안 cf.「－浦」

    (古)哀傷852; 塩釜の浦さびしく / 心寂しく

    (拾)雜572; 塩釜の浦 / うら寂しげに

    (新)秋390; 塩釜の浦 / 恨み ＝ 浦見 / 恨み

しほがまのまがきのしま[塩釜の籬の島] 名: 지명. 陸奥国. 宮城県 塩釜市 松
                            島湾内에 있는 섬

    (古)東1089; 塩釜の籬の島 / 籬(울타리)

しほたる[潮垂る.汐垂る] 動下二段: 바닷물에 젖어 물방울이 뚝뚝 떨어지
                           다. 눈물을 흘리다

    (古)雜962; しほたれつつ(울고 또 울다) / 藻塩たれつつ(소금을 얻기 위
       해 해초에 바닷물을 뿌리다)

    (拾)雜恋1246; 汐垂るる / 塩

       雜恋1247; 汐垂るる / 塩

    (後拾)恋626; 汐垂るる / 塩

       恋814; 汐垂れ / 塩

    (金)異本<恋>694; ＊ しほたる(물방울이 떨어지다 / 울다) ＝ 汐垂れ / 塩

    (千)夏183; 汐垂れ / 塩

       夏187; 汐垂れ / 塩

       羈旅527; 汐垂れ / 塩

       恋755; 汐垂るる / 塩

    (新)羈旅973; 汐垂るる / 塩

       恋1083; しほたれ(눈물에 젖다) / 藻塩垂れ ＝ 汐垂れ / 塩

しほのやまさしでのいそ[塩の山差出の磯] 名: 지명

    (古)賀345; 塩の山差出の磯 / 差し出(바다 쪽으로 튀어나오다)

しほる[萎る] ?: 초목 등이 시들다. 기운이 쇠하다. 몹시 젖다 →「しをる」

    (新)雜1482; ＊ 萎れぬる(시들다 / 젖다)

しみ[凍み] 名: 上二段 動詞「凍む」의 명사형. 꽁꽁 얼어붙음

388

　　(古)恋663; 凍み / 染み

しみ[染み] 名: 四段 動詞「染む」의 명사형. 물이 들음

　　(古)恋663; 染み / 凍み

しむ[染む] 動四段: 물들다. 몸에 스며들 정도로 절실히 느껴지다

　　(千)秋232; ＊染む(색으로 물들다 / 절실히 느끼다)

　　(新)秋370; ＊染みける(색으로 물들다 / 깊이 느끼다)

　　　哀傷 797; ＊染む(색으로 물들다 / 절실히 느끼다)

しむ[染む] 動下二段: 물들이다

　　(拾)雑502; 染むる(물들이다) / 占むる(점유하다)

しむ[占む] 動下二段: 점유하다. 갖추다

　　(拾)雑502; 占むる(점유하다) / 染むる(물들이다)

　　(新)神祇1884; 占め / しめ(標)

しめ[標] 名: 신전 등에 부정한 것의 침입을 금하기 위해 치는 금줄 따위

　　(新)神祇1884; 標 / 占め

しも[霜] 名: 서리

　　(古)恋643; 霜 / －しも

　　(後)冬463; 霜 / －しも

　　　雑1134; 霜 / －しも

　　(拾)雑503; 霜 / 人の下

　　　雑564; 霜 / しもと(笞) ＝ 霜 / 下

　　(後拾)雑982; 霜 / 下

　　(金)雑564; 霜 / －しも

　　　異本<雑>708; 霜 / －しも(강조)

　　(詞)雑374; 霜 / 下

しも[下] 名: 아래. 아래 쪽. 아래 부분

　　(拾)雑503; 人の下 / 霜

　　　雑564; 笞 / 霜 ＝ 下 / 霜

　　(後拾)雑982; 下 / 霜

　　(金)雑658; 下(하체) / 下の社(아래쪽 神社)

　　(詞)雑374; 下 / 霜

－しも 助: 副助詞「－し」에 係助詞「－も」가 붙은 것으로서 강조의 뜻을

　　　　나타낸다 cf. 「－し」

　　(古)恋643; －しも / 霜

　　(後)冬463; －しも / 霜

　　　　雑1134; －しも / 霜

　　(拾)神楽587; 来しも / 住吉の岸も

　　(金)雑564; －しも / 霜

　　　　異本<雑>708; －しも / 霜

しもがる[霜枯る] 動下二段: 서리를 맞아 초목이 마르다

　　(後)恋923; 霜枯れ / 離れ

　　(新)恋1209; 霜枯れ / 離れ

しもと[笞] 名: 곤장

　　(拾)雑564; 笞 / 霜 ＝ 下 / 霜

しものやしろ[下の社]: 아래 쪽 賀茂神社를 일컫는 말

　　(金)雑658; 下の社(아래쪽 神社) / 下(하체)

しらかは[白河] 名: 지명. 山城国의 歌枕. 比叡山麓에서 발원하여 賀茂川에
　　　　　　합류되는 강. 또는 그 유역인 北白川를 지칭하기도 함

　　(新)雑1456; 白河 / 知ら(ず)

しらかはのせき[白河の関] 名: 지명. 陸奥国의 歌枕

　　(後拾)離別477; 白河の関 / 塞きとどめ

しらぎく[白菊] 名: 흰 국화

　　(千)秋348; 白菊 / 知ら(알게 되다)

しらぐ[精ぐ・白ぐ] 動下二段: 현미 등을 정제하여 희게 하다. 정백하다

　　(金)雑556; 白げ / 白毛

しらくも[白雲] 名: 흰 구름

　　(後)春4; 白雲 / 知ら

　　　　哀傷1416; 白雲 / 知ら(ず)

　　(後拾)雑969; 白雲 / 知ら(ず)

　　(新)春139; 白雲 / 知ら

しらげ[白毛] 名: 흰 털

　　(金)雑556; 白毛(백로의 흰 털) / 白げ(정제하여 희게 하다)

しらずながら [知らずながら]: 모르는 채. 모르는 상태로 cf. 「－ながら」

(後)雜1201; 知らずながら / 長柄

しらたま[白玉.白珠] 名: 흰 색의 구슬. 특히 진주. 비유표현으로 물방울 또는 눈물

　　(古)雜873; 白玉(비녀에 달렸던 흰 구슬) / 知ら

　　(新)夏221; ＊ 白玉(창포의 뿌리에서 떨어지는 물방울 / 눈물)

しらたまつばき[白玉椿] 名: 식물명. 동백나무의 일종으로 꽃이 흰 동백나무
　　　　　　　　　　　　의 美称. 莊子의 八千歳大椿故事에서 유래되어
　　　　　　　　　　　　장수를 축하하는 노래에 많이 읊어짐

　　(後拾)賀453; 白玉椿 / 知ら

しらつゆ[白露] 名: 희게 보이는 이슬. 눈물의 비유 말

　　(後)恋511; ＊ 白露(가느다란 솔잎에라도 앉아야 하듯 의지할 바 없는
　　　　　　　　－ / 덧없는 自身)

　　　　恋613; 白露 / 知ら(ず)

　　　　恋863; 白露 / 知ら(ず)

　　　　恋964; 白露 / 知ら(ず)

　　(新)秋326; ＊ 白露(새벽이슬 / 눈물)

　　　　秋339; 白露 / 誰とも知ら(ず)

しらで[知らで]: 모르고 →「知る」

　　(古)恋686; ＊ 知らで(알아차리지 못하고 / 관심을 안 갖고)

しらなみ[白波.白浪] 名: 흰 파도. 흰 물결

　　(古)秋177; 白波(은하수 여울에 이는 흰 파도) / 知らなみ ＝ 白浪 / 知らな

　　(後)恋526; 白浪 / 知らなみ(강의 깊은 곳과 얕은 곳을 모르기에)

　　　　雜1154; 白浪 / 知らなみ(모르기 때문에, 몰라서)

　　(拾)雜571; 白浪 / 知らなみ(모르기 때문에, 몰라서)

　　(新)賀721; 白浪 / 知らな

　　　　神祇1857; 白浪 / 知ら(ず)

しらなみ[知らなみ]: 모르기 때문에. 몰라서? →「知る」와「－なみ」와「－み」

　　(古)秋177; 知らなみ(강을 건널 수 있는 얕은 곳을 몰라서) / 白波 ＝
　　　　知らな / 白浪

　　(後)恋526; 知らなみ(강의 깊은 곳과 얕은 곳을 모르기에) / 白浪

　　　　雜1154; 知らなみ / 白浪

　　(拾)雜571; 知らなみ / 白浪

(新)賀721; 知らな? / 白浪

神祇1857; 知ら(ず)? / 白浪

しらぬま[知らぬ間]: 모르는 사이. 모르는 동안 → 「ーず」와 「間」

    (金)夏134; 知らぬ間 / ぬま(沼)

    (詞)雜319; 知らぬ間 / 沼

しらやま[白山] 名: 지명

    (後)冬470; 白山 / 知ら

しる[知る] 動四段: 알다

    (古)秋177; 知らなみ(강을 건널 수 있는 얕은 곳을 몰라서) / 白波 ＝
        知らな / 白浪

      恋686; ＊ 知らで(알아차리지 못하고 / 관심을 안 갖고)

      雜873; 知ら / 白玉(비녀에 달렸던 흰 구슬)

    (後)春4; 知ら / 白雲

      冬470; 知ら / 白山

      恋526; 知らなみ(강의 깊은 곳과 얕은 곳을 모르기에) / 白浪

      恋613; 知ら / 白露

      恋863; 知ら(ず) / 白露

      恋964; 知ら(ず) / 白露

      雜1154; 知らなみ / 白浪

      哀傷1416; 知ら(ず) / 白雲

    (拾)雜571; 知らなみ / 白浪

    (後拾)賀453; 知ら / 白玉椿

      雜969; 知ら(ず) / 白雲

    (千)春11; 知る / しるし(印)

      秋348; 知ら(알게 되다) / 白菊

    (新)春139; 知ら / 白雲

      秋339; 誰とも知ら(ず) / 白露

      賀721; 知らな / 白浪

      雜1456; 知ら(ず) / 白河

      神祇1857; 知ら(ず) / 白浪

しるあめ[知る雨]: cf. 「雨」

(古)恋705; ＊ しる雨(내 처지를 알 수 있는 비 / 나의 처지를 알아차리고 흘리는 눈물)

しるし[徴し.標し.印] 名: 전조. 징후. 영험. 효험. 증거. 표식

　(千)春11; 印 / 知る

　　恋860; ＊ 深きしるし(뱃사공들에게 수심이 깊은 곳을 알리는 표식 / 뛰어난 효험)

　　神祇1277; ＊ 徴し(징후 / 오던 비를 멈추어 날을 개게 하는 日吉神社의 영험)

しろ[白] 名: 흰 색

　(後)羈旅1354; 白 / 裏代衣 / 身代衣

しろころも[白衣] ?: 흰 옷

　(後)春1; 白衣 / 裏代衣

しろし[白し] 形ク: 희다

　(金)雑566; を(尾)も白き / おもしろ(面白)き

しゐ[四位] 名: 신분을 나타내는 지위의 하나

　(千)雑1116; 四位 / しひしばのそで(椎柴の袖)

しをる[萎る] 動下二段: 초목 등이 시들다. 기운이 쇠하다. 몹시 젖다

　(新)雑1482; ＊ 萎れぬる(시들다 / 젖다)

す[為] 動サ変: 하다

　(古)恋534; 為る / 駿河

　　雑体1002; 思ひする(생각하다) / 駿河

　(後)恋565; 常にする / 駿河

　　恋681; 斯くしつつ / 隠しつつ

　(拾)秋179; 草の枕をす / 鈴虫

　(金)異本<恋>694; 為(사랑을 하다) / 須磨の浦

　(千)恋788; しつ / 倭文の苧環 / しづ(賤)

　　恋839; す / 菅原や伏見の里

　　恋857; し(끊임없이 사랑하다) / 飾磨の市(사람들로 붐비는 飾磨시장)

　　恋858; す / 姿の池

　(新)秋476; 枕にす / 菅原

　　恋1083; す / 須磨の浦

　　後出歌<春>1980; 眺めし / 柴の戸

す[簾] 名: 대나무나 갈대 등을 성기게 엮어 만든 것. 발
    (後)恋747; 簾 / 州
す[州．洲] 名: 모래 섬. 河口 등에 모래가 쌓여 이룬 땅
    (後)恋747; 州 / 簾
ーす 助動: 사역 표현. ー하게끔 시키다. ー하게끔 하다
    (新)秋308; 鳴らす / 馴らす
      恋1088; 言はせ / 岩瀬山
ーず 助動: 부정 표현. ー아니다
    (古)恋798;　憂く干ず / 鴬 ＝ 憂 / 鴬
      雑体1036; 寝ぬ名は / ねぬなは(식물명)
    (後)恋674; 来ず / 梢
      恋803; 来ず / 梢
    (拾)恋818; 君も来まさぬ(님도 오지 않는) / 来まさぬ山(来増山를 빗댄 말)
      恋822; 来ず / 梢
    (金)夏131; なべてならぬ / ぬ(沼)
      夏134; 知らぬ間 / ぬま(沼)
      恋401; 言はぬ間 / 岩沼
      恋470; 来ず / 梢
      雑566; ゆかしからず / 烏
    (詞)雑319; 知らぬ間 / 沼
すがたのいけ[姿の池] 名: 지명
    (千)恋858; 姿の池 / す(為)
すがはらやふしみ[菅原や伏見] 名: 지명. 大和国 cf.「伏見」
    (新)秋476; 菅原や伏見 / 枕にす(베개삼다) . 臥し見(엎드린 채 꿈을 꾸다)
すがはらやふしみのさと[菅原や伏見の里] 名: 지명. 大和国 cf.「伏見の里」
    (後)恋1024; ＊ 菅原や伏見の里(菅原氏의 본관인 大和国 菅原伏見 마을
      / 菅原氏 여인이 사는 마을)
    (千)秋260; 菅原や伏見の里 / 臥し見(엎드린 채 보다)
      恋839; 菅原や伏見の里 / す(為) . 臥し
    (新)秋292; 菅原や伏見の里 / 臥し見(엎드린 채 잠을 깨다)
すぎ[杉] 名: 삼목

394

(後拾)雑904; 杉 / 過ぎ

(金)恋457; 杉 / 過ぎ

(新)離別890; 杉 / 過ぎ

恋1062; 杉 / すぐ(直)?

恋1108; 杉 / 過ぎ

恋1109; 杉の門(삼목으로 만들어진 문) / 過ぎ

雑1621; 杉の庵 / 過ぎ

すきいる[鋤入る]: 경작하다

(金)雑651; 鋤入り(경작하다) / 食入り(빨려들어 가다) / 過ぎ入り(죽다)

すきいる[食入る]: 빨려 들어가다

(金)雑651; 食入り / 過ぎ入り(죽다) / 鋤入り(경작하다)

すぎいる[過ぎ入る]: 죽다

(金)雑651; 過ぎ入り(죽다) / 鋤入り(경작하다) / 食入り(빨려들어 가다)

すぎのいほ[杉の庵]: 삼목 껍질이나 판자로 지붕을 얹은 허술한 암자 cf.「杉」

(新)雑1621; 杉の庵 / 過ぎ

すぎのかど[杉の門]: 삼목으로 만들어진 문 cf.「杉」

(新)恋1109; 杉の門 / 過ぎ

すぎもの[過ぎ者] 名: 한물 지난 사람?. 과분한 사람

(古)雑体1066; 過ぎ者(한물 간 사람) / 酸きもの ＝ 好き者(好色者) / 酸
き物

すく[好く] 動四段: 풍류를 밝히다

(拾)恋663; 好ける心(풍류를 밝히는 마음) / 透ける(틈이 벌어지다)

恋664; 好ける心 / 透ける

すく[透く] 動四段: 틈이 벌어지다. 투명해 보이다

(拾)恋663; 透ける(틈이 벌어지다) / 好ける心(풍류를 밝히는 마음)

恋664; 透ける / 好ける心

すぐ[過ぐ] 動上二段: 통과하다. 경과하다. 한창인 때가 지나다. 듣고 흘려버리다

(古)雑体1054; ＊ 過ぐ(통과하다 / 흘려듣다) ＝ 過ぐ / 挿ぐ?

(後拾)雑904; 過ぎ / 杉

(金)恋457; 過ぎ / 杉

(新)離別890; 過ぎ / 杉

　　　　恋1108; 過ぎ / 杉

　　　　恋1109; 過ぎ / 杉の門3

　　　　雑1621; 過ぎ / 杉の庵

すぐ[直] 形動ナリ: 곧 바른 모양. 정직. 있는 그대로임

　　　(新)恋1062; すぐ(直)? / 杉

すごす[過ごす] 動四段: 날을 보내다

　　　(後)哀傷1407; 憂く 日過(ごす)? / 鶯

すし[酸し] 形ク: 시다

　　　(古)雑体1066; 酸きもの / 過ぎ者 ＝ 酸き物 / 好き者(好色者)

すずむし[鈴虫] 名: 가을 풀벌레의 하나

　　　(拾)秋179; 鈴虫 / 草の枕をす

すつ[捨つ] 動下二段: 버리다

　　　(古)雑878; 姨捨て / をばすて山

　　　(金)恋418; 捨てられん / 脱ぎ捨てられん

すまのうら[須磨の浦] 名: 지명

　　　(後)恋800; 須磨の浦 / 懲りずま

　　　　恋865; 須磨の浦 / 懲りずま

　　　(金)異本<恋>694; 須磨の浦 / 恋を為

　　　(新)恋1083; 須磨の浦 / す(為)

　　　　恋1434; こりずまの浦 / 懲りずま(に)

すみ[炭] 名: 숯

　　　(拾)哀傷1294; 炭 / 墨染め

　　　(詞)恋233; 炭焼かれ / 速やか

　　　(新)雑1640; 炭 / 住み?(住みよかりき)

すみ[墨] 名: 먹

　　　(金)異本<雑>712; 墨 / 住み / 住の江

すみがま[炭竈] 名: 숯가마

　　　(後)雑1257; 炭竈の煙 / 住み

　　　(後拾)恋819; 炭がま / 住み

　　　(金)異本<雑>707; 炭竈 / 住み

　　　(詞)雑367; 炭竈 / 住み

(新)雜1641; 炭竈 / 住みが(たし) = 炭 / 住み

雜1669; 炭竈 / 住み竈(사는 집의 아궁이)

すみがま[住み竈] 名: 사는 집의 아궁이

(新)雜1669; 住み竈 / 炭竈

すみそむ[住み初む]: 살기 시작하다 → 「住む」와 「ー初む」

(後)恋832; 住み初め / 墨染め

(拾)雜賀1175; 住み初むる / 澄み

(千)雜1136; 住み初め / 墨染の袖

雜1137; 住み初め / 墨染の袖

雜1147; 住み初め / 墨染の衣

雜1148; 住み初め / 墨染の袖

すみぞめ[墨染め] 名: 검게 물들인 옷. 僧服이나 喪服 등. 먹으로 물들인 것
같은 黒色

(古)哀傷844; 墨染め / 住み = 墨染め / 住み初め

(後)恋832; 墨染め / 住み初め

(拾)哀傷1290; 墨染め / 住み = 墨染め / 住み初め

哀傷1294; 墨染め / 炭

(千)雜1136; 墨染の袖 / 住み初め

雜1137; 墨染の袖 / 住み初め

雜1147; 墨染の衣 / 住み初め

雜1148; 墨染の袖 / 住み初め

すみのえ[住の江] 名: 지명

(後)恋1022; 住の江 / 住み

(拾)雜466; 住の江 / 住み

雜571; 住の江 / 住み

(金)異本<雜>712; 住の江 / 墨 / 住み

(千)雜1160; 住の江 / 住み

雜1163; 住の江 / 住み

神祇1264; 住の江(住み?) / 澄み

(新)雜1792; 住の江 / 住み

すみのえのまつ[住の江の松]: 스미노에의 소나무 → 「松」

　　　(古)恋778; 住の江の松 / 待つ(인고의 세월을 보내며 찾아오지 않는 님
　　　　　을 기다리다)

　　　　恋779; 住の江の松 / 待つ(매일 눈물로 지낼 만큼 오랫동안 기다리다)

すみやか[速やか] 形動ナリ: 일의 진행이나 성취 등이 빠른 모양

　　　(詞)恋233; 速やか / 炭焼かれ

すみやく[炭焼く]: 숯을 굽다 → 「炭」와 「焼く」

　　　(詞)恋233; 炭焼かれ / 速やか

すみよし[住み好し·住み良し] 形ク: 살기에 좋다. 함께 살기에 좋다

　　　(古)雑917; 住み好し / 住吉

　　　(後)恋597; 住み好し / 住吉

　　　　恋599; 住み好し(남자가 결혼 상대로서 적합하다) / 住吉

　　　　恋661; 住み好し / 住吉

　　　　雑1210; 住み好し / 住吉

　　　(拾)雑462; 住み好し / 住吉

　　　　雑539; 住み好し / 住吉

　　　(後拾)恋719; 住み良し / 住吉の松 ＝ 待つ / 松

　　　(新)雑1607; 住み好し / 住吉の里

　　　　雑1640; 住みよかりき(住み?) / 炭

　　　　後出<神祇>1994; 住み好し / 住吉

すみよし[住吉] 名: 지명. 摂津国. 大阪市 住吉区 住吉大社 부근

　　　(古)雑917; 住吉 / 住み好し

　　　(後)恋597; 住吉 / 住み好し

　　　　恋599; 住吉 / 住み好し

　　　　恋661; 住吉 / 住み好し

　　　　雑1210; 住吉 / 住み好し

　　　(拾)雑462; 住吉 / 住み好し

　　　　雑539; 住吉 / 住み好し

　　　(後拾)恋719; 住吉の松(스미요시에 있는 그 유명한 소나무) / 住み良し ＝ 松 / 待つ

　　　(新)秋396; 住吉 / 澄み

　　　　後出<神祇>1994; 住吉 / 住み好し

すみよしのきし[住吉の岸]: 스미요시의 물기슭 → 「岸」

(拾)神楽587; 住吉の岸も / 来し?(来しも)

(後拾)雑1066; 住吉の岸 / 来し方

すみよしのさと[住吉の里]: 지명

(新)雑1607; 住吉の里 / 住み好し

すみよしのまつ[住吉の松]: 스미요시의 소나무 → 「松」

(後拾)恋719; 住吉の松 / 住み良し ＝ 松 / 待つ

雑1069; 住吉の松 / まづ(先づ) ＝ 松 / 待つ?

(金)異本<雑>704; 住吉の松 / 待つ(住吉神社의 神主인 그대를 기다리다)

(詞)離別177; 住吉の松 / 待つ

雑376; 住吉の松 / 待つ(왕으로부터의 宣旨를 기다리다)

(新)雑1608; 住吉の松は / 待つ

すみれ[菫] 名: 제비꽃. 오랑캐꽃

(後)春89; すみれの花 / 住み

(新)雑1684; 菫 / 宿に住み

すむ[住む] 動四段: 거주하여 살다. 여자의 집을 드나들며 부부 생활을 영위하다

(古)恋666; 住まむ / 澄まむ

哀傷844; 住み / 墨染め ＝ 住み初め / 墨染め

(後)春89; 住み / すみれの花

恋832; 住み初め / 墨染め

恋1022; 住み / 住の江

雑1105; 住む / 澄む

雑1257; 住み / 炭竈の煙

羈旅1350; 住み難き / 澄み難き

(拾)雑435; 住める / 澄める

雑466; 住み / 住の江

雑571; 住み / 住の江

恋670; 住む / 澄む

恋671; 住ませ / 澄ませ

雑賀1175; 住み初むる / 澄み

雑恋1253; 住まば / 澄まば

雑恋1254; 住まぬ / 澄まぬ

雑恋1268; 住まば / 澄まば

哀傷1290; 住み / 墨染め ＝ 住み初め / 墨染め

(後拾)秋248; 住める / 澄める

秋251; 住む / 澄む

秋257; 住む / 澄む

住まじ / 澄まじ

秋259; 住む / 澄む

賀455; 住めば / 澄めば

賀456; 住まむ / 澄まむ

哀傷540; 住める / 澄める

恋819; 住み / 炭がま

雑832; 住める / 澄める

雑834; 住み / 澄み

雑850; 住み / 澄み

雑868; 住む / 澄む

雑1035; 住み / 澄み

雑1037; 住む / 澄む ＝ ＊ 澄む?

雑1071; 住める / 澄める

雑1190; 住み / 澄み

雑1195; 住む / 澄む

(金)秋182; 住む / ＊ 澄む(마음이 맑다 / 달빛이 맑다)

秋197; 住む / 澄む

秋201; 住めば / 澄めば

秋207; 住み / 澄み

雑589; 住まん / 澄まん

雑642; 住む / 澄む

異本<秋>677; 住める / 澄める

異本<雑>707; 住み / 炭竈

異本<雑>712; 住み / 住の江 / 墨

(詞)秋94; 住まむ / 澄まむ

賀161; 住まむ / 澄まむ

雑291; 住まむ / 澄まむ

雑314; 住む / 澄む

雑367; 住み / 炭竈

雑385; 住める / 澄める

(千)夏214; 住み / 澄み

冬438; 住める / 澄める

賀613; 住む / 澄む

賀631; 住む / 澄む

恋858; 住まで / 澄まで

恋890; 住み / 澄み

雑981; 住む / 澄む

雑987; 住め / 澄め

雑1011; 住まず / 澄まず

雑1094; 住む / 澄む

雑1136; 住み初め / 墨染の袖

雑1137; 住み初め / 墨染の袖

雑1147; 住み初め / 墨染の衣

雑1148; 住み初め / 墨染の袖

雑1160; 住み / 住の江

雑1163; 住み / 住の江

神祇1264; 住み?(住の江) / 澄み

(新)秋315; 住む / 澄む

秋374; 住み / 澄み

秋380; 住む / 澄む

秋400; 住む / 澄む

秋428; 住む / 澄む

冬640; 住む / 澄む

恋1053; 住ま(결혼하여 살다) / 澄ま

雑1529; 住み / 澄み

雑1530; 住む / 澄む

雑1553; 住み / 澄み

　　　雑1633; 住ま / 澄ま

　　　雑1640; 住み?(住みよかりき) / 炭

　　　雑1641; 住みが(たし) / 炭竈 ＝ 住み / 炭

　　　雑1684; 宿に住み / すみれ(菫)

　　　雑1707; 住み / 澄み

　　　雑1718; 住み / 澄み

　　　雑1792; 住み / 住の江

　　　神祇1874; 住む / 澄む

　　　神祇1882; 住め / 澄め

　　　神祇1894; 住む / 澄む

　　　神祇1901; 住め / 澄め

　　　釈教1952; 住み / 澄み

すむ[澄む] 動四段: 달이나 바람소리가 맑다. 말갛다. 투명하다. 청명하다

　　(古)恋666; 澄まむ / 住まむ

　　(後)雑1105; 澄む / 住む

　　　羇旅1350; 澄み難き / 住み難き

　　(拾)雑435; 澄める / 住める

　　　恋670; 澄む / 住む

　　　恋671; 澄ませ / 住ませ

　　　雑賀1175; 澄み / 住み初むる

　　　雑恋1253; 澄まば / 住まば

　　　雑恋1254; 澄まぬ / 住まぬ

　　　雑恋1268; 澄まば / 住まば

　　(後拾)秋248; 澄める / 住める

　　　　秋251; 澄む / 住む

　　　　秋257; 澄む / 住む, 澄まじ / 住まじ

　　　　秋259; 澄む / 住む

　　　　賀455; 澄めば / 住めば

　　　　賀456; 澄まむ / 住まむ

　　　　哀傷540; 澄める / 住める

　　　　雑832; 澄める / 住める

雑834; 澄み / 住み

雑850; 澄み / 住み

雑868; 澄む / 住む

雑1035; 澄み / 住み

雑1037; 澄む / 住む ＝ ＊ 澄む?

雑1071; 澄める / 住める

雑1190; 澄み / 住み

雑1195; 澄む / 住む

(金)秋182; ＊ 澄む(달빛이 맑다 / 마음이 맑다) / 住む

秋197; 澄む / 住む

秋201; 澄めば / 住めば

秋207; 澄み / 住み

雑589; 澄まん / 住まん

雑642; 澄む / 住む

異本<秋>677; 澄める / 住める

(詞)秋94; 澄まむ / 住まむ

賀161; 澄まむ / 住まむ

雑291; 澄まむ / 住まむ

雑314; 澄む / 住む

雑385; 澄める / 住める

(千)夏214; 澄み / 住み

冬438; 澄める / 住める

賀613; 澄む / 住む

賀631; 澄む / 住む

恋858; 澄まで / 住まで

恋890; 澄み / 住み

雑981; 澄む / 住む

雑987; 澄め / 住め

雑1011; 澄まず / 住まず

雑1094; 澄む / 住む

神祇1264; 澄み(달이 맑다) / 住の江

 (新)秋315; 澄む / 住む
  秋374; 澄み / 住み
  秋380; 澄む / 住む
  秋396; 澄み / 住吉
  秋400; 澄む / 住む
  秋428; 澄む / 住む
  冬640; 澄む / 住む
  恋1053; 澄ま / 住ま(결혼하여 살다)
  雑1529; 澄み / 住み
  雑1530; 澄む / 住む
  雑1553; 澄み / 住み
  雑1633; 澄ま / 住ま
  雑1707; 澄み / 住み
  雑1718; 澄み / 住み
  神祇1874; 澄む / 住む
  神祇1882; 澄め / 住め
  神祇1894; 澄む / 住む
  神祇1901; 澄め / 住め
  釈教1952; 澄み / 住み
するが[駿河] 名: 지명
 (古)恋534; 駿河 / 為る
  雑体1002; 駿河 / 思ひする
 (後)恋565; 駿河 / 常にする
すゑ[末] 名: 사물의 끝. 어떤 시기의 끝. 인생의 끝. 노년
 (古)恋702; * 末(덩굴풀의 끝 부분 / 최후)
  神遊び1078; * 末(활의 양쪽 끝 / 장래)
 (金)雑562; 末(노년) / 梢
 (新)雑1572; 秋の末 / 末葉
すゑのよ[末の世]: 후세. 만년. 말세 → 「世」
 (拾)賀297; 末の世(만년) / 節
すゑば[末葉] 名: 초목 등의 끝에 달린 잎

(新)雑1572; 末葉 / 秋の末

せ[瀬] 名: 여울. 만나는 장소. 만날 때. 만날 기회

    (古)雑990; 瀬に / ぜ(銭)に ＝ 瀬に / せに(銭)

    (後)秋233; ＊ 瀬(은하수의 얕은 여울 / 빨리 그날이 왔으면 하고 기다
          려지는 만남의 기회)

       秋245; ＊ 瀬(은하수의 여울 / 못 견디게 그리울 때)

       恋949; 流れ合ふ瀬(여울) / 逢ふ瀬(서로 사랑하는 남녀가 만날 기회)

       雑1181; 瀬 / 逢瀬

    (千)恋762; 瀬(죽은 후 건너는 三途の川의 여울) / 逢ふ瀬(덧없어 보이
          는 만날 기회)

せき[塞 . 堰] 名: 막음. 막는 것. 가로막는 것

    (後)恋859; せき(塞) / 逢坂の関

せき[関] 名: 관문

    (古)離別368; 関(사람의 통행을 규제하는 곳) / 塞きな止めそ(길을 떠나
          는 자식의 안위를 걱정하는 부모의 심정은 막지 말아다오)

せきあふ[堰き敢ふ] 動下二段: 억지로 멈춰 세우다. 무리하여 억누르다

    (後)恋1058; ＊ 堰きもあへず(강을 막을 수가 없을 정도로 / 눈물을 멈
          출 수가 없을 정도로)

せきとどむ[塞き止む . 塞き留む] 動下二段: 막아 멈추게 하다. 막아 세우다 cf.
                                 「塞く . 堰く」

    (古)離別368; 塞きな止めそ(먼 곳으로 부임하기 위해 떠나는 자식에게 딸
          려 보내는 부모의 심정은 막지 말아다오) / 関(통행을 규제하는 관문)

    (後)恋984; 堰きもとどめぬ / 逢坂の関

    (後拾)離別477; 塞きとどめ / 白河の関

せきなとどめそ[塞きな止めそ]: 막아 세우지 말라 (古)離別368 → 「塞き止む」

せきもあへず[堰きもあへず]: 흐름 등을 막을 수 없어 (後)1058 → 「堰き敢ふ」

せきもとどめぬ[堰きも止めぬ]: 가로막을 수 없는 (後)984 → 「堰き止む」

せきやる[塞きやる . 堰きやる] 動四段: 물의 흐름 등을 막다. 가로막아 멈추
                          게 하다. 주체 못 할 마음을 억제하다

    (金)異本<恋>688; ＊ 塞きやる(물을 막다 / 연정을 억제하다)

せぜ[瀬瀬] 名: 이 여울 저 여울. 이곳저곳의 강여울. 여러 번의 시기. 여러

차례의 시기

(金)恋495; * 瀬瀬(여기저기에 있는 강여울 / 많은 때)

ぜに[銭] 名: ぜ. せに. 돈

(古)雑990; ぜ(銭)に / 瀬に = せに(銭) / 瀬に

せむ[迫む] 動下二段: 가까이 다가오다. 악기 등의 소리를 높이다

(後)秋421; 迫め(바람소리를 최대한 높이다) / 責め(재촉하다)

(拾) 雑恋1273; 迫め(한 해의 끝이 가까이 다가오다) / せめて

せむ[責む] 動下二段: 책망하다. 강요하다. 재촉하다

(後)秋421; 責め(재촉하다) / 迫め(바람소리를 최대한 높이다)

せめて 副: 몹시. 억지로. 더욱더. 오로지

(拾)雑恋1273; せめて(몹시) / 迫め(한 해의 끝이 가까이 다가오다)

そこ[底] 名: 밑바닥. 속마음

(古)物名466; * 底(강바닥 / 슬픔의 진정한 깊이) <깊은 슬픔>

恋662; 底 / 其処

恋666; * 底清み(물의 밑바닥이 맑아서 / 마음이 맑아서) = 底 / 其処

(後)恋520; 底 / 其処

恋655; 底 / 其処

恋991; 底 / 其処

恋1013; 底 / 其処

恋1027; 底 / 其処

雑1149; 底 / 其処

哀傷1402; 底(물의 밑바닥) / 其処(喪家)

(拾)冬241; 底 / 其処

恋758; 底 / 其処

雑恋1221; 底(연못 바닥) / 其処(그대, 당신)

(後拾)恋647; 底 / 其処(그대, 당신)

雑839; 底 / 其処

雑1155; 底 / 其処

(金)雑592; 底 / 其処

(千)夏157; 底 / 其処

夏158; 底 / 其処

(新)恋1421; 底 / 其処

そこ[其処] 代名: 그곳. 그대. 당신. 그대가 있는 곳

    (古)恋662; 其処 / 底

      恋666; ＊ 底清み(물의 밑바닥이 맑아서 / 마음이 맑아서) ＝ 其処 / 底

    (後)恋520; 其処 / 底

      恋655; 其処 / 底

      恋991; 其処 / 底

      恋1013; 其処 / 底

      恋1027; 其処 / 底

      雑1149; 其処 / 底

      哀傷1402; 其処(喪家) / 底(물의 밑바닥)

    (拾)冬241; 其処 / 底

      恋758; 其処 / 底

      雑恋1221; 其処(그대) / 底(연못 바닥)

    (後拾)恋647; 其処(그대) / 底

      雑839; 其処 / 底

      雑1155; 其処 / 底

    (金)雑592; 其処 / 底

    (千)夏157; 其処 / 底

      夏158; 其処 / 底

    (新)恋1421; 其処 / 底

そこきよみ[底清み]: 물 밑바닥이 맑아서. 마음이 맑아서 → 「底」와 「清し」

    (古)恋666; ＊ 底清み(물의 밑바닥이 맑아서 / 마음이 맑아서) ＝ 底 / 其処

そこはかと 副: 그것은 이러 이러하다고 분명히

    (新)哀傷841; そこはかと / 墓

そで[袖] 名: 소매

    (拾)恋961; 袖の裏(소매 속) / 袖の浦(지명)

    (金)雑552; 袖の裏 / 袖の浦

    (新)哀傷807; 袖の裏(눈물이 닿는 소매 속) / 袖の浦

      雑1497; 袖の裏(소매 속) / 袖の浦

そでぞぬる[袖ぞ濡る]: 물이나 눈물 등에 소매가 젖다 → 「濡る」

　　　(新)恋1042;＊袖ぞ濡る(소매가 물에 젖다 / 소매가 눈물에 젖다)
そでのうら[袖の浦] 名: 지명. 出羽国의 歌枕. 현재의 秋田県과 山形県에 걸
　　　　　　　　　　치는 옛 땅이름
　　　(拾)恋961; 袖の浦 / 袖の裏
　　　(金)雑552; 袖の浦 / 袖の裏(소매 속)
　　　(新)哀傷807; 袖の浦 / 袖の裏(눈물이 닿는 소매 속)
　　　　　雑1497; 袖の浦 / 袖の裏(소매 속)
そでのうら[袖の裏]: 소매의 안 쪽 → 「袖」와 「－の」와 「裏」
　　　(拾)恋961; 袖の裏 / 袖の浦(지명)
　　　(金)雑552; 袖の裏 / 袖の浦
　　　(新)哀傷807; 袖の裏(눈물이 닿는 소매 속) / 袖の浦
　　　　　雑1497; 袖の裏(소매 속) / 袖の浦
その－[其の－] 連体: ユ－
　　　(後拾)春136; (伊勢의) その神 / その上(ユ 옛날)
　　　　　夏183; その神山 / その上
　　　　　恋749; (伊勢의) その神 / その上
　　　　　雑1127; その腹 / 園原
　　　　　雑1129; (箱崎의) その神 / その上
　　　(新)夏183; その神山 / その上(ユ 옛날)
　　　　　羈旅913; その腹 / 園原
　　　　　恋1254; (賀茂의) その神 / その上
　　　　　雑1486; その神山 / その上 ＝ 神 / そのかみ
　　　　　雑1712; その髪 / その上
　　　　　雑1797; (石清水의) その神 / その上
そのかみ[其の神]: ユ 神 → 「其の－」와 「神」
　　　(後拾)春136; (伊勢의) その神 / その上(ユ 옛날)
　　　　　恋749; (伊勢의) その神 / その上
　　　　　雑1129; (箱崎의) その神 / その上
　　　(新)恋1254; (賀茂의) その神 / その上(ユ 옛날)
　　　　　雑1797; (石清水의) その神 / その上
そのかみ[当時．其の上] 名: ユ 당시. 그때. 과거. 옛날

(後拾)春136; その上 /(伊勢의) その神

夏183; その上 / 神山

恋749; その上 /(伊勢의) その神

雑1129; その上 /(箱崎의) その神

(千)雑1163; その上 / 神

(新)夏183; その上 / その神山

恋1254; その上 / その神(賀茂의 神) = そのかみ / 神

雑1486; その上 / その神山 = そのかみ / 神

雑1712; その上 / その髪

雑1797; その上 / その神

神祇1871; その上 / 神

そのかみやま[其の神山]: 賀茂山. 賀茂上社의 神域에 있는 산들　→ 「其の
－」와 「神山」

(後拾)夏183; その神山 / その上

(新)夏183; その神山 / その上

雑1486; その神山 / その上 = 神? / そのかみ

そのはら[園原] 名: 지명

(後拾)雑941; 園原から / 同胞

雑1127; 園原 / その腹

(新)羈旅913; 園原 / その腹

そのはら[其の腹]: 그 배. 生母를 일컫는 말→「其の－」와 「腹」

(後拾)雑1127; その腹 / 園原

(新)羈旅913; その腹 / 園原

そのはらやふせや[園原や布施屋]: 지명 (新)913 →「園原」와 「布施屋」

そほつ[濡つ] 動四段 / 上二段: 젖다. 비가 촉촉이 내리다

(後)秋268; 濡つ / そほづ(案山子)

(拾)雑574; 濡つ / そほづ(案山子)

恋761; ＊濡つ(이슬에 젖다 / 눈물에 젖다)

そほづ[案山子] 名: 허수아비

(後)秋268; 案山子 / そほつ(濡つ)

(拾)雑574; 案山子 / そほつ(濡つ)

そむ[染む] 動四段: 물들다. 몸에 배다. 감동하다. 절실히 느끼다
　　　　　動下二段: 물들이다. 색을 들이다
　　(古)恋729; ＊ 染めしより(물들이다 / 깊이 마음을 기울이다)
　　　　恋796; ＊ 染めざらば(물들이다 / 정을 주다)
　　　　哀傷842; 染め / 刈り初め
　　　　雑869; ＊ 染めて(물감으로 물을 들이다 / 일편단심으로 물들이다)?
　　　　雑体1044; ＊ 染めし(물들이다 / 마음을 기울이다)
　　(後)冬471; 染め / 降り初め
　　　　恋539; ＊ 染め(물들이다 / 깊이 마음을 기울이다)?
　　　　恋587; ＊ 染め(물들이다 / 깊이 마음을 기울이다)
　　　　雑1273; 染め(물들이다) / 初め(깊이 마음을 기울이다)
　　(拾)恋842; ＊ 染め(물들이다 / 깊이 마음을 기울이다)
　　(後拾)雑1164; 染むる / いはひぞ初むる(神을 처음 받들어 제사지내다)
　　(金)恋373; 染めて(물들이다) / 文初めて(편지를 보내기 시작하다) / 踏
　　　　み初めて(사랑의 길에 발을 들여놓기 시작하여)
　　(詞)賀162; 染むる(기저귀가 젖다) / 立ち初むる(학의 새끼가 둥지를 날
　　　　기 시작하다)
　　　　恋234; あゐぞめ(藍染) / 逢ひ初めて ＝ 染め / 初め
　　(千)春63; ＊ 染め増す(꽃의 색깔을 한층 더 물들이다 / 더욱더 마음을 기울이다)
　　　　秋232; ＊ 染む(물들다 / 절실히 느끼다)
　　　　恋646; ＊ 染め(물들이다 / 깊이 마음을 기울이다)
　　　　恋687; 染め / 初め?(思ひ染め)
　　　　恋892; 染め / 恋ひ初め
　　(新)秋370; ＊ 染む(물들다 / 마음에 깊이 느끼다)
　　　　哀傷797; ＊ 染む(물들다 / 몸에 배다)
そむ[染む.初む] 動下二段: 깊이 마음을 기울이다. 정을 주다
　　(古)恋729; ＊ 染めしより(깊이 마음을 기울이다 / 물들이다)
　　　　恋796; ＊ 染めざらば(정을 주다 / 물들이다)
　　　　雑体1044; ＊ 染めし(마음을 기울이다 / 물들이다)
　　(後)恋539; ＊ 染め(깊이 마음을 기울이다 / 물들이다)?
　　　　恋587; ＊ 染め(깊이 마음을 기울이다 / 물들이다)

　雑1273; 初め(깊이 마음을 기울이다) / 染め(물들이다)

(拾)恋842; ＊染め(깊이 마음을 기울이다 / 물들이다)

　雑恋1234; 初め / 染川

(千)春63; ＊染め増す(더욱더 마음을 기울이다 / 꽃의 색깔을 한층 더 물들이다)

　恋646; ＊染め(깊이 마음을 기울이다 / 물들이다)

　恋687; 初め?(思ひ染め) / 染め

(新)恋; 1082; 染めて(생각을 기울이다) / 焚き初めて

－そむ[－染む]: －하여 물들이다

(古)雑体1001; 思ひ染め / 思ひ初め

(後)秋351; 濡らし染めつる / 濡らし初めつる

　恋987; 思ひ染めてき / 思ひ初めてき

　恋1046; 思ひ染め(思ひ初め?) / 染川

(拾)春32; 乱れ染め / 乱れ初め

　恋975; 思ひ染めず / 思ひ初めず

　恋978; 思ひ染めてし / 思ひ初めてし

(千)春32; 降り染め(봄비가 내려 들을 옅은 녹색으로 물들이다) / 降り初め(비가 내리기 시작하다)

(新)春68; 降り染め / 降り初め

　恋995; 思ひ染め / 思ひ初め

　恋1252; 思ひ染め / 思ひ初め

－そむ[－初む] 接尾下二段型: －하기 시작하다. 처음 －하다

(古)恋589; ＊置き初めて(첫 이슬이 내리다 / 사랑하기 시작하다)

　哀傷842; 刈り初め / 仮 / 染め

　雑916; 刈り初め / 仮そめ(일시적임) ＝ 刈り / 仮

　雑体1001; 思ひ初め / 思ひ染め

(後)秋351; 濡らし初めつる / 濡らし染めつる

　冬471; 降り初め / 染め

　恋695; 踏み初むる(물떼새가 첫발을 들여놓다) / 文初むる(편지를 보내기 시작하다)

　恋832; 住み初め / 墨染め

　恋987; 思ひ初めてき / 思ひ染めてき

　　　恋1046; 思ひ初め?(思ひ染め) / 染川
　(拾)春32; 乱れ初め / 乱れ染め
　　　恋975; 思ひ初めず / 思ひ染めず
　　　恋978; 思ひ初めてし / 思ひ染めてし
　　　雑賀1175; 住み初むる / 澄み
　(後拾)雑1164; いはひぞ初むる(神을 처음 받들어 제사지내다) / 染むる
　(金)恋373; 踏み初めて(사랑의 길에 발을 들여놓기 시작하여) / 文初め
　　　　て(편지를 보내기 시작하다) / 染めて(물들이다)
　(詞)賀162; 立ち初むる(학의 새끼가 둥지를 날기 시작하다) / 染むる(기
　　　　저귀가 젖다?)
　　　恋234; 逢ひ初めて / あゐぞめ(藍染) ＝ 初め / 染め
　(千)春32; 降り初め(봄비가 내리기 시작하다) / 降り染め(들판을 물들이
　　　　기 시작하다)
　　　恋892; 恋ひ初め / 染め
　　　雑1136; 住み初め / 墨染の袖
　　　雑1137; 住み初め / 墨染の袖
　　　雑1147; 住み初め / 墨染の衣
　　　雑1148; 住み初め / 墨染の袖
　　　雑1169; 刈り初め / 仮そめ(일시적임) ＝ 仮 / 刈り
　(新)春68; 降り初め / 降り染め
　　　秋547; 刈り初め / 仮初 ＝ 刈り / 仮
　　　離別876; ＊ 立ち初む(가을이 시작되다 / 안개가 일다 / 출발하다)
　　　恋995; 思ひ初め / 思ひ染め
　　　恋1082; 焚き初めて / 染めて(생각을 기울이다)
　　　恋1252; 思ひ初め / 思ひ染め
そめがは[染河] 名: 지명
　(後)恋1046; 染川 / 思ひ染め(思ひ初め?)
　(拾)雑恋1234; 染川 / 初め
そめます[染め増す]: 한층 더 물들이다. 더욱 마음을 기울이다 → 「染む」와
　　　　「染む . 初む」
　(千)春63; ＊ 染め増す(꽃의 색깔을 한층 더 물들이다 / 더욱더 마음을 기울이다)

ソヨ: 바람 소리를 나타내는 말

    (古)恋584; ソヨと / そよと

    (後)秋353; ソヨ / そよ(공감을 나타냄)

    (後拾)恋709; ソヨ / そよ(공감을 나타내는 말)

        雑949; ソヨ / そよ

    (詞)秋117; ソヨ / そよ

        冬146; ソヨソヨ / そよそよ

    (新)恋1212; ソヨ / そよ

そよ[其よ]: 名詞「其」와 助詞「よ」가 합쳐진 것으로 공감을 나타내는 말. 그래요

    (古)恋584; そよと / ソヨと

    (後)秋353; そよ / ソヨ(바람소리)

    (後拾)恋709; そよ / ソヨ(바람소리)

        雑949; そよ / ソヨ(바람소리)

    (詞)秋117; そよ / ソヨ

        冬146; そよそよ / ソヨソヨ

    (新)恋1212; そよ / ソヨ

そら[空] 名: 하늘

    (古)恋579; 空なる(하늘에 있는) / そらなる(마음을 빼앗겨 허공에 뜬)

        恋580; 空(하늘) / そら(마음이 들떠 일도 손에 안 잡힘)

        恋676; 空に(하늘에) / そらに(근거도 없이 어림짐작으로)

        恋785; 空に(하늘에) / そらに(마음이 들떠)

    (後)秋221; 空に(하늘에) / そらに(멍하게)

        恋998; 空に(하늘에) / そらに(어림짐작으로)

        離別1315; 空なる / そらなる

    (拾)春60; 空に(하늘에) / そらに(마음이 들떠)

        秋154; 空に(하늘에) / そらに(마음이 들떠)

    (後拾)羈旅524; 空に / そらに知ら

    (金)夏111; 空に(하늘에) / そらに(마음이 불안정하여)

        夏148; 空 / 空に知りける(추측해서 알다)

    (詞)恋235; 空(하늘) / そら(마음이 불안정한 상태)

    (千)秋339; 空に(하늘에) / そらに(마음이 허전하고 불안정하게)

そら 形動ナリ: 무언가에 마음을 빼앗기거나, 의지할 바 없어 마음이 안정
　　　　　되지 않은 상태

　　(古)恋579; そらなる(마음을 빼앗겨 허공에 뜬) / 空なる(하늘에 있는)

　　　　恋580; そら(마음이 들떠 일도 손에 안 잡힘) / 空(하늘)

　　　　恋676; そらに(근거도 없이 어림짐작으로) / 空(하늘에)

　　　　恋785; そらに(마음이 들떠) / 空に(하늘에)

　　(後)秋221; そらに(멍하게) / 空に(하늘에)

　　　　恋998; そらに(어림짐작으로) / 空に(하늘에)

　　　　離別1315; そらなる / 空なる

　　(拾)春60;　そらに(마음이 들떠) / 空に(하늘에)

　　　　秋154; そらに(마음이 들떠) / 空に(하늘에)

　　(金)夏111; そらに(마음이 불안정하여) / 空に(하늘에)

　　(詞)恋235; そら(마음이 불안정한 상태) / 空(하늘)

　　(千)秋339; そらに(마음이 허전하고 불안정하게) / 空に(하늘에)

そらがくれ[空隠れ] 名: 하늘에 숨음. 있으면서도 없는 척함

　　(詞)雑415; 空隠れ(하늘에 숨음) / そら隠れ(거짓 죽음)

そらがくれ[そら隠れ]: 「そら−」는 접두어로 「거짓−」의 뜻. 거짓으로 죽음

　　(詞)雑415; そら隠れ / 空隠れ(하늘에 숨음)

そらしらず[空知らず]: 모르는 척함. 시치미를 뗌

　　(後)恋715; * 空知らぬ(하늘이 모르는 / 전혀 모르는 척하는)

そらにしる[空に知る]: 근거 없이 추측하다. 은연중 알다. 헤아려서 알다. 하
　　　　　늘을 보고 알다

　　(後拾)羈旅524; そらに知ら / 空に

　　(金)夏148; 空に知りける(추측해서 알다) / 空(하늘)

　　　　秋163; * 空に知る(추측하여 알다 / 하늘을 보고 알다)

　　(新)賀751; * 空に知る(어림하여 알다 / 하늘을 보고 알다)

そらね[空音] 名: 속이기 위해 거짓으로 내는 소리 cf. 「音」

　　(拾)雑春1074; 空音 / そら根(造花의 거짓 뿌리) ＝ 音 / 寝?

そらね[そら根]: 造花의 거짓 뿌리 cf. 「根」

　　(拾)雑春1074; そら根 / 空音(거짓으로 내는 소리) ＝ 寝? / 音

<た行>

たえて[絶えて] 副: 매우. 아주. 완전히. 남김없이
    (古)恋601; たえて / 絶え
        恋667; たえて / 絶え
          雑976; たえて(아주) / 絶えて
    (後)恋646; たえて / 絶え
    (後拾)恋716; たえて / 絶え
    (新)春139; たえて(아주) / 絶え
        春147; たえて(아주) / 絶え
        夏232; たえて(매우) / 絶えて
たえず[絶えず] 副: 끊임없이 cf. 「絶ゆ」
    (古)神遊び1084; ＊ 絶えずして(끊임없이 / 물이 마르지 않고)
たえぬ[絶えぬ]: 끊임없는 → 「絶ゆ」
    (古)恋709; ＊ 絶えぬ(덩굴 풀이 끊어지지 않는다 / 두 사람 사이가 끊
          어지지 않는다)
        恋793; ＊ 絶えぬ(물이 말랐다 / 사이가 끊어졌다)
たかくら[高倉] 名: 高き倉. 큰 쌀 창고
    (詞)雑383; 高倉(큰 창고) / 高倉山
たかくらやま[高倉山] 名: 지명
    (詞)雑383; 高倉山 / 高倉(큰 창고)
たかさご[高砂] 名: 지명. 播磨国. 加古川의 하구에 토사가 쌓여 생긴 둔덕
    (後)恋1057; 高砂に / 声高
    (拾)冬236; 高砂 / 嵐の声も高
        恋998; 高砂 / 高(し)
    (後拾)春120; 高砂 / 高(산이 높다)
たかさご[高砂] 名: 약간 높은 산. 토사가 쌓여 생긴 둔덕
    (後)秋373; 高砂 / 声高
たかし[高し] 形ク: 높다
    (古)雑915; 高し / 高師の浜

(拾)冬236; 嵐の声も高(몰아치는 거센 바람소리가 드높다) / 高砂

　　雑562; なき名のみ高(し) / 高尾の山

　　恋998; 高(し) / 高砂

　　雑恋1240; 高し / 高師の浜

(後拾)春120; 高(산이 높다) / 高砂

(金)恋496; 高し(그대와 깊은 관계를 맺은 사이라고 하는 평판이 높다) / 高島

(千)賀636; 子高くぞなる(子孫이 번창하다) / 木高く(나무가 높다)

(新)秋493; 波の高(파도가 높다) / 高瀬舟

たかしのはま[高師の浜] 名: 지명

　　(古)雑915; 高師の浜 / 高し

　　(拾)雑恋1240; 高師の浜 / 高し

たかしま[高島] 名: 지명

　　(金)恋496; 高島(近江의 땅이름) / 高し(그대와 깊은 관계라고 하는 평판이 높다)

たかせぶね[高瀬舟] 名: 바닥이 평평한 강에서 이용하는 배

　　(新)秋493; 高瀬舟 / 波の高(し)

たがふ[違ふ] 動四段: 상이하다

　　　　　　動下二段: 다르게끔 하다

　　(後)恋815; ＊ 違ふ(마음이 달라지다 / 길 떠날 때, 天一神이 있는 쪽을 피하여 액을 막다)

　　(金)雑573; ＊ 違ふ(꿈과 다르게 하다 / 옛 남자와 새 남자를 마주치지 않게 하다)

　　(千)恋913; 文違ふ(편지를 제대로 못 부치다) / 踏みたがふ(발을 잘못 내딛다)

－たがふ[－違ふ] 動四段: －을 잘못하다

　　(千)恋913; 踏みたがふ(발을 잘못 내딛다) / 文違ふ(편지를 제대로 못 부치다)

たかをのやま[高尾山] 名: 지명

　　(拾)雑562; 高尾の山 / なき名のみ高(し)

たき[滝] 名: 폭포

　　(古)哀傷854; 滝増さりけり / たぎまさりけり

たきそむ[焚き初む]: 불을 때기 시작하다 →「－初む」

(新)恋1082; 焚き初めて / 染めて(생각을 기울이다)

たぎつ[激つ．滾つ] 動四段: 물이 격하게 흐르다. 마음이 격하게 동요되다

    (古)恋491; ＊たぎつ(물이 격하게 흐르다 / 격정적으로 연모하다)

    (後)恋860; ＊たぎつ(물이 소용돌이치며 격하게 흐르다 / 마음이 격해지다)

       恋861; ＊たぎつ(물이 소용돌이치며 격하게 흐르다 / 마음이 격해지다)

たぎる[激る．滾る] 動四段: 물이 용솟음치다. 솟아오르다

    (古)哀傷854; たぎまさりけり? / 滝増さりけり

たく[焚く] 動四段: 불을 때다

    (新)哀傷802; 焚く火 / 類

たぐひ[類] 名: 같은 종류. 동류

    (新)哀傷802; 類 / 焚く火

たけかき[竹垣]: 대나무 울타리

    (新)雑1673; 竹垣 / かき籠る

たけくまのまつ[武隈の松]: 타케쿠마의 소나무 → 「松」

    (詞)雑338; 武隈の松 / 待つ

    (新)離別878; 武隈の松 / 待つ

たこのうら[多祜の浦] 名: 지명 cf. 「－浦」

    (新)雑1482; 多祜の浦 / 恨めし

－たし 助動: 희망하다. －하고 싶다

    (拾)雑568; 寝たく / 妬く

    (後拾)雑946; 寝たく / 妬く

たたる[祟る] 動四段: 천벌을 받다. 앙벌입다. 화를 입다

    (古)雑体1022; 祟るに / 絶たるに

たち[太刀] 名: 큰 칼. 大刀

    (千)恋914; 太刀 / 立ち留まる

たちいづ[立ち出づ] 動下二段: 길을 떠나다. 안개 등이 일다. 出現하다. 겉으로 나오다

    (古)離別386; ＊立ち出でて(가을 안개가 일다 / 길을 떠나다)

       雑999; ＊立ち出でて(봄 안개가 피어 일다 / 마음속의 생각이 표현되다)

    (後)恋865; 立ち出でても / 煙の立ち

       雑1199; 立ち出でてぞ来る(宮에 출사하는 것을 방해하는 사람이

출현하다)/ 立ち(안개가 일다)

たちおくる[立ち後る] 動下二段: 행동하는 것이 뒤 처지다. 다른 것에 뒤처
지다.「たち−」는 接頭語的으로 다른 동사
앞에 붙어서 그 동작이나 상태가 눈에 띔
을 나타냄

　(千)雜1101; 立ち遲れ(뒤 처지다) /衣を裁ち

たちかくる[立ち隱る] 動下二段: 살짝 몸을 감추다. 비를 잠시 피하다
　(新)雜1683; 立ち隱るれ(비를 피하다) /裁ち

たちかはる[立ち替はる] 動四段: 바뀌다
　(新)雜1484; ＊ 立ち替はる(계절이 바뀌다 / 세상이 바뀌다) /斷ち /裁ち
　　＝ 立ち /裁ち

たちかふ[裁ち替ふ. 裁ち更ふ] 動下二段: 새 옷을 지어서 갈아입다 cf.「裁つ」
　(後拾)哀傷581; 裁ち替へで /立ち變へで(화사한 복장으로 바꾸지 않고)
　(千)雜1157; 裁ち更へ(裁ち更へり?) /立ち歸り(되돌아오다) ＝ 裁ち /立ち

たちかふ[立ち變ふ]: 변화시키다. 확 바꾸다
　(後拾)哀傷581; 立ち變へで /裁ち替へで(새 옷을 지어 갈아입지 않고)

たちかへり[立ち返り] 副: 되풀이하여. 재차
　(古)戀474; 立ちかへり(되풀이하여) /立ち返り(파도처럼 가까이 다가왔
다 되돌아가다)
　　戀682; 立ちかへり(되풀이하여)立ち返り(원래 있던 곳으로 되돌아가다)
　　戀816; 立ちかへり(재차 반복하여) /立ち返り(파도가 되돌아가다)
　(拾)戀816; 立ちかへり(되풀이하여) /霞立ち

たちかへる[立ち返る. 立ち歸る] 動四段: 원래의 장소로 되돌아가다(−오다).
곁을 떠나 돌아가다. 발길을 되돌리
다. 몇 번이고 되풀이하다. 옛날로
되돌아가다

　(古)戀474; 立ち返り(파도처럼 가까이 다가왔다 되돌아가다) /立ちか
へり(되풀이하여)
　　戀626; ＊ 立ち返り(밀려왔던 파도가 되돌아가다 / 발길을 되돌리다)
　　戀682; 立ち返り(원래 있던 곳으로 되돌아가다) /立ちかへり(되풀이하여)
　　戀816; 立ち返り(파도가 되돌아가다) /立ちかへり(재차 반복하여)

(後)春126; 立ちも帰らで(되돌아가지 말고) / 立ち(등꽃이 물결 일듯 살랑거리다)

恋532; * 立ち返り(파도가 되돌아가다 / 남자가 여자의 곁을 떠나 되돌아오다)

恋533; * 立ち返り(파도가 되돌아가다 / 남자가 여자의 곁을 떠나 되돌아오다)

恋884; * 立ち返り(파도가 되돌아가다 / 남자가 여자의 곁을 떠나 되돌아오다)

(拾)雜秋1130; 立ち帰る(일었던 흰 물결이 되돌아가다) / 裁ち

(後拾)春12; 立ち返る / 立ち(봄 안개가 일다)

哀傷545; 立ち返りつる(葬地에서 돌아오다) / 立ち(봄 안개가 일다)

(千)雜1157; 立ち帰り(되돌아오다) / 裁ち更へ(殿上에 올라갈 수 있는 신분이 되어 새로이 옷을 짓다) = 立ち? / 裁ち

たちきく[立ち聞く] 動四段: 서서 듣다

(拾)雜春歌(恋) 1019; 立ちもこそ聞け / 立ち(봄 안개가 피다)

たちさかゆ[たち栄ゆ] 動下二段: 번성하다. 번영하다. 기세가 좋다

(古)神遊び1075; * たち栄ゆべき(비쭈기 나무의 잎이 무성하다 / 번성해 가다)

たちさわぐ[立ち騒ぐ] 動四段: 거세게 움직이다. 소란스럽게 떠들다

(後)恋526; * 立ち騒ぐ(물결이 일어 소요하다 / 상대여자가 소란을 피우다)

たちそむ[立ち初む]: 막 출발하다. 새로운 계절이 막 시작되다. 안개가 막 피어오르다. 새 새끼 등이 막 둥지를 날기 시작하다 → 「立つ」와 「ー初む」

(詞)賀162; 立ち初むる(학의 새끼가 둥지를 날기 시작하다) / 染むる(기저귀가 젖다)

(新)離別876; * 立ち初めし(가을이 시작되다 / 안개가 일다 / 출발하다)

たちとまる[立ち止まる.立ち留まる] 動四段: 발길을 멈추다. 머무르다. 숙박하다

(千)恋914; 立ち留まる / 太刀

たちの[立野] 名: 지명. 조정에 진상하는 말을 키우던 목장이 있던 곳

(後)秋367; 立野の駒 / 立ち(가을 안개가 일다)

たちまさる[立ち増さる.立ち勝る] 動四段: 나타나는 회수가 눈에 띄게 많아지다. 두드러지게 뛰어나다

(後)春118; 立ちまさりけり / 立ち(구름이 일다)

たちもかへらで[立ちも帰らで]: 돌아가지 말고 → 「立ち帰る」

(後)春126; 立ちも帰らで / 立ち(등꽃이 물결 이는 것처럼 살랑거리다)

たちもこそきく[立ちもこそ聞く]: 서서 듣다 → 「立ち聞く」

(拾)雜春<恋>1019; 立ちもこそ聞け / 立ち(봄 안개가 피다)

たちもてゆく[立ちもて行く]: 일어나서 가지고 가다. 「もて行く」는 가지고 가다

　　(千)秋383; 立ちもて行く(가을이 가지고 가다) / 裁ちもて行く(비단 같
　　　은 단풍을 신께 드리는 供物로서 재단하여 가지고 가다)

たちゆく[立ち行く] 動四段: 가다. 여행길을 떠나다

　　(新)羈旅915; 立ち行く / 裁ち

たちよる[立ち寄る] 動四段: 곁으로 가까이 다가가다. 파도가 일어 밀려오다.
　　　　　　　　　　　　다른 곳에 가는 도중 잠깐 들르다 cf. 「立つ」

　　(後)春113; 立ち寄ら / 立ち(봄 안개가 피어 일다)

　　　春114; * 立ち寄らぬ(봄 안개가 일어도 곁으로는 다가오지 않는 / 마음
　　　　속으로는 생각을 해도 꺼려져서 곁으로 다가가지 않는)

　　(金)恋462; * 立ち寄る(파도가 일어 가까이 밀려오다 / 어쩌다 가끔 들르다)

たちわかる[立ち別る] 動下二段: 헤어져 떠나가다

　　(古)離別370; 立ち別れなば(먼 곳으로 떠나 헤어져버리면) / 立ち(봄 안
　　　개가 일다)

　　(拾)離別305; 立ち別る / 夏衣裁ち

　　(金)離別345; 立ち別れぬる / 立ち(안개가 일다)

　　(千)春133; 立ち別れぬる / 立ち(파도가 일다)

たちわたる[立ち渡る] 動四段: 안개 등이 사방에 자욱이 끼다. 수레 등이 죽
　　　　　　　　　　　　늘어서다. 주변에 온통 파도가 일다. 강을 건
　　　　　　　　　　　　너다. 매일 밤 여자의 거처를 찾다

　　(後)恋607; * 立ち渡る(안개가 끼다 / 매일 밤 여자의 거처를 찾다)

　　(拾)雜春1042; * 立ち渡らまし(강에 온통 물결이 일다 / 自身이 강을 건너다)

　　(千)春9; 立ちわたり / 裁ち

たちゐ[立ち居] 名: 앉음과 일어 섬. 일상의 간단한 동작. 자연물 등의 움직임

　　(古)恋580; * 立ち居(안개의 움직임 / 사람의 동작)

　　(拾)秋143; 立ち居 / 立ち(물결이 일다)

　　(金)恋361; * 立ち居(바다물의 干満 / 자신의 안절부절못한 모습) ＝
　　　立ち居 / 立ち?

　　(千)雜<雜体>1160; * 立ち居(파도의 움직임 / 관리로서 근무하는 日常)

たちゐる[立ち居る] 動上一段: 앉거나 일어서거나 하다

(後)秋240; 立ち居つつ / 浪の立ち

(金)異本<冬>684; 立ち居(물떼새가 떼 지어 날거나 물에 떠서) / 立ち
(파도가 일다)

たつ[立つ] 動四段: 소문이 나다. 평판이 나다

(古)恋627; * 立つ(소문이 나다 / 파도가 일다)

恋629; 立つ(무고한 평판이 일다) / 竜田川

恋674; * 立ちにし(소문이 나다 / 새가 떼 지어 하늘로 날아오르다)

恋675; * 立ち満ちにけり(소문이 나서 동네방네 퍼지다 / 곳곳에
봄 안개가 일다)

(後)恋539; 立つ(소문이 일다) / 裁つ(옷을 재단하다)

恋926; * 立つ(작은 소문이 끊임없이 일다 / 작은 파도가 끊임없이 일다)

(拾)雑561; 立つ(뜬소문이 나다) / 竜田の山

恋699; 立つ(헛소문이 나다) / 竜田の山

恋700; 立つ(소문이 나다) / 辰の市

恋703; 立ち(실속 없이 소문만 무성한 사랑의 평판이 일다) / 裁ちて

恋704; 立つ(소문이 일다) / 裁つ(옷을 칼로 재단하다)

雑賀<雑恋>1185; 名は立つ / 縄絶つ = 立つ / 断つ

(金)離別335; 立つ(평판이 일다) / 下り立つ(내려서다)

(千)恋659; * 立ちしより(소문이 나다 / 봄 안개가 일다)

(新)恋1116; * 立つ(평판이 일다 / 소금 굽는 어민의 집에서 저녁연기가 오르다)

恋1133; 立つ(헛소문이 나다) / 竜田の山

たつ[立つ] 動四段: 구름이나 안개 또는 연기 등이 피어 일다

(古)春108; 立つ(봄 안개가 피어 일다) / 竜田の山

春130; * 立ちぬ(봄 안개가 피어 일다 / 봄이 떠나가다)

離別370; 立ち(봄 안개가 일다) / 立ち別れなば(먼 곳으로 떠나 헤
어져 버리면)

離別371; * 立ちなむ(구름이 일다 / 먼 곳으로 떠나가 버리다)

恋675; * 立ち満ちにけり(곳곳에 봄 안개가 일다 / 소문이 나서 동
네방네 퍼지다)

哀傷856; * 立つ(구름이 일다 / 사람이 저 세상으로 떠나다)

(後)春75; * 立ちて(봄 안개가 피어 일다 / 출발하다)

春112; * 立ちけれ(봄 안개가 피어 일다 / 꽃놀이하고픈 마음이 생기다)

春113; 立ち(봄 안개가 피어 일다) / 立ち寄ら(작자의 집에 들르다)

春114; * 立ち寄らぬ(봄 안개가 일어도 곁으로는 다가오지 않는 / 마음
  속으로는 생각을 해도 꺼려져서 곁으로 다가가지 않는)

春118; 立ち(구름이 일다) / 立ちまさりけり

秋367; 立ち(가을 안개가 일다) / 立野の駒

恋865; 立ち(연기가 일다) / 立ち出でても

雜1199; 立ち(안개가 일다) / 立ち出でてぞ来る(작자가 궁궐에 출사
  하는 것을 방해하는 사람이 나타나다)

離別1342; * 立つ(봄 안개가 일다 / 길을 떠나다)

(拾)秋196; * 立た(안개가 끼다 / 자리를 뜨다) / 裁た(비단을 재단하다)

秋211; 立つ(안개가 일다) / 裁つ(단풍이 만들어 낸 비단을 재단하다)

賀266; * 立つ(안개가 일다 / 꿩이 날아오르다)

雜571; 立ち(안개가 일다) / 裁ち

恋816; 立ち(봄 안개가 일다) / 立ち返り

雜春<恋>1019; 立ち(봄 안개가 피다) / 立ちもこそ聞け

哀傷1288; 立つ(아침안개가 피어 일다) / 裁つ

(後拾)春12; 立ち(봄 안개가 피다) / 立ち返る

賀460; * 立つ(상서로운 구름이 일다 / 왕후에 옹립되다)

羈旅501; * 立つ(안개가 일다 / 출발하다)

羈旅518; * 立ち(봄 안개가 일다 / 여행길을 나서다)

羈旅521; * 立て(연기가 일다 / 여행을 떠나다) cf. 新編의 본문은 「ゆ
  け(行け)」로 掛詞가 아니나, 新大系의 경우는 「立て」로서 掛詞

哀傷545; 立ち(봄 안개가 피어 일다) / 立ち返りつる(葬地에서 돌아오다)

雜1114; 立つ(아침 안개가 일다) / 帰り立つ(帰途에 오르다)

(金)春10; 立つ(봄 안개가 피어 일다) / 竜田の山

離別345; 立ち(안개가 일다) / 立ち別れぬる

(千)春1; * 立ち(봄 안개가 피어 일다 / 봄이 시작되다)

恋659; * 立ちしより(봄 안개가 피어 일다 / 평판이 나다)?

(新)春85; 立つ(봄 안개가 피어 일다) / 竜田の山

春90; 立つ(구름이 일다) / 竜田の山

春91; 立つ(구름이 일다) / 竜田山

秋302; 立つ(안개가 일다) / 竜田の山

離別860; 立つ(안개가 일다) / 裁つ

離別876; * 立ち初めし(안개가 일다 / 가을이 시작되다 / 출발하다)

恋1116; * 立つ(소금 굽는 어민의 집에서 저녁연기가 오르다 / 평판이 일다)

雑1652; 立つ(흰 구름이 일다) / 裁つ

たつ[立つ] 動四段: 파도가 일다. 물결이 출렁이다. 등꽃이 물결처럼 일렁이다

(古)秋170; * 立つ(물결이 일다 / 가을이 시작되다)

恋627; * 立つ(파도가 일다 / 소문이 나다)

雑994; 立つ(바람이 불어 흰 파도가 일다) / 竜田山

(後)春126; 立ち(등꽃이 물결 일듯 살랑거리다) / 立ちも帰らで(되돌아가지 말고)

秋240; 立ち(파도가 일다) / 立ち居つつ

恋926; * 立ち(작은 파도가 끊임없이 일다 / 작은 소문이 끊임없이 일다)

(拾)秋143; 立ち(파도가 일다) / 立ち居

秋197; 立た(물결이 일다) / 裁た

雑477; 立て(물결이 일다) / 裁てど

(後拾)夏176; 立つ(흰 물결이 일다) / 竜田の川

冬422; * 立つ(파도가 일다 / 봄이 되다)

雑934; 立つ(파도가 일다) / 腹立つ(화를 내다)

雑935; 立つ(파도가 일다) / 腹立つ(화를 내다)

(金)恋462; * 立ち寄る(파도가 일어 가까이 밀려오다 / 어쩌다 가끔 들르다)

異本<冬>684; 立ち(파도가 일다) / 立ち居(물떼새가 날아오르거나 물에 떠있음)

(千)春133; 立ち(파도가 일다) / 立ち別れぬる

(新)夏284; 立ち(물결이 일다) / 裁ち(唐衣를 재단하다)

羈旅918; 立つ(파도가 일다) / 夕立つ(저녁 무렵에 비바람이 갑자기 일다)

たつ[立つ] 動四段: 일어서다. 서다. 멈춰서다

(後拾)雑947; * 立つ(참외밭에 서다 / 참외가 여물다)

(千)秋383; 立ち行く / 裁ちもて行く

(新)夏177; * 立つ(나무 밑에 잠시 멈춰서다 / 여름이 시작되다) / 裁つ

恋1175; 立ちながら(여인을 방문하여 들어가지도 못하고 문 밖에

　　　　　　선 채) / 裁ち

　　　雜1799; 立ちながら(앉지 않고 선 채로) / 裁ち

　　　神祇1886; 立て(神体의 神木으로서 서있다) / 裁て

たつ[立つ] 動四段: 새가 날아오르다

　　　(古)恋674; ＊ 立ちにし(새가 떼 지어 하늘로 날아오르다 / 소문이 나다)

　　　(拾)賀266; ＊ 立つ(꿩이 날아오르다 / 안개가 일다)

　　　(詞)賀162; 立ち初むる(학의 새끼가 둥지를 날기 시작하다) / 染むる(기
　　　　　　저귀가 젖다)

たつ[立つ] 動四段: －할 마음이 생기다. 마음이 움직이다

　　　(後)春112; ＊ 立ちけれ(꽃놀이하고픈 마음이 생기다 / 봄 안개가 피어 일다)

たつ[立つ] 動四段: 새로운 계절이 시작되다

　　　(古)秋170; ＊ 立つ(가을이 시작되다 / 물결이 일다)

　　　(後拾)春14; 立つ(봄이 되다) / 裁つ

　　　　冬422; ＊ 立つ(봄이 되다 / 파도가 일다)

　　　(詞)夏51; 立つ(여름이 시작되다) / 裁つ(여름옷을 재단하다)

　　　(千)春1; ＊ 立ち(봄이 시작되다 / 봄 안개가 피어 일다)

　　　　夏137; 立つ(여름이 시작되다) / 裁つ(매미 날개처럼 얇은 여름옷을
　　　　　　재단하다)

　　　(新)夏177; ＊ 立つ(여름이 시작되다 / 나무 밑에 잠시 멈춰서다) / 裁つ
　　　　　　(여름옷을 재단하다)

　　　　離別876; ＊ 立ち初めし(가을이 시작되다 / 안개가 일다 / 출발하다)

たつ[立つ. 発つ] 動四段: 출발하다. 길을 떠나다. 멀리 떠나다. 세상을 뜨다

　　　(古)春130; ＊ 立ちぬ(봄이 떠나가다 / 봄 안개가 피어 일다)

　　　　離別371; ＊ 立ちなむ(먼 곳으로 떠나가 버리다 / 구름이 일다)

　　　　離別375; 立つ(멀리 떠나다) / 裁つ(唐衣를 재단하다) ＝ 立つ / 断つ

　　　　哀傷856; ＊ 立つ(사람이 저 세상으로 떠나다 / 구름이 일다)

　　　(後)春75; ＊ 立ちて(출발하다 / 봄 안개가 피어 일다)

　　　　恋713; 立つ(사랑하는 남자가 公務로 먼 길을 떠나다) / 裁つ

　　　　離別1317; 立つ(길을 떠나다) / 裁つ

　　　　離別1342; ＊ 立ちて(길을 떠나다 / 봄 안개가 일다)

　　　(拾)離別321; 立つ(길을 떠나다) / 裁つ

(後拾)離別487; 立た(사누끼 지방으로 떠나다) / 裁た

  羈旅501; ＊ 立つ(출발하다 / 안개가 일다)

  羈旅518; ＊ 立ち(여행길에 나서다 / 봄 안개가 일다)

  羈旅521; ＊ 立て(뜻하지 않은 여행길을 떠나다 / 연기가 일다) cf.
    新大系의 본문은 掛詞 表現의 「たて」이나 新編의 본문은
    「ゆけ」로서 掛詞 表現이 아니다.

(詞)離別179; 立つ(길을 떠나다) / 裁つ

(千)羈旅524; 立つ(아침에 길을 떠나다) / 裁つ

(新)離別863; 立つ(길을 떠나다) / 裁つ

  離別864; 立つ(출발하다) / 裁つ

  離別876; ＊ 立ち初めし(출발하다 / 가을이 시작되다 / 안개가 일다)

たつ[立つ] 動四段: 자리를 뜨다. 발걸음을 옮겨 돌아오다

(後)秋412; 立ちて(낙엽 지는 가을 산의 정취를 못내 아쉬워하며 그곳
    을 뜨다) / 裁ちて(비단을 －)

(拾)秋196; ＊ 立た(못내 아쉬워하며 단풍든 산을 떠나다 / 가을 안개가
    끼다) / 裁た

(後拾)春139; 立た(진 꽃이 땅에 깔려 비단처럼 보이는 정원을 떠나
    다) /   裁たまく

  秋360; 立ち(고운 단풍잎이 떨어지는 나무 밑을 뜨다) / 裁ち(단
    풍이   만들어 낸 비단을 －)

たつ[立つ] 動四段: 출몰하다. 나타나다

(拾)雜560; 立つ(도둑이 출몰하다) / 竜田の山

(後拾)秋283; 立つ(숫 사슴이 모습을 나타내다) / 裁つ(단풍든 싸리가
    만들어 낸 비단을 재단하다)

(金)秋235; 立つ(사슴이 모습을 보이다) / 裁つ(사슴이 하카마를 재단하다)

たつ[立つ] 動四段: 지위에 오르다. 옹립되다

(後拾)賀460; ＊ 立つ(왕후에 옹립되다 / 상서로운 구름이 일다)

たつ[立つ] 動四段: 과실 등이 여물다. 식물이 높게 뻗어 자라다

(後拾)雜947; ＊ 立つ(참외가 여물다 / 참외밭에 서다)

たつ[立つ] 動下二段: 물건 등을 세우다

(後拾)賀459; 立て(병풍을 세우다) / 建て(창고를 세우다)

(詞)恋214; 立つ(세우다) / 思ひ立つ

たつ[建つ] 動下二段: 건물을 세우다

(後拾)賀459; 建て(창고를 세우다) / 立て(병풍을 세우다)

たつ[裁つ] 動四段: 재단하다

(古)離別375; 裁つ(唐衣를 재단하다) / 立つ(멀리 떠나다) = 断つ / 立つ

雑864; 裁た / 断た = 裁た / 立た

雑995; 裁つ / 竜田の山

雑体1002; 裁つ / 竜田の山

(後)秋359; 裁つ / 竜田の山

秋382; 裁つ / 竜田の山

秋383; 裁つ / 竜田の山

秋385; 裁つ / 竜田の山

秋386; 裁つ / 竜田の山

秋389; 裁つ / 竜田の山

秋412; 裁ちて / 立ちて

恋539; 裁つ / 立つ(소문이 일다)

恋713; 裁つ / 立つ(사랑하는 남자가 公務로 먼 길을 떠나다)

恋713; 裁つ / 立つ(떠나다)

恋948; 裁つ / 絶つ?

離別1317; 裁つ / 立つ(길을 떠나다)

(拾)秋196; 裁た / * 立た(못내 아쉬워하며 단풍든 산을 떠나다 / 가을 안개가 끼다)

秋197; 裁た / 立た(물결이 일다)

秋211; 裁つ / 立つ(안개)

冬220; 裁たぬ / 絶たぬ

離別305; 裁ち / 立ち別る

離別321; 裁つ / 立つ(길을 떠나다)

雑477; 裁てど / 立て(물결이 일다)

雑571; 裁ち / 立ち(안개)

恋703; 裁ちて / 立ち(실속 없이 소문만 무성한 사랑의 평판이 일다)

恋704; 裁つ / 立つ(소문이 일다)

雑秋1130; 裁ち / 立ち帰る(일었던 흰 물결이 되돌아가다)

雑賀<雑恋>1189; 裁つ / 竜(홈통에서 물이 나오는 주둥이)

哀傷1288; 裁つ / 立つ(아침 안개가 피어 일다)

(後拾)春14; 裁つ / 立つ(봄이 되다)

　春139; 裁たまく / 立た(자리를 뜨다)

　夏220; 裁つ / 竜田川原

　秋283; 裁つ / 立つ(나타나다)

　秋360; 裁ち / 立ち(떠나다)

　離別487; 裁た / 立た(출발하다)

　哀傷581; 裁ち替へで(옷을 지어 갈아입지 않고) / 立ち変へで(화사
　　　　한 복장으로 바꾸지 않고)

(金)秋235; 裁つ / 立つ

(詞)夏51; 裁つ / 立つ(여름이 시작되다)

　離別179; 裁つ / 立つ(길을 떠나다)

(千)春9; 裁ち / 立ちわたり

　夏137; 裁つ / 立つ(여름이 시작되다)

　秋383; 裁ちもて行く(비단 같은 단풍을 신께 드리는 供物로서 재단하
　　　　여 가지고 가다) / 立ちもて行く(가을이 일어나서 가지고 가다)

　羈旅524; 裁つ / 立つ(길을 떠나다)

　雑1101; 衣を裁ち / 立ち遅れ

　雑1157; 裁ち更へ(裁ち更へり?) / 立ち帰り(되돌아오다) = 裁ち / 立ち?

(新)夏177; 裁つ / * 立つ(나무 밑에 잠시 멈춰서다 / 여름이 시작되다)

　夏284; 裁ち / 立ち(물결이 일다)

　冬566; 裁つ / 立田山

　離別860; 裁つ / 立つ(안개가 일다)

　離別863; 裁つ / 立つ(여행길을 나서다)

　離別864; 裁つ / 立つ(여행길을 나서다)

　羈旅915; 裁ち / 立ち行く

　恋1175; 裁ち / 立ちながら(여인을 방문하여 들어가지도 못하고 문
　　　　밖에 선 채)

　雑1483; 裁ち / 断ち(絶ち)

　　　　雜1484; 裁ち /＊ 立ち替はる(계절이 바뀌다 / 세상이 바뀌다) / 断ち

　　　　　　　＝ 裁ち / 立ち

　　　　雜1652; 裁つ / 立つ(구름이 일다)

　　　　雜1683; 裁ち / 立ち隠るれ(비를 피하다)

　　　　雜1799; 裁ち / 立ちながら(앉지 않고 선 채로)

　　　　神祇1886; 裁て / 立て(神体의 神木으로서 서있다)

たつ[断つ . 絶つ] 動四段: 끊다. 그만두다

　　　(古)雜864; 断た / 裁た ＝ 裁た / 立た

　　　　雜体1022; 絶たるに / 崇るに

　　　(後)恋948; 絶つ? / 裁つ

　　　(拾)冬220; 絶たぬ / 裁たぬ

　　　　雜賀＜雜恋＞1185; 縄絶つ / 名は立つ ＝ 断つ / 立つ

　　　(新)雜1483; 断ち(絶ち) / 裁ち

　　　　雜1484; 断ち / 裁ち /＊ 立ち替はる(계절이 바뀌다 / 세상이 바뀌다)

　　　　　　　＝ 立ち / 裁ち

たつ[竜] 名: 潅仏会 행사에 사용하는 용모양 홈통의 주둥이

　　　(拾)雜賀＜雜恋＞1189; 竜 / 裁つ

たつたがは[竜田川] 名: 지명. 大和国. 奈良県 生駒의 산중에서 발원하여 生

　　　　　　　　駒郡 斑鳩町에서 大和川로 합류되는 강

　　　(古)恋629; 竜田川 / 立つ(무고한 평판이 일다)

たつたかはら[竜田川原] 名: 지명

　　　(後拾)夏220; 竜田川原 / 裁つ

たつたのかは[竜田の川] 名: 지명

　　　(後拾)夏176; 竜田の川 / 立つ(흰 물결이 일다)

たつたのやま[竜田の山 . 立田の山] 名: 지명. 大和国. 奈良県 生駒郡 斑鳩町

　　　　　　　　　　와 平群町 부근의 산으로, 三郷町에

　　　　　　　　　　있는 竜田大社로부터는 서쪽의 山地

　　　(古)春108; 竜田の山 / 立つ(봄 안개가 피어 일다)

　　　　雜995; 竜田の山 / 裁つ

　　　　雜体1002; 竜田の山 / 裁つ

　　　(後)秋359; 竜田の山 / 裁つ

428

秋382; 竜田の山 / 裁つ

秋383; 竜田の山 / 裁つ

秋385; 竜田の山 / 裁つ

秋386; 竜田の山 / 裁つ

秋389; 竜田の山 / 裁つ

(拾)雑560; 竜田の山 / 立つ(출몰하다)

雑561; 竜田の山 / 立つ(뜬소문이 나다)

恋699; 竜田の山 / 立つ(헛소문이 나다)

(金)春10; 竜田の山(해마다 변함없이 봄 안개 피어 이는ー) / 立つ(봄 안개가 피어 일다)

(新)春85; 竜田の山 / 立つ(봄 안개가 피어 일다)

春90; 竜田の山 / 立つ(구름이 일다)

秋302; 竜田の山 / 立つ(아침 안개가 일다)

恋1133; 竜田の山 / 立つ(헛소문이 나다)

たつたやま[竜田山・立田山] 名: 지명. 大和国

(古)雑994; 竜田山 / 立つ

(新)春91; 竜田山 / 立つ(구름이 일다)

冬566; 立田山 / 裁つ

たづぬ[尋ぬ] 動下二段: 구하여 찾다. 찾다

(後)雑1277; ＊尋ぬ(젊은 여성을 구하여 찾다 / 염색용 紫草根을 구하다)

たづねいる[尋ね入る] 動四段: 찾아 들어가다 cf.「入る」

(新)春156; 尋ね入る / 入佐の山

たつのいち[辰の市] 名: 辰日에 서는 장

(拾)恋700; 辰の市 / 立つ(소문이 나다)

たなびきわたる[棚引きわたる] 動四段: 구름이나 봄 안개 등이 널리 퍼져 깔리다

(新)雑1447; 棚引きわたる / 渡る(귀인이 발걸음을 옮겨 찾아오다)

たなびく[棚引く] 動四段: 구름이나 봄 안개 등이 옆으로 길게 퍼지다

(古)恋708; 棚引き / 靡き

(後拾)春30; 棚引く / 引く

春41; 棚引く / 引く

賀428; 棚引く / 引く

(詞)春11; 棚引かる(봄 안개가 옆으로 퍼지다) / 引か(말을 끌다)

たね[種] 名: 종자

　　(後拾)賀437; 種(소나무의 종자) / 胤(혈통)

　　(詞)夏72; 種(패랭이꽃의 종자) / 胤(혈통)

たね[胤] 名: 종족. 혈통

　　(後拾)賀437; 胤(혈통) / 種(종자)

　　(詞)夏72; 胤(혈통) / 種(종자)

たのし[楽し] 形シク: 즐겁다

　　(古)大歌所1069; 楽しき / 木

たのみ[頼み] 名: 의존함. 희망. 기대. 신뢰

　　(古)物名467; 頼み / 田の実　＜늦은 벼의 볏모를 읊음＞

　　　　恋822; 頼み / 田の実

　　(後)秋268; 頼み / 田の実

　　　　秋333; 頼み / 田の実

たのみ[田の実] 名: 벼의 열매

　　(古)物名467; 田の実 / 頼み ＜늦은 벼의 볏모를 읊음＞

　　　　恋822; 田の実 / 頼み

　　(後)秋268; 田の実 / 頼み

　　　　秋333; 田の実 / 頼み

たのむ[頼む] 動四段: 상대의 뜻에 맡기다. 기대를 하다

　　(後拾)雑966; 頼みけん / 手飲み

　　(新)春121; 頼む / 田の面

　　　　恋1367; 頼まじ / 手飲まじ

たのむ[手飲む] 動四段: 물을 손으로 떠서 마시다

　　(後拾)雑966; 手飲み(물을 손으로 떠서 마시다) / 頼みけん

　　(新)恋1367; 手飲まじ / 頼まじ

たのむ [田の面]: 논바닥. 논

　　(新)春121; 田の面 / 頼む

たび[旅] 名: 여행

　　(古)羈旅420; この旅(이번 행차 길은) / この度(이번에는)

　　(後)恋692; この旅 / この度

　　　　　離別1309; 旅／度

　　　　　離別1311; 旅／度

　　　　　離別1316; 旅／度

　　　(後拾)離別474; 旅旅／度度

　　　　　哀傷542; 旅／度

　　　　　哀傷595; 旅／度

　　　　　恋724; 旅／度

　　　　　恋764; 旅／度

　　　(金)恋353; 旅に／度に(매번)

　　　(千)離別490; この旅／この度

　　　(新)離別872; 旅／度

　　　　　恋1150; 旅／度

　　　　　恋1209; 旅／度

たび[度] 名: 기회. 때. 회수 cf.「此の度」

　　　(古)羈旅420; この度は(이번에는)／この旅は(이번 행차 길은)

　　　(後)恋692; この度(이번)／この旅

　　　　　離別1309; この度／この旅

　　　　　離別1311; この度／この旅

　　　　　離別1316; 度／旅

　　　(後拾)哀傷542; 度／旅

　　　　　哀傷595; 度／旅

　　　　　恋724; この度／この旅

　　　　　恋764; この度／この旅

　　　(金)秋176; この度／この旅寝

　　　(千)離別490; この度／この旅

　　　(新)離別872; 度／旅

　　　　　恋1150; この度／この旅

　　　　　恋1209; 度／旅

たびたび[度度] 副: 몇 번이고

　　　(後拾)離別474; 度度／旅旅

たびに[度に] 副: 반복하여. 매번. 그때마다

(金)恋353; 度に(매번, 그때마다) / 旅に

たびぬ[旅寝] 動下二段: 집을 떠나 여행길에서 자다

    (古)羈旅416; 旅寝ぬ(집을 떠나 여행길에서 수 없이 잠을 자다) / 数多
      度(수없이 많이)

    (新)羈旅972; 旅寝ぬ / 数多度

たびね[旅寝] 名: 집을 떠나 여행지에서 자는 잠 cf.「旅」

    (金)秋176; この旅寝 / この度

    (新)羈旅912; 旅寝(집을 떠나 여행길에서 자는 잠) / ひね(日根)

たびのそら[旅の空]: 여행길. 달이 하늘에 나옴

    (詞)雑387; * 旅の空(여행길 / 달이 하늘에 나옴)

たま[魂・霊] 名: 혼

    (後)恋646; 魂 / 玉の緒

    (拾)雑賀<雑恋>1209; 魂 / 玉櫛笥(화장 도구를 넣는 함)

たま[玉・珠] 名: 진주. 구슬

    (新)秋320; 露の玉(이슬방울) / たまづさ(편지, 소식)

      恋1075; 玉 / たまさかに

たまくしげ[玉櫛笥] 名: 화장 도구를 넣는 함

    (拾)雑賀<雑恋>1209; 玉櫛笥 / 魂

たまさか[偶] 形動ナリ: 우연. 드문 모양. 드물게 일어남. 해후

    (新)恋1075; たまさかに / 玉

たまちる[玉散る] 動四段: 구슬처럼 흩어지다. 눈물짓다. 넋이 나가다

    (新)恋1141; * 玉散る(눈물이 떨어지다 / 넋이 나가다)

たまづさ[玉梓] 名: 편지. 소식. 使者

    (新)秋320; 玉梓 / 露の玉

たまのを[玉の緒]: 구슬을 꿴 끈. 짧은 것의 비유로서 목숨

    (古)恋483; 玉の緒 / 緒

    (後)恋646; 玉の緒 / 魂

    (拾)雑447; 玉の緒 / 緒

    (新)哀傷815; 玉の緒 / 緒

      恋1034; 玉の緒 / 緒

たまも[玉藻] 名: 해초를 미화시킨 말

(後)雜1099; 玉藻 / 裳

(後拾)賀446; 玉藻 / 裳

たみの[田蓑] 名: 짚 등으로 만든 작업용 비옷 cf. 「蓑」

    (古)雜913; 田蓑 / 田蓑の島

      雜918; 田蓑 / 田蓑の島

    (拾)離別343; 田蓑 / 田蓑の島

たみののしま[田蓑の島] 名: 지명. 摂津国 難波. 大阪市 淀川 河口에 있었던 섬

    (古)雜913; 田蓑の島 / 田蓑

      雜918; 田蓑の島 / 田蓑

    (拾)離別343; 田蓑の島 / 田蓑

たむ[溜む] 動下二段: 모아두다 → 「思ひ溜む」

    (後拾)雜1137; 思ひ溜めたる(마음에 담아 두다) / 矯めたる

たむ[矯む] 動下二段: 탄력 있는 것을 굽히거나 펴서 모양을 만들다. 활을
               당겨 목표물을 겨냥하다

    (後拾)雜1137; 矯めたる / 思ひ溜めたる

たゆ[絶ゆ] 動下二段: 끊어지다

    (古)恋601; 絶え / たえて(전혀)

      恋667; 絶え / たえて(전혀)

      恋703; * 絶えむ(실이 끊어질 것이다 / 사랑하는 사이가 끊어질 것이다)

      恋709; * 絶えぬ(덩굴 풀이 끊어지지 않는다 / 두 사람 사이가 끊
           어지지 않는다)

      恋793; * 絶えぬ(물이 말랐다 / 사이가 끊어졌다)

      恋825; * 絶えて(두 사람 사이가 소원해져 / 다리 한 가운데가 끊어져)

      雜976; 絶えて / たえて(아주)

      神遊び1084; * 絶えずして(물이 마르지 않고 / 끊임없이)

    (後)恋646; 絶え / たえて(전혀)

    (後拾)恋716; 絶え / たえて(전혀)

    (千)恋889; * 絶えぬ(사이가 멀어지다 / 中川가 끊어지다)

    (新)春139; 絶え / たえて(아주)

      春147; 絶え / たえて(아주)

      夏232; 絶え / たえて(아주)

−たり 助動: 완료나 존속 표현
　　　(古)雑923; 抜き見たる / 乱る
　　　(後拾)雑1198; 散りたり / チリタリ(입으로 읊조리는 피리소리)
たをさ[田長] 名: 농사를 하는 사람 중의 우두머리. 농사를 이끄는 사람
　　　(古)雑体1013; 田長 / シデノタオサ(두견새의 울음소리)
ち[乳] 名: 젖
　　　(後拾)雑1217; 乳もなくて / 智もなくて
ち[智] 名: 시비와 선악을 변별하는 힘. 지혜. 지능
　　　(後拾)雑1217; 智もなくて / 乳もなくて
−ち[路] 造語: −길. 지명 등에 붙어 그 곳으로 가는 길. 또는 그 땅을 지나는 길
　　　(古)雑979; 来し路(왔던 길) / 越路 = 思ひ来し / 越路
　　　(後)冬470; 来し路 / 越路
　　　　恋1063; 帰り来し路(여인에게 거절당하고 돌아온 길) / 越路の白山
　　　(金)春28; 来し路(기러기가 작년 가을에 왔던 길) / 越路
　　　　雑596; 来し路 / 越路
　　　(千)冬459; 来し路 / 越路
　　　　冬469; 来し路 / 越路
ちえ[千枝] 名: 수많은 가지. 우거진 가지
　　　(千)春107; 千枝 / ちへ(千重)
ちがふ[違ふ] 動下二段: 서로 교차시키다. 다르게 하다
　　　(金)雑573; ＊ 違ふれば(꿈대로 실현되지 않도록 하다 / 원래 사귀던 남
　　　　자와 새로 맞아들인 남자가 서로 만나지 않도록 하다)
ちぎのかたそぎ[千木の片削ぎ]: 千木는 神社 등에서 볼 수 있는 건축양식으
　　　　　　　　　　　로 破風板의 양끝이 용마루에 서 교차하며
　　　　　　　　　　　위로 튀어나온 부분인데, 이것의 한쪽을 깎
　　　　　　　　　　　아내는 일
　　　(新)恋1114; 千木の片削ぎ / 難(し)
ちくさ[千草] 名: ちぐさ. 수많은 풀. 여러 종류의 풀들
　　　(後)秋335; 千草 / 千種
　　　(後拾)冬397; 千草 / 千種
ちくさ[千種] 名.形動ナリ: ちぐさ. 종류가 많은 모양. 많은 종류

434

(古)恋583; * 千種に(꽃의 색이 여러 가지로 / 사랑으로 인한 번민이
    이모저모 많아)

(後)秋335; 千種 / 千草

(後拾)冬397; 千種 / 千草

ちへ[千重] 名: 같은 것이 겹겹이 층을 이룬 것. 셀 수 없을 정도로 많은
    여러 겹. 많이 겹쳐져 있는 것

(千)春107; 千重 / ちえ(千枝)

ちよ[千代 . 千世] 名: 천년. 대단히 오랜 세월

(拾)賀276; 千代 / 節

(千)賀607; 千世 / 節

    賀608; 千世 / 節

チヨ: 물떼새의 울음소리

(古)賀345; チヨ(물떼새의 웃음소리) / 八千世(왕의 치세가 앞으로 지속
    될 아주 오랜 세월)

ちらす[散らす] 動四段: 흩뿌리다. 말을 퍼뜨리다

(金)雜555; * 散らす(퍼트리다 / 흩뿌리다)

ちり[塵] 名: 티끌. 먼지

(古)春44; 塵掛かる(먼지가 내려앉다) / 散りかかる(꽃잎이 떨어져 쌓이
    다)

(千)雜1071; 塵 / 散り

ちりかかる[散りかかる] 動四段: 낙엽 등이 떨어져 땅을 덮다

(古)春44; 散りかかる(꽃잎이 떨어져 쌓이다) / 塵掛かる(먼지가 내려앉다)

ちりかかる: [塵掛かる]: 먼지가 내려앉다 → 「塵」와 「掛かる」

(古)春44; 塵掛かる / 散りかかる(꽃잎이 떨어져 쌓이다)

チリタリ: 피리 등의 소리를 입으로 읊조리는 소리

(後拾)雜1198; チリタリ(입으로 읊조리는 피리소리) / 散りたり

ちる[散る] 動四段: 꽃이나 낙엽 등이 지다. 흩어지다

(古)物名468; * 散り(꽃이 지다 / 마음이 흐트러지다) <꽃과 同和됨>
    恋798; * 散りなば(꽃이 떨어지면 / 어디론가 사라져 버리면)

(後拾)雜1198; 散りたり / チリタリ(입으로 읊조리는 피리소리)

(千)雜1071; 散り / 塵

(新)秋514; ＊ 徒に散る(이슬이 덧없이 흩어지다 / 아무리 울어도 님은
　안 오고 헛되다)
－つ 助動: 동작이나 작용의 실현, 완료, 확인표현
　(古)賀356; 祝ひつる(소나무처럼 오래 살기를 축원하다) / 鶴(천년을 산다는 학)
　　恋649; 見つ / 身 / 御津 ＝ 見つ / 御津
　　雑914; 思ひ置きつ / 興津の浜
　　雑973; 見つ / 御津 / 三津 ＝ 見つ / 御津
　　雑974; 見つ / 御津 / 三津 ＝ 見つ / 御津
　　東1090; 見つ / をぐろ崎みつの小島
　(後)恋764; 見つ / 水
　　恋836; 見つ / みづとり(水鳥)
　　恋887; 見つ / 御津
　　恋994; 見つ / 美豆の森
　　恋1046; 見つ / 水
　　雑1122; 文見つるかな / 踏みみつるかな
　　雑1153; 見つ / 水
　　雑1181; 見つ(남녀가 만나다) / 佐保の河水
　　雑1244; 見つ / 御津の浦
　　離別1335; 思ひつる / 敦賀の浦
　(拾)恋636; 見つ / 水の泡
　　恋637; 心は見つ / 水の泡
　　雑賀1184; 憂し見つ(경험하다) / 丑三つ ＝ 憂し / 丑
　　雑恋1211; 見つ / 三つ ＝ 見つ / 満つ
　(千)恋788; しつ(為つ) / しつのをだまき(倭文の苧環) / しづ(賎)
　　恋868; 見つ / 水茎
　(新)哀傷806; 見つ / 水茎(필적) ＝ 水 / 水茎
　　羇旅934; 思ひ置きつ / 興津の浜 ＝ 置き / 沖?
　　恋1167; 起きつ / 沖つ
－つ 助: 위치나 소재를 나타냄. －의. －에 있는
　(新)恋1167; 沖つ / 起きつ
つかぬ[束ぬ] 動下二段: 하나로 모아 묶다. 고려하다

(拾)恋824; * 束かね(다발로 묶다 / 고려하다)

つかひ[使ひ] 名: 使者. 심부름을 하는 사람

    (後拾)雑1112; 使ひ / 心づかひ

つき[月] 名: 월령. 월력 상의 달

    (古)雑879; * 月(月暦 / 달)

    (拾)雑432; * 月(月暦 / 달)

つき[月] 名: 천체의 하나. 달

    (古)雑879; * 月(달 / 月暦)

        雑体1029; 月無み(달이 없어서) / つきなみ(마음에 두고 있는 사람 에게 가까이 다가갈 방도가 없어서)

        雑体1030; 月 / つきのなき(사람을 만날 방도가 없다)

        雑体1048; 月無かり / 付き無かり

    (拾)雑432; * 月(달 / 月暦)

        雑秋<雑>1148; 月 / 盃

    (後拾)賀433; 月 / 盃

        雑1153; 月 / 盃

    (金)恋512; 月無き / 付き無き(단서가 없다)

        異本<恋>697; 行く月(하늘을 떠가는 달) / 幾月(몇 달)

        異本<雑>703; 有明の月 / 尽きせず

    (千)雑1094; 月 / 尽き

    (新)恋1148; 月 / つきせず(언제까지나)

        恋1257; 有明の月 / 尽きずも(곰곰이)

        雑1783; 有明の月 / 有り / 尽きせぬ

つき[盃. 杯. 坏] 名: 그릇. 잔

    (古)雑体1059; 盃(술잔) / 三日月 / 甕

    (新)春152; 杯 / みかづき(三日月)

つき[付き] 名: 방법. 방도. 방편 cf. 付き無し

    (古)雑体1030; 付きの無き(사람을 만날 방도가 없다) / 月の無き(달이 없다)

つきかげ[月影] 名: 달. 달빛

    (古)恋648; * 月影(달 / 달빛)

つきす[尽きす] 動サ変: 다하다. 없어지다. 끝나다

(拾)賀280; 尽きせぬ(장구한 세월이 그침이 없다) / 突き(지팡이를 짚다)

(金)異本<雑>703; 尽きせず / 有明の月

(新)恋1148; つきせず(언제까지나) / 月

　　雑1783; 尽きせぬ / 有明の月

つきずも[尽きずも]: 끊임없이. 곰곰이 → 「尽く」

(新)恋1257; つきずも(곰곰이) / 有明の月

つきせず[尽きせず]: 다하지 않고 언제까지나 → 「尽きす」

(金)異本<雑>703; 尽きせず / 有明の月

(新)恋1148; 尽きせず / 月

つきせぬ[尽きせぬ]: 다하지 않는. 없어지지 않는 → 「尽きす」

(拾)賀280; 尽きせぬ(장구한 세월이 그침이 없다) / 突き(지팡이를 짚다)

つきなし[付き無し] 形ク: 도리가 없다. 발붙일 방법이 없다. 무리이다 cf.「付き」

(古)雑体1029; 付き無み(마음에 있는 사람에게 가까이 다가갈 방도가 없어서) / 月無み(달이 없어서)

　　雑体1048; 付き無かり(무리이다) / 月無かり

(金)恋512; 付き無き(단서가 없는) / 月無き

つきなみ[月並み . 月次] 名: 매월. 월례

(拾)秋171; 月次 / 月浪

つきなみ[月浪]: 달빛이 비추이는 물결. 금빛 물결

(拾)秋171; 月浪(물결이 이는 연못에 비추이는 달?) / 月次

つきのかつら[月の桂]: 월계수. 달 속에 있다고 하는 전설상의 나무

(新)夏200; 月の桂 / (葵)桂

つきひ[月日] 名: 달과 태양. 세월

(金)恋414; * 月日(해와 달 / 세월)

(千)賀635; 月日 / 春き

つく[突く . 撞く] 動四段: 지팡이나 손을 짚다. 팔꿈치를 괴다. 撞木으로 종을 쳐서 울리다

(拾)賀276; 突くとも突きじ / 尽くとも尽きじ

　　賀280; 突き(지팡이를 짚다) / 尽きせぬ

(後拾)雑1211; 突き / 撞き

(千)秋382; 撞く / 告ぐ

438

(新)雜1807; 撞く / つくづく(특별히 이렇다하게 하는 일이 없는 상태)

つく[尽く] 動上二段: 다하다. 없어지다. 끝나다

　　(後)羇旅1353; 雪尽き難き / 行き着き難き ＝ 雪 / 行き

　　(拾)賀276; 尽くとも尽きじ / 突くとも突きじ

　　(千)夏223; 皆尽き(여름이 모두 끝나다) / 水無月

　　　　雜1094; 尽き(다하다) / 月

　　(新)恋1257; つきずも(곰곰이) / 有明の月

つく[付く・着く] 動下二段: 부착시키다. 붙이다. 불을 붙이다. 마음을 기울이다

　　(古)恋480; 付くる / 告ぐる

　　(拾)春47; 付くる / 作る

　　　　恋627; 付く / 筑波嶺

　　(詞)恋187; ＊ 付く(불을 붙이다 / 마음을 기울이다)

　　(新)恋1014; 心を付く(마음을 기울이다) / 筑波山

　　　　恋1024; 文付くる(편지를 보내다) / 踏み付くる(밟아서 발자국 등을 내다)

つく[着く] 動四段: 도착하다. 도달하다

　　(後)羇旅1353; 行き着き難き / 雪尽き難き ＝ 行き / 雪

つく[搗く・春く] 動四段: 방아를 찧다

　　(金)雜650; 搗く / 憑く

　　(千)賀635; 春き / 月日

つく[憑く] 動四段: 귀신 등이 달라붙다

　　(金)雜650; 憑く / 搗く

つぐ[告ぐ] 動下二段: 알리다. 전하다. 고하다

　　(古)恋480; 告ぐる / 付くる

　　(後)雜1126; 夕告げに鳴く鳥(저녁을 알리며 우는 닭) / 木綿付けに鳴く
　　　　鳥(木綿를 매달고 우는 닭)

　　(千)秋382; 告ぐ / つく(撞く)

　　(新)恋1036; 告げ / つげ(黄楊)の小枕

　　　　雜1809; 暁と告げ / 黄楊の枕

つくし[筑紫] 名: 지명. 筑前国과 筑後国. 九州지방 전체를 나타내기도 함

　　(後)恋1047; 筑紫 / こころづくし(心尽し)

　　(後拾)哀傷561; 筑紫 / 心尽し

　(金)恋379; 筑紫 / 心尽し

　　雑572; 筑紫 / 心尽し

　　異本<恋>714; 筑紫 / 心尽し

　(千)羈旅506; 筑紫 / 心尽し

　　恋764; 筑紫 / 心尽し

　(新)秋342; 筑紫 / 心のかぎり尽し

　　神祇1905; 筑紫 / 心尽し

　　釈教1959; 筑紫 / 心尽し

つくしのせき[筑紫の関] 名: 지명

　(後拾)恋748; 筑紫の関 / 心尽し

つくす[尽す] 動四段: 온 힘을 다하다. 진력하다 cf. 「心尽し」

　(古)恋567; 身を尽し / 澪標

　(後)恋960; 身を尽し / 澪標

　　雑1103; 身を尽し / 澪標

　(拾)恋766; 身を尽し / 澪標

　(詞)雑322; 身を尽し / 澪標

　(千)恋807; 身を尽し / 澪標

　　恋860; 身を尽し / 澪標

　(新)秋342; 心のかぎり尽し(마음을 다 쏟다) / 筑紫

　　恋1077; 身を尽し / 澪標

　　雑1792; 身を尽し / 澪標

つくづく 副: 특별히 이렇다 하게 하는 일이 없이 멍한 모양. 생각에 잠겨 있는 모양

　(新)雑1807; つくづく / 撞く

つくばねのみね[筑波嶺の峰] 名: 지명. 常陸国

　(拾)恋627; 筑波嶺の峰 / 心を付く(마음을 기울이다)

つくばのやま[筑波山] 名: 지명. 常陸国. 茨城県 新治郡, 筑波市, 真壁郡에 걸쳐 있는 산

　(後)恋674; 筑波の山 / 心付く

　　恋686; 筑波の山 / 思ひ付く

つくばやま[筑波山] 名: 지명. 常陸国 茨城県 新治郡, 筑波市, 真壁郡에 걸쳐 있는 산

　(新)恋1014; 筑波山 / 心を付く(마음을 기울이다)

つくる[作る] 動四段: 만들다

    (拾)春47; 作る / 付くる

つげのまくら[黄楊の枕]: 회양목으로 만든 角枕

    (新)雑1809; 黄楊の枕 / 暁と告げ

つげのをまくら[黄楊の小枕]: 회양목으로 된 작은 角枕

    (新)恋1036; 黄楊の小枕 / 告げ

つちくれ[土塊] 名: 흙덩어리

    (金)雑654; 土塊 / くれ(榑)

つつみ[堤] 名: 제방. 둑

    (古)恋659; 堤 / 慎み

       恋660; 堤 / 慎み

    (金)恋376; 堤 / 慎み

    (新)恋1090; 堤(사랑을 이루는 데 방해가 되는 장애물)? / 慎む(다른 사람의 눈을 신경 쓰다)

つつみ[慎み] 名: 삼감. 신중. 조심

    (古)恋659; 慎み / 堤

       恋660; 慎み / 堤

    (金)恋376; 慎み / 堤

つつむ[慎む] 動四段: 삼가다. 스스러워 하다. 참고 견디다

    (後)夏209; 慎めども / 包めども

    (後拾)哀傷578; 慎めど / 包めど

    (新)恋1090; 人目慎む(다른 사람의 눈을 신경 쓰다) / つつみ(堤)?

つつむ[包む] 動四段: 싸다. 감추다

    (後)夏209; 包めども / 慎めども

    (後拾)哀傷578; 包めど / 慎めど

    (新)恋1002; * 包めども(돌담을 두르다 / 눈물을 감추다)?

       恋1003; * 包めども(옷소매로 눈물을 감추다 / ?)?

つづりさす[綴り刺す] 動四段: 겨울 준비로 옷 등의 터진 곳을 꿰매어 수선하다

    (古)雑体1020; 綴り刺せ(옷을 꿰매 수선해라) / ツヅリサセ(귀뚜라미의 울음소리)

ツヅリサセ: 귀뚜라미의 울음소리. 귀뚜라미의 다른 이름

(古)雑体1020; ツヅリサセ / 綴り刺せ

つとむ[勤む] 動下二段: 노력하다. 힘써 일하다. 불도를 수행하다

    (拾)哀傷1343; 勤めて / 早朝

    (詞)雑412; 勤めて(힘쓰다) / 早朝(이른 아침)

    (千)雑1201; 勤めて(勤行에 힘쓰다) / つとめて(早朝)

    (新)釈教1932; 勤めて / つとめて(早朝)

つとめて[早朝] 名: 이른 아침. 이튿날 아침

    (拾)哀傷1343; 早朝 / 勤めて

    (詞)雑412; 早朝 / 勤めて(힘써)

    (千)雑1201; 早朝 / 勤めて(勤行에 힘써)

    (新)釈教1932; 早朝 / 勤めて

つねもなし[常もなし]: 늘 있지는 않다. 무상한 세상이다

    (後)哀傷1406; * 常もなき(항상 있는 것이 아닌 / 세상이 무상한)

つはる 動四段: 생명이 움트기 시작하다. 싹이 나오다. 입덧을 하다. 悪阻る

    (金)雑577; * つはる(싹이 나오다 / 입덧을 하다)

つま[端] 名: 사물의 끝 부분. 가장자리. 처마 끝. 단서. 실마리. 계기

    (古)恋769; 端 / 妻

    (拾)夏109; 端(처마 끝) / 妻

       秋160; 端(단서) / 妻

       恋887; 端(처마 끝) / 妻

    (金)秋168; 端 / 妻

       恋436; 端(처마 끝) / 妻

       恋449; * 端(처마 끝 / 단서) / 妻

    (詞)雑311; 端 / 妻と / つまど(妻戸) = 端 / 妻

    (千)秋234; 端(단서) / 夫(남편) / 褄(옷자락)

       恋883; 端(계기) / 褄(옷자락)

    (新)秋305; 端 / 妻

つま[妻·夫] 名: 남편. 처

    (古)羇旅410; 妻(오랫동안 같이 살아 친숙해진 妻) / 褄(오래 입어 구
              김이 간 옷자락)

       恋769; 妻 / 端

(拾)夏109; 妻 / 端(처마 끝)

秋160; 妻 / 端(단서)

恋887; 妻 / 端(처마 끝)

(後拾)春149; 妻 / さいたづま

(金)秋168; 妻 / 端

恋436; 妻 / 端(처마 끝)

恋449; 妻 / * 端(처마 끝 / 단서)

(詞)雑311; 妻と / つま(端) / つまど(妻戸) = 妻 / 端

(千)秋234; 夫(남편) / 褄(옷자락) / 端(단서)

(新)秋305; 妻 / 端

秋319; 妻(夫) / 褄

釈教1963; 妻 / 褄

つま[褄] 名: 긴 옷의 아랫단 좌우 끝. 옷깃의 하단. 옷단. 옷자락

(古)羈旅410; 褄(오래 입어 구김이 가고 더러워진ー) / 妻(오래도록 같
이 살아 친숙해진 妻)

(千)秋234; 褄(옷자락) / 端(단서) / 夫(남편)

恋883; 褄(옷자락) / 端(계기)

(新)秋319; 褄 / 妻(夫)

釈教1963; 褄 / 妻

つまど[妻戸] 名: 집 끝 쪽에 붙은 여닫이문

(詞)雑311; 妻戸 / 妻と / つま(端) = 妻 / 端

つみ[罪] 名: 죄

(後)恋663; 罪 / 摘み

(拾)雑574; 罪 / 摘み

(詞)雑364; 罪 / 摘み

(新)釈教1961; 罪 / わたつうみ?(わたつみ)

つむ[摘む] 動四段: 따다

(古)雑体1017; 摘まで / 抓まで?

雑体1031; 摘む / 抓む?

(後)春9; 摘まで / 積まで

摘め / 積め

　　恋663; 摘み / 罪

　　賀1370; 摘まむ / 積まむ

　(拾)春20; 摘み / 積み

　　賀285; 摘まん / 積まん

　　雑574; 摘み / 罪

　(後拾)春32; 摘む / 積む

　　　春35; 摘む / 積む

　　雑1203; 摘む / 抓む

　(金)秋242; 摘む / 積む

　　恋432; 摘ま / 抓ま

　(詞)雑331; 摘む / 積む

　　雑364; 摘み / 罪

　　雑383; 摘む / 積む

　(千)春14; 摘み添へ / 積み添へ

　(新)春15; 摘む / 積む

つむ[積む] 動四段: 쌓이다. 겹쳐 쌓다

　(後)春9; 積まで / 摘まで

　　積め / 摘め

　　賀1370; 積まむ / 摘まむ

　　賀1380; ＊ 積まん(땔나무를 쌓다 / 나이를 먹다)

　(拾)春20; 積み / 摘み

　　賀285; 積まん / 摘まん

　　恋654; 積みて / 身を抓みて

　(後拾)春32; 積む / 摘む

　　　春35; 積む / 摘む

　(金)秋242; 積む / 摘む

　(詞)雑331; 積む / 摘む

　　雑383; 積む / 摘む

　(千)春14; 積み添へ / 摘み添へ

　(新)春15; 積む / 摘む

つむ[抓む] 動四段: 손가락으로 집다. 꼬집다

(古)雑体1017; 抓まで? / 摘まで

　　　雑体1031; 抓む? / 摘む

(拾)恋654; 身を抓みて / 積みて

(後拾)雑1203; 抓む / 摘む

(金)恋432; 抓ま / 摘ま

つもる[積もる] 動四段: 모이다. 쌓이다

　　(古)恋621; ＊積もりなば(눈이 쌓이다 / 만나지 못하는 밤이 나날이 늘어가다)

　　(金)賀329; ＊積もる(눈이 쌓이다 / 세월이 지나다)

　　(千)離別481; ＊積もる(눈이 쌓이다 / 여러 날이 지나다)

つゆ[露] 名: 이슬. 비유적으로 눈물. 헛되고 사라지기 쉬운 것. 마시다 잔에
　　　　조금 남긴 술 방울

　　(古)秋261; 露(비 한 방울) / つゆも漏らじ(전혀, 조금도)

　　　　秋273; 菊の露(들국화에 내리는 이슬) / つゆの間に(아주 잠시 동안에)

　　　　恋589; 露 / つゆ(아주 조금)

　　(後)恋1044; ＊露(이슬 / 눈물)

　　　　雑1094; ＊袖の露(이슬 / 눈물)

　　　　哀傷1408; 秋の露 / つゆ(조금)

　　(拾)恋689; 露 / つゆ(아주 조금)

　　　　恋690; 露 / つゆ(결코, 조금도)

　　(後拾)秋310; 露 / つゆ(조금도)

　　　　　雑1012; 露 / つゆばかり(아주 조금)

　　(金)異本<雑>708; 露 / つゆ(조금도)

　　(詞)秋103; 露 / つゆも(조금도)

　　(新)秋293; 露 / つゆ(조금)

　　　　秋354; ＊露かかる(이슬이 내리다 / 눈물이 소매에 떨어지다) / 斯かる

　　　　秋471; 露 / つゆ(조금)

　　　　秋488; 露 / つゆ(조금)

　　　　秋514; ＊露(이슬 / 눈물)

　　　　冬551; ＊露(밤이슬 / 석별의 눈물)

　　　　哀傷784; 露 / つゆばかり(조금도 －않다)

　　　　哀傷788; 露も / つゆも(조금도 －않다)

哀傷851; 露 / つゆ(전혀)

離別860; 露 / つゆ(아주 조금)

恋1165; 露 / つゆ(결코, 조금도)

恋1226; 露 / つゆ(결코, 조금도)

恋1301; * 露(이슬 / 눈물)

恋1326; * 露(이슬 / 눈물)

恋1347; 露 / つゆ(아주 조금)

恋1350; 露ばかり(눈물만) / つゆばかり

雑1494; 露 / つゆ(조금도-않다)

釈教1964; 露の情け / つゆ(조금)

つゆ: 아주 조금인 것. 조금

(古)恋589; つゆ(아주 조금) / 露

(後)哀傷1408; つゆ(조금) / 秋の露

(拾)恋689; つゆ(아주 조금) / 露

(後拾)雑1012; つゆばかり(아주 조금이라도) / 露

(新)秋293; つゆ(조금) / 露

秋471; つゆ(조금) / 露

秋488; つゆ(조금) / 露

離別860; つゆ(아주 조금) / 露

恋1347; つゆ(아주 조금) / 露

釈教1964; つゆ(조금) / 露の情け

つゆ 副: 전혀(-이 아니다). 결코(-이 아니다). 조금도(-않다). 조금도(-말라). 조금쯤

(古)秋261; つゆも(전혀, 조금도)漏らじ / 露(비 한 방울)

(拾)恋690; つゆ(결코, 조금도) / 露

(後拾)秋310; つゆ(조금도) / 露

(金)異本<雑>708; つゆ(조금도) / 露

(詞)秋103; つゆも(조금도) / 露

(新)哀傷788; つゆも(조금도 -않다) / 露も

哀傷851; つゆ(전혀) / 露

恋1165; つゆ(결코, 조금도) / 露

恋1226; つゆ(결코, 조금도) / 露

雑1494; つゆ(조금도 −않다) / 露

つゆかかる[露掛かる]: 눈물이 소매에 떨어지다. 이슬이 내리다 → 「露」와 「掛かる」

    (新)秋354; * 露かかる(이슬이 내리다 / 눈물이 소매에 떨어지다) / 斯かる

つゆけし[露けし] 形シク: 이슬을 포함하고 있다. 이슬에 젖어 있다. 눈물에
젖어 있다

    (新)羈旅923; * 露けし(이슬에 젖어 있다 / 눈물에 젖어있다)

つゆのたま[露の玉]: 이슬방울 cf. 「玉」

    (新)秋320; 露の玉 / 玉梓

つゆのなさけ[露の情け]: 술을 마시는 즐거움 → 「情け」

    (新)釈教1964; 露の情け / 酒

つゆのま[露の間]: 이슬이 꺼질 정도의 아주 짧은 시간. 아주 잠시 동안

    (古)秋273; つゆの間に(아주 잠시 동안에) / 菊の露

つゆばかり 副: (뒤에 부정 표현이 수반되어) 아주 조금도. 조금도

    (新)哀傷784; つゆばかり(조금도 −않다) / 露

    恋1350; つゆばかり / 露ばかり(눈물만)

つらし[辛し] 形ク: 박정하다. 견디기 어렵다. 마음이 괴롭다

    (古)雑972; 憂辛(し) / 鶉

    (後)恋953; 辛き / 木 = −が辛き / 葛城

    (千)秋259; つら(辛) / 鶉

つらづゑ[頬杖] 名: 손으로 턱을 굄

    (古)雑体1056; 頬杖 / 杖

つらぬ[列ぬ . 連ぬ] 動下二段: 일렬로 늘어놓다. 줄을 만들다

    (古)秋213; 連ね(기러기가 줄을 이루다) / 思ひ連ねて(괴로운 생각을 계
속 늘어놓다)

つる[鶴] 名: 학

    (古)賀356; 鶴 / 祝ひつる

    (後)離別1344; 鶴 / 都留の郡

    (金)雑656; 鶴 / 鶴脛

つる[連る] 動下二段: 대동하다. 동반하다. 따르다

    (古)羈旅412; * 連れて(돌아가는 기러기가 한 줄로 늘어서다 / 작년 가

　　　　을에 올 때 데리고 오다)

つるが[敦賀] 名: 지명. 현재의 福井県 敦賀市

　　　(後)離別1335; 敦賀の浦 / 思ひつる cf. 新編의 본문은「敦賀の浦」이나 新

　　　　大系는「敦賀の越」로서 이 경우는「越」와「来し」의 掛詞도 인정된다.

つるぎは[劍刃]: 칼날

　　　(拾)離別325; 劍刃 / 劍羽

つるぎば[劍羽] 名: 원앙이나 꿩 등의 꼬리 양옆에 나있는 은행잎 모양의 깃털

　　　(拾)離別325; 劍羽 / 劍刃

つるのこほり[都留の郡] 名: 지명

　　　(後)離別1344; 都留の郡 / 鶴

つるはぎ[鶴脛] 名: 옷자락이 짧아 정강이가 길게 나타나 있는 것. 또는 그 정강이

　　　(金)雑656; 鶴脛 / 鶴

つれづれの[徒然の]: 길게 계속되는. 단조롭고 외로운 기분이 가시지 않는

　　　(古)恋617; * つれづれの(오랫동안 계속되는 / 단조롭고 고독한 기분이

　　　　지속되는)

つれなし 形ク: 무정하다. 박정하다

　　　(古)恋625; * つれなく(내 마음과는 달리 날이 차차 밝아 오다 / 님이

　　　　무정하다)

つれもなし: 동행도 없다. 관계없다

　　　(古)恋662; * つれもなく(동행도 없이 / 관계없이)

つゑ[杖] 名: 지팡이

　　　(古)雑体1056; 杖 / つらづゑ(類杖)

て[手] 名: 손. 필적

　　　(後拾)雑1209; 手掛く(손에 들다) / 手書く(편지를 쓰다)

　　　(千)冬440; 手 / 行手(길을 가던 중)

－て 助: 주로 활용형의 연용형 등에 붙어 연용 수식어를 만드는 접속조사

　　　(古)恋797; 見えて / 見えで

　　　(後拾)雑1174; 湧きて / 別きて(각별히)

　　　(詞)雑412; 勤めて(힘써) / 早朝(이른 아침)

　　　(千)雑1201; 勤めて(勤行에 힘써) / つとめて(早朝)

－で 助: 부정표현의 접속조사. －하지 않고

(古)恋797; 見えで / 見えて

(後)雑1092; 変へで(변함없이) / 楓

(後拾)雑964; 居で(있지 않고) / ゐで(井手)

(金)恋456; 逢はで / 粟手の浦

　　　異本<恋>688; 言はで(말하지 않고) / 岩で

(千)恋651; 言はで / 岩手の山

　　　恋663; 言はで / 岩手

　　　恋667; 言はで / 岩手の山

　　　恋755; 逢はで / 粟手の浦

　　　雑1160; 言はで / 岩手

(新)雑1786; 言はで / 陸奥の磐手

－で 助: 동작이나 작용이 행하여지는 장소. －에서

　　　(金)異本歌(恋) 688; 岩で(바위에서) / 言はで

てかく[手掛く]: 손에 쥐다. 손에 들다 →「手」와「掛く」

　　　(後拾)雑1209; 手掛く / 手書く(편지를 쓰다)

てかく[手書く]: 편지를 쓰다 →「手」와「書く」

　　　(後拾)雑1209; 手書く / 手掛く(손에 들다)

てふ[蝶] 名: 나비

　　　(古)物名435; 蝶 / －てふ(－라고 하는) <무상한 꽃에 노니는 나비를 읊음>

－てふ: －と言ふ. －라고 하는

　　　(古)物名435; －てふ / 蝶 <무상한 꽃에 노니는 나비를 읊음>

てるひのくる[照る日の暮る]: 태양이 져서 어두워지다. 왕이 崩御하다 →「日」와「暮る」

　　　(古)哀傷846; ＊ 照る日の暮れし(해가 져서 어두워지다 / 왕이 세상을 뜨다)

と[戸] 名: 문

　　　(金)雑664; 戸 / と(外)

と[外] 名: 밖

　　　(金)雑664; 外 / と(戸)

－と 助: －와

　　　(詞)雑311; 妻と / つまど(妻戸) / つま(端) ＝ 妻 / 端

－と 助: 의성어, 의태어 등의 부사를 받음

　　　(後拾)冬407; 今やと来る / 解くる

とき[時] 名: 때

　　(古)夏148; 時は(옛날의 모든 것들이 생각날 때) / 常盤の山

　　　　秋251; 時は(단풍이 들지 않을 때는) / 常磐の山(단풍이 들지 않는
　　　　　　　다는 常磐山)

　　　　賀362; 時は(가을이 와도 색이 변하지 않을 때는) / 常盤山(단풍이
　　　　　　　든 토끼와야마) = 常緑 / 常盤山

　　　　恋495; 時は / 常磐の山

　　(拾)雑571; 時は / 常盤の山

　　　　雑574; 時は / 常盤

　　　　恋681; 時は / 常磐の山

　　(新)雑1617; 常磐(상록) / 常磐の山里 = 時は / 常磐の山

ときは[時は]: (古)148・251・362・495 (拾)571・574・681 (新)1617 → 「時」와 「ーは」

ときは[常葉・常磐]: 상록. 항상 푸르름

　　(拾)雑574; 常盤 / 時は

　　(新)雑1617; 常磐(상록) / 常磐の山里 = 時は / 常磐の山

ときはなり[常盤・常磐] 形動ナリ: 영구불변하다

　　(新)春66; ときはなる山 / 常磐山

ときはのやま[常磐山] 名: 지명. 常陸国과 山城国 説. 상록수가 우거진 산이
　　　　　　　　　　라는 뜻의 일반명사도 있음

　　(古)夏148; 常盤の山 / 時は(옛날의 모든 것들이 생각날 때)

　　　　秋251; 常磐の山(단풍이 들지 않는다는 常磐山) / 時は(단풍이 들지
　　　　　　　않을 때는)

　　　　恋495; 常磐の山 / 時は

　　(拾)雑571; 常盤の山 / 時は

　　　　恋681; 常磐の山 / 時は

ときはのやまざと[常磐の山里] 名: 지명

　　(新)雑1617; 常磐の山里 / 常磐(상록) = 常磐の山 / 時は

ときはやま[常磐山] 名: 지명

　　(古)賀362; 常盤山(단풍이 든 토끼와야마) / 時は(가을이 와도 색이 변
　　　　　　　하지 않을 때는) = 常盤山 / 常緑

　　(新)春66; 常磐山 / ときはなる山

とく[解く. 溶く] 動下二段: 눈이나 얼음 등이 녹다. 마음이 풀리다. 마음을
            터놓다. 편지 등이 개봉되다

    (古)恋542; * 解けなむ(얼음이 녹다 / 마음을 허락하다)

    (後)冬494; * 解けねば(얼음이 풀리지 않기 때문에 / 상대방의 마음이
            풀리지 않기 때문에)

        恋676; 降り溶けぬ(내린 눈이 녹다) / 古り遂げぬ(해로하다)

    (拾)恋729; * 解くる(얼음이 녹다 / 격의 없이 사귀다)

        雑秋<雑>1147; 解く / 疾く

    (後拾)冬407; 解くる / ーと来る

    (金)恋407; * 解く(마음이ー / 편지가ー)

        雑534; * 解く(얼음이 녹다 / 마음이 풀리다)

        異本<恋>695; * 解くる(얼음이 풀리다 / 마음이 풀리다)

とく[解く] 動四段: 풀다. 녹이다

    (後拾)秋240; 解く / 疾く

        雑1068; 解き(풀다, 녹이다) / 説き

とく[説く] 動四段: 설교하다. 설파하다

    (後拾)雑1068; 説き / 解き(풀다, 녹이다)

とぐ[遂ぐ] 動下二段: 달성하다. 이루다

    (後)恋676; 古り遂げぬ(해로하다) / 降り溶けぬ(내린 눈이 녹다)

とこ[常] 名 / 接頭: 영구불변함. 늘 ー함

    (古)夏167; 常(늘, 항상) / 床 / 常夏の花

    (後)恋1069; 常懐(かし) / 常夏

    (新)夏275; 常撫づ / 常夏の花

とこ[床] 名: 침상. 잠자리

    (古)夏167; 床(잠자리) / 常夏の花 / 常

        墨滅<恋>1108; 床 / とこの山

    (後)秋230; 床 / 常夏

    (拾)恋831; 床 / 常夏

    (後拾)夏227; 床 / 常夏の花

        秋275; 床 / 常世

        恋814; 床 / とこの浦

雑933; 床 / 常世

(金)秋222; 床(짝 없는 사슴이 홀로 청하는 쓸쓸한 잠자리) / 鳥籠の山

雑564; 床 / 独鈷

(千)秋310; 床 / 鳥籠?

(新)秋514; 床 / 鳥籠の山

羈旅967; 床 / 鳥籠の山

雑1493; 床 / 常夏

とこ[独鈷] 名: 金剛杵의 하나. 密教에서 修行時에 손에 쥐는 法具. とくこ

(金)雑564; 独鈷 / 床

とこ[鳥籠]: 새장?

(千)秋310; 鳥籠? / 床

とこなつ[常夏] 名: 식물명. なでしこ의 딴 이름. 패랭이꽃

(古)夏167; 常夏の花(남에게 주기 아까운 패랭이꽃) / 常 / 床

(後)夏201; 常夏 / 常夏に(여름동안 계속)

秋230; 常夏 / 床

恋1069; 常夏 / 常懐(かし)

(拾)恋831; 常夏 / 床

(後拾)夏227; 常夏の花 / 床

(新)夏275; 常夏の花 / 常撫づ

雑1493; 常夏 / 床

とこなづ[常撫づ]: 늘 어루만짐 → 「常」와 「撫づ」

(新)夏275; 常撫づ / 常夏の花

とこなつに[常夏に]: 여름 동안 계속. 영구히 여름인 채 cf. 「常-」

(後)夏201; 常夏に / 常夏(식물명)

とこのうら[鳥籠の浦] 名: 지명. 소재지 미상

(後拾)恋814; 鳥籠の浦 / 床

とこのやま[鳥籠の山] 名: 지명. 近江国의 歌枕. 滋賀県 彦根市 正法寺의 正
法寺山이라고 한다

(古)墨滅<恋>1108; とこの山 / 床

(金)秋222; 鳥籠の山(찬바람 불고 짝 찾는 사슴의 울음소리 들리는 곳) / 床

(新)秋514; 鳥籠の山 / 床

　　　　羇旅967; 鳥籠の山 / 床

とこよ[常世] 名: 「常世の国」의 略. 不老不死한다는 상상 속의 仙郷

　　　(後拾)秋275; 常世 / 床

　　　　　　雑933; 常世 / 床

ところ[所.処] 名: 장소. 곳

　　　(拾)雑春1032; 所 / 野老(식물명)

ところ[野老] 名: 식물명. やまのいも를 닮은 넝쿨 풀

　　　(拾)雑春1032; 野老 / 所

とし[年.歳] 名: 한 해. 경과된 연월. 연령. 나이. 신춘. 신년

　　　(古)雑893; 年 / 疾し

　　　　　雑898; 年 / 疾し

　　　(拾)冬261; 年(나이, 연령) / 年月(세월)

　　　(後拾)冬417; ＊ 年(한 해 / 연령)

　　　　　冬423; ＊ 年(한 해 / 연령)

　　　(新)冬703; 年(한 해) / 疾し

とし[疾し] 形ク: 시기가 이르다. 속도가 빠르다

　　　(古)雑893; 疾し / 年

　　　　　雑898; 疾し / 年

　　　(拾)雑秋<雑>1147; 疾く / 解く

　　　(後拾)秋240; 疾く / 解く

　　　(新)冬703; 疾し / 年(한 해)

としつき[年月] 名: 세월. 오랜 세월

　　　(拾)冬261; 年月(세월) / 年(나이, 연령)

とどこほる[滞る] 動四段: 정체되다. 일이 진척이 되지 않다. 꾸물꾸물하다

　　　(金)雑534; 滞る / こほる(凍る)

　　　(詞)雑375; 滞る(왕의 지시를 담은 宣旨가 빨리 하달되지 않고 지체되
　　　　다) / こほる(凍る)

とは[永久] 形動ナリ: 영구불변함

　　　(古)恋696; 永久に / 鳥羽

とば[鳥羽] 名: 지명

　　　(古)恋696; 鳥羽 / 永久に

とふ[訪ふ] 動四段: 방문하다. 문병하다
 (後)恋709; 訪ふ / 飛ぶ
 (後拾)雑963; 訪へ / 十重
 (詞)雑281; 訪へ / 十重
 (新)春138; 訪へ / 十重
  雑1495; 訪ひ(그대가 나를 찾아오다) / 飛び(반디가 날다)
とふ[問ふ] 動四段: 묻다. 안부를 묻다
 (後拾)春33; 問ふ日の / 飛火野
  雑957; 問へ / 十重
 (千)春13; 問ふ日の / 飛火野
  春15; 問へ / 十重
 (新)羈旅930; 問ふ / 十布の浦風
とぶ[飛ぶ] 動四段: 날다
 (後)恋709; 飛ぶ / 訪ふ
 (新)雑1495; 飛び(반디가 날다) / 訪ひ(그대가 나를 찾아오다)
とふのうら[十布の浦] 名: 지명
 (新)羈旅930; 十布の浦風 / 問ふ
とふひの[問ふ日の]: 안부를 묻는 날의 → 「問ふ」와 「日」와 「ーの」
 (後拾)春33; 問ふ日の / 飛火野
 (千)春13; 問ふ日の / 飛火野
とぶひの[飛火野] 名: 지명. 春日野 남쪽 봉화가 있던 부근
 (後拾)春33; 飛火野 / 問ふ日の
 (千)春13; 飛火野 / 問ふ日の
とへ[十重] 名: 열 겹
 (後拾)雑957; 十重 / 問へ
  雑963; 十重 / 訪へ
 (詞)雑281; 十重(열 겹) / 訪へ
 (千)春15; 十重 / 問へ
 (新)春138; 十重 / 訪へ
とほし[遠し] 形ク: 멀다
 (後)恋679; 逢ふことは遠(し) / 遠山ずり

(拾)雑賀<雑恋>1197; 遠 / とをちの里(十市の里)

(新)夏266; 遠し / とをち(十市)

とほやまずり[遠山ずり] 名: 먼 산의 경치를 날염한 옷

(後)恋679; 遠山ずり / 逢ふことは遠(し)

とまる[止まる. 泊まる. 留まる] 動四段: 멈추어 서다. 머무르다. 마음 등이 끌리다

(後拾)秋345; * 留まる(수레가 머물다 / 마음이 끌리다)

　　　恋686; 泊まら / 止まら

とみ[富] 名: 부. 부함. 풍요로움

(金)賀327; 富 / 富の雄川

とみのをがは[富雄川] 名: 지명

(金)賀327; 富の雄川(천 년이 지나도 흐름이 끊이지 않을ー) / 富(치세
가 잘되어 풍요로움)

とも[友] 名: 친구

(後拾)離別481; 友 / 艫綱

ともづな[艫綱] 名: 배를 묶어 고정시키는 줄

(後拾)離別481; 艫綱 / 友

とよ[十夜]: 십일 밤

(千)雑1189; 十夜に / 豊に

とよ[豊] 接頭?: 충분함. 풍성함. 웅대함

(千)雑1189; 豊に(풍성히)? / 十夜に

とり[鳥] 名: 새

(金)恋391; 鳥 / 取り返す

　　　雑657; 鳥 / 取り入れ

とりいる[取り入る] 動下二段: 받아들이다. 수확하다

(金)雑657; 取り入れ / 鳥

とりかへす[取り返す] 動四段: 원래 상태로 되돌리다

(金)恋391; 取り返す / 鳥

とをち[十市] 名: 지명. 大和国

(新)夏266; 十市 / とほし(遠し)

とをちのさと[十市の里] 名: 지명. 大和国

(拾)雑賀<雑恋>1197; 十市の里 / とほ(遠)

<な行>

な[菜] 名: 나물. 채소. 푸성귀

    (後)恋663; 菜(햇나물) / 無き名

    (拾)恋698; 菜 / 無き名 ＝ なぎ(水葱) / 無き名

      雑春1020; 菜 / 無き名

    (金)恋500; 菜 / 名

    (新)雑1697; 菜 / 無き名(사실무근한 악명)

な[名] 名: 이름. 명칭. 평판

    (古)恋571; ＊名(빈 껍질이라는 이름 / 평판)

      恋604; 名には / 難波

      恋627; 名 / 波

      恋649; 名には / 難波

      恋672; ＊名(새의 이름 / 평판)

      恋696; 名には / 何は / 難波

      雑894; 名には / 難波

      雑918; 名には / 難波

      雑973; 名には / 難波 ＝ 何は / 難波

      雑974; 名には / 難波潟 ＝ 何は / 難波潟

      雑体1036; 寝ぬ名は / ねぬなは(식물명)

    (後)春6; 我が名 / 若菜

      恋769; 名には / 難波

      雑1201; 名には / 難波

    (拾)恋977; 名には / 難波

      雑賀<雑恋>1185; 名は立つ / 縄絶つ ＝ 断つ / 立つ

    (金)恋500; 名 / 菜

な[七] 名: 칠. 일곱

    (詞)春29; 七 / 奈良(八重桜 꽃피었던 옛 도읍)

－な 助: 감동 . 영탄의 종조사

    (後拾)雑1091; 去らじな / さらしな(更級)

なか[中] 名: 가운데

    (古)恋825; 中絶えて(다리 한 가운데가 끊어져) / 仲絶えて(두 사람 사이가 소원해져)

なか[仲] 名: 사이

    (古)恋825; 仲絶えて(두 사람 사이가 소원해져) / 中絶えて(다리 한 가운데가 끊어져)

    (千)恋889; 絶えぬ仲 / 絶えぬ中川

なかがは[中川] 名: 지명

    (千)恋889; 絶えぬ中川 / 絶えぬ仲

ながし[長し.永し] 形ク: 오래다. 시간이나 길이가 길다

    (古)秋196; ＊ 長き(밤이 길다 / 쓸쓸함이 길고도 길다)

      恋691; 長 / 長月

      雑890; 長(し) / 長柄の橋

    (拾)離別309; 長(し) / 長月

      雑523; 夜を長(し) / 長月

      神楽598; 長(し) / 長等の山 ＝ 長柄 / 存(ふ)

    (後拾)哀傷563; 永き(유물이 영구하다) / 長き(머리카락이 길다)

    (詞)離別176; 長(し) / 長月

    (千)賀619; 長 / 長月

    (新)雑1595; 永(봄날이 길다) / 長柄の浜 ＝ 存(ふ) / 長柄

なかぞら[中空] 名: 하늘. 中天. 어중간함

    (新)恋1061; ＊ 中空(하늘 한 가운데 / 어중간함)

なかたゆ[中絶ゆ]: 가운데가 끊어지다 → 「中」와 「絶ゆ」

    (古)恋825; 中絶えて(다리 한 가운데가 끊어지다) / 仲絶えて(두 사람 사이가 소원해지다) ＝ 絶えて / たえて(부사)

なかたゆ[仲絶ゆ]: 사이가 멀어지다. 관계가 소원해지다 → 「仲」와 「絶ゆ」

    (古)恋825; 仲絶えて(두 사람 사이가 소원해지다) / 中絶えて(다리 한 가운데가 끊어지다)

ながつき[長月] 名: 음력 9월

    (古)恋691; 長月 / 長

    (拾)離別309; 長月 / 長(し)

雜523; 長月 / 夜を長

(詞)離別176; 長月 / 長(し)

(千)賀619; 長月 / 長

なかなか 形動ナリ: 어중간함

(古)恋594; * なかなか(道程의 중간 / 선불리 어중간하게)

ながはま[長浜] 名: 지명. 伊勢国?. 三重県 員弁郡에 있었다고 하나 소재미상

(古)神遊び1085; * 長浜(지명 / 긴 해변 모래밭)

ながむ[眺む] 動下二段: 먼 곳을 바라보다. 상념에 잠기다

(古)恋616; 眺め暮しつ(상념에 잠겨 멍하니 바라보며 지내다) / 長雨

恋743; * 眺めらる(멀리 바라보다 / 생각에 잠기다)

恋769; 眺め経るや(상념에 잠겨 멍하니 바라보며 세월을 보내다) / 長雨

(後)夏182; 眺め / 長雨

(拾)恋972; * 眺むる(하늘을 바라보다 / 상념에 잠기다)

ながめ[長雨] 名: 오랫동안 내리는 비. 장마

(古)春113; 長雨(꽃을 퇴색시키는 긴 비) / 眺め

恋616; 長雨 / 眺め暮しつ(상념에 잠겨 멍하니 바라보며 지내다)

恋617; 長雨 / 眺め(상념에 잠겨 멍하니 바라봄)

恋769; 長雨 / 眺め経るや(상념에 잠겨 멍하니 바라보며 세월을 보내다)

(後)春21; 長雨 / 眺め

夏182; 長雨 / 眺め

夏190; 長雨 / 眺め

恋854; 長雨 / 眺め(상념에 잠겨 멍하니 바라봄)

恋915; 長雨 / 眺め(상념에 잠겨 멍하니 바라봄)

恋995; 長雨 / 眺め(상념에 잠겨 멍하니 바라봄)

雜1174; 長雨 / 眺め

(拾)雜春1057; 長雨 / 眺め

哀傷1280; 長雨 / 眺め

(後拾)恋830; 長雨 / 眺め(상념에 잠겨 멍하니 바라봄)

(金)恋504; 長雨 / 無(し) / 眺め = 眺め / 長雨

(詞)離別178; 長雨 / 眺め

(千)恋686; 長雨 / 眺め(상념에 잠겨 멍하니 바라봄)

(新)春64; 長雨 / 眺め

　　冬584; 長雨 / 眺め

　　哀傷759; 長雨 / 眺め

　　恋1413; 長雨 / 眺め(상념에 잠겨 멍하니 바라봄)

　　後出＜春＞1980; 長雨 / 眺めし

ながめ[眺め] 名: 상념에 잠겨 멍하니 밖을 바라봄

　　(古)春113; 眺め(공허한 상념) / 長雨

　　　　恋617; 眺め(상념에 잠겨 멍하니 바라봄) / 長雨

　　(後)春21; 眺め / 長雨

　　　　夏190; 眺め / 長雨

　　　　恋854; 眺め(상념에 잠겨 멍하니 바라봄) / 長雨

　　　　恋915; 眺め(상념에 잠겨 멍하니 바라봄) / 長雨

　　　　恋995; 眺め(상념에 잠겨 멍하니 바라봄) / 長雨

　　　　雑1174; 眺め / 長雨

　　(拾)雑春1057; 眺め / 長雨

　　　　哀傷1280; 眺め / 長雨

　　(後拾)恋830; 眺め(상념에 잠겨 멍하니 바라봄) / 長雨

　　(金)恋504; 眺め / 長雨 / 無(し) ＝ 眺め / 長雨

　　(詞)離別178; 眺め / 長雨

　　(千)恋686; 眺め(상념에 잠겨 멍하니 바라봄) / 長雨

　　(新)春64; 眺め / 長雨

　　　　冬584; 眺め / 長雨

　　　　哀傷759; 眺め / 長雨

　　　　恋1413; 眺め(상념에 잠겨 멍하니 바라봄) / 長雨

　　　　後出＜春＞1980; 眺めし / 長雨

ながめやる[眺め遣る] 動四段: 멀리 바라 보다. 상념에 잠겨 바라보다

　　(拾)恋817; ＊ 眺め遣る(멀리 바라보다 / 상념에 잠겨 번민하다)

ながら[長柄] 名: 지명. 摂津国 현재의 大阪市 大淀区. 新淀川와 淀川 分岐点 부근

　　(後)雑1135; 長良の山 / 昔ながら ＝ 長柄? / －ながら

　　　　雑1201; 長柄 / 知らずながら

雑1233; 長良の山 / 憂き身ながら ＝ 長柄? / －ながら

(後拾)雑958; 長柄へ / 永らへ

雑1073; 長柄 / 長らふ

(詞)恋201; 長柄へ / 永らへ

(千)恋874; 津の国の長柄 / 永らへ

雑1162; 長柄 / 思ひながらも

(新)雑1594; 長柄 / 昔ながら

雑1848; 長柄 / 長らふ

－ながら 助: －인 채로. －한 그대로의 상태로. －하면서

(後)雑1135; 昔ながら / 長良の山 ＝ －ながら / 長柄?

雑1201; 知らずながら / 長柄

雑1233; 憂き身ながら / 長良の山 ＝ －ながら / 長柄?

(拾)秋198; 昔ながら / 長等の山

賀284; 指しながら / 然しながら(그대로)

賀286; 挿しながら / 然しながら

恋864; 思ひながら / 長柄の橋柱

雑秋1139; 昔ながら / 長等の山

(後拾)賀433; 望ながら(만월인 상태로) / 持ちながら(잔을 손에 든 채)

哀傷548; 挿しながら / 然しながら

雑1074; 昔ながら / 長柄の橋

(金)夏132; 根ながら(뿌리 채) / 寝ながら(자면서)

(千)春66; 昔ながら / 長等の山

雑1031; 昔ながら / 長柄の橋柱

雑1162; 思ひながら / 長柄

(新)冬572; 射しながら / 然しながら(그대로 변함없이)

雑1594; 昔ながら / 長柄

ながらのはし[長柄の橋] 名: 지명. 摂津国. 현재 大阪市 大淀区 淀川 長柄橋 부근에 있던 다리

(古)恋826; 長柄の橋 / 逢ふことを無(만나는 일이 없다)

雑890; 長柄の橋 / 長(し)

(拾)恋864; 長柄の橋柱 / 思ひながら

    (後拾)雑1074; 長柄の橋 / 昔ながら

    (千)雑1030; 長柄の橋 / 長らふ

       雑1031; 長柄の橋柱 / 昔ながら

ながらのはま[長柄の浜] 名: 지명. 摂津国. 옛날에 長柄の橋가 있던 주변의 땅

    (新)雑1595; 長柄の浜 / 永(し) = 長柄 / 存(ふ)

ながらのやま[長良の山. 長等の山] 名: 지명. 近江国 滋賀県 大津市의 三井寺 뒷 산

    (後)雑1135; 長良の山 / 昔ながら = 長柄? / －ながら

       雑1233; 長良の山 / 憂き身ながら = 長柄? / －ながら

    (拾)秋198; 長等の山 / 昔ながら

       神楽598; 長等の山 / 長(し) = 長柄? / 存(ふ)

       雑秋1139; 長等の山 / 昔ながら

    (千)春66; 長等の山 / 昔ながら

    (新)恋1202; 長等の山 / 無(し) = 長柄? / 無

ながらふ[永らふ. 存ふ. 長らふ] 動下二段: 오래 살다(계속되다). 경과하다.
                              길게 늘어나다

    (古)恋792; 泣かれて / * 流れて(흐르다. 추이에 맡기다) = 長らへ / 流れ

       恋826; * ながらへて(낡은 채 세월이 지나다 / 죽지 않고 오래 살다)

    (拾)神楽598; 長(し) / 長等の山 = 存(ふ) / 長柄?

    (後拾)雑958; 永らへ / 長柄へ

       雑1073; 長らふ / 長柄

    (詞)恋201; 永らへ / 長柄へ

    (千)恋874; 永らへ / 津の国の長柄

       雑1030; 長らふ / 長柄の橋

    (新)恋1034; * ながらふ(끈이 늘어나다 / 오래 살다)

       雑1595; 永(し) / 長柄の浜 = 存(ふ) / 長柄

       雑1848; 長らふ / 長柄

なかる[泣かる]: 울다 → 「泣く」와 「－る」(피동. 자발 표현의 조동사)

ながる[流る] 動下二段: 흐르다. 오랫동안 세월을 보내다

    (古)冬341; * 流れて速し(飛鳥川의 흐름이 빠르다 / 세월이 흐르다)

       恋494; 流れ / 泣かれ

       恋527; 流るる / 泣かるる

恋530; 流れて / 泣かれて

恋573; 流れて / 泣かれて

恋581; 流るれ / 泣かるれ

恋591; 流れて / 泣かれて

恋707; 流れて / 泣かれて ＝ * 流る?

恋721; 流れて / 泣かれて

恋755; 流るる / 泣かるる

恋792; * 流れて(흐르다 / 추이에 맡기다) / 泣かれて ＝ 流れ / 長らへ

恋805; 最流る / 暇無かる

恋827; 流れて / 泣かれて

恋828; 流れて / 泣かれて

(後)春20; 流るる / 泣かるる

夏168; 流る / 泣かる

秋233; * 流れて(은하수가 흘러 / 오랫동안)

秋242; 流れて / 泣かれて

恋557; 流れて / 泣かれて

恋642; 流れて / 泣かれて

恋656; * ながれて(눈물이 강처럼 흘러 / 오랫동안 세월을 보내며)

恋661; 流る / 泣かる

恋935; * ながれて(물이 흘러 / 영원히)

恋1013; 流るれば / 泣かるれば

恋1059; 流るる / 泣かるる

恋1064; 流るる / 泣かるる

雑1115; * 流れて(강물이 흐르다 / 영구히 지속되다)

離別1334; 流るる / 泣かるる

(拾)恋691; 流れて / 泣かれて

哀傷1280; 流るれ / 泣かるれ

(後拾)哀傷596; 流れ / 泣かれ

恋802; 流るれど / 泣かるれど

雑1092; 流れ / 泣かれ

(金)恋368; 流る / 泣かる

462

　　　雑612; 流れても / 泣かれても

　　(詞)恋227; 流るる / 泣かるる

　　(新)夏223; 流るる / 泣かるる

　　　哀傷807; 流るる / 泣かるる

　　　恋1060; 流るれ / 泣かるれ

　　　恋1360; 流るれ / 泣かるれ

ながれ[流れ] 名: 흐름. 흐르는 것

　　(拾)恋877; 流れ / 泣かれ

ながれあふ[流れ合ふ] 動四段: 따로 흐르던 물이 합쳐져 하나가 되다 →「ー合ふ」

　　(後)恋949; 流れ合ふ瀬(따로 흐르던 물이 합쳐져 하나가 되는 여울) / 逢
　　　ふ瀬

ながれく[流れ来] 動カ変: 물이 흘러 내려오다 →「ー来」

　　(拾)雑447; 流れ来る / 繰る

　　　雑448; 流れ来る / 繰る

ながれてはやし[流れて速し]: 흐름이 무척 빠르다 →「流る」와「速し」

　　(古)冬341; ＊ 流れて速し(飛鳥川의 흐름이 빠르다 / 세월이 빠르다)

ながゐ[長居] 名: 지명

　　(古)雑917; ながゐ(지명) / 長居(정착하여 삶)

ながゐ[長居] 名: 자리 잡고 삶. 정착하여 삶. 장시간 한 장소에 있음

　　(古)雑917; 長居(정착하여 삶을 영위함) / ながゐ(地名)

なぎ[水葱] 名: 식물명. 물옥잠의 옛 이름

　　(拾)恋698; 菜 / 無き名(헛소문) ＝ なぎ(水葱;물옥잠) / 無き名

なぎ[凪] 名: 바다 등의 물결이 일지 않고 잔잔함

　　(古)恋627; 凪に / 無きに

なきくらす[鳴き暮らす]: 새나 풀벌레 등이 계속 울다 →「鳴く」

　　(古)恋543; 鳴き暮らし / 泣き暮らし

なきくらす[泣き暮らす]: 슬픈 마음에 울며 지내다 →「泣く」

　　(古)恋543; 泣き暮らし / 鳴き暮らし

なぎさ[渚．汀] 名: 물결이 부딪히는 가장자리. 물가

　　(古)恋626; 渚 / 無き

　　(後)雑1154; 渚 / 無きさ

    (拾)雑571; 渚 / 無き

        雑573; 渚に来ゐる / 便だに無き

    (金)恋361; 渚 / いつと無き

        恋409; 渚 / 無き

    (千)春133; 渚 / 無き

        恋711; 渚 / 無き

        雑1160; 渚 / 無き

    (新)哀傷843; 渚 / 無き

        羈旅917; 渚の跡 / 無き

        恋1066; 渚 / 無き

なきな[無き名] 連語: 근거 없는 소문. 누명

    (後)恋663; 無き名 / 菜(햇나물)

    (拾)恋698; 無き名 / 菜 = 無き名 / なぎ(水葱;물옥잠)

        雑春1020; 無き名(근거 없는 소문) / 菜

    (新)雑1697; 無き名(사실무근한 악명) / 菜

なきね[泣き寝]: 울면서 자는 잠

    (新)哀傷811; 泣き寝 / 今は無き

なきわたる[鳴き渡る] 動四段: 새 등이 울며 하늘을 날아가다 → 「鳴く」와 「渡る」

    (古)夏164; 鳴きわたる(두견이 울며 날아가다) / 泣きわたる(괴로운 세
            상을 울며 지내다)

        恋585; 鳴き渡る / 泣きわたる

        雑932; 鳴きこそ渡れ / 泣きこそわたれ

        雑体1006; 鳴き渡りつつ / 泣きわたりつつ

    (後)雑1091; 鳴き渡れども(물떼새가 울며 날라 가다) / 泣きわたれども
            (작자 자신이 계속 울다)

    (拾)恋643; 鳴きや渡らむ / 泣きやわたらむ

なきわたる[泣きわたる]: 울며 지새우다 → 「泣く」와 「ーわたる」

    (古)夏164; 泣きわたる(괴로운 세상을 울며 지내다) / 鳴きわたる(두견
            이 울며 날아가다)

        恋585; 泣きわたる / 鳴き渡る

        雑932; 泣きこそわたれ / 鳴きこそ渡れ

雑体1006; 泣きわたりつつ / 鳴き渡りつつ

(拾)恋643; 泣きやわたらむ / 鳴きや渡らむ

なきわぶ[泣きわぶ]: 낙담하여 울며 지내다 → 「泣く」

　　(古)恋798; 泣きわび / 鳴き

　　(後)夏156; 泣きわびぬ / 鳴きわびぬ

　　(拾)雑574; 泣きわぶる / 留まれる方も無き

なく[泣く] 動四段: 울다

　　(古)春107; 泣く(낙화가 애달파 작자 자신이 울다) / 鳴く(낙화가 애달파 휘파람새가 울다)

　　夏164; 泣きわたる(괴로운 세상을 울며 지내다) / 鳴きわたる(두견이 울며 날아가다)

　　離別385; 泣きて(멀리 떠나는 사람을 붙잡고자 작자가 ―) / 鳴きて(귀뚜라미가 ―)

　　恋494; 泣かれ / 流れ

　　恋498; 泣き / 鳴き

　　恋514; みだれて音をのみぞ泣く(나 자신이 ―) / みだれて音をのみぞ鳴く(학이 ―)

　　恋527; 泣かるる / 流るる

　　恋530; 泣かれて / 流れて

　　恋536; 泣く / 鳴く

　　恋543; 泣き暮らし(슬픈 마음에 울며 지내다) / 鳴き暮らし(매미가 종일 울다)

　　恋573; 泣かれて / 流れて

　　恋581; 泣か / 鳴か

　　泣かるれ / 流るれ

　　恋585; 泣きわたる / 鳴き渡る

　　恋591; 泣かれて / 流れて

　　恋707; 泣かれて / 流れて ＝ ＊ 流る?

　　恋721; 泣かれて / 流れて

　　恋753; 泣き / 凪ぎ

　　恋755; 泣かるる / 流るる

恋772; 泣く / 鳴く

恋779; 泣かぬ / 鳴かぬ

恋792; 泣かれて / ＊ 流れて(흐르다.추이에 맡기다) ＝ 長らへ / 流れ

恋798; 泣きわび / 鳴き

恋807; 泣か / 鳴か

恋827; 泣かれて / 流れて

恋828; 泣かれて / 流れて

雑932; 泣きこそわたれ / 鳴きこそ渡れ

雑体1006; 泣きわたりつつ / 鳴き渡りつつ

(後)春20; 泣かるる / 流るる

夏156; 泣きわびぬ / 鳴きわびぬ

夏168; 泣かる / 流る

秋242; 泣かれて / 流れて

恋557; 泣かれて / 流れて

恋642; 泣かれて / 流れて

恋661; 泣かる / 流る

恋1013; 泣かるれば / 流るれば

恋1059; 泣かるる / 流るる

恋1064; 泣かるる / 流るる

雑1091; 泣きわたれども(작자 자신이 계속 울다) / 鳴き渡れども(물
떼새가 울며 날라 가다)

離別1334; 泣かるる / 流るる

(拾)雑574; 泣きわぶる / 留まれる方も無き

恋631; 泣きつつ / 鳴きつつ

恋643; 泣きやわたらむ / 鳴きやわたらむ

恋691; 泣かれて / 流れて

恋877; 泣かれ / 流れ

雑春1074; 泣く(상대방 남자가 소리 내어 울다) / 鳴く(두견이 소
리 내어 울다)

哀傷1280; 泣かるれ / 流るれ

(後拾)夏200; 泣く / 鳴く

哀傷596; 泣かれ / 流れ

恋802; 泣かるれど / 流るれど

雑1092; 泣かれ / 流れ

(金)恋368; 泣かる / 流る

雑612; 泣かれても / 流れても

(詞)恋227; 泣かるる / 流るる

(千)恋870; 泣く / 鳴く

(新)夏223; 泣かるる / 流るる

哀傷807; 泣きに / 亡(無)きに

泣かるる / 流るる

恋1258; 泣く / おぼろけなく(각별히, 특별히)

恋1060; 泣かるれ / 流るれ

恋1360; 泣かるれ / 流るれ

なく[鳴く] 動四段: 새나 풀벌레 등이 울다

(古)春107; 鳴く(낙화에 휘파람새가 울다) / 泣く(낙화에 작자 자신이 울다)

夏164; 鳴きわたる(두견이 울며 날아가다) / 泣きわたる(작자가 괴로운 세상을 울며 지내다)

離別385; 鳴きて(귀뚜라미가 울어) / 泣きて(길 떠나는 사람을 붙잡고자 작자가 울어)

恋498; 鳴き / 泣き

恋514; 鳴く(학이 울다) / 泣く(나 자신이 울다)

恋536; 鳴く / 泣く

恋543; 鳴き暮らし(매미가 종일 울다) / 泣き暮らし

恋581; 鳴か / 泣か

恋585; 鳴き渡る / 泣きわたる

恋772; 鳴く / 泣く

恋779; 鳴かぬ / 泣かぬ

恋798; 鳴き / 泣きわび

恋807; 鳴か / 泣か

雑932; 鳴きこそ渡れ / 泣きこそわたれ

雑体1006; 鳴き渡りつつ / 泣きわたりつつ

(後)夏156; 鳴きわびぬ / 泣きわびぬ

　　雑1091; 鳴き渡れども(물떼새가 울며 날라 가다) / 泣きわたれども

　　　　　　(작자 자신이 계속 울다)

(拾)恋631; 鳴きつつ / 泣きつつ

　　恋643; 鳴きやわたらむ / 泣きやわたらむ

　　雑春1074; 鳴く(두견이 소리 내어 울다) / 泣く(상대방 남자가 소리 내어 울다)

(後拾)夏200; 鳴く / 泣く

(千)恋870; 鳴く / 泣く

なぐ[凪ぐ] 動上二段: 바람이 멎어 물결이 잔잔해지다

　　(古)恋753; 凪ぎ / 泣き

なぐさのはま[名草の浜] 名: 지명. 和歌山市의 해안

　　(後)恋635; 名草の浜 / 心慰(む)

　　雑1223; 名草の浜 / 慰(む)

なぐさむ[慰む] 動四段: 마음이 풀리다. 위안이 되다

　　(後)恋635; 心慰(む) / 名草の浜

　　雑1223; 慰(む) / 名草の浜

なくなく[泣く泣く] 副: 울면서

　　(新)恋1258; 泣く泣く / おぼろけなく

なげき[投げ木]: 땔나무 cf. 「木」

　　(古)恋606; 投げ木 / 嘆き ＝ 木 / 歎き

　　　　雑体1055; 投げ木 / 嘆き ＝ 木 / 歎き

　　　　雑体1056; 投げ木 / 嘆き ＝ 木 / 歎き

　　　　雑体1057; 投げ木 / 嘆き ＝ 木 / 歎き

　　(後)春65; 投げ木 / 嘆き

　　　　春66; 投げ木 / 嘆き

　　　　春93; 投げ木 / 嘆き

　　　　秋429; 投げ木 / 嘆き ＝ 木 / 歎き

　　　　恋518; 投げ木 / 嘆き ＝ 木 / 歎き

　　　　恋572; 投げ木 / 嘆き ＝ 木 / 歎き

　　　　恋664; 投げ木 / 嘆き ＝ 木 / 歎き

　　　　恋761; 投げ木 / 嘆き ＝ 木 / 歎き

  恋989; (投げ)木 / 嘆き

   恋1020; 投げ木 / 嘆き ＝ 木 / 歎き

   恋1043; 投げ木 / 嘆き ＝ 木 / 歎き

   雑1167; 投げ木 / 嘆き ＝ 木 / 歎き

   雑1168; 投げ木 / 嘆き ＝ 木 / 歎き

   雑1197; 投げ木 / 嘆き ＝ 木 / 歎き

  (拾)恋913; 投げ木 / 嘆き ＝ 木 / 歎き

   恋952; 投げ木 / 嘆き / 無(し) ＝ 木 / 歎き

   恋970; 投げ木 / 嘆き ＝ 木 / 歎き

  (金)恋447; 投げ木 / 嘆き ＝ 木 / 歎き

   恋494; 投げ木 / 嘆き ＝ 木 / 歎き

   恋498; 投げ木 / 嘆き ＝ 木 / 歎き

   恋499; 投げ木 / 嘆き ＝ 木 / 歎き

   雑615; 投げ木 / 嘆き ＝ 木 / 歎き

  (千)恋799; 投げ木 / 歎き

   雑1193; 投げ木 / 嘆き ＝ 木 / 歎き

  (新)恋1163; (投げ)木 / 嘆き

   雑1582; 投げ木 / 嘆き ＝ 木 / 歎き

   雑1641; 投げ木 / 嘆き ＝ 木 / 歎き

   雑1669; 投げ木 / 嘆き ＝ 木 / 歎き

   雑1687; 投げ木 / 嘆き ＝ 木 / 歎き

なげき[嘆き．歎き] 名: 한숨. 비탄

  (古)恋606; 嘆き / 投げ木 ＝ 歎き / 木

   雑体1055; 嘆き / 投げ木 ＝ 歎き / 木

   雑体1056; 嘆き / 投げ木 ＝ 歎き / 木

   雑体1057; 嘆き / 投げ木 ＝ 歎き / 木

  (後)春55; 嘆き / 木

   春65; 嘆き / 投げ木

   春66; 嘆き / 投げ木

   春93; 嘆き / 投げ木

   夏175; 嘆き / 木の枝

秋429; 嘆き / 投げ木 ＝ 歎き / 木

恋518; 嘆き / 投げ木 ＝ 歎き / 木

恋572; 嘆き / 投げ木 ＝ 歎き / 木

恋664; 嘆き / 投げ木 ＝ 歎き / 木

恋761; 嘆き / 投げ木 ＝ 歎き / 木

恋989; 嘆き / 木

恋1020; 嘆き / 投げ木 ＝ 歎き / 木

恋1043; 嘆き / 投げ木 ＝ 歎き / 木

雜1167; 嘆き / 投げ木 ＝ 歎き / 木

雜1168; 嘆き / 投げ木 ＝ 歎き / 木

雜1197; 嘆き / 投げ木 ＝ 歎き / 木

(拾)恋913; 嘆き / 投げ木 ＝ 歎き / 木

恋952; 嘆き / 無(し) / 投げ木 ＝ 歎き / 木

恋970; 嘆き / 投げ木 ＝ 歎き / 木

(金)恋447; 嘆き / 投げ木 ＝ 歎き / 木

恋448; 嘆き / なげきの森 / ＝ 歎き / 木

恋494; 嘆き / 投げ木 ＝ 歎き / 木

恋498; 嘆き / 投げ木 ＝ 歎き / 木

恋499; 嘆き / 投げ木 ＝ 歎き / 木

雜599; 嘆き / 木 ＝ 歎き / 木

雜615; 嘆き / 投げ木 ＝ 歎き / 木

(詞)雜333; 嘆き / 木

雜398; 嘆き / なげきの森 / 木

(千)恋799; 歎き / 投げ木

雜1193; 嘆き / 投げ木 ＝ 歎き / 木

(新)哀傷762; 歎き / 木(꽃이 아직 한창이면서 한편으로는 지고 있는 벚나무)

恋1163; 嘆き / 木

雜1582; 嘆き / 投げ木 ＝ 歎き / 木

雜1641; 嘆き / 投げ木 ＝ 歎き / 木

雜1669; 嘆き / 投げ木 ＝ 歎き / 木

雜1687; 嘆き / 投げ木 ＝ 歎き / 木

なげきのもり[なげきの森] 名: 지명

    (金)恋448; なげきの森 / 嘆き ＝ 木? / 歎き

    (詞)雑398; なげきの森 / 嘆き / 木

なごえ[奈呉江] 名: 지명

    (金)恋454; 奈呉江 / 逢ふことも無(し) ＝ 渚? / 無き

なごし[夏越] 名: 「夏越のはらへ」의 略. 음력 유월 그믐날 신사에서 행해지
        는 액막이 행사

    (拾)夏134; 夏越 / 和し

    (後拾)夏234; 夏越の祓 / 和し

なごし[和し] 形ク: 부드럽다. 온화하다

    (拾)夏134; 和し / 夏越

    (後拾)夏234; 和し / 夏越の祓

なこそ[な来そ]: 오지 말라. 오지 마세요 → 「来」와 「な－そ」

    (金)異本<恋>698; な来そ(오지 마세요) / 勿来(나코소 관문)

    (千)春103; な来そ / 勿来の関

なこそ[勿来] 名: 지명. 陸奥国의 歌枕. 소재미상. 勿来の関

    (金)異本<恋>698; 勿来(나코소 관문) / な来そ(오지 마세요)

なこそのせき[勿来の関] 名: 지명. 陸奥国의 歌枕. 陸奥지방으로 들어가는 경계

    (千)春103; 勿来の関 / な来そ

なごり[余波] 名: 파도가 물러간 후 여기저기 남아있는 바닷물. 바람이 그친
        후에도 잠시 남아있는 파도

    (古)春89; 余波(바람이 분 후의 남아있는 파도) / 名残り(후에 남는 여운)

    (拾)恋979; 余波 / 名残り

なごり[名残り] 名: 지난 후에 남는 기분이나 상태. 헤어진 후에 느껴지는
        마음의 앙금. 유감. 미련

    (古)春89; 名残り(후에 남는 여운) / 余波(바람이 분 후의 남아있는 파도)

    (拾)恋979; 名残り / 余波

なさけ[情け] 名: 흥취. 정취

    (新)釈教1964; 露の情け(술을 마시는 즐거움) / 酒

なし[無し] 形ク: 없다

    (古)恋626; 無き / 渚

恋627; 無きに / なぎに
恋826; 逢ふことを無 / 長柄の橋
雑体1026; 耳無し / 耳成の山
雑体1048; 月無かり / 付き無かり
東1099; 無し(그렇지 않다) / 梨 / 成し
(後)恋669; 無み(서로 만날 기회가 없어서) / 涙
恋773; 無み / 浪
恋819; 無み / 浪
雑1154; 無きさ / 渚
(拾)離別342; 浜無(해변이 없다) / 浜名の橋
雑524; 蒔く人無(し) / 波の
雑571; 無き / 渚
雑573; 便だに無き / 渚に来ゐる
雑574; 留まれる方も無き / 泣きわぶる
恋952; 無(し) / 投げ木 / 嘆き ＝ 歎き / 木
(後拾)雑1156; 墓無く / 果無く(덧없이)
(金)恋361; いつと無き / 渚
恋409; 無き / 渚
恋454; 逢ふことも無(し) / 奈呉江 ＝ 無き / 渚
恋504; 無(し) / 眺め / 長雨 ＝ 眺め / 長雨
恋512; 月無き / 付き無き(단서가 없다)
(詞)雑383; 荒田無き / 新たな(り)
(千)春133; 無き / 渚
恋711; 無き / 渚
恋793; ＊ 乾く時無き(눈물이 마를 날이 없다 / 해초가 마를 날이 없다)
雑1160; 無き / 渚
雑1163; 無み / 波に
(新)哀傷807; 亡(無)きに? / 泣きに
哀傷811; 今は無き / 泣き寝
哀傷843; 無き / 渚
羈旅917; 無き / 渚の跡

恋1066; 無き / 渚

恋1077; 無み / 浪

恋1078; 無み / 浪

恋1202; 無(し) / 長等の山 ＝ 無 / 長柄?

恋1360; 無み / 浪

雑1651; 無み / 涙

雑1764; 無(し) / 涙

なし[梨] 名: 과일 이름. 배

(古)東1099; 梨 / 成し / 無し

なす[成す] 動四段: 행하다. 하다. 만들다

(古)東1099; 成し(그렇게 하다) / 無し / 梨

なすのゆ[那須の湯] 名: 지명. 上野国. 도치기県 那須郡의 那須온천

(拾)雑572; 那須の湯 / 思ひ為す(굳게 마음먹다)

な－そ: 금지 표현. －하지 말라

(金)異本<恋>698; な来そ(오지 마세요) / 勿来(나코소 관문)

(千)春103; な来そ / 勿来の関

なつ[夏] 名: 여름

(後)恋912; 夏来そめてし / なつきそめてし

(詞)夏51; 夏 / 夏衣

(新)夏176; 夏 / 夏衣

なづ[撫づ] 動下二段: 어루만지다

(新)夏275; 常撫づ / 常夏の花

なつかし[懐かし] 形シク: 마음이 끌리다. 친근감이 가다. 몹시 귀엽다

(後)恋1069; 常懐(かし) / 常夏(패랭이 꽃)

なつきそむ[夏来初む]: 여름이 도래하다 → 「夏」와 「来」

(後)恋912; 夏来そめてし / 懐き初めてし

なつく[懐く] 動四段: 친숙해지다

(後)恋912; 懐き初めてし / 夏来そめてし

なつごろも[夏衣] 名: 여름 옷

(詞)夏51; 夏衣 / 夏

(新)夏176; 夏衣 / 夏

なつのひのかたぶく[夏の日のかたぶく]: 여름 해가 저물다. 여름이 끝나가다 →
「日」와 「かたぶく」

    (新)夏268; ＊ 夏の日のかたぶく(여름 해가 저물다 / 여름이 끝나가다)

なでしこ[瞿麦.撫子] 名: 식물명. 패랭이꽃. 가을에 피는 대표적 일곱 식물
의 하나 cf. 「大和撫子」

    (後)夏183; 瞿麦 / 撫でし子

        夏203; 瞿麦 / 撫でし子

    (後拾)哀傷569; 撫子の花 / 撫でし子

    (詞)夏72; 撫子の花ざかり / 我が撫でし児

なでしこ[撫でし娘.撫でし子]: 애지중지 키운 아이. 가련한 여성. 어리고 가련한 아이

    (古)恋695; 撫でし娘 / 大和なでしこ

    (後)夏183; 撫でし子 / 瞿麦

        夏203; 撫でし子 / 瞿麦

    (後拾)哀傷569; 撫でし子 / 撫子の花

    (詞)夏72; 我が撫でし児 / 撫子の花ざかり

なとり[名取り] 名: 평판이 높음. 평판을 얻음. 소문이 남

    (古)恋628; 名取り(평판이 남) / 名取川

        恋650; 名取り(평판이 남) / 名取川

        墨滅<恋>1108; 名取り / なとり川

    (金)恋396; 名取り(평판이 남) / 名取川

なとりがは[名取川] 名: 지명

    (古)恋628; 名取川 / 名取り(평판이 남)

        恋650; 名取川 / 名取り(평판이 남)

        墨滅<恋>1108; なとり川 / 名取り

    (金)恋396; 名取川 / 名取り(평판이 남)

なに[何] 代名: 무엇

    (古)恋696; 何は / 難波 / 名には

        雑973; 名には / 難波 ＝ 何は? / 難波

        雑974; 名には / 難波潟 ＝ 何は? / 難波潟

    (後拾)哀傷595; 何はの事も(아무 것도) / 難波

        恋719; 何はの事も(어떠한 일도) / 難波

雑1073; 何はの事も(어떠한 일도) / 難波

雑1197; 何はの事か(어떠한 일이 －이겠는가?) / 難波

(金)秋197; 何はの事を(옛날에 있었던 그 무슨 일을) / 難波

異本<雑>704; 何はの事も(어떠한 것이라도) / 難波

なには[難波] 名: 지명

(古)恋604; 難波 / 名には

恋649; 難波 / 名には

恋696; 難波 / 名には / 何は

雑894; 難波 / 名には

雑918;　難波 / 名には

雑973; 難波の浦 / 名には(명칭에는. 평판에는) ＝ 難波 / 何は

(後)恋769; 難波 / 名には

雑1201; 難波 / 名には

(拾)恋977; 難波 / 名には

(後拾)哀傷595; 難波 / 何はの事も(아무 것도)

恋719; 難波 / 何はの事も(어떠한 일도)

雑1073; 難波 / 何はの事も(어떠한 일도)

雑1197; 難波 / 何はの事か(어떠한 일이 －이겠는가?)

(金)秋197; 難波(仁徳王의 居処, 高津宮이 있었던 難波) / 何(옛날에 있었던 그 무슨 일)

異本<雑>704; 難波 / 何はの事も

なには[名には]: 평판에는. 소문에는. 그 유명한 → 「名」와 「－には」

(古)恋604; 名には / 難波

恋649; 名には / 難波

恋696; 名には / 難波 / 何は

雑894; 名には / 難波

雑918; 名には / 難波

雑973; 名には(명칭에는. 평판에는) / 難波の浦 ＝ 何は / 難波

雑974; 名には / 難波潟 ＝ 何は / 難波潟

(後)恋769; 名には / 難波

雑1201; 名には / 難波

　　　(拾)恋977; 名には / 難波

なにはがた[難波潟] 名: 지명

　　　(古)雜974; 難波潟 / 名には = 難波潟 / 何は

なにはのうら[難波の浦] 名: 지명 cf.「難波」와「浦」

　　　(古)雜973; 難波の浦 / 名には(명칭에는·평판에는) = 難波 / 何は

　　　(後拾)哀傷596; 難波の浦 / 心荒びて = 浦 / うら寂し?

なにはのこと[何はの事]: 여하한 일. 어떠한 일. 모든 일 cf.「何」

　　　(後拾)雜1197; 何はの事(어떠한 일) / 難波

　　　(金)異本<雜>704; 何はの事も(어떠한 것이라도) / 難波

なのり[名告り] 名: 이름을 고함. 이름을 댐

　　　(後拾)雜962; 名告り / なのりそ(해초이름)

なのりそ[神馬藻] 名: 해초의 일종.「ほんだわら」의 옛 이름. 모자반

　　　(後拾)雜962; なのりそ / 名告り

なは[縄] 名: 짚이나 마 등으로 꼰 줄. 새끼줄

　　　(拾)雜賀<雜恋>1185; 縄絶つ / 名は立つ = 断つ / 立つ

なびく[靡く] 動四段: 나부끼다. 복종하다. 좋아하게 되다 cf.「うち靡く」

　　　(古)恋708; 靡き / たなびき

　　　　　　恋725; * 靡く(가을바람에 땅에 깔리듯 나부끼다 / －에 따르다)

　　　(拾)恋640; * うちなびき(해초가 물살에 나부끼다 / 마음이 나부끼다)

　　　(金)恋351; * 靡く(바람에 나부끼다 / 마음을 기울이다)

なぶ[靡ぶ] 動下二段: 옆으로 휘게 하다. 복종시키다

　　　(古)恋821; 靡べて / なべて

なべて[並べて] 副: 전반적으로. 대체로. 보통

　　　(古)恋821; 並べて / 靡べて

なべてならぬ: 보통이 아닌. 보통이 넘는 →「－ず」(부정 표현의 조동사)

　　　(金)夏131; なべてならぬ / ぬ(沼)

なまめ[生海布] 名: 해조류

　　　(拾)物名378; 生海布刈る / なまめかる(고운 모습을 나타내다)?

なまめかる[艶かる]: 艶くある?(拾)378 →「艶く」

なまめく[艶く] 動四段: 우아하게 보이다. 고운 모습을 띠다

　　　(拾)物名378; なまめかる(고운 모습을 나타내다)? / 生海布刈る

なみ[波.浪] 名: 파도. 연류. 주름살의 비유
    (古)夏135; 波(연못 수면에 이는 물결) / 藤波(만발한 등꽃)
        恋627; 波 / 名
    (後)春120; 浪 / 並み
        恋773; 浪 / 無み
        恋819; 浪 / 無み
        雑1210; 浪数 / 並み数
    (拾)雑524; 波の / 蒔く人無(し)
        雑秋1107; 波 / 並み居て
    (千)雑1163; 波に / 無み
    (新)冬705; ＊ 浪(파도 / 연류)
        羈旅916; 敷津の浪(시끼츠 바닷가의 파도) / しきなみ(頻波)
        恋1077; 浪 / 無み
        恋1078; 浪 / 無み
        恋1091; 波 / 涙
        恋1360; 浪 / 無み
なみ[並み] 名: 늘어 섬. 列. 동류. 동등함
    (後)春120; 並み / 浪
        雑1210; 並み数 / 浪数
なみ[無み]: 없기 때문에. 없어서 → 「無し」와 「－み」
    (後)恋669; 無み(서로 만날 기회가 없어서) / 涙
        恋773; 無み / 浪
        恋819; 無み / 浪
    (千)雑1163; 無み / 波に
    (新)恋1077; 無み / 浪
        恋1078; 無み / 浪
        恋1360; 無み / 浪
        雑1651; 無み / 涙
－なみ ?: －하지 않기 때문에, －하지 않아서 cf. 「－み」
    (後)雑1154; 知らなみ(몰라서) / 白浪
    (拾)雑571; 知らなみ(몰라서) / 白浪

なみだ[涙] 名: 눈물
　　(後)恋669; 涙 / 逢ふことの無み
　　(新)恋1091; 涙 / 波
　　　　雑1651; 涙 / 無み(없어서)
　　　　雑1764; 涙 / 無(し)
なみゐる[並み居る] 動上一段: 일렬로 나란히 앉다
　　(拾)雑秋1107; 並み居て / 波
なら[奈良] 名: 지명
　　(古)雑997; 奈良 / 楢の葉
　　(詞)春29; 奈良(八重桜 꽃피었던 옛 도읍) / な(七)
なら[楢] 名: 졸참나무
　　(古)雑997; 楢の葉(졸참나무의 잎) / 奈良
ならしのやま[奈良思の山.那良志の山] 名: 지명. 大和의 歌枕. 소재미상
　　(後)春53; ならしの山 / 馴らし
ならしのをか[奈良思の岡.那良志の岡] 名: 지명. 大和의 歌枕. 소재미상
　　(拾)恋819; ならしの岡 / 馴らし
ならしば[楢柴] 名: 어린 졸참나무. 졸참나무의 작은 가지
　　(新)恋1050; 楢柴 / 馴ら?(馴れ)
ならす[馴らす] 動四段: 순응시키다. 길들이다. 늘 접촉하여 가깝게 하다
　　(後)春53; 馴らし / 那良志の山
　　(拾)恋703; * 馴らさで(옷을 몸에 걸쳐 익숙케 하다 / 동침하다)
　　　　恋819; 馴らし / 奈良志の岡
　　(後拾)雑947; 馴らされぬ / 生ら
　　(新)秋308; 馴らす / 鳴らす
ならす[鳴らす]: 울리게 만들다 → 「鳴る」와 「－す」(사역 표현의 조동사)
　　(新)秋308; 鳴らす / 馴らす
ならはし[那良はし]: ?
　　(拾)恋901; 那良はし? / 馴ら?(馴れ)
なりもならずも[実りも実らずも]: 열매가 열리던 안 열리던. 결과가 생기던
　　　　　　안 생기던 → 「実る」
　　(古)東1099; * 実りも実らずも(열매가 열리던 안 열리던 / 결과가 생기

478

던 안 생기던)

なりゆく[成り行く]: －이 되어 가다 → 「成る」

(新)雑1613; 成り行く / 鳴り

なる[成る] 動四段: －이 되다. 성취되다

(古)物名467; 成る / 実る 　＜늦은 벼의 볏모를 읊음＞

恋482; 成る / 鳴神

雑体1028; ＊ 成らぬ(불꽃은 내지 않고 연기만을 피우다 / 사랑이
성취되지 않는다)

(後)恋593; 成る / 鳴門

恋1025; 成り / 鳴り

恋1040; 成り / 鳴り

(拾)賀297; 成ら / 鳴ら

雑494; 成る / 鳴る

雑495; 成る / 鳴る

雑556; 成る / 鳴る

雑557; 成り / 生り

成る / 生る

雑558; 成る / 生る

(後拾)恋730; 遥かなる身の恨み / 鳴海の浦 ＝ 成る身? / 鳴海

雑1177; 成る / 鳴る

(金)冬260; 成る / 鳴る

恋430; 成る / 鳴門の浦 ＝ 成る身 / 鳴海

雑540; 成る / 鳴る

雑644; 成れる / 生れる

(詞)雑277; 成れ / 生れ

雑406; 成らむ / 鳴らむ

(千)秋339; 成る / 鳴る(울리다)

羇旅518; 成る身 / 鳴海

恋950; 成る / 鳴門の浜

雑1046; 成る / なるを(鳴尾)

雑1142; 成り / 鳴り

　　　雑1154; 成る / 鳴る

　　　雑1160; 成る / なるを(鳴尾)

　　(新)冬648; 近く成る / 鳴海潟

　　　冬649; よそに成る身 / 鳴海の潟

　　　冬650; 夕暮に成る / 鳴海潟

　　　恋1085; 成る身 / 鳴海の浦

　　　雑1613; 成り行く(－이 되어 가다) / 鳴り

　　　神祇1860; 成る / 鳴る

　　　釈教1945; さこそ成る / 鳴海潟

なる[鳴る] 動四段: 울리다. 울려 소리가 나다

　　(後)恋1025; 鳴り / 成り

　　　恋1040; 鳴り / 成り

　　(拾)賀297; 鳴ら / 成ら

　　　雑494; 鳴る / 成る

　　　雑495; 鳴る / 成る

　　　雑556; 鳴る / 成る

　　(後拾)雑1177; 鳴る / 成る

　　　　雑1211; 鳴ら / 然ならでも(그렇지 않아도)

　　(金)冬260; 鳴る / 成る

　　　雑540; 鳴る / 成る

　　(詞)秋121; 鳴る(옛날 집에서 들었던 것과 같은 鈴虫의 울음소리가 들
　　　　　　　에 울려 퍼지다) / 鳴海の野邊

　　　雑326; 鳴る / 馴る

　　　雑406; 鳴らむ / 成らむ

　　(千)秋339; 鳴る(울리다) / 成る

　　　雑1142; 鳴り / 成り

　　　雑1154; 鳴る / 成る

　　(新)秋308; 鳴らす / 馴らす

　　　雑1613; 鳴り / 成り行く

　　　神祇1860; 鳴る / 成る

なる[穢る．萎る] 動下二段: 옷 따위가 구깃구깃해지다. 낡다

(古)羈旅410; 穢れにし(오래 입은 옷이 구깃구깃해지다) / 馴れにし(산
지 오래된 처와 친숙해지다)

(新)恋1427; 袖の穢れ / 馴れにし君

なる[馴る] 動下二段: 친숙해지다. 익숙해지다

(古)羈旅410; 馴れにし(오래 사는 동안 처와 ー) / 穢れにし(오래 입은
옷이 구깃구깃해지다)

(後)恋1019; ＊ 身には馴るとも(옷이 몸에 익숙해지더라도 / 상대방이
친숙해지더라도)

(拾)恋901; 馴ら?(馴れ) / 那良はし?

(詞)雑326; 馴る / 鳴る

(新)恋1045; 文馴れぬ(편지를 쓰는 데 익숙해져 있지 않다) / 踏み馴れぬ
(두견이 꽃핀 나무 가지에 앉는 것이 익숙하지 않다)

恋1050; 馴ら?(馴れ) / 楢柴

恋1427; 馴れにし君 / 袖の穢れ

雑1455; ＊ 馴る(행차에 익숙해지다 / 깊은 눈에 익숙해지다)

なる[実る. 生る] 動四段: 새로이 생기다. 열매를 맺다

(古)物名467; 実る / 成る ＜늦은 벼의 볏모를 읊음＞

東1099; ＊ 実りも実らずも(열매가 열리다 / 결과가 생겨나다)

(拾)雑557; 生り / 成り

生る / 成る

雑558; 生る / 成る

(後拾)雑947; 生ら / 馴らされぬ

(金)雑644; 生れる / 成れる

(詞)雑277; 生れ / 成れ

なるかみ[鳴る神]: 천둥

(古)恋482; 鳴神 / 成る

なるとのうら[鳴門の浦] 名: 지명. 阿波国의 歌枕. 徳島県 鳴門市 cf.「ー浦」

(金)恋430: 鳴門の浦 / 成る. 恨めしき ＝ 鳴海 / 成る身

なるとのはま[鳴門の浜] 名: 지명. 阿波国. 徳島県 鳴門市와 淡路島사이의 해협

(千)恋950; 鳴門の浜千鳥 / 成る

なるみ[成る身]: →「成る」와「身」

　　　(千)羈旅518; 成る身 / 鳴海

　　　(新)冬649; よそに成る身 / 鳴海の潟

　　　　恋1085; 成る身 / 鳴海の浦

なるみ[鳴海] 名: 지명. 尾張国의 歌枕. 名古屋市 緑区 鳴海

　　　(千)羈旅518; 鳴海 / 成る身

なるみがた[鳴海潟] 名: 지명. 尾張国

　　　(新)冬648; 鳴海潟 / 近く成る

　　　　冬650; 鳴海潟 / 夕暮に成る

　　　　釈教1945; 鳴海潟 / さこそ成る

なるみのうら[鳴海の浦] 名: 지명. 尾張国 cf.「－浦」

　　　(後拾)恋730; 鳴海の浦 / 遥かなる身の恨み = 鳴海 / 成る身?

　　　(新)恋1085; 鳴海の浦 / 成る身

なるみのかた[鳴海の潟] 名: 지명. 尾張国

　　　(新)冬649; 鳴海の潟 / よそに成る身

なるみののべ[鳴海の野辺] 名: 지명. 尾張国의 歌枕. 名古屋市 録区 鳴海

　　　(詞)秋121; 鳴海の野辺(鈴虫가 우는 저녁 무렵의 鳴海の野辺) / 鳴る

なるを[鳴尾] 名: 지명

　　　(千)雑1046; 鳴尾 / 成る

　　　　雑1160; 鳴尾 / ためしには成る

－に 助: 장소과 시간 표현. －에

　　　(古)1048; 二十日に / はつか(僅か)に

　　　(拾)恋650; 沢に(갈대가 나있는 못 주변에) / 多に(많이)

　　　(新)恋1110; 篠に / しのに

　　　　雑1707; 世に(세상에) / よに(정말로)

－に 助: 자격 표현. －로서

　　　(新)後出<哀傷>1987; 形見に / 互に

－に 助: 동작의 목적 표현. －을 위해. －하러

　　　(古)雑972; 狩りに(사냥하러) / 仮に

にし[西] 名: 서쪽. 서풍. 西方浄土

　　　(新)雑1465; ＊ 西(서방 극락정토 / 가을)

にしきのうら[錦の浦] 名: 지명 cf.「－浦」

(後拾)雑1075; 錦の浦 / 裏

－には 助: －えは cf.「名には」

　　　(古)恋604; 名には / 難波

　　　　　恋649; 名には / 難波

　　　　　恋696; 名には / 何は / 難波

　　　　　雑894; 名には / 難波

　　　　　雑918; 名には / 難波

　　　　　雑973; 名には / 難波 ＝ 何は / 難波

　　　　　雑974; 名には / 難波潟 ＝ 何は / 難波潟

　　　(後)恋769; 名には / 難波

　　　　　雑1201; 名には / 難波

　　　(拾)恋977; 名には / 難波

ぬ[沼] 名: 못

　　　(金)夏131; 沼 / なべてならぬ

ぬ[寝] 動下二段: 자다

　　　(拾)雑568; 寝たく / 妬く

　　　　　恋648; 寝難き(동침하기가 어렵다) / 根堅き(뿌리가 견고하다)

　　　　　恋739; 寝ながら / 根ながら

　　　　　恋799; 寝なく / 音泣く

　　　(後拾)雑946; 寝たく / 妬く

　　　(金)夏132; 寝ながら / 根ながら

　　　　　恋507; 寝る / 塗る

　　　(千)恋656; 寝させよ(함께 자게 해주오) / 根ざせよ(뿌리를 내려라)

－ぬ 助動: 부정 표현의 조동사 －ず의 연체형 →「－ず」

　　　(古)雑体1036; 寝ぬ名は / ねぬなは(식물명)

　　　(拾)恋818; 君も来まさぬ(님도 오지 않는) / 来まさぬ山(来増山를 빗댄 말)

　　　(金)夏131; なべてならぬ / ぬ(沼)

　　　　　夏134; 知らぬ間 / ぬま(沼)

　　　　　恋401; 言はぬ間 / 岩沼

　　　(詞)雑319; 知らぬ間 / 沼

ぬき[貫き]: 구슬을 꿴 실?

(千)雜1187; 貫き / 抜き散らしける

ぬぎすつ[脱ぎ捨つ] 動下二段: 벗어버리다. 탄생하다

    (金)恋418; 脱ぎ捨てられん / 捨てられん

ぬきみる[抜き見る]: 빼내어 보다 → 「ーみる」와 「ーたり」

    (古)雜923; 抜き見たる / 乱る

ぬく[貫く] 動四段: 꿰다. 관통시키다

    (後)雜1209; 貫き留めぬ(꿰다) / 抜き留めぬ

ぬく[抜く] 動四段: 빼다. 뽑다. 제거하다

    (後)雜1209; 抜き留めぬ / 貫き留めぬ

    (千)雜1187; 抜き散らしける / 貫き(구슬을 꿴 실)

ぬま[沼] 名: 못

    (金)夏134; 沼 / 知らぬ間

    (詞)雜319; 沼 / 知らぬ間

ぬる[濡る] 動下二段: 물에 젖다. 땀이나 눈물 등에 젖다

    (古)恋617; * 濡れる(물에 젖다 / 눈물에 젖다)

    (後)恋622; * 濡れて(나무 밑 이슬에 젖다 / 눈물에 젖다)

    (金)恋350; * 濡れて(창포를 뽑을 때 소매가 물에 젖다 / 소매가 눈물에 젖다)

    (新)恋1042; * 袖ぞ濡る(소매가 물에 젖다 / 소매가 눈물에 젖다)

ぬる[塗る] 動四段: 바르다. 칠하다

    (拾)雜549; 塗るめり / 温めり

    (金)恋507; 塗る / 寝る

ぬるし[温し] 形ク: 미지근하다. 냉담하다. 둔하다

    (古)雜887; * 温けれど(미지근하다 / 둔하다)

ぬるむ[温む] 動四段: 미지근해지다

    (拾)雜549; 温めり / 塗るめり

ぬれぎぬ[濡衣] 名: 젖은 옷. 이별의 아쉬움에 봄비에 뒤집어씌운 누명

    (古)離別402; * 濡衣(봄비에 젖은 옷 / 떠나는 사람을 붙잡기 위한 구
       실로 비를 핑계삼음)

ね[寝]: 잠. 동침

    (古)恋527; 憂き寝 / 浮き寝

    (後)冬490; 憂き寝 / 浮き寝

恋599; 寝も見し / 根も見し

(拾)雑春1074; そら根(造花의 거짓 뿌리) / 空音(거짓으로 내는 소리)
= 寝? / 音

雑賀1184; 寝 / 子(子時)

(後拾)哀傷596; 憂き寝 / 浮根

恋715; 寝を絶えて(잠자리를 함께 하는 것이 끊어지다) / 根を絶え
て(뿌리가 -)

雑871; 寝 / 根

雑1096; 忍び寝(남의 눈을 피하여 같이 하는 잠자리) / 忍び音(소
리 죽여 우는 소리) = * 忍ぶ(偲ぶ)?

(金)冬297; 憂き寝 / 浮き寝

恋405; 偲び寝(사람을 그리워하며 청하는 잠) / 忍び音(소리 죽여 우는 소리)

恋454; 憂き寝 / 浮き寝 / 音

(千)夏168; 仮寝 / 刈り根

夏187; 憂き寝 / 浮き寝

秋312; 憂き寝 / 浮き寝

冬432; 憂き寝 / 浮き寝

冬434; 憂き寝 / 浮き寝

羈旅503; 憂き寝 / 浮き寝

恋670; 憂き / 浮き寝 = 憂き寝 / 浮き寝

恋807; 仮寝 / 刈り根

(新)秋430; 仮寝 / 刈り根

冬653; 憂き寝 / 浮き寝

羈旅932; 仮寝(여행길에서 청하는 잠) / 刈り根(잘라낸 갈대)

雑1734; 寝 / 根

ね[子] 名: 子時. 밤 11시에서 1시 사이

(拾)雑賀1184; 子 / 寝(잠)

ね[子] 名: 子日 cf. 「子の日」

(後拾)雑1047; 子 / 妬たげなる

ね[音] 名: 소리. 소식

(古)恋536; * 音(닭의 울음소리 / 나의 울음소리)

恋671; 音 / 根

恋779; 音 / 根

雑976; 音 / 根

(後)秋265; 音 / 根

秋334; * 音(거문고 소리 / 울음소리)

恋565; 音 / 富士の嶺

恋661; 音 / 根

恋954; 音 / 根

恋1064; 音 / 根

(拾)夏111; 音 / 根

賀297; 音 / 根

恋767; 音 / 根

雑春1074; 空音(거짓으로 내는 소리) / そら根(造花의 거짓 뿌리) = 音 / 寝?

哀傷1280; 音 / 根

哀傷1323; 音 / 根

(後拾)哀傷582; 音 / 根

恋799; 音 / 根

雑994; 音 / 根

雑1096; 忍び音(소리 죽여 우는 소리) / 忍び寝 = * 忍ぶ(偲ぶ)?

(金)恋405; 忍び音(소리 죽여 우는 소리) / 偲び寝(사람을 그리워하며 청하는 잠)

恋454; 音 / 寝

雑607; 我が音(나의 울음소리) / 若根 = 音 / 根

異本<雑>705; 音 / 根

(詞)雑330; 音 / 根

雑336; 音 / 根

(千)夏170; 音 / 根

哀傷556; 音 / 根

哀傷572; 音(죽은 이 생각에 자신도 모르게 눈물지며 내는 울음소리) / 根

哀傷572; 音 / 根

哀傷573; 憂き音 / 涅根 = 憂き根? / 浮き根

哀傷597; * 音(종소리에 곁들이는 피리소리 / 작자의 울음소리)

恋668; 音 / 芹の根

恋670; 音 / 寝

恋870; ＊ 音(휘파람새의 울음소리 / 나의 울음소리)

(新)夏198; ＊ 忍び音(두견새의 소리 죽인 울음 / 작자의 울음을 참는 소리)

夏221; 音 / 根

夏223; 音 / 根

夏224; 音 / 根

秋456; 雁が音 / 根

哀傷770; 音 / 根

哀傷771; 音 / 根

哀傷772; 音 / 根

恋1009; 音 / 富士の嶺

恋1042; 音 / 根

恋1043; 音 / 根

恋1076; 音(소리) / 下根(밑뿌리)

音をこそは泣け / 根を?

恋1240; 音 / 根

恋1360; 音 / 根

ね[根] 名: 식물 등의 뿌리

(古)恋671; 根 / 音

恋779; 根 / 音

雑976; 根 / 音

(後)秋265; 根 / 音

恋599; 根 / 寝

恋661; 根 / 音

恋792; 根 / 寝

恋954; 根 / 音

恋1064; 根 / 音

(拾)夏111; 根 / 音

賀297; 根 / 音

恋648; 根 / 寝

恋739; 根ながら / 寝ながら

恋767; 根 / 音

恋952; 根 / 独り寝

雑春1074; そら根(造花의 거짓 뿌리) / 空音(거짓으로 내는 소리)
= 寝? / 音

哀傷1280; 根 / 音

哀傷1323; 根 / 音

(後拾)哀傷582; 根 / 音

恋715; 根を絶えて(뿌리가 끊어지다) / 寝を絶えて(잠자리를 함께
하는 것이 -)

恋799; 根 / 音

雑871; 渥根(늪지에 자라는 창포 등의 뿌리) / 憂き寝 = 浮き / 憂き

雑994; 根 / 音

(金)夏127; 根 / 妬たし

夏132; 根ながら(뿌리 채) / 寝ながら(자면서)

異本<雑>705; 根 / 音

(詞)雑311; 根 / ねや(閨)

雑330; 根 / 音

雑336; 根 / 音

(千)夏168; 根 / 仮寝

夏170; 根 / 音

哀傷556; 根 / 音

哀傷572; 根 / 音

哀傷573; 渥根(늪지에 자라고 있는 창포 등의 뿌리) / 憂き音 =
浮き根 / 憂き根?

賀617; 根(소나무 뿌리) / 子の日(천년이 시작되는 첫 날로서의 子日)

恋668; 芹の根 / 音

(新)春16; 根 / 子の日

夏221; 根 / 音

夏223; 根 / 音

夏224; 根 / 音

秋430; 根 / 仮寝

秋456; 根 / (雁が)音

哀傷770; 根 / 音

哀傷771; 根 / 音

哀傷772; 根 / 音

羈旅932; 根 / 寝

恋1042; 根 / 音

恋1043; 根 / 音

恋1076; 根を / 音をこそは泣け?

恋1240; 根 / 音

恋1360; 根 / 音

雑1734; 根 / 寝(잠)

ねぎかく[願ぎ掛く .祈ぎ掛く] 動下二段: 소원을 빌다 cf.「掛く」

　　(拾)神楽593; 祈ぎ掛くる(기원하다) / 懸くる(어깨띠를 걸치다)

ねざす[根差す] 動四段: 뿌리내리다. 뿌리박다

　　(後)恋792; 根差し初め(뿌리를 내리기 시작하다) / 寝ざし初め(처음 잠
　　　　자리를 같이 하다)

　　(千)恋656; 根ざせよ(뿌리를 내려라) / 寝させよ(함께 자게 해 주오)

ねざす[寝ざす] 動四段: 잠들다

　　(後)恋792; 寝ざし初め(처음 잠자리를 같이 하다) / 根ざし初め(뿌리를
　　　　내리기 시작하다)

ねざめ[寝覚め] 名: 잠을 깸

　　(新)哀傷810; 寝覚め / 思ひ寝

ねたげ[妬たげ] 形動ナリ: 은근히 화가 나다. 밉살스럽다

　　(後拾)雑1047; 妬たげなる(은근히 화가 나는) / 子(子日)

ねたし[妬し] 形ク: 밉살스럽다. 분하다

　　(拾)雑568; 妬く / 寝たく

　　(後拾)雑946; 妬く / 寝たく

　　(金)夏127; 妬し / 根

ねどころ[寝所] 名: 침소. 잠자는 곳. 새 등의 보금자리

　　(後)雑1137; 寝所 / 根所(부채바람이 불어 나오는 곳)

ねどころ[根所] 名: 근원이 되는 장소. 뿌리. 밑동
     (後)雜1137; 根所(부채바람이 불어 나오는 곳) / 寢所
ねながら[根ながら]: 뿌리 채 → 「根」와 「ーながら」
     (金)夏132; 根ながら / 寢ながら(자면서)
ねながら[寢ながら]: 자면서 → 「ぬ[寢]」와 「ーながら」
     (金)夏132; 寢ながら / 根ながら(뿌리 채)
ねなく[哭泣く . 音泣く] 動四段: 울다
     (拾)恋799; 音泣く / 寢なく
ねぬな[寢ぬ名]: 무고한 헛소문 → 「ぬ[寢]」와 「ーず」와 「名」
     (古)雜体1036; 寢ぬ名は / ねぬなは(식물명)
ねぬなは 名: 식물명. ジュンサイ(蓴菜)의 옛 이름. 순채. 순나물
     (古)雜体1036; ねぬなは / 寢ぬ名は
ねのひ[子の日] 名: 子日. 正月의 첫 子日 cf. 「子」
     (千)賀617; 子の日(천 년이 시작되는 첫 날로서의 子日) / 根(소나무 뿌리)
     (新)春16; 子の日 / 根
ねや[閨] 名: 규방. 부부의 침실
     (詞)雜311; 閨 / 根
ーの 助: ー의
     (古)雜966; 春の御山(봄기운이 감도는 산) / 春の宮(세자)
     (後)雜1262; 葦の浦(갈대가 자라고 있는 바닷가) / 足の裏
        羈旅1357; 日暮しの山路(종일 시간을 보낸 산길) / ひぐらしの山(지명)
     (拾)恋961; 袖の裏(소매 속) / 袖の浦(지명)
     (拾)哀傷1304; 我が子の世(덧없이 짧았던 내 자식의 수명) / 此の世(현세)
        哀傷1305; 子の世(자식의 생애) / 此の世(현세)
     (後拾)春33; 問ふ日の / 飛火野
        哀傷564; 子の世(자식의 생애) / 此の世(현세)
        雜1154; (山吹の実)の / 蓑
     (金)雜552; 袖の裏 / 袖の浦
        雜637; 子の / 此の
     (千)春13; 問ふ日の / 飛火野
        離別491 子の / 此の

　　　　　雑1169; 淀(물이 괸 곳)の / 夜殿

　　　　(新)哀傷807; 袖の裏(눈물이 닿는 소매 속) / 袖の浦(지명)

　　　　　哀傷813; 子の世(자식의 생애) / 此の世(현세)

　　　　　離別861; 道の奥 / 陸奥

　　　　　雑1497; 袖の裏(소매 속) / 袖の浦(지명)

のがふ[却ふ] 動四段: 싫어하여 물리치다

　　　　(古)雑体1045; 却ひ(되 물리치다) / 野飼ひ(방목하다)

　　　　(後)雑1252; 却ふ(싫어하여 물리치다) / 野飼ふ

　　　　　離別1312; 却ひ / 野飼ひ

のがふ[野飼ふ] 動四段: 방목하다

　　　　(古)雑体1045; 野飼ひ / 却ひ(되 물리치다)

　　　　(後)雑1252; 野飼ふ / のがふ

　　　　　離別1312; 野飼ひ / 却ひ

のき[軒] 名: 추녀

　　　　(金)恋439; 軒 / 思ひ退き

　　　　　雑591; 軒 / 退き

　　　　(新)夏243; 軒 / 退き

　　　　　釈教1949; 軒 / 退き

のく[退く] 動四段: 물러가다. 퇴거하다

　　　　(金)雑591; 退き / 軒

　　　　(新)夏243; 退き / 軒

　　　　　釈教1949; 退き / 軒

のぶ[延ぶ] 動下二段: 연장하다. 늘리다

　　　　(後拾)春25; 延べ / 野辺

のべ[野辺] 名: 들녘. 들 주변

　　　　(後拾)春25; 野辺 / 延べ

－のみ 助: 한정. 강조표현. －뿐

　　　　(後)恋1018; －のみ / 身

のり[法] 名: 仏法

　　　　(拾)雑530; 法 / 乗り

　　　　(新)釈教1921; 法 / 乗り

　　　釈教1961; 法 / 海苔
のり[海苔] 名: 김
　　(新)釈教1961; 海苔 / 法
のる[乗る] 動四段: 탈것에 타다
　　(拾)雑530; 乗り / 法
　　(新)釈教1921; 乗り / 法

<は行>

は[葉] 名: 잎
    (古)恋478; 葉 / 僅かに
       恋688; 葉 / 言の葉
       恋737; 葉 / 言の葉
       恋782; 葉 / 言の葉
       恋788; 葉 / 言の葉
       恋820; 葉 / 言の葉
       雑940; 葉 / 言の葉
       雑958; 葉 / 言の葉
    (後)秋425; 葉 / 言の葉
       冬448; 葉 / 言の葉
       冬450; 葉 / 言の葉
       冬462; 葉 / 言の葉
       恋609; 葉 / 言の葉
       恋897; 葉 / 言の葉
       恋921; 葉 / 言の葉
       恋923; 葉 / 言の葉
       恋933; 葉 / 言の葉
       恋1031; 葉 / 言の葉
       恋1044; 葉 / 言の葉
       恋1048; 葉 / 言の葉
       雑1097; 葉 / 言の葉
       雑1211; 葉 / 言の葉
       雑1273; 葉 / 言の葉
       雑1289; 降る葉 / 古言の葉 ＝ 言の葉 / 葉
    (拾)恋828; 葉 / 言の葉
       雑秋1141; 葉 / 言の葉
       雑秋1142; 葉 / 言の葉

(後拾)恋813; 葉 / 言の葉

雑942; 葉 / 言の葉

雑955; 葉 / 言の葉

雑1006; 葉 / 言の葉

雑1089; 葉 / 言の葉

雑1090; 葉 / 言の葉

(金)恋420; 葉 / 言の葉

雑555; 葉(나무 잎) / 言の葉(和歌)

雑613; 葉 / 言の葉

(詞)雑369; 葉 / 言の葉

雑380; 葉 / 言の葉

(千)恋685; 葉 / 言の葉

恋827; 葉 / 言の葉

雑1105; 葉 / 言の葉

雑1106; 葉 / 言の葉

(新)哀傷826; 葉 / 言の葉

恋1023; 葉 / 僅かに

恋1241; 葉 / 言の葉

恋1247; 葉 / 言の葉

恋1303; 葉 / 言の葉

恋1319; 葉 / 言の葉

恋1344; 葉 / 言の葉

恋1345; 葉 / 言の葉

雑1729; 葉 / 言の葉

雑1777; 葉 / 言の葉

雑1802; 葉 / 言の葉

−は 助: −은. −는

(古)夏148; 時は(옛날의 모든 것들이 생각날 때) / 常盤の山

秋251; 時は(단풍이 들지 않을 때는) / 常磐の山(단풍이 들지 않는
다는 常磐山)

賀362; 時は(가을이 와도 색이 변하지 않을 때는) / 常盤山(단풍든

　　　　　−) ＝ 常緑／常盤山

　　　恋495；時は／常磐の山

　　　恋659；彼は(저것은)／川

　　　恋696；何は／難波／名には

　　　雑973；名には／難波 ＝ 何は?／難波

　　　雑974；名には／難波潟 ＝ 何は?／難波潟

　　　雑体1036；寝ぬ名は／ねぬなは(식물명)

　(後)夏158；音は(거기에 있다고 하는 소식은)／音羽の山

　　　恋636；彼は(저것은)／川

　　　恋992；彼は(저것은)／川

　　　雑1219；水は汲む／瑞歯ぐむ(늙어 새로이 이가 나다)

　　　雑1276；今日は雁／今日許り

　(拾)雑571；時は／常盤の山

　　　雑574；時は／常盤

　　　恋681；時は／常磐の山

　　　雑賀＜雑恋＞1185；名は立つ／縄絶つ ＝ 立つ／断つ

　(後拾)哀傷595；何はの事も(어떠한 일도)／難波

　　　　恋719；何はの事も(어떠한 일도)／難波

　　　　雑1073；何はの事も(어떠한 일도)／難波

　　　　雑1116；水は汲む／瑞歯ぐむ(늙어 새로이 이가 나다)

　　　　雑1197；何はの事か(어떠한 일이 −이겠는가?)／難波

　(金)秋197；何はの事を(옛날에 있었던 그 무슨 일을)／難波

　　　異本＜雑＞704；何はの事も(어떠한 것이라도)／難波

　(新)恋1327；身は／三輪の山

　　　雑1515；あ(彼)は／淡

　　　雑1617；常磐(상록)／常磐の山里 ＝ 時は／常磐の山

−ば 助: 조건표현. −면

　　(古)離別365；去なば(그대와 헤어져 떠나가면)／因幡の山(작자가 가는
　　　곳에 있는 −)

　　(後)離別1310；往なば／稲葉／因幡

　　(新)春61；往なば(봄이 되어 기러기가 떠나가면)／稲葉

　　　　羈旅968; 往なば / 稲羽の山

はうき[伯耆] 名: 지명. 山陰道의 一国으로서, 지금의 取鳥県 西部 cf. 「ははき」

　　　　(後拾)雑876; 伯耆 / ははきぎ(帚木)?

はか[墓] 名: 무덤

　　　　(後)恋640; 墓と / はかと

　　　　(後拾)雑1156; 墓無く / 果無く(덧없이)

　　　　(新)哀傷841; 墓 / そこはかと(그것은 이러이러하다고 분명히)

はか[果] 名: 목표. 일이 진척되는 상태.

　　　　(後)恋640; はかと / 墓と

はかなし[果無し] 形ク: 덧없다

　　　　(後拾)雑1156; 果無く(덧없이) / 墓無く

はかま[袴] 名: 일본 옷의 겉에 입는 주름잡힌 하의

　　　　(古)秋239; 袴(누군가 입고 와 벗어 걸쳐놓은 下衣) / 藤袴(가을 들녘
　　　　　　의 등골나물)

はかり[秤] 名: 저울

　　　　(後拾)雑1085; 秤 / －ばかり

－ばかり[－許] 助: －정도. －만

　　　　(後)雑1276; 今日許り / 今日は雁

　　　　(拾)雑春1063; 香ばかり / 斯ばかり(이만큼)

　　　　(後拾)春59; 香ばかり / 斯ばかり

　　　　　　春61; 香ばかり / 斯ばかり

　　　　　　春62; 香ばかり / 斯ばかり

　　　　　　雑1085; －ばかり / はかり(秤)

　　　　(新)後出<夏>1983; 香ばかり / 斯ばかり

はし[端] 名: 가장자리. 어중간함

　　　　(古)雑959; ＊ 端(대나무 줄기의 양끝부분 / 반편이)

　　　　(金)雑664; 端(가장자리) / 柱

　　　　(千)恋672; 端 / 橋

　　　　　　恋850; 端 / 橋

はし[橋] 名: 다리

　　　　(拾)雑賀<雑恋>1199; 橋 / 片端

　　　　雑賀<雑恋>1202; 橋 / 疑はし

　　(金)恋509; 橋 / 端端

　　(千)恋672; 橋 / 端

　　　　恋850; 橋 / 端

はしばし[端端] 名: 부족한 사람. 미진한 것. 一端

　　(金)恋509; 端端(하잘 것 없는 사람) / 橋

はしら[柱] 名: 기둥

　　(金)雑664; 柱 / はし(端)

はしりび[走り火] 名: 숯불 등이 필 때 탁탁 튀는 불똥

　　(古)雑体1030; 走り火 / 走り(생각이 격하게 움직이다)

はしる[走る . 奔る] 動四段: 가슴이 두근거리다. 격정이 일다. 불이 탁탁 튀다.

　　(古)雑体1030; 走り(생각이 격하게 움직이다) / 走り火(숯불 등이 필
　　　　때 탁탁 튀는 불똥)

はた[将] 副: 또. 그렇지만. 역시

　　(後)離別1336; 何時はた(언제 또) / 五幡

　　(新)離別858; 何時はた(언제 또) / 五幡

はた[端] 名: 바깥 쪽 측면. 가장자리

　　(千)雑1184; 端(가장자리) / 機(직기)

はた[機] 名: 천을 짜는 도구. 직기

　　(千)雑1184; 機 / はた(端)

　　(新)離別864; 機 / 果たて

はたて[極 . 果たて] 名: 끝. 극한. 한도

　　(新)離別864; 果たて / はた(機)

はつ[果つ] 動下二段: 계절 등이 끝나다. 죽다. 아주 －하다. 끝까지 －하다

　　(古)秋308; 秋果てぬ(가을이 끝나다) / 飽き果てぬ(아주 질려 이 세상이
　　　　싫어지다)

　　(後)秋439; 秋果つる / 飽き果つる

　　　　雑1300; 秋果つ / 飽き果てられし

　　(拾)恋841; 秋果つる / 飽き果つる ＝ 秋 / 飽き

　　　　恋906; 秋の果つ / はつかに

　　　　雑秋1136; 秋果てぬ / 飽き果てぬ ＝ 秋 / 飽き

　　　雜恋1269; 秋果つる / 飽き果つる ＝ 秋 / 飽き

　　(金)秋226; 秋果てぬ / 飽き果てぬ

　　　冬265; 秋果て / 飽き果て

　　(新)夏261; 果つ / 恥づ? / 初瀬河

　　　恋1142; 契は果つ / 初瀬山

　　　雜1574; 秋果つ / 飽き果つ

はづ[恥づ] 動上二段: 자신의 열등함을 부끄러워하다

　　(新)夏261; 恥づ? / 初瀬河 / 果つ

はつか[二十日] 名: 이십일

　　(古)雜体1048; 二十日に / はつかに(僅かに)

　　(後拾)雜950; 二十日に / 僅かに(얼핏)

　　(新)恋1256; 二十日に / 僅かに

　　　雜1571; 二十日 / 羽束の山

はつか[僅か] 形動ナリ: 잠시 동안. 얼핏 나타나는 모양

　　(古)恋478; 僅かに / 葉

　　　雜体1048; 僅かに / 二十日に

　　(拾)恋906; はつかに / 秋の果つ

　　(後拾)雜950; 僅かに(얼핏) / 二十日に

　　(新)恋1023; 僅かに / 葉

　　　恋1256; 僅かに / 二十日に

はづかし[恥づかし] 形シク: 부끄럽다. 비교해 부끄러움을 느낄 정도로 뛰어나다

　　(後)恋664; 身を恥づかし / 羽束師の森

　　(金)雜555; 恥づかし / 羽束師の森

　　(千)雜1162; 恥づかし / 羽束師の杜

はづかしのもり[羽束師の森]: 지명. 山城国. 京都市 伏見区 羽束師志水町에
　　　　　　　　　　　있는 羽束師神社의 숲으로 추정

　　(後)恋664; 羽束師の森 / 身を恥づかし

　　(金)雜555; 羽束師の森 / 恥づかし

　　(千)雜1162; 羽束師の杜 / 恥づかし / 渡り(세상에 평판이 남)

はつかのやま[羽束の山] 名: 지명. 摂津国 有馬郡 羽束(はつかし)郷

　　(新)雜1571; 羽束の山 / 二十日

はつせがは[初瀬河] 名: 지명. 大和国의 歌枕. 長谷寺의 북쪽 산지에서 発源
　　　　　　　　　　하여 佐保川와 합류한 후 大和川으로 흘러드는 川

　　(新)夏261; 初瀬河 / 果つ / 恥づ?

はつせやま[初瀬山] 名: 지명. 大和国. 長谷郷의 山地로 특히 長谷寺가 있는 산

　　(新)恋1142; 初瀬山 / 契は果つ

はつね[初子] 名: 정월의 첫 子日

　　(拾)春22; 初子の日 / 初音

　　　　雑春1022; 初子 / 初音

はつね[初音] 名: 새 등의 새해 첫 울음소리 cf. 「音」

　　(拾)春22; 初音 / 初子の日

　　　　雑春1022; 初音 / 初子

はて[果て] 名: 喪이 끝날 때. 49일 또는 一周忌 때의 法会

　　(後拾)哀傷591; 果て(상이 끝남) / 果ては(결국은)

はては[果ては] 副: 결국은

　　(後拾)哀傷591; 果ては / 果て(상이 끝남)

はな[花] 名: 꽃

　　(千)釈教1214; * 花(꽃 / 법화경)

はなかつみ[花かつみ] 名: 식물명. 물가에 자라며, 가을에 갈대를 닮은 이삭
　　　　　　　　이 나오는 풀

　　(古)恋677; はなかつみ / かつ見

はなさかり[花盛り]: 꽃이 피어 한창임

　　(後)春71; 花盛り / 離り行く(멀어져 가다)

はなつ[放つ] 動四段: 물 등을 방출하다

　　(後)恋* 791; いひは放たじ / 言ひは放たじ

　　(拾)雑恋1233; いひ放たれよ / 言ひ放たれよ

はなのいろ[花の色]: 꽃의 색. 容色

　　(古)春113; * 花の色(꽃의 색 / 작자의 容色)

はは[母] 名: 어머니

　　(後)雑1289; 母 / 柞山(떡갈나무가 많은 산)

　　(後拾)哀傷555; 母 / 柞

　　　　雑1127; 母 / 帚木

(詞)雜380; 母 / 柞の森(지명)

ははき[伯耆] ?: 지명. 山陰道의 一国으로서, 지금의 取鳥県 西部 →「はうき」

　　(後拾)雜876; 伯耆 / ははきぎ(帚木)

ははきぎ[帚木] 名: 信濃国 園原에 있어, 멀리서는 보이나 가까이 다가가면
　　　　　　　모습을 감춘다는 전설상의 나무

　　(後拾)雜876; 帚木 / はうき(伯耆)?

　　　　雜1127; 帚木 / 母

ははこ[母子] 名: 모자. 어머니와 자식

　　(後拾)雜1203; ＊ 母子(어머니와 자식 / ハハコ草)

ははこ[母子] 名: 풀이름. 母子草

　　(後拾)雜1203; ＊ 母子(ハハコ草 / 어머니와 자식)

ははそ[柞] 名: 떡갈나무. 상수리나무나 갈참나무 등의 총칭

　　(後)雜1289; 柞山(떡갈나무가 많은 산) / 母

　　(後拾)哀傷555; 柞 / 母

ははそのもり[柞の森] 名: 지명. 山城国의 歌枕. 京都府 相楽郡 精華町 祝園

　　(詞)雜380; 柞の森 / 母

ははそやま[柞山]: 떡갈나무가 많이 자라고 있는 산 cf.「柞」

　　(後)雜1289; 柞山 / 母

はひ[灰] 名: 재

　　(後拾)春153; 灰注す / (池に)這ひ

はふ[這ふ] 動四段: 땅을 기다

　　(後拾)春153; (池に)這ひ / 灰注す

はま[浜] 名: 해변의 모래밭. 해변가

　　(拾)離別342; 浜無 / 浜名の橋

はまなし[浜無し]: 해변이 없다 →「浜」와「－無し」

　　(拾)離別342; 浜無 / 浜名の橋

はまなのはし[浜名の橋] 名: 지명

　　(拾)離別342; 浜名の橋 / 浜無

はやながら[早ながら]: 옛날로 돌아가. 이전처럼

　　(古)雜1000; 早ながら(전처럼) / 速(し)

はやし[速し] 形ク: 빠르다

(古)冬341; * 流れて速し(飛鳥川의 흐름이 빠르다 / 세월이 빠르다)

恋471; 速く / 早く

恋651; * 速くとも(물살이 빠르다 / 심정이 격하고 강렬하다)

雑1000; 速(し) / 早ながら(예전처럼)

(後拾)冬386; 速く / 早く

(金)恋419; 速く / 早く

はやし[早し] 形ク: 이르다

(古)恋471; 早く / 速く

(後拾)冬386; 早く / 速く

(金)恋419; 早く / 速く

はやながら[早ながら]: 예전처럼?

(古)雑1000; 早ながら / 速(し)

はら[腹] 名: 신체의 일부. 배

(後拾)雑1127; その腹 / 園原

(新)羇旅913; その腹 / 園原

はらから[同胞] 名: 형제자매

(後拾)哀傷559; 同胞 / 天の原から

恋616; 同胞(같은 배에서 태어난 자매) / 海の原(넓은 바다)

雑941; 同胞 / 園原から

はらだつ[腹立つ] 動下二段: 화를 내다

(後拾)雑934; 腹立つ / わたのはら(海の原) / 立つ(파도가 일다)

雑935; 腹立つ / わたのはら(海の原) / 立つ(파도가 일다)

はり[針] 名: 침

(古)雑体1054; 針 / 偽り

はる[春] 名: 봄

(古)春8; * 春(봄 / 왕세자)

春9; 春(눈이 내리는 봄) / 張る

春115; 春(눈이 내리는 봄) / 張る

春127; 春(눈이 내리는 봄) / 張る

恋791; 春(봄) / 張る

雑868; 春 / 目も遥に / 芽も張る ＝ 遥 / 張る

雜966;　春の御山(봄기운이 가득 찬 산) / 春の宮(세자)

雜967;　* 春(봄 / 좋은 시절)?

(後)春14;　春 / 張る

春65;　春 / 張る

春66;　春 / 張る

春135;　* 春(봄 / 인생의 좋은 때)

春136;　* 春(봄 / 인생의 좋은 때)

恋639;　春 / 遥遥に

雜1078;　春 / 遥遥

哀傷1407;　* 春(봄 / 세자)

(拾)恋812;　春 / 張る

雜秋1155;　* 春(봄 / 인생의 좋은 때)

(後拾)春41;　春 / 遥遥

春111;　春 / 春の宮人?

(金)春11;　春 / 張る

雜525;　* 春(봄 / 任官의 기회)

(新)春107;　* 春(꽃의 관리자인 봄 / 春日神社의 神)

賀735;　春 / 木の芽も張る / 目も遥の ＝ 春 / 張る

賀746;　* 春(봄 / 왕의 은총)

雜1449;　春 / 張る

雜1579;　* 春(봄 / 왕의 은택)?

雜1598;　春 / 目も遥に(아득히 멀리)

はる[春] 名: 인생의 좋은 시절을 나타내는 비유적 표현. 任官 등의 좋은 기회

(古)雜967;　* 春(좋은 시절 / 봄)?

(後)春135;　* 春(인생의 좋은 때 / 봄)

春136;　* 春(인생의 좋은 때 / 봄)

(拾)雜秋<雜>1155;　* 春(인생의 좋은 때 / 봄)

(金)雜525;　* 春(任官의 기회 / 봄)

はる[春] 名: 왕의 은총

(新)賀746;　* 春(왕의 은총 / 봄)

雜1579;　* 春(왕의 은택 / 봄)?

はる[春] 名: 春日의 神?
    (新)春107; * 春(春日神社의 神 / 꽃의 관리자인 봄)
はる[春] 名: 春宮. 왕세자
    (古)春8; * 春(왕세자 / 봄)
    (後)哀傷1407; * 春(세자 / 봄)
はる[張る] 動四段: 활짝 펴다. 활의 시위를 메우다. 싹을 내다
    (古)春9; 張る(나무가 싹을 키워 내밀다) / 春(눈이 내리는 봄)
       春20; 張る(활을 눌러 활줄을 팽팽하게 걸다) / 春雨(봄나물을 키우
          는 봄비)
       春25; 張る(남편의 옷을 빨아 팽팽하게 펴다) / 春雨(들녘에 녹색을
          더하는 봄비)
       春115; 張る(활을 팽팽히 당기다) / 春(꽃이 질 무렵의 봄)
       春127; 張る(활을 팽팽히 당기다) / 春(화살처럼 빨리 지나간 봄)
       羈旅410; 張る張る(빨아서 말린 옷을 팽팽하게 펴다) / 遥遥(집을
          떠나 아득히 먼 곳까지)
       恋604; 芽も張る / 目も遥
       恋791; 張る / 春
       雑868; 張る / 春 / 遥に = 張る / 遥
    (後)春14; 張る / 春
       春60; 張る / 春風
       春65; 張る / 春
       春66; 張る / 春
    (拾)雑533; 張る / 遥に
       恋812; 張る(활을 당기다) / 春
    (金)春11; 張る / 春
    (詞)春16; 張る / 遥遥
    (千)春31; 張る / 春雨
    (新)春29; 張る / 春山
       賀734; 張る / 遥に
       賀735; 張る / 春 / 目も遥 = 張る / 春
       雑1449; 張る / 春

はる[晴る] 動下二段: 하늘이 개다. 괴로움 등이 사라지다

    (古)離別386; * 晴れぬ(안개가 걷히질 않는다 / 헤어짐에 마음이 편치 못하다)

       恋580; * 晴るる(안개가 사라지다 / 번민이 해소되다)

       恋753; 最晴れて / 厭はれて

       雑935; * 晴れず(안개가 사라지지 않는다 / 마음이 밝아지지 않는다)

       雑937; * 晴れぬ(좀처럼 구름이 걷히지 않는다 / 마음이 밝지 않다)

       雑体1045; いと晴るる / 厭はるる

    (金)恋491; 晴れじ / 思はれじ

    (詞)雑313; * 晴れぬ(하늘이 − / 마음이 −) / 思はれぬ

はるかぜ[春風] 名: 봄바람

    (後)春60; 春風 / (木の芽)張る

はるかなり[遥かなり] 形動ナリ: 거리가 멀리 떨어져 있다. 疎遠하다

    (古)恋482; * 遥かに(멀리 떨어져 / 멀어서 만날 수 없다)

    (後拾)恋730; 遥かなる身 / 鳴海 = 成る身? / 鳴海

はるかなるみ[遥かなる身]: 멀리 떨어져 있는 몸 → 「遥かなり」와 「身」

    (後拾)恋730; 遥かなる身 / 鳴海 = 成る身? / 鳴海

はるけし[遥けし] 形ク: 대단히 멀다. 꽤 떨어져 있다. 시간적으로 아주 멀다

    (新)恋1130; * 遥けかる(帰山이 멀다 / 돌아올 날이 요원하다)

はるさめ[春雨] 名: 봄 비

    (古)春20; 春雨(봄나물을 키우는 봄 비) / 張る(활을 눌러 활줄을 팽팽하게 걸다)

       春25; 春雨(들녘에 녹색을 더하는 봄 비) / 張る(남편의 옷을 빨아 팽팽하게 펴다)

    (千)春31; 春雨 / 張る

はるなり[遥なり] 形動ナリ: 사이를 가로막는 것이 없어 눈 닿는 끝까지 바라다 보이는 모양. 目も遥に 꼴로 '눈이 닿는 한 멀리'의 뜻을 나타냄 cf. 「遥かなり」

    (古)恋604; 目も遥に / 芽も張る

       雑868; 目も遥に / 張る / 春 = 遥 / 張る

    (拾)雑533; 遥に / 張る

    (新)賀734; 目も遥に / 張る

       賀735; 目も遥 / 張る / 春 = 張る / 春

雑1598; 目も遥に(아득히 멀리) / 春

はるのひ[春の日]: 봄 날 → 「日」

    (新)春78; 春の日 / 火

はるのみや[春の宮]: 동궁. 왕세자

    (古)雑966; 春の宮 / 春の御山(봄기운이 가득한 산)

はるのみやびと[春の宮人]: 왕세자를 모시는 사람들. 春宮의 관리들

    (後拾)春111; 春の宮人 / 春?

はるのみやま[春の御山]: 봄기운이 가득한 산. 봄기운이 감도는 산 → 「春」와
                 「―の」와 「御山」

    (古)雑966; 春の御山 / 春の宮(세자)

はるばる[遥遥] 副: 지나온 길이나 앞으로의 여정이 머나먼 모양. 아득히. 훨씬

    (古)羈旅410; 遥遥(집을 떠나 아득히 먼 곳까지) / 張る張る(빨아 말린
        옷을 팽팽하게 펴다)

    (後)恋639; 遥遥に / 春

        雑1078; 遥遥 / 春

    (後拾)春41; 遥遥 / 春

    (詞)春16; 遥遥 / 張る

はるほどもなくかへる[張るほどもなく返る]: 활을 당기면 바로 제자리로 돌
                       아가다. 돌려 달라는 재촉에 시
                       위를 당겨볼 새도 없이 활이
                       곧 바로 주인에게로 돌아가다
                       → 「返る」

    (金)雑557; * 返る(활이 제자리로 돌아가다 / 활이 주인에게로 돌아가다)

はるやま[春山]: 春の山. 봄날의 산. 봄 산

    (新)春29; 春山 / 張る

ひ[火] 名: 불. 정열의 불

    (古)冬328; 火(마음속의 불)消ゆらむ / 思ひ(눈이 내려 쌓인 산마을에서
        겨울을 견디며 사는 사람들이 느낄 막막함과 불안감)

        恋477; 火(그대가 마음속에 지필 정열의 불) / 思ひ(그대가 나를
        연모하며 그리워하는 마음)

        恋480; 火(나의 마음을 상대방에게 전해주는 불) / 思ひ(상대방을

연모하는 마음)

恋534; 火(연모의 불) / 思ひ(상대방이 모르는 나만의 연정)

恋544; 火(나방 등이 뛰어들어 헛되이 죽는 불) / 思ひ(죽음도 고
사하지 않을 주체 못할 연정)

恋596; 火(마음속의 불) / 思ひ(세월이 지나도 꺼지지 않는 연정)

恋600; 火(연모의 불) / 思ひ(스스로 제어할 수 없는 연정)

恋606; 火(연모의 불) / 思ひ(마음속에 담아두고 있는 연정)

恋643; 火(생각의 불) / 思ひ出づる / 日出づる = 思ひ / 日

恋657; 火(생각의 불) / 思ひ(한없는 연정)

恋680; 火(사랑의 불) / 恋(불붙어 타는 듯한 사랑)

恋790; 火(연모의 불) / 思ひ(관계가 소원해진 지금도 끊임없이 불
붙어 타고 있는 연모의 정)

恋791; 火(생각의 불) / 思ひせば(자신을 초목이 다 마른 겨울 들
판이라 생각한다면)

雑978; 火(나를 생각하는 마음의 불) / 思ひ(나를 생각하는 것이
쌓인 눈처럼 깊은 마음)

雑979; 火(생각의 불) / 思ひ来し路(越에서 오는 길에 그대만을 생
각하며 오다)

雑体1002; 火(사랑의 불) / 思ひ(和歌로서 표현된 세상 사람들의
뭇 연정들)

雑体1026; 火(연정의 불) / 思ひ(연정) / 緋の色(연정의 불이 띄고
있는 색) = 思ひ / 緋

雑体1028; 火(연기만 내는 사랑의 불) / 思ひ(성취되지 않아 애타
는 사랑의 마음)

雑体1030; 火 / 思ひ(만날 길 없는 사랑에 애타는 마음)

(後)夏209; 火(반딧불) / 思ひ(참으려 해도 그만 겉으로 드러나고 마는
연모의 마음)

恋517; 火(사모의 불) / 思ひ(수년간 계속된 여인을 사모하는 마음)

恋518; 火(사모의 불) / 思ひ(효과가 없다고 푸념하는 사람의 작자
에 대한 연정)

恋546; 火(눈물을 따뜻하게 한 사모의 불) / 思ひ(여인의 남자에

대한 사모의 정)

恋562; 火(그대의 나를 생각하는 불) / 思ひ(작자에 대한 상대방의 연정)

恋565; 火 / 恋

恋644; 火(가슴을 새까맣게 그슬리는 사모의 불) / 思ひ(만날 수
　　　　 없어 눈물짓는 사모의 정)

恋647; 火(사모의 불) / 思ひ(이루어지지 않아 혼자만 애태우는 연정)

恋681; 火 / 恋

恋782; 火(스스로 마음을 혼란케 하는 사모의 불) / 思ひ(그대를
　　　　 향한 사모의 정)

恋835; 火(생각의 불) / 思ひ(나의 한없고 열렬한 마음)

恋851; 火(회한의 불) / 思ひ(남자에게 마음을 주지 않았으면 좋았
　　　　 을걸 하고 후회하는 마음)

恋863; 火(상념의 불) / 思ひ消えぬれ(깊은 사랑의 고뇌에 정신이
　　　　 아득해지다)

恋869; 火(사모의 불) / 思ひ(눈물이 흘러 강물을 이룰 정도로 애타는 연정)

恋956; 火(사모의 불) / 思ひ(남편의 다른 여자에 대한 열렬한 생각)

恋968; 火(사모의 불) / 思ひ(남자의 작자에 대한 연정)

恋973; 火(사모의 불) / 思ひ(상대방을 향한 열렬한 연정)

恋974; 火(사모의 불) / 思ひ(상대방이 작자를 사랑하는 마음)

恋988; 火(사모의 불) / 思ひ(상대방을 향한 사모의 정)

恋989; 火 / 恋

恋990; 火(꺼질 줄을 모르는 사모의 불) / 思ひ(상대방의 열렬한 연정)

恋991; 火(사모의 불) / 思ひ焦がれ(상대방을 사모하며 속을 태우다)

恋1014; 火(사모의 불) / 思ひ(속으로 애태우는 열렬한 연정)

恋1015; 火(별 효과도 없는 사모의 불) / 思ひ(상대방의 작자에 대한 연정)

恋1017; 火(사모의 불) / 思ひ(불타는 연정)

恋1072; 火 / 恋

雜1157; 火 / 思ひ

雜1226; 火 / 思ひ出で

離別1309; 火(부싯돌로 일으키는 불) / 思ひいでなん(나를 생각해
　　　　　 주었으면 좋겠다)

(拾)冬227; 火(주변의 물도 얼지 않게 하는 사모의 불) / 思ひ(물새가
　　　　느끼는 사모의 정)
　　雑572; 火 / 思ひ
　　神楽597; 火 / 思ひ
　　恋656; 火 / 恋
　　恋891; 火(사모의 불) / 思ひ(지극히 열렬한 연정)
　　恋892; 火 / 恋
　　恋929; 火(사모의 불) / 思ひ(사랑하는 이를 사모하는 마음)
　　恋962; 火(사모의 불) / 思ひ(눈물에 젖어 지내는 애타는 연정)
　　恋971; 火(사모의 불) / 思ひ(한없는 연정)
　　恋972; 火(사모의 불) / 思ひ(상대방의 작자에 대한 연정)
　　雑秋<冬>1154; 火 / 早蕨
　　哀傷1331; 火の家(불난 집) / 思ひの家(번뇌의 집)
(後拾)夏216; 火(반딧불) / 思ひ(마음속에 담아두고 있는 애절한 사랑)
　　恋612; 火(사모의 불) / 思ひ(속에만 담아두고 참고 있던 사모의 정)
　　恋643; 火 / 恋
　　恋756; 火(사모의 불) / 思ひ(그리워하며 애태우는 사모의 정)
　　恋773; 火(사모의 불) / 思ひ(가망 없는 사랑임에도 불구하고 점
　　　　점 더 불타오르는 연정)
　　恋822; 火 / 恋
　　恋823; 火(사모의 불) / 思ひ(작자에 대한 상대방의 연정)
　　雑990; 火 / 思ひ
　　雑1208; 火 / 思ひ
(金)恋399; 火 / 恋
　　恋465; 火(사모의 불) / 思ひ(끊임없이 사모하는 마음)
　　雑615; 火 / 思ひ(죽은 자식에 대한 모친의 슬픔)
　　雑621; 火(죽은 사람에 대한 사모의 불 / 火葬의 불) / 思ひ(죽은 사
　　　　람을 사모하는 마음)
　　異本<雑>708; 火 / 思ひ
(詞)夏73; 火(반딧불) / 忍び
　　恋187; 火(사모의 불) / 思ひ(주체할 수 없을 정도로 타오르는 사모의 정)

恋188; 火(사모의 불) / 思ひ(눈에 보이지 않아 알릴 길이 없는 사모의 정)

恋202; 火(사모의 불) / 思ひ(그리운 사람에 대한 사모의 정)

(千)夏199; 火(사슴을 잡으려는 집념의 불) / 思ひ(사슴을 잡으려는 집념)

哀傷575; 火(상념의 불) / 思ひ(가슴에 가득 차 있는 여러 가지 생각들)

恋703; 火 / 恋

雑1041; 火 / 思ひ

(新)春78; 火 / 春の日(풀이 움트는 봄날)

哀傷802; 焚く火 / 類

恋1007; 火(사모의 불) / 思ひ(사모하는 마음)

恋1009; 火(사모의 불) / 思ひ(남모르게 속으로 애태우는 연정)

恋1032; 火(사모의 불) / 思ひ(속으로 만 애태우는 연정)

恋1060; 火(눈물에 젖어도 꺼지지 않는 사랑의 불) / 思ひ(그리운
이를 생각하는 사모의 정)

恋1081; 火 / 思ひ消えなん(사랑 때문에 남모르게 애태우다 죽어
버릴 것 같다)

恋1115; 火 / 思ひ(오랫동안 만나지 못하고 혼자서 애태우고 있는 연정)

恋1116; 火 / 思ひ(뜬소문이 날 정도의 끊임없는 연정)

恋1132; 火 / 思ひ(비할 바 없이 지극한 사모의 정)

恋1163; 火 / 思ひ(만났다 헤어진 후에 더 절실히 느끼는 사모의 정)

恋1379; 火 / 思ひ(두 사람의 관계가 끊어질 것 만 같은 불안감을
떨칠 수 없는 상념)

雑1495; 火(생각의 불) / 思ひ(나를 생각하는 마음)

雑1614; 火(생각의 불) / 思ひ(속세의 번뇌를 끊고 보리를 구하려는 생각)

雑1615; 火(생각의 불) / 思ひ(仏者인 작자가 추구하는 무한한 생각)
cf. 新編의 본문은 「思ひ」가 아닌 「心」로서 이 경우에는
掛詞가 성립이 안 됨

ひ[日.陽] 名: 해. 태양

(古)恋470; 日 / 思ひ

恋643; 日出づる / 思ひ出づる / 火 = 日 / 思ひ

哀傷846; ＊照る日の暮れし(해가 져서 어두워지다 / 왕이 세상을 뜨다)

(後)恋763?; 日 / 思ひ

　　　　恋824; 日 / 思ひ

　　　　　雑1134; 日(해) / 思ひ

　　　　　雑1294; 日(해) / 思ひ

　　　(拾)雑恋1255; 日 / 思ひ

　　　(後拾)恋813; 日 / 思ひ

　　　(金)恋414; 日 / 思ひ

　　　(千)雑1007; 日(해) / 思ひ

　　　(新)夏268; * 夏の日のかたぶく(여름 해가 저물다 / 여름이 끝나가다)

　　　　恋1174; 日 / 思ひ

ひ[日] 名: 날. 하루

　　　(古)恋515; 日(날)も夕暮 / 紐結ふ暮

　　　　恋731; 降る日(날)と / 古人

　　　　恋771; 蜩 / 思ひ暮し(그리워하며 지냄) = 日 / 思ひ

　　　(後)秋440; 日(날)を / 氷魚

　　　　　雑1127; 日昏し(날이 저물어 어둡다) / 蜩

　　　　　哀傷1407; 憂く日過(ごす)? / 鶯

　　　(拾)冬216; 日(날)を / 氷魚

　　　　恋665; 逢ふ日(만날 날) / 葵

　　　　恋843; 日(날)をも / 氷魚

　　　(後拾)春33; 問ふ日の / 飛火野

　　　　　冬386; 日(날)を / 氷魚

　　　　　雑1108; 逢ふ日 / 葵

　　　　　雑1141; 法に遇ふ日(날) / 葵(당아욱)

　　　(千)春13; 問ふ日の / 飛火野

　　　　雑970; 逢ふ日 / 葵

　　　(新)春78; 春の日(봄날) / 火

　　　　夏264; 日も夕暮 / 紐結ふ

　　　　夏268; * 夏の日のかたぶく(여름이 끝나가다 / 여름 해가 저물다)

　　　　夏284; 日も夕暮 / 紐結ふ

　　　　冬650; 日も夕暮 / 紐結ふ

　　　　羈旅952; 日も夕暮 / 紐結ふ

　恋1254; 逢ふ日 / 葵

　恋1255; 逢ふ日 / 葵

　神祇1892; 逢ふ日 / 葵

ひ[日] 名: 날씨

　(千)神祇1277; 日好し(날씨가 좋다) / 日吉(지명) = 日(날씨) / 日吉

ひ[緋] 名: 노란 색이 섞인 타는 듯한 적색

　(古)雑体1026; 緋の色 / 思ひ / 火 = 緋 / 思ひ

　(後)雑1277; 緋 / 思ひ

ヒ: 사슴의 울음소리 cf. 「カヒヨ」와 「ヒヨ」

　(古)雑体1034; ヒ(사슴의 울음소리) / 甲斐(보람) = カヒヨ / 甲斐よ = ヒヨ / 効

ひかげ[蘿] 名: ひかげのかづら의 略. 山地에 自生하는 상록의 다년생 풀로, 古代에는 제례의식 등에 쓰였다고 함

　(拾)雑秋＜雑＞1148; 蘿(풀이름) / 日影(햇빛)

　(金)雑574; * 日蔭(ひかげ蔓 / 눈에 띄지 않는 곳)

　(千)雑961; * 日影(ひかげのかづら / 황후궁의 은총을 뜻하는 日光)

ひかげ[日影] 名: 햇빛. 햇살

　(拾)雑秋＜雑＞1148; 日影 / 蘿(풀이름)

ひかげ[日影] 名: 귀인의 은총이나 광영

　(千)雑961; * 日影(황후궁의 은총을 뜻하는 日光 / ひかげのかづら)

ひかげ[日陰] 名: 눈에 띄지 않는 곳

　(金)雑574; * 日蔭(눈에 띄지 않는 곳 / 日蔭蔓)

ひかり[光] 名: 빛. 월광. 위세. 왕자 탄생의 광영

　(後拾)賀433; * 光(달빛 / 왕자 탄생의 영광)

ひきかく[引き掛く] 動下二段: 잡아 당겨 몸을 덮다. 창포를 뽑아다 처마에 걸다

　(金)恋388; * 引き掛く(창포를 뽑아다 처마 등에 걸다 / 침구를 잡아 당겨 덮다)

ひきかへす[引き返す] 動四段: 원래대로 되돌리다. 반복하다. 뒤집다

　(千)雑975; 引きかへす / 引き

ひきかへて[引き替へて] 副: 일변하여. 갑자기 변하여

　(金)夏131; 引き替へて / 引き

(新)雑1439; 引き替へて / 引き(소나무를 끌다)

ひきくらぶ[引き比ぶ] 動下二段: 비교하다

　　(後拾)春31; 引き比ぶれば / 引き

　　(金)恋480; 引き比ぶ / 引き

ひきしとむ[引きし留む]: 만류하다(拾)1090 →「引き留む」

ひきたがふ[引き違ふ] 動下二段: 기대를 저버리다

　　(千)恋778; 引き違ふ / 引き

ひきつる[引き連る] 動下二段: 우르르 동행하다

　　(後拾)春25; 引き連れて / 引き

ひきとどむ[引き留む] 動下二段: 못 가게 붙잡다. 만류하다

　　(拾)雑568; 引き留めて(못 가게 붙잡다) / 引き(활을 당기다)

ひきとむ[引き留む.引き止む] 動下二段: 만류하다. 말리다. 잡아 세우다

　　(拾)雑秋1090; 引きし留めねば(아쉬운 이별을 만류하지 못하기에) / 弾
　　　　き(거문고를 뜯다)

　　(後拾)春73; 引きも止めなん(못 가게 붙잡아 세우고 싶다) / 引き(물을 끌다)

ひきの[日置野] 名: 지명

　　(古)恋702; 日置野 / 引き

ひきわかる[引き別る] 動下二段: 헤어지기 어려운 것을 굳이 헤어지다

　　(千)夏147; 引き別れ / 引き

ひく[導く] 動四段: 인도하다

　　(古)神遊び1078; 導かば / 引かば

ひく[弾く] 動四段: 현악기를 연주하다

　　(拾)雑452; 弾けば / 引けば

　　　　雑秋1090; 弾き(거문고를 뜯다) / 引きし留めねば(아쉬운 이별을 만
　　　　　　류하지 못하기에)

　　(金)雑541; 弾き / 引き(예로 들다)

ひく[引く] 動四段: 당기다. 끌다. 예로 들다. 후원하다. 발탁하다. 등용하다

　　(古)恋702; 引き / 日置野

　　　　神遊び1078; 引かば / 導かば

　　　　墨滅<物名>1101; 引くらし / 日暮し

　　(拾)春23; ＊引かまし(소나무를 끌다 / 예로 들다)

春24; ＊ 引かれて(소나무를 끌다 / －를 닮다)

賀289; ＊ 引く(소나무를 끌다 / 예로 들다)

賀290; ＊ 引く(소나무를 끌다 / 예로 들다)

雑452; 引けば / 弾けば

雑568; 引き(활을 당기다) / 引き留めて(못 가게 붙잡다)

雑571; ＊ 引く(줄로 배를 끌다 / 특별히 돌봐 주다)

神楽595; 泛子引く / 神の承け引く

(後拾)春25; 引き / 引き連れて

春30; 引く / たなびく

春31; 引き / ひき比ぶれば

春41; 引く / たなびく

春73; 引き(물을 끌다) / 引きも止めなん(못 가게 붙잡아 세우고 싶다)

夏212; ＊ 引く(창포를 잡아 뽑다 / 마음을 끌다)

賀428; 引く / 棚引く

雑976; ＊ 引く(활을 당기다 / 발탁하다)

(金)夏131; 引き / 引き替へて(돌변하여)

恋480; 引き / 引き比ぶ

雑541; 引き(예로 들다) / 弾き

異本＜春＞666; 引く(작은 소나무를 끌다) / 引馬の野邊

(詞)春11; 引か(말을 끌다) / 棚引かる(봄 안개가 옆으로 길게 끼다)

(千)夏147; 引き / 引き別れ(헤어지기 어려운 것을 굳이 헤어져)

恋778; 引き / 引き違ふ

雑975; 引き / 引きかへす

雑1086; ＊ 引く(활을 당기다 / 관심을 갖고 끌어주다)

雑1160; ＊ 引く(배를 끌어당기다 / 관직을 끌어 주다)

(新)雑1439; 引き(소나무를 끌다) / 引き替へて(일변하여)

ひくて[引く手]: 引き寄せる手. 誘う女의 뜻

(古)恋706; ＊ 引く手(가까이 끌어당기는 손 / 유혹하는 여자)

ひくまののべ[引馬の野辺] 名: 지명

(金)異本＜春＞666; 引馬の野辺 / 引く(작은 소나무를 끌다)

ひくらし[日昏し. 日暗し]: 날이 저물어 어둡다 → 「日」와 「昏し」

　　(後)雜1127; 日昏し / 蜩

ひぐらし[日暮らし] 名.副 아침부터 저녁 무렵까지. 하루 종일 cf.「日暮らしの山路」

　　(古)秋204; 日暮らし / 蜩(그 울음소리에 날이 저문다는 쓰르라미)

　　　　恋772; 日暮らし / 蜩

　　　　墨滅<物名>1101; 日暮らし(하루 종일) / 引くらし(목재로 쓰기 위

　　　　　　　　　　해 벌채하고 있는 듯하다)

　　(後)秋255; 日暮らし / 蜩

　　　　羈旅1357; 日暮しの山路 / ひぐらしの山(지명)

ひぐらし[蜩] 名: 매미의 일종. 쓰르라미

　　(古)秋204; 蜩(그 울음소리에 날이 저문다는 쓰르라미) / 日暮らし(하루종일)

　　　　恋771; 蜩 / 思ひ暮し = 思ひ / 日

　　　　恋772; 蜩 / 日暮らし

　　(後)秋255; 蜩 / 日暮らし

　　　　雜1127; 蜩 / 日昏し(날이 저물어 어둡다)

　　(拾)物名370; 蜩 / 思ひ暮らし

ひぐらしのやま[ひぐらしの山] 名: 지명으로 추정되나 소재미상

　　(後)羈旅1357; ひぐらしの山 / 日暮しの山路(종일 시간을 보낸 산길)

ひぐらしのやまぢ[日暮らしの山路]: 아침부터 해질녘까지 종일 시간을 보낸

　　　　　　　　　　산길 →「日暮らし」와「山路」

　　(後)羈旅1357; 日暮しの山路 / ひぐらしの山(지명)

ひさし[庇.廂] 名: 출입구나 창 등의 위에 설치한 작은 지붕. 차양

　　(金)恋436; 庇 / 久し

　　　　恋449; 庇 / 久しく

ひさし[久し] 形シク: 오래되다. 시간의 경과가 오래되다

　　(金)恋436; 久し / 庇

　　　　恋449; 久しく / 庇

　　　　恋504; 久し / 板廂

ひた[引板] 名: 논밭에 꾀는 동물들을 놀라게 하여 쫓는 도구

　　(後)雜1108; 引板 / ひたぶるに(한결같이)

　　(詞)雜334; 引板振る / ひたぶるに(오로지)

　　(新)雜1836; 引板 / 一向に(오로지)

ひたすら[一向] 副: 오로지
    (新)雑1836; 一向に / 引板
ひたぶる 形動ナリ: 외곬이다. 앞뒤를 안 가리다
    (後)雑1108; ひたぶるに(오로지) / 引板
    (詞)雑334; ひたぶるに / 引板振る
ひと[人] 名: 세상사람. 사람
    (古)恋606; 人 / 火
       雑917; 人忘れ / 人忘れ草
       雑体1011; 人来人来(사람이 온다) / ヒトクヒトク(휘파람새의 울음소리)
    (拾)雑恋1225; 人や(세상 사람이) / 獄(감옥)
ひとかた[一方] 名: 한쪽 방향. 한쪽 방면. 한쪽 사람
    (詞)雑278; 一方 / 一潟
ひとかた[一潟]: 온 바다. 바닷가 전체
    (詞)雑278; 一潟(온 바다) / 一方(한쪽 방향)
ひとく[人来]: 사람이 온다 → 「人」와 「来」
    (古)雑体1011; 人来人来(매화나무에 앉은 휘파람새가 사람이 가까이
       오는 것을 경계하며 하는 말 / ヒトクヒトク(휘파람새의 울음소리)
ヒトクヒトク: 휘파람새(鶯)의 울음소리
    (古)雑体1011; ヒトクヒトク / 人来人来(사람이 온다)
ひとさかり[一盛り] 名: 왕성한 한때. 한 시기에만 왕성함
    (古)物名450; 一盛り(꽃의 색이 한창 선명하다) / ひとさがり(一下り)
       <이슬이 물들였을 것으로 생각되어지는 꽃의 선명한 색을 읊음>
ひとさがり[一下り]: 한번 숙임?
    (古)物名450; 一下り / ひとさかり(一盛り) <이슬이 물들였을 것으로
       생각되어지는 꽃의 선명한 색을 읊음>
ひとつ[一つ] 名: 하나. 双六의 縁語로서 주사위의 수?
    (拾)雑恋1214; 一つ / 人妻
ひとづま[人妻]: 다른 사람의 부인. 유부녀
    (拾)雑恋1214; 人妻 / 一つ
ひとふし[一節] 名: 조릿대의 한 마디 cf. 「節」
    (新)雑1822; * 一節(조릿대의 한 마디 / 마음에 걸리는 한 가지 일)

ひとふし[一節] 名: 한 가지 일. 한 가지 점

    (新)雜1822; * 一節(마음에 걸리는 한 가지 일 / 조릿대의 한 마디)

ひとへ[一重. 単] 名: 한 겹. 홑겹

    (古)雜体1035; 一重に(얇은 여름옷의 홑겹) / 偏に(오로지) = 単衣 / ひ
      とへ(오로지)

    (拾)雜511; 一重(봄에 피는 꽃의 한 겹) / 偏に(오로지)

    (金)夏94; 単(여름옷의 한 겹) / 偏に(오로지)

ひとへに[偏に] 副: 오로지. 일념으로. 완전히. 전적으로

    (古)雜体1035; 偏に(오로지) / 一重に(한 겹) = ひとへ(오로지) / 単衣

    (拾)雜511; 偏に(오로지) / 一重

    (金)夏94; 偏に(오로지) / 単(한 겹)

ひとまね[人真似]: 남의 흉내

    (古)雜体1047; 人真似 / 人間寝(찾는 이 없어 홀로 자는 잠)

ひとまね[人間寝]: 찾는 이 없어 홀로 자는 잠

    (古)雜体1047; 人間寝 / 人真似(남의 흉내)

ひとむら[一群] 名: 同類가 모여 이룬 한 무리

    (拾)冬220; 一群 / 一匹

ひとむら[一匹. 一疋]: 피륙 한 필 cf. 「一」와 「一匹」

    (拾)冬220; 一匹 / 一群(同類의 한 무리)

ひとや[獄] 名: 감옥

    (拾)雜恋1225; 獄 / 人や(세상 사람이)

ひとよ[一夜] 名: 하룻밤 cf. よ[節]

    (後)春54; 一夜 / 一節

    (拾)恋804; 一夜 / 一節

    (後拾)春42; 一夜 / 一節

       雜1144; 一夜 / 一節(마디로 나뉘어져 있는 갈대 줄기 공간의 하나)

    (千)冬400; 一夜二夜 / 一節二節

       恋807; 一夜 / 一節

    (新)冬698; 一夜 / 一節

       羈旅961; 一節 / 一夜

ひとよ[一節]: 여러 마디로 나뉘어져 있는 대나무나 갈대 등의 줄기에 있는

여러 공간 중의 하나 cf. よ[節]

(後)春54; 一節 / 一夜

(拾)恋804; 一節 / 一夜

(後拾)春42; 一節 / 一夜

雑1144; 一節(마디로 나뉘어져 있는 갈대 줄기 공간의 하나) / 一夜

(千)冬400; 一節二節 / 一夜二夜

恋807; 一節 / 一夜

(新)冬698; 一節 / 一夜

羈旅961; 一節 / 一夜

ひとよふたよ[一夜二夜]: 하루 이틀 밤

(千)冬400; 一夜二夜 / 一節二節 cf. よ[夜]

ひとよふたよ[一節二節]: 대나무나 갈대줄기를 나누는 마디와 마디 사이의
공간 하나 둘

(千)冬400; 一節二節 / 一夜二夜 cf. よ[節]

ひとりね[独り寝]: 외롭게 홀로 이루는 잠

(拾)恋952; 独り寝 / 根

ひとわする[人忘る]: 人を忘る. 사람을 잊다 → 「人」와 「忘る」

(古)雑917; 人忘れ / 人忘れ草

ひとわすれぐさ[人忘れ草]: 그것을 갖고 있으면 사람을 잊는다고 하는 풀 →
「忘れ草」

(古)雑917; 人忘れ草 / 人忘れ

ひね[日根]: 지명

(新)羈旅912; 日根 / 旅寝(집을 떠나 여행길에서 자는 잠)

ひのくま[陽の隈]: 해의 그늘을 나타내는 말로서, ひるめ[日霊女]의 神域을 암시

(古)神遊び1080; 陽の隈 / ひのくま川

ひのくまがは[桧隈川] 名: 지명

(古)神遊び1080; ひのくま川 / 陽の隈(해의 그늘)

ひのもと[火の下]: 등불 밑

(拾)雑春1050; 火の下(등불 밑) / 日の本

ひのもと[日の本]: 지명. 해가 처음 솟는 곳이란 뜻으로, 여기서는 일본을 뜻함

(拾)雑春1050; 日の本 / 火の下(등불 밑)

ひまなし[隙なし・暇なし]: 빈틈이 없다. 끊임이 없다

    (金)恋401; 隙なし(빈틈이 없다) / 暇なし(끊임이 없다)

ひも[紐] 名: 끈

    (古)恋515; 紐結ふ暮 / 日も夕暮

    (千)雑961; 紐 / 氷面

    (新)夏264; 紐結ふ / 日も夕暮

       夏284; 紐結ふ / 日も夕暮

       冬650; 紐結ふ(끈을 묶다 / 돌아갈 차비를 하다) / 日も夕暮

       羇旅952; 紐結ふ / 日も夕暮

ひも[氷面] 名: 얼음이 꽁꽁 얼어붙은 표면

    (千)雑961; 氷面 / 紐

ひもゆふ[紐結ふ]: 의복 등의 끈을 묶다 → 「紐」와 「結ふ」

    (古)恋515; 紐結ふ暮 / 日も夕暮

    (新)夏264; 紐結ふ / 日も夕暮

       夏284; 紐結ふ / 日も夕暮

       冬650; 紐結ふ(끈을 묶다 / 돌아갈 차비를 하다) / 日も夕暮

       羇旅952; 紐結ふ / 日も夕暮

ひもゆふぐれ[日も夕暮]: 날도 저물어 갈 무렵 → 「日」와 「-も」와 「夕暮」

    (新)夏264; 日も夕暮 / 紐結ふ

       冬650; 日も夕暮 / 紐結ふ

       羇旅952; 日も夕暮 / 紐結ふ

ひゆ[冷ゆ] 動下二段: 차게 식다. 공포로 전율하다

    (拾)雑564; * 身は冷えにける(몸이 차가워지다 / 공포로 전율하다)

ヒヨ: 사슴의 울음소리 cf. 「カヒヨ」와 「ヒ」

    (古)雑体1034; ヒ / 甲斐(보람) = カヒヨ / 甲斐よ = ヒヨ(사슴 울음소리) / 効

ひよし[日吉] 名: 지명. 近江国. 比叡山 동쪽 기슭에 있는 日吉社

    (千)神祇1277; 日吉 / 日好し = 日吉 / 日

ひよし[日好し]: 날씨가 좋다. 好天 → 「日」와 「好し」

    (千)神祇1277; 日好し / 日吉(지명) = 日(날씨) / 日吉

ひる[蛭] 名: 거머리

(拾)雜550; 蛭 / 干る

ひる[蒜] 名: 산달래나 마늘 등의 다른 이름

   (後拾)雜1205; 蒜(산달래) / 昼

ひる[昼] 名: 낮

   (後)恋729; 昼間 / 干る間 = 昼? / 干る

   (後拾)恋673; 昼間 / 干る間 = 昼? / 干る

       雜1205; 昼 / 蒜

   (金)雜663; 昼 / 干る

ひる[干る・乾る] 動上一段: 마르다. 조수 등이 빠져 바닥이 드러나다

   (古)物名466; * 干む(흐르는 물이 말라버리다 / 눈물이 말라버리다) <깊은 슬픔>

      恋665; 干る間 / 昼間

      恋798; 憂く干ず / 鶯 = 憂 / 鶯

   (後)恋729; 干る間 / 昼間 = 干る / 昼

   (拾)雜550; 干る / 蛭

      恋720; 干る間 / 昼間

   (後拾)恋673; 干る間 / 昼間 = 干る / 昼

   (金)雜663; 干る / 昼

   (詞)恋265; 干(る) / 思ひ

   (千)恋820; 干る間 / 昼間

ひるま[昼間]: 주간. 낮 동안

   (古)恋665; 昼間 / 干る間

   (後)恋729; 昼間 / 干る間 = 昼? / 干る

   (拾)恋720; 昼間 / 干る間

   (後拾)恋673; 昼間 / 干る間 = 昼? / 干る

   (千)恋820; 昼間 / 干る間

ひるま[干る間]: 마를 사이. 마르는 동안 → 「干る」와 「間」

   (古)恋665; 干る間 / 昼間

   (後)恋729; 干る間 / 昼間 = 干る / 昼

   (拾)恋720; 干る間 / 昼間

   (後拾)恋673; 干る間 / 昼間 = 干る / 昼

   (千)恋820; 干る間 / 昼間

ひを[氷魚] 名: 빙어. 은어의 새끼 때 이름

    (後)秋440; 氷魚 / 日(날)を

    (拾)冬216; 氷魚 / 日(날)を

        恋843; 氷魚 / 日を

    (後拾)冬386; 氷魚 / 日(날)を

ふ[綜] 動下二段: 織機에 縱糸를 걸다

    (後)恋999; 綜つる / 経つる

        恋1000; 綜つる / 経つる

        雑1209; 綜にける / 経にける年(살아 온 햇수)

    (拾)賀278; 綜ぬらん(직기에 세로 실을 걸다) / 経ぬらん

    (後拾)春74; へ(綜) / 経つつも

    (新)春75; へ(綜) / 経ぬらん

        恋1140; へ(綜) / へ(経)

ふ[経] 動下二段: 경과하다. 어떤 장소를 지나다. 세월을 보내다. 나서 자라다

    (古)春113; 経る(헛되이 세월을 보내다) / 古る(늙다) / 降る(오래도록
                 비가 내리다)

        恋679; 経る(시일이 지나다) / 古る(연정이 식어 시들해지다) / 石上布留

        恋769; 経るや / 古屋 / 降るや

        雑886; 経る / 石上布留 / 古幹 ＝ 布留 / 古

        雑958; ＊ 経れば(이 세상에 살다 / 대나무가 生長하다)

        雑体1009; 経る(세월을 보내다) / 古る(오래 되다) / 布留川

    (後)春1; 経る身 / 降る雪の蓑代衣

        春4; 経る / 降る

        恋821; 経る / 降る

        恋999; 経つる / 綜つる

        恋1000; 経つる / 綜つる

        恋1006; 経る / 古里

        恋1070; 経る / 降る

        恋1073; 経る / 降る

        雑1119; 経る / 古里

        雑1209; 経にける年(살아 온 햇수) / 綜にける(縱糸를 織機에 걸다)

(拾)賀278; 経ぬらん / 綜ぬらん

　　　雑463; 経る / 古

　　　雑495; 経れば / 振れば

　　　雑504; 経る / 降る

　　　雑572; 経る / 降る

　　　恋653; 経る / 降る

　　　恋688; 経る / 降る

　　　恋728; 経れば / 降れば

　　　雑賀<雑恋>1205; 経る / 故里

　　　哀傷1306; 経る / 降る

　　　哀傷1332; 経る / 降る

(後拾)春74; 経つつも / へ(綜)

　　　秋269; 経る / 古里 / (鈴を)振る

　　　冬416; 経る / 降る

　　　冬417; 経る / 降る

　　　賀454; 経つつ / 綜(직기의 세로 실을 잡아 늘려서 거는 도구)

　　　哀傷571; 経れば / 降れば

　　　恋703; 経る / 降る

　　　恋805; 経る / 降る

(金)恋406; 経る / 降る

(詞)夏65; 経る / 振る / 降る

　　　冬149; 経る(죽지 않고 살아서 세월을 보내다) / 降る ＝ 古る / 降る

　　　雑335; 経る / 降る

(千)春33; 経る / 降る

　　　恋655; 言はで経る / 古屋

　　　雑1085; かくて経る / 古屋

(新)春75; 経ぬらん / へ(綜)

　　　夏232; 経る / 降る

　　　冬583; 経る / 降る

　　　冬590; 経る / 降る

　　　冬661; 経れば / 降れば

冬666; 経る / 降る

冬690; 経る / 降る

冬698; 経る / 石上布留

恋1140; へ(経) / へ(綜)

恋1247; 経る(시일만 끌다) / 古言の葉(상투적이고 구태의연한 말)
= 経る / 降る?

恋1319; 降る / 古る = 降る / 経る?

恋1413; 経る / 降る

雑1453; 経る / 降る

雑1771; 経る / 古里

雑1796; 世の中に経る / 古の社の身(옛날에 斉宮를 지냈던 몸)

後出<春> 1980; 経る(상념에 잠겨 세월을 보내다) / 降る(긴 비가 내리다)

ふかき[深き]: 깊이. 깊음 cf. 「深し」

(後)恋839; * 深き(最上河의 깊이 / 자신의 애정이 깊음)

ふかきしるし[深き徴し]: 눈에 띄는 효험. 뛰어난 효험 → 「深し」와 「徴し」

(千)恋860; * 深きしるし(강이 깊어 배의 운항이 안전하다는 표식 / 뚜
렷한 효험)

ふかくさ[深草]: 深き草. 높게 무성히 자란 풀

(古)雑971; * 深草(높게 무성히 자란 풀 / 지명)

(新)秋293; * 深草(높게 무성히 자란 풀 / 지명)

恋1337; * 深草(높게 무성히 자란 풀 / 지명)

ふかくさ[深草] 名: 지명. 山城国의 歌枕. 深草の里

(古)雑971; * 深草(지명 / 높게 무성히 자란 풀)

(新)秋293; * 深草(지명 / 높게 무성히 자란 풀)

恋1337; * 深草(지명 / 높게 무성히 자란 풀)

ふかくさのさと[深草の里] 名: 지명. 山城国 紀伊郡 深草郷

(千)哀傷601; 深草の里 / 深(생전의 부친에 대한 그리움이 깊다)

(新)秋512; 深草の里 / 露も深(이슬이 많이 내리다)

ふかし[深し] 形ク: 공간적, 시간적으로 깊다. 사물의 정도 등이 심하다

(古)恋535; * 深き(산속 깊은 / 남몰래 마음속으로 깊이 생각하는)

恋538; * 深き(연못이 깊은 / 마음이 깊은)

恋686; ＊深くも(여름풀이 무성하여 깊다 / 생각하는 정도가 깊다)

(後)春111; ＊深し(봄이 깊다 / 색이 짙다)

(拾)冬257; 深き(죄가 깊다) / 夜深き(밤이 깊다)

雑賀1172; ＊深し(물 가장자리가 깊다 / 뜻이 심오하다)

(千)冬464; ＊深し(눈이 깊다 / 밤이 깊다)

哀傷601; 深(생전의 부친을 그리는 마음이 깊다) / 深草の里

恋684; 深み(생각하는 마음은 깊기 때문에) / 深見草

恋860; ＊深き(수심이 깊다 / 효험이 뛰어나다)

(新)春156; ＊深く(봄이 깊어 / 산 속 깊숙이)

秋512; 露も深(이슬이 많이 내리다) / 深草の里

冬608; ＊深し(밤이 깊다 / 서리가 두텁다)

ふかみ[深み]: 깊기 때문에 → 「深し」와 「－み」

(千)恋684; 深み(생각하는 마음은 깊기 때문에) / 深見草

ふかみぐさ[深見草] 名: 목단의 딴 이름

(千)恋684; 深見草 / 思ふ心は深み

(新)哀傷768; 深見草 / 深み(한숨이 점점 깊어지다)?

ふかむ[深む] 動下二段: 깊게 하다. 마음을 깊이 기울이다

(新)哀傷768; 深み(한숨이 점점 깊어지다)? / 深見草

ふきあぐ[吹き上ぐ] 動下二段: 사물을 위로 불어 올리다. 피리 등을 더 소리
내어 불다

(古)秋272; 吹き上げ(가을바람이 불다) / 吹上(모형으로 만든 名所) ＝
吹き / 吹上

ふきあげ[吹上] 名: 지명. 紀伊国. 和歌山市 西南部에서 紀ノ川 하구일대의 땅

(古)秋272; 吹上(국화경연을 위해 모형으로 만든 名所) / 吹き上げ ＝
吹上 / 吹き

ふきあげのはま[吹上の浜] 名: 지명. 紀伊国의 歌枕

(新)冬646; 吹上の浜 / 吹き

雑1609; 吹上の浜 / 吹き

ふく[吹く] 動四段: 불다

(古)春124; 吹き吹く(바람이 계속 불다) / 山吹(강물에 비치고 있는 황매화 나무)

(後)秋421; ＊吹く(바람이 불다 / 피리를 불다)

    (詞)秋136; 吹き / 葺き
    (新)冬646; 吹き / 吹上の浜
        雑1609; 吹き / 吹上の浜
        雑1723; 吹け / 吹飯の浦
ふく[更く.老く] 動下二段: 밤이나 계절이 깊어지다. 나이를 먹다. 늙다
    (拾)雑436; * 更けにける(밤이 깊어 버렸다 / 늙어 버렸다)
    (千)秋297; * 更く(밤이 깊어지다 / 늙다)
        恋879; さ夜も更け / ふけゐ(吹飯)の浦
        雑990; 小夜更け / 吹飯の浦
        雑997; * 更く(밤이 깊어지다 / 늙다)
ふく[葺く] 動四段: 지붕을 이다. 초목 등을 추녀 끝에 꽂아 장식하다
    (詞)秋136; 葺き / 吹き
    (千)夏170; 葺く(지붕에 얹다) / 咆く(새가 울다)
ふく[咆く] 動四段: 새가 울다
    (千)夏170; 咆く(새가 울다) / 葺く(지붕에 얹다)
ふけゐのうら[吹飯の浦] 名: 지명. 和泉国의 歌枕
    (千)恋879; 吹飯の浦 / さ夜も更け
        雑990; 吹飯の浦 / 小夜更け
    (新)雑1723; 吹飯の浦 / 吹け
ふし[節] 名: 대나무 등의 마디. 나무의 줄기에서 가지가 뻗어 나온 곳 cf. 「一節」
    (古)雑957; 浮節(대나무의 마디) / 憂き節(세상살이가 괴로운 때)
        雑958; 浮節(대나무의 마디) / 憂き節(세상살이가 괴로운 때)
    (後)秋349; 節(女郎花의 마디) / ふし(시절, 때)
        恋673; 節 / 臥し
    (拾)恋804; 節 / いたづら臥
        恋805; 節 / 折節
    (後拾)恋668; 節 / 臥し
        雑909; 節 / 臥し
    (千)恋811; 節 / 伏し
        恋821; 節 / 臥し
        恋874; 節 / 仮初臥し ＝ 仮 / 刈り

(新)冬673; 節 / 伏見の里 / 臥し

羈旅976; 浮節(조릿대의 마디) / 憂き節(세상살이가 괴로운 때)

ふし[節] 名: 기회. 때. 경우

(古)雜957; * 節(세상살이가 괴로운 때 / 대나무의 마디)

雜958; * 節(세상살이가 괴로운 때 / 대나무의 마디)

(後)秋349; ふし(시절, 때) / 節(女郞花의 마디)

恋691; * 節(기회 / 실이 엉켜 혹처럼 되어있는 부분)

雜1162; * 節(기회 / 실을 묶은 부분)

(拾)恋899; * 節(때 / 실의 엉킨 마디)

(新)羈旅976; * 節(세상살이가 괴로운 때 / 조릿대의 마디)

ふし[節] 名: 실이 엉켜 혹처럼 되어있는 부분. 실을 묶은 부분

(後)恋691; * 節(실이 엉켜 혹처럼 되어있는 부분 / 기회)

雜1162; * 節(실을 묶은 부분 / 기회)

(拾)恋899; * 節(실의 엉킨 마디 / 때)

ふし[臥し]: 잠자리에 듦 cf.「臥す」

(後)恋673; 臥し / 節

ふじ[不尽]: 다 하지 않음. 늘 지속됨

(後)離別1308; 不尽 / 富士

ふじ[富士] 名: 지명

(後)離別1308; 富士 / 不尽

ふしのかぎり[節の限り]: 한껏 낸 음악의 선율

(千)雜1191; 節の限り(최대한의 선율) / 臥しの限り(한정된 잠자리)

ふしのかぎり[伏しの限り]: 그것으로 끝난 동침

(千)雜1191; 臥しの限り(한정된 잠자리) / 節の限り(최대한의 선율)

ふじのね[富士の嶺] 名: 지명. 후지 산

(後)恋565; 富士の嶺 / 音

(新)恋1009; 富士の嶺 / 音

ふしみ[臥し身]: 엎드린 자세

(後)雜1297; 臥し身 / 伏見の里 = 伏し見(る) / 伏見

ふしみ[伏見] 名: 지명. 大和国 →「菅原や伏見」

(新)秋476; 菅原や伏見 / 枕にす(베개삼다). 臥し見(엎드린 채 꿈을 꾸다)

ふしみのさと[伏見の里] 名: 지명. 山城国. 京都市 伏見区内. 奈良市에도 管
　　　　　　　　　原伏見가 있어 下記의 後撰集 1297番歌는 京都
　　　　　　　　　와 奈良 중 어느 것인지 불분명함. cf. 「菅原や
　　　　　　　　　伏見の里」
　　　(後)雜1297; 伏見の里 / 臥し身 ＝ 伏見 / 伏し見(る)
　　　(新)冬673; 伏見の里 / 臥し / ふし(節)
ふしみのをだ[伏見の小田] 名: 지명. 山城国의 歌枕. 大蔵入江 부근
　　　(新)秋427; 伏見の小田 / 臥し見(엎드린 채 보다)
ふしみやま[伏見山] 名: 지명. 山城国 伏見 땅에 있는 산
　　　(新)秋291; 伏見山 / 伏し見(엎드린 채 보다)
ふしみる[臥し見る]: 엎드린 채 잠이 깨다. 엎드려서 보다
　　　(後)雜1297; 臥し身 / 伏見の里 ＝ 伏し見(る) / 伏見
　　　(千)秋260; 臥し見(엎드린 채 보다) / 菅原や伏見の里
　　　(新)秋291; 伏し見(엎드린 채 보다) / 伏見山
　　　　　秋292; 臥し見(엎드린 채 잠을 깨다) / 菅原や伏見の里
　　　　　秋427; 臥し見(엎드린 채 보다) / 伏見の小田
　　　　　秋476; 臥し見(엎드린 채 꿈을 꾸다) / 菅原や伏見
ふす[臥す.伏す] 動四段: 엎드리다. 잠자리에 들다
　　　(拾)雜568; ＊ 臥す(잠자리에 들다 / 활을 누르다)
　　　(後拾)恋668; 臥し / ふし(節)
　　　　　雜909; 臥し / 節
　　　(詞)恋232; 一人伏(す) / 伏屋
　　　(千)恋811; 伏し / ふし(節)
　　　　　恋821; 臥し / ふし(節)
　　　　　恋839; 臥し / 菅原や伏見の里
　　　(新)冬673; 臥し / ふし(節) / 伏見の里
　　　　　羈旅913; 伏せ / 伏屋 / 布施屋
ふす[伏す] 動四段: 활에 줄을 매기 위해 활을 누르다
　　　(拾)雜568; ＊ 臥す(활을 누르다 / 잠자리에 들다)
ふせや[伏屋] 名: 지붕이 아주 낮은 집. 가난한 사람의 작은 집. 아주 허술한 집
　　　(詞)恋232; 伏屋 / 一人伏(す)

(新)羈旅913; 伏屋 / 伏せ / 布施屋

ふせや[布施屋] 名: 信濃国의 園原에 만들어졌던 무료 숙박소. 園原やふせ屋

    (新)羈旅913; 布施屋 / 伏屋 / 伏せ

ふた[蓋] 名: 뚜껑. 덮개

    (古)羈旅417; 蓋(상자의 뚜껑) / 二見の浦(어둑어둑해져 주변이 잘 보이

      지 않게 된 -)

    (後)雑1123; 蓋 / ふたとせ(二年)

    (後拾)雑923; 蓋 / ふたり(二人)

    (金)夏152; 蓋 / 二上山

       雑544; 蓋 / 二見の浦

       雑610; 蓋 / ふたおや(二親)

    (千)雑1183; 蓋 / ふたよりみより(二度三度)

    (新)恋1167; 蓋 / 二見の浦

ふた[二]: 둘. 두-

    (後)恋712; 二疋(포목 두필) / ふたむら山

       恋713; 二疋 / ふたむら山

    (詞)秋131; 二疋(비단 두필) / 両村の山(온 산에 화려하게 단풍이 든 両村山)

    (千)夏193; ふた(이개월) / 二村山

ふたおや[二親]: 양친

    (金)雑610; 二親 / 蓋

ふたかみやま[二上山] 名: 지명

    (金)夏152; 二上山(구름이 걸린 산) / 蓋(옥으로 장식된 빗 상자의 뚜껑)

ふたとせ[二年]: 2년. 두해

    (後)雑1123; 二年 / 蓋

ふたみのうら[二見の浦] 名: 지명. 소재지는 但馬国説과 播磨国説로 나뉜다.
                前者는 兵庫県 城崎郡의 円山川 하구 부근. 後
                者는 兵庫県 明石市 二見 부근의 해안

    (古)羈旅417; 二見の浦(어둑어둑해져 주변이 잘 보이지 않게 된 二見
      浦) / 蓋(상자의 뚜껑) . 身の裏(상자의 본체 부분 안쪽)

    (金)雑544; 二見の浦 / 蓋

    (新)恋1167; 二見の浦 / 蓋

ふたむら[二疋]: 피륙 두필 → 「二」와 「一疋」

    (後)恋712; 二疋(포목 두필) / ふたむら山

      恋713; 二疋 / ふたむら山

    (詞)秋131; 二疋(비단 두필) / 両村の山(온 산에 화려하게 단풍이 든 両村山)

ふたむらのやま[両村の山] 名: 지명. 三河国의 歌枕. 愛知県 豊明市 沓掛

    (詞)秋131; 両村の山(온 산에 화려하게 단풍이 든 両村山) / 二疋(비단

    두 필)

ふたむらやま[二村山.両村山] 名: 지명. 上同

    (後)恋712; 両村山 / 二疋

      恋713; 両村山 / 二疋

    (千)夏193; 二村山 / ふた(이개월)

ふたよりみより[二度三度]: 두 번 세 번. 여러 차례. 반복해서

    (千)雑1183; 二度三度 / ふた(蓋) / み(身)

ふたり[二人]: 두 사람

    (後拾)雑923; 二人 / 蓋

ふち[淵] 名: 물이 흐르다 머무는 곳으로 웅덩이가 파여 있어 수심이 깊은 곳

    (古)雑990; 淵 / 扶持

    (後)春125; 淵 / 藤

      春127; 淵 / 藤

ふち[扶持] 名: 도움. 조력. 힘을 빌려 줌

    (古)雑990; 扶持(힘을 빌려 줌) / 淵

ふぢ[藤] 名: 등나무. 藤原氏

    (古)神遊び1084; 藤 / ふぢ川

    (後)春125; 藤 / 淵

      春127; 藤 / 淵

    (後拾)賀440; * 藤(등나무 / 藤原氏)

ふぢがは[藤川] 名: 지명

    (古)神遊び1084; ふぢ川 / 藤

ふぢなみ[藤波] 名: 만개한 등꽃의 비유표현

    (古)夏135; 藤波 / 波

ふぢばかま[藤袴] 名: 등골나물

(古)秋239; 藤袴(가을 들녘의 등골나물) / 袴(누군가가 입고 와 벗어
　　걸쳐놓은 下衣)

ふみ[文．書] 名: 편지. 서적. 한시. 학문

(後)春99; 文 / 踏み留めて

　　恋632; 文通ふ / 踏み通ふ

　　恋695; 文初むる(편지를 보내기 시작하다) / 踏みそむる(물떼새가
　　　　첫 발자국을 남기다)

　　雑1122; 文見つるかな / 踏みみつるかな

　　雑1205; 文迷ふ(편지가 제대로 전해지지를 않다) / 踏み迷ふ(길을
　　　　잃고 헤매다)

　　雑1212; 文置く / 踏み置く

　　雑1218; 文見せけり / 踏み見せけり

　　雑1222; 人の文見ぬ / 人の踏みみぬ

(拾)雑571; 文 / 踏み

　　雑賀<雑恋>1199; 文見れば(편지를 보니) / 踏みみれば(다리를 밟아보다)

　　雑賀<雑恋>1202; 文見れば(편지를 보니) / 踏みみれば(다리를 밟아보다)

(後拾)恋627; 文見ぬ / 踏みみぬ

　　恋751; 文見(る) / 踏みみ踏まずみ

　　恋758; 文見る / 踏みみる

　　雑880; 文見て / 踏みみて

(金)恋366; 文見て / 踏みみて

　　恋373; 文初めて(편지를 보내기 시작하다) / 踏みそめて(사랑의 길
　　　　에 발을 들여놓다) / 染め(물들이다)

　　雑550; 文 / 踏み

(千)恋913; 文違ふ(편지를 제대로 못 부치다) / 踏みたがふ(발을 잘못 내딛다)

　　雑1165; 文 / 踏み

　　雑1194; 文 / 踏み

　　雑1195; 文 / 踏み

(新)恋1024; 文付くる(편지를 보내다) / 踏み付くる(밟아서 발자국 등을 내다)

　　恋1045; 文馴れぬ(편지를 쓰는 데 익숙해져 있지 않다) / 踏み馴れぬ
　　　　(두견이 꽃핀 나무 가지에 앉는 것이 익숙하지 않다)

恋1098; 文見ぬ／踏みみぬ

ふみおく[踏み置く]: 밟아 놓다 → 「踏む」와 「ーおく」

    (後)雜1212; 踏み置く／文置く

ふみかよふ[踏み通ふ]: 왕래하다 → 「踏む」와 「通ふ」

    (後)恋632; 踏み通ふ(산길을 왕래하다)／文通ふ

ふみそむ[踏み初む]: 처음 발을 들여놓다 → 「踏む」와 「ー初む」

    (後)恋695; 踏み初むる(물떼새가 첫 발을 들여놓다)／文初むる(편지를
        보내기 시작하다)

    (金)恋373; 踏み初めて(사랑의 길에 발을 들여놓다)／文初めて(편지를
        보내기 시작하다)／染め(물들이다)

ふみたがふ[踏み違ふ]: 발을 잘못 내딛다 → 「踏む」와 「違ふ」

    (千)恋913; 踏みたがふ／文違ふ(편지를 제대로 못 부치다)

ふみたがふ[文違ふ]: 편지를 제대로 못 부치다 → 「文」와 「違ふ」

    (千)恋913; 文違ふ／踏みたがふ(발을 잘못 내딛다)

ふみつく[踏み付く] 動下二段: 밟아서 발자국 등을 내다

    (新)恋1024; 踏み付くる／文付くる(편지를 보내다)

ふみつく[文付く]: 편지를 보내다 → 「文」와 「付く」

    (新)恋1024; 文付くる／踏み付くる(밟아서 발자국 등을 내다)

ふみとむ[踏み留む] 動下二段: 발자국을 남기다 cf. 「踏む」

    (後)春99; 踏み留めて／文

ふみなる[踏み馴る]: 발을 들여놓는 것에 익숙해져 있다 → 「踏む」와 「馴る」

    (新)恋1045; 踏み馴れぬ(두견이 꽃핀 나무 가지에 앉는 것이 익숙하지
        않다)／文馴れぬ(편지를 쓰는 데 익숙해져 있지 않다)

ふみまどふ[踏み迷ふ. 踏み惑ふ] 動四段: 길을 잃고 헤매다 cf. 「踏む」와 「迷ふ」

    (後)雜1205; 踏み迷ふ／文迷ふ(편지가 제대로 전해지지를 않다)

ふみまどふ[文迷ふ]: 편지가 제대로 전해지지 않다 → 「文」와 「迷ふ」

    (後)雜1205; 文迷ふ／踏み迷ふ(길을 잃고 헤매다)

ふみみる[踏みみる]: 밟아보다 → 「踏む」와 「ーみる」

    (後)雜1222; 人の踏みみぬ／人の文見ぬ

    (拾)雜賀＜雜恋＞1199; 踏みみみれば(다리를 밟아보다)／文見れば(편지를 보니)

        雜賀＜雜恋＞1202; 踏みみみれば(다리를 밟아보다)／文見れば(편지를 보니)

(後拾)恋627; 踏みみぬ / 文見ぬ

　　　恋751; 踏みみ踏まずみ / 文見(る)

　　　恋758; 踏みみる / 文見る

　　　雑880; 踏みみて / 文見て

(金)恋366; 踏みみて / 文見て

　　　雑550; 踏みもまだみず / 文もまだ見ず

(新)恋1098; 踏みみぬ / 文見ぬ

ふむ[踏む] 動四段: 밟다

(後)恋632; 踏み通ふ(산길을 왕래하다) / 文通ふ

　　　恋695; 踏み初むる(물떼새가 첫 발을 들여놓다) / 文初むる(편지를
　　　　　보내기 시작하다)

　　　雑1122; 踏みみつるかな / 文見つるかな

　　　雑1212; 踏み置く / 文置く

　　　雑1218; 踏み見せけり / 文見せけり

　　　雑1222; 人の踏みみぬ / 人の文見ぬ

(拾)雑571; 踏み / 文

　　　雑賀<雑恋>1199; 踏みみれば(다리를 밟아보다) / 文見れば(편지를 보니)

　　　雑賀<雑恋>1202; 踏みみれば(다리를 밟아보다 / 文見れば(편지를 보니)

(後拾)恋627; 踏みみぬ / 文見ぬ

　　　恋751; 踏みみ踏まずみ / 文見(る)

　　　恋758; 踏みみる / 文見る

　　　雑880; 踏みみて / 文見て

(金)恋366; 踏みみて / 文見て

　　　恋373; 踏み初めて(사랑의 길에 발을 들여놓다) / 文初めて(편지를
　　　　　보내기 시작하다) / 染め(물들이다)

　　　雑550; 踏みもまだみず / 文もまだ見ず

(千)恋913; 踏みたがふ / 文違ふ(편지를 제대로 못 부치다)

　　　雑1165; 踏み / 文

　　　雑1194; 踏み / 文

　　　雑1195; 踏み / 文

(新)恋1045; 踏み馴れぬ(두견이 꽃핀 나무 가지에 앉는 것이 익숙하지 않

　　　　　다) / 文馴れぬ(편지를 쓰는 데 익숙해져 있지 않다)
　　恋1098; 踏みみぬ / 文見ぬ

ふゆがれ[冬枯れ] 名: 겨울에 초목의 잎이 마름. 겨울의 쓸쓸한 모습 cf. 「枯る」
　　(古)恋791; 冬枯れ / 離れ

ふりかくす[ふり隱す]: 일부러 감추다
　　(古)秋288; ふり隱し / 降り隱し(단풍잎이 비 오듯 지며 길을 덮어 감추다)

ふりかくす[降り隱す]: 비 오듯 떨어지는 단풍이 길 등을 덮어 감추다 → 「降る」
　　(古)秋288; 降り隱し / ふり隱し(일부러 감추다)

ふりすつ[振り捨つ] 動下二段: 미련 없이 버리다
　　(新)雑1613; ふり捨てて / 振り

ふりそふ[降り添ふ]: 비나 눈물 등이 그 위에 내리다 → 「降る」
　　(後拾)秋372; ＊ 降りそはん(겨울이 가까워 時雨가 내리다 / 가을을 아
　　쉬워하는 눈물이 흐르다)

ふりそむ[降り初む]: 비가 내리기 시작하다 (千)32 → 「―初む」
　　(千)春32; 降り初め / 降り染め(봄비가 내려 들을 엷은 녹색으로 물들
　　이다)

ふりそむ[降り染む]: 비가 내려 들판을 물들이다 → 「―染む」
　　(千)春32; 降り染め(봄비가 내려 들을 엷은 녹색으로 물들이다) / 降り
　　初め(비가 내리기 시작하다)

ふりづ[振り出] 動下二段: 「振り出づ」의 略. 뿌리치고 문을 나서다. 소리를
　　　　　　　　　　　한껏 내다. 朱紅色으로 물들이기 위해 염료 속에
　　　　　　　　　　　천을 넣고 휘젓다?
　　(後)春40; 振りでつつ(휘파람새가 소리를 쥐어 짜내듯) / 降り(봄비가 내리다)
　　冬454; ＊ 振りでて(뿌리치고 돌아오다 / 염료 속에 넣고 뒤흔들어
　　물들이다) / 降り

ふりとく[降り溶く]: 내린 눈이 녹다 → 「降る」와 「溶く」
　　(後)恋676; 降り溶けぬ / 古り遂げぬ(해로하다)

ふりとぐ[古り遂ぐ]: 偕老하다 → 「古る」와 「遂ぐ」
　　(後)恋676; 古り遂げぬ / 降り溶けぬ(내린 눈이 녹다)

ふりはへて 副: 일부러. 고의로. 짐짓
　　(古)春22; ふりはへて(일부러 ―하다) / 振り(소매를 기세 좋게 흔들다)

ふりふる[降り降る]: 비가 계속해서 내리다 → 「降る」

　　(後)秋297; 降り降り / 古りなば

ふりゆく[古り行く]: 늙어가다　→ 「古る」

　　(後拾)秋268; 古り行く / 鈴を振り

　　(新)冬587; 古り行く / 降り

ふる[降る] 動四段: 눈비가 내리다. 비유적으로 눈물이 흘러 떨어지다. 꽃이 지다

　　(古)春113; 降る(오래도록 비가 －) / 古る(늙다) / 経る(헛되이 세월을
　　　　　　　　보내다) ＝ 降る / 経る

　　　　秋288; 降り隠し(단풍잎이 비 오듯 지며 길을 덮어 감추다) / ふり
　　　　　　　　隠し(일부러 감추다)

　　　　冬339; 降り(한 해의 마지막 날에 눈이 점점 더 심하게 내리다) /
　　　　　　　　古り(늙어가다)

　　　　離別398; 降りにける(겨울을 재촉하는 비가 내리다) / 古りにける
　　　　　　　　(雨中에 곁을 떠나는 사람의 아쉬운 심정도 모른 채 어
　　　　　　　　느덧 몸이 늙어버리다)

　　　　恋639; ＊ 降り(밤을 함께 보내고 돌아오는 길에 비가 내리다 / 눈
　　　　　　　　물이 흐르다)

　　　　恋705; ＊ 降り(비도 내 처지를 알고 더욱더 내리다 / 신세에 더욱
　　　　　　　　눈물이 흐르다)

　　　　恋731; 降る日と(봄비가 내리는 날) / 古人(간만에 찾아 온 옛날의
　　　　　　　　가까웠던 사람)

　　　　恋763; 降りぬる(철 이른 時雨가 내리다) / 古りぬる(발길이 끊긴지
　　　　　　　　오래되어 사랑의 감정이 엷어지고 관계가 소원해지다)

　　　　恋769; 降るや(장마가 오랫동안 계속되다) / 経るや(상념에 잠겨 세
　　　　　　　　월을 보내다) / 古屋(추녀 끝에 忍ぶ草가 무성한 오래된 집)

　　　　恋782; 降り(초목의 잎을 변색시키는 時雨가 내리다 / 눈물이 흐르다)
　　　　　　　　/ 古り(상대의 변심에 하염없이 눈물로 지새우며 늙어가다)

　　　　雑体1005; 降る(초겨울의 時雨가 내리다) / 古里(옛날 도읍이 있던
　　　　　　　　곳 吉野) <겨울을 맞이하여 지나온 많은 세월을 돌아
　　　　　　　　보며 느끼는 감회를>

　　　　雑体1065; 降り(흰 눈이 내리다) / 古り(내 몸이 늙어 가다)

(後)春1; 降る雪の蓑代衣 / 経る身

　春4; 降る / 経る

　春21; 降り(봄이 되어 비가 계속 내리다) / 古り(자주 발길을 옮기
　　　던 사람에게서 잊혀져가며 늙어 가다)

　春40; 降り / 振りでつつ

　春74; 降り(봄비가 내리다) / 古り(経り?; 나이를 먹다)

　秋297; 降り降り(비가 계속 내리다) / 古りなば

　冬448; 降り(가을이 끝나고 時雨가 내리다) / 古り(내가 늙어버리다)

　冬450; 降り(가을이 끝나고 時雨가 내리다) / 古り(내가 늙어버리다)

　冬454; 降り / ＊ 振りでて(염료 속에 넣고 흔들어 물들이다 / 뿌리
　　　치고 돌아오다)

　冬455; 降り / 振り

　冬459; 降る / 古里

　冬469; 降り(時雨가 내리다) / 古り(내 몸이 늙어버리다)

　冬470; 降り(白山에 눈이 내리다) / 古り(나도 모르는 사이에 나이
　　　를 먹어버리다)

　冬471; 降り(눈이 내리기 시작하다) / 古り(작자가 늙기 시작하다)

　冬472; 降り(검은머리의 색을 바꾸는 흰 눈이 내리다) / 経り?(古
　　　り;검은머리가 흰머리가 될 정도로 늙다)

　恋676; 降り溶けぬ(내린 눈이 녹다) / 古り遂げぬ(해로하다)

　恋821; 降る(눈이 내리다) / 経る(만나지 못한 채 괴로운 나날을 보내다)

　恋1068; 降り / 古り(旧り)

　恋1070; 降る(흰 눈이 내리다) / 経る(만나지 못하고 지내다)

　恋1073; 降る(눈이 내리다) / 経る(세월을 보내다)

　雑1289; 降る葉 / 古言の葉 ＝ 言の葉 / 葉

　羈旅1353; 降り来る(눈이 하늘에서 내려오다) / 古り来る(옛날부터
　　　널리 알려져 오다)

　哀傷1397; 降り(눈물이 흐르다) / 古り

(拾)春7; 降る / 旧る

　冬歌243; 降り(吉野山에는 벌써 몇 차례 눈이 내리다) / 古り(눈이
　　　꽤 여러 번 내려 그 진귀함을 못 느끼게 되다)

冬248; 降り(白山에 눈이 내리다) / 古り(전에 누군가가 왔었던 흔
적이 아주 오래되다)

冬255; 降り(눈이 점점 더 내리다) / 古り(계속 지나가는 금년은
점점 끝이 가까워 오다)

雑504; 降る / 経る

雑572; 降る / 経る

恋653; 降る(흰 눈이 내리다) / 経る(사랑으로 인한 고민에 꺼져버
릴 것만 같은 상태로 나날을 보내다)

恋688; 降る(時雨나 비가 내리다) / 経る(상대방을 그리워하며 지내
는 세월이 흐르다)

恋728; 降れば(흰 눈이 내리다) / 経れば(만나지 못하고 하루를 보내다)

恋765; 降る / 石上布留

恋847; 降る / 旧道

恋956; 降る / 布留川

恋960; 降りぬ / 古りぬ

雑春1057; 降る / 古る

雑秋1141; 降り / 古り

哀傷1306; 降る(눈물이 비처럼 쏟아지다) / 経る(눈물로 나날을 보내다)

哀傷1332; 降る(내리는 한편 꺼져버리는 눈이 내리다) / 経る(무상
한 세상에서 나날을 보내다)(後拾)春19; 降る / 古巣

春34; 降る(흰 눈이 아직 내리다) / 古里

夏174; 降る / 古里

秋367; 降り / 古り

秋372; * 降りそはん(겨울이 가까워 時雨가 내리다 / 가는 가을을
아쉬워하는 눈물이 흐르다)

冬416; 降る / 経る

冬417; 降る / 経る

哀傷571; 降れば(눈이 오다) / 経れば(시간이 지나다)

恋703; 降る(비가 그칠 줄 모르고 내리다) / 経る(님에게 잊혀진
채 세월을 보내다)

恋805; 降る(비가 내리다) / 経る(어떤 사람이 나와는 상관없이 이

세상을 살아가다)

雑932; 降る(봄비가 내리다) / 古めかしくも

雑1110; 降らせて / 觸らせて(말을 퍼트리다)

(金)冬260; 降る / 振る

冬292; 降る / 故里

恋406; 降る(五月雨가 계속 내리다) / 経る(님의 방문이 없는 나날
을 보내다)

恋504; 降る / 古屋

(詞)春40; 降りはつる(꽃이 다 지다) / 古りはつる(작자가 아주 늙다)

夏65; 降る / 経る / 振る

秋135; 降る / 古る

冬149; 降る / 経る(죽지 않고 살아서 세월을 보내다) = 降る / 古る

雑335; 降る / 経る

(千)春33; 降れば / 経れば

離別481; 降りつもる(눈이 내려 쌓이다) / 古り?(눈 때문에 길이
막혀 돌아오지 못하고 그곳에서 나날을 보내다)

羈旅543; 降り(눈이 내리다) / 古り(또 한 해를 보내며 나이를 먹다)

雑1071; 降り / 古り?

(新)春1; 降り(吉野에 흰 눈이 내리다) / 古りにし里(오래된 옛 도읍지)

春4; 降る / 古里

春147; * 古里(꽃이 다 진 뒤의 쓸쓸한 마을 / 옛 고장 吉野) =
降る(吉野山의 꽃이 지다) / 古里

夏232; 降る / 経る

冬581; 降る / 布留の神杉

冬583; 降る / 経る

冬586; 降り(맑았다 흐렸다 하며 時雨가 내리다) / 古り(내 몸이
완전히 늙어버리다)

冬587; 降り(時雨가 내리다. 실제로는 비 내리는 소리가 아니고
솔바람 소리) / 古り行く(정원의 소나무가 홀로 늙어가다)

冬590; 降る / 経る

冬658; 降る(눈이 내리다) / 古る(여러 차례 눈이 내려 첫 눈 때와

같은 감흥이 무디어지다)

冬660; 降る / 布留の神杉

冬661; 降れば / 経れば

冬666; 降る / 経る

冬676; 降りぬ(눈이 내리다) / 古りぬ(작자가 늙어 나이를 먹다)

冬678; 降る / 古里

冬690; 降る / 経る

冬693; 降り(앞이 안 보일 정도로 눈이 내리다) / 古り(과거의 기
    억들이 먼 옛날의 것이 되어 버리다)

恋1247; 古言の葉(상투적이고 구태의연한 말) / 経る(시일만 끌다)
    = 降る(방문하겠다는 약속의 말이 단풍처럼 지다)? / 経る

恋1319; 降る / 古る = 降る / 経る

恋1334; 降り / 古り(旧り)

恋1413; 降る(長雨가 내리다) / 経る(그대를 만나지 못한 채 나날을 보내다)

雑1453; 降る / 経る

雑1455; 降り(꽃이 비 오듯 떨어지다) / 古り

雑1580; 降る(눈이 몹시 내리다) / 古里

雑1695; 降る(눈이 내리다) / 古里

後出<春>1980; 降る(긴 비가 내리다) / 経る(상념에 잠겨 세월을 보내다)

ふる[経る]: 下二段동사 ふ[経]의 연체형 → 「経」

ふる[古る・旧る] 動上二段: 나이를 먹다. 낡다. 오래되다. 기억이 희미해져 가다

(古)春113; 古る(늙다) / 経る(헛되이 세월을 보내다) / 降る(오래도록
    비가 내리다)

冬339; 古り(자신이 점점 늙어 가다) / 降り(세모에 눈이 점점 더
    심하게 내리다)

離別398; 古りにける(雨中에 곁을 떠나는 사람의 아쉬운 심정도
    모른 채 어느덧 몸이 늙어버리다) / 降りにける(겨울을 재
    촉하는 비가 내리다)

物名445; * 古り(오래되다 / 나이를 먹다) <불우한 처지가 좋아지길 바람>

恋679; 古る(연정이 식어 시들해지다) / 経る(시일이 지나다) / 石上布留

恋763; 古りぬる / 降りぬる

恋782; 古り(旧り) / 降り

雑体1009; 古る(오래 되다) / 経る(세월을 보내다) / 布留川

雑体1065; 古り / 降り

(後)春21; 古り(자주 발길을 옮기던 사람에게서 잊혀져가며 늙어가다)
　　　　 /降り(봄이 되어 비가 계속 내리다)

春74; 古り(経り?; 나이를 먹다) / 降り(봄비가 내리다)

秋297; 古りなば / 降り降り

冬448; 古り / 降り

冬450; 古り / 降り

冬469; 古り / 降り

冬470; 古り / 降り

冬471; 古り / 降り

冬472; 古り(経り?) / 降り

恋676; 古り遂げぬ / 降り溶けぬ

恋1068; 古り / 降り

羈旅1353; 古り来る / 降り来る

哀傷1397; 古り / 降り

(拾)春7; 旧る / 降る

冬243; 古り / 降り

冬248; 古り / 降り

冬255; 古り / 降り

恋862; 古り / 石上布留

恋960; 古りぬ / 降りぬ

雑春1057; 古る / 降る

雑秋1141; 古り / 降り

(後拾)秋268; 古り行く(늙어 가다) / 鈴を振り

秋367; 古り / 降り

雑1078; 古る / 振る

(詞)春40; 古りはつる(작자가 아주 늙다) / 降りはつる(꽃이 다 지다)

秋135; 古る / 降る

冬149; 経る(죽지 않고 살아서 세월을 보내다) / 降る ＝ 古る / 降る

(千)離別481; 古り / 降り

羈旅543; 古り / 降り

雑1071; 古り / 降り

(新)春1; 古りにし里(오래된 옛 도읍지) / 降り(吉野에 흰 눈이 내리다)

夏243; 古る / 古里

冬586; 古り / 降り

冬587; 古り行く(늙어 가다) / 降り

冬658; 古る / 降る

冬676; 古りぬ / 降りぬ

冬693; 古り / 降り

恋1319; 古る / 降る ⇐ 経る / 降る

恋1334; 古り / 降り

雑1455; 古り / 降り

ふる-[古-]: 옛. 오래된

(古)雑886; 古幹 / 経る / 石上布留 = 古 / 布留

(後)春49; 古 / 布留

秋368; 古 / 布留

雑1289; 古言の葉 / 降る葉 = 言の葉 / 葉

(拾)雑463; 古 / 経る

(新)恋1247; 古言の葉(상투적이고 구태의연한 말) / 経る = 降る? / 経る

雑1796; 古の社の身(옛날에 斉宮를 지냈던 몸) / 世の中に経る

ふる[振る] 動四段: 흔들다. 염료 속에 넣고 뒤흔들어 물들이다. 만류를 뿌리치다

(古)春22; 振り(소매를 기세 좋게 흔들다) / ふりはへて(일부러 -하다)

恋598; * 振る(색을 짜내어 물들이다 / 쥐어짜듯 울다)

(後)冬454; * 振りでて(염료 속에 넣고 뒤흔들어 물들이다 / 뿌리치고 돌아오다) / 降り

冬455; 振り / 降り

(拾)雑495; 振れば / 経れば

雑恋1210; 振る / 布留山

(後拾)秋268; 振り(방울을 흔들다) / 古りゆく

秋269; 振る(방울을 흔들다) / 経る / 古里

　　　　　雑1078; 振る / 古る

　　　(金)冬260; 振る / 降る

　　　(詞)夏65; 振る / 経る / 降る

　　　　　秋121; 振る / 古里

　　　　　雑334; 引板振る / ひたぶるに

　　　(新)雑1613; 振り / ふり捨てて(미련 없이 버리다)

ふる[触る] 動四段: 접촉하다. 접하다. 언급하다

　　　(後拾)雑1110; 触らせて(말을 퍼트리다) / 降らせて

ふる[布留] 名: 지명. 大和国의 歌枕. 奈良県 天理市 石上神宮 부근부터 서쪽
　　　　　　　일대를 일컫는 곳으로 石上에 所在. 흔히 石上布留라 부름

　　　(古)夏144; 石上布留 / 古き(도읍으로서의 영화가 옛 것이 되어버리다)

　　　　　恋679; 石上布留 / 古る(연정이 식어 시들해지다) / 経る(시일이 지나다)

　　　　　雑886; 石上布留 / 古幹 / 経る ＝ 布留 / 古

　　　(後)春49; 布留 / 古

　　　　　秋368; 布留 / 古

　　　(拾)恋765; 石上布留 / 降る

　　　　　恋862; 石上布留 / 古り

　　　(新)春88; 石上布留 / 古き都

　　　　　冬581; 布留の神杉 / 降る

　　　　　冬660; 布留の神杉 / 降る

ふるかは[布留川] 名: 지명. 大和国. 天理市 布留町를 흘러 初瀬川로 흘러드는 천

　　　(古)雑体1009; 布留川 / 古る(오래 되다) / 経る(세월을 보내다)

　　　(拾)恋956; 布留川 / 降る

ふるから[古幹] 名: 오래된 마른 나무줄기나 가지

　　　(古)雑886; 古幹 / 経る / 石上布留 ＝ 古 / 布留

ふることのは[古言の葉]: 옛날이야기나 노래. 詩歌. 和 cf.「古―」와「言の葉」

　　　(後)雑1289; 古言の葉 / 降る葉 ＝ 言の葉 / 葉

　　　(新)恋1247; 古言の葉(상투적이고 구태의연한 말) / 経る ＝ 降る? / 経る

ふるさと[古里 · 故里] 名: 옛날 살던 곳. 옛 연고지. 친숙한 곳. 옛 도읍. 폐허
　　　　　　　　　가 된 옛 마을. 좋은 때가 지나 화려함이 퇴색된 쓸
　　　　　　　　　쓸한 마을

(古)雑体1005; 古里 / 降る

(後)冬459; 古里 / 降る

　　恋1006; 古里 / 経る

　　雑1119; 古里 / 経る

(拾)雑賀<雑恋>1205; 故里 / 経る

(後拾)春34; 古里 / 降る

　　　夏174; 古里 / 降る

　　　秋269; 古里 / 振る(방울을 흔들다) / 経る

(金)冬292; 故里 / 降る

(詞)秋121; 古里 / 振る

(新)春4; 古里 / 降る

　　春147; ＊ 古里(꽃이 다 진 쓸쓸한 마을 / 옛 고장 吉野) ＝ 古里 /
　　　　降る(꽃이 지다)

　　春174; ＊ 古里(옛 도읍인 志賀 / 봄이 지나 쓸쓸해진 고장)

　　夏243; 古里 / 古る

　　冬678; 古里 / 降る

　　雑1580; 古里 / 降る

　　雑1695; 古里 / 雪降る

　　雑1771; 古里 / 世に経る

ふるし[古し] 形ク: 오래되다

　　(古)夏144; 古き(도읍으로서의 영화가 옛 것이 되어버리다) / 石上布留

　　(新)春88; 古き都 / 石上布留

ふるす[古巣] 名: 옛 보금자리. 옛 집

　　(古)雑体1046; 古巣 / 古す

　　(後)恋738; 古巣 / 古す

　　(後拾)春19; 古巣 / 降る

　　(千)恋870; 古巣 / 古す

ふるす[古す] 動四段: 사용해서 낡게 하다. 싫증이 나서 더 이상 돌보지 않다

　　(古)雑体1046; 古す / 古巣

　　(後)恋738; 古す / 古巣

　　(千)恋870; 古す / 古巣

　　　(新)恋1247; 古(す) / 経る ＝ 降る / 経る

ふるの[布留野] 名: 지명. 大和国

　　　(新)冬698; 石上布留野 / 経る

ふるのかみすぎ[布留の神杉]: 神杉는 石上布留에 진좌한 石上神宮 → 「布留」

　　　(新)冬581; 布留の神杉 / 降る

　　　　冬660; 布留の神杉 / 降る

ふるのやしろのみ[古の社の身]: 전에 斉宮를 지냈던 신분 cf. 「古」

　　　(新)雑1796; 古の社の身(옛날에 斉宮를 지냈던 몸) / 世の中に経る

ふるびと[古人.旧人] 名: 오래 전부터 친한 사이. 오랜 친구. 옛날 사람. 고인

　　　(古)恋731; 古人(전에는 가까이 지냈으나 소원해졌다가 간만에 작자를
　　　　　찾아 온 사람) / 降る日と(봄비가 내리는 날)

ふるみち[旧道]: 오래되어 사람이 다니지 않게 된 길

　　　(拾)恋847; 旧道 / 降る

ふるめかし[古めかし] 形シク: 고풍스럽다. 옛날 일이다

　　　(後拾)雑932; 古めかしくも / 春雨の降る

ふるや[古屋] 名: 오래된 집

　　　(古)恋769; 古屋 / 降るや / 経るや

　　　(金)恋504; 古屋 / 降る

　　　(千)恋655; 古屋 / 言はで経る

　　　　雑1085; 古屋 / かくて経る

ふるやま[布留山] 名: 지명. 大和国에. 奈良県 天理市 布留町 부근의 산

　　　(拾)雑恋1210; 布留山 / 振る

へ[綜] 名: 직기의 세로줄을 잡아 늘려서 거는 도구

　　　(後拾)賀454; 綜(직기의 세로줄을 잡아 늘려서 거는 도구) / 経つつ

－へ 助: 방향을 나타냄. －으로. －에

　　　(後拾)雑958; 長柄へ / 永らへ

へす[押す.圧す] 動四段: 억누르다. 압도하다. 기세를 꺾다. 굴복시키다. 누르다

　　　(古)雑体1019; 女押し / 女郎花

へだつ[隔つ] 動下二段: 가로막다. 멀리 하다. 사이를 가르다

　　　(後拾)77; ＊ 隔つる(봄 안개가 사이를 가로막다 / 상대방이 －)

ほ[穂] 名: 이삭

542

(古)秋242; 穂に出づる(억새 이삭이 패다) / 秀に出づる(슬픈 감정이 눈
　　　에 띄게 되다)
　　秋243; 穂に出でて(억새의 이삭이 패어) / 秀に出でて(사람들의 눈에 띄게)
　　秋307; 穂にも出でぬ(이삭이 아직 패지도 않은) / 秀にも出でぬ(눈
　　　에도 띄지 않는)
　　恋547; 穂 / 秀
　　恋549; 穂 / 秀
　　恋653; 穂 / 秀
　　恋748; 穂 / 秀
　　墨滅<恋>1107; 穂 / 秀
(後)秋267; 穂 / 秀
　　秋288; 穂 / 秀
　　秋354; 穂 / 秀
　　恋604; 穂 / 秀
　　恋727; 穂 / 秀
　　恋840; 穂 / 秀
(拾)恋732; 穂 / ほのかに
(後拾)春67; 穂にいでて / 秀にいでて
　　　恋619; 穂 / 秀
(金)秋215; 稲の穂 / ほのぼのと
(新)夏277; 穂に出でぬ / 秀に出でぬ
　　夏278; 穂に出でぬ / 秀に出でぬ
　　秋347; 穂 / 仄かに
　　秋349; 穂に出でて / 秀に出でて
　　恋993; 穂 / 秀
ほ[秀] 名: 사물의 눈에 띄는 부분. 두드러지게 눈에 띄는 것
　　(古)秋212; 秀にあげて(기러기가 울음소리도 드높이) / 帆にあげて(돛
　　　　삼아 올리고)
　　　秋242; 秀に出づる(슬픈 감정이 눈에 띄게 되다) / 穂に出づる(억새
　　　　이삭이 패다)
　　　秋243; 秀に出でて(사람들의 눈에 띄게) / 穂に出でて(억새의 이삭이 패어)

　　　秋307; 秀にも出でぬ(눈에도 띄지 않는) / 穂にも出でぬ(이삭이 아
　　　　　　직 패지도 않은)

　　　恋547; 秀 / 穂

　　　恋549; 秀 / 穂

　　　恋653; 秀 / 穂

　　　恋748; 秀 / 穂

　　　墨滅<恋>1107; 秀 / 穂

　　(後)秋267; 秀 / 穂

　　　秋288; 秀 / 穂

　　　秋354; 秀 / 穂

　　　恋604; 秀 / 穂

　　　恋727; 秀 / 穂

　　　恋840; 秀 / 穂

　　(後拾)春67; 秀にいでて / 穂にいでて

　　　恋619; 秀 / 穂

　　(新)夏277; 秀に出でぬ / 穂に出でぬ

　　　夏278; 秀に出でぬ / 穂に出でぬ

　　　秋349; 秀に出でて / 穂に出でて

　　　恋993; 秀 / 穂

ほ[帆] 名: 돛

　　(古)秋212; 帆にあげて(하늘을 나는 기러기가 울음소리를 돛 삼아 올
　　　　려) / 秀にあげて

　　(新)恋1072; 舟の帆 / ほのかに

ほころぶ[綻ぶ] 動上二段: 봉오리가 벌어지다. 재봉한 곳이 터지다

　　(古)春26; ＊ 綻び(봉오리가 터지다 / 옷이 터지다)

　　　雑体1020; ＊ 綻びぬらし(꽃봉오리가 터지다 / 솔기가 터지다)

ほし[星] 名: 별

　　(古)雑体1029; 星 / 見まく欲し

ほし[欲し] 形シク: 자기 것으로 하고 싶다. 얻고 싶다

　　(後)恋590; 岩間欲し / 言はまほし

ほそたに[細谷] 名: 좁고 긴 지형의 계곡

　　　　(古)神遊び1082; 細谷 / 細谷川(지명)

ほそたにがは[細谷川]: 지명. 備前国. 岡山市 吉備津神社 부근을 흐르는 강

　　　　(古)神遊び1082; 細谷川 / 細谷(좁고 긴 지형의 계곡)

ほだし[絆] 名: 말의 발을 얽어매는 줄. 수갑과 족쇄. 장애물

　　　　(金)恋493; * 絆(말의 발을 얽어매는 줄 / 수갑과 족쇄)

ほど[程] 名: 정도. 때. 시간. 신분. 넓이

　　　　(古)恋779; * ほど(시간이 지난 정도 / 경과하는 시간)

ほにいづ[穂に出づ]: 이삭이 나오다 → 「穂」

　　　　(古)242,243,307,549,653,748 (後拾)67 (新)277,278,349

ほにいづ[秀に出づ]: 표면에 나타나다. 확연히 눈에 띄다 → 「秀」

　　　　(古)242,243,307,549,653,748 (後拾)67 (新)277,278,349

ほのか[仄か] 形動ナリ: 흐릿하고 어렴풋하다

　　　　(拾)恋732; ほのかに / 穂

　　　　(新)秋347; 仄かに / 穂

　　　　　恋1072; ほのかに / 舟の帆

ほのぼの[仄仄] 副: (시각적으로)어렴풋이. 동틀 무렵의 어렴풋한 상태

　　　　(金)秋215; ほのぼのと / 稲の穂

ほのみし[仄見し]: 어렴풋이 본(金)689(詞)272 → 「仄見る」와 「ーき」

ほのみる[仄見る] 動上一段: 어렴풋이 보다 cf.「見る」

　　　　(金)異本<恋>689; 仄見し / 三島江

　　　　(詞)雑272; 仄見し / 三島江

ほりかぬ[掘りかぬ] 動下二段: 땅을 파기 어렵다

　　　　(千)釈教1241; 掘りかね / 堀兼の井

ほりかねのゐ[堀兼の井] 名: 지명

　　　　(千)釈教1241; 堀兼の井 / 掘りかね

ホロロ: ホロホロ의略. 눈물을 뚝뚝 흘리는 모양

　　　　(古)雑体1033; * ホロロ(눈물을 흘리는 모양 / 꿩의 울음소리)

ホロロ: 꿩의 울음소리

　　　　(古)雑体1033; * ホロロ(꿩의 울음소리 / 눈물을 흘리는 모양)

<ま行>

ま[間] 名: 사이. 사람과의 사이. 동안
  (古)恋665; 干る間(만조 때의 潮水가 마를 틈) / 昼間
    雑974; * 間(간격 / 두 사람간의 관계)
  (後)恋729; 干る間 / 昼間 = 干る / 昼
  (拾)恋720; 干る間 / 昼間
    恋976; 見し間 / 三島
  (後拾)恋673; 干る間 / 昼間 = 干る / 昼
  (金)夏134; 知らぬ間(모르는 사이) / ぬま(沼)
    恋401; 言はぬ間 / 岩沼
  (詞)雑319; 知らぬ間 / 沼
  (千)恋820; 干る間 / 昼間
まがき[籬]: 섶나무 울타리
  (古)東1089; 籬 / まがきの島
まがきのしま[籬の島] 名: 지명. 陸奥国 宮城県 松島湾에 있는 섬 → 「塩釜の籬の島」
  (古)東1089; 塩釜の籬の島 / 籬(울타리)
まがきのしまのまつ[籬の島の松]: 마가끼 섬의 소나무 → 「松」
  (古)東1089; まがきの島の松 / 待つ(서울로 떠나보낸 남편을 기다리다)
まかす[任す] 動下二段: 전적으로 맡기다. 논에 물을 끌다
  (拾)春46; * まかす(다른 사람의 마음에 맡기다 / 논에 물을 끌다)
    春47; * まかす(다른 사람의 마음에 맡기다 / 논에 물을 끌다)
  (金)賀319; * 任す(일임하다 / 논에 물을 대다)
  (新)春67; * まかせて(하늘에 맡기다 / 논에 물을 끌다)
まがひ[紛ひ] 名: 뒤섞여 어지러움. 혼동됨
  (古)春72; * まがひ(꽃잎이 흐트러짐 / 갈피를 못 잡고 헤맴)
まき[真木] 名: 회나무, 삼나무, 소나무 등 단단하여 건축에 적합한 나무
  (古)神遊び1077; 真木? / まさき(真栄)? / 正木の葛
まく[蒔く] 動四段: 씨 등을 뿌리다
  (拾)雑524; 蒔く / 負く

　　　雑525; 蒔く / 負く

まく[負く] 動下二段: 지다. 압도당하다. 내 생각을 접어두고 상대의 주장을 따르다

　　　(拾)雑524; 負く / 蒔く

　　　雑525; 負く / 蒔く

－まくほし[まく欲し] 連語シク: −하고 싶다. −이고 싶다

　　　(古)雑体1029; 見まく欲し / 星

まこも[真菰] 名: 식물명. 줄

　　　(拾)夏114; 真菰 / 薦

まさき[真栄]: 번성함

　　　(古)神遊び1077; まさき(真栄)? / 正木の葛 / 真木?

まさきのかづら[正木の葛．真栄(真木)の葛] 名: 넝쿨성의 상록 식물

　　　(古)神遊び1077; 正木の葛 / 真木? / まさき(真栄)?

　　　(新)冬561; 正木の葛 / 葛城の山

まさご[真砂] 名: 모래의 美称. 그 수가 많은 것에서 長寿나 長久의 表象이 됨

　　　(拾)雑賀1162; 真砂 / 子

まさる[増さる] 動四段: 수량 등이 늘다. 점점 정도가 세어지다

　　　(古)恋617; ＊ 増さる(수량이 늘다 / 恋歌하는 마음이 점점 커지다)

　　　哀傷854; 滝増さりけり / たぎまさりけり

－まさる[−増さる] 動四段: 점점 정도가 늘다

　　　(古)哀傷854; たぎまさりけり / 滝増さりけり

ます[増す] 動四段: 늘다. 많아지다. 늘리다. 증가시키다

　　　(古)冬342; 増す(나이가 점점 −) / 増鏡(노쇠한 내 모습을 그대로 비

　　　취주는 거울)

　　　(拾)雑469; 涙増す / 真澄鏡

　　　恋894; 増す / 益田の池

　　　恋915; おぼつかなさの増す / ます鏡

　　　(後拾)賀442; 増す(오래 살다) / ますかがみ

　　　　賀443; 増す(빛을 더 발하다) / ますます

　　　(金)冬297; 氷益す / 益田の池

　　　(新)哀傷825; 思ひの増す / 真澄鏡

－ます 助動: 듣는 이에 대한 경의를 나타냄

(拾)恋818; 君も来まさぬ(님도 오지 않는) / 来まさぬ山(来増山을 빗댄 말)?

恋818; 来ませ(오세요) / 来増の山

ますかがみ[真澄鏡] 名: 아주 맑은 거울

(古)冬342; 増鏡(노쇠한 내 모습을 그대로 비춰주는 거울) / 増す(나이가 늘어나다)

(拾)雑469; 真澄鏡 / 涙増す

恋915; ます鏡 / おぼつかなさの増す

(後拾)賀442; ますかがみ / 増す(오래 살다)

(新)哀傷825; 真澄鏡 / 思ひの増す

ますだのいけ[益田の池] 名: 지명

(拾)恋894; 益田の池 / 増す

(金)冬297; 益田の池(원앙이 떠있는 益田の池) / 氷益す(연못의 얼음이 점점 늘다)

ますます 副: 점점 더. 전보다 한층 더

(後拾)賀443; ますます / 増す(빛을 더 발하다)

まだき 副: 일찍이. 일찌감치

(金)春2; まだき / き(木)

まちかぬ[待ちかぬ] 動下二段: 기다림에 지치다

(詞)春47; 待ちかね(오지 않는 이를 느긋하게 기다리지 못하다) / 待兼山

(新)夏205; 待ちかね / 待兼山

雑1670; 待ちかねて / 待兼(山)

まちかねやま[待兼山] 名: 지명

(詞)春47; 待兼山(呼子鳥 구슬피 우는 곳) / 待ちかね(느긋하게 기다리지를 못하다)

(新)夏205; 待兼山 / 待ちかね

雑1670; 待兼(山) / 待ちかねて

まつ[松] 名: 소나무

(古)賀356; 松(오래도록 산다는 소나무) / 待つ(오래 살기를 기대하다)

離別365; 松(내가 가는 곳에 있는 因幡山의 ー) / 待つ(그대가 나를 기다리다)

恋778; 住の江の松 / 待つ(인고의 세월을 보내며 찾아오지 않는 님

을 기다리다)

恋779; 住の江の松 / 待つ(매일 눈물로 지낼 만큼 오랫동안 기다리다)

東1089; まがきの島の松 / 待つ(서울로 떠나보낸 남편을 기다리다)

(後)春6; 松 / 待つ

春43; 松の緑 / 待つ(변치 않고 항상 나를 기다리다)

恋511; 松 / 待つ

恋596; 松 / 待つ

恋597; 松 / 待つ

恋653; 松 / 待つ

恋807; 松 / 待つ

恋816; 松 / 待つ

恋851; 松の枝 / 待つ(오지 않는 사람을 기다리다)

恋864; 高砂の松 / 待つ

恋931; 松の江(소나무가 자라고 있는 강) / 待つ

恋938; 松 / 待つ

恋1073; 松の葉 / 待つ

雑1225; 松 / 待つ

(拾)雑462; 松 / 待つ

神楽587; 松 / 待つ

恋626; 松 / 待つ

恋681; 松 / 待つ

恋742; 岩代の松 / 待つ

恋866; 松 / 待つ

哀傷1295; 松 / 待つ

(後拾)春27; 松(정월 子日에 들녘에서 끄는 행사용 소나무) / 待つ

恋667; 松 / 待つ

恋690; 松 / 待つ

恋719; 住吉の松 / 住み良し ＝ (住吉の)松 / 待つ

恋740; 松 / 待つ

雑948; 松 / 待つ

雑1047; 松 / 待つ

雑1069; 住吉の松 / まづ(先づ) ＝ 松 / 待つ?

雑1106; 松 / まづ(先)

(金)春83; 松(등나무가 걸려 꽃을 피운 소나무) / 待つ

夏116; 松 / 待つ(두견을 기다리다)

賀321; 松 / 待つ

賀326; 松 / 待つ

異本<夏>673; 松 / 待つ(두견을 기다리다)

異本<雑>704; 住吉の松 / 待つ(住吉神社의 神主인 그대를 기다리다)

(詞)離別177; 住吉の松 / 待つ

離別185; 生の松(筑紫지방 生の松原의 소나무) / 待つ(그대가 돌아
오기를 기다리다)

恋257; 松 / 待つ

雑338; 武隈の松 / 待つ

雑376; 住吉の松 / 待つ(왕으로부터의 宣旨를 기다리다)

(千)夏207; 松 / 待つ

羈旅506; 松 / 待つ

賀617; 松 / 待つ

(新)春3; 松の戸(소나무로 만든 사립문) / 待つ(깊은 산 속에서 막연히
누군가를 기다리다)

賀747; 松 / 待つ

離別878; 武隈の松 / 待つ

羈旅967; 松 / 待つ

羈旅968; 松 / 待つ

恋1153; 松が枝 / 待つ

恋1199; 松 / 待つ

恋1280; 松 / 待つ

雑1522; 松 / 待つ

雑1606; 松 / 待つ

雑1607; 松 / 待つ

雑1608; 住吉の松は / 待つ(누군가가 고향에서 작자를 기다리다)

松とも / 待つとも(기다린다고도)

雑1622; 松 / 待つ

雑1665; 松の柱(소나무 기둥) / 待つ

雑1792; 松 / 待つ

雑1818; 松 / 待つ

神祇1900; 松の葉(솔잎) / 待つ(신의 효험을 기다리다)

後出<神祇>1994; 松 / 待つ

まつ[松] 名: たいまつ(松明)의 略. 횃불

(後)雑1087; 松 / 待つ

雑1259; 松 / 待つ

まつ[待つ] 動四段: 기다리다. 기대하다. 원하다

(古)夏162; 待つ(사람을 기다리다) / 松山(소나무가 많은 산)

秋200; 待つ(사람을 그리워하며 기다리다) / 松虫(슬피 우는 방울벌레)

秋201; 待つ(사람을 −) / 松虫(누군가를 기다리고 있는 듯 가을
저녁 들녘에서 울고 있는 −)

秋202; 待つ(사람을 −) / 松虫(누군가를 기다리고 있는 듯 가을
들녘에서 울고 있는 −)

秋203; 待つ(누군가를 −) / 松虫(쓸쓸한 작자의 집에서 몹시 울고
있는 방울벌레)

賀356; 待つ(부친이 오래 살기를 자식인 작자가 기대하다) / 松(오
래도록 산다는 소나무)

離別365; 待つ(그대가 나를 기다리다) / 松(내가 가는 곳에 있는
因幡山의 소나무)

恋778; 待つ(인고의 세월을 보내며 찾아오지 않는 님을 기다리다)
/ 住の江の松

恋779; 待つ(매일 눈물로 지낼 만큼 오랫동안 기다리다) / 住の江の松

東1089; 待つ(서울로 떠나보낸 남편을 기다리다) / まがきの島の松

(後)春6; 待つ(朱雀院이 左大臣 実頼를 기다리다) / 松(正月 子日 행사
에 쓰이는 소나무)

春43; 待つ(변치 않고 항상 나를 기다리다) / 松の緑

秋255; 待つ(쓰르라미 소리에 유발되어 그 사람이 기다려지다) /
松虫(기다림을 연상시키는 방울벌레)

秋259; 待つ(방울벌레가 누군가를 기다리다) / 松虫(기다리고 있는 사람
이 오겠다고 약속한 시간이 지났는지 구슬피 울고 있는 방울벌레)

秋260; 待つ(누가 와서 머물 것 같지도 않은 가을들에서 방울벌레
가 누군가를 기다리다) / 松虫(누군가를 기다리며 몹시 울고
있는 방울벌레)

秋339; 待つ(방울벌레가 누군가를 기다리다) / 松虫(울음소리에 女
郎花도 모여드는 방울벌레)

恋511; 待つ(저녁 무렵 사랑하는 사람을 기다리다) / 松

恋522; 待つ(빨리 왔으면 하는 마음으로 기다리다) / 松山

恋596; 待つ(그대가 변함없이 나를 기다리다) / 松

恋597; 待つ(나를 자주 찾아 주었더라면 변함없이 그대를 기다렸
을 것이다) / 松

恋653; 待つ(친정에 가 있는 更衣를 그리워하며 기다리다) / 松

恋807; 待つ(만나기 어려운 사람과의 사랑이 이루어지길 기다리다) / 松

恋816; 待つ(변치 않을 마음을 굳게 다짐하고도 오래도록 찾아오
지 않는 사람을 ―) / 松

恋851; 待つ(오지 않는 사람을 기다리다) / 松

恋864; 待つ(작자가 상대 남성을 기다리다) / 高砂の松

恋931; 待つ(상대 여인이 작자의 마음이 깊어지길 기다리다) / 松の江

恋932; 待つ(작자가 상대 남성을 기다리다) / 松風

恋938; 待つ(올지 안 올지 확실치도 않은 남자를 불안한 마음으로
기다리다) / 松

恋1073; 待つ(작자에게 사랑의 마음을 기울이고 있는 남자를 기다
리다) / 松の葉

雑1087; 待つ(여인이 밤이 되어 작자와 대면하길 기다리다) / 松(횃불)

雑1225; 待つ(멀리 떠나 오랫동안 오지 않고 있는 남자를 여인이
기다리다) / 松

雑1255; 待つ(언제가 되면 자신을 찾아 올까하고 기다리다) / 待乳の山

雑1259; 待つ(장모가 또 오겠다는 사위의 말을 의지하여 그를 기
다리다) / まつ(횃불)

賀1374; 待つ(천 년을 기다리다) / 松風

(拾)秋181; 待つ(방울벌레가 누군가를 기다리다) / 松虫(기다리고 있는
　　　　사람이 오겠다고 약속한 시간이 지났는지 가을 들녘에서
　　　　끊임없이 울고 있는 방울벌레)

　秋205; 待つ(방울벌레가 사람을 기다리다) / 松虫(우는 소리가 슬프
　　　　게 들리는 방울벌레)

　雑462; 待つ / 松

　神楽587; 待つ / 松

　恋626; 待つ(여러 해 동안 만나기를 기다려 오다) / 松

　恋681; 待つ / 松

　恋742; 待つ(찾는 발걸음이 뜸해진 사람을 꽤 오랫동안 기다리다)
　　　　/ 岩代の松

　恋820; 待つ / 待乳の山

　恋866; 待つ(님이 오기를 기다리다) / 松

　哀傷1295; 待つ(죽은 처와의 재회를 기대하다) / 松(등나무가 타고
　　　　오르는 소나무)

(後拾)春27; 待つ / 松(정월 子日에 들녘에서 끄는 행사용 소나무)

　秋266; 待つ(방울벌레가 오랜 세월을 기다리다) / 松虫

　離別486; 待つ / 松山

　離別487; 待つ / 松が浦波

　恋667; 待つ(빨리 해가 저물어 다시 만나기를 간절히 기다리다) / 松

　恋690; 待つ(그대가 나를 진정으로 기다리다) / 松

　恋719; 住み良し / 住吉の松 ＝ 待つ(누군가가 나를 기다리다) /
　　　　松(住　吉의 소나무)

　恋740; 待つ(마음속에만 담아두고 기다리다) / 松(住吉의 물기슭
　　　　에 나있는 소나무)

　雑948; 待つ / 松

　雑1047; 待つ / 松

(金)春83; 待つ / 松(등나무가 걸려 꽃을 피운 소나무)

　夏116; 待つ(두견을 기다리다) / 松(등나무가 걸려 꽃을 피우고 있
　　　　는 소나무)

　賀321; 待つ(변하기 쉬운 꽃까지도 그대의 천년 영화를 기다리다)

/ 松(변치 않는 소나무)

賀326; 待つ(新院으로 등극한 鳥羽院의 천년 영화를 기다리다) /
松(등꽃을 피운 소나무)

恋429; 待つ / あふの松原

異本<夏>673; 待つ(두견을 기다리다) / 松(두견을 나타나게 하는
효험이 전혀 없는 소나무)

異本<雜>704; 待つ(住吉神社의 神主인 그대를 기다리다) / 松

(詞)夏57; 待つ(두견의 울음소리를 기다리다) / 先づ(세상사람 누구보다
도 나에게 먼저)

離別177; 待つ(임지로 떠나는 사람이 6년 후에 돌아오길 작자가
기다리다) / 住吉の松

離別185; 待つ(임지로 떠나는 사람이 무사히 돌아오길 기다리다) /
生の松(生の松原의 소나무)

恋257; 待つ / 松

雜338; 待つ / 武隈の松

雜376; 待つ(왕으로부터의 宣旨를 기다리다) / 住吉の松

(千)夏207; 待つ(소나무가 가을바람을 기다리다) / 松(더운 여름날에도
그늘이 시원한 소나무)

羈旅506; 待つ(임무를 마치고 상경할 날을 기다리다) / 松(住の江의 소나무)

賀617; 待つ(그대의 무궁한 천년 치세의 끝을 기다리다) / 松(오래
산다는 소나무)

恋764; 待つ / あふの松原

(新)春3; 待つ(깊은 산 속에서 막연히 누군가를 기다리다) / 松の戸(소
나무로 된 사립문)

秋474; 待つ(방울벌레가 사람을 기다리다) / 松虫(이슬 내린 띠 밑
에서 울고 있는 방울벌레)

賀726; 待つ(영원한 번영을 기대하고 기다리다) / 松の尾山

賀747; 待つ(新王의 천년 영화를 기다리다) / 松(짙푸른 소나무)

離別878; 待つ(임지로 떠나는 사람이 돌아오기를 작자가 기다리
다) / 武隈の松(말라버리거나 하여 다시 심기도 한다는 무
상한 武隈의 소나무)

羈旅897; 待つ(그 사람을 그리워하며 만나기를 학수고대하다) / わかの松原

羈旅933; 待つ(내가 다시 돌아올 그날까지 松島의 모든 것들이 나를 기다리다) / 松島

羈旅967; 待つ(길을 떠난 내가 돌아오길 기다리다) / 松

羈旅968; 待つ(길 떠난 나를 기다리다) / 松

恋1153; 待つ(드디어 오늘 이루어지는 만남을 고대하다) / 松が枝

恋1197; 待つ(오겠다고 언질을 준 사람을 기다리다) / 待乳の山

恋1199; 待つ(찾아오지 않는 사람을 원망스런 심정으로 기다리다) / 松

恋1201; 待つ(오겠다고 언질을 준 사람을 기다리다) / 松風

恋1202; 待つ(온다고 약속을 한 사람도 없는데 막연히 기다리다) / 松風

恋1280; 待つ(오지 않는 사람을 밤늦도록 기다리다) / 松

恋1304; 待つ(오지 않는 사람을 헛되게 기다리다) / 松風

恋1321; 待つ(찾아오지 않는 사람을 원망하며 기다리다) / 松虫

雑1518; 待つ(전부터 오겠다고 약속한 사람을 기다리다) / 待乳の山

雑1519; 待つ(온다고 약속했던 사람을 밤늦도록 기다리다) / 松風

雑1522; 待つ(산에서 뜨는 달을 기다리다) / 松

雑1560; 待つ(죽을 날이 가까운 나를 방울벌레가 기다리다) / 松虫

雑1606; 待つ / 松

雑1607; 待つ / 松

雑1608; 待つ(누군가가 고향에서 작자를 기다리다) / 住吉の松
　　　　待つとも(기다린다고도) / 松とも

雑1622; 待つ / 松

雑1665; 待つ / 松の柱

雑1792; 待つ / 松

雑1818; 待つ / 松

神祇1900; 待つ(신의 효험을 기다리다) / 松の葉

後出<神祇>1994; 待つ(신의 효험을 기다리다) / 松

まづ[先づ] 副: 우선. 먼저

(後拾)雑1069; 先づ / 住吉の松 ＝ 待つ / 松?

　　　　雑1106; 先づ / 松

(詞)夏57; 先づ / 待つ

まつがうら[松が浦]　名: 지명. 讚岐国
　　(後拾)離別487; 松が浦波 / 待つ. 裏

まつがえ[松が枝]: 소나무 가지 → 「松」
　　(新)恋1153; 松が枝 / 待つ

まつかぜ[松風]　名: 솔바람. 또는 그 소리
　　(後)賀1374; 松風 / 待つ
　　(新)恋1201; 松風 / 待つ
　　　　恋1202; 松風 / 待つ
　　　　恋1304; 松風 / 待つ
　　　　雜1519; 松風 / 待つ

まつしま[松島]　名: 지명
　　(新)羈旅933; 松島 / 待つ

まつちのやま[待乳の山]　名: 지명
　　(後)雜1255; 待乳の山 / 待つ
　　(拾)恋820; 待乳の山 / 待つ
　　(新)恋1197; 待乳の山 / 待つ
　　　　雜1518; 待乳の山 / 人を待つ

まつのえ[松の枝]: 소나무 가지 → 「松」
　　(後)恋851; 松の枝 / 待つ(오지 않는 사람을 기다리다)

まつのえ[松の江]: 기슭에 소나무가 자라고 있는 강 → 「松」
　　(後)恋931; 松の江 / 待つ

まつのと[松の戸]: 소나무로 만든 사립문 cf. 「松」
　　(新)春3; 松の戸 / 待つ(깊은 산 속에서 막연히 누군가를 기다리다)

まつのは[松の葉]: 소나무잎. 솔잎 → 「松」
　　(後)恋1073; 松の葉 / 待つ
　　(新)神祇1900; 松の葉 / 待つ(신의 효험을 기다리다)

まつのはしら[松の柱]: 소나무 기둥 cf. 「松」
　　(新)雜1665; 松の柱 / 待つ

まつのをやま[松の尾山]　名: 지명. 山城国
　　(新)賀726; 松の尾山 / 待つ

まつはる[纏はる]　動四段: 휘감기다. 달라붙어 떨어지지 않다

(古)恋786; * 纏はる(옷이 휘감기다 / 달라붙어 떨어지지 않는 그러한
　　　　　　자신의 상태)

まつむし[松虫] 名: 鈴虫. 방울벌레의 옛 이름

　　(古)秋200; 松虫(슬피 우는 방울벌레) / 待つ(사람을 그리워하며 기다리다)

　　　　秋201; 松虫(마치 누군가를 기다리고 있듯이 가을 저녁 들녘에서
　　　　　　　　울고 있는 방울벌레) / 待つ(사람을 기다리다)

　　　　秋202; 松虫(누군가를 기다리는 듯 가을 들녘에서 울고 있는ㅡ) /
　　　　　　　　待つ(사람을 기다리다)

　　　　秋203; 松虫(단풍잎 쌓인 쓸쓸한 작자의 집에서 몹시 울고 있는
　　　　　　　　ㅡ) / 待つ(누군가를 기다리다)

　　(後)秋255; 松虫 / 待つ

　　　　秋259; 松虫 / 待つ

　　　　秋260; 松虫 / 待つ

　　　　秋339; 松虫 / 待つ

　　(拾)秋181; 松虫(가을 들녘에서 끊임없이 울고 있는 방울벌레) / 待つ

　　　　秋205; 松虫(우는 소리가 슬프게 들리는 방울벌레) / 待つ

　　(後拾)秋266; 松虫 / 待つ

　　(新)秋474; 松虫(이슬 내린 띠 밑에서 우는 방울벌레) / 待つ(누군가를
　　　　　　　　기다리다)

　　　　恋1321; 松虫 / 待つ

　　　　雑1560; 松虫 / 待つ

まつやま[松山] 名: 지명. 末の松山. 所在미상

　　(後)恋522; 松山(末の松山로 소재미상) / 待つ

　　　　恋932; 松山(末の松山로 소재미상) / 待つ

まつやま[松山] 名: 지명. 讃岐国의 歌枕

　　(後拾)離別486; 松山 / 待つ

まつやま[松山]: 소나무가 있는 산

　　(古)夏162; 松山(소나무가 많은 산) / 待つ(사람을 기다리다)

まとい[的射]: 과녁을 쏨

　　(後拾)春79; 的射 / まとゐ(円居)

まどふ[迷ふ. 惑ふ] 動四段: 헤매다. 번민하다. 어찌할 바를 모르다

　　(後)雜1205;　文迷ふ(편지가 제대로 전해지지를 않다) / 踏み迷ふ(길을
　　　　잃고 헤매다)

　　(拾)恋736; * 迷ひぬる(길을 잃고 헤매다 / 어찌할 바를 모르다)

まとゐ[円居] 名: 둘러앉음. 즐거운 모임

　　(後拾)春79; 円居 / まとい(的射)

まなくときなく[間なく 時なく]: 끊임없이

　　(古)大歌所1070; * 間なく 時なく(내리는 눈이 끊임없이 / 생각을 끊임없이)

まにまに[随に] 副: 생각대로. ―에 따라. ―에 내맡기어

　　(古)離別391; * 随に(가는 대로 발길을 내맡기어 / 白山의 눈에 모든
　　　　것을 맡기어) / 間に間に(白山에 쌓인 눈 사이사이에)

　　(金)異本<雜>711; 随に(―에 따라) / 間に間に(한 칸 한 칸)

まにまに[間に間に]: 한 칸 한 칸. 사이사이

　　(古)離別391; 間に間に(白山의 눈 사이사이에) / * 随に

　　(金)異本<雜>711; 間に間に(한 칸 한 칸) / 随に(―에 따라)

―まほし 助動シク型: 동작주체의 희망

　　(後)恋590; 言はまほし / 岩間欲し

　　(拾)恋904; 来まほしく / 駒

まもり[守り. 護り] 名: 호위. 수호. 神仏의 加護

　　(後)恋761; 守り(호위) / 山守(산지기)

まもるやま[守山] 名: 지명 cf. 「もるやま」

　　(千)神祇1285; まもる山 / もる(守る) = もる山 / もる(守る)

まよふ[迷ふ] 動四段: 헤매다. 번민하다　cf. まどふ[迷ふ]

　　(古)恋597; * 迷ふ(길을 잃고 헤매다 / 마음이 갈피를 못 잡다)

まろ[麻呂. 麿] 代名: 自称. 나

　　(拾)恋886; 麿やは(내가 그대를 잊을 것인가? 아니 그렇지 아니하다) / 丸屋

　　(金)恋495; 麿やは(내가 그대를 잊을 것인가? 아니 그렇지 아니하다) / 丸屋

まろや[丸屋] 名: 갈대 등의 풀로 지붕을 덮은 가건물, 또는 임시로 만든 잠자리

　　(拾)恋886; 丸屋(새이엉으로 지붕을 얹은 임시 처소) / 麿やは

　　(金)恋495; 丸屋(새이엉으로 지붕을 얹은 임시 처소) / 麿やは

み[実] 名: 열매

　　(古)物名445; 木の実 / 此の身 <불우한 처지가 좋아지길 바라는 심정을 읊음>

恋822; 実 / 身

雑体1066; 実 / 身

(後)秋354; * 実にならむ(열매가 열릴 것이다 / 그 사람에게 성실함이
       있을 것이다)

恋540; 実 / 身

雑1197; 実の数成らぬ / 身の数ならぬ

雑1226; 木の実 / 此の身

雑1227; 木の実 / 此の身

(後拾)雑1154; 山吹の実(황매화 열매)の / 蓑

(金)雑562; 木の実 / 此の身

雑563; 木の実 / 此の身

雑644; 実 / 身

(詞)雑277; 実 / 身

雑279; 実 / 身

雑364; 木の実 / 此の身

(千)釈教1214; 実 / 身

(新)恋1062; 木の実 / 此の三輪の桧原 = 身 / 三輪

雑1465; 木の実 / 此の身

み[身] 名: 몸. 신분. 뚜껑이 있는 상자의 물건을 넣는 몸통 부분 cf. 「憂き身」

(古)物名445; 此の身 / 木の実 <불우한 처지가 좋아지길 바람>

恋565; 身隠れて(사랑에 빠진 자기 자신이 숨어서) / 水隠れて(물 속에 숨어)

恋567; 身を尽し / 澪標

恋649; 身 / 御津 / 見つ = 御津 / 見つ

恋793; 身を / 水脈

恋822; 身 / 実

雑体1066; 身 / 実

(後)春1; 身 / 蓑代衣

夏179; 身 / 深山邊

恋540; 身 / 実

恋549; 身 / み山

恋751; 身を / 水脈

恋889; 身を / 水脈

恋960; 身を尽し / 澪標

恋1018; 身 / ーのみ

雜歌1103; 身を尽し(온 힘을 다하다) / 澪標

雜1123; * 身(신분 / 뚜껑 있는 상자의 몸통부분)

雜1124; * 身(몸 / 뚜껑 있는 상자의 몸통부분)

雜1197; 身の数ならぬ / 実の数成らぬ

雜1226; 此の身 / 木の実

雜1227; 此の身 / 木の実

雜1291; 身を / 水脈

(拾)雜441; 身 / 水屑

雜572; 同じ身 / 同じ深山

雜574; 沈む身 / 水屑

恋766; 身を尽し / 澪標

(後拾)哀傷550; 身 / 水脈

恋608; 身 / みぎは(汀)

恋730; 遥かなる身 / 鳴海 ＝ 成る身 / 鳴海?

(金)雜562; 此の身 / 木の実

雜563; 此の身 / 木の実

雜644; 身 / 実

(詞)恋187; わが身 / 深山木

雜277; 身 / 実

雜279; 身 / 実

雜322; 身を / 水脈

雜364; 此の身 / 木の実

(千)夏214; 身隠れ(見隠れ?) / 水隠れ

羈旅518; 成る身 / 鳴海

恋729; 身 / みぎは(汀)

恋807; 身を尽し / 澪標

恋860; 身を尽し / 澪標

恋956; 身の / 蓑

雑1120; 逢ふ身 / 近江

雑1131; 身 / 三室の岸 ＝ 身 / 御室?

雑1183; 身 / ふたよりみより(二度三度)

雑1197; 身かは(ー인가? 그렇지 않다) / 三河

釈教1214; 身 / 実

(新)冬649; よそに成る身 / 鳴海の潟

恋1062; 木の実 / 此の三輪の桧原 ＝ 身 / 三輪

恋1077; 身を尽し / 澪標

恋1085; 成る身 / 鳴海の浦

恋1327; 身は / 三輪の山

雑1465; 此の身 / 木の実

雑1792; 身を / 水脈

み[水] 名: 물. 단독으로는 쓰이지 않고 복합어로서만 사용됨

(千)夏214; 水隠れ / 見隠れ?(身隠れ)

ーみ 接尾: 형용사 어간에 붙어 체언을 이루는 접미어로, 이유 · 원인표현(ー
때문에) 또는 특정한 성질이나 그 성질을 띤 장소를 나타냄

(古)秋177; 知らなみ(강을 건널 수 있는 얕은 곳을 몰라서) / 白波 ＝
知らな / 白浪

恋618; * 浅み(얕기 때문에 / 얕은 곳)

恋694; * 重み(이슬이 무거워서 / 마음이 무거워서)

恋717; 忘れ難み / 忘れ形見に

雑体1029; 付き無み(마음에 있는 사람에게 다가갈 방도가 없어서)
/ 月無み(달이 없어서)

(後)恋526; 知らなみ(강의 깊은 곳과 얕은 곳을 모르기에) / 白浪

恋669; 無み(서로 만날 기회가 없어서) / 涙

恋773; 無み / 浪

恋819; 無み / 浪

雑1154; 知らなみ(모르기 때문에, 몰라서) / 白浪

雑1268; 難み(만나는 일이 어려워) / 形見(그 사람을 생각나게 하
는 거문고 소리)

(拾)離別321; 留め難み / 形見

　　雑571; 知らなみ(모르기 때문에, 몰라서) / 白浪

(金)恋500; 難み / 筐

(千)恋684; 深み(생각하는 마음은 깊기 때문에) / 深見草

　　雑1163; 無み / 波に

(新)春144; 忘れ難み / 忘れ形見

　　賀721; 知らな? / 白浪

　　哀傷801; 忘れ難(し) / 忘れ形見 ＝ 難み / 形見

　　恋1077; 無み / 浪

　　恋1078; 無み / 浪

　　恋1360; 無み / 浪

　　恋1404; 難み / 形見

　　雑1565; 忘れ難(し) / 形見 ＝ 難み / 形見

　　雑1651; 無み / 涙

　　雑1799; 忘れ難み / 忘れ形見

　　神祇1857; 知ら(ず)? / 白浪

みか[甕] 名: 술 따위를 양조하여 담아두는 큰항아리

　　(古)雑体1059; 甕 / 三日月 / 盃(술잔)

みか[三日]: 삼일. 사흘

　　(古)羇旅408; 三日(서울을 떠나 온지 삼일 째) / 瓶の原(지명) ＝見 / 瓶の原

　　(新)恋996; 三日 / 瓶の原

みかき[御垣] 名: 담의 美称

　　(千)賀608; 御垣 / 見

みかくる[身隠る]: 몸을 숨기다 → 「身」와 「隠る」

　　(古)恋565; 身隠れて(사랑에 빠진 자기 자신이 숨어서) / 水隠れて(물 속에 숨어)

みがくる[水隠る] 動下二段: 물 속에 숨다. 水中에 있어 보이지 않는다

　　(古)恋565; 水隠れて / 身隠れて(사랑에 빠진 자기 자신이 숨어서)

　　(千)夏214; 水隠れ(가을 기운이 물 속에 숨어 지내다) / 見隠れ?(身隠る)

みがくる[見隠る] 動下二段: 보였다 숨었다 하다 cf. 「身隠る」

　　(千)夏214; 見隠れ?(身隠る) / 水隠れ(가을 기운이 물 속에 숨어 지내다)

みかげ[御影] 名: 모습 cf. 「影」

(古)哀傷845; 御影(당신의 옛 모습) / 御陰(은덕) / 影(물에 비치는 그림자)

みかげ [御陰] 名: 은덕 cf. 「陰」

    (古)哀傷845; 御陰(은덕) / 影(물에 비치는 그림자) / 御影(당신의 옛 모습)

みかさ[御蓋] 名: 儀式時, 신분이 높은 사람이 앉는 자리 위의 비단 덮개.
    近衛府의 異称

    (古)雑体1010; 御蓋(그대가 앉으시는 자리 위의 덮개) / 三笠の山 =
        御笠(그대가 쓰시는 삿갓) / 三笠の山

    (後)恋715; 御蓋(近衛府의 異称) / 三笠の山 / 笠(비를 막아주는 삿갓)

    (新)恋1011; 御蓋(近衛府의 異称) / 三笠の山

みかさ[御笠]: 삿갓의 美称 cf. 「笠」

    (拾)賀274; 御笠 / 三笠の山

      雑547; 御笠 / 三笠(산이름)

    (後拾)雑927; 御笠 / 三笠山

       雑1178; 御笠 / 三笠山

    (金)秋200; 御笠 / 三笠山

      秋203; 御笠 / 三笠山

    (詞)雑291; 御笠 / 三笠山

      雑335; 御笠 / 三笠山(비유적으로 藤原氏를 나타냄)

    (千)神祇1256; 御笠 / 三笠山

      神祇1260; 御笠 / 三笠山

    (新)神祇1897; 御笠 / 見(る) / 三笠の山 = 御笠 / 三笠の山

みかさ[三笠] 名: 지명. 大和国. 奈良市 春日大社 뒤쪽의 산. 三笠山

    (拾)雑547; 三笠 / 御笠

みかさのやま[三笠の山] 名: 지명. 春日山의 一峰 cf. 「みかさやま」

    (古)雑体1010; 三笠の山 / 御蓋 = 三笠の山 / 御笠

    (後)恋715; 三笠の山 / 笠 / 御蓋

    (拾)賀274; 三笠の山 / 笠

      雑春1056; 三笠の山 / 笠

      雑賀1191; 三笠の山 / 笠

    (後拾)雑1178; 三笠の山 / 御笠

    (金)秋202; 三笠の山(밝은 가을달이 뜬 三笠山) / 見(三笠山에 걸린 달을 보다)

(詞)雜306; 三笠の山 / 見(る)

(千)神祇1260; 三笠の山 / 御笠

(新)恋1011; 三笠の山 / 御蓋

神祇1897; 三笠の山 / 御笠 / 見(る) = 三笠の山 / 御笠

みかさやま[三笠山] 名: 지명

(後)恋1029; 三笠山 / 笠

恋1030; 三笠山 / 笠

(後拾)雜927; 三笠山 / 御笠

(金)秋200; 三笠山(밝은 가을달이 나온 -) / 御笠

秋203; 三笠山(맑은 달빛이 새어 나오는 -) / 御笠

賀322; 三笠山(어린 소나무가 자라는 -) / 見(春日神社의 神이 기쁘게 보시다)

(詞)雜291; 三笠山 / 御笠

雜335; 三笠山(비유적으로 藤原氏를 나타냄) / 御笠

(千)神祇1256; 三笠山 / 御笠

みかづき[三日月] 名: 음력 초사흘경, 일찍 떠서 한밤중이 되기 전에 지는 달

(古)雜体1059; 三日月 / 甕盃

(金)異本<恋>692; 三日月 / 見(る)

(新)春152; 三日月 / つき(杯)

みかのはら[瓶の原] 名: 지명

(古)羈旅408; 瓶の原 / 三日(서울을 떠나 온지 삼일째) = 瓶の原 / 見

(新)恋996; 瓶の原 / 三日

みかは[三河] 名: 지명

(千)雜1197; 三河 / 身かは(~할 신세인가? 아니 그렇지 아니하다)

みかは[身かは]: ~할 몸(신세)인가? 아니 그렇지 아니하다 → 「身」와 「-かは」

(千)雜1197; 身かは / 三河(지명)

みかみのやま[三上山] 名: 지명

(拾)神楽603; 三上の山 / 見(영원히 지켜보다)

みき[三木]: 세 그루의 나무

(後拾)雜1041; 三木 / 見き

みき[見き]: 보았다 → 「見る」와 「-き」(과거 표현의 조동사)

(後拾)雑1041; 見き / 三木

みぎ[右] 名: 오른쪽

    (千)神祇1257; 右 / 汀

みぎは[汀] 名: 물가. 물 가장자리

    (後拾)恋608; 汀 / 身

    (千)恋729; 汀 / 身

      神祇1257; 汀 / 右

みく[見来]: 항상 보아 오다 → 「見る」와 「一来」

    (詞)恋269; 人を見来(원망스럽게 그 사람의 모습을 보아 오다) / 三熊野の浦

みくづ[水屑] 名: 물 속의 오물

    (拾)雑441; 水屑 / 身

      雑574; 水屑 / 沈む身

みくまののうら[三熊野の浦] 名: 지명

    (拾)恋890; み熊野の浦 / 見(る)

    (詞)恋269; 三熊野の浦 / 人を見来(원망스럽게 그 사람의 모습을 보아 오다). 恨めし

    (千)雑1160; み熊野の浦 / 見(る)

みこし[御輿] 名: 제례 때 신위를 모시어 내는 가마

    (後)雑1132; 御輿 / みこし岡

みこしをか[みこし岡] 名: 지명

    (後)雑1132; みこし岡 / 御輿

みさを[御棹] 名: 옷이나 띠 등을 걸치는 기다란 봉

    (後拾)雑883; 御棹 / 操(절조)

みさを[操] 名: 절조. 정조

    (後拾)雑883; 操 / 御棹(옷이나 띠 등을 걸치는 기다란 봉)

みさを[水棹] 名: みざを. 배의 삿대

    (千)夏202; 水棹 / 操に(한결같이)

みさをに[操に] 副: 마음가짐이나 태도가 언제나 변함없이. 한결같이

    (千)夏202; 操に(한결같이) / 水棹

みしま[三島] 名: 지명. 摂津国. 大阪府 高槻市에서 摂津市 부근에 걸친 淀川沿岸

    (拾)恋976; 三島 / 見し間

みしま[見し間]: 만난 동안. 만난 사이 (拾)976 →「見る」와「ーき」와「間」

みしまえ[三島江] 名: 지명. 摂津国. 高槻市에서 摂津市 부근에 걸친 淀川 沿岸

    (金)異本<恋>689; 三島江 / ほの見し

    (詞)雑272; 三島江 / 仄見し

みす[見す] 動下二段: 남에게 보이다

    (後)雑1218; 文見せけり / 踏み見せけり

ーみす[ー見す]: ー하여 보이다

    (後)雑1218; 踏み見せけり / 文見せけり

みそ[御衣] 名: みぞ. 왕이나 귀인의 의복

    (新)神祇1886; 御衣 / みそぎ(御衣木)

みそぎ[御衣木] 名: 神仏 등의 木像을 만드는 재료가 되는 나무

    (新)神祇1886; 御衣木 / みそ(御衣)

みたらし[見たらし]?: 본 듯하다. 보았음에 틀림없다 →「見る」와「ーらし」

    (拾)雑534; 見たらし / 御手洗川 = 見(る) / 御手洗川

みたらし[御手洗] 名: 지명. 山城国. 京都市 北区에 있는 上賀茂神社의 境内

        를 흐르는 御手洗川. 참배객이 몸을 浄하게 하는 내

        를 일반적으로 말하기도 함

    (新)神祇1862; 御手洗(上賀茂神社의 境内를 흐르는御手洗川) / 見(신의

    모습을 보다)

みたらしがは[御手洗川] 名: 지명. 山城国. 上賀茂神社를 흐르는 御手洗川

    (拾)雑534; 御手洗川 / 見たらし = 御手洗川 / 見(る)

みたらしのかは[御手洗の川] 名: 지명. 山城国. 上賀茂神社를 흐르는 御手洗川

    (新)神祇1888; 御手洗の川(위 쪽 賀茂神社의 境内를 흐르는 천) / 見(자

    신의 고달픈 모습을 물에 비쳐보다). 変る(작자의 신세가 바뀌다)

みだりに[濫りに . 妄りに] 副: 마구. 함부로

    (後)雑1086; 濫りに(함부로) / 乱り

みだる[乱る] 動下二段: 뒤섞이다. 어지러이 흩어지다. 번민하다. 격의 없이

        터놓다. 소동이 일어나다 cf.「さ乱る」

    (古)夏153; 乱れ(비 오는 여름밤의 상념에 마음이 흐트러지다) / 五月雨

    恋532; * 乱れ(해초가 바다에 어지러이 뜨다 / 마음이 혼란하다)

    雑923; 乱る / 抜き見たる

雜934; 乱るる / 思ひ乱るる

雜体1052; * 乱れて(흐트러져 난잡하다 / 사랑에 번민하다)

(後)夏166; さ乱れ(이처럼 몸이 흐트러지다) / 五月雨

雜1086; 乱り(白河의 떨어지는 물줄기가 실처럼 흐트러지다) / 濫りに(함부로)

雜1087; * 乱れつつ(白河 떨어지는 물줄기가 실처럼 흐트러지다 / 영위하는 일이 흐트러지다)

(拾)春32; * 乱れ(바람에 버드나무 가지가 흐트러지다 / 실이 엉키다)

夏116; 乱れ / 五月雨

(後拾)秋240; * 乱る(실이 엉키다 / 마음이 어지러워지다)

(金)夏133; 乱れ / 五月雨

(詞)夏65; 乱れ / 五月雨

(千)恋793; * 乱る(해초 / 마음)

雜1169; * 乱れたる(잘라 낸 水菰가 흐트러지다 / 잠자리가 흐트러지다)

みち[道.路] 名: 길. 方途. 仏道. 王道

(古)春30; * 道(구름에 나 있는 길 / 越지방으로 가는 길)?

(後)恋785; 逢ふ身 / 近江路 = 逢ふ道 / 近江路

恋975; * 道(돌아오는 길 / 만날 방도)

雜1075; * 道(도로 / 帝王으로서의 도리)

(拾)雜春1017; * 道(산사로 이어지는 길 / 仏道)

(千)恋822; 逢ふ道(만날 방도) / あふみぢ(近江路)

(新)離別857; 道 / 陸奥

離別861; 道の奥 / 陸奥

みち[陸奥] 名: 지명. みちおく

(新)離別857; 陸奥 / 道

みちのおく[道の奥]: 길의 깊숙한 곳. 가는 길의 아주 먼 곳→「道」와 「一の」와 「奥」

(新)離別861; 道の奥 / 陸奥

みちのおく[陸奥] 名: 지명. みちおく. 陸奥の国

(新)離別861; 陸奥 / 道の奥

みちのく[陸奥] 名: 지명. 陸奥の国

(後)離別1324; 陸奥 / 道の雲居

みちのくもゐ[道の雲居]: 아득히 먼 길

    (後)離別1324; 道の雲居 / みちのく (陸奥)

みつ[三つ] 名: 셋. 세 개. 세살

    (拾)雑恋1211; 三つ / 見つ ＝ 満つ / 見つ

    (後拾)雑1166; 三つ / 瑞の玉垣

みつ[御津] 名: 지명. 難波의 御津. 大阪에 있었던 政府公認의 港

    (古)恋649; 御津 / 見つ / 身 ＝ 御津 / 見つ

      雑894; 御津 / 水

      雑973; 御津 / 三津(難波에 있는 三津寺) / 見つ(보았다) ＝ 御津 / 見つ

      雑974; 御津 / 三津 / 見つ ＝ 御津 / 見つ

    (後)恋887; 御津 / 見つ

      雑1244; 御津の浦 / 見つ

    (新)賀744; 三津の浜松(미츠 호반의 소나무) / 満つ ＝ 御津? / 満つ

みつ[三津] 名: 지명. 難波에 있는 三津寺

    (古)雑973; 三津 / 見つ(보았다) / 御津(지명) ＝ 御津 / 見つ

      雑974; 三津 / 見つ / 御津 ＝ 御津 / 見つ

みつ[満つ] 動四段: 가득 차다. 소망이 충족되다

    (拾)雑573; 深く満つ / 満潮

      雑恋1211; 三つ / 見つ ＝ 満つ / 見つ

    (新)賀744; 満つ / 三津の浜松 ＝ 満つ / 御津

      神祇1904; 願ひを満つ / 三津の浜風

みつ[見つ]: 보았다. 만났다 → 「見る」와 「一つ」

    (古)恋649; 見つ / 身 / 御津 ＝ 見つ / 御津

      雑973; 見つ / 御津 / 三津 ＝ 見つ / 御津

      雑974; 見つ / 御津 / 三津 ＝ 見つ / 御津

      東1090; 見つ / をぐろ崎みつの小島

    (後)恋764; 見つ / 水

      恋836; 見つ / みづとり(水鳥)

      恋887; 見つ / 御津

      恋994; 見つ / 美豆の森

      恋1046; 見つ / 水

　　　　雑1122; 文見つるかな / 踏みみつるかな

　　　　雑1153; 見つ / 水

　　　　雑1181; 見つ(남녀가 만나다) / 佐保の河水

　　　　雑1244; 見つ / 御津の浦

　　　(拾)恋636; 見つ / 水の泡

　　　　恋637; 心は見つ / 水の泡

　　　　雑賀1184; 憂し見つ(경험하다) / 丑三つ ＝ 憂し / 丑

　　　　雑恋1211; 見つ / 三つ ＝ 見つ / 満つ

　　　(千)恋868; 見つ / 水茎

　　　(新)哀傷806; 見つ / 水茎(필적) ＝ 水 / 水茎

みづ[水] 名: 물

　　　(古)雑894; 水 / 御津

　　　(後)恋764; 水 / 見つ

　　　　恋1046; 水 / 見つ

　　　　恋1059; ＊ 水(강물 / 눈물)

　　　　雑1153; 水 / 見つ

　　　　雑1181; 佐保の河水 / 見つ

　　　　雑1219; 水は汲む / 瑞歯ぐむ(늙어 새로이 이가 나다)

　　　(拾)恋636; 水の泡 / 見つ

　　　　恋637; 水の泡 / 見つ

　　　(後拾)雑1116; 水は汲む / 瑞歯ぐむ(늙어 새로이 이가 나다)

　　　(千)夏184; 水の水菰(물 속에서 자라는 菰) / 美豆(지명)

　　　(新)哀傷806; 見つ / 水茎(필적) ＝ 水 / 水茎

　　　　哀傷807; 水 / 水茎

　　　　神祇1857; 水 / 瑞垣

みづ[美豆] 名: 지명. 山城国의 歌枕

　　　(後)恋994; 美豆の森 / 見つ

　　　(千)夏184; 美豆 / 水のみこも

みづかき[瑞垣] 名: みづがき. 神社 등과 같은 神域의 담

　　　(新)神祇1857; 瑞垣 / 水

みづぐき[水茎] 名: 필적. 소식. 편지. みづくき

　　　(千)恋868;　水茎 / 見つ

　　　(新)哀傷806;　水茎(필적) / 見つ ＝ 水茎 / 水

　　　　哀傷807;　水茎 / 水

　　　　恋1056;　水茎(편지) / みづくきの岡

みづくきのをか[みづくきの岡] 名: 지명

　　　(新)恋1056;　みづくきの岡 / 水茎(편지)

みつしほ[満潮] 名: 만조

　　　(拾)雑573;　満潮 / 深く満つ

みづとり[水鳥] 名: 물새

　　　(後)恋836;　水鳥 / 見つ

みつのうら[御津の浦] 名: 지명. 摂津国. 難波의 御津 → 「御津」

　　　(後)雑1244;　御津の浦 / 見つ

みつのこじま[みつの小島] 名: 지명. 陸奥国. 소재미상 → 「小黒崎みつの小島」

　　　(古)東1090;　をぐろ崎みつの小島 / 見つ

みづのたまがき[瑞の玉垣] 名: 神域에 둘러친 담. 神社의 담

　　　(後拾)雑1166;　瑞の玉垣 / 三つ

みつのはま[三津の浜] 名: 지명. 近江国. 琵琶湖에 있는 日吉神社 부근의 湖畔

　　　(新)賀744;　三津の浜松(미츠 호반의 소나무) / 満つ ＝ 御津 / 満つ

　　　　神祇1904;　三津の浜風(미츠 호반에 부는 바람) / 願ひを満つ

みづのみこも[水の水菰]: 물 속에서 자라는 「菰」 → 「水」

　　　(千)夏184;　水のみこも / 美豆

みづのもり[美豆の森] 名: 지명 → 「美豆」

　　　(後)恋994;　美豆の森 / 見つ

みづはぐむ[瑞歯ぐむ] 動四段: 나이 들어 새로 이가 나다. 몹시 나이를 먹다

　　　(後)雑1219;　瑞歯ぐむ / 水は汲む

　　　(後拾)雑1116;　瑞歯ぐむ / 水は汲む

みどころ[見所] 名: 볼만한 곳. 장래성

　　　(後)恋667;　裏見所 / 怨み所

みな[皆] 副: 모두. 완전히

　　　(千)夏223;　皆尽き(여름이 모두 끝나다) / 水無月

みなかみ[水上] 名: 상류. 水源. 사물의 起源 cf. 「上」

570

(古)雑928; 水上 / 水神 / 皆髪

(後)恋585; 水上 / 皆神 ＝ 上 / 神

(後拾)夏234; 水上 / 水神

みなかみ[水神] 名: 물을 지배하는 신 cf.「神」

    (古)雑928; 水神 / 皆髪 / 水上

    (後拾)夏234; 水神 / 水上

みなかみ[皆髪]: 모든 머리카락 cf.「髪」

    (古)雑928; 皆髪 / 水上 / 水神

みなかみ[皆神]: 모든 신들. 뭇 신 cf.「神」

    (後)恋585; 皆神(뭇 신) / 水上(상류) ＝ 神 / 上?

みなくち[水口] 名: 논에 물을 대는 입구. 사람의 입을 비유함

    (金)雑651; ＊ 水口(논에 물을 대는 입구 / 입)

みなしご[孤子] 名: 고아

    (拾)雑571; 孤児 / みなしご草

みなしごぐさ[みなしご草] 名: 풀이름

    (拾)雑571; みなしご草 / 孤児

みなせがは[水無瀬河] 名: 지명. 山城国

    (千)恋915; 水無瀬河 / 見(부부가 되다)

みなづき[水無月] 名: 음력 6월

    (千)夏223; 水無月 / 皆尽き(여름이 모두 끝나다)

みなつく[皆尽く]: 모두 끝나다 →「皆」와「尽く」

    (千)夏223; 皆尽き(여름이 모두 끝나다) / 水無月

みなる[水馴る] 動下二段: 물에 친숙해지다

    (古)恋749; 水馴れ / 見馴れ / 身馴れ ＝ 見馴れ / 水馴れ

    (後)恋889; 水慣るる / 見慣るる

    雑1136; 水馴れし / 見馴れし

    (拾)冬226; 水馴る(원앙이 물에 익숙하다) / 見馴る(한 쌍의 원앙이−)

      / 身馴る(한 쌍의 원앙이−)

    (千)恋670; 水馴れ / 見馴れ

    (新)離別865; 水馴れし / 見馴れし

      神祇1908; 水馴れ / 見慣(馴)れ ＝ 水馴れ / 見馴れ

みなる[見馴る . 見慣る] 動下二段: 많이 보아 익숙해지다. 친하게 지내다

    (古)恋749; 見馴れ / 身馴れ / 水馴れ ＝ 見馴れ / 水馴れ

    (後)恋889; 見慣るる / 水慣るる

        雑1136; 見馴れし / 水馴れし

    (拾)冬226; 見馴る(한 쌍의 원앙이－) / 身馴る(한 쌍의 원앙이－) / 水 馴る(원앙이 물에 익숙하다)

    (千)恋670; 見馴れ / 水馴れ

    (新)離別865; 見馴れし / 水馴れし

        神祇1908; 見慣(馴)れ / 水馴れ ＝ 見馴れ / 水馴れ

みなる[身馴る] 動下二段: 친하게 지내다. 친해지다

    (古)恋749; 身馴れ / 水馴れ / 見馴れ ＝ 水馴れ / 見馴れ

    (拾)冬226; 身馴る(한 쌍의 원앙이－) / 見馴る(한 쌍의 원앙이－) / 水 馴る(원앙이 물에 익숙하다)

みになる[実になる]: 열매를 맺다. 실속이 있다 → 「実」

    (後)秋354; ＊ 実にならむ(열매가 열릴 것이다 / 그 사람이 성실함이 있을 것이다)

みになる[身に馴る]: 몸에 익숙해지다. 상대방과 친해지다 → 「馴る」

    (後)恋1019; ＊ 身には馴るとも(옷이 몸에 익숙해지더라도 / 상대방이 친숙해지더라도)

みね[峰] 名: 봉우리

    (後)恋875; 峰 / 見ね

    (拾)恋627; 峰 / 見ねど

みの[美濃] 名: 지명. 美濃の国

    (後)羈旅1354; 美濃 / 蓑代衣 / 身代衣

みの[蓑] 名: 우비의 일종 cf. 田蓑

    (後拾)雑1154; 蓑 / 山吹の実の

    (千)恋956; 蓑 / 身の

みのうら[身の裏]: 상자 본체 부분의 안쪽

    (古)羈旅417; 身の裏(상자 본체의 안쪽) / 二見の浦(어두워져서 주변이 잘 보이지 않는－)

みのしろごろも[身代衣]: 자신에 관한 기념물로서의 옷

(後)羈旅1354; 身代衣 / 蓑代衣 / 美濃 / 白

みのしろごろも[蓑代衣] 名: 우비인 「미노」 대신에 입는 비를 막는 옷

    (後)春1; 蓑代衣 / 白衣

      羈旅1354; 蓑代衣 / 身代衣 / 美濃 / 白

みのり[御法] 名: 仏法

    (千)釈教1214; 御法の花 / あだならぬ実り(결실)

みのり[実り]: 결실

    (千)釈教1214; あだならぬ実り(결실) / 御法の花

みはひゆ[身は冷ゆ]: 몸이 차가워지다. 공포에 몸을 떨다 → 「冷ゆ」

    (拾)雑564; * 身は冷えにける(몸이 차가워지다 / 공포로 전율하다)

みまくほし[見まく欲し]: 보고 싶다 → 「―まくほし」

    (古)雑体1029; 見まく欲し / 星

みみ[耳] 名: 귀

    (古)雑体1026; 耳無し / 耳成の山

みみなし[耳無し]: 귀가 없다(古)1026 → 「耳」와 「無し」

みみなしのやま[耳成山] 名: 지명

    (古)雑体1026; 耳成の山 / 耳無し

みむろ[御室]: 귀인의 주거. 승방

    (千)雑1131; 三室の岸(지명) / 身 = 御室? / 身

みむろのきし[三室の岸] 名: 지명

    (千)雑1131; 三室の岸 / 身 = 御室?(귀인의 주거. 승방) / 身

みやがは[宮河. 宮川] 名: 지명. 伊勢外宮의 서쪽을 흘러 伊勢湾으로 흘러드
         는 강으로 伊勢外宮을 상징함

    (新)神祇1872; 宮川(伊勢外宮의 서쪽을 흐르는 천) / 見(る)

みやき[宮城] 名: 시설이 갖추어진 궁전이 들어선 땅

    (古)東1091; 宮城 / みやぎ野 / 宮木

みやき[宮木] 名: 宮殿이나 神殿 축조용 목재. 궁정의 樹木

    (古)東1091; 宮木 / 宮城 / みやぎ野

みやぎの[宮城野] 名: 지명

    (古)東1091; みやぎ野 / 宮木 / 宮城

みやま[御山] 名: 산의 美称 cf. 「山」

　　　(古)雜966; 春の御山 / 春の宮(세자)

　　　(後)恋549; み山 / 身

みやま[深山] 名: 깊은 산 cf. 「秋の深山」

　　　(拾)雜572; 同じ深山 / 同じ身

　　　(金)雜542; 秋の深山(가을철의 깊은산) / 秋の宮

　　　(新)雜1523; 深山 / 独り見(る)

みやまぎ[深山木] 名: 깊은 산에 자라고 있는 나무

　　　(後)恋1042; 深山木 / つらしと見

　　　(詞)恋187; 深山木 / わが身

みやまべ[深山辺] 名: 깊은 산의 근처. 深山 부근

　　　(後)夏179; 深山辺 / 身

みゆき[み雪] 名: 눈의 美称 cf. 「雪」

　　　(拾)雜春1044; (み)雪 / 御幸

　　　(千)神祇1256; (み)雪 / 御幸

みゆき[深雪] 名: 깊은 눈. 깊게 쌓인 눈 cf. 「雪」

　　　(後)雜1075; 深雪 / 御幸

　　　(後拾)雜1110; 深雪 / 御幸

　　　　　雜1118; 深雪 / 御幸

　　　　　雜1119; 深雪 / 御幸

　　　(金)雜520; 深雪 / 御幸

　　　(千)春52; 深雪 / 御幸

　　　(新)離別869; 深雪 / 御幸

　　　　　雜1453; 深雪 / 御幸

　　　　　雜1455; 深雪 / 御幸

　　　　　雜1457; 深雪 / 御幸

みゆき[御幸.行幸] 名: 행차

　　　(後)雜1075; 御幸 / 深雪

　　　(拾)雜春1044; 御幸 / 雪

　　　(後拾)雜1110; 御幸 / 深雪

　　　　　雜1118; 御幸 / 深雪

　　　　　雜1119; 御幸 / 深雪

(金)雑520; 御幸 / 深雪

(千)春52; 御幸 / 深雪

神祇1256; 御幸 / 雪

(新)離別869; 御幸 / 深雪

雑1453; 御幸 / 深雪

雑1455; 御幸 / 深雪

雑1457; 御幸 / 深雪

みよ[三代] 名: 삼대

(後拾)雑981; 三代 / よ(節)

みよ[三夜] 名: 세 밤. 삼일 밤

(千)雑1189; 三夜 / 見よ

みよ [見よ]: 「見る」의 명령형. 보아라 → 「見る」

(新)雑1618; 奥も見よ / み吉野

みよしののやま[み吉野の山] 名: 지명

(新)雑1618; み吉野の山 / 奥も見よ

みより[三度]: 세 번 → 「二度三度」

(千)雑1183; 二度三度(두 번 세 번) / ふた(蓋)와 み(身)

みる[見る] 動上一段: 보다. 바라보다

(古)羈旅408; いつ見(泉川를 언제 볼 수 있을까?) / いづみ川(강바람이
　　　　　차가운 泉川)

恋680; ＊ 見まれ見ずまれ(남이 보다 / 남녀가 만나다)

恋684; ＊ 見れども(벚꽃을 보다 / 님을 만나다)

恋823; 裏見て(바람에 펄럭이어 뒷면을 보다) / 恨みて / 心見て ＝
　　　　裏見 / 恨み

雑974; 見つ / 御津 / 三津 ＝ 見つ / 御津

東1090; 見つ / をぐろ崎みつの小島

(後)春102; ＊ 見し人(함께 꽃을 본 사람 / 부부 관계를 맺은 사람)

恋764; 見つ / 水

恋836; 見つ / みづとり(水鳥)

恋943; 裏見(る) / 恨み

雑1122; 文見つるかな / 踏みみつるかな

雜1153; 見つ / 水

雜1170; 裏見 / 恨み

雜1193; * 見ねば(바닷가 오막집을 가서 보다 / 여자를 만나다)

雜1222; 人の文見ぬ / 人の踏みみぬ

雜1244; 見つ / 御津の浦

(拾)雜542; 絵見て / 笑みて

神楽603; 見(영원히 지켜보다) / 三上の山

(後拾)羈旅504; 見る / 海松

恋627;   文見ぬ / 踏みみぬ

恋751; 文見(る) / 踏みみ踏まずみ

恋758; 文見る / 踏みみる

雜880; 文見ても / 踏みみても

雜1041; 見き / 三木

(金)秋202; 見(る) / 三笠の山

冬289; 雪見に(눈을 보러) / 行き見に(가서 직접 보러)

賀322; 見 / 三笠山

恋366; 文見て / 踏みみて

恋392; 裏見し / 恨みし

恋395; 裏見ても / 恨みても

雜550; 文もまだ見ず(아직 편지도 못 보았다) / 踏みもまだみず(아
직 밟아 보지도 못했다)

(詞)恋269; 人を見来(원망스럽게 그 사람의 모습을 보아 오다) / 三熊野の浦

雜272; 仄見し / 三島江

雜306; 見(る) / 三笠の山

(千)賀608; 見 / 御垣

恋700; 裏見ん / 恨みん

雜1160; 見(る) / み熊野の浦

雜1189; 見よ / 三夜

神祇1267; 見(왕의 행차를 보다) / みわ(三輪)

(新)夏184; かつ見る / かつみ(マコモ의 다른 이름)

秋440; 裏見 / 恨み

秋476; 臥し見(엎드린 채 꿈을 꾸다) / 菅原や伏見 / 枕にす

哀傷806; 見つ / 水茎(필적) = 水 / 水茎

恋1093; 裏見(る) / 恨み

恋1098; 文見ぬ / 踏みみぬ

恋1243; 裏見(る) / 恨み

恋1305; 裏見(る) / 恨み

雑1523; 独り見(る) / 深山

雑1565; 裏見 / 恨み

雑1821; 裏見 / 恨み顔

神祇1862; 見(る) / 御手洗の水

神祇1872; 見(る) / 宮川(伊勢外宮의 서쪽을 흐르는 천)

神祇1888; 見(る) / 御手洗の川

神祇1897; 見(る) / 三笠の山 / 御笠 = 三笠の山 / 御笠

みる[見る] 動上一段: 心を見る. 마음을 파악하다. 간파하다. 헤아려 살피다

(古)恋823; 心見て / 裏見て / 恨みて = 裏見 / 恨み

(後)恋612; 心見に(그대의 마음을 보기 위해) / 試みに(소매가 젖는지
어떤지 시험삼아)

(拾)恋637; 心は見つ / 水の泡

恋890; 見(る) / 見熊野の浦

(金)恋457; 人の心を見(る) / 三輪の山

(新)雑1618; 奥も見よ / み吉野

みる[見る] 動上一段: 만나다. 남녀가 만나 관계를 맺다. 부부가 되다

(古)恋649; 見つ / 身 / 御津 = 御津 / 見つ

恋677; かつ見 / はなかつみ

恋680; * 見まれ見ずまれ(남녀가 만나다 / 남이 보다)

恋684; * 見れども(님을 만나다 / 벚꽃을 보다)

(後)春102; * 見し人(부부 관계를 맺은 사람 / 함께 꽃을 본 사람)

恋799; 見る / 海松(해초의 하나)

恋875; 見ね / 峰

恋887; 見つ / 御津

恋994; 見つ / 美豆の森

恋1046;　見つ / 水

雜1181;　見つ(남녀가 만나다) / 佐保の河水

雜1193;　＊ 見ねば(여자를 만나다 / 바닷가 오막집을 가서 보다)

(拾)恋627;　見ねど / 峰

恋636;　見つ / 水の泡

恋976;　見し間 / 三島

雜恋1211;　見つ / 三つ ＝ 見つ / 満つ

(金)異本<恋>689;　仄見し / 三島江

異本<恋>692;　見(る) / 三日月

(千)恋868;　見つ / 水茎

恋915;　見(부부가 되다) / 水無瀬河

(新)離別890;　見(る) / 三輪の山

みる[見る] 動上一段: 경험하다. 일을 당하다

(古)雜973;　見つ / 御津 / 三津 ＝ 見つ / 御津

(拾)雜534;　見たらし / 御手洗川 ＝ 見(る) / 御手洗川　　拾534

雜賀1184;　憂し見つ(경험하다) / 丑三つ ＝ 憂し / 丑

みる[見る] 動上一段: ―라고 생각하다. ―라고 여기다

(後)恋1042;　つらしと見 / み山木

(後拾)恋738;　いまはかぎりと見 / 三輪の山

みる[海松] 名: 해초의 일종 cf. 「海松布」

(後)恋799;　海松 / 見る

(後拾)羇旅504;　海松 / 見る

みる 名: 인명

(後)雜1099;　みる / 海松布

―みる[―見る] 動上一段: 시험적으로 ―해보다

(古)雜923;　抜き見たる / 乱る

(後)雜1122;　踏みみつるかな / 文見つるかな

雜1222;　人の踏みみぬ / 人の文見ぬ

離別1309;　打ちみむ(불을 붙이기 위해 부싯돌을 쳐 보다) / うち見
　　　　　む(언뜻 보다)

(拾)雜賀<雜恋>1199;　踏みみれば(다리를 밟아보다) / 文見れば(편지를 보니)

雑賀<雑恋>1202; 踏みみれば(다리를 밟아보다 / 文見れば(편지를 보니)

(後拾)恋627; 踏みみぬ / 文見ぬ

恋751; 踏みみ踏まずみ / 文見(る)

恋758; 踏みみる / 文見る

雑880; 踏みみても / 文見ても

(金)恋366; 踏みみて / 文見て

雑550; 踏みもまだみず(아직 밟아 보지도 못했다) / 文もまだ見ず
(아직 편지도 못 보았다)

(新)恋1098; 踏みみぬ / 文見ぬ

みるめ[海松布] 名: 얕은 바다의 바위에 붙어 자라는 해초 cf.「海松」

(古)恋531; 海松布 / 見る目(남녀의 상봉 또는 그 기회)

恋595; 海松布 / 見る目

恋623; 海松布 / 見る目

恋665; 海松布 / 見る目 / みるめの浦 ＝ 海松布 / 見る目

恋669; 海松布 / 見る目

恋683; 海松布 / 見る目

(後)秋417; 海松布 / 見る目

恋528; 海松布 / 見る目

恋553; 海松布 / 見る目

恋650; 海松布 / 見る目

恋772; 海松布 / 見る目

恋858; 海松布 / 見る目

恋891; 海松布 / 見る目

恋892; 海松布 / 見る目

恋908; 海松布 / 見る目

雑歌1099; 海松布 / みる(인명)

雑1149; 海松布(얕은 바다의 바위에 붙어 자라는 해초) / 見る目(만날 기회)

雑1279; 海松布 / 見る目(만날 기회)

(拾)恋667; 海松布 / 見る目

(後拾)恋717; 海松布 / 見る目

恋830; 海松布 / 見る目

(金)恋456; 海松布 / 見る目

恋462; 海松布 / 見る目

恋481; 海松布 / 見る目

(千)恋673; 海松布 / 見る目

恋719; 海松布 / 見る目

恋855; 海松布 / 見る目

恋943; 海松布 / 見る目

(新)恋1078; 海松布 / 見る目

恋1079; 海松布 / 見る目

恋1080; 海松布 / 見る目

恋1084; 海松布 / 見る目

恋1091; 海松布 / 見る目

恋1434; 海松布 / 見る目

雑1725; 海松布 / 見る目(만날 기회)

みるめ[見る目]: 만날 기회. 남녀의 상봉. 남의 눈. 外見

(古)恋531; 見る目(남녀의 상봉 또는 그 기회) / 海松布

恋595; 見る目 / 海松布

恋623; 見る目 / 海松布

恋665; 見る目 / みるめの浦 / 海松布 = 見る目 / 海松布

恋669; 見る目 / 海松布

恋683; 見る目 / 海松布

(後)秋417; 見る目 / 海松布

恋528; 見る目 / 海松布

恋553; 見る目 / 海松布

恋650; 見る目 / 海松布

恋772; 見る目 / 海松布

恋858; 見る目 / 海松布

恋891; 見る目 / 海松布

恋892; 見る目 / 海松布

恋908; 見る目 / 海松布

雑1149; 見る目(만날 기회) / 海松布

雑1279; 見る目(만날 기회) / 海松布

(拾)恋667; 見る目 / 海松布

(後拾)恋717; 見る目 / 海松布

恋830; 見る目 / 海松布

(金)恋456; 見る目 / 海松布

恋462; 見る目 / 海松布

恋481; 見る目 / 海松布

(千)恋673; 見る目 / 海松布

恋719; 見る目 / 海松布

恋855; 見る目 / 海松布

恋943; 見る目 / 海松布

(新)恋1078; 見る目 / 海松布

恋1079; 見る目 / 海松布

恋1080; 見る目 / 海松布

恋1084; 見る目 / 海松布

恋1091; 見る目 / 海松布

恋1434; 見る目 / 海松布

雑1725; 見る目(만날 기회) / 海松布

みるめのうら[みるめの浦] 名: 지명

(古)恋665; みるめの浦 / 海松布 / 見る目 = 海松布 / 見る目

みわ[三輪] 名: 지명. 大和国. 현재의 奈良県 桜井市 三輪

(千)神祇1267; 三輪 / 見(왕의 행차를 보다)

みわのひばら[三輪の桧原] 名: 지명. 大和国의 歌枕. 三輪山麓 일대의 桧原

(新)恋1062; 此の三輪の桧原 / 木の実 = 三輪 / 身

みわのやま[三輪の山] 名: 지명. 大和国. 奈良県 桜井市에 있는 산

(後拾)恋738; 三輪の山 / いまはかぎりと見

(金)恋457; 三輪の山 / 人の心を見(る)

(新)離別890; 三輪の山 / 見(る)

恋1327; 三輪の山 / 身は

みを[澪．水脈] 名: 水路. 강이나 바다의 바닥이 도랑처럼 깊게 되어 물이
흐르는 곳으로서 뱃길로 이용됨

　　(古)恋793; 水脈 / 身を

　　　　雑1000; 水脈 / 身を

　　(後)恋751; 水脈 / 身を

　　　　恋889; 水脈 / 身を

　　　　雑1291; 水脈 / 身を

　　(後拾)哀傷550; 水脈 / 身

みをつくし[澪標] 名: 水路나 航路를 나타내는 標識

　　(古)恋567; 澪標 / 身を尽し

　　(後)恋960; 澪標 / 身を尽し

　　　　雑1103; 澪標 / 身を尽し

　　(拾)恋766; 澪標 / 身を尽し

　　(詞)雑322; 澪標 / 身を尽し

　　(千)恋807; 澪標 / 身を尽し

　　　　恋860; 澪標 / 身を尽し

　　(新)恋1077; 澪標 / 身を尽し

　　　　雑1792; 澪標 / 身を尽し

みをつくす[身を尽す]: 온 힘을 쏟다(다하다) → 「身」와 「−を」와 「尽す」

　　(古)恋567; 身を尽し / 澪標

　　(後)恋960; 身を尽し / 澪標

　　　　雑1103; 身を尽し / 澪標

　　(拾)恋766; 身を尽し / 澪標

　　(詞)雑322; 身を尽し / 澪標

　　(千)恋807; 身を尽し / 澪標

　　　　恋860; 身を尽し / 澪標

　　(新)恋1077; 身を尽し / 澪標

　　　　雑1792; 身を尽し / 澪標

むかしながら: 예부터 cf.「−ながら」

　　(後)雑1135; 昔ながら / 長良の山 ＝ −ながら / 長柄?

　　(拾)秋198; 昔ながら / 長等の山

　　　　雑秋1139; 昔ながら / 長等の山

　　(後拾)雑1074; 昔ながら / 長柄の橋

(千)春66; 昔ながら / 長等の山

　　雑1031; 昔ながら / 長柄の橋柱

(新)雑1594; 昔ながら / 長柄

むすび[結び] 名: 관계를 맺음. 끈을 묶음

　　(新)恋1164; ＊ 結び(관계를 맺음 / 끈을 묶음)

むすぶ[結ぶ] 動四段: 묶다. 인연을 맺다. 결실을 맺다. 약속을 하다. 결빙하다

　　(古)春2; 結び(얼음이 얼다) / 掬び(손바닥으로 물을 뜨다)

　　　恋541; ＊ 結びてむ(끈을 묶다 / 인연을 맺다)

　　　恋653; ＊ むすぼほれつつ(끈이 묶여지다 / 마음이 개운치 못하고
　　　　　괴롭다 ＝ ＊ 結ぶ?

　　(拾)恋760; 結び(애정을 나누다) / 掬び

　　　雑春1004; 結べども(폭포의 흰 물줄기를 실처럼 묶어보지만) / 掬べども

　　(金)冬296; ＊ 結ぶ(묶다 / 얼음이 얼다)

　　(千)夏222; 結ばで / 掬ばで

　　　秋293; 結ばぬ(얼음이 얼지 않다) / 掬ば(물을 손으로 푸다)

　　　冬440; 結ぶ / 掬ぶ

　　　釈教1214; ＊ 結ぶ(열매를 맺다 / 법화경과의 인연을 맺다)

　　(新)秋474; ＊ 結ぼほる(마음이 답답하다 / 벌레 소리가 희미하다) ＝ ＊ 結ぶ?

　　　冬633; ＊ 結ばぬ(얼음이 얼지 않다 / 꿈을 이루다)?

　　　冬635; ＊ 結ぼほる(얼음이 얼다 / 마음이 답답하다) ＝ ＊ 結ぶ?

　　　恋1023; ＊ 結ぶ(풀잎의 끝을 묶다 / 인연을 맺다)

　　　恋1150; ＊ 結ぶ(풀베개를 엮다 / 인연을 맺다)

　　　恋1213; ＊ 結びおきて(굳은 약속의 표시로 풀을 묶다 / 인연을 맺다)

　　　恋1335; ＊ 結ぼほる(서리가 앉다 / 지쳐서 진력이 나다) ＝ ＊ 結ぶ?

むすぶ[掬ぶ] 動四段: 좌우의 손바닥을 합쳐 물을 푸다

　　(古)春2; 掬び(손바닥으로 물을 뜨다) / 結び(결빙하다)

　　(拾)恋760; 掬び / 結び(애정을 나누다)

　　　雑春1004; 掬べども / 結べども(폭포의 흰 물줄기를 실처럼 묶어보지만)

　　(千)夏222; 掬ばで / 結ばで

　　　秋293; 掬ば(물을 손으로 푸다) / 結ばぬ(얼지 않는)

　　　冬440; 掬ぶ / 結ぶ

むすぼほる[結ぼほる] 動下二段: 엉켜서 풀어지지 않게 되다. 맺어지다. 얼음이 얼다. 지쳐서 진력이 나다. 우물거리거나 회미하여 소리 등이 잘 들리지 않다

(古)恋653; ＊ むすぼほれつつ(끈이 묶여지다 / 마음이 개운치 못하고 괴롭다) ＝ ＊ 結ぶ?

(新)秋474; ＊ 結ぼほる(마음이 답답하다 / 벌레 소리가 회미하다) ＝ ＊ 結ぶ?
冬635; ＊ 結ぼほる(얼음이 얼다 / 마음이 답답하다) ＝ ＊ 結ぶ?
恋1335; ＊ 結ぼほる(서리가 앉다 / 지쳐서 진력이 나다) ＝ ＊ 結ぶ?

むつき[襁褓] 名: 강보. 신생아 옷. 기저귀

(詞)賀162; 襁褓 / 睦月

むつき[睦月] 名: 음력 1월

(詞)賀162; 睦月 / 襁褓(신생아 옷)

むなし[空し.虚し] 形シク: 속이 비다. 무익하다. 헛되다. 무상하다

(古)恋822; ＊ むなしく(속이 비다 / 덧없다)

(詞)雑364; ＊ むなし(허무함 / 나무열매의 속이 빔)

むなしきそら[虚しき空]: 허공. 전혀 없음

(新)恋1134; ＊ 虚しき空(허공 / 전혀 없음)

－むら[匹.疋] 接尾: －필. 포목을 세는 단위

(後)恋712; 二疋(포목 두필) / ふたむら山
恋713; 二疋 / ふたむら山

(拾)冬220; 一匹 / 一群

(詞)秋131; 二疋(비단 두필) / 両村の山(온 산에 화려하게 단풍이 든 両村山)

むらさき[紫] 名: 풀이름. 紫草. 염색이름의 하나

(詞)恋257; 紫 / 恨む ＝ うらむらさき(末紫) / 恨む

むらさきの[紫野] 名: 지명. 山城国. 平安京 북쪽 일대의 들로 왕실과 귀족들의 수렵지

(後拾)哀傷541; 紫野 / 紫の雲(보라색을 띤 구름)

むらさきのくも[紫の雲]: 보라색을 띤 구름. 紫雲

(後拾)哀傷541; 紫の雲 / 紫野(지명)

め[芽] 名: 싹

    (古)恋604; 芽も張る / 目も遥に

        雑868; 芽も張る / 目も遥に / 春

    (後)雑1282; 木の芽 / 此の目

    (拾)哀傷1277; 木の芽 / 此の目

    (新)賀734; 芽 / 目

        賀735; 木の芽 / 目

め[目.眼] 名: 눈

    (古)恋556; 目 / ―め(님을 만나지 못하게 될 때)

        恋604; 目も遥に / 芽も張る

        雑868; 目も遥に / 芽も張る / 春

    (後)恋671; 合はぬ目(잠을 자지 않아 눈꺼풀이 서로 마주 닿지 않는 눈) / 逢はぬめ(만나지 못해 괴롭고 슬픈 경우)

    (後)恋671; あはぬ目 / ―め

        恋799; 目 / め(海布)

        雑1282; 此の目 / 木の芽

    (拾)哀傷1277; 此の目 / 木の芽

    (後拾)雑1155; 目 / 布

    (新)賀734; 目も遥に / 芽も張る

        賀735; 目も遥の / 木の芽も張る / 春

        雑1598; 目も遥に(아득히 멀리) / 春

め[海布] 名: 식용하는 해초의 総称

    (後)恋799; 海布 / 目

    (後拾)雑1155; 布 / 目

め 名: (좋지 않은)경우. (싫고 나쁜)경험 cf. 「憂き目」

    (古)恋556; め(님을 만나지 못하게 될 때) / 目

    (後)恋671; 逢はぬめ(만나지 못해 괴롭고 슬픈 경우) / 合はぬ目(잠을 자지 않아 눈꺼풀이 서로 마주 닿지 않는 눈)

めぐむ[芽ぐむ] 動四段: 초목이 싹을 내다

    (新)賀734; 芽ぐむ / 恵む

        釈教1946; 芽ぐめ / 恵め

めぐむ[恵む] 動四段: 은혜를 베풀다. 도움을 주다

(新)賀734; 恵む / 芽ぐむ

　　釈教1946; 恵め / 芽ぐめ

めぐりあふ[廻り逢ふ] 動四段: 재회하다. 간만에 다시 만나다

　　(拾)雑470; ＊ 廻り逢ふ(재회하다 / 달이 하늘을 운행하다)

めぐる[廻る] 動四段: 한 바퀴 돌다. 달이 넓은 하늘을 건너다. 달이 하늘을
　　　　　　　　　돌다. 사람의 삶이 계속되다

　　(拾)雑470; ＊ 廻り逢ふ(달이 하늘을 운행하다 / 재회하다)

　　(後拾)賀433; ＊ めぐる(술자리에서 잔이 한 바퀴 돌다 / 달이 하늘을 건너다)

　　(詞)雑351; ＊ 廻る(달이 하늘을 돌다 / 사람의 삶이 계속되다)

めならぶ[目並ぶ] 動四段: 비교해 보다

　　(古)恋754; ＊ 目並ぶ(보고 비교하다 / 꽃바구니의 촘촘한 눈이 가지런하다)

めならぶ[目並ぶ] 動四段: 編物 등의 눈이 가지런하다

　　(古)恋754; ＊ 目並ぶ(꽃바구니의 촘촘한 눈이 가지런하다 / 보고 비교하다)

めもはるに[目も遥に]: 아득하게. 저 멀리. 아득히 멀리 → 「目」와 「遥なり」

　　(古)恋604; 目も遥に / 芽も張る

　　　　雑868; 目も遥に / 芽も張る / 春

　　(新)賀734; 目も遥に / 芽も張る

　　　　賀735; 目も遥の / 木の芽も張る / 春

　　　　雑1598; 目も遥に(아득히 멀리) / 春

－めり 助動: 목전의 사실에 대한 추측. 단정을 피하고 완곡히 말함

　　(拾)雑549; 塗るめり / 温めり

も[裳] 名: 치마

　　(古)恋745; 裳 / 藻くづ

　　(後)雑1099; 裳 / 玉藻

　　(後拾)賀446; 裳 / 玉藻

－も 助: －도

　　(古)恋515; 日も夕暮 / 紐結ふ暮

　　(金)雑566; を(尾)も白き / おもしろ(面白)き

　　(新)夏歌264; 日も夕暮 / 紐結ふ

　　　　夏歌284; 日も夕暮 / 紐結ふ

　　　　冬650; 日も夕暮 / 紐結ふ

哀傷760; 頃も / 衣

哀傷804; 頃も / 衣

羈旅952; 日も夕暮 / 紐結ふ

もくづ[藻屑] 名: 해초의 부스러기

(古)恋745; 藻くづ / 裳

(後)雑1148; 藻屑 / くつ(沓)

雑 1149; 藻屑 / くつ(沓)

もじ[門司] 名: 지명

(金)恋379; 門司の関守 / 恋すてふ文字

雑572; 門司 / 文字

もじ[文字] 名: 문자

(金)恋379; 恋すてふ文字 / 門司の関守

雑572; 文字 / 門司

もしほたる[藻塩垂る . 藻潮垂る] 動下二段: 소금을 얻기 위해 해초에 뿌린 바
닷물이 뚝뚝 떨어지다. 소금을 만
들기 위해 해초에 바닷물을 뿌리다

(古)雑962; 藻塩垂れつつ(해초에 바닷물을 뿌리면서) / しほたれつつ(울면서)

(新)恋1083; 藻塩垂れ / しほたれ(눈물에 젖다) = 塩 / 汐垂れ

もち[望] 名: 음력 15일. 만월

(後拾)賀433; 望ながら(만월인 상태로) / 持ちながら

雑1153; 望ながら(만월인 그대로) / 持ちながら(술잔을 손에 들고서)

もちづき[望月] 名: 만월. 보름달

(金)秋184; * 望月(저 멀리 동쪽 하늘에 나온 보름달 / 東国에 있는 목축지)

もちづき[望月] 名: 지명. 信濃国. 현재의 長野県 北佐久郡 御牧原 一帯의
땅으로 여기에 国家에서 관리하는 목장이 있었기에 일
반적으로 목장이름으로 통함. 望月の牧

(金)秋184; * 望月(逢坂の関 넘어 저 멀리 동쪽에 있는 목축지 / 만월)

もちながら[望ながら]: 만월인 상태로 → 「望」와 「ーながら」

(後拾)賀433; 望ながら(만월인 상태로) / 持ちながら

雑1153; 望ながら(만월인 채로) / 持ちながら(술잔을 손에 들고서)

もつ[持つ] 動四段: 손에 들다. 가지다

　　(後拾)賀433; 持ちながら(잔을 손에 든 채) / 望ながら(만월인 상태로)

　　　　雑1153; 持ち / 望

もの[物] 名: 물건

　　(古)雑体1066; 酸き物 / 過ぎ者 ＝ 酸き物 / 好き者(好色者)

ものあらがひ[物争ひ] 名: 상대방의 생각에 순응하지 않고 자신의 주장을
　　　　　　　　　　내세워 다툼

　　(後)恋903; 物争ひ / 貝

ものおもふ[物思ふ] 動四段: 생각에 잠기다. 상념에 잠기다

　　(後)雑1193; 物思ふ(사랑의 상념에 잠기다) / 思ふ(喪을 당하다)

ものこし[裳の腰] 名: 치마 끈

　　(後拾)雑929; 裳の腰 / 物越し(가림 막을 사이에 두고 사람을 대함)

ものごし[物越し] 名: 사이에 가림 막을 두고 사람을 대하는 것

　　(後拾)雑929; 物越し / 裳の腰(치마 끈)

もみぢ[紅葉] 名: 단풍. 말이나 語調가 바뀜을 비유

　　(古)恋788; ＊ もみぢ(단풍드는 것 / 말이 변하여 달라짐)

もも[桃] 名: 복숭아

　　(後拾)春128; 桃 / 百

もも[百] 名: 백. 많은 수

　　(後拾)春128; 百 / 桃

もゆ[燃ゆ] 動下二段: 불타다

　　(古)物名453; 燃ゆ / 萌ゆ　　<고사리를 읊음>

　　　　恋530; ＊ 燃ゆる(불이 타다 / 사모의 정에 마음이 타다)

　　　　恋543; ＊ 燃えこそ(반딧불이 타다 / 사모의 정에 마음이 타다)

　　　　恋680; ＊ 燃ゆる(불과 연기가 일다 / 사모의 불이 일다)

　　(後)春65; 燃ゆ / 萌ゆ

　　　　春66; 燃え / 萌え

　　　　恋835; 燃ゆ(열렬한 생각의 불에 휩싸여 불타다) / 萌ゆ(소나무가
　　　　　　　새 잎을 내다)

　　(拾)雑春1051; 燃ゆるまで / 萌ゆるまで

　　　　雑秋<冬>1154; 燃ゆ / 萌ゆ

　　　　雑賀1180; 燃え / 萌え

(詞)恋187; 燃ゆる / 萌ゆる

(新)春78; 燃え / 萌え

もゆ[萌ゆ] 動下二段: 초목이 싹을 내다

(古)物名453; 萌ゆ / 燃ゆ   <고사리를 읊음>

(後)春65; 萌ゆ / 燃ゆ

春66; 萌え / 燃え

恋835; 萌ゆ(소나무가 새 잎을 내다) / 燃ゆ(열렬한 생각의 불길에 휩싸여 불타다)

(拾)雑春1051; 萌ゆるまで / 燃ゆるまで

雑秋<冬>1154; 萌ゆ / 燃ゆ

雑賀1180; 萌え / 燃え

(詞)恋187; 萌ゆる / 燃ゆる

(新)春78; 萌え / 燃え

もらす[漏らす] 動四段: 주체 못 하고 눈물을 흘리다. 은밀한 사랑이 소문나다. 감추고 있던 것을 넌지시 알리다 cf. 「漏る」

(古)恋670; * 漏らしつる(눈물을 주체 못 하고 흘리다 / 사랑의 가슴앓이를 남이 알게 되어버리다)

(後)恋953; 漏らさざらなん(비가 새지 않았으면 좋겠다) / 守らざらなん(남들의 눈을 의식하지 않았으면 좋겠다)

(金)恋396; * 漏らす(강물이 바위 틈새로 새다 / 세상에 알려지다)

(新)恋1036; * 漏らす(주체 못 하고 눈물을 흘리다 / 은밀한 연정을 사람들이 알아차리게 하다)

もらす[守らす] 動四段: 지키다. 지키게 하다 cf. 「守る」

(後)恋953; 守らざらなん / 漏らさざらなん

もり[漏り.洩り]: 물이나 빗물 또는 달빛 등이 샘. 소문이 남

(拾)雑恋1222; 漏り / 柏木の森(떡갈나무 숲)

(千)雑1162; 洩り(세상에 평판이 남) / 羽束師の杜(지명)

もり[森.杜] 名: 숲

(拾)雑恋1222; 柏木の森(떡갈나무 숲) / 漏り

(後拾)雑932; 柏木の杜 / 洩り(새다)

(新)恋1031; 森 / 漏り

恋1046; 柏木の森 / 漏り

もりあかす[守り明かす]: 밤을 새워 지키다 → 「守る」

    (詞)秋126; 守り明かし / 漏り

    (新)秋431; 守り明かす / 漏り

もりにのみもる[漏りにのみ漏る]: 몹시 새다 → 「漏る」

    (金)異本<恋>696; 漏りにのみ漏る(그칠 줄을 모르고 계속 새다) / 岩代の森

もる[守る] 動四段: 남의 눈을 꺼리다. 지키다. 자녀를 보호하고 키우다

    (後)秋384; 守る / 守山

      恋761; 守り / 山守

      恋854; 守り / 漏り

      恋984; 守る / 漏る

    (拾)雑賀<雑恋>1204; 守る / 漏る

      雑賀<雑恋>1205; 守る / 漏る

    (後拾)秋368; 守り / 漏り

    (金)春73; 守り / 漏り

      恋406;　守る / 漏る

    (詞)秋126; 守り明かし / 漏り

      雑307; 守る / 漏る

    (千)羇旅499;　守れ / 月洩れ

      羇旅522; 守る / 洩る

      羇旅540; 守る / 洩る

      神祇1285; 守る(뭇 신들이 영원히 지키다) / まもる山 = 守る / もる山

    (新)秋426; 守る / 漏る

      秋428; 守り / 漏り

      秋431; 守り明かす / 漏り

      賀749; 守る / 守山

      雑1530; 守る / 漏る

      雑1551; 守る / 漏る

      雑1552; 守る / 漏る

      雑1631; 守り / 漏り

もる[漏る.洩る] 動四段 / 上二段: 물, 빗물, 달빛, 비밀 등이 새다. 소문이 퍼지다

590

(古)秋260; 漏る(이슬과 겨울비가 새어 떨어지다) / 守山(온통 단풍이 든 守山)
　　雑体1002; ＊漏りやしぬらむ(비가 새다 / 좋은 노래들이 누락되다)
(後)恋854; 漏り / 守り
　　恋984; 漏る / 守る
(拾)離別341; 漏る / 守山
　　雑548; 漏れば / 盛れば
　　雑賀<雑恋>1204; 漏る / 守る
　　雑賀<雑恋>1205; 漏る / 守る
(後拾)秋368; 漏り / 守り
　　雑932; 洩り(새다) / 柏木の杜
　　雑1090; ＊漏る(달빛이 새다 / 비밀이 새다)
(金)春73; 漏り / 守り
　　恋350; ＊漏る(못의 물이 새다 / 주체 못 할 눈물이 흐르다)
　　恋406; 漏る / 守る
　　恋447; 漏る / 守山
　　恋500; ＊漏りて(나물이 바구니에서 새다 / 나에 대한 평판이 새어 나가다)
　　異本<恋>696; 漏りにのみ漏る(그칠 줄을 모르고 계속 새다) / 岩代の森
(詞)秋99; 漏る(밝은 달빛이 나무 사이로 새다) / 守山(밝은 가을 달빛
　　　　이 비치는 守山)
　　秋126; 漏り / 守り明かし
　　雑307; 漏る / 守る
(千)羈旅499; 月洩れ / 守れ
　　羈旅522; 洩る / 守る
　　羈旅540; 洩る / 守る
(新)秋426; 漏る / 守る
　　秋428; 漏り / 守り
(新)秋431; 漏り / 守り明かす
　　秋537; 漏る / 守山
　　恋1031; 漏り / 森
　　恋1037; ＊漏る(눈물이 저절로 나오다 / 남모르는 연정이 노출되다)
　　恋1039; ＊漏る(비가 새다 / 소문 등이 퍼지다)

　　　恋1046; 漏り / 柏木の森
　　　雑1530; 漏る / 守る
　　　雑1551; 漏る / 守る
　　　雑1552; 漏る / 守る
　　　雑1631; 漏り / 守り
もる[盛る] 動四段: 높이 쌓아 올리다. 용기에 먹을 것을 가득 담다
　　　(拾)雑548; 盛れば / 漏れば
もるやま[守山] 名: 지명. 近江国의 歌枕
　　　(古)秋260; 守山 / 漏る
　　　(後)秋384; 守山 / 守る
　　　(拾)離別341; 守山 / 漏る
　　　(金) 恋447; 守山 / 漏る
　　　(詞)秋99; 守山(밝은 가을 달빛이 비치는 守山) / 漏る(밝은 달빛이 나
　　　　무사이로 새다)
　　　(千)神祇1285; まもる山 / もる(守る) = もる山 / もる(守る)
　　　(新)秋537; 守山 / 漏る
　　　賀749; 守山 / 守る
もろかづら[諸葛] 名: 식물명. 접시꽃・당아욱 등의 총칭인 「葵」의 異名. 二葉葵
　　　(新)雑1778; 諸葛 / 脆(し)
もろかみ[諸神] 名: 지명. 近江国
　　　(千)神祇1283; ＊ 諸神(지명 / 뭇 신) = 神 / 諸神(지명)
　　　神祇1287; ＊ 諸神(지명 / 뭇 신) = 神 / 諸神(지명)
もろがみ[諸神] 名: 뭇 신 cf. 「神」
　　　(千)神祇1283; ＊ 諸神(뭇 신 / 지명) = 神 / 諸神(지명)
　　　神祇1287; ＊ 諸神(뭇 신 / 지명) = 神 / 諸神(지명)
もろし[脆し] 形ク: 약해서 부서지기 쉽다. 마음 등이 무너지기 쉽다
　　　(新)雑1778; 脆(し) / 諸葛(접시꽃)

<や行>

や[矢] 名: 화살

    (後拾)雑976; 矢 / ーや(의문조사)

          雑1215; 矢 / や(感動詞)

や 感: 야! 얏!

    (後拾)雑1215; や / 矢

ーや 助: 감동, 영탄 표현

    (拾)雑恋1225; 人や(세상 사람이) / 獄(감옥)

    (金)恋449; 是や(이것이 다름 아닌 ー인가?) / 小屋

ーや 助: 의문 표현

    (後拾)雑976; ーや / 矢

ーや 助: 反語 표현. ー일 것인가? 아니 그렇지 아니하다

    (拾)恋886; 麿やは(내가 그대를 잊을 것인가? 아니 그렇지 아니하다) / 丸屋

    (金)恋495; 麿やは(내가 그대를 잊을 것인가? 아니 그렇지 아니하다) / 丸屋

ーや 助動: 존경 또는 정중함을 나타내는 조동사 「ーやる」의 명령형 ーやれ

              의 줄임 말. 친밀감을 담은 가벼운 명령으로 권유, 요청표현. ー

              しなさい

    (拾)恋885; 来や(어서 나에게로 오세요) / 小屋

    (後拾)恋691; 来や(나를 찾아오세요) / 昆陽 / 小屋

やく[焼く] 動四段: 태우다

    (詞)恋233; 炭焼かれ / 速やか

やく[焼く] 動下二段: 타다

    (後拾)恋814; 焼くと / 役と

やくと[役と] 副: 오직. 그것만

    (後拾)恋814; 役と / 焼くと

やちよ[八千代] 名: 팔천년. 오랜 세월

    (古)賀345; 八千世(왕의 치세가 앞으로 지속될 아주 오랜 세월) / チヨ

        (물떼새의 웃음소리)

やつる 動下二段: 쇠퇴하다. 볼품없어지다. 거칠어지다. 황폐해지다

(古)秋200; * やつる(님을 사모하여 몸이 쇠약해지다 / 옛 마을이 황폐해
　　지다)

やま[山] 名: 산 cf. 「御山」

　　(古)雑966; 春の御山(봄기운이 감도는 산) / 春の宮(세자)

　　(新)春66; ときはなる山 / 常磐山

　　　　夏196; 山 / 大和撫子

やまかづら[山葛] 名: 식물명

　　(古)神遊び1076; 山葛 / かづら

やまがらす[山烏] 名: 산까마귀

　　(千)雑1198; 山烏 / 我止ま(めや)

やまじ[止まじ]: 끝나지 말아야지 → 「止む」와 「－じ」

　　(後拾)雑1142; 止まじ / 山科の里

やましなのさと[山科の里] 名: 지명. 山城国

　　(後拾)雑1142; 山科の里 / 止まじ

やましろ[山城] 名: 지명

　　(新)恋1089; 山城 / えぞ止ま(ず)

やまぢ[山路] 名: 산길

　　(後)羈旅1357; 日暮しの山路(종일 시간을 보낸 산길) / ひぐらしの山(지명)

　　(千)冬458; 帰る山路(산길) / 帰山

　　　　離別481; 帰る山路 / 帰山

　　　　離別493; 帰る山路 / 帰山

やまとなでしこ[大和撫子] 名: 풀이름. 패랭이꽃 cf. 「撫子」

　　(古)恋695; 大和なでしこ / 撫でし娘

　　(新)夏196; 大和撫子 / 山

やまひ[山間] 名: 「やまあひ」의 줄임 말. 산과 산의 사이

　　(拾)冬245; 山間 / やまゐ(山藍)

やまひ[病] 名: 병. 질환

　　(後)恋632; 病 / 山居

やまぶき[山吹] 名: 황매화나무. 장미과의 낙엽관목. 늦은 봄 황색 꽃을 피움

　　(古)春124; 山吹(강가의 황매화나무) / 吹き吹く(바람이 계속 불다)

やまめぐり[山廻り] 名: 산에서 산으로 이동하며 한 바퀴 돔. 절들을 순례함

(詞)冬149; * 山廻り(時雨가 산을 돌며 내리는 모습 / 사찰 순례)

やまもり[山守] 名: 산지기

    (後)恋761; 山守 / まもり(守り)

やまゐ[山井] 名: 산 속의 샘을 돌로 둘러막아 만든 우물. 바위틈에서 솟는 물

    (拾)雑秋<雑>1147; 山井 / 山藍

    (後拾)雑1120; 山井 / 山藍

    (新)雑1797; 山井 / 山藍

やまゐ[山藍] 名: 「やまあゐ」의 略語로, 藍色의 염료를 채취하는 多年草. 또
            는 이것으로 물들인 옷

    (拾)冬245; 山藍 / やまひ(山間)

        雑秋<雑>1147; 山藍 / 山井

    (後拾)雑1120; 山藍 / 山井

    (新)雑1797; 山藍 / 山井

やまゐ[山居]: 산에 거주함. 산에서 삶

    (後)恋632; 山居 / やまひ(病)

やみ[闇] 名: 어둠. 暗夜. 불교에서 번뇌의 경계를 나타내는 「長夜の闇」

    (拾)雑恋1255; 闇の夜 / 止み

    (後拾)雑1081; 闇 / 止み

        雑1082; 闇 / 止み

    (金)雑535; 闇 / 止み

    (新)夏254; * 闇(칠흑 같은 밤 / 불교에서 번뇌의 경계를 뜻하는「長夜の闇」)

やむ[止む] 動四段: 움직임이 멈추다. 끊어지다. 사건이 일어나지 않은 채 끝나다

    (拾)雑恋1255; 止み / 闇の夜

    (後拾)雑1081; 止み / 闇

        雑1082; 止み / 闇

        雑1142; 止まじ / 山科の里

    (金)雑535; 止み / 闇

    (千)雑1198; 我止ま(めや) / 山鳥

    (新)恋1089; えぞ止ま(ず) / 山城

やる[遣る] 動四段: 보내다. 주다. 기분전환을 하다

    (拾)離別313; 遣らで / 破らで

(後拾)春26; ＊ 遣る(子日을 맞이하여 봄 들판에 마음을 보내다／기분
　　　전환을 하다)

やる[破る] 動四段: 찢다

　(拾)離別313; 破らで／遣らで

ゆかし 形シク: 어떤 모습인지 보고 싶다. 만나고 싶다. 누구인지 알고 싶다

　(金)雜566; ゆかしからず／烏

ゆき[雪] 名: 눈 cf.「み雪」와「深雪」

　(古)離別383; 雪(越国에 있는 白山의 눈)／行き見る(직접 가서 보다)

　　離別391; 雪の間に間に(越国에 있는 白山의 눈 사이사이에)／行き
　　　　　の隨に(가는 대로 발길을 내맡기어)

　　雜954; 雪／行き

　(後)春30; 雪／行き

　　雜1075; 深雪(깊게 쌓인 눈)／御幸(왕의 행차)

　　羈旅1353; 雪尽き難き／行き着き難き ＝ 雪／行き

　(拾)冬248; 雪／行き

　　冬249; 雪／行き

　　雜504; 雪／行き隠れなで(속세를 떠나 은둔하지 못하고)

　　雜春1044; (み)雪／御幸

　(後拾)冬423; 雪／行き

　　雜1110; 深雪／御幸

　　雜1118; 深雪／御幸

　　雜1119; 深雪／御幸

　(金)春28; 雪／行き

　　冬289; 雪見に／行き見に

　　賀329; 雪積もる(눈이 쌓이다)／行き積もる(세월이 지나 쌓이다)

　　雜520; 深雪／御幸

　(千)春16; 雪／行き

　　春52; 深雪／御幸

　　春81; 雪／行き

　　羈旅543; 雪／行き

　　神祇1256; (み)雪／御幸

596

(新)離別869; 深雪 / 御幸

　　雑1453; 深雪 / 御幸

　　雑1455; 深雪 / 御幸

　　雑1457; 深雪 / 御幸

ゆき[行き]:　行く의 명사형

　(古)離別391; 行きの随に(가는 대로 발길을 내맡기어) / 雪(越国에 있는 白山의 눈)

ゆきあふ[行き逢ふ] 動四段: 딱 마주치다. 우연히 만나다 cf.「逢ふ」

　(後拾)恋676; 行き逢ふ / 逢坂

　　恋723; 行き逢ふ / 逢坂の関

　(千)雑1057; 行き逢ふ(오사카 관문 근처에 올 때마다 만나곤 하다) / 逢坂の関水

ゆきかくる[行き隠る]: 행적을 감추다. 속세를 떠나 은둔하다 →「行く」

　(拾)雑504; 行き隠れなで(속세를 떠나 은둔하지 못하고) / 雪

ゆきかひち[行き交ひ路] 名: 오고 가는 길

　(古)哀傷862; 行き交ひ路 / 甲斐道 / 効

ゆきかふ[行き交ふ] 動四段: 오고 가는 사람들이 서로 교차하다. 왕래하다

　(後拾)羈旅515; 行き交ふ / 買ふ

ゆきつく[行き着く] 動四段: 도착하다. 가서 닿다 cf.「行く」와「着く」

　(後)羈旅1353; 行き着き難き / 雪尽き難き ＝ 行き / 雪

ゆきみる[雪見る]: 눈을 보며 즐기다 →「雪」와「見る」

　(金)冬289; 雪見に / 行き見に

ゆきみる[行き見る. 行き廻る] 動上一段 가서 직접 보다. 가서 돌아보다 cf.「行く」

　(金)冬289; 行き見に / 雪見に

ゆく[行く] 動四段: 가다

　(古)離別383; 行き見る(직접 가서 보다) / 雪(越国에 있는 白山의 눈)

　　物名462; ＊行く(물이 흘러가다/마음이 밝아져가다) <沈潜된 심정을 읊음>

　　雑889; 坂行く / 栄ゆく

　　雑954; 行き / 雪

　(後)春30; 行き / 雪

　　羈旅1353; 行き着き難き / 雪尽き難き ＝ 行き / 雪

(拾)冬248; 行き / 雪

　　　冬249; 行き / 雪

　　　雜504; 行き隱れなで(속세를 떠나 은둔하지 못하고) / 雪

(後拾)冬423; 行き / 雪

　　　賀429; 老の坂行く / 榮ゆく

(金)春28; 行き / 雪

　　　冬289; 行き見に / 雪見に

　　　賀329; 行き積もる(세월이 지나 쌓이다) / 雪積もる(눈이 쌓이다)

　　　雜528; 坂行く / 榮ゆく

(千)春16; 行き / 雪

　　　春81; 行き / 雪

　　　羈旅543; 行き / 雪

ゆくかた[行く方]: 가야 할 방향. 기분 등을 풀 방법

　　　(千)恋790; * 行く方(가는 방향 / 속에 쌓인 기분을 발산시키는 방법)

ゆくすゑとほし[行末遠し]: 머나 먼 행선지. 먼 장래

　　　(後拾)離別471; * 行く末遠く(陸奧까지의 여행길이 멀다 / 딸 부부의
　　　　　사이가 영원히)

ゆくて[行手]: 길을 가던 중

　　　(千)冬440; 行手 / 手

ゆふ[夕] 名: 저녁

　　　(後)雜1126; 夕告げに鳴く鳥(저녁을 알리며 우는 닭) / 木綿付けに鳴く
　　　　　鳥(木綿를 매달고 우는 닭)

　　　(詞)秋114; 夕 / 木綿

　　　(新)恋1316; 秋の夕 / ゆふは山

ゆふ[結ふ] 動四段: 묶다

　　　(古)恋515; 紐結ふ暮 / 日も夕暮

　　　(新)夏264; 紐結ふ / 日も夕暮

　　　　　夏284; 紐結ふ / 日も夕暮

　　　　　冬650; 紐結ふ(끈을 묶다 / 돌아갈 차비를 하다) / 日も夕暮

　　　　　羈旅905; 草枕結ふ / 夕風

　　　　　羈旅952; 紐結ふ / 日も夕暮

羈旅960; 結ふ / 夕べの空

神祇1887; 結ふ / 木綿 / いふ(言ふ)

ゆふ[木綿] 名: 「ゆう(木綿)」는 닥나무 껍질로 만든 실 모양의 물건으로서
　　　　　　　신에게 기도할 때나 액풀이할 때 이용되는데, 사용 후 神社
　　　　　　　境内의 비쭈기나무 등에 걸어 놓는다

　　(詞)夏54; 木綿懸けて / 夕かけて

　　　　秋114; 木綿 / 夕

　　(千)夏223; 木綿懸けて / 夕かけて

　　(新)神祇1887; 木綿 / ゆふ(結ふ) / いふ(言ふ)

ゆふかく[木綿懸く]: 木綿를 매달다 → 「木綿」와 「懸く」

　　(詞)夏54; 木綿懸けて / 夕かけて

　　(千)夏223; 木綿懸けて / 夕かけて

ゆふかげ[夕影] 名: 저녁 햇살

　　(拾)雑秋1108; 夕影 / 鹿毛

ゆふかけて[夕かけて]: 저녁이 되면

　　(詞)夏54; 夕かけて / 木綿懸けて

　　(千)夏223; 夕かけて / 木綿懸けて

ゆふかぜ[夕風] 名: 저녁 바람

　　(新)羈旅905; 夕風 / 草枕結ふ

ゆふぐれ[夕暮] 名: 저녁. 해 질 무렵

　　(古)恋515; 日も夕暮 / 紐結ふ暮

　　(新)夏264; 日も夕暮 / 紐結ふ

　　　　夏284; 日も夕暮 / 紐結ふ

　　　　冬650; 日も夕暮 / 紐結ふ

　　　　羈旅952; 日も夕暮 / 紐結ふ

ゆふだつ[夕立つ] 動四段: 저녁 무렵에 비바람 등이 갑자기 일다

　　(新)羈旅918; 夕立つ / 立つ(파도가 일다)

ゆふつけ[木綿付け]: 木綿를 매달음

　　(古)雑995; 木綿付け / ゆふつけ鳥(닭)

　　(後)雑1126; 木綿付けに鳴く鳥(木綿를 매달고 우는 닭) / 夕告げに鳴く
　　　　鳥(울어 저녁을 알리는 닭)

ゆふつけどり[木綿付け鳥] 名: 닭. 세상이 소란할 때 닭에 木綿를 매달아 도
　　　　읍의 사대관문에서 울게 함으로써 액풀이를
　　　　한 데서 유래됨

　　(古)雜995; ゆふつけ鳥 / 木綿付け(木綿를 매달음)

ゆふつけになくとり[木綿付けに鳴く鳥]: 木綿를 매달고 우는 닭 → 「木綿付け」

　　(後)雜1126; 木綿付けに鳴く鳥 / 夕告げに鳴く鳥(울어 저녁을 알리는 닭)

ゆふつげになくとり[夕告げに鳴く鳥]: 울어 저녁을 알리는 닭 → 「夕」와 「告ぐ」

　　(後)雜1126; 夕告げに鳴く鳥 / 木綿付けに鳴く鳥(木綿를 매달고 우는 닭)

ゆふはやま[ゆふは山] 名: 지명

　　(新)恋1316; ゆふは山 / 秋の夕

ゆふべ[夕べ] 名: 저녁. 일몰 무렵. 어제 밤

　　(新)羈旅960; 夕べの空 / 結ふ

ゆふまぐれ[夕間暮れ.夕目暗] 名: 어둑어둑해져 주위가 잘 보이지 않는 저녁 무렵

　　(新)恋1308; 夕まぐれ / いふ(言ふ)

ゆめ[夢] 名: 꿈

　　(拾)恋922; 夢 / ゆめ

　　(後拾)春98; 夢 / ゆめ(결코)

ゆめ 副: 결코. 절대로

　　(拾)恋922; ゆめ / 夢

　　(後拾)春98; ゆめ(결코) / 夢

ゆるぎのもり[ゆるぎの森] 名: 지명

　　(千)雜1179; ゆるぎの森 / 揺ぎ

ゆるぐ[揺ぐ] 動四段: 흔들려 움직이다. 진동하다

　　(千)雜1179; 揺ぎ / ゆるぎの森

ゆるふ[緩ぶ] 動四段: ゆるふ. 묶은 것이 풀리다. 얼음 등이 녹다. 추위가 풀리다

　　(千)雜961; * 緩ぶ(얼음이 녹다 / 끈이 풀리다)

よ[夜] 名: 밤 cf. 「よる[夜]」, 「幾夜」

　　(古)恋753; 夜 / 世(남녀의 관계)

　　　　雜993; 夜 / 節

　　(後)春54; 一夜 / 一節

　　　　恋887; 夜 / よ(節)

(拾)雑436; 夜 / 我が世(일생)

　　雑464; 夜と共に(밤새도록) / 世と共に(세상과 함께 언제나)

　　恋804; 一夜 / 一節

　　雑恋1254; 夜と共に / 世と共に(세월이 흘러)

(後拾)春42; 一夜 / 一節

　　　哀傷540; 夜に / 世に

　　　恋668; 夜 / 節(呉竹의 一)

　　　雑841; 夜 / 世(치세)

　　　雑852; 夜 / 世(세상)

　　　雑867; この夜 / この世(세상)

　　　雑1048; 夜 / 節

　　　雑1144; 一夜 / 一節

(金)秋196; 夜 / 世(생애)

　　秋201; 夜 / 世(세상)

　　秋210; 夜とともに / 世とともに

　　雑535; 夜 / 世(세상)

　　雑642; 夜とともに / 世とともに(항상 변함없이)

(詞)離別176; 夜 / 代

　　雑351; 夜 / 憂き世(세상)

(千)秋297; 夜 / 我が世(인생)

　　冬400; 一夜二夜 / 一節二節

　　恋807; 一夜 / 一節

　　恋846; 夜 / 節(대나무의 一)

　　雑960; 夜 / 節

　　雑997; 夜 / わが世(나의 인생)

　　雑999; 夜 / 世(일생)

(新)冬698; 一夜 / 一節

　　哀傷799; 夜 / 世

　　羇旅961; 一夜 / 一節

　　恋1161; 夜 / 世(남녀의 사이)

　　雑1584; 夜 / 代

　　　　雜1585; 夜 / 代

　　　　雜1633; 夜 / 世(세상)

　　　　雜1703; 夜 / 世(세상)

よ[節] 名: 대나무나 갈대 줄기의 마디와 마디 사이의 공간

　　(古)雜957; 節 / 世(세상)

　　　　雜958; 節 / 世(세상)

　　　　雜959; 節(대나무의 −) / 世(세상)

　　　　雜993; 節 / 夜

　　　　雜体1002; 節節 / 世世

　　　　雜体1003; 節節 / 世世

　　(後)春54; 一節 / 一夜

　　　　恋673; 節節 / 夜夜

　　　　恋887; 節 / 夜

　　　　恋906; 節 / 世

　　　　恋907; 節 / 世

　　　　恋920; 節 / 世

　　　　恋954; 節節 / 世世

　　(拾)賀276; 節 / 千代

　　　　賀280; 節節 / 世世

　　　　賀297; 節 / 末の世

　　　　恋804; 一節 / 一夜

　　　　恋805; 節 / よる(夜)

　　　　雜賀1161; 節 / 世(인생)

　　　　雜賀<雜恋>1194; 節 / 幾夜

　　　　雜恋1248; 節 / 世(남녀의 관계)

　　　　哀傷1304; 節 / 我が子の世(덧없이 짧았던 자식의 수명) / 此の世(현세)

　　　　哀傷1323; 節 / 我が世(일생)

　　(後拾)春42; 一節 / 一夜

　　　　恋668; 節(呉竹의 −) / よ(夜)

　　　　雜981; 節 / みよ(三代)

　　　　雜1048; 節 / 夜

雑1144; 一節(갈대의 —) / 一夜

(詞)雑331; 節 / 世の中(세상)

雑332; 節 / よはひ(齡)

(千)冬400; 一節二節 / 一夜二夜

賀607; 節 / 千世

賀608; 節 / 千世

賀608; 節 / 幾世

恋807; 一節 / 一夜

恋821; 節節 / 夜夜

恋846; 節 / よ(夜)

雑960; 節 / 夜

雑1191; 節 / 世の中(남녀의 관계)

(新)夏273; (蘆の根の)節 / 夜な夜な

冬576; 節(吳竹의 —) / 世とともに(언제나 늘)

冬698; 一節 / 一夜

賀715; 節節 / 代代

羈旅961; 一節 / 一夜

恋1356; 長き節 / 夜すがら

雑1563; 節 / 世(세상)

雑1673; 節 / 世の中(인간 세상)

雑1848; 節 / 世(생애)

よ[世] 名: 세상. 현세 cf. 「此の世」

(古)恋687; * 世(세상 / 남녀 두 사람의 사이)

雑957; 世(세상) / 節

雑958; 世(세상) / 節

雑959; 世(세상) / 節

(後)恋920; 世(세상) / 節

(拾)雑464; 世と共に(세상과 함께 언제나) / 夜と共に(밤새도록)

雑恋1254; 世と共に(세월이 흘러) / 夜と共に(밤새도록)

哀傷1304; 此の世(현세, 지금 세상) / 我が子の世(덧없이 짧았던 자
식의 명) / 節

　　　　哀傷1305; 此の世(현세, 지금 세상) / 子の世(자식의 생애)
　　　　哀傷1323; 我が世(내가 사는 세상) / 節
　　(後拾)哀傷540; 世に / 夜に
　　　　　哀傷564; 此の世(현세, 지금 세상) / 子の世(자식의 생애)
　　　　　雜852; 世(세상) / 夜
　　　　　雜867; 世(세상) / 夜
　　(金)秋210; 世とともに(세상과 함께 영구히) / 夜とともに(밤새도록)
　　　　雜535; 世(세상) / 夜
　　　　雜642; 世とともに(항상 변함없이) / 夜とともに?
　　(詞)雜351; 憂き世(사는 것이 괴로운 이 세상) / 夜
　　(千)恋908; ＊ 世(세상 / 남녀 간의 사이)
　　(新)冬576; 世とともに(언제나 늘) / 節(呉竹의 마디와 마디 사이)
　　　　哀傷799; 世 / 夜
　　　　哀傷813; 此の世(현세, 지금 세상) / 子の世(자식의 생애)
　　　　哀傷843; 世にも / よにも(꽤)
　　　　離別858; 世(세상)にも / よにも(결코)
　　　　恋1212; ＊ 世(세상 / 남녀 간의 사이)
　　　　雜1563; 世(세상) / 節
　　　　雜1633; 世(세상) / 夜
　　　　雜1647; 憂き世 / 浮世
　　　　雜1707; 世(세상)に / よに(정말로)
　　　　釈教1919; 憂き世 / 浮世
よ[世．代] 名: 왕이 치세를 하는 기간. 사람이 생존하는 기간. 인생. 생애.
　　　　일생 cf. 「幾世」
　　(拾)賀297; 末の世(만년) / 節
　　　　雜436; 我が世(일생) / 夜
　　　　雜賀1161; 世(인생) / 節
　　　　哀傷1304; 我が子の世(덧없이 짧았던 자식의 수명) / 此の世(현세) / 節
　　　　哀傷1305; 子の世(자식의 생애) / 此の世(현세, 이 세상)
　　(後拾)哀傷564; 子の世(자식의 생애) / 此の世(현세)
　　　　　雜841; 世(치세) / 夜

(金)秋196; 世(생애) / 夜

(詞)離別176; 代(현재의 왕이 치세를 하는 기간) / 夜

(千)秋297; 我が世(인생) / 夜

　　雜997; わが世(나의 인생) / 夜

　　雜999; 世(인생) / 夜

(新)哀傷813; 子の世(자식의 생애) / 此の世(현세)

　　雜1584; 代(왕의 치세 기간) / 夜

　　雜1585; 代(왕의 치세 기간) / 夜

　　雜1703; 世(일생) / 夜

　　雜1848; 世(생애) / 節

よ[世] 名: 남녀의 관계. 남녀의 사이

(古)恋687; ＊世(남녀 두 사람의 사이 / 세상)

　　恋753; 世 / よ(夜)

(後)恋906; 世 / 節

　　恋907; 世 / 節

(拾)雜恋1248; 世(남녀의 관계) / 節

(千)恋908; ＊世(남녀 간의 사이 / 세상)

(新)恋1161; 世(남녀의 사이) / 夜

　　恋1212; ＊世(남녀 간의 사이 / 세상)

よがれ[夜離れ] 名: 남편이 밤에 부인의 잠자리를 더 이상 찾지 않게 됨

(後)恋914; 夜離れ / 枯れ

よき[斧] 名: 손도끼

(後)恋1043; 斧 / 良き

(金)秋249; 斧 / 避きて

　　恋499; 斧 / 良き

よき[良き]: 좋음. 좋은 것 cf.「良し」

(金)恋499; ことの良きのみ(甘言만) / 斧

よく[避く] 動上二段 / 四段: 피하다. 우회하다

(金)秋249; 避きて / よき(斧)

よさせる[依させる]: 신이 깃들어 계시다?

(千)神祇1288; 依させる?(寄させる) / 神の世 / 挿せる

よし[良し·好し] 形ク: 성질이 우수하다. 훌륭하다. 좋다

    (後)恋1043; 良き / 斧

    (千)神祇1277; 日好し(날씨가 좋다) / 日吉(지명)　=　日(날씨) / 日吉

よすがら[夜すがら] 副: 밤새도록

    (新)恋1356; 夜すがら / 長き節

よそ[余所] 名: 다른 장소. 먼 장소

    (古)恋749; ＊ 余所(멀리 떨어진 곳 / 왕래가 별로 없어 관계가 疎遠함)

      雑体1006; ＊ 余所(기러기가 가는 다른 곳 / 御殿에서 떨어진 곳)

よそ 形動ナリ: 터놓고 지내지 못하는 모양. 소원하며 냉담하다

    (古)恋749; ＊ 余所(왕래가 별로 없어 관계가 疎遠함 / 멀리 떨어진 곳)

よそにみる[余所に見る]: 멀리 놓고 보다. 상관이 없는 듯 보다

    (金)雑545; ＊ 余所に見る(멀리 놓고 보다 / 상관이 없는 듯 바라보다)

よど[淀·澱] 名: 물이 괸 곳. 웅덩이

    (後)恋994; 淀 / よど(む)

    (千)雑1169; 淀の / 夜殿

よとともに[世と共に]: 세월이 흘러. 세상과 함께 언제나. 영구히. 항상 cf.「世」

    (拾)雑464; 世と共に(세상과 함께 언제나) / 夜と共に(밤새도록)

      雑恋1254; 世と共に(세월이 흘러) / 夜と共に(밤새도록)

    (金)秋210; 世とともに(영구히) / 夜とともに(밤새도록)

      雑642; 世とともに(항상 변함없이) / 夜とともに

    (新)冬576; 世とともに(언제나 늘) / 節(呉竹의 마디와 마디 사이)

よとともに[夜と共に]: 밤새도록　cf.「夜」

    (拾)雑464; 夜と共に / 世と共に(세상과 함께 언제나)

      雑恋1254; 夜と共に / 世と共に(세월이 흘러)

    (金)秋210; 夜とともに / 世とともに

      雑642; 夜とともに / 世とともに(항상 변함없이)

よどの[淀野] 名: 지명. 山城国

    (後拾)夏212; 淀野 / 夜殿

      恋685; 淀野 / 夜殿

      雑1203; 淀野 / 夜殿

    (金)夏132; 淀野 / 夜殿

　　　　恋388; 淀野 / 夜殿

　　　(千)哀傷557; 淀野 / 夜殿

よどの[夜殿] 名: 귀인의 침소. 밤에 자는 집. 침실

　　　(後拾)夏212; 夜殿 / 淀野

　　　　　恋685; 夜殿 / 淀野

　　　　　雑1203; 夜殿 / 淀野

　　　(金)夏132; 夜殿 / 淀野

　　　　　恋374; 夜殿 / 淀の継橋

　　　　　恋388; 夜殿 / 淀野

　　　(千)哀傷557; 夜殿 / 淀野

　　　　　雑1169; 夜殿 / 淀の

よどのつぎはし[淀の継橋] 名: 지명. 소재미상. 神戸市 長田区 真野?

　　　(金)恋374; 淀の継橋 / 夜殿

よどむ[淀む．澱む] 動四段: 물의 흐름이 정체하다. 일이 안 풀리다

　　　(古)恋720; * 淀みなば(강물의 흐름이 멈추다 / 주저하다)

　　　　　恋721; * 淀む(강의 흐름이 정체되다 / 정이 없어 주저하고 있다)

　　　(後)恋994; よど(む) / 淀

　　　　　恋1046; * 淀む時なく(물이 많아 강의 흐름에 막힘이 없다 / 남녀

　　　　　　　　　관계가 원활하게 전개되다)

よなよな[夜な夜な] 副: 밤마다. 매일 밤

　　　(新)夏273; 夜な夜な / 蘆の根の節

よに[世に] 副: 대단히. 정말로. 결코. 절대로. 자못. 정말로

　　　(後)恋1011; よに来じ / 雨もよに

　　　(新)雑1707; よに(정말로) / 世に

よにも[世にも] 副: 결코. 몹시. 자못. 상당히. 꽤

　　　(新)哀傷843; よにも(꽤) / 世にも

　　　　　離別858; よにも(결코) / 世にも

よのなか[世の中]: 남녀의 사이. 情愛

　　　(千)雑1191; 世の中(남녀의 관계) / 節

よのなか[世の中]: 세상. 이 세상. 현세

　　　(後)夏197; 世の中 / 夜の中

    (詞)雜331; 世の中(세상) / 節
    (新)羈旅976; 世の中(세상) / 節(조릿대의 마디)
        雜1673; 世の中(인간 세상) / 節
よのなか[夜の中]: 한밤중
    (後)夏197; 夜の中 / 世の中
よはひ[齡] 名: 나이. 연령
    (詞)雜332; よはひ(齡) / よ(節)
よぶ[呼ぶ] 動四段: 부르다
    (古)春29; 呼ぶ(애달프게 ㅡ) / 呼子鳥(마치 자식을 부르듯 애달프게 우는 ㅡ)
    (金)春26; 呼ぶ / 呼子鳥
        異本<恋>713; 呼ぶ / 呼子鳥
    (詞)春47; 呼ぶ / 呼子鳥
    (新)雜1476; 呼ぶ / 呼子鳥
よぶかし[夜深し] 形ク: 밤이 깊다
    (拾)冬257; 夜深き / 深き(죄가 깊다)
よぶこどり[呼子鳥] 名: 뻐꾸기의 異称이라 하나 다른 여러 가지 説이 있다
    (古)春29; 呼子鳥(산중에서 애달프게 우는ㅡ) / 呼ぶ(애달프게 부르다)
    (金)春26; 呼子鳥 / 呼ぶ
        異本<恋>713; 呼子鳥 / 呼ぶ
    (詞)春47; 呼子鳥 / 呼ぶ
    (新)雜1476; 呼子鳥 / 呼ぶ
よよ[夜夜]: 매일 밤 cf.「夜」
    (後)恋673; 夜夜 / 節節
    (千)恋821; 夜夜 / 節節
よよ[節節]: 대나무나 갈대 등의 마디들 →「節」
    (古)雜体1002; 節節 / 世世
        雜体1003; 節節 / 世世
    (後)恋673; 節節 / 夜夜
        恋954; 節節 / 世世
    (拾)賀280; 節節 / 世世
    (千)恋821; 節節 / 夜夜

(新)賀715; 節節 / 代代

よよ[世世.代代] 名: 세대가 거듭됨. 여러 세대. 오랜 세월. 다년 cf. 「世」

  (古)恋666; * 世世に(어느 시대에도 / 現世는 물론 来世에도)

     雑体1002; 世世(여러 세월) / 節節

     雑体1003; 世世 / 節節

  (拾)賀280; 世世 / 節節

  (千)雑1024; * 代代(오랜 세월 / 四代)

  (新)賀715; 代代 / 節節

よよ[世世] 名: 현세와 내세 cf. 「世」

  (古)恋666; * 世世に(現世는 물론 来世에도 / 어느 시대에도)

よよ[世世] 名: 각자의 세계 cf. 「世」

  (後)恋954; 世世 / 節節

よりく[寄り来] 動カ変: 활의 양끝이 모이다. 사람이 바싹 다가붙다

  (古)神遊び1078; * 寄りこ(활의 양끝이 서로 가까워지다 / 사람이 곁에

    바싹 다가붙다)

よりつく[寄り付く] 動四段: 가까이 다가붙다

  (後)恋691; 寄り付く / 撚り継ぐ

よりつぐ[撚り継ぐ] 動四段: 실을 꼬아서 연결하다

  (後)恋691; 撚り継ぐ / 寄り付く

よる[夜] 名: 밤 cf. よ[夜]

  (古)恋543; 夜 / 寄る

    恋605; 夜 / 寄る

    恋610; 夜 / 寄る

    恋665; * 寄る(파도가 밀려오다 / 마음이 끌리다) / 夜 ＝ 寄る / 夜

  (後)恋561; 夜夜 / 寄る寄る

    恋599; 夜夜 / 寄る寄る

    恋689; 夜 / 寄る

    雑1087; 夜 / 撚る ＝ 夜 / 寄る

  (拾)雑464; 夜 / 寄る

    雑520; 夜 / 縒る

    恋805; 夜 / よ(節)

恋809; 夜 / 縒る

雑秋<冬>1133; 夜 / 寄る

(後拾)雑921; 夜 / 縒る

(金)秋216; 夜 / 寄る

恋387; 夜 / 寄る

恋468; 夜 / 寄る

雑663; 夜 / 縒る

(詞)秋137; 夜 / 寄る

(新)夏272; 夜 / 寄る

秋325; 夜 / * 寄る(파도가 밀려오다 / 견우성과 직녀성이 가까이 다가서다)

恋1051; 夜 / 寄る

恋1167; 夜 / 寄る

よる[寄る] 動四段: 다가가다. 모이다. 들르다. 파도 등이 밀려오다. 마음이 끌리다. 마음이 기울다. 의지하다. 구김이 가다

(古)恋543; 寄る / よる(夜)

恋605; 寄る / よる(夜)

恋610; 寄る / よる(夜)

恋665; * 寄る(파도가 밀려오다 / 마음이 끌리다) / 夜 ＝ 寄る / 夜

雑体1035; 寄る / 縒る(구김이 가다)? ＝ * 寄る(구김이 생기다. 친근감이 가다)

雑体1054; 寄る / 撚る

(後)恋550; 寄り / 撚り

恋561; 寄る寄る / 夜夜

恋599; 寄る寄る / 夜夜

恋689; 寄る / よる(夜)

雑1087; 撚る / 夜 ＝ 寄る / 夜

(拾)春32; 寄る / 縒る

春33; 寄りて / 縒りて

雑464; 寄る / 夜

雑555; 寄る / 縒る

　　　　恋815; 寄る / 縒る

　　　　雑秋<冬>1133; 寄る / 夜

　　　　雑秋<冬>1134; 寄り / 依り

　　(後拾)雑1109; * 寄る(물결이 밀려오다 / 들르다)

　　(金)秋216; 寄る / よる(夜)

　　　　恋387; 寄る / よる(夜)

　　　　恋468; 寄る / よる(夜)

　　(詞)秋137; 寄る / よる(夜)

　　(新)夏272; 寄る / 夜

　　　　秋325; * 寄る(파도가 밀려오다 / 견우성과 직녀성이 가까이 다가서다) / 夜

　　　　哀傷847; 寄る / 縒る

　　　　恋1051; 寄る / よる(夜)

　　　　恋1167; 寄る / よる(夜)

　　　　雑1600; * 寄ら(파도가 밀려오다 / 생각을 기울여 깊이 하다)

よる[縒る . 搓る . 撚る] 動四段: 실을 꼬다

　　(古)雑体1035; 縒る(구김이 가다)? / 寄る ＝ * 寄る(구김이 생기다. 친

　　　　　　　　　근감이 가다)

　　　　雑体1054; 撚る / 寄る

　　(後)恋550; 撚り / 寄り

　　　　雑1087; 撚る / 夜 ＝ 寄る / 夜

　　(拾)春32; 縒る / 寄る

　　　　春33; 縒りて / 寄りて

　　　　雑520; 縒る / 夜

　　　　雑555; 縒る / 寄る

　　　　恋809; 縒る / よる(夜)

　　　　恋815; 縒る / 寄る

　　(後拾)雑921; 縒る / 夜

　　(金)雑663; 縒る / 夜

　　(千)恋829; 縒り / 思ひ寄り

　　(新)哀傷847; 縒る / 寄る

よる[依る] 動四段: 근거하다. 따르다. 근거로 삼다

(拾)雜秋<冬>1134; 依り / 寄り

よるせ[寄る瀬]: 흘러드는 얕은 여울. 거처

(古)恋707; * 寄る瀬(흘러가 닿을 얕은 여울 / 의지하여 몸을 기댈 곳)

<ら行>

－らし 助動: 추정 표현. －임에 틀림없다. 필시 －일 것이다
    (古)墨滅<物名>1101; 引くらし(목재로 쓰기 위해 벌채하고 있는 듯하다) / 日暮らし(하루 종일)
    (拾)雑534; 見たらし / 御手洗川 ＝ 見(る) / 御手洗川
－り 助動: 동작이나 작동의 결과 존속 표현. －되어 있다
    (拾)雑549; 温めり / 塗るめり
    (金)夏143; 鎖せる(문이 닫혀있다) / させる(특별히 이렇다 할)
－る 助動: 피동, 自発 표현
    (古)雑体1022; 絶たるに / 崇るに
      雑体1045; 厭はるる / いと晴るる
    (後)春20; 泣かるる / 流るる
      夏168; 泣かる / 流る
      秋242; 泣かれて / 流れて
    (拾)雑573; 漕がれて / 焦がれて
      恋701; 言はれ / 磐余の池
    (後拾)秋346; 漕がれ(노를 저어 배가 앞으로 나아가다) / 焦がれ(햇빛에 변색되다)
      雑1092; 泣かれ / 流れ
    (金)恋491; 思はれじ / 晴れじ
      雑612; 泣かれても / 流れても
    (詞)雑313; 思はれぬ / 面晴れぬ
      雑329; 洗はれ / 顕れ
    (新)夏223; 泣かるる / 流るる
      雑1734; 洗はれ / 顕れ

<わ行>

わ[我. 吾] 代名: 일인칭 대명사. 나
　　(後)春6; 我が名 / 若菜
　　(金)雜607; 我が音(나의 울음소리) / 若根 ＝ 音 / 根

わか[若] 名: 젊음. 幼児
　　(後拾)雜1131; 若 / 和歌の浦
　　(千)雜1051; 若 / 和歌の浦

わがかた[我が方]: 내 쪽. 내 편 → 「方」
　　(千)神祇1271; 我が方 / かたをか(片岡)

わかな[若菜] 名: 초봄의 햇나물. 정월 최초의 子日에 宮中 内膳司가 7種의
　　　　　　햇나물로 국을 끓여 王에게 드린 음식
　　(後)春6; 若菜 / 我が名

わがな[我が名]: 나의 이름 → 「我」와 「ーが」와 「名」
　　(後)春6; 我が名 / 若菜

わかね[若根]: 갓 내린 뿌리
　　(金)雜607; 若根 / 我が音 ＝ 根 / 音

わがね[我が音]: 나의 울음소리 → 「我」와 「ーが」와 「音」
　　(金)雜607; 我が音 / 若根 ＝ 音 / 根

わかのうら[若の心]: 젊은 마음
　　(詞)雜283; 若の心 / 和歌の浦

わかのうら[和歌の浦] 名: 지명. 紀伊国
　　(後拾)雜1131; 和歌の浦 / 若
　　(金)雜578; 和歌の浦見 / 恨み
　　(詞)雜283; 和歌の浦 / 若のうら(心)
　　(千)雜1051; 和歌の浦 / 若

わかのうらみ[和歌の浦見]: 와카노우라를 둘러 봄 → 「和歌の浦」와 「浦見」
　　(金)雜578; 和歌の浦見 / 恨み

わかのまつばら[わかの松原] 名: 지명. 伊勢国
　　(新)羈旅897; わかの松原 / 待つ

わかむらさき[若紫]: 젊은 여성의 비유 말

    (後)雜1277; * 若紫の根を尋ぬ(젊은 여성을 찾아 헤매다 / 염색 재료인 若紫의 뿌리를 물색하다)

わかむらさきのね[若紫の根]: 염색을 위한 紫草의 뿌리

    (後)雜1277; * 若紫の根を尋ぬ(염색 재료인 若紫의 뿌리를 물색하다 / 젊은 여성을 찾아 헤매다)

わきて[別きて.分きて] 副: 특히. 각별히

    (後拾)雜1174; 別きて / 湧きて

わく 名: 얼레. 실을 감아들이는 도구

    (拾)雜555; わく / 湧く

    (後拾)雜1055; わく / 湧く

        雜1061; わく / 湧く

    (金)雜663; わく / 沸く

わく[湧く.涌く] 動四段: 지하수 등이 솟다

    (拾)雜555; 湧く / わく(얼레)

    (後拾)雜1055; 湧く / わく(얼레)

        雜1061; 湧く / わく(얼레)

        雜1174; 湧きて / 別きて(각별히)

    (金)雜663; 沸く?(湧く) / わく(얼레)

    (新)恋1194; 湧く / わくらばに(어쩌다 가끔)

わく[分く] 動下二段: 가르다. 사이를 벌려 길을 내다. 양쪽으로 나누다

    (千)秋316; * 分く(풀을 헤쳐 길을 내다 / 양쪽으로 나누다)

わくらばに 副: 어쩌다 가끔. 우연히도

    (新)恋1194; わくらばに(어쩌다 가끔) / 湧く

わする[忘る] 動下二段: 잊다. 망각하다

    (古)恋717; 忘れ難み / 忘れ形見に

        恋765; 忘れ / 忘れ草

        恋766; 忘れ / 忘れ草

        恋801; 忘れ / 忘れ草

        恋802; 忘れ / 忘れ草

        雜917; 人忘れ / 人忘れ草

　　　墨滅＜恋＞1111; 恋忘れ / 忘れ草

　　(後)恋1050; 忘れ / 忘れ草

　　　恋1051; 忘れ / 忘れ草

　　(拾)恋888; 忘れ / 忘れ草

　　(後拾)雑1066; 忘れ / 忘れ草

　　(金)恋439; 忘れ / 忘れ草

　　(千)雑1163; 忘れ / 忘れ草

　　(新)春144; 忘れ難み / 忘れ形見

　　　哀傷801; 忘れ難(し) / 忘れ形見 ＝ 難み / 形見

わすれがたみ[忘れ難み]: 잊을 수 없기 때문에 → 「忘る」와 「ー難し」와 「ーみ」

　　(古)恋717; 忘れ難み / 忘れ形見に

　　(新)春144; 忘れ難み / 忘れ形見

　　　哀傷801; 忘れ難(し) / 忘れ形見 ＝ 難み / 形見

　　　雑1799; (忘れ)難み / (忘れ)形見

わすれがたみ[忘れ形見] 名: 추억의 기념물. 父親의 死後에 태어난 아이 cf. 「形見」

　　(古)恋717; 忘れ形見に / 忘れ難み

　　(新)春144; 忘れ形見 / 忘れ難み

　　　哀傷801; 忘れ形見 / 忘れ難(し) ＝ 形見 / 難み

　　　雑1565; (忘れ)形見 / 忘れ難(し) ＝ 形見 / 難み

　　　雑1799; (忘れ)形見 / (忘れ)難み

わすれぐさ[忘れ草] 名: 풀이름. 백합과의 多年草

　　(古)恋765; 忘れ草 / 忘れ

　　　恋766; 忘れ草 / 忘れ

　　　恋801; 忘れ草 / 忘れ

　　　恋802; 忘れ草 / 忘れ

　　　雑917; 人忘れ草(그것을 갖고 있으면 사람을 잊는다고 하는 풀) / 人忘れ

　　　墨滅＜恋＞1111; 忘れ草 / 恋忘れ

　　(後)恋1050; 忘れ草 / 忘れ

　　　恋1051; 忘れ草 / 忘れ

　　(拾)恋888; 忘れ草 / 忘れ

　　(後拾)雑1066; 忘れ草 / 忘れ

(金)恋439; 忘れ草 / 忘れ

(千)雑1163; 忘れ草 / 忘れ

わたつうみ[海] 名: わたつみ. 바다. 海神

(新)釈教1961; わたつうみ?(わたつみ) / 罪

わたのはら[海の原] 名: 넓은 바다. 망망대해

(後拾)恋616; 海の原 / 同胞(같은 배에서 태어난 자매)

雑934; 海の原 / 腹立つ

雑935; 海の原 / 腹立つ

わたらで[渡らで]: 건너지 않고 → 「渡る」

(古)恋629; * 渡らで(강을 건너지 않고 / 남녀가 만나 사랑을 이루지 못하고)

わたり[渡り] 名: 강이나 바다 등을 건너는 일. 나루터. 해협. 来訪

(後)雑1218; 渡り / 辺り(부근)

(千)雑1197; 渡り / 辺り(부근)

わたり[辺り] 名: 근처. 부근. 님 계신 곳

(後)雑1218; 辺り / 渡り

(千)雑1197; 辺り / 渡り

わたる[渡る] 動四段: 건너다. 세월을 보내다. 앞을 지나치다. 발걸음을 옮기다

(古)夏歌164; 鳴き渡りらむ(두견이 울며 하늘을 날아가다) / 泣きわたりらむ

恋歌585; 鳴き渡るかな(기러기가 울며 날아가다) / 泣きわたるかな

(울며 지내다)

恋629; * 渡らで(강을 건너다 / 남녀가 만나 사랑을 이루다)

恋659; * 渡らね(강을 건너다 / 남녀가 사랑을 이루다)

恋749; * 渡るとなしに(강을 건너다 / 남녀가 만나 사랑을 이루다)

恋826; 渡る / 恋ひわたる

雑932; 鳴きこそ渡れ / 泣きこそわたれ

雑体1006; 鳴き渡りつつ / 泣きわたりつつ

(後)恋619; 渡る(다리를 건너다) / 思ひわたる(끊임없이 연모하다)

恋636; * 渡らぬ(사이에 놓인 강을 건너다 / 남녀가 선을 넘어 깊

은 관계를 맺다)

恋992; * 渡る(강을 건너다 / 내 앞을 그냥 지나치다)

雑1090; 海渡る / 憂みわたる = 海 / 倦み

　　　雑1091; 鳴き渡れども(물떼새가 울며 날아가다) / 泣きわたれども
　　　　　(계속해서 울다)

　　　雑1244; 海渡る / 憂みわたる ＝ 海 / 倦み

(拾)恋643; 鳴きや渡らむ / 泣きやわたらむ

　　　雑恋1272; 渡る(배로 건너다) / 怨みわたる(계속 원망하다)

(金)恋374; 渡る / 恋ひわたる

　　　恋422; 渡る / 恋ひわたる

(千)恋672; 渡る / 恋ひわたる

　　　雑1197; 渡り / 辺り

(新)雑1447; 渡る(귀인이 발걸음을 옮겨 찾아오다) / 棚引きわたる

　　　雑1685; 渡る / 恋ひ渡る

わたる[渡る] 動四段: 만나서 사랑을 성취하다

(古)恋629; ＊ 渡らで(남녀가 만나 사랑을 이루다 / 강을 건너다)

　　　恋659; ＊ 渡らね(남녀가 사랑을 이루다 / 강을 건너다)

　　　恋749; ＊ 渡るとなしに(남녀가 만나 사랑을 이루다 / 강을 건너다)

(後)恋636; ＊ 渡らぬ(남녀가 선을 넘어 깊은 관계를 맺다 / 사이에 놓
　　　　　인 강을 건너다)

－わたる[－渡る] 動四段: 계속 －하다

(古)夏歌164; 泣きわたりらむ(울며 지내다) / 鳴き渡りらむ(두견이 울며
　　　　　날아가다)

　　　恋歌585; 泣きわたるかな(울며 지내다) / 鳴き渡るかな(기러기가 울
　　　　　며 날아가다)

　　　恋826; 恋ひわたる / 渡る

　　　雑932; 泣きこそわたれ / 鳴きこそ渡れ

　　　雑体1006; 泣きわたりつつ / 鳴き渡りつつ

(後)恋619; 思ひわたる(끊임없이 연모하다) / 渡る(다리를 건너다)

　　　雑1090; 憂みわたる / 海渡る ＝ 倦み / 海

　　　雑1091;　泣きわたれども(계속해서　울다) / 鳴き渡れども(물떼새가
　　　　　울며 날아가다)

　　　雑1244; 憂みわたる / 海渡る ＝ 倦み / 海

(拾)恋643; 泣きやわたらむ / 鳴きや渡らむ

雜恋1272; 怨みわたる(계속 원망하다) / 渡る(배로 건너다)

(金)恋374; 恋ひわたる / 渡る

恋422; 恋ひわたる / 渡る

(千)恋672; 恋ひわたる / 渡る

(新)雜1685; 恋ひ渡る / 渡る

わらび[藁火] 名: 짚을 땔 때 나오는 불. 짚 불

(古)物名453; 藁火 / 蕨 <고사리를 읊음>

わらび[蕨] 名: 고사리

(古)物名453; 蕨 / 藁火 <고사리를 읊음>

わる[割る. 欠る. 破る] 動下二段: 쪼개지다. 부서지다. 상념에 마음이 산란해지다

(古)雜体* 1059; 欠れて(이가 빠지다) / 破れて(마음이 산란하다)

(金)恋484; * 割る(달이- / 마음이-)

(詞)恋229; * 割る(파도가- / 마음이-)

(千)夏215; 割れ / 我ながら(하늘에 뜬 달 자신도)

恋811; 割れ / 我

われ[我] 代名: 자기 자신. 나

(古)恋807; 我から / 割殻

(拾)恋986; 我から / 海人刈藻住虫?(割殻)

恋987; 我から / 割殻

(千)夏215; 我ながら(하늘에 뜬 달 자신도) / 割れ

恋811; 我 / 割れ

雜1160; 我から / われから(割殻)

雜1175; 我から / 韓神

われから[我から]: 자신이 초래한. 자신 때문에. 스스로 → 「我」와 「-から」

(古)恋807; 我から / 割殻

(拾)恋986; 我から / 海人刈藻住虫?(割殻)

恋987; 我から / 割殻

(千)雜1160; 我から / 割殻

雜1175; 我から / 韓神

われから[割殻] 名: 해초에 사는 갑각류의 일종

(古)恋807; 割殻 / 我から

(拾)恋986; 海人刈藻住虫?(割殻) / 我から

　　恋987; 割殻 / 我から

(千)雑1160; 割殻 / 我から

ゐで[井手] 名: 지명. 山城国의 井手の玉川

　　(後拾)雑964; 井手 / 居で(있지 않고)

ゐで[居で]: 있지 않고 (後拾)964 → 「居る」와 「－で」

ゐる[居る] 動上一段: 거하다. 있다

　　(後拾)雑964; 居で(있지 않고) / 井手(지명)

ゑ[絵] 名: 그림

　　(拾)雑542; 絵見て / 笑みて

ゑむ[笑む] 動四段: 미소짓다. 웃는 얼굴이 되다

　　(拾)雑542; 笑みて / 絵見て

を[緒] 名: 실. 끈. 줄. 길게 계속되는 것의 비유

　　(古)春114; 緒(지는 꽃을 꿰어 엮을 실)し / 惜し(지는 꽃이 아쉽다)

　　　　恋483; 緒 / 玉の緒

　　(拾)雑447; 緒 / 玉の緒

　　　　雑451; 緒 / 尾

　　(後拾)雑1106; 緒 / をのへ(尾の上)

　　(新)哀傷815; 緒 / 玉の緒

　　　　恋1034; 緒 / 玉の緒

を[峰] 名: 산의 능선. 산봉우리

　　(古)賀350; 峰(폭포가 걸려있는 큰 바위로 된 산봉우리) / 亀尾の山(지명)

を[尾] 名: 鳥獣 등의 꼬리. 산자락의 길게 뻗은 곳

　　(拾)雑451; 尾 / 緒

　　(金)雑566; 尾も白き / おもしろき(面白き)

を[麻] 名: 삼의 異称. 또는 그 줄기의 껍질로 만든 실

　　(新)雑1473; 麻 / をふの浦

－を 助: －을. －를

　　(古)恋567; 身を尽し / 澪標

　　　　恋793; 身を / 水脈

　　　　雑1000; 身を / 水脈

(後)秋440; 日(날)を / 氷魚

　　恋751; 身を / 水脈

　　恋889; 身を / 水脈

　　恋960; 身を尽し / 澪標

　　雑1103; 身を尽し(온 힘을 다하다) / 澪標

　　雑1291; 身を / 水脈

(拾)冬216; 日(날)を / 氷魚

　　恋766; 身を尽し / 澪標

(後拾)冬386; 日(날)を / 氷魚

(詞)雑322; 身を尽し(온 힘을 다하다) / 澪標

(千)恋807; 身を尽し / 澪標

　　恋860; 身を尽し / 澪標

(新)恋1077; 身を尽し / 澪標

　　雑1792; 身を尽し(온 힘을 다하다) / 澪標

をか[岡] 名: 언덕

　　(新)後出<秋>1984; 岡 / おか(置か)

をぐらし[小暗し] 形ク: 좀 어둡다. 어스레하다. 어둑어둑하다

　　(古)秋312; 小暗(날이 저물어 어둑어둑하다) / 小倉の山

　　(後)夏196; 小暗 / 小倉山

　　　　雑1231; 小暗 / 小倉山

　　(拾)夏128; 小暗 / 小倉の山

　　　　夏135; 小暗 / 小倉山

　　　　秋195; 小暗 / 小倉山

　　(後拾)秋232; 小暗 / 小倉山

　　　　秋292; 小暗 / 小倉山

　　(千)秋356; 小暗 / 小倉の山

　　(新)秋347; 小暗 / 小倉山

　　　　秋405; 小暗 / 小倉の山

　　　　秋496; 小暗 / 小倉山

　　　　冬603; 小暗(し) / 小倉山

　　　　雑1645; 小暗(し) / 小倉の山

をぐらのやま[小倉の山] 名: 지명

　　(古)秋312; 小倉の山(사슴 소리 속에 저물어 가는 가을 녘의 小倉山) / 小暗

　　(拾)夏128; 小倉の山 / 小暗

　　(千)秋356; 小倉の山 / 小暗

　　(新)秋405; 小倉の山 / 小暗

　　　雜1645; 小倉の山 / 小暗(し)

をぐらやま[小倉山] 名: 지명

　　(後)夏196; 小倉山 / 小暗

　　　雜1231; 小倉山 / 小暗

　　(拾)夏135; 小倉山 / 小暗

　　　秋195; 小倉山 / 小暗(し)

　　(後拾)夏232; 小倉山 / 小暗

　　　　秋292; 小倉山 / 小暗(し)

　　(新)秋347; 小倉山 / 小暗(し)

　　　秋496; 小倉山 / 小暗(し)

　　　冬603; 小倉山 / 小暗(し)

をぐろ[小黒]: 희미함

　　(古)東1090; 小黒 / をぐろ崎

をぐろさききみつのこじま[小黒崎みつの小島] 名: 지명. 陸奥国. 소재 미상

　　(古)東1090; をぐろ崎みつの小島 / 小黒. 見つ

をごとのさと[雄琴の郷] 名: 지명

　　(金)賀317; 雄琴の郷(솔바람이 부는 오고또 마을) / 琴(治世 安楽의 시
　　　대를 알리는 현악기)

をさまる[治まる] 動四段: 다스려지다. 통치되다

　　(後拾)賀459; 治まる世 / 収まれる

　　(詞)雜384; 治まれる / 納まれる

をさまる[納まる . 収まる] 動四段: 거두어 들여지다

　　(後拾)賀459; 収まれる / 治まれる世

　　(詞)雜384; 納まれる / 治まれる

をし[惜し] 形シク: 아깝다. 유감이다

　　(古)春114; 惜し(지는 꽃이 아쉽다) / 緒し(지는 꽃을 꿰어 엮을 실)

恋672; 惜し / をしどり

(拾)離別325; 惜し / 鴛鴦

雑535; 惜し / 鴛鴦

(金)恋391; 惜し / 鴛鴦

雑656; 惜し / 鴛鴦

(新)秋403; 惜し / をじま(雄島)

雑1629; 惜し / 小塩の山

神祇1899; 神も惜し / 小塩の山

をし[鴛鴦] 名: 원앙 cf. 「をしどり」

(拾)離別325; 鴛鴦 / 惜し

雑535; 鴛鴦 / 惜し

(金)恋391; 鴛鴦 / 惜し

雑656; 鴛鴦 / 惜し

をしどり 名: 원앙 cf. 「鴛鴦」

(古)恋672; をしどり / 惜し

をしほのやま[小塩の山] 名: 지명. 山城国. 大原野神社가 鎮座한 山

(新)雑1629; 小塩の山 / 惜し

神祇1899; 小塩の山 / 神も惜し

をじま[雄島] 名: 지명. 陸奥国. 宮城県의 松島湾内의 섬

(新)秋403; 雄島 / をし(惜し)

冬704; 雄島 / 行く年を惜しま

をしむ[惜しむ] 動四段: 애석해하다. 아까워하다. 애착하다

(新)冬704; 惜しま / 雄島

をちかた[遠方.彼方] 名: 먼 저쪽 편

(新)雑1548; 遠方 / おちかた(落ち方)

をとこ[男] 名: 남자. 사내

(古)秋227; 男 / をとこ山(여성을 연상시키는 女郎花가 피어있는 男山)

雑889; 男 / をとこ山

をとこやま[男山] 名: 지명

(古)秋227; をとこ山(여성을 연상시키는 女郎花가 피어있는 男山) / 男(사내)

雑889; をとこ山 / 男

をののふるえ[小野の古江] 名: 지명. 伊勢国. 三重県 伊勢市 大堀川 하구 해안 일대
　　　　(金)離別342; 小野の古江(일이 있어 그대가 내려가는 곳) / 斧の古柄
をののふるえ[斧の古柄]: 오래되어 삭아버린 도끼자루. 晉나라 王質의 故事
　　　　　　　　　에서 나온 말
　　　　(金)離別342; 斧の古柄(너무 세월이 지나 썩어버린 도끼자루) / 小野の古江
をのへ[尾の上] 名: 고개나 언덕 또는 산정 등 완만한 높은 곳의 윗부분
　　　　(後拾)雑1106; 尾の上(완만하게 높은 곳의 윗부분) / 緒
をば[伯母. 叔母. 姨] 名: 부모의 형제. 이모. 고모. 배우자의 모친
　　　　(古)雑878; 姨捨て / をばすて山
　　　　(金)雑567; 姨 / 尾羽(새의 꼬리와 깃털)
　　　　(千)釈教1243; 叔母? / をばただ(지명)
　　　　　　釈教1244; 叔母 / 姨捨山
をば[尾羽] 名: 새의 꽁지와 깃털
　　　　(金)雑567; 尾羽 / 姨
をばすて[姨捨て]: 食率을 줄이려고 늙은이를 내다 버림 → 「姨」와 「捨つ」
　　　　(古)雑878; 姨捨て / をばすて山
をばすてやま[姨捨山] 名: 지명. 信濃国
　　　　(古)雑878; をばすて山 / 姨捨て
　　　　(千)釈教1244; 姨捨山 / 叔母
をばただ 名: 지명. 万葉集에는 大和国이지만, 後代에는 摂津国의 歌枕
　　　　(千)釈教1243; をばただ(지명) / 叔母?
をぶち[尾駮] 名: 지명. 陸奥国. 現 青森県 下北半島의 태평양쪽 지역
　　　　(後拾)秋278; 尾駮 / を斑(털 색의 반점)
をぶち[を斑] 名: ぶち에 接頭語 「を一」가 붙은 말. 털색의 반점. 얼룩
　　　　(後拾)秋278; を斑 / 尾駮(지명)
をふのうら[をふの浦] 名: 지명. 伊勢国의 歌枕
　　　　(新)雑1473; をふの浦 / を(麻)
をみな[女] 名: 여자
　　　　(古)雑体1019; 女押し / 女郎花
をみなへし[女郎花] 名: 식물명. 마타리
　　　　(古)雑体1019; 女郎花 / 女押し

をり[居り] 動ラ変: 존재하다. 있다. 앉아 있다. (경멸의 뜻을 담아 말하는)있다

    (古)雑体 1011; 居る(매화나무의 휘파람새가 사람 오는 것을 싫어하고
        있다) / 折る?

    (後)恋716; 居る / 折る

    (拾)雑春1039; 居りし / 折りし

    (後拾)春92; 居る / 折る

    (千)雑1180; 居らば / 折らば

    (新)雑1489; 居り / おり(織り)

をり[折] 名: 時候. 季節. 時機. 機会. 경우

    (後拾)雑898; 折 / 折り(꺾다)

    (金)春71; 折(때, 기회) / 折り(따다)

        雑523; 折(때) / 折り(꺾음)

        異本<雑>705; 折(때) / 折り(꺾다)

    (千)夏219; 折(계절) / おり(織り)

    (新)哀傷760; 折(시기, 때) / 折り(꺾다)

        哀傷801; 折(때) / 折り(꺾다)

をり[折り] 名: 나무가지나 꽃을 손으로 꺾음

    (金)雑523; 折り(벚꽃을 꺾음) / 折(때)

をりく[折り来]: 꺾어 가지고 오다 → 「ー来」와 「ーき」(과거 표현의 조동사)

    (新)雑1634; 折り来し(꺾어 가지고 온) / 越し(해를 넘김)

をりふし[折節] 名: 그때그때. 각각의 경우. 계절

    (拾)恋805; 折節 / 節

をりをり[折折] 名: 그때그때. 그때마다. 기회가 있을 때마다　副: 점차. 점점

    (千)雑1092; 折折(그때그때) / 柴折り(불을 지피기 위해 땔나무를 꺾다)

をる[折る] 動四段: 꺾다. 접다. 파도가 겹겹이 쌓이다

    (古)雑体1011; 折る? / 居る(매화나무의 휘파람새가 사람 오는 것을 싫
        어하고 있다)

    (後)恋716; 折る / 居る

    (拾)雑春1039; 折りし / 居りし

    (後拾)春92; 折る / 居る

        雑898; 折り(꺾다) / 折(시기)

(金)春71; 折り(따다) / 折(때, 기회)

　　春77; ＊ 折る(꺾다 / 파도가 겹치다)

　　異本＜雜＞705; 折り(꺾다) / 折(때)

(千)雜1092; 柴折り(불을 지피기 위해 땔나무를 꺾다) / 折り折り(그때그때)

　　雜1180; 折らば / 居らば

(新)哀傷760; 折り(꺾다) / 折(때)

　　哀傷801; 折り(꺾다) / 折(때)

김기서 (金基瑞)

학 력

국제대학 일어일문학과
한국외국어대학 대학원 일본어과 석사과정
동경학예대학 대학원 국어교육과 석사과정
한국외국어대학 대학원 일본어과 박사과정

경 력

전 서강대학교 교양과정부 시간강사
전 한국교원대학교 일본어교사양성과정 전임강사
현 백석문화대학 일본어과 전임강사

가어 관련 주요 논문

「和歌におけるほととぎす研究」 韓国外国語大学校大学院 碩士学位論文, 1987년
「古今和歌集の歌語研究」 東京学芸大学大学院 修士学位論文, 1988년
「古今集における掛詞の諸相と類型」 『韓承鎬牧師古稀紀念論文集』, 1991년 7월
「八代集 四季歌의 달 표현 考」 『日本学報』 第36輯, 1996년 5월
「八代集의 地名掛詞 考」 『日本語文学』 第5輯, 1998년 9월

주 요 역 서

『조선총독부 기관지 일어판 「조선」지의 민속·국문학 자료』 민속원, 2004년 7월

팔대집의 괘사표현연구

• 초판 인쇄	2008년 4월 30일
• 초판 발행	2008년 4월 30일
• 지 은 이	김기서
• 펴 낸 이	채종준
• 펴 낸 곳	한국학술정보㈜
	경기도 파주시 교하읍 문발리 513-5
	파주출판문화정보산업단지
	전화 031) 908-3181(대표) · 팩스 031) 908-3189
	홈페이지 http://www.kstudy.com
	e-mail(출판사업부) publish@kstudy.com
• 등 록	제일산-115호(2000. 6. 19)
• 가 격	41,000원

ISBN   978-89-534-8578-5 93830 (Paper Book)
        978-89-534-8579-2 98830 (e-Book)